枕草子及び平安作品研究

榊原邦彦 著

和泉書院

阿波　鳴門　清少納言の塚
鳴門市里浦町

讃岐　金刀比羅　清少納言塚
香川県仲多度郡琴平町

近江　坂本　清少納言之塔
大津市坂本

河内　飛鳥　清少納言古塔
羽曳野市駒が谷

清原元輔歌碑
蒲郡市三谷町

清原元輔歌碑
国立市谷保

目次

第一章　枕草子解釈の問題点

一　御　ゆ

枕草子の註釈書は前に纏めてみたところ、[註一]大正時代までで約五十五点あり、かなりの数となる。多くの書に共通して定説となつてゐる説もあるかと思へば、註釈書の数の多いことが反映して、多くの説が並立してゐることもある。これまで多くの説が出たといふことは、断定、決定することが困難である為であらうし、今にはかに正邪を判定出来ないことも多いであらう。しかし諸説を整理する必要はあると思はれるので、諸説の対立する解釈上の問題点を検討してみたい。

『校本枕冊子』第三百十九段「まへの木たちたかう庭ひろき家の」の段[註二]の

三巻本　　　　　く　　　いふ　きたおもて　　・・・
能因本　かゝるほとによろしと・・て御ゆなと・・・・北・面・・にとりつくほとを
前田本　・・・　　　うなり　　いふなりきたをもて　　も

の「御ゆ」については、堺本も「御ゆ」であり、四系統本とも異文は無いことになり、本文上の問題は無い。しかし「御ゆ」の解釈については諸説が対立してゐるので、以下で考へてみたい。平安時代の全体の作品中の意味用法については別に述べるので、註三本節では枕草子を中心として考察する。
従来の説を分類すると次の通りとなる。

(イ)おもゆ　枕草子春曙抄　斎藤彦麿　傍註枕草子　萩野由之『標註枕草子』　武藤元信『枕草紙通釈』　池辺義象『校註国文叢書　枕草紙』　林森太郎他『国文学選　枕草紙抄』　内海弘蔵『枕草紙評釈』　物集高量『新釈日本文学叢書　枕草紙』　池田正俊『枕草子精解』

(ロ)粥　田山停雲『清少納言枕草紙新釈』

(ハ)薬湯、煎じ薬　永井一孝『校定枕草紙新釈』　金子元臣『枕草子評釈』　金子元臣『校註枕草子』　吉村重徳『新釈註解枕の草紙』　山岸徳平『校註日本文学大系　清少納言枕草子』　栗原武一郎『三段式枕草子全釈』　藤村作『清少納言枕草子』　柴田隆『もつとも分り易き枕の草紙の解釈』　尾上八郎『絵巻枕草子』　松本竜之助『学習受験参考枕の草子詳解』　松本竜之助『詳註枕の草紙』　竹野長次『新註枕草紙』　小林栄子『口訳新註枕草紙』　末政寂仙『新修枕草紙評釈』　玉井幸助『現代語訳枕草子』　山岸徳平『校註枕草子』　田中重太郎『日本古典全書　枕冊子』　田中重太郎『前田家本枕冊子新註』　池田亀鑑『現代語訳日本古典文学全集　枕草子』　五十嵐力、岡一男『枕草子精講』　池田亀鑑『全講枕草子』　池田亀鑑、岸上慎二『日本古典文学大系　枕草子』　岸上慎二『校訂三巻本枕草子』　田中澄江『国民の文学　枕草子』　松浦貞俊、石田穣二『角川文庫　枕草子』　岸上慎二『校注古典叢書　枕草子』　田中重太郎『旺文社文庫　現代語訳対照枕冊子』　松尾聰、永井和子『日本古典文学全集　枕草子』　田中重太郎『校注枕冊子』　萩谷朴『新潮日本古典集成　枕草子』　松尾聰、永井和子『完訳日本の古典　枕草子』　萩谷朴『枕草子解環』　増田繁夫『和泉古典叢書　枕草子』　速水博司『堺本枕草子評釈』　渡辺実『新日本古典文学大系　枕草子』

(ニ)白湯、湯　松平静『枕草子詳解』　中村徳五郎『新訳枕草子』　溝口白羊『訳註枕の草紙』　和田万吉『万有

文庫　枕草紙』　関根正直『枕草子集註』　吉沢義則『校註枕草子』　川瀬一馬『講談社文庫　枕草子』

㈭湯浴　清少納言枕草紙抄　枕草紙旁註　坪内孝『新訳国文叢書　枕の草紙』

他に金子元臣『枕草子通解』、笹川種郎他『博文館叢書　枕草紙』、金子元臣、橘宗利『改稿新版枕草子通解』は、薬湯、おも湯の両説を併記してゐる。

㈠の説の枕草子春曙抄には、「霊気さりて快気とておもゆなどすゝむる也」とある。

㈡の説の田山停雲『清少納言枕草紙新釈』には、「よろしとて云々　物ノ怪サリタリトテ粥ヲススルナリ」とある。

㈢の説の永井一孝『校定枕草紙新釈』には、「御薬湯」とし、「中島広足の説に『物語ぶみに湯といへるは、みな薬の事なり。薬を某湯といふを湯とのみいへる。也』源氏、手習に『物いさゝか参る折もありつるをつゆばかりのゆをだに参らず。』」とある。

㈣の説の関根正直『枕草子集註』には、「さて又湯を重湯《オモユ》（淡き粥の如きもの）と解きたるもいかゞあらむ。猶白湯《さゆ》なるべし」とある。

㈭の説の清少納言枕草紙抄には、「女﨟の、御行水まいる義なり」とある。

枕草子には他に、「御ゆ」の例は無いものの、「ゆ」の例は次の通りである。

『校本枕冊子』第五段「思はん子を」の段

三巻本

能因本　……………………………

前田本　かゆをはのむといひ火ろをはちろといひゆあむるをはあかすりせんといふに

と前田本に「ゆあむる」とあり、堺本に「湯あふる」[註四]とある。ここは「あふる」「あむる」から明らかな通りに湯浴の意である。

『校本枕冊子』第二十二段「すさまじき物」の段

三巻本　しはすのつこもりの夜　　ふ　　う　・　る
能因本　・・・・・・・・・ねおきてあむるゆははらたゝしくさへこそおほゆれ
前田本　　　　　　　を　ふ　・　う　え

と三巻本、能因本、前田本、堺本に「ゆ」があり、前例と同じく湯浴の意である。両例とも単なる水を沸かしたものの意ではなく、入浴に用ゐるものと限定される。

『校本枕冊子』第百十七段「湯は」の段

三巻本　・・・・・・・・・・　　・・・・・・
能因本　湯はなゝくりの湯ありまの湯・・・・たまくりの湯・・・・・・・・
前田本　ゆ　　ゆ　　ゆなすのゆ・・・・・つかまのゆとものゆ

堺本は「いて湯は」とし、下文にも異文がある。堺本の語の示すやうに、いで湯、温泉の意である。

『校本枕冊子』第百五十二段「きたなけなるもの」の段

三巻本
能因本　あつきほとに久・しくゆあみぬ
前田本　　ひさ　　ひ

と能因本、前田本に「ゆ」があり、湯浴の意である。三巻本、堺本はこの段が無い。

「まへの木たちたかう庭ひろき家の」の段は、女主人が物の怪に苦しんでゐるので、僧が物の怪調伏の祈禱を行ひ、功験があつて病状がよくなつたことを述べる段である。時、所や、登場人物の特定は無く、物語の一場面を描写する調子で細かく述べてゐる。

童女をよりましとして僧が調伏したところ、病人の状態が「よろし」くなつたところであるが、三巻本、前田本、堺本では「御ゆ」を所望したことになり、能因本では「御ゆ」を女房が取次いで運ぶ場面を述べたことになる。「御ゆ」を所望したのは病人である女主人であらう。

病気と湯浴、入浴との関係を述べてゐるのは、栄花物語の巻第二十五「みねの月」[註五]に、

　されどまだほどもなければ、御湯などもなし。

　かんの殿ゝ御かさかれさせ給つれど、御ものゝけのけしきのいとおそろしくて、まだ御ゆもなし。

とあるやうに、病状が悪化してゐる折には湯浴、入浴をしないことを述べる。

栄花物語の巻第二十九「たまのかざり」には、皇太后宮妍子が病床で、

　いかでゆすこしあみむ

と湯浴を所望することの記述がある。しかしこれは出家を決意し、剃髪の前に身を清めようとするもので、特別の場面である。表現も「ゆ」のみでなく、「あみむ」と湯浴であることを明示してゐる。

一般的に病気が好転した場合、折を見て病人が湯浴を所望することは有り得るが、病悩に苦しんだ病人が辛うじて意識を取戻したやうな場合に、第一に湯浴を求めることは考へがたく、枕草子のこの段の「御ゆ」は(ホ)湯浴とは考へられない。

次に(イ)(ロ)の説についてであるが、「おもゆ」「かゆ」の語源は必ずしも明らかでないものの、形式上「ゆ」が含まれる。しかしながら、重湯にせよ、粥にせよ、単なる「ゆ」で表すことがあつたか、はなはだ疑はしい。温泉の湯や、白湯、熱湯や、薬湯は、子細に観察すれば細かい有機物が認められるけれども、一見して特別な不純物が認められるものではない。それに反して重湯や粥は単純な水分のみの組成ではなく、一目で格別な相違が認定されるものである。従つて重湯や粥を「ゆ」で表すことは蓋然性に乏しく、(イ)(ロ)説共に否定される。「重湯」の語は寝覚に見える例が古

いもので、平安時代に存在してゐたけれども、単なる「ゆ」で表現したとは考へられない。⑻⑽説が残ることになる。外観では両者に特段の差異が認められないことが多いであらう。病人は発熱の症状を有することがあり、喉の渇きを訴へることは十分考へられる。しかし必要なのは水分の補給であり、特に水でなく、湯を所望したとする可能性は薄いであらう。この場面は「ゆ」でなく「御ゆ」であつて、単なる熱湯を飲みたいと言ふのではあるまい。御薬湯を飲みたいと希望する場面である。

回復の希望を持たない特殊な場合は別として、病人は何よりも病気の回復を願ふものであり、意識を回復し、薬を飲む気力を取戻した場合には、先づ薬を飲みたいと願ふものである。当時の薬は薬湯が普通であつた。

他の作品に病人に「湯」「御湯」を与へる例が多い。病人の病気を治すには祈禱も重要であつたことは今と異なるが、薬を投与することが肝腎であることは今も昔も変らない。竹取物語の「ゆ水のまれずおなじ心になげかしがりけり」のやうに、白湯、熱湯の意の例の「ゆ」は勿論平安時代に存在してゐたが、病気の場面での「ゆ」は薬湯の意が殆どであらうと考へられる。

結論として⑴⑵⑽⑾の説は適当でなく、⑻薬湯、煎じ薬の説が適当である。

註

一　榊原邦彦『枕草子研究及び資料』（平成三年六月　和泉書院）第十四章　枕草子註釈書綜覧　中世より大正時代まで。
二　三巻本は異文があり、「松の木たちたかき所の」の段。
三　第十九章。
四　一本は「あむる」。
五　栄花物語の本文は『栄花物語全注釈』に拠る。

二　御所　こせん

『校本枕冊子』第八十六段「頭中将のそゝろなる空事にて」の段の

三巻本　蘭省・・・・・・下・とかき　　にか　　こせん
能因本　らんせいの花の時の錦の帳のもとゝ書・てすゐはいかに〳〵とあるをいか・ゝはすへからん御所・のお
すゐを
はしまさは御覧せさすへきをこれか末・・しりかほに

の「御所」「こせん」の部分は、能因本「御所」、三巻本「こせん」と本文が対立してゐる。この段は前田本と堺本とは欠けてゐる。『校本枕冊子』に拠ると、能因本、三巻本ともに異文は無いので、「御所」と「こせん」との問題になる。

従来の註釈書類では、

一「御所」の本文に拠る
　枕草紙旁註　正宗敦夫『日本古典全集　清少納言』　松尾聰、永井和子『日本古典文学全集　枕草子』　松尾聰、永井和子『完訳日本の古典　枕草子』

二「御所」以外の本文に拠る
(イ)「おんまへ」　萩野由之『標註枕草子』　大塚五郎『新釈枕草紙』　西義一『校註枕冊子』　中野博之『新釈枕草子』　西義一『枕冊子新講』　村井順『枕草子の文法と解釈』
(ロ)「おほむまへ」（おほんまへ）　清少納言枕草紙抄　池辺義象『校註国文叢書　枕草紙』　笹川種郎他『博文

館叢書　枕草紙』
(ハ)「ごぜん」　田中重太郎『日本古典全書　枕冊子』　田中重太郎『新修枕冊子』　増淵恒吉『新纂枕草子評釈』　工藤誠『枕冊子新釈』　桜井祐三、沢田繁二『全釈枕草子』　池田亀鑑『全講枕草子』
(ニ)「おまへ」　松平静『枕草紙詳解』　古谷知新『国民文庫　枕草紙』　溝口白羊『訳註枕の草紙』　塚本哲三『有朋堂文庫　枕草紙』　五十嵐力『枕の草子選釈』　内海弘蔵『枕草紙評釈』
(ホ)「お前」　金子元臣『枕草子評釈』　日栄社編集所『要抄枕草子』
(ヘ)「御まへ」　枕草子春曙抄　枕草紙杠園抄　佐々木弘綱『標註枕草紙読本』　中村徳五郎『新訳枕草子』　関根正直『枕草子集註』　末政寂仙『新修枕草紙評釈』
(ト)「御前」とし読は不明　斎藤彦麿　傍註枕草子　武藤元信『枕草紙通釈』　萩野由之他『日本文学全書　枕草子』　窪田空穂『枕草紙評釈』　佐々政一『枕草紙選釈』　永井一孝『校定枕草紙新釈』

と諸説がある。(ハ)、(ニ)、(ト)は多くの書があるので、掲出は一部のみにとどめた。

諸註釈書ともに中宮を指すことは一致してゐて、意味上の問題は無い。一の説については、「御所」に中宮の意味があるか否かが要点になる。「御所」の語は、

令義解　職員　中務省
大内記二人　掌造詔勅、凡御所記録事
九暦　天慶六年　奉覺奏事
若内侍不候時者、外記覧上卿、見了進於御所、付蔵人令奏、但内侍雖候少納言不候時者、不付内侍所、上卿進於御所奏之

など古くから用ゐられてゐるものの、専ら記録体に用ゐられてゐる語である。上記の書や延喜式では天皇を指してゐ

る。師記、玉葉など後代には院について用ゐられる例が生じた。枕草子の成立時代の文学作品には全く見えない。時代が降ると文学作品にも現れる。

今鏡[註一]　すべらぎの上　第一　もちづき　二四頁

郁芳門、たいけむもむなどは、おほゐのみかど、中のみかどに御所をはしまさねど、なぞらへてつかせ給えるとぞきこゑ侍る。

大鏡　太政大臣伊尹　一五一頁

この花山院は、風流物にさへおはしましけるこそ。御所つくらせたまへりしさまなどよ。

建礼門院右京大夫集　二四頁

秋のすゑつかた建春門院いらせおはしましてひさしくをなし御所なり

古本説話集　巻下　一七二頁

ふたりながら物ゝあともあれば、ずちなくて、ほとけの御もとに二人ながらまいりたれば、たいしやくもとのかたちになりて、御所におはしませば、ろんじまいらすべきかたなし。

今昔物語集　巻二十八　第十三　巻五の七七頁

漸ク夜更ル程ニ、延正ガ音ノ有ル限リ挙ケ叫ブ、庁ハ院ノ御マス御所ニ糸近カリケレバ、此奴が叫ブ音、現ハニ聞ケリ。

これらの用例は院、三后、皇子などで、古い時代の記録体の用例が天皇にのみ用ゐられたのに対し、ひろがりが見られる。しかし院政期に入ってからの例のみであり、枕草子の時代には用ゐられなかったと思はれる。三巻本と能因本の本文とが対立する場合、必ずしもどちらか一方が良いとは限らず、三巻本が適当と思はれることもあるし[註二]、能因本が適当と思はれることもある[註三]。ここでは能因本の本文が卓越してゐるとは認められない。諸本の本文が対立してゐる場合、書写の時代の用法の影響を受けて、作品成立時代の語形が変化したと思はれる例は少なくない。能因本の「御所」は、文学作品に院、三后、皇子などの意の「御所」が使はれるやうになつた影響を受けて、後代の書写時に誤写されたものであらう。従つて能因本の「御所」の本文は適当でない。

それでは三巻本の本文の「ごぜん」に拠るべきかといふと、諸説が多岐に亘ることから判るやうに、安易に「ごぜん」とすることは出来ない。ここは「御所」と「ごぜん」との二つの本文しか無いのであるが、諸説が生じたのは枕草子春曙抄の「御まへ」の表記の影響が多大であつたと思はれる。それにしても『校本枕冊子』が公刊されてからも、必ずしも「ごぜん」とする書ばかりでないのは、看過すべきでない。

二は七説に分類したけれども、(イ)「おんまへ」、(ロ)「おほむまへ」(おほんまへ)、(ハ)「ごぜん」、(ニ)「おまへ」の四説に集約出来る。(ホ)「お前」は(ニ)「おまへ」と同一と考へられる。(ヘ)「御まへ」は(イ)(ロ)(ニ)に吸収される。(ト)は漢字表記であるから、(イ)(ロ)(ハ)(ニ)のどれか不明である。(イ)(ロ)(ハ)(ニ)は漢字では「御前」の表記となる。従つて「御所」が適当でないとすると、「御前」が適当か否かが問題になる。

「御所」にせよ「御前」にせよ、ここが中宮を指すことでは諸説が統一されてゐる。清少納言が頭中将藤原斉信より試問を受け、心一つで決めかねて困惑したものの、中宮様は御寝所でおやすみになつていらつしやつたといふところである。枕草子では「御前」の語は殆どが天皇、中宮を指してゐて、ここの「御前」が中宮を指すことと何ら矛盾しない。枕草子全体の用例から、ここは「御前」が適当であると認められる。

ここで言ふ「御前」とは、(イ)「おんまへ」、(ロ)「おほむまへ」(おほんまへ)、(ハ)「ごぜん」、(ニ)「おまへ」を一括して便宜表したものである。次に(イ)〜(ニ)のどれが適当であるかの問題になる。

「御前」の語は中古仮名作品に極めて多く用ゐられる。既に拙稿の「中古仮名作品に於ける『御前』」[註四]で考察したので、簡単に結論を摘記すると、次のやうになる。

一　貴人の前や、貴人を指す意の場合は「おまへ」である。表記は「おまへ」「御まへ」「御前」などがある。

二　前駆の意の場合は「ごぜん」である。表記は「こせん」「御せん」「御前」などがある。

三　一と二とは本来明確に区別して用ゐられた。従って前駆の意の場合の「おまへ」や、貴人の前、貴人を指す意の場合の「ごぜん」は本来無かつた。

四　現存の諸本に少数見られる、貴人の前や、貴人を指す意の「ごぜん」の例は、後世の書写の際に「御前」表記を介して生じた誤写と思はれる。

従って、ここの三巻本の表記「こせん」は、枕草子成立時代のものではなく、本来「おまへ」であつた語が漢字表記の「御前」を介して誤写されたのであらう。

「おほむまへ」（おほんまへ）は誤写と思はれる例が極めて少数存するだけで、一般に用られてゐたとは認められない。

「おんまへ」は法華百座聞書抄や謡曲に見られるやうに、中世語としては存在した。源氏物語の後世の書写本には少数存するけれども、誤写と思はれる例のみで、平安時代に一般に用ゐられたとは思はれない。

以上より(イ)(ロ)(ハ)は適切でなく、(ニ)「おまへ」が適当である。

能因本の「御所」も、三巻本の「こせん」も誤写であり、「おまへ」が適当であると思はれる。語として「おまへ」と読める表記であればよいので、「おまへ」「御まへ」「御前」などの表記が考へられる。拙著の『古典新釈シリーズ枕草子』（昭和五十一年六月　中道館）一八〇頁でも、底本の「ごぜん」を「おまへ」と校訂しておいた。

註

一　以下本文は次の書に拠る。

今鏡　榊原邦彦他『今鏡本文及び総索引』笠間書院

大鏡　松村博司『日本古典文学大系　大鏡』岩波書店
建礼門院右京大夫集　井狩正司『校本建礼門院右京大夫集』笠間書院
古本説話集　山内洋一郎『古本説話集総索引』風間書房
今昔物語集　山田孝雄他『日本古典文学大系　今昔物語集』岩波書店

二　榊原邦彦『枕草子論考』教育出版センター、第三章、第六章、第十五章。

三　榊原邦彦『平安語彙論考』教育出版センター、第八章。
『枕草子論考』第五章、第七章、第十七章。

四　『平安語彙論考』第五章。

猶、本書九〇頁十二行。枕草子第八十六段二十二行の三条西家本の「御前」は「御所」の誤植。

三　かいたる

『校本枕冊子』第百三十三段「九月はかり夜一よふりあかしたる雨の」の段の

三巻本　　の　　んのき・・・　　なとは　　たるに
能因本　すいかい・らんもむすゝきなとのうへ・・にかいたるくものすのこほれのこりて・・
前田本　　き　・ん・・・　　き　　も　　・・・

の「かいたる」の部分については解釈の問題があると思はれる。堺本は「すいかいらんもんなとのうへにかきたるくものすもこほれて」である。「かいたる」の部分、三巻本の弥富本は「い」に「ケ歟」と朱記があり、能因本の慶安刊本は「かひたる」であり、堺本の無窮会文庫本は「かけたる」である。

従来の註釈書類では、

一　「かいたる」の本文に拠る

山鹿素行写、古注「枕草子」　枕草子春曙抄　斎藤彦麿　傍註枕草子

二「かひたる」の本文に拠る

清少納言枕草紙抄

三「かけたる」の本文に拠る

枕草子旁註　武藤元信『枕草紙通釈』　永井一孝『校定枕草紙新釈』

四「かきたる」の本文に拠る

田中重太郎『前田家本枕冊子新釈』

の四説がある。書名の掲出は一部にとどめる。

非音便形の「かき」か音便形の「かい」か、どちらが原本に近いかは推定出来ず、諸本に多い「かい」で考へることにする。

「かい」はカ行四段動詞のイ音便であるから、歴史的仮名遣から言へば「かひ」は誤である。しかし慶安刊本のような近世の写本にはよく見られることで、「かい」に含めて考へられる。従つて、「かい」か「かけ」かの問題になる。「かけ」は堺本にも一本見るだけで、依拠するに足らない。四段動詞の「かく」が稀例のため、多く見掛ける下二段動詞の「かく」に誤つたものである。

結論として、三「かけたる」は誤で、一「かいたる」が適当である。

今「かいたる」が音便であるとしたが、これについて、

一「かきたる」の音便

金子元臣『枕草子評釈』　栗原武一郎『三段式枕草子全釈』　島田退蔵『枕草紙選釈』

二「かけたる」の音便

浅尾芳之助『枕草子の解釈』（新訂版、増訂版とも）　浅尾芳之助『枕草子の新解釈』

の二説がある。

「かい」はイ音便であり、イ音便は「き」「ぎ」「し」などのイ段の子音がイに変化するものであり、下二段動詞の「かけ」が「かい」に変化することは無い。

結論として、二「かけたる」の音便とする説は誤で、一「かきたる」の音便が適当である。

「かく」の語について

一　搔く

金子元臣『枕草子評釈』　正宗敦夫『日本古典全集　清少納言』　島田退蔵『枕草子選釈』

二　懸く　掛く

塩田良平『三巻本枕草子評釈』　湯沢幸吉郎、三浦和雄『増訂枕草子の文法』　阿部秋生『枕草子評釈』

三　構く

大庭光雄『新選枕草子評釈』　大庭光雄『古典サークル　枕草子』

の三説がある。ただ「かく」と表記し、明らかでないものもある。

「構く」は『大言海』に「かく　構格」として一項を立て、「構へ作ル。組ミ作ル。編ミ成ス。絡《マト》ヒカラグ」の意があるとする。しかし『大言海』に引く武烈前紀、万葉集八九二番の例の「かく」の語は、『時代別国語大辞典　上代編』では「懸く」の例として引いてゐて、別語とする必然性に乏しい。二の「懸く」に含めて考へるのがよい。

一の「搔く」とする説は註釈書に非常に多く、近時まで見える。『日本国語大辞典』の「かく（搔）」の項に、

㈠　手、爪、またはそれに似たもので物の表面をこする。また、そのような動作をする。

㈡　手や道具で、左右に振るようにして押しのけたり、回すようにまぜたりする。
㈢　外に現す。

の三つの意味を分類する。

枕草子の「かく」は上記のどれにも該当せず、「掻く」とするのは適当でない。「掻く」とする書は、口語訳や語釈に「掻いた」とだけして意味の明確でないものもあるが、「かけた」とする書が多い。これは㈡の「懸く」の語であって、「掻く」の漢字で語を表示するのはふさはしくないと思ふ。「かけた」の口語訳、語釈ならば「懸く」の語であるとすべきであらう。拙著の『枕草子総索引』では「かく（掻）」の項に入れ、『校本枕冊子』総索引第一部及び第二部でも「かく（掻）」の項に入れてあるが、拙著は「かく（掛）」（四段）の項を設けて移すことに訂正する。

ここの意味として左の説がある。

一　掻いた

イ　「掻いた」とするのみで、意味不明瞭

田中重太郎『枕草子の精神と釈義』　秋山虔『古文古典解説大集成』

ロ　口語訳は「かいた」とし、註に「蜘蛛が巣を作るのをいふ」とある。

塚本哲三『通解枕草子』

二　掻いた、ひっかいた、掻き払った

熊谷直孝「枕冊子の解釈おぼえがき」（「国語研究」二十四）　松田武夫『評釈枕草子』　萩谷朴『新潮日本古典集成　枕草子』

三　かこむ

松平静『枕草紙詳解』引用の黒川説

四　かかった
萩野由之『標註枕草子』　田山停雲『清少納言枕草紙新釈』　伴久美『枕草子要解』
五　かけた
枕草子春曙抄　斎藤彦麿　傍註枕草子　中村徳五郎『新訳枕草子』

一の説についてはイもロも明瞭でない。ロの説は五に含めて考へればよいか。

二の説は「掻く」の動詞とするもので、既に考察したが、今一度考へたい。熊谷直孝「枕冊子の解釈おぼえがき」は、「蜘蛛の巣をとりのぞこうとして掻いた」とあり、ただ「掻いた」とする説を一歩進めて詳しくしたものである。松田武夫『評釈枕草子』の口語訳に「ひっかいた」とし、註に「『かきたる』のイ音便であるが、語の意を、『懸《か》いた』とする説と「掻《か》いた」とみる考えがある。今後者に従った」とある。萩谷朴『新潮日本古典集成　枕草子』に「掻き払った」とあり、『枕草子解環』にも同じく「掻き払った」とある。

蜘蛛が巣を懸けることを言ふ語に「すがく」の語があり、後撰集や後拾遺集などに見える。近時の辞書に「巣掻」の漢字を宛てるものがあるが、名語記に「ささかにのすかく如何。巣懸なり。のきはなとにすをひきかくるや」とあるやうに、「巣懸」の方が穏当であらう。この二の説は蜘蛛が「掻く」の主語となるのではなく、人が主語であるとするものである。第百段「ねたき物」の段に、「見まほしき文なとを人のとりて庭におりて見たてるいと侘しくねたく思ていけとすのもとにとまりて見たてる心ちこそとひも出ぬへき心ちこそすれ」とあり、こんな場面でも貴族の女性は庭に下りないのであるから、庭の蜘蛛の巣を払ふ人は従者といふことになる。「九月はかり夜一よふりあかしたる雨の」の段全体が、人工を排した自然描写であって、「人も手ふれぬにふとかみさまへあかりたる」枝も、人の関与してゐないところに美を見出してゐる。昨晩従者に取払はせた蜘蛛の巣を眺めてゐるといふ艶消しの段では無いと思はれ、二の説は適当でない。

三は「蜘蛛の巣をかくとはかこむ（囲む）義なりと師黒川翁の説なり」とあるが、「かこむ」の約で「かく」となつたのではなく、適当でない。

四は「かかりたる」ともし、自動詞に訳するのである。近時の書にも散見するものの、「かく」は他動詞であつて、「かかる」と自動詞に訳すのは適当でない。四段活用の他動詞「かく（懸）」は現代では無くなつたので、下二段活用の他動詞「かく」の口語化した「かける」で訳すべきである。

五はこれまで考察して来たやうに適当である。枕草子春曙抄に「蜘蛛の巣かく事也」とあり、五に含めた。「張った」「張り渡した」とする書も、表現に小異があるのみで、五に含められる。拙著の『古典新釈シリーズ　枕草子』（中道館）二四三頁には、「かけてあった」と訳しておいた。

四　すみ

『校本枕冊子』第一段「春はあけほの」の段[註一]の

三巻本　・・・・・・・・・・・・・・・・・・　・・　き　も

能因本　冬はつとめて雪のふりたるはいふへきにもあらす霜・なとのいとしろく・又・さらてもいとさむきに火

前田本　・・な　しも　また　ひ

お

なといそきをこしてすみ・・もてわたるもいとつき〳〵し

など

の「すみ」の部分については解釈の問題があると思はれる。堺本は諸本に小異あるものの、「すみもてありきなとするみるもいとつきつきし」である。

従来の註釈書では、

一　火

藤井高尚『清少納言枕冊子新釈』　あしたのほどハすひつ火桶の火、しハしのあひだもなくては寒さたへがたければ、いそぎおこしてもてわたる也

松平静『枕草紙詳解』　火など急きおこして持ち渡るも

溝口白羊『訳註枕の草紙』　火などを急いでおこして、配りありく光景も

柴田隆『もつとも分り易き枕の草紙の解釈』　急いで火などを起して、誰かが炭火を部屋部屋に持ち運んでゐる姿も

青木正『枕草子新釈』　火を急いで起して、炭火をあの部屋にこの部屋に運ぶのも

二　炭

北村季吟『枕草子春曙抄』　炭もちてありく也

斎藤彦麿　傍註枕草子　炭持

田山停雲『清少納言枕草紙新釈』　寒キ故炭ヲ持ツテ歩ク事カ似合フト也

中村徳五郎『新訳枕草子』　炭持ち歩きなどするは

窪田空穂『枕草紙評釈』　炭を持つて部屋部屋を歩くのも

三　炭取

栗原武一郎『三段式枕草子全釈』　炭取を持つて、方々の部屋々々に運ぶため、細殿などを通ふ光景であらう。

片桐顕智『古典文学全集　枕草子』　炭入れなどを持って歩きまわるのも

四　火と炭と

五十嵐力『枕の草子選釈』　火をおこして火種を拵へ、別に炭取に炭を入れ、赤い火種と黒い炭とを持って室々局々へ配るのであらう。

西義一『枕冊子新講』　急いで火をおこして火種を拵へ、別に炭取に炭を入れ、赤い火種と黒い炭とを持って部屋部屋へ配つて歩くのも

五十嵐力、岡一男『枕草子精講』　赤い火種と黒い炭を持って

五　一説と二説との併記

浅尾芳之助『枕草子の解釈』（通解）炭火を宮中の部屋々々に運び歩いてゆくのも

（語釈）炭を持つて長い廊下などを歩いてゆくのである。

臼田甚五郎、大森郁之助『枕草子の探究』　炭を持って行くのもとてもふさわしい（中略）ここでは広い宮中の長い廊《ろう》（渡殿《わたどの》）を通って部屋部屋へ炭火を運んでゆく様を想像しているのだろう。

村井順『学燈文庫　枕草子』（通釈）炭火を宮中の部屋部屋《へやべや》へ持って行くのも

（語釈）炭を持って、宮中の部屋部屋へ行くのも

の五説に分類出来る。書名の掲出は一部にとどめる。一説と二説とは極めて多く、普通はこのどちらかである。

この条の場所については、

一　特定せず

多数の書

二　宮中

浅尾芳之助『枕草子の解釈』

石沢胖『必須枕草子』

三　宮中か貴族の寝殿か

前嶋成『枕草子詳解』

の三説があり、誰が運ぶかについては、

一　特定せず

多数の書

二　女房

中野博之『新釈枕草子』

白子福右衛門『枕草子の新解釈と文法』

三　女官

佐伯梅友『高校国語乙学習シリーズ　枕草子』

林和比古『枕草子新解』

四　清少納言

松尾聰、永井和子『日本古典文学全集　枕草子』

の四説がある。

「いとさむきに火なといそきをこしてすみもてわたるも」とある「すみ」について、一説、四説、五説では、「火」の意とするので、直前の原文の「火なと」の「火」と重複することになる。「火」とは燠（熾）炭火のことであるが、「火」と「すみ」とが同一ケ所にあって同じ意味を表すとするのは不審である。

因みに枕草子の「火」には、燠の意と、灯火の意と、その他の意とあり、能因本の用例は次の通りである。

一　燠の意の用例

一10　一11　二二2　一八二22　一八七7[註二]　一八七10　二七七2　二七七6　二七七6　二七七7[註三]　二七八1

二　燈火の意の用例

五〇12　七一2　八六9　八八19　一四五34　一四八2　一七九4　一八七57　二三一2　二五六101　二五六120

二八六23　三一五8

三　その他の意の用例

二三一5

三巻本は一の例が十六例、二の例が十五例、三の例が四例である。

源氏物語や宇津保物語などの作品でも、用例数に出入りはあるものの、用例が三つに大別されることは枕草子と同じである。

枕草子の「すみ」の例は、第八十六段二十四行に

三巻本　・・　庵・・をたれ

能因本　たゝそのおくにすひつのきえたるすみのあるして草のいほり・誰・かたつねんと

と、三巻本に「きえすみ」、能因本に「すみ」の例がある。木が燃え尽きて黒く残ったものの意である。二百七十七段四行以降に、

三巻本　又もの　火のきゆらんもしらすゐたるにこと人のきてすみいれてを　いと

能因本　・物・なといひて・・・・・・・・・・・・・・・・・・・・おこすこそ・・にくけれされ

ゝ　・・　火を
とめくりにをきて中に火をあらせたるはよしみな火をほかさまに・・かきやりてすみをかさねをきたる
いたゝき

火・・をゝ　・
にひとも・をきたるかいとむつかし

とある。「すみ」は三巻本に二例あり、能因本に一例あつて、用例数は異るけれども、両本ともに火を点ける前の黒い炭であり、燠、炭火を表す「火」の語に対してゐる。「こと人のきてすみいれてをこす」は、燠が消えたので、黒い炭を火桶に足すのであり、「すみをかさねをきたるいたゝきに」は、燠を脇に除けてしまひ、黒い炭を多く置くさまを「いとむつかし」と評してゐる。この段の「火」と「すみ」とを、一段の「火」と「すみ」とに比べてみても、一段の「火」は燠であり、「すみ」は火の点いてゐない黒い炭であることは確かである。

他の作品の「すみ」の例は、

伊勢物語　第六十九段

そのさかづきのさらに　ついまつのすみして、うたのすゑをかきつぐ

宇津保物語　一〇八五頁

すみとりにをのこすみとりいれてたてまつり給へり

他に十五例あり。

今昔物語集　巻七　二十三話

獄率、鋒ヲ以テ黒キ炭ヲ貫テ

他に二例あり。

今鏡　二〇六頁

　冬はすみなどをもたせて、ひをこしたる、きえがたにいでつゝ、よもすごしありき給

などがある。

伊勢物語は木が燃え尽きて黒く残つたものを指し、枕草子の第八十六段二十四行に「たゝそのおくにすひつのきえたるすみのあるして」とあるのと同意である。他は、火の点いてゐない黒い炭のことで、後拾遺和歌集、詞花和歌集、堀河院御時百首和歌などにも見える。今鏡でも燠を示す「ひ」と、火の点いてゐない黒い炭の「すみ」とを対比してゐる。

木が燃え尽きて黒く残つたものと、黒い炭との用法のみで、「すみ」が燠や炭取を表すことは無い。

これまでの考察より、「すみ」は二説が適切であり、一説、三説、四説、五説は適切でないと認められる。

場所については本文中に示されてゐないが、普通の貴族の寝殿ではなく、中宮御所を含めた宮中と考へられる。

誰が運ぶかについては、女房と女官との職務分担を考へると女官が適当である。女房は秘書業務や裁縫などを掌り、雑用は女官が掌るのである。物品を殿舎に運ぶのは重要な事項ではなく、女官の担当であらう。堺本では、「すみもてありきなとするみるもいとつきつきし」とあり、「みる」が挿入される。後世の註釈的本文と考へられるが、運ぶのが清少納言では有りえない。

結論として、枕草子の「すみ」には燠や炭取の意は無く、（黒い）炭とする二説が適切である。場所は中宮御所を含めた宮中であり、運ぶのは女官であらう。

註

一　本文は『校本枕冊子』『日本古典文学大系』『宇津保物語本文と索引』『今鏡本文及び総索引』に拠る。

二　底本に無し。他本に拠る。
三　「ひとも」。

五　うくひすのみさゝき

『校本枕冊子』第十七段「みさゝきは」の段

三巻本　る　き　みさゝきあめのみさゝき・・・・・・・・
能因本　みさゝきはうくひすのみさゝきかしは原の・・・・　かしはらのみさゝき
前田本　・・・・・・

には解釈上の問題があると思はれる。

「うくひすのみさゝき」は堺本の多くも同じで、一部に「うくるすのみさゝき」がある。三巻本の多くは「うくるすのみさゝき」であり、一部に「うくひすのみさゝき」がある。

先づ本文について

一　うくひすのみさゝき　殆どの書
二　をくるすのみさゝき　萩谷朴『新潮日本古典集成　枕草子』

の二説があるので考察したい。

『新潮日本古典集成　枕草子』は、三巻本に「うくるす」とあるのは「を」が「う」に転化したものと見て、「をくるす」の本文に拠り、山城国宇治郡の木幡にある藤原氏歴代にゆかりのある陵墓としてゐる。同じ著者の『枕草子解環』にも同趣旨の説が見える。

二の説を採用するには、両書の説の

一　「うくひす」より「うくるす」の本文が良い。
二　「う」は「を」が転化した。
三　小栗栖郷木幡にある醍醐皇后、村上皇后、冬嗣、基経、時平等の陵墓を指す。
が全て認められなければならない。

種々の誤写、転化の可能性は多いか少ないかの違ひがあるものの否定出来ない。従って二は全く有り得ないとは言へないが、現存本文の「うくひす」で解釈出来ないことを確かめてから考へるべきであらう。「うくるす」の本文を正当と考へねばならぬ理由も無い。「をくるす」が正しい本文で、「うくひす」に転化したといふ説では「を」→「う」、「る」→「ひ」の二つの誤写を認めることになるが、寧ろ「ひ」→「る」の転化一つが起こつたと考へる方が蓋然性がある。「うくひす」の本文で解すのが妥当である。

次に醍醐皇后陵は宇治陵、村上皇后陵は中宇治陵と呼ばれたが、このやうに陵には個々の名前がある。明治十年に宮内庁は十七陵三墓を制定して木幡陵と総称し、後に宇治陵として現在も呼ぶ。古くは木幡墓所との呼び方はあつたが、小栗栖と呼んだ証は全く無い。

令義解に「帝王墳墓、如レ山如レ陵、故謂二之山陵《みささき》一」とあり、『時代別国語大辞典　上代編』の「みささき」の条に、「天皇・后妃など皇族の墓」とあり、古くより現代に至るまで「みささき」を臣下にまで拡大して呼ぶことは無い。藤原氏の墓までを含めて呼んだとするのは誤である。枕草子には地名を取り上げる段は多い。しかしどの段も総称を取り上げたものはなく、個々のものである。この段でも総称でなく個別の陵名の筈である。

ここで三巻本の本文を考察してみたい。

うくるす　彌富破摩雄氏旧蔵本　刈谷図書館蔵本　勧修寺家旧蔵本　中邨秋香旧蔵本　伊達家旧蔵本　岩瀬文庫本

うくひす　　古梓堂文庫蔵本　内閣文庫蔵本

であつて、数からは「うくるす」が有力に見える。しかし三巻本抜書本は静嘉堂文庫本に「鶯のみさゝき」[註一]とあるのを始め、「鶯の御陵」「うくひすのみさゝき」と漢字仮名の相違があるのみで、抜書本の諸本は「うくひす」に一致する。

「みさゝきは」の段は第一類本を欠き、第二類本しか存在しないが、抜書本は、第二類本よりも純正である第一類本の本文を伝へるもの[註二]である。この段も「うくひす」の方が純正な本文であり、「うくるす」は誤写などにより転化した本文と認められる。

以上より「をくるす」とする二説は適当でなく、「うくひす」の本文で解する一説が適当である。

「うくひすのみさゝき」がどこを指すかについて、

一　仁徳天皇陵

枕草子春曙抄　枕草紙旁註　斉藤彦麿　傍註枕草子

二　仁徳天皇陵　垂仁天皇陵

清少納言枕草紙抄　池辺義象『校註国文叢書　枕草紙』

三　垂仁天皇陵

清少納言枕冊子新釈　佐々木弘綱『標註枕草紙読本』　鈴木弘恭『訂正増補　枕草子春曙抄』

四　若草山

中村徳五郎『新訳枕草子』　小林栄子『口訳新註枕草紙』　山岸徳平『校註枕草子』

五　孝徳天皇陵

金子元臣『枕草子評釈』　栗原武一郎『三段式枕草子全釈』　栗原武一郎『要註国文定本総聚　枕草子』

六　若草山　孝徳天皇陵

鳥野幸次『枕草子新解』　田中重太郎『日本古典全書　枕冊子』　田中重太郎『前田家本枕冊子新註』

七　鶯山　鶯の岡

松平静『枕草紙詳解』

の七説がある。

一の説の枕草子春曙抄に次の如くある。

　但仁徳天皇を百舌鳥野の陵に葬れり此百舌鳥にうくひすの訓もあれはにや

仁徳天皇の御陵は堺市大仙町にある。古事記に「毛受《もず》の耳原にあり」とあり、日本書紀に「百舌鳥野陵」とあり、延喜式に「百舌鳥耳原中陵」、水鏡に「百舌鳥原中陵」とある。「もず」の名は古くからのものであって、「百舌鳥」を「うぐひす」と訓むとする説は根拠が無く、疑はしい。結論として一の説は適当でない。

二の説の清少納言枕草紙抄に、

　大和に、鶯の岡と云所有。其辺に、垂仁の陵あり。蓋し是をいふか可尋。又、百舌鳥の事成べし。いにしへは、百舌鳥を、うぐひすと訓じたると見えたり。本草にも、百舌鳥、鶯と註あり。然らば、仁徳天皇の陵也。歴代を考ふるに、外には鶯の陵といふ所なし。云々。

とある。

大和に鶯の岡があるとするけれども、和歌に詠まれたものがなく、判然としない。歌枕名寄の大和国の鶯山の条に「又鶯岡浦里等哥可勘注之」とあるのみである。

　垂仁天皇陵は奈良市尼辻町にある前方後円墳である。

古事記に「御陵在菅原之御立野中也」とあり、日本書紀に「菅原伏見陵」とある。他に延喜式に「菅原伏見東陵」、続日本紀に「櫛見山陵」、東大寺要録に「菅原伏見野山陵」、水鏡に「伏見東陵」とある。垂仁天皇陵辺の地名を鶯の岡と呼んだ伝承は全く見当たらず、根拠が無い。

仁徳天皇陵とする説の不可であることは前に述べた。結論として二の説は適当でない。

三の説の清少納言枕冊子新釈は、

萬歳抄云、大和に鶯の岡と云所あり、その辺に垂仁天皇の陵ありといへり

として、清少納言枕草子抄の説を引くのみであり、二の説は適当でないので、三の説も否定される。

四の説の中村徳五郎『新訳枕草子』に、

大和国春日の若草山の鶯の陵

とある。この説は既に江戸時代からあり、大和志の若草山の条に、

若草山　在二春日山北一宇津保談所レ謂鶯山即此峯有二鶯陵一東有二鶯滝一南有二巨巌一就刻二仏像一勒曰天文十九年造

平城坂上墓　磐足媛命〇在二鶯山頂一　仁徳帝三十七年十一月葬二皇后於那羅山一枕草子所レ謂鶯陵即此

とあり、若草山の別名が鶯山であり、若草山の頂に鶯の陵があるとする。

夫木抄に藤原為実の歌として、

くものいはたにの心もゆふへとて帰るやよひのうくひすの山

があり、歌枕名寄に大和国の歌枕として鶯山が見えるものの、場所を確定する文献は無い。若草山は、「葛尾山」「ツヽラ尾山」と呼ばれたことはあつたが、鶯山といふ別称は伝へられず若草山をさう呼んだとする根拠は無い。

若草山の頂きに現在鶯塚と呼ばれる古墳があり、「鶯陵」と名付ける碑が建ち、裏に

享保十八歳次癸丑九月艮辰東大寺大勧進上人康訓建延喜式曰平城坂上墓　清少納言謂之鶯陵　弁河永誌

とある。弁河永は大和志の著者である。鶯塚を平城坂上墓とし、枕草子の「うくひすのみさゝき」とするのは弁河永の説といふことになる。

磐之媛は仁徳天皇の皇后で、日本書紀に「乃羅山」に葬るとあり、延喜式に「平城坂上墓」とある。以下に山川均氏「『磐之媛命陵』ヒシアゲ古墳[註三]」より摘記する。

弁河永『大和志』や竹口英斉『陵墓志』には、磐之媛の平城坂上墓を鶯塚とするが、蒲生君平『山陵志』にヒシアゲ古墳を否定した。ヒシアゲ古墳は奈良市佐紀町にある前方後円墳で、東西三百米、南北三百五十米の陵域の大古墳である。古くは平城天皇陵として治定されてゐた。北浦定政『打墨縄』には平城坂上の地名にも叶ふとして『山陵志』の説に賛成し、平塚瓢斎『聖蹟図志』、谷森善臣『諸陵説』もヒシアゲ古墳を磐之媛の陵とする。

ヒシアゲ古墳は明治八年十一月に政府より磐之媛の陵として治定され、陪塚も十基ある。

以上より磐之媛の平城坂上墓はヒシアゲ古墳と見るべきであり、弁河永の説は否定される。

一方、鶯塚は「近畿地方古墳墓の調査一[註四]」の「大和奈良市鶯塚古墳」の条に、長さ約三百四十尺、前方部の幅百六十尺、後円部の幅約二百尺とあり、ヒシアゲ古墳より規模が小さく、陵とは認めがたい。江戸時代より現在[註五]まで鶯塚と呼ばれたが、陵と呼ばれたことはなく、弁河永が鶯陵であらうと推定したにとどまる。江戸時代初期の東大寺寺中寺外惣絵図に「牛墓」とあることから考へると、通時的に鶯塚の名があったのではない。

鶯塚が陵であったとは認められず、若草山にある鶯塚が「うくひすのみさゝき」であるとする説は適当でない。

結論として四の説は適当でない。

五の説の金子元臣『枕草子評釈』に、

河内の南河内郡なる孝徳帝の大坂磯長の陵なり。一に鶯の陵といふ。

とある。この説は六の説として分類した鳥野幸次『枕草子新解』にも、

大日本史（礼楽志）には、河内石川郡にある孝徳天皇の大坂磯長陵の事を記した条に、「今山田嶺を鶯関といふ、関の西五町、即ち陵地なり。此に拠りて鶯陵は蓋し此を謂ふ也」との案を附して、其処と定めてゐる。

として見える。

河内名所図会に、

鶯陵　孝徳天皇陵也。山田村大道にあり。字を上野山といふ。（中略）

清少、〔枕の草紙〕伝、みさゝきはうぐひすのみさゝき。かしはばらのみさゝき。あめのみさゝき。

駒谷覚峯律師考に曰、うぐひすの陵といへるは、此大坂磯長の陵なるべし。其ゆへは、山田嶺を鶯関といひつたへ侍れば、其所にある陵なればかくいへる成べし。

とある。覚峰の磯長陵考にも、

孝徳天皇大坂磯長陵考

鶯陵　在₂河内国石川郡山田村大道之北山₁

と同じ説が見える。

西国三十三所名所図会に、

孝徳天皇陵

山田村の大道にあり字を上野山といふ北東の方は外山に続き西南の方山下は農家なり廻り凡百七十余間世に鶯の陵といふ

とあり、諸書は江戸時代の文献ではあるが、孝徳天皇陵が鶯の陵と呼ばれてゐたのは古くからの伝へであらう。

大正十一年刊の『大阪府全志』に「一に鶯の陵と称す」とあり、昭和二年の『大阪府史蹟名勝天然記念物』第一冊

に「此の陵を鶯の陵とも呼ぶ」とある。

地元の太子町では、現在も孝徳天皇陵を鶯の陵の別名で呼んでゐて、古田実『河内飛鳥と科長の里』[註六]に、

陵号を「大阪磯長陵」と称し、俗に「ウグイスの陵」とか「孝徳さん」の愛称で親しまれている

とある。同内容のことは、『太子町誌』[註七]『王陵の谷・磯長谷古墳群』[註八]『河内考古学散歩』[註九]『大阪府史』[註十]などに見える。

鶯の関について言及する書があるので、鶯の陵と直接関係は無いが触れて置く。

康資王母集に

三月つくる日

わがをしむこゝろもつきぬゆくはるをこさでとゞめよ鶯の関

とある。歌枕名寄に河内国とする。

河内志に讃良郡堀溝村にあるとする。現在の寝屋川市堀溝である。清滝街道沿に鶯関神社があり、もと鶯関寺と呼んだ大念寺があるが、清滝街道は主要道ではなく、平安時代の関の存在は認めがたい。

河内名所図会は、讃良郡とする河内志の説を誤とし、

鶯関　竹ノ内峠より西八町計。街道の傍に古柳あり。
是、古跡なり。一説には、此峠より弐町計西をいふ。
山田村旧図に関所谷と出たり。

とあり、西国三十三所名所図会も山田村とする。『増補大日本地名辞書』など現代の書も同じである。

日本書紀に「大道」とある竹内街道は、難波と飛鳥京とを結んだ日本の主要道であり、二上山の南にある竹内峠は交通の要衝である。竹内峠に鶯の関が設けられた時期を鎌倉時代の徳治二年頃とする説[註十一]もあるが、後冷泉天皇の中宮に仕へた康資王母の頃には既に設けられてゐたであらう。

結論として、鶯の陵は孝徳天皇陵とすべきであり、五の説が適当である。

六の説は既に否定した四の説を含むので適当でない。

七の説は漠然と述べたのみで、参考にならない。

結論として「うくひすのみさゝき」は、大阪府南河内郡太子町山田にある孝徳天皇陵とするのが適当である。

註

一　榊原邦彦『枕草子論考』（昭和五十九年十一月　教育出版センター）二五九頁。
二　同書二四八頁。
榊原邦彦『枕草子抜書』（昭和五十六年九月　笠間書院）一〇頁。
三　歴史読本特別増刊「天皇陵」総覧　平成五年七月。
四　「日本古文化研究所報告」一　昭和十年。
五　『奈良県史』（平成元年七月　名著出版）第三巻　二三九頁。
『奈良県の歴史散歩』（平成五年七月　山川出版社）上巻二五頁、四五頁。
六　総文館。三〇頁。
七　昭和四十三年四月　太子町役場、四四頁。
八　昭和五十九年三月　太子町教育委員会、二一頁。
九　堀田啓一、昭和五十年十月　学生社、七九頁。
十　昭和五十三年三月　大阪府、九六七頁。
十一　金本朝一『太子町・当麻の道』（昭和五十三年五月　綜文館）八〇頁。

六　すひつ

『校本枕冊子』第一段「春はあけぼの」の段

三巻本　　・・・　　　　　　　　　　て・・
能因本　すひつ火おけの火もしろきはいかちに・・なりぬるはわろし
前田本　　　ひを　・・　　　ひ　　きえ

第二十二段「すさましき物」の段
三巻本　　　・・・すひつ　　地
能因本　火おこさぬひおけ・・・・・ち火ろ
前田本　　を　　・・・すひつをけ

など十例以上が見える「すびつ」には解釈上の問題があると思はれる。
「すびつ」が何であるかについて次の諸説がある。

一　囲炉裏
黒川真頼「評釈枕草紙」（「国学院雑誌」明治二十八年十一月）　田山停雲『清少納言枕草紙新釈』　武藤元信『枕草紙通釈』　中村徳五郎『新訳枕草子』　池辺義象『校註国文叢書　枕草紙』

二　角火鉢
黒川真頼「評釈枕草紙」（「国学院雑誌」明治二十九年五月）　松平静『枕草紙詳解』　溝口白羊『訳註枕の草紙』
内海弘蔵『枕草紙評釈』　佐藤仁之助『改訂増補枕草子春曙抄』

三　囲炉裏　角火鉢
佐々木政一『枕草紙選釈』　永井一孝『校定枕草紙新釈』　五十嵐力『枕の草子選釈』　佐々政一、山内二郎『枕草紙選釈』　玉木退三『詳解枕草紙』

四　角形の火入れ

　大塚五郎『新釈枕草紙』

五　大きい火鉢

　山岸徳平『校註枕草子新抄』

六　火鉢

池田亀鑑『現代語訳日本古典文学全集　枕草子』　桜井祐三、沢田繁二『全釈枕草子』

枕草子の他の段に次の「すびつ」の例がある。

第二十五段「にくき物」の段

三巻本　を　の火　　　　　　　　うち返・　・・　　　　　　　　　りお　物・

能因本　火おけ・・すひつなとに手のうら打・かへし〳〵しはをしのへなとしてあふ・・るもの

前田本　ひを　　　　　　て　　うち　　わ　　　　　　　　　りを　物・

第八十六段「頭中将のそゝろなる空事にて」の段

三巻本　　　　　　　　ゆ・　・

能因本　なにしにのほりつらんとおほえてすひつのもとにゐたれは

第八十六段「頭中将のそゝろなる空事にて」の段

三巻本　　　　　　　に　・・

能因本　たゝそのおくにすひつのきえたるすみのあるして

第百八十段「村上の御時雪のいとたかうふりたるを」の段

三巻本　　　　給ける・・　ひゝ　に

能因本　たゝすませおはしますにすひつのけふりのたちけれは

第百八十二段「宮にはしめてまいりたる此」の段

三巻本　　　　　　　　　　に　　　を

能因本　御まへちかくはれいのすひつの火こちたくおこしてそれにはわさと人もゐす

前田本　　　　う　　　　　に　　　を

第百八十二段「宮にはしめてまいりたる比」の段

三巻本　　　　　　　　　ひ

能因本　つきのまに・なかすひつに・まなくゐ・・たる人〳〵

前田本　　　なる　　　　ひ　　　なみ

第百八十七段「心にくき物」の段

三巻本　・・　　なと　　　を　　火のひかりはかりてりみちたるに

能因本　なかすひつ・・にいとおほくおこしたる・・・・・・・・・・・

前田本　　　　なと　　　を　　ひのひかり　　　　　　　　に

第百八十七段「心にくき物」の段
三巻本　なかつひつの火にものゝあやめもよくみゆ
能因本　・・・・・・・・・・・・
前田本

第二百七十八段「雪のいとたかくふりたるを」の段
三巻本　　　を　　ものかたり
能因本　すひつに火おこして物・語・・などして・あつまりさふらふに
前田本　　　を　　ものかたり　　つゝなみゐ給へれは・・

堺本には「すひつ」四例、「なかすひつ」一例がある。猶第一段「春はあけほの」の段の「すひつ」は、能因本、前田本、堺本には「すひつ」があるものの、三巻本には欠く。ここは前に述べたやうに[註一]三巻本第一類本の本文に拠ると思はれる抜書本に「すひつ」があり、第二類本である現存三巻本に欠くのであり、本来の三巻本は「すひつ」を有したと思はれる。

枕草子の「すびつ」の例からは、

一　火桶に類似するものである。
二　暖房用の他、照明用でもある。
三　「なかすひつ」の語形がある。

ことが知られるが、囲炉裏か角火鉢かを証する例は無いので、他の作品の例を引いて考へたい。

『宇津保物語本文と索引』　蔵開の下　本文編　一一七四頁
　御ひおけきよらにておはす。すびつに火などおこしたり
『宇津保物語本文と索引』　楼上の下　本文編　一八一二頁
　わらふ〳〵、御まへのながすびつのひおほくおこさせ給て
『日本古典文学大系　紫式部日記』四七九頁
　小兵衛、小兵部などもすびつにゐて、「いとせばければ、はかばかしう物も見え侍らず」などいふほどに
『日本古典文学大系　更級日記』五一一頁
　十日ばかりありてまかでたれば、てゝは、すびつに火などをこしてまちゐたりけり。
『校註日本文学大系　大鏡』二二二頁
　すびつにしろがねのひさげ二十ばかりをするゐて、さま〴〵の薬をおき並べてまゐり給ふ。
この条は流布本系統のみにある。
『日本古典文学大系　平安鎌倉私家集』　建礼門院右京大夫集　四四五頁
　すびつのはたに、こゞきに水のいりたるがありけるに、月のさし入てうるりたる、わりなくて
『日本古典文学大系　平安鎌倉私家集』　建礼門院右京大夫集　四六〇頁
　宮のまうのぼらせ給御ともしてかへりたる人〴〵、物がたりせしほどに火もきえぬれど、すびつのうづみびばかりかきおこして
『私家集大成』　道命阿闍利集　中古Ⅰ　七五〇頁
　すひつに、花をさしてみる人のあるに
うつみひのちかきかきりはさくら花

ちるともちりはたてしとそ思

『私家集大成』　大斎院前の御集　中古Ⅱ　八六頁

廿八日、はきをすこしをりて、御前のすひつにたきて　進

春日野ゝとふひのはきはゝ（□）《る》まちて

ゆきふる（の）《ゑ》さへもえにけるかな

『私家集大成』　弁乳母家集　中古Ⅱ　三〇九頁

またのとしの春、大納言まいり給て、すひつのはたにてならひに

花のかのにほふにものゝかなしきは

とありしに

はるやむかしのかたみなるらん

『私家集大成』　散木奇歌集　中古Ⅱ　四六三頁

まつのすひつに、することもなくて、かなはといふものゝたてるをみてよめる

いかにせむいっちゆけとも世中の

かなはぬさまそにるものもなき

これらの例からは「すびつ」が暖房具であることが知られるのみで、囲炉裏か角火鉢かは判定出来ない。枕草子の用例と同じく「ながすびつ」の例があり、「すびつ」には大きなものがあったことが判る。又、火桶には「御」の付く例があり、「すびつ」には「御」の付いた例が見えないことから、貴人の個人用としては火桶が用ゐられてゐたやうである。禁秘抄に拠ると下侍に炭櫃が有るとする。

「すびつ」の例は、無名抄、宇治拾遺物語（「すひつ」一例、「ながすひつ」一例）、たまきはる（「すひつ」一例、「おほす

ひつ」一例)、方丈記の流布本系統本などに見える。この他に、

『たまきはる(健御前の記)総索引』二五頁

御からひつのすこしちいさきに、ひやう風たて、すひつすゑ、き丁たて丶、ものゝくおきなとして、しはしこらんして

は「すゑ」とあり、移動可能な暖房具の筈であるから、囲炉裏ではなく角火鉢であらう。

『日本古典文学大系　沙石集』一五四頁

我身ハヒタイツキノ内ニ居テ下知[シ]、弟子ノ僧火タ[キ]テ、前ノスビツニテ、生タル魚ヲニルニ、鍋ノ湯ノアツクナルマヽニ

の例は「スビツ」で魚を料理してゐる場面である。

『日本古典文学大系　栄花物語』下巻　九四頁

みづしどころのかたをみれば、さるべきげらうおとこどもや、なにくれの供奉たち、又たもとあげたるしもほうしばらのつき〴〵しき五六人、地火爐のもとにゐなみて、をものどもをいそぐめり。

の条の「地火爐」は、囲炉裏の意であり、料理をする場面である。従つて沙石集の「スビツ」も囲炉裏の意である如くに見られるが、火鉢は暖房のみに使はれたのではない。近世で湯茶を沸かしたり酒に燗をつけたり、炊事用にも多用されたから、時代が溯つても同じ事で多用途に用ゐられたであろう。魚を煮てゐるから囲炉裏であるとすることは出来ず、角火鉢とも囲炉裏とも考へられる例である。古活字十行本は「炉」とある。沙石集には他に三例の「すひつ」がある。

『新潮日本古典集成　とはずがたり』一五頁

これは、障子の内の口に置きたる炭櫃に、しばしは倚《よ》りかかりてありしが、衣《きぬ》ひきかづきて寝ぬる後の、何事も

思ひわかであるほどに

『新潮日本古典集成　とはずがたり』　五三頁

火などもともさで月影見る由して、寝所《ねどころ》にこの人をば置きて、障子の口なる炭櫃《すびつ》に倚《よ》りかかりてゐたる所へ、御姆こを出で来たれ。

の両例は炭櫃によりかかるとある。囲炉裏ではよりかかることは有り得ず、角火鉢である証と考へるべきであらう。一五頁の例は「障子の内の口に置きたる」とあり、「置く」もので移動可能である。たまきはるの「すう」(据う)も、ここの「置く」も固定されてゐる囲炉裏を否定し、必要に応じ随時動かし得る火鉢であることを示す。火桶の「桶」が「麻笥」で丸形であるのに対し、炭櫃の「櫃」は角形の箱であるから、炭櫃は角火鉢である。

『日本古典文学大系　古今著聞集』　巻二十　五三二頁

宮内卿業光卿のもとに、盃酌の事ありけるに、すびつの辺に、にしをおほくとりおきたりけるに、亭主酒にゐいて、そのすびつを枕にしてねいりにけり。

の例は、「すびつ」を枕として寝るのであり、囲炉裏では有り得ない。角火鉢と考へられる。

一　「置く」「据う」とあり、移動するものである。

二　枕にしたり、よりかかったりするから、平面でなく、側が高いものである。

の二点から、「すびつ」は固定式の囲炉裏ではなく、角火鉢であるとすべきである。

古辞書類では、色葉字類抄の前田本、黒川本に「スヒツ」の訓があるのを初めとして、多く見られる。伊呂波字類抄の古典全集本では「爐」に「スヒツ」の訓があるが、大漢和辞典の「爐」の条に拠ると、ゐろり、ひばち、香炉の意があるとして、漢籍の例を引く。漢語としては囲炉裏、火鉢の両用法があつた訳で、伊呂波字類抄の場合一方に断定出来ないことになる。日本国語大辞典の「炉」の条に、火鉢、手あぶりの意があるとして、明月記や門室有職抄の例を引く。

時代が降つた辞書の中には、弘治二年本節用集のやうに「爐」に「スビツ」として「ユルリ」の訓を記すものが現れる。「ユルリ」は「ゐろり」の訛である。図書寮零本節用集も同じであり、慶長十五年刊本の倭玉篇や類字韻には「爐《ロ》イルリ スビツ」とある。「イルリ」は「ゐろり」の訛で、この時代には「すひつ」は囲炉裏と同一視されてゐたことになる。日葡辞書、日仏辞書、日西辞書に「すびつ」があり、『邦訳日葡辞書』に拠ると、「家の中で火をおこす小さな炉」とある。この「炉」は囲炉裏の意である。同書の「イロリ」の条には「火をおこす炉」とある。訓蒙図彙には「地爐《ちろ》今按すびつ俗云いろり」とあり、「すびつ」を囲炉裏とする。合類節用集にも「地爐」に「スビツ　イロリ」「スビツ　ユルリ」とある。

これまでの考察より、「すびつ」は古くは角火鉢の意に用ゐられたけれども、室町時代末期以降には囲炉裏の意となつたと考へられる。『鎌倉遺文』古文書編第二巻三六二頁の猪熊関白記正治元年十一月十五日条の五節舞姫定文に装束として、屛風、几帳、火桶、炭取と共に「炭櫃　三口」が見えるが、行事の為に臨時に用意するものであり、炭櫃は移設の容易な角火鉢と見るべきであらう。江家次第秘抄には「火櫃《スビツ》二水記ニ出ヅ 手アブリ也」として、「スビツ」を手あぶり、即ち火鉢とする。

枕草子の諸説に戻ると、平安時代の「すびつ」は角火鉢と考へられるから、囲炉裏とする一の説は適当でない。第二十二段「すさまじき物」の段の三巻本は「すひつ」と「地火ろ」とを並記する。「地火ろ」は囲炉裏の意であるから、「すひつ」を囲炉裏とすると、同意の語を二つ並べたことになり、通じがたい。角火鉢と囲炉裏といふことで、暖房具として種類の異る二つを挙げた見るべきである。能因本の本文に拠つても、「ひおけ」と「ち火ろ」とを並記してゐて、角火鉢と丸火鉢との違ひはあるものの、種類の異る火鉢と囲炉裏とを挙げたものであり、必然性がある。第一段「春はあけほの」の段では同じ火鉢ながら、角火鉢と丸火鉢といふ外観に大きな違ひがある二つを挙げてゐる。

角火鉢とする二の説が適当である。

囲炉裏、角火鉢とする三の説は不適当である。この説は近時の枕草子の註釈書にも見られ、現在の辞書も、『日本国語大辞典』の「すびつ」の条に、「床を切って作った炉。いろり。また、一説に角火鉢ともいう」とする。古語辞典類にも同様な説明がある。この説は時代の変化により「すびつ」の語の実体が変ったことを考慮してゐない。古くは角火鉢を指し、後には囲炉裏を指したとすべきである。

角型の火入れとする四の説は「火入れ」が何を指すかはつきりしない。

大きい火鉢とする五の説は根拠が無い。たまきはるに「おほすひつ」の例があることと照し合せても納得しがたい。火桶は「桐火鉢」の語が続詞花集に見えるやうに桐をくり抜いて作る場合、あまり大きなものは出来ず、大きなものは「すびつ」に多かつたかも知れないが、本質的なものではない。

火鉢とする六の説は漠然として不正確である。丸火鉢である「火桶」に対して、角火鉢と限定すべきである。

結論として、枕草子の「すびつ」は角火鉢であり、二つの角火鉢とする説が適当である。後代に囲炉裏を指すやうになつたのを、古い時代にまで溯らせたのが、諸説の混乱の生じた理由であらう。

註

一　榊原邦彦『枕草子論考』（昭和五十九年三月　教育出版センター）二三〇頁以降。

七　ゐさめの里

榊原邦彦編『枕草子本文及び総索引』（和泉書院）第六十六段「さとは」の段

さとはあふさかのさとなかめのさとゐさめの里人つまのさとたのめのさと夕日の里つまとりのさと人にとられたるにやあらん我まうけたるにやあらむとをかしふしみの里あさかほのさと

の「ゐさめの里」が何処を指すかにつき諸説が対立し、解釈上の問題があると思はれる。
諸本の本文は三巻本の殆どが「ゐさめの里」の他、
ゐいさめの里　三巻本の古梓堂文庫蔵本
いさめの里　能因本
ゐさめのさと　前田本
ねさめの里　堺本の無窮会文庫蔵本　伝後光厳院宸翰本　京都大学蔵本
ねさめのさと　堺本の宮内庁書陵部蔵図書寮本
である。何処を指すかにつき、
一　伊勢国去来見
枕草紙抄　枕草紙旁註　清少納言枕草紙通釈
二　伊勢国
窪田空穂『枕草紙評釈』　物集高量『新釈日本文学叢書　枕草紙』　吉村重徳『新訳註解枕の草紙』
三　美濃国揖斐郡八幡村大字片山
溝口白羊『訳註枕の草紙』　萩谷朴『新潮日本古典集成　枕草子』　萩谷朴『枕草子解環』
四　美濃国
岸上慎二『校訂三巻本枕草子』　藤本一恵『校註枕草子』　岸上慎二『校註古典叢書　枕草子』
五　伊勢国　美濃国
鳥野幸次『枕草子新解』　松本竜之助『学習受験参考枕の草子詳解』　松本竜之助『詳註枕の草紙』
六　東海道筋

中村徳五郎『新訳枕草子』

七　尾張国熱田

松浦貞俊、石田穣二『角川文庫　枕草子』　石田穣二『角川文庫　新版枕草子』

八　尾張国大高

榊原邦彦『枕草子抜書』

と諸説がある。一説、三説、七説、八説が具体的な地名を挙げてゐる。他は漠然としてゐるので考察は省く。

一説　伊勢国去来見

枕草紙抄に、

〔いさめの里〕は、伊勢国は、去来見里《イサミノ》とてあり。

これなるべし。「駒とめていさみの原」とよみしは、是なり。

とある。

万葉集の巻第一、四四番

石上大臣従駕作歌

吾妹子をいざみの山を高みかも

大和の見えぬ国遠みかも

と「いざみの山」が見え、澤瀉久孝『萬葉集註釋』に三国地志を引き、伊勢国飯高郡の高見山とし、今に伊佐美山と云ふとある。高見山は三重県と奈良県との県境にある標高千二百四十八米の山である。五代集歌枕に「いざみの山同（伊勢）　去来見乃山」とあり、いざみの山が伊勢国の高見山である事は確かであらうが、いさみの里とは異り、「いさめ」と「いさみ」とでは全く語形も違ふ。地名が似てゐるといふのみで、一致してはゐない。一説は根拠が無い。

三説　美濃国揖斐郡八幡村大字片山

溝口白羊『訳註枕の草紙』に、

夫木抄、躬経の歌に「東路のいさめの里は云々」とあり、後世ネザメの里といふ

とある。『作者分類夫木和歌抄　本文篇』に拠ると、

東路のいさねの里ははつ秋の
　なかきよひとり《ぁ》《ぁ》なかすわれなそ

とあり、静嘉堂文庫蔵本、書陵部蔵本、北岡文庫蔵本では「いさねの里」とあり、疑問である。

一条兼良のふち河の記に、

みのの国の歌枕の名所。その所はいづくともしらねども。こゝろにうかぶ事どもを筆のつゐでにかきあつめ侍るべし。

時鳥ね覚の里にやとらすは
　いかてか聞む夜半の一こゑ

とあり、二条良基の小島のくちすさみに、

夜ふかききぬたの音など聞えくるにぞ。人のすみか有とも覚え侍りし。ねざめの里とかやいふも此わたりぞかし。げにあかしかねたる草の枕は。ことはりすぎたる秋の夜なり。

とあり、室町時代ねざめの里が美濃国の名所として伝へられてはゐた。

七説　尾張国熱田

松浦貞俊、石田穣二『角川文庫　枕草子』に、

後世「ねざめの里」と言うのは、尾張、熱田の一名とされる。
とある。
いざめの里を詠んだ和歌は、
古今六帖
東路のいざめの里は初秋の
長き夜をひとりあかすわが名ぞ
われのみと思ふはやまのいざめ里
いざめに君をこひあかしつる
があり、ねざめの里を詠んだ和歌は、
伊勢大輔集
ころもうつ
かせのをとにおとろかれてやわきも子か
ねさめのさとにころもうつらん
があるが、所を限るものは無い。
松葉名所和歌集の祢覚里に「美濃　方与集に当国一説尾張云々」とあり、後世美濃国、尾張国に考へられてゐた。
松葉名所和歌集には、
ひとりのみ思ふは山の祢覚里
ねさめて人を恋あかしつる
あられすよ祢覚の里の梅か香に

鶯来る月の明ほの

も引いてある。改編和歌藻しほ草に「寝覚里　尾州或云みの擣衣」とあり、尾張国或は美濃国とする。尾張国熱田とする説につき、尾崎久彌「元禄時代の尾張の地名」（「江戸文学研究」二ノ十二冊、昭和五年十二月）に

この古来有名な歌枕の所在に就て、申します。後には、これらをすつかり熱田に奪つたやうであるが、元禄頃までは、当然まだ鳴海の附近で

とし、寝覚の里は本来鳴海の名所であり、熱田とするのは後世の説であると述べる。

更に尾崎久彌『名古屋史跡名勝紀要』（昭和三十四年）に、

正しくは、今の大高町附近に求むべきで、（現に今の氷上姉子天神の西北に、「寝覚の里」というのがある。）

とする。熱田説は徳川義直が東御殿を築いた後である。

八説　尾張国大高とする拙論はこれらを承けたものである。『枕草子抜書』（笠間書院）に「名古屋市緑区大高町字中之島に寝覚の里がある」とした。鳴海潟は鳴海、大高辺一帯の称で、大高は鳴海潟に含まれる。小町草紙に、鳴海潟、ねざめの里、三河の八橋の順にあり、鳴海潟の東寄りである事が明らかである。

名古屋市緑区大高町字中島に小高くなつた一画があり石碑が建つ。碑面に、

大高里なるこの寝覺の地名はしも千八百年の昔倭武天皇の火上の行在所に坐し時朝な〳〵に海潮の波音に寝覺し給ひし方なる故にかくは云ひ効はせるものならむ故この地名を万代に傳へまくを予に其事この石面に書付てよと里人の請はるゝまゝにかくなむ

明治四十三年十月

熱田神宮宮司正五位勲六等　角田忠行

とある。

往古ここは鳴海潟の一部で、近くに氷上姉子神社の一の鳥居があり、浜社の旧跡もある。一の鳥居から南北に通る道筋は古への波打際である。大高町字中島の直ぐ南は東海市字寝覚であり、寝覚の地名が伝はつてゐる。『東海市史』資料編　第四巻　三五六頁に、日本武尊に因み、後世地名になつたとある。

建碑は明治四十三年とは言ふものの、古くからの伝承に基づくものである。小山の上に碑が建つてゐたため昭和三十四年の伊勢湾台風で折れ、昭和五十五年に再建した。池田陸介氏に拠ると再建の折、土盛中より山茶碗が出土した由で、旧跡であることが証明された。

日本武尊の妃宮簀媛命の館祉が氷上姉子神社で、近くに日本武尊遊観の旧祉白鳥山がある。

鳴海潟に寝覚の里がある事は冨士見道記に「ね覚の上山崎にて」とあり、尾崎久弥「名古屋の歌枕」(「無閑之」二十七号、昭和十四年四月)に「鳴海辺なり」とある。

美濃の寝覚の里は室町時代より溯る確証が無く、平安時代の枕草子の歌枕とは言ひがたい。大高の場合、口承による伝へが神話時代より伝へられて来たもので、枕草子の歌枕とするにふさはしい。枕草子の三本の「ゐさめ(いさめ)の里」が後代の堺本で「ねさめの里」に変つたやうに、大高の「ゐさめ(いさめ)の里」が時代の流で今の「ねさめの里」と自然に変つたのであらう。

結論として枕草子の「ゐさめ(いさめ)の里」は後代に「ねさめの里」と変つたもので、伊勢国去来見、美濃国片山、尾張国熱田の説は妥当でなく、尾張国鳴海潟の大高である。

八　たゝすの神

榊原邦彦編『枕草子本文及び総索引』(和泉書院)　第百八十二段　「宮にはしめてまいりたるころ」の段

あけぬれはおりたるすなはちあさみとりなるうすやうにえんなるふみをこれとてきたるあけてみれは

いかにしていかにしらましいつはりを空にたゝすの神なかりせは

となん御けしきはとあるにめてたくもくちおしうも思みたるゝにもなをよへの人そねたくにくまゝほしき

の「たゝすの神」が何の神、何処の神社を指すかにつき諸説が対立し、解釈上の問題があると思はれる。

従来の註釈書の説は、

一　糺の神社

松平静『枕草紙詳解』　鳥野幸次『国語国文学講座　枕草子』　竹野長次『新註枕草紙』　増田繁夫『和泉古典選書　枕草子』

二　下鴨神社

佐々政一『枕草紙選釈』　永井一孝『校定枕草紙新釈』　佐々政一、山内二郎『枕草紙選釈』　金子元臣『校註枕草子』

三　下鴨神社　川合社

金子元臣『枕草子評釈』

と三説に分れる。

江戸時代の註釈書には糺の神に触れる書が無い。明治時代以降の註釈書は言及するものが多く、しかも殆どが下鴨神社とするので、一々書名を挙げるのを省いた。

他の作品にも見え、源氏物語の須磨の巻に源氏の和歌として、

うき世をばいまぞわかるゝとゞまらむなをばたゞすの神にまかせて

がある。この「たゞすの神」を山岸徳平『日本古典文学大系　源氏物語』、池田亀鑑『日本古典全書　源氏物語』、石田穣二、清水好子『新潮日本古典集成　源氏物語』、阿部秋生、秋山虔、今井源衛『日本古典文学全集　源氏物語』、

柳井滋他『新日本古典文学大系　源氏物語』は下鴨神社とする。

大和物語の附載説話に、

いつはりをたゞすのもりのゆふだすきかけてをちかへ我を思はば

があり、阿部俊子、今井源衛『日本古典文学大系　大和物語』に下鴨神社とする。

同じ歌は小異の形で平中物語や新古今和歌集に見え、清水好子『日本古典文学全集　平中物語』、久松潜一、山崎敏夫、後藤重郎『日本古典文学大系　新古今和歌集』、峯村文人『日本古典文学全集　新古今和歌集』、田中裕、赤瀬信吾『新日本古典文学大系　新古今和歌集』に下鴨神社とする。

諸作品を通して下鴨神社とする考へが定着してゐる訳で、拙著『古典新釈シリーズ　枕草子』（中道館）にも下鴨神社とした。

しかし金子元臣『枕草子評釈』に、

「糺の神」は賀茂の明神をいふか。山城愛宕郡下鴨の糺の森に鎮座し給へり。又糺の森の賀茂高野二川湊合する処に、川合の社あり。文徳実録に、鴨川合神とあるものにて、延喜式名神大に列せり。或はこれかとあり、下鴨神社と川合社とを挙げてゐる。この記述は昭和二十七年の増訂版も同文である。但し金子元臣の『校註枕草子』『枕草子通解』『枕草子新抄』『改稿枕草子通解』には下鴨神社とする。

久保田淳『新潮日本古典集成　新古今和歌集』に「下賀茂神社の摂社、河合神社」とあり、一部には川合社（河合社、河合神社）とする説がある。

江戸時代の地誌では、雍州府志が「下賀茂の社　糺宮《ただすのみや》といふ。あるいは、只洲《ただす》に作る」とするのを始め、京羽二重、名所都鳥、東北歴覧之記などが下鴨神社とする。

一方、山州名跡志の巻之五に

糺《タダス》或《ハ》作《リ》二只洲《タダス》一。又作《ル》二河合《タダスニ》一〇糺トハ他ニ在《ル》二河合社《タダスノヤシロ》一故《ヘ》ナリ。

とし、河合社とする書もある。

現在の神道関係の書では、『日本神名辞典』（神社新報社）は下鴨神社とし、『神道大辞典』（臨川書店）は下鴨神社並に河合神社として二社を挙げる。

古く八雲御抄の社の条に

かもの社　すみよし　ふるの社　みわの　かるの　こやすの　つまなしの　かしひの宮　たゞすのみや

とあり、賀茂（鴨）社とは別項に挙げるので、上賀茂神社、下鴨神社以外の社として認められてゐたのであらう。

太平記の巻十五では「河合森《タダスノ》」とあり、巻十七に「河合《タダス》」とあり、色葉字類抄の黒川本に「只洲《タヽス》河合社也」とあるところから、糺の神、糺の宮は河合社と考へられる。

延喜式の神名帳に「鴨川合坐小社宅神社」とある。小社宅神社は河合社の正式名である。今は下鴨神社（正式名は賀茂御祖神社）の摂社であるが、延喜式に名神大とあり、官幣が度々寄せられ、古くより朝廷に重んぜられた有数の大社であった。

「川合」「河合」は異字同義であり、「糺」「只洲」と読が共通であったことは糺の神を河合社とみなす証拠と言へる。山州名跡志に言ふ「河合社《タダスノヤシロ》」は古くからの伝統を語るものであらう。

『日本の神々　神社と聖地』の第五巻の大和岩雄「賀茂別雷神社・賀茂御祖神社」三二頁に、

第一に、下社のある糺の森は、本来は河合社の森であった。「河合社」と書いて「タダスノヤシロ」と訓むのが慣例である。

とあり、大和岩雄「木島坐天照御魂神社」一一四頁にも、

事実、『太平記』は「河合森《ただすのもり》」（巻十五）、「河合《ただす》」（巻十七）と書く。このように「河合」と書いて「タダス」と訓

む例があり、また『塔芥抄』『色葉字類抄』は「只洲社《ただす》」と書いていることからみて、糺の神、糺の宮は河合神社を指すものと考えてよかろう。

とある。

結論として次の事が言へる。

枕草子を始め、大和物語、平中物語などの平安時代の文学作品に現れた「たゝすの神」（糺の神）「たゝすのもり」（糺の森）は下鴨神社（賀茂御祖神社）を言ふのではなくて、河合社（河合神社）を言ふ。

「川合」「河合」「糺」「只洲」を何れも「ただす」と訓み、「河合社」を「ただすのやしろ」と訓むのが慣例であった。

九　こ た い

榊原邦彦『枕草子本文及び総索引』（和泉書院）　逸文第十六段

こたいの人のさしぬきゝたるこそいとたい〳〵しけれまへにひきあてゝまつすそをみなこめいれてこしはうちすてゝきぬのまへをとゝのへはてゝこしをゝよひてとるほとにうしろさまにてをさしやりてさるのてゆはれたるやうにほときたてるはとみのことにていてたつへくもみえさめり

「こたいの人」につき、古風な人、昔風な人、時代遅れの人と解する事は諸註釈書が一致するものの、

一　「こたい」か「こだい」か

二　「こたい」の漢語の漢字は何か

について諸説が分かれるので考察する事にする。この段は三巻本のみにある。

「たい」の清濁について

一　だい　池田亀鑑『全講枕草子』
二　たい　田中重太郎『日本古典全書　枕冊子』
三　示さぬ　山岸徳平『校註日本文学大系　清少納言枕草子』　松浦貞俊、石田穣二『角川文庫　枕草子』
の三説がある。

「こたい」の漢字について
一　古代　山岸徳平『校註日本文学大系　清少納言枕草子』　池田亀鑑『全講枕草子』　池田亀鑑、岸上慎二『日本古典文学大系　枕草子』
二　古体　萩谷朴「〝古代〟か〝古体〟か」（「解釈」第十一巻第六号）　萩谷朴『新潮日本古典集成　枕草子』　萩谷朴『枕草子解環』
三　古代　古體　塩田良平『三巻本枕草子評釈』
四　示さぬ　田中重太郎『日本古典全書　枕冊子』　三谷栄一、伴久美『全解枕草子』　藤本一恵『校註枕草子三巻本』
と四説がある。

三巻本の諸本は「こたい」の仮名表記であり、漢字に何を宛てるか分明でない。
源氏物語、栄花物語、かげろふ日記、更級日記等にかなりの用例があり、何れも仮名表記である。
阿部秋生他『日本古典文学全集　源氏物語』　末摘花　第一巻　三六七頁
ゆるし色のわりなう上白《うはじら》みたる一かさね、なごりなう黒き袿《うちき》かさねて、表着《うはぎ》には黒貂《ふるき》の皮衣《かわぎぬ》、いときよらにかうばしきを着たまへり。古代のゆゑづきたる御装束なれど、なお若やかなる女の御よそひには、似げなうおどろおどろしきこと、いともてはやされたり。

『河海抄』巻第三に「古代」とあり、源氏物語の註釈書では山岸徳平『日本古典文学大系　源氏物語』に「古體」とする例外はあるものの、殆ど「古代」とする。

『源氏清濁』、『源氏詞清濁』

　こだい　二例　　こたい《古代》　一例

『仙源抄』

　こたい　古代也　古躰也

として『仙源抄』には「古代」「古躰」とする。

『雅言集覧』は「こだい　古代」として源氏物語五例、栄花物語四例を引き、『倭訓栞』は「古代」の項に栄花物語の二例を引くが、諸本の表記は「こたい」であり、漢字表記の例は無い。

参考に各作品を一例宛引く。何れも「こたい」である。

松村博司『栄花物語全注釈』　第一巻　一一一頁

御息所《みやすどころ》もきよげにおはすれど、もの老《お》い〱しく、いかにぞやおはして、少《すこ》し古体《こたい》なるけはひ有様《ありさま》して、見《み》まほしきけはひやし給《たま》はざらん。

柿本奨『蜻蛉日記全注釈』　上巻　二〇頁

「いかに、返《かへ》りごとは、すべくやある」など、さだむるほどに、古代《こだい》なる人ありて、「なほ」と、かしこまりて、書《か》かすれば、

　かたらはむ人なき里《さと》にほとゝぎすかひなかるべき声《こゑ》なふるしそ

吉岡曠『新日本古典文学大系　更級日記』　四〇二頁

母《はゝ》、いみじかりし古代《こだい》の人にて、「初瀬《はつせ》には、あなおそろし。奈良坂《ならさか》にて人にとられなば、いかゞせむ。石《いし》山・

関《せき》山こえていとおそろし。鞍馬《くらま》は、さる山、ゐていでむ、いとおそろしや。親《おや》のぼりて、ともかくも」と、さし
はなちたる人のやうに、わづらはしがりて、わづかに清水にゐてこもりたり。

松村博司他『日本古典全書　狭衣物語』　下巻　七八頁

「古代の懸想文《けさうぶみ》の返事《かへりごと》は、伊勢が斯かる事をしける。げに中々ならむよりはいとよしかし」と、これにてぞ思ひ
増し聞えさせ給ひける。

古活字本の原本は「こたい」である。

以上の作品は全て「こたい」である。他の作品も仮名表記の「こたい」に「古代」を宛てる書が殆どである。

『例解古語辞典』（三省堂）の「古代」の語形に

文学作品の原文では、仮名書きで「こたい」とある。「古体」の字をあてる解釈もあるが、積極的な根拠はなく
疑問。

とあり、作品の諸本の原文は「こたい」の仮名表記のみであり、漢字表記は無いとする。しかしながら漢字表記例は少ないながらある。

西尾實『日本古典文学大系　徒然草』　第二十二段

何《なに》事も、古《ふる》き世のみぞしたはしき。今様《やう》は、無下にいやしくこそ成ゆくめれ。かの木の道の匠《たくみ》の造《つく》れる、うつく
しきうつは物も、古代の姿こそをかしと見ゆれ。

西尾實『日本古典文学大系　徒然草』　第六十五段

この比の冠は、昔よりはるかに高くなりたるなり。古代の冠桶を持《も》ちたる人は、はたを継《つ》ぎて、今用るなり。

底本は烏丸光広本であるが、他本も漢字表記である。

山田孝雄他『日本古典文学大系　今昔物語集』　第五巻　巻第二十九　第十二

近来《ノ》人《ナラバ》、明《ルヤ》遅《キト》宿直《ヲモ》数儲《ケ》、彼《ノ》「仲《スルゾト》」云《ツル》侍《ヲモ》搦《メ》置《テ》、入来《ラムトセム》盗人《ヲモ》尋《テ》、別当《ニモ》検非違使《ニモ》可触《キニ》、其《ノ》比《マデハ》人《ノ》心《モ》古代也《ケルニ》合《セテ》、其《ノ》筑後《ノ》前司《ガ》心直《シキ》者《ニテシケルニヤ》、（中略）賢《キ》者《ナレバ》此《ル》事共《ハシタルゾトハ》思《ヘドモ》、此《レ》糸吉《キ》事《トモ》不思《エズ》。物《ヲ》取寄《セツヽ》仕《ヒケムモ》極《テ》悪《カリケム》物《ヲ》、古《ハ》此《ル》古代《ノ》心持《タル》人《ゾ》有《ケルトナム》語《リ》伝《ヘタル》トヤ。

『大日本古記録　小右記』　第三巻　長和二年七月十六日

給雑布於為成真人、令成其事、予為雅楽寮別当、一分有其故、但是古躰事也、只問《内々》致愚忠耳

『大日本古記録　小右記』　第四巻　寛仁元年十月廿二日

摂政又貢五疋、摂政馬一疋志中宮大夫、大殿按察・四条大納言、聞貢馬由上臈卿相馳参、非古躰之作法、忘恥辱之世也

『春記』の長久元年九月廿八日条にも例がある。

根本敬三『対校大鏡』五四頁　後一条院　東松本

いてやそれはさきらめけとくもりやすくそあるやいかにいにしへの古躰の鏡はかねしろくて人てふれねとかくそあかきなとしたりかほにわらふかほつきゐにかゝまほしくみゆ

近衛家旧蔵本も「古躰」である。

根本敬三『対校大鏡』　二九九頁　道隆　東松本

さやうのおりめしありけるにも大盤所のかたよりはまいりたまはて弘徽殿の上の御つほねのかたよりとをりて二間になむさふらひたまひけるとこそうけたまはりしか古躰に侍りや

古活字本、八巻本、近衛家旧蔵本も「古躰」であり、千葉本は「古躰《コタイ》」と傍訓がある。

徒然草の「古代」二例は昔、前時代の意味であり、徒然草の時代に「古代」を昔の意で用ゐた事は確かである。

「古代」の読につき「コタイ」とする山田孝雄他『日本古典文学大系　今昔物語集』や小谷野純一『更級日記全評釈』

の説がある。「百代」を呉音の「ヒヤクダイ」、漢音「ハクタイ」と二通りに読む例はあるけれども、平安時代の「代」は漢音「タイ」が呉音「タイ」を圧倒して用ゐられたとは考へがたく、「コダイ」であらう。

今昔物語集の「古代」は古風、昔風と解する事も出来るが、前例は「近来」と対照し、後例は「古」と対照してゐて、両例とも昔、前時代の意に解する方が自然である。要するに漢字表記の「古代」は昔の意である。

一方「古躰」の漢字表記例は昔風、古風の意に用ゐられてゐる。枕草子逸文第十六段の「こたい」も同意であるから、漢字を宛てるならば「古躰（古体）」が適当であらう。

他の平安時代の文学作品に於ても「こたい」の仮名表記に漢字を宛てるとするならば、古風、昔風の意の場合は「古躰（古体）」が適当であり、昔、一時代前の意の場合は「古代」が適当である。『伊呂波字類抄』に「古體（古体）」はあるものの「古代」は無い。従来「古代」と宛てられて来たものも「古躰（古體、古体）」を宛てた方が妥当なものが多いのではないかと考へる次第である。

結論として枕草子逸文第十六段は「こたい」に「古躰（古体）」を宛て「コタイ」と読むのが適当である。

他作品の「こたい」は昔風の意は「古躰（古体）」であり「コタイ」、昔の意は「古代」で「コダイ」である。

十　ちかうゝちかゝりたる

榊原邦彦『枕草子本文及び総索引』　第二百四段　「五月はかりなとに山さとにありく」の段

五月はかりなとに山さとにありくいとおかしくさ葉も水もいとあをく見えわたりたるにうへはつれなくて草おひしけりたるをなか〳〵とたゝさまにいけはしたはえならさりける水のふかくはあらねと人なとのあゆむにはしりあかりたるいとをかしひたりみきにあるかきにあるものゝえたなとのくるまのやかたなとにさしいるをいそきてとらへておらんとするほとにふとすきてはつれたるこそいとくちおしけれよきのくるまにをしひしかれたりけ

るかわのまはりたるにちりこゝちかゝりたるもおかし

の「ちりこゝちかゝりたる」の本文は岩瀬文庫本で、陽明文庫本（旧二冊本）は「ちかうゝちかゝりたる」であるが、

諸註釈書の本文は種々であり、解釈上の問題がある。

甲「かがへたる」「かかへたる」の本文に拠る。

一　ちかうかがへたる香も

枕草子春曙抄　古谷知新『国民文庫　枕草紙』　中村徳五郎『新訳枕草子』

枕草子春曙抄に「蓬の匂ひの間近くしたる心也」とある。

二　ちかうかゝへたる香も

枕草紙旁註　斎藤彦麿　傍註枕草子　萩野由之他『日本文学全書　枕草子』

斎藤彦麿　傍註枕草子に「かゝへたるは匂のする也」とある。

三　近ううちかゝへたるも

阿部秋生『枕草子評釈』　松浦貞俊、石田穣二『角川文庫　枕草子』　榊原邦彦『古典新釈シリーズ　枕草子』

阿部秋生『枕草子評釈』に「すぐ近くにおいがただよっているのも」とある。榊原邦彦『古典新釈シリーズ

枕草子』に「近く匂って来たのも」とした。三巻本「ちかううちかかりたるも」の本文を前田本「ちかうかゝ

へたるも」、堺本「ふとかゝへたるも」で校訂したもの。

乙「たゝへたる」の本文に拠る。

修文館編輯部『教科用抄枕草紙』

註は無い。諸本にこの本文は無く、意味も不通で採るべき本文では無い。

丙「かけたる」の本文に拠る。

一　近《チカウ》かけたるも
清少納言枕草紙抄　池辺義象『校註國文叢書　枕草紙』　吉沢義則『校註枕草子』
清少納言枕草紙抄に「艾の茎《クキ》を、車の輪に引懸たるを、輪が廻《マヒ》あがれば、車の内より近《チカウ》見ゆるとなり」とある。
十行古活字本の本文である。
二　近うかけたるも、香のかかへたるも
山岸徳平『校註枕草子新抄』　田中重太郎『枕草子新釈』　田中重太郎『枕冊子全註釈』
田中重太郎『枕草子新釈』に「ついそばまでやって来て（よい香を）ただよわせるのも」とある。
能因本の高野本の本文である。

丁
「うちかかりたる」の本文に拠る。
一　近ううちかゝりたるも
藤村作『清少納言枕草子』　田中重太郎『枕草子の精神と釈義』　田中重太郎『日本古典全書　枕冊子』
田中重太郎『枕草子の精神と釈義』に「ついそばまで（まひあがつて）来たのも」とある。三巻本の本文である。
二　近ううちかゝりたる香も
塩田良平『日本古典読本　枕草子』　塩田良平『校訂枕草子抄』　塩田良平『日本古典鑑賞読本　枕草子』
「香」は能因本に拠り加へたもの。解釈無し。

戊
「かへりたるも」の本文に拠る。
一　近ううちかへりたるも
山岸徳平『校註日本文学大系　清少納言枕草子』　岩井良雄『教養国文枕草子』　塩田良平『三巻本枕草子評釈』
塩田良平『三巻本枕草子評釈』に「鼻先で匂って来た」とある。

図書寮本の本文である。

二　ちかうかへりたるも

西義一『校註枕冊子』

「ま近く起き上つてゐるのも」とある。

十二行古活字本の本文に拠る。

乙は論外として意味から二つに分けられる。

一　蓬の香がする

甲　戊ノ一　丁ノ二　戊ノ一

二　蓬が来る

丙　丁ノ一　戊ノ二

丁の一「近うちかゝりたるも」は三巻本の本文であり、依拠する註釈書の数が多い。

臼田甚五郎、大森郁之助『枕草子の探究』に、

「うちかゝる」はつぶされた蓬がその車輪に引っかゝり、車輪が回転すると折れた枝やちぎれた葉が持ち上げられ散りかゝるのをいう。

とある。

伴久美『枕草子要解』、三谷栄一、伴久美『全解枕草子』に、

屋形のどこかにひっかかったのも

とするのは納得出来ない。又萩谷朴『枕草子解環』に、

（持ち上げられ）簾近くにばさっと当たるのも

とし、萩谷朴『新潮日本古典集成　枕草子』に

［持ち上げられ］簾にばさっと当るのも

とあるが、ちぎれて車輪にへばりついた蓬がばさつと当るものであらうか、甚だ疑問である。「くるまにをしひしかれた」よもぎが潰れた事で香を増し、車輪の廻るに連れて匂ひを増したさまと解するのが妥当である。

三巻本の「うちかゝりたる」の本文に拠る書の中で

一　「かゝへたる」が正しいか

池田亀鑑『全講枕草子』　池田亀鑑他『日本古典文学大系　枕草子』　市古貞次『枕草子新抄』

二　「かかる」は「かかふ」と同じく香などを含み持つの意

稲村徳『枕草子の解釈と鑑賞』

三　「身近くよい香をただよわせるのも」と訳す

浅尾芳之助他『文法詳解学習受験枕草子』　増淵恒吉『新纂枕草子評釈』　桜井祐三他『全釈枕草子』

などかなりの数の書が香の意に解するを可としてゐる。

「かゝふ」の用例は三巻本に四例ある。

第五十一段　「七月はかりに」の段

七月はかりに風いたうふきて雨なとさはかしき日大かたいとすゝしけれはあふきもうちわすれたるにあせのかす
こしかゝへたるわたきぬのうすきをいとよくひきゝてひるねしたるこそをかしけれ

第六十二段　「ちこは」の段

ちこはあやしきゆみしもとたちたる物なとさゝけてあそひたるいとうつくし車なとゝめていたき入て見まくほしくこそあれ又さていくにたき物のかいみしうかゝへたるこそいとをかしけれ

第二百五段　「いみしうあつきころ」の段

さやうなるにうしのしりかひのかの猶あやしうかきしらぬものなれとおかしきこそ物くるおしけれいとくらうやみなるにさきにともしたるまつのけふりのかのくるまのうちにかゝへたるもおかし

第二百六段　「五月のさうふの」の段

五月のさうふの秋冬すくるまてあるかいみしうしらみかれてあやしきをひきおりあけたるにそのおりのかのゝこりてかゝえたるいみしうおかし

清少納言はこのやうに枕草子で数多く香を取上げて題材としてゐる。とりわけ第二百四段、第二百五段、第二百六段は一続きの段で、何れも香を叙述の対象とするものと考へられ、第二百四段の問題の部分は蓬が来るのではなくて蓬の香がすると解するのが適当である。

三浦和雄『高校解釈文法新書　枕草子』に、

「かかふ」はどの辞書にも「香を含みもつ」「漂ふ」など注してあるが、ここは「ただよわす」「発散させる」などの意味に見なければならない。

との指摘がある。

「抱ふ」は内に保つ、含み持つが原義であらう。外に香が漂ふとは相反する事になる。その為近時の辞書では『角川古語大辞典』に

かか・ふ〔香〕動下二「か（香）」を語基とする動詞。ほのかに香が漂うことをいう。

『日本国語大辞典』第二版

かか・える《かかへる》〔香〕《自ハ下二》文かか・ふ《自ハ下二》かおりがあたりにただよう。

として「抱ふ」とは別の言葉として扱ふが、この考へは無理なやうだ。

枕草子春曙抄以下甲一で示したやうに「かがふ」とする考へがあり、「かがゆ」とする考へもある。「かぐ」と同源の語であるならば第二音節が「が」と濁音になるのは自然であらう。

三巻本では第二百六段のみ「かゝえ」で「かがゆ」の連用形と見る事が出来、他は「かゝへ」であるが、中世以降ハ行とヤ行との仮名遣は錯綜してゐて、これだけでは極手にならない。

「かがゆ」と思はれる語は平安時代文学作品に散見するが、今昔物語集に纏つて用ゐられる。

山田孝雄他『日本古典文学大系　今昔物語集』

巻第二　第十六　第一巻　一五〇頁

只今コソ自《ミヅカラ》ノ本ノ夫、参レルナ。香《カウバ》シキ香《カガ》ユ。

巻第五　第七　第一巻　三五八頁

身ノ肉臭《シシクサ》クシテ其ノ香《カ》遠ク香《カ》ガユ。

巻第十六　第十二　第三巻　四四七頁

菩薩《ボサツ》ハ色ニモ現ゼズ、心ニモ離レ、目ニモ不見《ミ》エズ、香《カ》ニモ聞《カガ》エ不給《タマハ》ズト云ヘドモ

巻第十七　第卅三　第三巻　五五〇頁

火取ニ空薫《ソラタキ》スルニヤ馥《カウバシ》ク聞《カガ》ユ。

巻第十九　第十七　第四巻　九八頁

薫ク香《カウ》艶《エモイハ》ズ馥《カウバシ》ク氷《ヒヤ》ヤカニ匂ヒ出《イデ》タルヲ聞《カ》グニ、御隔子《ミカウシ》ハ被下《オロサレ》タラムニ、此《カ》ク薫《タキモノ》ノ匂《ニホヒ》ノ花ヤカニ聞《カガ》ユレバ

巻第二十六　第四　第四巻　四一五頁

極《イミジ》ク娥《ウルハシ》キ香《カ》ノ急《キ》ト聞《カガ》エケレバ

巻第二十七　第卅八　第四巻　五三一頁

安高、近ク寄《ヨリ》テ触《フレ》這《バフ》ニ、薫《タキモノ》ノ香《カ》極《イミジ》ク聞《カガ》ユ。

巻第三十　第一　第五巻　二一四頁

恐《オツ》〻《オ》ツ筥《ハコ》ノ蓋《フタ》ヲ開《アケ》タレバ、丁子《チヤウジ》ノ香《カ》極《イミジ》ク早ウ聞《カガ》ユ。

「かがゆ」について馬淵和夫他『日本古典文学全集　今昔物語集』三の五二三頁に「『かぐ』の再活用語『かがゆ』」とある。『角川古語大辞典』『日本国語大辞典』第二版にも「かがゆ」を項立する。

今昔物語集の言語と枕草子の言語とは共通性があり、この場合も今昔物語集の用例で枕草子の用例を考へる事は無理な事ではない。山田孝雄他『日本古典文学大系　今昔物語集』第五巻の四四九、四五〇頁に「カグ＋ユ」で香、匂がする意の自動詞として用ゐられる事を詳しく述べる。

結論として次の事が言へる。

一　「蓬が来る」意よりも「蓬の香がする」意が適当である。

二　「かけたる」「うちかかりたる」「かへりたる」の本文より「かがへたる」「かかへたる」の本文が良い。

三　「たゝへたる」の本文には根拠が無い。

四　「かかへたる」では「抱ふ」が香を内に含み持つ、保つ意となり無理がある。

五　「かがえたる」で「かぐ」＋「ゆ」から「かがゆ」となつた語とし、香がする意と考へるのが今昔物語集の用例から適当である。

第二章　枕草子「しきの御さうしにおはします比にしのひさしに」の段の読み

一　御文

三巻本　　ふみ　さふらふ・

能因本　斎院より御文・の候・・はんにはいかてかいそきあけ侍らさんと甲に

の「御文」（「御ふみ」を含む。以下「御文」で代表させる）については、

(イ)おんふみ　古谷知新『国民文庫　枕草子』　中村徳五郎『新訳枕草子』　溝口白羊『訳註枕の草紙』　物集高量『新釈日本文学叢書　枕草紙』　川瀬一馬『講談社文庫　枕草子』

説があるのみである。

明治時代の書はともかく、昭和の末年の書も「おんふみ」とするのは不審であり、以下で考察してみたい。

平安時代の仮名文学作品に見える「御」の読みについては、これまで拙著に考察を収めた。「御」は「ご」や「ぎよ」などもあるけれども、「御文」の場合、音読は問題外であるから除外すると、訓読では「おほみ」「み」「おほむ」（「おほん」を含む。以下「おほむ」で代表させる）「おん」「お」が考へられる。

「おほみ」は上代に於て「み」に次いで多く用ゐられた。しかしながら平安時代には用例が乏しくなり、「おほみあ

そび」「おほみあかし」「おほみき」など特定の語にのみ付いて用ゐられたにとどまる。この中でも「おほみあそび」は、源氏物語、古今和歌集、今鏡などの諸作品に見られるものの、「おほみ」が他の語に付いて用ゐられることは稀であり、枕草子の「御文」を「おほみふみ」と読んだ可能性は殆ど無かったと思はれる。

「み」は上代に於て最も広く用ゐられた。現代でも用ゐられて、根強い力を有してゐる。平安時代に於て、漢文訓読文、和歌、歌謡では「み」が普通である。しかしながら「み」は次第に使用が限定される傾向が生じ、源氏物語や大和物語では「みこゝろ」は会話文のみに用ゐられ、一方「おほむこゝろ」は会話文、地の文を問はず広く使はれてゐる。「みてぐら」「みあかし」「みやすむどころ」「みかど」「み帳」など、神祀、仏教、宮中、殿舎、調度関係の語にはかなり用ゐられるものの、広く一般の語に付くといふことはなくなった。「みふみ」の仮名表記例も見当らず、「みふみ」の可能性は非常に少ないと思はれる。

「おほむ」は平安時代に広く用ゐられた。「御」と漢字で表記する場合が殆どであるから、読みを断定出来ない場合もあるけれども、「文」「ふみ」については、

こゝのへはいふせさもまさりてなとやうによみたまへりしおほむふみとうゝしなひて　出羽弁集（『私家集大成』中古Ⅱ）

ないしのかみのとのにはじめてはじめて《(マヽ)》はべりけるうちのおほむふみ　西本願本三十六人集兼盛集（『西本願寺本三十六人集精成』）

おほんふみもなかりければ　小島切（『日本名筆全集』一の四）

先帝のおほんふみたまへりけるおほむかへり　後撰和歌集二荒山本（『後撰和歌集総索引』）

まかりいてゝのちおほんふみたまはせたりけれは　後撰和歌集二荒山本（『後撰和歌集総索引』）

おほむふみありける御かへり事に

大和物語尊経閣文庫所蔵伝為家筆本　七十八段（『大和物語の研究』系統別本文篇上）

つねにさふらひ給といひけれはおほむふみたてまつりける

大和物語尊経閣文庫所蔵伝為家筆本　八十一段（『大和物語の研究』系統別本文篇上）

みつからこそいとまもさはり給ことありともおほむふみをたにたてまつりたまはぬ心うきこと

大和物語尊経閣文庫所蔵伝為家筆本　百三段（『大和物語の研究』系統別本文篇上）

さらずば、おほむふみもならはしたてまつらじ

宇津保物語前田家本　藤原の君（『宇津保物語本文と索引』本文編）

俊景本（『俊景本宇津保物語と研究』）は「おほん文」で、浜田本（『角川文庫　宇津保物語』）は「おほんふみ」である。

なでう、さとよりは、さま《（マヽ）》のおほんふみはたてまつれたまはん

宇津保物語前田家本　内侍のかみ（『宇津保物語本文と索引』本文編）

浜田本は「おほんまみ」である。

おほんふみはからのむらさきのうすやう一かさねにつゝみて

宇津保物語前田家本　蔵開の上（『宇津保物語本文と索引』本文編）

浜田本は「おほんふみ」、延宝五年板本（『日本古典文学大系　宇津保物語』）は「おん文」である。

「さらばよかなり」とことばにきこえ給て、おほんふみはなし

宇津保物語前田家本　国譲の上（『宇津保物語本文と索引』本文編）

浜田本は「おほんふみ」、延宝五年板本は「おほんふみ」である。

やへやまぶきのつくりばなにつけてあり。おほんふみには

宇津保物語前田家本　国譲の中（『宇津保物語本文と索引』本文編）

浜田本は「おほんふみ」、延宝五年板本は「おほんふみ」である。

院・うちのおほむふみなどのことより、いたづらにとし月をすごしはべるに、世中もいくばくかな《（マヽ）》き物か

宇津保物語前田家本　楼上の上（『宇津保物語本文と索引』本文編）

俊景本は「おほむふみ」、浜田本は「おほんきみ」である。

さるへき所〳〵におほんふみはかりわさとならすうちしのひ給ひしにも

書陵部蔵青表紙本（『宮内庁書陵部蔵青表紙本源氏物語』）　須磨『源氏物語大成』三九六頁

あさからぬにこそは御文にもをろかにもてなし思ふまし

澪標『源氏物語大成』四九〇頁

源氏物語大成の校異に拠ると、平瀬本は「おほんふみ」の本文である。

兵部卿の宮のほとなくいられかましきわひことゝもをかきあつめたまへるおほむふみをこらむしつけて

胡蝶『源氏物語大成』七八九頁

宮より御ふみありしろきうすやうにて御てはいとよしありてかきなし給へり

螢『源氏物語大成』八一一頁

『源氏物語大成』の校異に拠ると、肖柏本は「おほむふみ」の本文である。書陵部蔵青表紙本も「おほむふみ」である。

おほむふみはなほしのひたりつるまゝの心つかひにてあるを

書陵部蔵青表紙本　藤裏葉『源氏物語大成』一〇〇五頁

さてのちはつねに御ふみかよひなとしておかしきあそひわさなとにつけてもうとからすきこえかはし給

若菜上『源氏物語大成』一〇七九頁

『源氏物語大成』の校異に拠ると、御物本、陽明家本、池田本は「おほんふみ」の本文である。

なをえおほしはなたしとある御ふみを少将もておはしてたゝいりに入給ふ

夕霧『源氏物語大成』一三一三頁

『源氏物語大成』の校異に拠ると、肖柏本は「おほんふみ」の本文である。

わかきみをつねにまつはしよせ給つゝしのひやかに御文あれと　紅梅『源氏物語大成』一四五八頁

『源氏物語大成』の校異に拠ると、御物本、横山本、池田本は「おほむふみ」の本文である。尾州家河内本（『尾州家河内本源氏物語』）、高松宮本（『高松宮御蔵河内本源氏物語』）は「おほんふみ」である。

ちかき程にこそ御ふみなとをみせさせ給へかし　東屋『源氏物語大成』一八四二頁

『源氏物語大成』の校異に拠ると、三条西家本は「おほむふみ」の本文である。

おほむふみは、かしこまり□《て》なむみたまへつる。みだりげにはべらむ。

虚空蔵菩薩念誦次第紙背文書（『平安時代仮名書状の研究』）

さもさぶらひぬべく候はゞさたの人々あけてしばしすゑよと候おほんふみたべと申させおはしましなんや

伝西行法師仮名消息（『書道全集』十七）

正月十日まいり給ておほんふみなとはしけうかよへとまた御たいめんはなきを

枕草子　前田本　第百八段「淑景舎春宮にまいり給ふほとの事なと」の段

と多数の「おほむふみ」「おほんふみ」の仮名表記例があり、枕草子の諸本中で最も書写年代の古い前田本にも「おほんふみ」はあるのだから、他の漢字表記例にも及して考へることが出来る。

「おん」は平安時代に僅な例を見るのみであり、それも院政期に集中してゐる。ロドリゲス日本大文典には、「おんふみ」の例が見られるものの、一般に「おほむ」が「おん」に変化した時代の例であり、枕草子の時代には普通用ゐられてゐない。枕草子の一部の註釈書は後代の用法を溯らせて考へたに過ぎず、従ふべきでない。

「お」は「おん」が更に変化したもので、大蔵虎明本狂言集には「お文」が二例見られるけれども、「おほむ」が

「おん」に変り、更に「お」に変ったことを示すのみで、枕草子の時代に溯り得るものではない。
　結論としては「おんふみ」は不適当であり、仮名表記例の多い「おほむふみ」と読むべきである。

二　をの

三巻本　　　　　て　　え　　い　紙・　響・
能因本　たゝなるやうあらんやはと・御覧すれはうつゐのかしらつゝみたるちひさきかみに山とよむをのゝひゝ
　　・たつ　　ゐ　つえ　をと　あり
　　きを尋・ぬれはいはひの杖・の音・にそ有・ける

の「をの」については、

(イ)　よき　金子元臣『枕草子評釈』　金子元臣『校註枕草子』　金子元臣『枕草子通解』　沢田総清、龍沢良芳『新選枕草子抄詳解』　金子元臣『枕草子新抄』　金子元臣、橘宗利『改稿枕草子通解』　三浦和雄『高校解釈文法新書　枕草子』　川瀬一馬『講談社文庫　枕草子』

(ロ)　をの　清少納言枕草紙抄　枕草紙旁註　枕草子春曙抄

(ハ)　斧　萩野由之他『日本文学全書　枕草子』　萩野由之他『標註枕草子』　松平静『枕草紙詳解』

と説が分かれる。(ロ)説は多くの書に見られるので、一部の書名を挙げるにとどめた。(ハ)は漢字表記で読みが不明である。

　能因本の諸本も三巻本の諸本も、『校本枕冊子』に拠ると「をの」の仮名表記のみであり、「よき」の本文や、「斧」の漢字表記の本文となる本は無いやうである。しかし敢へて「よき」とする説がかなり存在するので本稿で考察してみたい。

「よき」とする根拠については、金子元臣『枕草子評釈』に、

○山とよむの歌　斎院の御歌なり。山中響きわたるよきといふ名の斧の響を慕うて尋ね来てみれば、果して、祝の杖をつく音にてありけるよと也。斧はよきと訓むべし。をのにては、祝の杖に意の響くところなし。諸註悉く誤れり。後撰集「あふごなき身とはしる〳〵恋すとてなげきこりつむ人はよきかは」の類、よきをいひかけたる歌いと多し。祝の杖は、卯杖の別名なり。

とあり、金子元臣、橘宗利『改稿枕草子通解』に、

○**山とよむの歌**　山中に響きわたる斧《よき》の響を慕って尋ね来てみれば、果して祝いの杖をつく善き音であったよ。斧《おの》は一名「よき」で、ここは「善き」に言い懸けてあるから、「をの」でなく「よき」と訓む。「祝の杖」は卯杖の別名。

とある。

「をの」とする近時の書にも、松尾聰、永井和子『日本古典文学全集　枕草子』のやうに、

「いはひの杖」は卯杖をさす。柊・梅・桃などで作る。一説「をの」はもと「よき」を「斧」と記したものの誤りで、原歌は「よき」に祝の杖の意を響かせたとする。

とする書がある。

「をの」と「よき」とについて、『日本国語大辞典』の「よき」の条に「斧（おの）の小形のもの」とあり、『日本大百科全書』の「斧（おの）」の条に、「小形のものをヨキといい」とあり、『広辞苑』の「よき」の条に「斧（おの）の小形のもの」とあって、現代の辞典類では、「をの」の小形のものを「よき」とする。

しかし、倭訓栞の「をの」の条には、

斧をよめり全浙兵制に大斧をよきと訓すれは小斧ををのよきといひし略にやとあり、大形のものを「よき」と読んだことになり、現代と逆になつてしまう。和名類聚抄の「斧」の条に「音府乎能一云与支」とあり、平安時代の「をの」「よき」に大小の差があるとは認められない。黒川本色葉字類抄の「斧」に「ヨキ」と「オノ」とがあり、伊呂波字類抄も同じである。新撰字鏡にも「与支」「乎乃」が見える。

「をの」の語は萬葉集の巻第十三の三二三二番

斧取りて　丹生の檜山の　木折り来て　筏に作り　二梶貫き　磯漕ぎ廻つつ　島伝ひ　見れども飽かず　み吉野の　瀧もとどろに　落つる白波

など上代から見える。「斧」は諸註「をの」と訓んでゐる。岩崎本日本書紀、図書寮本日本書紀に「ヲノ」がある。これに対し、「よき」の語は上代の用法が見当たらない。

平安時代に於て、「よき」は曾丹集に見え、和歌に全く使はれない語といふ訳ではないけれども、用例が少ない。一方「をの」の方は、和歌に多く詠まれてゐるし、述異記に見える斧の柄朽つの故事は枕草子第二百八十八段「また小野殿のはゝうへこそは」の段の和歌に、

薪こる事は昨日につきにしをけふをのゝえはこゝにくたさん

とある他、第七十六段「けさうふみにてきたるは」の段の会話文中に見え、源氏物語にも松風の巻に見えて人口に膾炙してゐた。

第九十一段の和歌は「をのゝひゝき」と熟合してゐる。同様に「をののひびき」と続く和歌は、新千載和歌集、第十七、雑歌中に、藤原興風の歌、

題しらず

　　なげきこるをののひびきのきこえぬは山の山彦いづちいぬらん

がある。

「をののおと」と熟合する和歌は多い。

金葉和歌集、二度本、巻第三　秋

　　深山紅葉といへる事をよめる　大納言経信

　やまもりよをののおとたかくひびくなりみねのもみぢはよきてきらせよ

では「をののおと」から「ひびく」に続いてゐる。但し三奏本では、「やまもりよをののおとたかくきこゆなり」と三句目が違ってゐる。

拾遺愚草

　三たひおかみひとたひたてしおの〻をともいまきくはかり思やる哉

　おの〻をとをたてしちかひもいさきよく雪にさへたる杉の下陰（風イ）

山家集

　山ふかみほたきるなりと聞えつ〻ところにきはふをの〻をとかな

大納言為家集

　　杣　同（文永六年）四月六日続百首

　をの〻音を聞つたへてもいかてかは我たつ杣をあふかさるへき

これら「をののおと」と熟合した例が和歌中に多く用ゐられてゐるのを考へると、「よきのおと」でなくて、「をののおと」がふさはしい。

「よき」（斧）と「善き」とを掛けるといふ説は、「斧琴菊」（よきことをきく、良き事を聞く）が頭にあってのことであらう。しかし浮世風呂に「よきことをきくといふ昔模様」とあるやうに、遥かに時代が降るもので、到底平安時代に溯らせることは出来ない。

「山とよむ」の和歌は大斎院と称せられた賀茂の斎院選子内親王より中宮に贈つたものである。大斎院前の御集と馬内侍集とに収められてゐる。

大斎院前の御集に、

　十六日、うつゐをちひさくつくりてまいらすとて　馬

なけきかとほおと〳〵おもふをのゝおとはいはひのつえをきるにそありける

　かへし　さい将

をのゝおとをたつねさりせははまつはきゝりけるつゐをいかにしらまし

とあり、馬内侍集に、

　さい院よりうつえをたまへれは

なけきとそほと〳〵思ふおのゝをとはいはひのつえをきるにそ有ける

　返し

おのゝをともたつねさりせははま椿いはひのつえをいかてしらまし

とあり、和歌中の語句には異同があるものの、「をののおと」であることが確認せられる。

結論として、(イ)「よき」は不適当であり、(ロ)「をの」が適当である。

三　御ようい

三巻本　　　　ふ　　　　　　　　是より聞・　　　も　　　　猶・

能因本　御返かゝせ給・ほともいとめてたし斎院には・・・きこえさせ給ふ・御返もなを心ことにかきけかしお
ほく御ようい見えたり
う ―― ゐ

の「御ようい」については、

(イ)　ごようい　　金子元臣『枕草子評釈』　松本竜之助『学習受験参考枕の草子詳解』　松本竜之助『詳註枕の草紙』

(ロ)　おんようい　古谷知新『国民文庫　枕草紙』　溝口白羊『訳註枕の草紙』　内海弘蔵『枕草紙評釈』

の二説がある。猶、金子元臣、橘宗利『改稿枕草子通解』は「おんようい」とある。

「御」については拙稿の「おー　おんー　ごー（御）」（『日本語学』第五巻第三号。『枕草子研究及び資料』平成三年六月和泉書院に収む）に略述した。

音読には「ご」「ぎよ」がある。

こかちのそうなとこゝちすれはまたけむつくはかりのおこなひにも　源氏物語絵巻詞書　柏木

一ノ赤雀有（リ）テ飛ヒ来（リ）テ御《キヨ》帳ニ止レリ

興福寺本大慈音寺三蔵法師伝　巻九　承徳三年　加点

名語記の「御」の条に「唐音ハキヨ和音ハコ也」とあるやうに二つの音を弁別する意識があつた。

古くからの「ご」が広く用ゐられ、漢音「ぎよ」は確かな用例が乏しい。前田本及び黒川本色葉字類抄に、「御遊キヨイウ」「御溝キヨコウ」が見える。時代は降るものの、ロドリゲス日本大文典で挙げる例は「御意」以下一字の漢語に限られ、日葡辞書で挙げる例は「御寝所」のみが二字の漢語に付いた例で、他は全て一字の漢語に付いたものである。枕草子の場合「用意」の二字の漢語に付くのであり、音読したとしても、「ぎよ」の可能性は殆ど無いであらう。

「御」の訓読の場合、漢語に付く「御」を訓読したかといふ問題と、仮に訓読したと考へる場合に、何と読んだかといふ二つの問題がある。

現在漢語に付いた接頭語は音読し、和語に付いて接頭語は訓読するのが大勢であるけれども、例外はそれほど珍しくない。平安時代でも同様な傾向が認められ、

おんばう（房）　平安遺文　第八巻　源頼朝書状案
おほむが（賀）　西本願寺本三十六人集　忠岑集
おほむくどく（功徳）　源氏物語絵巻詞書　柏木
おほむざ（座）　十巻本歌合　前麗景殿女御延子歌絵合

など、かなりの数の漢語に訓読の「おほむ（おほん）」の付いた例が見られる。全く自由に付いた訳ではなくて、漢語の意識が薄くなつた語に限って付いたのであらう。漢語に付く「御」は必ずしも「ご」ではなく、訓読する場合が或程度あつたことになる。

次に訓読した場合の訓が問題である。平安時代の「お」「おほみ」は限られてゐて一般の語に付かない。「おん」は例があるけれども平安時代末期のものであり、枕草子の成立時代には普通無い。「み」と「おほむ（おほん）」とは広く使はれた。上代から使はれた「み」は「おほむ（おほん）」に比べると限定的であつた。

『源氏物語大成』　巻三　東屋　一八一七頁
けにをろかならす思やりふかき御よういになん

の「御ようい」は校異に拠ると、三条西家本「おほむようい」であり、今のところ管見では一例のみであるものの、

「おほむ（おほん）」の方が「み」より一般的であることから考へて、枕草子の「御ようい」も「おほむ（おほん）ようい」であった可能性は極めて多大である。

結論として、(イ)「ごようい」は理論上は考へられるけれども、確例がなく、(ロ)「おんようい」は時代が合はず誤である。「おほむ（おほん）ようい」が仮名表記例から最も適当である。

四　梅

三巻本　つかひ　　むめ
能因本　御使・・にしろきをり物のひとへすわうなるは梅・なめりかし

の能因本「梅」、三巻本「むめ」の語について諸註釈書では、
(イ)うめ　古谷知新『国民文庫　枕草紙』　中村徳五郎『新訳枕草子』　溝口白羊『訳註枕の草紙』
(ロ)むめ　田中重太郎『日本古典全書　枕冊子』　冨倉徳次郎『文芸読本　枕冊子』　小西甚一『枕冊子新釈』
の二説がある。以下「梅」で代表させる。

枕草子の諸本の「梅」の表記を『校本枕冊子』に拠り記すと次のやうになる。上が底本、下が校異。

段行	能因本	三巻本	前田本	堺本
三50	梅 桜	さくら	さくら	さくら
52	梅 桜	さくら	さくら	さくら
七12	梅さくら	さくら		
四四1	梅		むめ	むめ 梅
四八9	梅		むめ	むめ 梅
30		むめ 梅		

四九3	梅 桜	梅 桜	むめ	むめ 梅
五二9	むめ梅	むめ梅	むめ	むめ
八七2	梅	むめ 梅		
12	梅	むめ 梅		
18	梅 桜	梅 桜		
九一87	梅	むめ 梅		
一〇四92	梅	梅 むめ	むめ	
一〇九1		梅 むめ	むめ	
		うめ		
一三六1	梅	むめ 梅		
一四七17	梅	梅	梅	むめ 梅
一五三3	さくら	さくら	むめ	
一八〇2	梅	むめ 梅		
一八七44				むめ 梅
一九五2	梅	むめ 梅	梅	
二〇九3		さくら	むめ	
二五六8	桜 梅	むめ 梅	梅	
補三〇1		むめ		
補四〇6		梅	むめ	むめ 梅

能因本には五十二段の他に「むめ」の仮名表記が無い。三巻本、前田本、堺本は漢字表記「梅」と仮名表記「むめ」とが相半ばしてゐる。

一覧から判るやうに「うめ」は僅か一例であるものの見える。第百九段「殿上より」の段

三巻本　　梅の花ちりたる枝をこれはたゝと

能因本　殿上より・・・・・・・・・・・

前田本　　むめのはなのみなちりたるえたを

で、三巻本の諸本の表記は『校本枕冊子』に拠ると、

梅　陽明文庫本　中邨秋香旧蔵本　内閣文庫蔵本

むめ　図書寮本　陽明文庫蔵三冊本　龍谷大学図書館蔵本　彌富氏旧蔵本　勧修寺家旧蔵本　伊達家旧蔵本　古梓堂文庫蔵本

うめ　刈谷図書館蔵本

とあり、刈谷図書館蔵本の一本のみに「うめ」の表記があるとする。ところが刈谷図書館蔵本の原本に拠ると、

殿上よりむめのみな散たるえたをこれはいかゝ

とあり、「むめ」である。そこでこの例を削ると、「うめ」の仮名表記例は無いことになる。

万葉集には「宇梅」「烏梅」「有米」などの表記があり「うめ」であったけれども、平安時代には仮名表記は「むめ」が一般となつた。これまで見て来たところから枕草子の「梅」は「むめ」と考へるべきである。

結論として、(イ)「うめ」は適当でなく、(ロ)「むめ」が適当である。

五　御返　御返事

三巻本　そのたひ――し　口・　う・・・さてその

能因本　此・度・の御返・をしらすなりにしこそくちおしかりしか・・・・雪の山は

の能因本「御返」、三巻本「御返し」の所は本文及び読みの問題がある。

能因本では左の通りの異文がある。

御返　　三条西家旧蔵本

御返し　富岡家旧蔵本　十行古活字本　十二行古活字本
御返事　十三行古活字本　慶安刊本

枕草子春曙抄の本文は、

　此たびの御返事をしらずなりにしこそ口おしかりしか雪の山は

であり、「御返事」について諸註釈書は、

(イ)おんかへりこと　古谷知新『国民文庫　枕草紙』　中村徳五郎『新訳枕草子』　溝口白羊『訳註枕の草紙』
(ロ)おんかへりごと　窪田空穂『枕草紙評釈』　内海弘蔵『枕草紙評釈』　鳥野幸次『枕草子新解』
(ハ)おんかへしごと　吉沢義則『大日本文庫　随筆文学集』
(ニ)ごへんじ　松本竜之助『学習受験参考枕の草子詳解』　松本竜之助『詳註枕の草紙』
(ホ)ご返事　金子元臣『枕草子評釈』　川瀬一馬『講談社文庫　枕草子』

と読んでゐる。

段	行	能因本	三巻本	前田本	堺本
八六	15	御かへり	御返事		
八八	24	御かへり	御かへり		
九〇	4	御返事	御返		
九一	85	御返	御返		
	85	御返	御返		
一〇四	75	御返事	返事	御返事	
一〇七	17	御題	御返		
一〇八	64	御返	御返	御返	
	67	御返	御返	御返	

一一三9	御返事	御返こと		
一三一15	御返	御返		
一三九6	御かへり	御返		
一四一18	御返事	返し	返し	
一四六32	御返事	御返事	御返事	
一四六36	御かへり	御返		
二二一8				御返
二五六35	御返	御返	御返事	

『校本枕冊子』の能因本、三巻本、前田本、堺本の底本に「御返」「御返事」などとある用例は表に示した通りである。

底本とそれ以外の諸本とで違ひが見られる例があり、第九十一段八十五行の能因本には「御返り」「御かへし」があり、第百四十一段十八行の能因本は底本が「御返事」であり、他に「御返し」の本もある。

本文上の問題は別として、本稿では「御返事」の読みを考察してみたい。

第一は「御返事」が和語か漢語かの問題であり、(イ)(ロ)(ハ)は和語とし、(ニ)(ホ)は漢語とする。第二に和語の場合の「御」の読み方と「返事」の読み方との問題である。漢語の場合は「ごへんじ」以外の読みは無視してよいであらう。(ホ)「ご返事」は「ごへんじ」と読む意と思はれる。

「御」の付かない「返事」は枕草子の能因本に二十四例あり、三条西家本は漢字表記のみであって、漢語の可能性は考へられる。

『日本国語大辞典』の「返事」の条には、落窪物語に「返事」の例があるとするけれども、信じがたい。

『日本古典大系　落窪物語』は寛政六年木活字本に拠り、五十頁十六行、七十頁十六行、七十一頁十五行を「へんじ」の仮名表記とする。しかしながら尊経閣文庫本は七十頁十六行は「返こと」であり、他の二例は「返事」の漢字表記である。九条家本、斑山文庫旧蔵本、真淵書入本は全て「返事」の漢字表記である。

寛政六年木活字本は柿本奨『角川文庫　落窪物語』の解説に、「六年刊本に清純な本文を期待するのも、これではむりといわねばならないであろう」とあり、不純な本文の本であって、平安時代中期の文学作品に「返事」の漢語が用ゐられたとは認めがたく、仮名表記を参考にすれば、漢字表記の「返事」は和語であったものと思はれる。平家物語には漢語の「返事」が用ゐられてゐて、時代が降ってから出現したのであらう。枕草子の「御返事」を音読の「ごへんじ」とする㈡㈭の説は否定せられる。

次に「かへりこと」「かへりごと」か「かへしごと」かの問題に移る。

枕草子の諸本に「かへし」「返し」や「御かへし」「御返し」は見られるものの、「かへしごと」は無い。索引類や辞書にも管見に入らない。㈧説は註が無く根拠が不明であるけれども、平安時代中期に「かへしごと」が存在した可能性は絶無ではないかと思ふ。㈧「おんかへしごと」の説は否定せられる。

第百十三段九行の三巻本に「御返こと」がある。源氏物語など諸作品に「かへりこと」の例は多いので引用は略す。㈠説と㈡説とは「こ」の清濁が異る。拙著の『枕草子本文及び総索引』（和泉書院）の見出語は一応濁音で挙げたけれど、日葡辞書、日仏辞書、日西辞書は清音であり、平安時代も清音の可能性がある。

「御」の読みについては拙著『平安語彙論考』（教育出版センター）一一頁に、古今和歌集元永本と伝西行筆中務集とに「おほんかへりごと」の仮名表記例があることを示しておいた。他にも仮名表記があるので数例を挙げておく。

おほんかへりこと　古今和歌集雅俗山庄本　雅経本　建久本

おほん返事　栄花物語梅沢本

おほむ返事　大和物語伝為家本

右の例より「おほむ（おほん）」が正しいことが確かめられる。「おん」とする(イ)(ロ)(ハ)の説は後代の読を示したものである。

結論として、全体は和語であって訓読するので、(ニ)(ホ)の説は正しくない。和語としても(ハ)は存在した証が無く誤である。(イ)(ロ)は「返事」の訓読は適当であるが、「御」を「おん」とするのは誤である。従って「おほむ（おほん）かへりこと（かへりごと）」が適当である。

六十五日

三巻本　　　　　まち　　　　　む る

能因本　いかて十五日待・つけさせんとねんす・

以下の日の読み方は注釈書に依り異り問題がある。

「十五日」について次の説がある。

(イ)もち　　小林栄子『口訳新註枕草紙』　西義一『校註枕冊子』　西義一『枕冊子新講』

(ロ)とをかあまりいつか　　小西甚一『枕冊子新釈』

(ハ)じふごにち　　西下経一『枕草子』

この段の前文に、

三巻本　　　よひ　　　侍り・・　　　す

能因本　む月の十五日まではさふらひなんと申・を

があり、諸説は、

(イ)もち　　山鹿素行写、古注「枕草子」　枕草紙旁註

(ロ)じふごにち　物集高量『新釈日本文学叢書　枕草紙』
である。この段の後文に、
三巻本　よくまもりて　　へ・・
能因本　・・・・・・十五日までさふらはせよ
があり、諸説は、
(イ)もち　　小林栄子『口訳新註枕草紙』　西義一『校註枕冊子』　西義一『枕冊子新講』
(ロ)とをかあまりいつか　小西甚一『枕冊子新釈』
(ハ)じふごにち　物集高量『新釈日本文学叢書　枕草紙』　西下経一『枕草子』
である。
日の読み方については先学の研究[註一]がある。
「もち」の例は
万葉集[註二]　巻三　三二〇番
不盡嶺尓　零置雪者　六月　十五日消者　其夜布利家利
不盡《ふじ》の嶺に　ふりおく雪は　六月《みなづき》の　十五日《もち》に消《け》ぬれば　その夜ふりけり
大鏡　序
をのれは、水尾のみかどのおりおはしますとしの正月のもちの日うまれて侍れば、十三代にあひたてまつりて侍
なり
などがある。
「とをかあまりいつか」の例は後撰和歌集、巻六、二九四番「八月十五夜」に、日本大学総合図書館本の行成本に

拠る書入に「は月のとうかあまりいつかのよ」があり、関戸本の書入に「ハツキノトヲカアマリイツカノヨ」がある。

枕草子の表記は「十五日」の漢字表記のみである。漢字表記だから「じふごにち」と音読したと簡単に決める事は出来ない。古今和歌集・巻十七、八八四番に十一日の月を記すのに

とうかあまりひとひ　基俊本　雅俗山庄本　永治本　前田本　天理本　後鳥羽院本　雅経本

とをかあまりひとひ　志香須賀本

とう日あまり一日　本阿弥切

十日あまり一日　元永本　六条家本

十一日　寛親本　永暦本　建久本　寂恵本　伊達本

と種々の表記がある。「とうかあまりひとひ」の和語の例が多く、「十一日」も訓読した蓋然性が多いものの、音読した可能性も少しはある。

枕草子の場合、(イ)「もち」、(ロ)「とをかあまりいつか」の蓋然性は多いけれど、(ハ)「じふごにち」の可能性も少しはあることになる。

註

一　原田芳起『平安時代文学語彙の研究』

二　以下本文は澤潟久孝『萬葉集註釋』、松村博司『日本古典文学大系　大鏡』、久曾神昇『古今和歌集成立論』、『後撰和歌集総索引』に拠る。

七　七　日

三巻本　さ　　なを

能因本　・れと七日をたにえすくさしと猶・いへは

「七日」について次の説がある。

(イ)なぬか　　窪田空穂『枕草紙評釈』　物集高量『新釈日本文学叢書　枕草紙』　松本竜之助『学習受験参考枕の草子詳解』　松本竜之助『詳註枕の草紙』

(ロ)なのか　　小林栄子『口訳新註枕草紙』

「七日」の例は左記がある。

万葉集　巻十七　四〇一一番　長歌

知加久安良婆　伊麻布都可太未
等保久安良婆　奈奴可乃乎知波
須疑米也母　伎奈牟和我勢故
近くあらば　今二日だみ
遠くあらば　七日のをちは
過ぎめやも　来なむ吾が背子

後撰和歌集　高松宮本　巻五　二四〇番

あまの河いはこす浪のたちゐつゝ秋のなぬかのけふをしそ松

諸本は「七日」より「なぬか」が多い。

他の作品にも「なぬか」の仮名表記例が多い。図書寮本日本書紀、法華百座聞書抄、尾崎本平家正節、ロドリゲス日本大文典、ラホ日辞典、羅日辞典、コリヤード羅西日辞典、コリヤード自筆西日辞書、和英語林集成など「なぬか」である。「なのか」は近頃に「なぬか」から変化した形に過ぎず、枕草子は(イ)「なぬか」が正しい。

田中重太郎『校本枕冊子』総索引、榊原邦彦『枕草子本文及び総索引』では「なぬか」とする。

八　三　日

三巻本　俄・・うちへ　・・・　たま
能因本　にはかに・・・三日うちへいらせ給・ふへし
(イ)みつか　物集高量『新釈日本文学叢書　枕草紙』　小林栄子『口訳新註枕草紙』
(ロ)みか　小西甚一『枕冊子新釈』　西下経一『枕草子』　川瀬一馬『講談社文庫　枕草子』

「三日」の例は

万葉集　巻六　九九三番
月立而　直三日月之　眉根掻　気長恋之　君尓相有鴨
月立ちて　たゞ三日月の　眉根掻き　け長く恋ひし　君にあへるかも

古今和歌集　巻九　四〇八番　私稿本
　みやこいてゝけふみかのはらいつみかはかはかせさむしころもかせやま

などにある。古今和歌集の諸本は「三日」より「みか」が多い。

「みつか」は「みか」の変化形でロドリゲス日本大文典などキリシタン資料に見える。名語記に「ミカ」とあり、平安時代の枕草子では（ロ）「みか」が正しい。

田中重太郎『校本枕冊子』総索引、榊原邦彦『枕草子本文及び総索引』では「みか」とする。

第三章　枕草子の「御」

枕草子の諸本には若干の「御」の仮名表記例が見られる。一部については前に考察した[註一]。本稿は前稿に漏れたものにつき考察する。

おほむ（ん）

○おほんすゝり

第百六十二段　「うらやましけなる物」の段[註二]

三巻本　　　　　　　　　　　　　　させ　も
能因本　御・・すゝりとりおろしてかゝせ・・給・
前田本　おほん　　　　　を　　　　させ

三巻本、能因本、堺本は「御すゝり」で、前田本のみ「おほんすゝり」の仮名表記である。

『尾州家河内本源氏物語』　空蟬　第一巻　五六頁

しはしうちやすみ給へとねられ給はすおほんすゝりいそきめしてさしはえたる御文にはあらてたゝてならひのやうにかきすさひ給

尾州家河内本の他に高松宮御蔵河内本も「おほんすゝり」である。

前田家本宇津保物語に「御すずり」一例、「御すゞり」三例、「御硯」一例がある。仮名表記が無いので確定しがたいけれども、枕草子、源氏物語の仮名表記からすると、宇津保物語でも「おほむ（ん）」であったと思はれる。

一般に平安時代では「おほむ（ん）」は広く用ゐられ、「み」は限られて用ゐられる傾向がある。「おほむ（ん）」「み」の両方が用ゐられる語は、「み」が古く、「おほむ（ん）」は新しいと思はれる傾向もある。「おほむ（ん）」のみが見られる語は、かなり古くから「おほむ（ん）」が用ゐられたやうに見受けられる。「おほんすゝり」も古くからの用法であらう。

○おほんせく

第四十六段　「節は」の段

三巻本　おほん　　　　　　々・・　う
能因本　御・・せくまいりわかき人〱はさ・ふふ
前田本　　　　　　　　　　　　・しやう

三巻本は彌富破摩雄氏旧蔵本など多く「おほんせく」であり、河野本のみ「おほむせく」である。堺本は「御せく」である。

枕草子春曙抄に「御《おほん》せく」とある。他の作品に仮名表記例が見当らない。

「せく」は「節供」の促音無表記であり、漢語である。原理としては漢語には「御」の漢語「ご」「ぎよ」が付き、和語には「御」の和語「おほむ（ん）」「み」が付くと考へられる。

漢語に「ご」が付く例

こかち（御加持）

『源氏物語大成』　柏木　研究資料篇　四一八頁　源氏物語絵詞

ごはい（御拝）
『今鏡本文及び総索引』　すべらぎの上　第一　はつ春　一八頁　畠山本

漢語に「ぎよ」が付く例

ぎよい（御衣）
『八巻本大鏡』　巻之八　雑々物語　一七八頁
などがあるものの、漢語といふ言葉の性質もあつて、仮名表記例は極めて乏しい。
　これに対して漢語に「おほむ（ん）」「み」が付くのはかなりの数になる。

漢語に「おほむ（ん）」が付く例

おほむかち（御加持）
『源氏物語大成』　柏木　校異篇　一二四二頁　肖柏本
おほむしぞく（御親族）
『西本願寺三十六人集精成』　敦忠集　二四二頁
おほんとく（御徳）
『源氏物語大成』　行幸　校異篇　九一〇頁　三条西家本
おほん日記（御日記）
『栄花物語の研究』　巻第十五　うたがひ　校異篇　三〇一頁　梅沢本
おほんふく（御服）
『私家集大成』　実方中将集（書陵部本）　中古Ⅰ　六四九頁
おほんほい（御本意）

『源氏物語大成』　蓮生　校異篇　五二二頁　横山本

これらの仮名表記例はいろ〳〵な分野の作品に及び、当時一般に漢語に「おほむ（ん）」が付いてかなり広く用ゐられた事を示す。従って「おほんせく」は特別なものではなく、当時の普通の用法であった。

○おほんてうつ

第百八段　「淑景舎春宮にまいり給ふほとの事なと」の段

三巻本　おほん　　　　　　　の

能因本　御・・てうつまいるかの御かた・は

前田本

堺本はこの段無し。

「おほんてうつ（御手水）」の仮名表記例は他の作品に見当らない。この語も漢語に「おほん」が付いてゐて、前条に考察した通り、当時の普通の用法であらう。

○おほむなこり

第四十三段　「七月はかりいみしくあつけれは」の段

三巻本　　　　　　　なこり　　ゐ

能因本　こよなき・・・名残・の御あさひかな

前田本　　　　　おほむなこり　・　い

「おほむなこり（御名残）」は他の作品に仮名表記例を見ない。和語に漢語の「ご」「ぎよ」が付く事は絶無に近い。「なこり」に付くものとして「み」が考へられるものの、「み」は限られる傾向にあり、「おほむ（ん）」に比べ用法が狭い。従って「なこり」に「おほむ（ん）」が付くのは特別なものでなく、当時の普通の用法であったと考へられる。

○おほんふみ

第百八段　「淑景舎春宮にまいり給ふほとの事なと」の段

三巻本

能因本　御・・文・なとはしけうかよへと

前田本　おほんふみ

堺本はこの段無し。

「おほむ（ん）ふみ（御文）」は仮名表記例が多い。

『後撰和歌集校本と研究』　二荒山本

はゝのふくにてさとにはへりけるころ先帝のおほんふみたまへりけるおほむかへり　あふみ

二四五さみたれにぬれにしそてをいとゝしくつゆおきそふるあきのわひしさ

後撰和歌集の二荒山本には六〇三番の詞書にも「おほんふみ」がある。別に考察した[註三]ので本稿では省くが、「おほんふみ」は平安時代の普通の用法である。

○おほんむかへ

第百八段　「淑景舎春宮にまいり給ふほとの事なと」の段

三巻本　おほん　侍従　いふ人

能因本　御・・むかへに女房春宮の・・なと・・・

前田本　・しけ　いふ介

「おほんむかへ（御迎）」は他の作品に仮名表記例がある。

『宇津保物語本文と索引』　本文編　まつりのつかひ　四一四頁　前田家本

よろこびておほむかへして、おなじ御まへにつきまひぬ

俊景本、浜田本、延宝五年板本も「おほむかへ」であるが、九大本他の諸本は「おほんむかへ」であり、「ん」が脱落したのであらう。

『栄花物語の研究』　校異篇　巻第十九　御裳ぎ　三五頁　梅沢本

おほんむかへに殿はらやさるへき人〳〵おほくまいりたれは

これらの用法と同じく枕草子の「おほんむかへ」は平安時代の普通の用法であらう。

○おほむゝすめ

前田家本逸文　第二十五段　「くら人はつねにつかまつりし所の」の段

あまくりのつかひにまいりおほむゝすめのきさき女御なとの御つかひに心よせをとてまいりたるに

「おほむゝすめ（御女）」は他の作品に仮名表記例が多い。一方「みむすめ」も多く用ゐられる。別に考察[註四]し、古い時代は「み」が主に用ゐられ、新しい時代には「おほむ（ん）」が主に用ゐられたと言へるとの結論を得たので本章では省く。

註

一　榊原邦彦『枕草子研究及び資料』（和泉書院）八頁以降。

二　枕草子の段数、段名、本文は田中重太郎『校本枕冊子』に拠る。前田家本は前田本と略する事がある。

三　本書第二章の一　本書第二十二章。

四　本書第二十四章。

第四章　清少納言の墓所

一

清少納言の墓所として確定出来るものは存在してゐないものの、江戸時代以降の諸書に平安京や諸国の墓の伝説が見える。これらの殆どについて桜井秀氏の整理したもの[註一]があり、近くは田中重太郎氏の著書[註二]に纏められた。

一　平安京　誓願寺
二　平安京　大和大路
三　近江　清塚
四　阿波　鳴門
五　讃岐　金比羅
六　安芸
七　筑紫

の七ケ所が清少納言の墓所として従来知られて来た。しかし近江の坂本と、河内の飛鳥とにも墓と伝へられるものが存在してゐるので紹介したい。先づ従来知られた七ケ所につき述べ、次いで今回の二ケ所を述べる。

二

一　平安京　誓願寺

洛陽誓願寺縁起　続群書類従　巻七百八十三

清原の深養父の孫肥後守清原の元輔娘清少納言は一条院皇后の侍女たり。好色を本として露命のあへなき事をおもわず。愛欲を心として将来のおそれある事をしらず。只たのしみを春の花にたわむれ。おもひを秋の月によせ。花鳥の遊宴にのみ心をつくし。栄を朝恩にきわめて仏道修行のこゝろざしつゆばかりもなき人たり《(なイ)》しが。あるとき事の縁にひかれて当寺へまふで《(うで、イ)》によらいをはいしたてまつり。悲喜交流し。ふしぎに菩提心を発し。終に如来前にてみどりの髪をおろし比丘尼となり。御堂のかたはらに庵室をむすび。仏事をいとなむほかあへて他事なく。御堂へまいる外さらに他行せず常修念仏の行者となり侍りぬ。或時宮中より召す事ありければ。御返事とおぼしくて。すなわち一しゆを奉る。其うたに。

もとめてもかゝる蓮の露おきて
うき世にまたはかへるものかは

かやうにつらねて大内へふたゝびかへらず。念仏日つもり道心とく深ふして。臨終のきざみ尚高声に念仏し。奇瑞おのづからいたり。終に此寺にて往生の素懐をとげ侍る。是発心は時を待て熟すといひながら。時また仏の加祐《(被イ)》なれば有がたかりし霊験なり。

京師巡覧集　巻二

○誓願寺

清少納言葬ルレ焉ニ具ニ在レ記ニ

京童　巻一

又云。清原のもとすけのむすめ。清少納言もこのところにはふむり侍る。されども時うつり事さりあととふゆかりもまれなるにや。この墓所しる人なし。当寺のゑんぎに清信女とある。これすなはち清少納言なり。

京羽二重　巻二

清少納言墓　　寺町誓願寺

菟芸泥赴　巻二

〇誓願寺

一此寺に清少納言の墓有少納言の局は清原元輔のむすめ一条院の皇后宮定子の女房風流優美の人なり枕草子を作る文体紫式部の源氏物語にならひ用られて清紫の二女と世に称す父兄にわかれて後阿波国にただよひつゝ尼になれりしを一条院尋ねめぐませ給ひて都にのぼり此寺にて終りをとれりと縁起にあり

他の地誌にも同様の記事が見える。誓願寺は大和国より伏見深草に移り、平安遷都の折に上京区元誓願寺通小川の地に移った。天正年間に現在地の中京区新京極の桜之町に移った。枕草子春曙抄に誓願寺に墓が有ると縁起にあるとする。上記の地誌に拠ると、江戸時代にも清少納言の墓があったとするものの、度々火災があり、明治初年に新京極開設に当り寺域が狭くなるなどして、現在は墓が無い。

二　平安京　大和大路

都林泉名勝図会　巻三

清原深養父の旧蹟

大和大路三之橋より南三町許東側、三栗何某といふ民家の奥也。相伝ふ、此屋敷方二十間、深養父の故宅の跡にして、竹林に古井あり、これむかしのしるし也といふ。また東の奥に古墳あり、これ深養父、元輔、清少納言などの跡なりといふ、詳ならず。南の隣家に小堂あり、観音を安ず、深養父が念持仏也とぞ。地の主三栗氏に旧記なし、漸慶長年中已来の家系ありて慥に清原の後裔とあり。

現在の伏見区深草正覚町の地である。現在は何も残ってゐない。

三　近江　清塚

一話一言　巻四十八

清少納言の塚

近江の国に清塚といへるありける。所のものどもよそに掘移してんとしける。其夜里の賤しき者の夢にうへの女房とおぼしきが、紅のきぬしどけなく著なして短冊を前に置ぬ。下部のこゝろにもどかしくて覚えたりけん。さめて後かゐつけて見れば、

現なき跡のしるしをたれにかも問れしもがな忘られもせず

とありければ人〳〵に見せけるにあやしく侍れば、よすがもとめて公卿に申侍るに、是は少納言の塚のよし衆議ありて、其儘におき給ひてあとなどよく弔ひけるとなり。これはやつがれくすしのせんだち加藤氏のしれる人、塚のほとりの里におなじく住て見聞し事の由かたり給ひぬと、中神氏の雑記に見へたり云々。

近江国とあるのみで場所が不明である。「うつゝなき」の歌は類歌が他に見える。五、六参照。

四　阿波　鳴門

阿波名所図会　巻上

また撫養の里に人麻呂の社と清少納言の塚と並び存す。土人の説に、人まろこの地にわたり、鳴門にて和歌を詠じたまひける事のありて、後人社を営みけるとなり。清少納言は、しばしば漂泊せたまひ、この里にて身まからせける。今なほ方五輪の古き石塔あり。土人の説に、往昔上﨟の女、鳴門の辺に来り、門の鳴るをとめんとて、ゐのこ草の歌をよみたまふとなり。

同書の「磯崎　里」の図に「清少納言の塚」として、宝篋印塔を描く。阿波誌にも「土人以て清少納言の墓と為す」とあり、他書にも見える。

鳴門市里浦町里浦字平松の観音寺にある。現在は鞘堂の中にあり、尼塚、蜑塚とも言ふ。古いものであるが、建立年代は不明である。土御門院の御陵とする伝へもあった。

五　讃岐　金刀比羅

讃岐国名勝図会　巻十二

清少納言塚　鼓楼の下にあり

享保十五年五月に墓の傍なる松の枯れければ、里人この根をほらんとせしとき、この墓をほり出だせしが、中に古器数々ありて、何の器なる事を知る人なし。ここに大野右中孝信といふ者、この日たまたま仁王門の傍に眠りて居たりしが、女来りて歌をよみける。

うつつなき跡のしるしを誰にかはとはれむなれどありてしもがな

といひ畢りてみえずなりけり。ゆゑにかの霊のよみしならんと世の人言ひ伝へたり。

藤井高尚の『後文集』に碑の詞出でたり。かねて碑銘をたてんと、院主宥怡権律師需めによりて高尚これを作るといへども、ゆゑありて碑銘を刻せず。天保年中、高松の殿人友安三冬をして高尚の碑銘を参考なさしめ、新碑を建てて不朽に備ふ。けだし、三冬は高尚が門下たるによりてなり。『年山記聞』に契沖翁曰く、古説に、清少納言は老の後四国の辺にてさすらへたるよしあり。たしかなる出処ある事にや。『続千載和歌集』雑の中に、老の後籠り居て侍りけるを、人の尋ねてまうできたれば、

とふ人にありとはえこそいひ出でぬ我やはわれとおどろかれつつ

このことば書によれば、都のかたほとりに籠り居けるなるべし。また『曙抄』に、四国のかたへ落ちぶれしとあり。山城国誓願寺の縁記に、讃岐国に死せし事ありといへり。また『閑田耕筆』には、讃岐象頭山の鐘楼のかたはらに石の誌ありて、清少納言の古墳と云ひ伝ふ。いつの比とかや、この墳を他へ移さんとせしに、金光院と云ふ住院の夢に一婦人来りて、うつつなきの歌を唱ふとみてさめぬ。さては誠に清女の墓なるべしと思ひて、もとの儘にさし置きたりとぞ。また同国の白鳥といふ家の鏡が峰といふにも、京の女郎といふ墓あり。清女なりといへどもたしかならず。また、阿波国の里の海士にも清女入水せしを埋めたるといふ墓あれども、ますます信じがたしと、云々。

金毘羅参詣名所図会　巻二

清少納言の墳　一の坂の上、鼓楼の傍にあり。近年墳の辺に碑を建てり。

伝云ふ、往昔宝永の年間、鼓楼造立につき、この墳を他に移しかへんとせしに、近き辺りの人の夢に清女の霊あらはれて告げける歌に、

うつつなき跡のしるしをたれにかはとはれじなれどありてしもがな

さては実に清女の墓なるべしとて、本のままにさし置かれけるとぞ。

讃岐国名勝図会の「普門院大門前清塚」の図に鼓楼、清塚、碑を描き、金毘羅参詣名所図会の「清少納言古墳」の図に「鼓楼」「古墳」「石碑」として三つを描く。香川県仲多度郡琴平町の金刀比羅宮である。石碑の碑文は金毘羅参

詣名所図会の「古墳碑」の条に見える。

六　安芸

塩尻　巻八十

丁酉三月、安芸宮崎の武士あらたに敷地を開き、家作るとて古き石塔を掘出せし。其石面に「清少納言」の字及び和歌彫て有とぞ。

うつゝなきあとのしるしを誰にかはとはれん事のあはれしもかな

伝聞侍る。清少納言伊予国のうつろひ住ける事は古記に見えし。芸州に墓ある事見当り侍らず。

これについては前に述べたことがある。[註三]「うつゝなき」の歌は類歌が三、五に見える。宮崎といふ地名は広島県尾道市久保町や、広島県佐伯郡宮島町岡町にあったが、本書の宮崎が何処を指すか判然としない。

七　筑紫

扶桑拾葉集　系図

女　清少納言。初《メ》仕《ヘ》二皇后定子《ニ》一。後《ニ》為《ル》二上東門院《ノ》侍女《ト》一。嘗《テ》著《ハス》二枕草子《ヲ》一。老年落泊《ニ》。卒《スト》二於筑州民門《ニ》一云。

筑紫で死んだといふ伝へから、墓所も筑紫にあったであらうと推測し得る程度で、根拠のあるものではない。

これまで述べて来た七ケ所の中で、遺跡があるのは四の阿波の鳴門と、五の讃岐の金毘羅との二ケ所のみである。遺跡が現存しない所を含めて平安京のある山城国以外が多いのは、和泉式部や小野小町の墓が各地にあるのと同じく美女（才女）流浪伝説に基づくものである。

枕草子の中で清少納言は瀬戸内海の航行のさまを生々とした筆致で記してゐる。これは父元輔が周防守として赴任するに同行した折の記憶に依ったと思はれる。晩年摂津国に居住したことが清少納言集の詞書より知られるが、四国に下向したとするのは信憑性に欠ける。中世以降には貴族が戦乱を避けるなどで諸国に移り住むことは珍しくなくなったけれども、清少納言の時代には如何であらうか。一歩譲っても畿内に終焉の地を求めるのが妥当であらう。

三

八　近江　坂本

滋賀県大津市坂本四―六―三三の慈眼堂の墓地に清少納言之塔といふ五輪塔がある。高さは約二米二〇糎、幅は最も広い所で約九三糎である。隣に和泉式部之塔と紫式部之塔とがあり、この二塔の高さは約一米六五糎であり、清少納言の塔が一段と高い。

慈眼堂については、近江名所図会の巻三に、

慈眼大師廟　慈眼大師　名は天海、南光坊と称す。俗姓中原氏、大外記盛忠の兄にて、叡山中興開山なり。白髭の鳥居の辺に四十八体の石仏あり。その内二十体はこの廟所にあり。

とある。

ここには歴代天台座主の廟塔の他、後陽成天皇、後水尾天皇など多くの供養塔がある。桓武天皇供養塔は鎌倉時代のものといふが、清少納言の塔はさほど古いものではない。慈眼堂主の高西善海師の御教示に拠ると、慈眼大師天海大僧正の意図に依り、桓武天皇塔始め数々の供養塔が集められ造成された由である。

この地に清少納言の遺骸が埋められたものではないものの、現存するのは二基のみの畿内の清少納言の塔の一つとして、清少納言を偲ぶ恰好のよすがである。

九　河内　飛鳥

大阪府羽曳野市駒が谷六四の杜本《もりもと》神社境内の本社横に、清少納言古塔がある。高さ約五四糎、最も広い所の幅約三三糎である。

この地は河内飛鳥として古くから栄え、駒が谷の南方には河内源氏の邸址や、河内源氏三代の源頼信、頼義、義家の墓がある。南に続く南河内郡太子町には、敏達天皇陵、用明天皇陵、推古天皇陵、孝徳天皇陵の御陵や、聖徳太子の磯長陵がある。

杜本神社は延喜式内の名神大社で、河内名所図会の巻三に、「人皇十代の頃、香取明神の神孫十四世伊波別命、この地にすませたまひ、祖神経津主命をあがめ祭りたまふ。今の杜本神社といふはこれなり」とあり。十六山金剛輪寺の条に、

むかし、太子厩戸、驪の駒に御して四海をめぐり見たまふに、この地瑞雲漠々として立ち昇る。これ霊域なりとて、詔を蒙りて梵閣を創し、号けて十六山安養院といふ。けだしこのほとりに、前王后妃の陵墓累々として四々を双べり。これによって山号とす。時の人は近つ飛鳥の御寺とも賞ずとかや、年歳つもりて、御醍醐帝の御字、世上穏やかならざれば、天下清平御禱のため宸筆の御製を蔵めたまふ。南朝後村上院より金剛輪寺と勅したまひ、摂津国葺屋庄を寄せらる。綸旨、国宣も伝はり、二条為明卿の歌書もあり。あるは西行上人の肖像、この外、什宝、奇物、数々伝ふ。寺前には、藤永手の墓、清少納言の古墳、楠正成の塔あり。

とある。

金剛輪寺は神仏分離令に依り廃絶した。『式内大社杜本神社略記』（杜本神社社務所）に次の記事がある。

清少納言古塔

一条天皇六十六代に皇后に仕えて才学をみとめられた人で有名な枕草紙を著した人で後この塔を建立されたと伝

えられている

社務所の方の御教示では建立年代は判らない由であるが、かなり古いものと思はれる。旧跡の地の古社に清少納言の塔があるのは、まことにふさはしい。

註

一　「清少納言の末路について」、「各地に於ける清少納言伝説の二三について」。「わか竹」大正八年五月、七月。

二　『枕草子の風土』昭和四十年九月　白川書院。

三　「清少納言の墓」「解釈」昭和六一年九月。

第五章　枕草子註釈書綜覧　昭和時代篇

拙著の『枕草子研究及び資料』（平成三年六月　和泉書院）の第十四章で中世より大正時代までの枕草子註釈書を一覧したのを承けて、昭和の初年の書より簡略に記すことにする。刊行を確認しながらも未入手の註釈書があるため、本稿に漏れたものはどなたか補つていただければ幸である。

一　三段式枕草子全釈

一巻　栗原武一郎　昭和二年二月　広文堂書店

全段に亙る。本書に目を奪はれるのは超弩級の外観である。菊版の大冊であることは金子元臣『枕草子評釈』と同じであり、『枕草子評釈』が索引を加へて千百二十九頁であるのに、本書は索引を加へて千百三十四頁と、頁数は殆ど変りが無いものの、紙質の関係で本書の方が厚く、重さも五百五十匁を超える。枕草子註釈書の一冊本としては最重量を誇る。

三段式とは評釈、本文、口語訳を上中下の三段に分けてゐるところからの名である。対照出来て見易いといふ利点があるけれども、三段に分ける為にどうしても余白が生じ易く、紙面が不経済になり勝ちである。

本文の底本は枕草子春曙抄である。昭和初年の註釈書の本文は殆どが枕草子春曙抄なので、その場合は以下の稿で一々断らないことにしたい。武藤元信『枕草紙通釈』に拠り校定したとある。口語訳は出色であり、緒言に、「特に口訳に意を用ゐた」とある通りである。

一段の「あかりて」は「赤味を帯びて来て」とあり、「炭櫃」は「炉。囲炉裏」とある。三段式の為に語釈は三分の一の紙面に収めることになり、『枕草子評釈』ほどの精細さは望めない。

口絵及び本文中に多くの挿絵を収めるのは本書の特色であり、参考になる。とりわけ有識故実関係の原色の挿絵が多く挿入せられ、現在でも惚れ〴〵するほど美しいものである。

二　万有文庫　枕草紙

一巻　和田万吉監修　昭和二年十二月　潮文閣

全段に亙る。本文や語釈は無く、口語訳のみを収めた書。和歌は原文そのままで訳してない。「あかりて」は「明るくなつて」とする。「炭櫃《すびつ》や火桶《ひをけ》」といふ具合に古語を訳さず振仮名をして口語訳に使ふのはよいとしても、「殿上人」「立蔀」「出袿」「地下」などに初心者を誤らせる振仮名が施してあるのは如何なものかと思はれる。

三　清少納言枕草子

一巻　藤村作　昭和三年四月　至文堂

全段に亙る。三巻本の内閣文庫蔵本を底本とする。三巻本の全巻が活字化せられたのは、大正十四年の『校註日本文学大系』に次いでのことで、意義深いことであつた。例言に「原文の本文に拠らなかつた場合には、特にその由を頭註に加へました」とあるが、本書第二百六十一段「関白殿二月二十一日に」の段（『校本枕冊子』第二百五十六段）より第二百六十六段「単衣は」の段（『校本枕冊子』第二百六十一段）に掛けて、約一丁分が内閣文庫本に脱落してゐるのを他本で補つてゐるところは註に記してないので、使用に当つては注意を要する。『枕草子本文及び総索引』（平成六

年十月　和泉書院）の二二一頁より二二二頁に掛けての所に当る。

頭註は本文の異同と有識故実と出典とを中心とする。第一段は六ケ所とも本文に関るものである。挿絵が多く挿絵目録に全ての典拠を記して周到である。

本書では「左衛門の陣」「左衛門尉則光」などの「左衛門」に「さゑも」と振仮名を施すが、如何なものであらう。伊京集には「左衛門　サヱモン」とある。本書には全段を収めてゐるけれども、編者が教材として適当と認めた七十三段に〇印が付けてある。

四　要註国文定本総聚　枕草子

一巻　栗原武一郎　昭和三年四月　広文堂
全段に亙る。本文を収め、頭註を施す。同じ著者の書『三段式枕草子全釈』の本文を収め、頭註を簡略にして付けた形である。本文の振仮名はこちらの方が少なくしてある。頭註も減してあり、第一段の頭註は『三段式枕草子全釈』は十八項目あるけれども、本書には全く無い。

五　日本古典全集　紫式部日記　紫式部家集　清少納言〔枕草子〕　清少納言家集

一巻　正宗敦夫　昭和三年四月　日本古典全集刊行会
全段に亙る。通釈や語釈は無い故に註釈書とは呼べぬけれども、本文をそのまま翻刻したのではなくて、句読を施し、仮名を漢字に改め、振仮名で漢字の読を示してゐるので、読解の参考になると考へ、ここに含めた。
底本は三巻本の十三行古活字本で、本書で初めて活字化された。本書は校本として、慶安刊本、旁註本、春曙抄、清少納言枕草紙抄、彌富本、前田家本を校合したもの。

漢字を多く宛て文意を取り易いやうにしてある。「職の御曹司」は「しきの御さうしにおはします此木たちなとの」の段、「しきの御さうしにおはします比にしのひさしにて」の段、「しきの御さうしのにしおもての」の段では「職の御曹司」とあり、「かへるとしの二月廿日より」の段では、「宮、職《しき》の御曹子に出でさせ給ひし御供に参らで」として「職の御曹子」とあるのは、統一した方がよいのではなからうか。

清少納言歌集は群書類従の清少納言集を収めたもの。漢字仮名を変へた他、一部に枕草子の本文を註として示してある。

六　新訳日本文学叢書　徒然草　枕草紙　雨月物語

一巻　幸田露伴　昭和三年十月　中央出版社

全段に亙る。本文のみで通釈や語釈は無い。「宮（定子）」、「大納言殿（伊周）」の如く、本文中に人名の註記がある。新訳の名は不適当であらう。

「たくみのものくふこそいとあやしけれ」の段の本文に、

新殿《しんでん》を建てゝ、東《ひんがし》の対《たひ》だちたる屋を作るとて

とある。「新殿」は慶安刊本や枕草子春曙抄の表記を承けたものであるが、本書が無批判に従つたままで「寝殿」と改めないのは領けないし、枕草子春曙抄は「対《たい》」と正しいのに、「たひ」とわざ〳〵改悪したのは理解し難い。あまり参考にならない書である。

七　枕草子研究

十回　山崎敏夫　高崎正秀　有馬賢頼　松田好夫　平岩けん　岡田稔　昭和四年六月の第三号より昭和五年四月の

第十三号まで「国漢研究」に掲載。

「春はあけぼの」の段から「すさまじきもの」の段までの段を取上げ、本文と語釈とを収めた。「山は」の段から「家は」の段までは省いてある。

冒頭に、
私共は枕草子の解釈について今迄多くの疑義をもつてゐました。続出する多くの註釈書を見ても何だか物足らない感じがしてなりませんでした。

とあり、著者の意気込みが窺はれる。簡潔ながら従来の註釈書の説を糾合した諸註集成を為したのは初めての試みで意義深い。本文の底本は枕草子春曙抄であり、不審な所は三巻本、前田家本を積極的に採用する。

註釈は詳しく出色の出来である。六人の共著である為一条につき二人の説を記す所がある。

「紫だちたる」の紫は緋に近い深紅色だとし、「すびつ」は省略された本があるのをみると、火桶と同様なものでなからうかとする。

八　名著文庫　絵巻枕草子

一巻　尾上八郎　昭和四年九月　冨山房
全段に亙る。奥付裏の書目には名著文庫の第一期二二が上巻で、二三が下巻とし、合巻一冊とある。
本書の構成は絵巻、本文、註釈、索引より成る。絵巻は枕草子絵巻の全部を写真版で収めたもので、絵巻枕草子の名のある所以である。枕草子絵巻の一部は金子元臣『枕草子評釈』や、鳥野幸次『枕草子新解』などに紹介されてゐるものの、一端に過ぎず、詞書と絵との全部が註釈書に写真版で収められたのは本書を以て嚆矢と為す。
註釈は五十音順に纏め、三十六頁ある。本文に印を付け、註釈を参照する方法であつて、「春はあけぼの」の段の印では二ケ所となる。しかし註釈には「炭もてわたるも云々」、「炭櫃」、「火桶」の三ケ所があり、かうした方式は使ひにくいやうに思ふ。

索引は本文中の用語を検索するもので四十六頁もあり充実してゐる。

九　もつとも分り易き枕の草紙の解釈

一巻　柴田隆　昭和四年十一月　日本出版社

百十二段を抜萃して収める。本文、口語訳、語釈がある事は他書と変らないけれども、本書は他に大意、参考があり、読者の理解に気を配つてゐる。「春はあけぼの」の段では、

［大意］四季の感想を述べたもの春は曙、夏は夜、秋は夕暮がよい。冬は雪の日霜の朝、さらでも寒い朝、火をもてわたる様子がよい。

とあり、参考は語句の省略につき、五項目を挙げて詳しく述べる。

「清涼殿の丑寅のすみの」の段で、枕草子春曙抄では「はての御盤」、「御手《オホンテ》」とあるのを、本書では、「はての神盤」、「御手《おほて》」とするなど理解に苦しむ用字や振仮名がある。「春はあけぼの」の段の「小いさ問題」は「小さい問題」が正しく、「牛は」の段の「斑」の振仮名の「まおら」は「まだら」の間違ひであらう。もう少し細部にまで目配りがあつたらと惜しまれる。

十　枕草子新釈　異本清少納言集

一巻　有馬賢頼　昭和四年十一月　正文館書店

二十四段を抜出したもの。本文、通釈、語釈より成る。

語釈の水準は高く、諸説を論評してゐる所に於て、傾聴すべきと思はれる所がある。「うへにさぶらふ御猫は」の段の「御猫」の振仮名を枕草子春曙抄に拠り「おほんねこ」とするのは適切であるけれども、直後の「猫は御ふところに入れさせ給ひて」の「御」を「おん」とする事については説明が欲しい所であるものの、小冊子であって紙幅が無いから止むを得ない。

異本清少納言集は図書寮蔵本（現在の宮内庁書陵部蔵本）の清少納言集を厳密に翻刻した上で、永仁五年の奥書ある横本に拠り対校したとあり、労作である。

十一　博文館叢書　竹取物語　伊勢物語　土佐日記　枕草紙　紫式部日記

一巻　笹川種郎　藤村作　尾上八郎　昭和四年十一月　博文館

全段に亙る。目次、柱、奥付などには枕草紙とあり、内題には枕草子とある。本文と頭註とより成る。第一段の頭註は九ケ所で、簡略に記す。「神は」の段の「みこもりの神」の頭註に、「御子守」とすべきところを「後世『後子守』と称す」とするやうに、誤植が散見するのは残念な事と思はれる。本文中の和歌に、

もとめても、かゝるはちすの、露をおきて、うき世にまたは、帰るものかは。

の如く句読点を施すやり方は、他書にあまり見掛けないものである。

十二　枕草子通解

一巻　金子元臣　昭和四年十二月　明治書院

全段に亙る。著者には不朽の名著『枕草子評釈』（上巻は大正十年六月　下巻は大正十三年八月　明治書院）があり、拙稿（『枕草子研究及び資料』二九一頁　平成三年六月　和泉書院）で紹介した。

『枕草子評釈』が千百頁を超える浩瀚な書である為に手軽に扱へないと云ふことで、略本として本書が出来た。序に「口訳は殆どそのままに取り、解釈は簡浄に抜萃し、批評全部は割愛して」作るとある。とは云へ全段を収めるので、五八三頁となつてゐる。両書の語釈の内容は変らないけれども、言ひ廻しは異つてゐて、時に『枕草子通解』の方が詳しい条がある。例へば第一段の「春は曙」の段の「春は曙」の語釈は、『枕草子評釈』は「「曙」の下、をかしを略けり」とあり、『枕草子通解』は「「曙」の下、いとをかしを省いた。以下第四変化の中止法の下には、皆いとをかしを略いてある」とあつて、『枕草子通解』がより詳しい。炭櫃、火桶の挿絵は『枕草子通解』にはあり、『枕草子評釈』には無い。本文中の挿絵の数では『枕草子評釈』が八十三ケ所であるのに、『枕草子通解』は百五十八ケ所と倍になつてゐる。

縮訳しただけで済ませる事なく、細い所に手を加へて行く著者の態度が読者に支持されて、本書は戦後にも増刷された。更に昭和三十年十一月には、金子元臣、橘宗利『改稿枕草子通解』（明治書院）が刊行された。

十三　学習受験参考枕の草子詳解

一巻　松本竜之助　昭和五年一月　受験研究社

全段に亘る。本文、摘解、通釈、参考より成る。本文の漢字には数詞の数を除き全部振仮名をする。摘解とは語釈の事で、第一段に二十六条あり、説明はかなり詳しい。所々に従来の説を批判してゐる。第三段「正月一日は」の段の本文に「青やかにつみ出でつゝ」としながら摘解での本文の引用は「青やかに摘み出でつゝ」として改めてある。同じやうに、「雪のむら消えたる心地」は「雪のむら消えたるこゝち」として引き、「節供」は「節句」として引き、「けしき」は「気色」として引き、「いかにしてけるにかあらむ」は「いかにしてけるにかあらん」として引き、「ことわりなり」は「ことはりなり」として引くなど枚挙に遑なきさまなので、他に説く所も信頼すべきかためらふことになる。

十四　枕草紙選釈

一巻　島田退蔵　昭和五年五月　受験講座刊行会

四十一段を抜萃して収める。本文、釈（通釈）、註より成る。註は詳しく、従来の諸説を引く。ただ引くだけでなく、「にげなきもの」の段の「夜行」の条で、

こゝでは通釈に「さて其の夜行は警備にはあらで、忍びありきするなり」と解いてゐるのがいゝ。「佐ほどの身分として夜廻などするは似つかはしからずと也」と金子氏のいつてゐるのはいかゞ。

のやうに著者の判断を示してゐるのが参考にならう。

「春はあけぼの」の段の註は十七条あり、「すびつ」に「櫃形の火鉢をいふ。後には専ら囲炉裏に用ゐる」とあるのは適切な説明である。「すびつ」については本書の第一章の六に考証して置いた。

本書は「国文学講座全二十八冊ノ内」であり、奥付に「第三函二冊の内」とある。

十五　枕草紙続選釈

一巻　島田退蔵

続国文学講座の一冊。奥付が無く刊年は不明。上古歌謡と合冊して一冊となり、外題は「枕草子続選釈」とあり、本文には「枕草子選釈」とある。二十九段を抜萃してゐる。前書と合本した一冊本があり、昭和十年一月に日本文学社が発行した。

本文、釈、註より成ることは前書と同じで、本書も註が詳しいのが特色である。挿絵もある。

必要に応じて前田本、堺本の本文を引き、枕草子の段の例や、他作品の例を挙げて周到である。

十六　詳註枕の草紙

一巻　松本竜之助　昭和五年六月　近代文芸社

外題、内題は「詳註枕の草紙」とあり、奥付には「詳註枕の草子」とある。

内容は十三の『学習受験参考枕の草子詳解』と同じ。書名と出版社名とが異なるのみである。印刷所も同じで、同一の版を用ゐ、柱の書名のみ変へてある。発行者は『学習受験参考枕の草子詳解』は岡本精治とあり、『詳註枕の草紙』は小谷一三とあって、二人とも住所は一致する。

十七　枕草子集註

一巻　関根正直　昭和六年二月　六合館

全般に亙る。本文と註とより成る。本文は枕草子春曙抄に拠るものの、その儘ではなく、当時知られてゐた諸本で校訂してある。例へば第一段「春はあけぼの」の段の「春はあけぼの」の次に、「空いたう霞みたるに」を補ひ、加藤千蔭、前田夏蔭が古本により補つたのに従ふとする。

註は枕草子春曙抄を基として諸家や自分の説を補ふとあり、きはめて詳しい。第一段では枕草子春曙抄のみを引用したのは二条で、他の五条は詳しい補充である。諸家では加藤千蔭、前田夏蔭の他、清水浜臣、岩崎美隆の説を多く引く。

著者には『有職故実辞典』の大著があり、有識故実の権威である故に、その方面の註が詳しい。例へば「やうき」（様器）の説明は十七行もあり、「ぼん」（盆）の説明も十七行あり、必要な場合は諸説の可否を説き間然する所が無い。

巻末に二十六頁の索引を収める。

昭和八年一月に「枕草子集註正誤表」が印刷された。これは二十四頁もの詳しいものである。後に復刻本が出版されたことは『枕草子集註』に対する高い評価を物語る。

十八　詳解国語漢文叢書　詳解枕草紙

一巻　玉木退三　昭和六年六月　芳文堂

三十七段を抜萃して収める。詳解国語漢文叢書の二十八。本文、語解、通釈より成る。

本文には「験者《げんざ》」「調楽《でうがく》」などにある程度で、振仮名は稀である。「左大殿」を「ひだんのおほどの」とするのは如何なものであらう。

語解は簡単であり、時に文法の説明がある。

第一段「春はあけぼの」の段の本文には、「鳥のねどころへゆくとて」とあり、通釈にも「鳥が塒へ帰らうとして」として、両方共「鳥」とあるのは初学者に対する配慮の点で問題があらう。

十九　新釈国漢叢書　新釈枕草紙

一巻　大塚五郎　昭和七年八月　湯川弘文社

四十六段を抜粋して収める。新釈国漢叢書の三十七。発行所名は表紙や背文字には弘文社とあり、奥付には湯川弘文社とある。

本文、要旨、語釈、通釈より成る。読は稀に本文の振り仮名で示し、一部は語釈で示すものの多くない。

本文は何を用ゐるか記してない。当時の殆どの書と同じく枕草子春曙抄の本文を用ゐたと思はれる。ところが本書の本文は疑問が多い。「うへにさぶらふ御猫は」の段で乳母の馬の命婦が翁丸に呼掛ける言葉は、枕草子春曙抄は「おきなまろいづく。命婦のおとゞくへ」である。本書の本文は「おきなまろいづら、命婦のおもとこずば、くへ」となつてゐる。「いづく」「いづら」は諸本に両様の本文があり、問題は無いし、「命婦のおもと」は枕草子春曙抄の一本にある本文を採用したものである。しかし「こずば」は恣意により挿入したものであり、認めがたい。「すさまじきもの」の段で「験者」を本文で「けんざ」とし、語釈でも「けんざ　験者の音便」とする。「けん」は慣用音として後世の語に用ゐるけれども、「験者」の「験」は「げん」と読むのが正しい。文明本節用集、天正十八年本節用集、饅頭屋本節用集に「験《ゲン》」とあり、古来「けん」と読んだ例を知らない。源氏清濁、源氏詞清濁に「げんざ」とある。この段の直後に験者が「げんなしや」と言ふ所は本書でも「げん」としてゐて、「験者」のみを「けん」とするのは理解に苦しむ。要旨は各段の大意を簡潔に纏めたもの。

二十　国語国文学講座　枕草子　前篇

一巻　鳥野幸次　昭和八年十月　雄山閣

国語国文学講座の第一巻。枕草子絵巻、総説、本文解釈の三部より成る。

枕草子絵巻は絵全部の写真、解説、詞書の翻刻を載せる。枕草子絵巻は美術史上も貴重な存在であり、枕草子の本文研究上も看過し難い。鎌倉時代末期の成立と云ふ詞書七段は、分量の少ないのが残念であるものの、三巻本系統の貴重な本文である。私が、

枕草子絵巻詞書の考察　「平安文学研究」第六十四輯

枕草子絵巻詞書　『国語学論考及び資料』　昭和五十八年五月　和泉書院

右二編は『枕草子論考』　昭和五十九年三月　教育出版センターに収む。

枕草子絵巻詞書　『枕草子抜書』　昭和五十六年九月　笠間書院　本文及び頭註に於て種々考察を行ったのは、その重要性に着目しての事である。

枕草子絵巻が世間に流布したのは割に新しく、「国語と国文学」第五巻一号の清少納言枕草子の異本に関する研究に翻刻されてからの事である。

単行本では金子元臣『枕草子評釈』や、鳥野幸次『枕草子新釈』に紹介された。しかしこれは僅かに一斑を示したに過ぎなかつた。『名著文庫　絵巻枕草子』に枕草子絵巻の全部が写真で収められた。この書については本章「八名著文庫　絵巻枕草子」に述べておいた。

『名著文庫　絵巻枕草子』は写真のみであり、単行本に枕草子絵巻の詞書が翻刻されたのは本書が初めてであった。総説は一　序言、二　時代の概観、重要事項表、三　清少納言の家系、四　清少納言の経歴、五　清少納言の性格と其の文章、六　枕草子といふ題号、七　諸本並に註釈書の七部より成る。全てで六十三頁にもなり、数頁程度で簡略に済す書とは比べものにならない。これだけで枕草子の研究書と言ふに足りる。

本文解釈は第四十二段（以下段数は拙著『枕草子本文及び総索引』　平成六年十月　和泉書院に拠る。『校本枕冊子』と同じ）「小白河といふ所は」の一段である。本文、語釈、通釈、参考より成る。著者には『枕草子新解』があり、拙著『枕草子研究及び資料』二九三頁（平成三年六月　和泉書院）で紹介した。語釈は両書同じ説明もあるけれども、本書の方が詳しいものが多い。

二十一　対選国文新抄　源氏物語　枕草子

一巻　島津久基　昭和八年十月　中興館

三十四段を抜萃して収める。本文を中心とし、註は頭註の形で示す。「春はあけぼの」の段の頭註は一つも無いやうに数は少なく、人名、地名、邸名や引用などを簡単に示す。特に新見は無い。

附録として清少納言系図を載せる。これに

天武天皇―舎人親王―小倉王―夏野―海雄―房則―業恒―深養父―春見―元輔―女子清少納言

とあるけれども、問題が多い。

第一に小倉王が舎人親王の子とするのは不審である。本朝皇胤紹運録、尊卑分脈の高階系図、群書類従の清原氏系図などに「舎人親王―御原王―小倉王」とあり、御原王を欠いて舎人親王と小倉王とを直結する系図は見当たらない。御原王を逸したものか。

第二に深養父を業恒の子とするのは不審である。業恒と深養父とは房則の子である。古今和歌集目録の清原深養父の条に、「備後守道雄曾孫。筑前介海雄孫。豊前介房則男」とあるのを信ずべきであらう。

第三に元輔の父を春見とするのは不審である。三十六人歌仙伝の元輔の条に、「従五位下行下総守春光一男」とある事や、豊後清原系図、系図纂要に収める系図などに「春光」とあるのが正しい。

清原家の系図については拙論の「清少納言の名」（『枕草子論考』一頁以降。昭和五十九年三月、教育出版センター）に、

貞代王―有雄―通雄―海雄―房則―深養父―春光―元輔―清少納言

であると考証しておいた。

二十二　清少納言枕草子鑑賞講座

七回　池田亀鑑
「むらさき」創刊号の昭和九年五月号より第一巻第八号の昭和九年十二月号まで七回に亘り、二十二段を抜萃した。
本文、語釈、通釈、評釈より成る。第三回より評釈の代りに批評としてゐる。題名の通りに評釈、批評に最も力を

注いだもの。本文は三巻本に拠る。

同時代の宇津保物語、源氏物語に言及するのは当然の事で云々する程の事でないけれども、芭蕉の句を引くなど行届いた鑑賞である。

二十三　国語国文学講座　枕草子　後篇

一巻　鳥野幸次　昭和九年六月　雄山閣
本章「二十　国語国文学講座　枕草子　前篇」に続くもの。

十九の段を抜萃し、本文、語釈、通釈、参考より成る。本文は当時の流布本である春曙抄本に拠り、所により三巻本で改訂してゐる。例へば、「宮に初めて参りたる頃」の段の
「よさりは疾く」と仰せらる。

について、

「よさり」の「さり」は、「夕されば」「夕さり来れば」などのサレ、サリで、なる意の語であるが、後には単に夜の意に用ひたので、今の口語にも残つてゐる。「仰せらる」は春註本には「仰せらるる」とあるけれども、今は古本に従つた。

とある。ここに云ふ古本とは三巻本の事である。

ここに引く通り語釈は詳しく、他の作品の例を引くなどして用意周到である。十九の段の分で百四十七頁になつてゐる。出色の書である。

二十四　枕草子選釈

一巻　島田退蔵　昭和十年一月　日本文学社

この書は国文学大講座の一冊として

枕草紙選釈　国文学講座　島田退蔵　昭和五年五月　受験講座刊行会

枕草子続選釈　続国文学講座　刊記無し

の二書を一冊に合本したものである。

『枕草紙選釈』は外題内題、奥付に「枕草紙選釈」とあり、目次、柱には「枕草子選釈」とある。本書は「枕草子選釈」に統一されてゐる。

『枕草紙選釈』は目次に拠ると四十段になる。しかし同番号が重複する段があり本書でも改ってゐない。従って実際には四十一段であり、『枕草子続選釈』の二十九段とを併せると七十段になる。

二十五　新撰枕草子抄詳解

一巻　沢田總清、龍沢良芳　昭和十年三月　健文社

三十七段を抜萃したもの。本文、語釈、通解より成る。通解とは通釈、口語訳である。

春は明け方の景色が殊に面白うございます。

の如く「ございます」の文体で訳してゐるのが特色である。女流文学作品の口語訳の文体としてふさはしく、一つの見識である。

語釈は詳しく、「しろくなりゆく山ぎは」の「しろく」は「著《しろ》く」の意なりとする。「炭櫃」の本文に「すみびつ」と振仮名をするのは如何なものかと思ふ。

二十六　新註枕草紙

一巻　竹野長次　昭和十年五月　大洞書房

全段を収める。頭註と本文とより成る。本文の会話の主なところに「主上」「頭弁」などと話し手を示し、稀に「大進生昌《ダイジンナリマサ》」の如く漢字の読を施す。

「小白河といふ所は」の段の

すこし日たけたるほどに、三位中将とは関白殿をぞきこえし、かうのうすもののふたあゐのなほし、

の条で、

〔かうのうすもの〕香の羅で、「香」は丁子茶のこと。然し「かう」は「唐《から》」の誤では無からうか。

とあり、新説を提示する所がある。

但し、「山は」の段の頭註に〔ゆれずの山〕とあるものの、本文にはそのやうな本文は無く理解に苦しむ。

二十七　物語日本文学　枕草子

一巻　藤村作　昭和十年十月　至文堂

凡例に、

一、本書は枕草子約三百の章段の中から、種々の点で重要と思はれるものを選んで、これを逐語訳的に翻訳したものである。

とあり、口語訳を収める。奥付に訳者代表として藤村作の名を記す。共訳者は志田義秀、武田祐吉、島津久基、久松潜一、池田亀鑑、能勢朝次、平林治徳である。

章段の終に註記がある。「大進生昌が家に」の段は八項、「上にさぶらふ御猫は」の段は三項と限られてゐる。

口語訳の方法は厳密であり、各段ともに解釈に資するところが多い。

二十八　口訳新註枕草紙

一巻　小林栄子　昭和十年十二月　言海書房

全段を収める。本文、口訳、註より成る。本文は春曙抄本で、前田家本も利用してゐる。前田家本については、「流布本とちがつた処が多くて珍しいといふだけ、大したものではない」とし、前田本の収穫と思はれる個所として、

イ　流　ほそぬり骨など骨は、かはれど
　　前　ほうぬり骨など骨は、かはれど

ロ　流　やまのうまや
　　前　すまのうまや

などを挙げる。

本文には極めて多く漢字が宛ててある。「春は曙」の段の本文は

春《はる》は曙《あけぼの》。漸《やうや》う白くなり行《ゆ》く山際《やまぎは》少《すこ》し紅《あか》りて、紫《むらさき》立《だち》たる雲《くも》の細《ほそ》く揺曳《たなびき》たる。夏《なつ》は夜《よる》。月《つき》の頃《ころ》は勿論《さら》なり。闇《やみ》も仍《なほ》螢《ほたる》飛《と》び交《ちがひ》たる、雨《あめ》などの降《ふる》さへ興《をか》し。

の如くである。これについて著者は、「詞の意味は、あてゝある漢字で分つて頂けるやうにした」と記す。漢字の宛方は独自のものが多く、「清涼殿のうしとらのすみの」の段で例を引くと、

第一《ひとつ》には御手《おんて》を習《なら》ひ給《たま》へ。

と「ひとつ」に「第一」と宛てるのは行過ぎではないかと思はれる。

「はしがき」の、

八、「小。白河の八講」を、この書に「北。白河の八講」とした次第があり、本書の新説の第一とする。「北白河」の「北」が「小」と誤写せられたとするものである。この説については後藤丹治「枕草子『小白河』の再検討」(「文学」昭和九年一月)があり、否定された。それまでの註釈書では小白河は未詳とされてゐたが、記録体の諸書の刊行により「小白河」を見ることが出来るやうになり、誤写説は成立し得ない。

小右記には寛仁元年十一月七日条に、

七日、辛丑(中略)入夜宰相来云、〻今朝左将軍被召、乗車源中納言経房、二位宰相兼隆、相共被向小白河、生炭清談

とあり、資平が教通に従ひ小白河に遊んだ事を記す。

本文に漢字を宛てる事で註の代用をしてゐるため、註は少ない。巻末に系譜、参考年表、殿舎、服飾、輿車、雑の図を収める。

二十九　新修枕草紙評釈　上巻

一巻　末政寂仙　昭和十一年八月　荘文社

枕草子春曙抄の巻六の終まで全段を収める。本文の他に、語釈、通釈、批評、参考より成る。枕草子春曙抄の本文を三巻本、堺本などに拠り校訂したところがある。

例へば「せちは」の段「九月九日の菊に、あやしき生絹のきぬに包みて参らせたる」の本文につき、春曙本原本には「あやと」とある。「綾と」の意であらう。今、三巻本その他によつて改めた。

とある。ここは能因本が「あやと」であり、三巻本、前田本が「あやしき」である。従つて校訂する根拠はあるもの

の、直前の「九月九日の菊に」の「に」が不適切である。春曙本は勿論のこと、能因本、三巻本、前田本、堺本など全て「を」であり、「菊を」でなければ意味が通じない。

本文に振仮名をかなり施す。春曙抄と同一のものが殆どであるが、

ぬひどのより御《おほん》くすだまといろ〳〵の糸をくみさげてまいらせたれば

の条で、折角春曙抄に「おほん」と正しい振仮名があるのに拘らず、「御薬玉《おんくすだま》」と改悪してゐるのは残念なことである。

語釈は詳しい。批評、参考は段によっては欠く段もある。参考では、枕草紙抄、枕草紙旁註、枕草紙詳解、枕草紙通釈、枕草子評釈（金子）、枕草紙新釈（永井）、枕草紙新解（鳥野）などを引用する。

三十　新修枕草紙評釈

一巻　末政寂仙　昭和十二年二月　春江堂　合本

全段を収む。二十九の書は枕草子春曙抄の巻六までを収めたものであり、本書は全段を収めた。書名からは前書と本書と区別出来ない。表紙、扉、奥付などに前書を上巻とする旨は見えないが、目次の初に「上巻」とある。又本書の奥付に「昭和十二年二月十五日　発行」とあり、下の欄外に「昭和十一年八月十五日発行」とある。構成、内容など前書に等しい。

三十一　国文学解釈と鑑賞　枕草子

三十六回　佐藤幹二　昭和十二年六月の第二巻第六号より昭和十七年二月の第七巻第二号まで「国文学解釈と鑑賞」に連載。段数は二十七段になる。本文、考異、語釈、口訳、解説より成る。解説を欠き解釈とする段があるけれども、

解説と格別変つた内容ではない。

語釈はかなり詳しい。最も分量の多いのは解説であつて、「春はあけぼの」の段は昭和十二年七月の第二巻第七号にあり、全部で八頁の中で、解説は四頁半ある。

昭和十三年五月の第三巻第五号に「おひさきなくまめやかに」の段を収める。この五節の条で大塚嘉樹の蒼梧随筆の談を引き、昭和十五年三月の第五巻第三号に収める「小白河といふ所」の段の懸盤の条で三中口伝を引くなど語釈に力を注いでゐる。

三十二　現代語訳国文学全集　枕草子

一巻　玉井幸助　昭和十二年十月　非凡閣

全段を収める。背文字に『現代語訳枕草子』とあり、扉、奥付には『現代語訳国文学全集』とある。この全集は植木直一郎の古事記・日本書紀抄の第一巻より、永井荷風の読本傑作選の第二十六巻まで二十六冊より成り、本書は第七巻である。

現代語訳の他、章段の終に註を収める。註は引歌や有識故実などに関するものである。本文は枕草子春曙抄に拠り、和歌のみ本文を挙げて現代語訳する。枕草子春曙抄で解し得ないところは前田本及び三巻本を参考にしてゐる。「はしがき」に「此の現代語訳は殆ど逐語訳と言ってもよい。故に枕草子を原文に就いて学習しようと志す人々にとつては、忠実な伴侶であるといつて憚らないつもりである」とある。「春はあけぼの」の段の春の条は、

春は夜明けが美しい。しらじらと明けて行く山際《やまぎは》が、ほんのりと明るくなつて、紫がかつた雲が細くたなびいたのは美しい。

と訳してゐる。巻末に解題、枕草子関係系図、図版十八図を収める。

三十三　大日本文庫　文学編　随筆文学集

一巻　吉沢義則　昭和十三年四月　大日本文庫刊行会

井上哲次郎、上田万年監修に成り、随筆文学集には枕冊子、徒然草、方丈記、無名草子を収める。全段を収める。枕草子春曙抄の本文に拠り、頭註を施す。「間々異本を参照した」とあり、「はるはあけぼの」の段の「冬はつとめて」の「つとめて」を補ったり、「いとさむきに」の「に」を補ったりしてゐる。

本文の漢字には数詞の多くを除いて総振仮名が付けてある。数詞は「三つ四つ二つ」「三尺」「十五日」「三十」などの振仮名が無い。「ころは」の段の枕草子春曙抄には、

ころは正月《しやうぐわち》三月四五月《しご》七月八九月《はちく》十月十二月

と一つ飛びに振仮名を付けるのに、本書には全く付けてゐない。「三位中将」に「さんみのちゆうじやう」とするのは如何なものかと思はれる。枕草子春曙抄には振仮名を付けてゐない。

頭註は引歌、有識故実、固有名詞などが中心である。「はるはあけぼの」の段の「やうやうしろくなりゆく山際」を「次第にはつきりしてくる山際が」とするやうに語句の意味を示すところもある。「女官」は「女公人」とする。

三十四　枕草子研究

八回　池田亀鑑　昭和十四年一月より八月まで「むらさき」に連載

昭和十四年一月の第六巻第一号より三月の第三号まで「正月にてらにこもりたるに」の段、四月の第四号より六月の第六号まで「清涼殿のうしとらのすみの」の段、七月の第七号より八月の第八号まで「こしらかはといふ所は」の段である。

著者には、二十二　清少納言枕草子鑑賞講座がある。本連載は前稿に比べて詳しい。方針について、

前人による解釈の妥当でないとか、不審とされてゐるとかのやうなものは、どんな小さなものでも挙げて、私見をのべ、又助詞や助動詞の訳し方等にも相当の注意を払っておいた。

とある。

構成は原文、訳文、解説より成る。余考、補考、追考、附記を加へるところもある。

底本は三巻本に拠り、能因本、前田本、堺本の本文も挙げる。解説には本文批判の他、諸註の説を指摘するところがある。連載中に寄せられた諸氏の説を紹介して、著者の意見を述べてゐるのはすばらしい。八回で終ったのが心残である。

三十五　新訂枕草子

一巻　鎗田亀次　松田武夫　亀田純一郎　昭和十四年一月　白帝社

全段を収める。本文は五号活字で組む段と六号活字で組む段とに二分し、三〇三頁で全段が収まるやうに工夫してある。

本文の会話文には話者を註記し、漢字にところ〴〵振仮名を振る。頭註は有識故実や、引歌、出典などの指摘を中心とする。衣裳、殿舎、調度などの挿絵が本文中にある他、巻末に附録として地図や図などを添へる。

三十六　日本古典読本　枕草子

一巻　塩田良平　昭和十四年二月　日本評論社

万葉集から現代短歌まで全十二巻の日本古典読本の第三巻である。

序、本文篇、研究篇より成り、序の、

清少納言の一生は虹である。彼女の全円はわからない。枕草子を通じて現はれる彼女は、美しい光芒を以て下界から舞ひ上り、中空に半円をゑがいて雲間に没する虹である。

は蓋し名言である。否序のみにとゞまらず本書全体が名著である。

本文篇は自然鑑賞、美的心象、折にふれて、自伝的作品の四部に分け、三巻本の本文を底本として、四十七段を収める。

本文篇は解説、本文、頭註、補註より成り、「春は曙」の段で見ると、解説は三頁余、補註は一頁と詳しく優れてゐる。例へば「したりがほなるもの」の段では、物の怪の治療について、六行の補註で要領よく説明してゐる。

研究篇は、題名、成立年代、枕草子研究と諸本、内容、清少納言伝、清少納言の他の著書、枕草子研究文献より成り、出色である。

三十七　校註枕草子

一巻　山岸徳平　昭和十四年三月　武蔵野書院

全段を収める。この時代には珍しく三巻本を底本としてゐる。凡例に「宮内省図書寮本の本文を用ひ、その欠けた部分は、もとの久原文庫本（即ち、今の、古梓堂文庫本）を以て補つた」とある。

著者には大正十四年刊の『校註日本文学大系　清少納言枕草子』がある。これについては榊原邦彦著『枕草子研究及び資料』二九二頁、二九三頁（平成三年六月　和泉書院）に略述しておいた。

『校註枕草子』は前書を基にして編纂した書であり、本文、漢字仮名の使用状況、振仮名、句読点などが大凡一致する。但し全く同じではなく小異がある。

即ち「春はあけぼの」の段で見ると、前書では「やう〳〵白くなりゆく。山ぎは少し明《あか》りて」であるのが、本書には「やう〳〵白くなりゆく山ぎは、少し明《あか》りて」とあり、前書では「又更でもいと寒きに」とあるのが、本書には「又、さらでもいと寒きに」とあるなどである。

頭註は前書より本書の方が略されてゐる。即ち「春はあけぼの」の段で見ると、前書は六条あるのが、本書では「火桶」の一条のみである。普通文言も同じであるものの、「正月一日は」の段の「青色」の頭註は前書に無く、本書では八行に亙り詳しく説明されてゐる。

巻末に年表、系図、解題を収める。五十三頁分といふ詳しいものである。

大東亜戦争以前発行の枕草子註釈書が現在も版を重ねる例は本書のみで他に例を知らない。本書の優れた内容が永く読者の支持を得て来た証であらう。

三十八　校訂枕草子抄

一巻　塩田良平　昭和十四年四月　日本評論社

五十六段を収める。例言に「全体の分量の大約その五分の一のものを選んだ」とある。

底本は三巻本で、「内閣文庫三巻本枕草子の本文を底本とし、不明の箇所は春曙抄及び盤斎抄を参照した」とある。

頭註は無く本文のみである。著者には、本章「三十六　日本古典読本　枕草子」がある。両書に共通して収める「正月一日は」の段で見ると、前書には「白馬」「闘」「左衛門」「主殿司」「女官」など一頁に数語の振仮名があり、本書には無い。本文、漢字仮名、句読点などは同じである。

三十九　日本文学読本

四回　萩谷朴　昭和十五年九月の第七巻第九号より昭和十五年十二月の第七巻第十二号まで「むらさき」に連載し

た。

「春は曙」「清涼殿のうしとらの隅の」、「小白河といふ所は」、「鳥は」、「故殿などおはしまさでのち」の五段を収める。

本文、解説、語釈、通釈より成る。本文は三巻本に拠る。漢字の一部に振仮名を施すものの、「御衣《おんぞ》」「御硯《みすずり》」「円《ゑ》融院《ゆうゐん》」「宣耀殿《せえうでん》」などとするのは如何なものかと思はれる。「女房《にようばう》」「女御《にようご》」は「にょばう」「にょご」とすべきである。これについては拙著『平安語彙論考』（昭和五十七年十一月　教育出版センター）一六〇頁以降に詳しく説いておいた。

語釈は簡略である。

四十　枕草子新抄

一巻　金子元臣　昭和十五年十二月　明治書院

八十五段を収める。本文の長い段は抄出してゐる段もある。

本文及び頭註より成る。

「本文は大体、拙著「枕草子評釈」（昭和十四年六月版）の本文を基礎とした」とあり、慶安板本、春曙抄本に拠る。

頭註は「春は曙」の段には二条と簡単であり、同じ著者の『校註枕草子』を基にしたもの。

巻頭、巻尾に枕草子絵巻、清涼殿平面図などを収めるのは『校註枕草子』と同じである。本書の三十一図の本文挿入図は『校註枕草子』には無い。

四十一　新制高等国文叢書　枕草子（抄）

一巻　久松潜一　藤田徳太郎　昭和十六年三月　三省堂

百三十五段を収める。二十頁の開題を冒頭に置く。本文及び脚註より成り、巻末に図版を四頁載せる。

本文は枕草子春曙抄に拠り、春曙抄に引く異文の他に三巻本、傍註、盤斎抄も参考にしてゐる。脚註は有職故実関係が詳しい。説明を記すばかりにとどまらず、典拠を引用する条が多い。例へば「正月一日は」の段の脚註には、荊楚歳事記、和名抄、筆の霊、令義解、名目抄、公事根源、拾芥抄、貞丈雑記、職原抄、装束撮要抄、桃葉蕊葉、延喜式、西三条装束抄、禁中方名目鈔校註を引用してゐる。

本文にはところ〴〵振仮名を施す。

四十二　枕草子選

一巻　島田退蔵　昭和十八年一月　星野書店

七十段を収める。凡例に、

本書は春曙抄本を底本とし、仮名遣を改め、仮名に漢字をあて、句読を正した外、本文には意改を加へることをせず、異本の文はこれを頭注に於て注意することとした。

とあり、三巻本、前田本を引いて参考にしてゐる。本文の漢字に振仮名は付けて無い。

巻末に諸本の解説、註釈書、年譜、系譜を収める。挿絵は図版の他に有職関係の写真を多く載せるのが特色である。頭註は異文、出典などが多い。諸註釈書の説も引用してゐる。「教化」の説明に高野辰之『日本歌謡史』を引用するなど入念である。

四十三　教養選書　枕草子精粋

一巻　池田正俊　昭和十八年四月　加藤中道館

三十段を収める。枕草子概説、枕草子本文、附録の図版、語釈索引より成る。

概説は、諸本について、清少納言について、「をかし」の内容、本書の取材についての四部より成り、簡潔に纏めてある。

本文は三巻本系統に拠る日本文学大系本とし、木活字十三行本を翻刻した古典全集本及び群書類従本の本文の主な異同を頭註として記す。

本文、語釈、通解、鑑賞より成る。本文の振仮名は少ない。語釈は「春はあけぼの」の段に十七条あり、時に文法上の説明を加へ、かなり詳しい。

通解は達意の口語訳である。どの段にも鑑賞があり、「春はあけぼの」の段は三頁、「木の花は」の段は三頁半と力を注いでゐる。

四十四　枕草子の精神と釋義

一巻　田中重太郎　昭和十八年七月　旺文社
二十三段を収める。本書は精神篇、釈義篇、研究の栞、索引より成る。著書の枕草子研究への寄与は一言や二言では語り得ない。『校本枕冊子』の本文研究、作品研究など偉大な業蹟は不滅である。本書は著者の枕草子註釈書の嚆矢として意気込を感じ取ることが出来る。
精神篇は精神的意義、作者とその思想、作品の時代的環境、文学的価値、史的意義の五章に分れる。精神的意義の章に於て、「枕草子は、この時代に於ける『明き性格』をもつ唯一最善の文藝作品」とし、竹取物語や土佐日記の諧謔に言及んでゐる。人の世には明るさもあり、暗さもある故に人を描く文学に明暗はあるけれども、暗い深刻な作品ばかり読むのが文学の面白さではない。明るい楽しい作品は貴い。
本文は三巻本を用ゐる。「春は曙」の段では異文を対校して中央に春曙抄本、右側に三巻本第二類本、左側に前田家本を掲げる。欠文は圏点で示し頭註に本文の異同を記して『校本枕冊子』の原型を示してゐる。堺本の別途掲出も同じである。

巻末の研究文献に江戸時代から昭和時代迄の註釈書類四十三点を挙げ、これまでの最多である。註釈にも反映して諸説を挙げ考証する慎重な態度が見られる。「やうやうしろく成り行く」では五十嵐力、窪田空穂、佐藤幹二の切る説を挙げ、前田家本、堺本の「山際の」の本文を参考にして続ける説を支持するなど随所に本文研究の成果が応用されてゐる。他にも諸註を集成する所が多い。

「すみもてわたる」の「すみ」を本書は「(赤く燃えてゐる)炭」とする。第一章の四参照。

田中重太郎『相聞 Ⅱ』に、

わたくしの「一冊の本」『枕草子の精神と釈義』は、いま読みかえしても生きている論や考えがたくさんある。わたくしに進歩がないためであろうが、しかし、この本はまだ生きていると自負している。

とある。

四十五　群書類従版枕草紙

一巻　続群書類従完成会　昭和二十一年五月　立文書院

解題に、

一、本書は、国文選書の一冊として、群書類従版の「枕草紙」全文を採用したものである。

一、傍註には、七号漢字を使用し、〔　〕を附したるものは本書刊行に当りて挿入せるものである。

とあり、群書類従巻第四百七十九(第二十七輯　雑部)所収の堺本枕草子の本文を収め、漢字で傍註を施したもの。本文は伝後光厳院宸翰本の転写である。〔　〕して挿入した傍註は極めて僅かである。

四十六　枕草子評註

九回　池田亀鑑　昭和二十一年十二月の第十一巻第十二号より昭和二十二年十二月の第十二巻第十二号まで「国文学解釈と鑑賞」に飛び〳〵に掲載した。

「教養と結婚について」「雪の美（上下）」「男性についての批判」「香りの美」「音と声の美」「暁の情趣」「月光の美（上下）」の題目で枕草子の数段宛を選び、本文、語釈、通釈、批評を記す。

本文は三巻本で藤村作『清少納言枕草子』（至文堂）に拠る。

語釈は堺本、前田家本の本文を引き詳しく述べ、三巻本の誤写や脱文を指摘するところがある。

批評には最も力が注がれ分量も多い。「月のいとあかきに川を渡れば」の段に例を取ると、本文三行、語釈三行、通釈三行であるのに、批評は「自らなる感動ではなくて、生々とした感覚か、又は知性の動きによって誘致される快感、それが問題にされてゐるのである」といふ調子で二十六行に及ぶ。

四十七　枕草紙新釈

一巻　大塚五郎　昭和二十一年八月　学修社

四十六段を収める。既述の「十九　新釈国漢叢書　新釈枕草紙」と同じ版を用ゐた書。外題、内題、奥付には「枕草紙新釈」とあるのに、目次、本文の最初及び最後には「新釈枕草紙」とある。

本文、語釈、通釈、要旨より成る。

四十八　枕草子新釈

一巻　青木正　昭和二十一年十二月　有精堂

百段を収める。枕草子春曙抄の本文に拠る。但し凡例に前田家本、宮内省図書寮本、その他の異本に拠り校訂したとある。

解説は清少納言の伝記、清少納言の性格、枕草子の三部より成る。

本文、釈（口語訳）、註、感想の四部より成る。本文には多く振仮名を施す。裨益するところが多いものの、「清涼殿の丑寅」の段の「御殿籠り」を「みとのごもり」とするのは如何かと思はれる。この読は慶安刊本に依拠したものであらう。しかしながら慶安刊本も他の段では「おほとのこもり」とする段があり、信ずべきでない。拙著『枕草子研究及び資料』（平成三年六月）一二二頁以降参照。

註はかなり詳しく「春はあけぼの」の段では十項目ある。「上に侍ふ御猫は」の段の「うちてうず」の項で、「春曙抄の『打懲《ちょう》ず』説はいかが」とあるやうに、時に諸説に言ひ及ぶところがある。

感想は詳しく本書の特色の一つである。万葉集、古今和歌集から良寛の和歌まで引くなど多彩である。

巻末に十六頁もの語句の索引があり、本書の今一つの特色となつてゐる。

四十九　国文解釈叢書　枕草子

一冊　吉永登　昭和二十二年五月　関書院

十五段を収める。本文は三巻本に拠る。自叙伝的性質を帯びた中篇に力を注いだとある。

各段は解説、本文、摘解、通解の順に述べる。

摘解の註は詳しく、

一一九段で、行政が「明日御物忌に籠るべければ、丑になりなば悪しかりなむ」と云ふ丑の刻については古来説明もなかつたやうですが、禁秘抄によりますと、主上の物忌には、丑の刻に参入すべき規定があることがわかりまして、

とあるやうに意欲的である。

文法の説明、本文の誤写の指摘などもあり、問題のある箇所には詳しい説明がある。

五十　日本古典全書　枕冊子

一巻　田中重太郎　昭和二十二年六月　朝日新聞社

全巻を収める。口絵、解説、系譜、凡例、本文、補遺より成る。口絵は枕草子絵巻より一葉を収め、解説は一清少納言の世界、二作者と時代、三書名、四原形とその成立、内容、五諸本と底本、六影響と研究史との六部に分かれる。本文は三巻本系統第一類に属する陽明文庫蔵三冊本を底本とし、闕けてゐる部分は彌富破摩雄氏蔵本で補ふ。古梓堂文庫蔵本、刈谷図書館蔵本、内閣文庫蔵本、伝能因所持本、前田家本も用ゐてゐる。「この古典全書の枕冊子は三巻本の定本たるべきものとして校訂してみたものである」とある。

本文の漢字には「必要とする場所には任意これを附けた」とあり、振仮名が施されてゐる。第二段「ころは」の段は、

ころは、正月《しやうぐわち》、三月《さんぐわち》、四月《しぐわち》、五月《ごぐわち》、七八九月《しちはちくぐわち》、十二月《じふいちにぐわち》、すべて折《をり》につけつつ、一年《ひととせ》ながらをかし。

と全ての漢字に振仮名がある。

第七段「うへにさぶらふ御猫は」の段では「御猫」は「おほんねこ」、「御梳髪」は「おほんけづりぐし」、「御手水」は「おほんてうづ」、「御鏡」は「おほんかがみ」とあり、読者を裨益する所が多い。

註は頭註のみであるものの、十八字詰、二十八行に詳しい説明が施されてゐる。主な異説には主張者の名を記してゐるし、著者の新説も多い。戦後の枕草子註釈書の代表と言つて良い。不朽の名著と言ふべきである。

尚、現在枕草子と表すのが普通である。従来の註釈書に枕草紙がかなり見られ、枕冊子もある。著者は、その書の外形がさうし（冊子）であれば、すべてさうしと呼んだ（中略）したがつてその文字を宛てるには「冊子」を以てするのが原義に即してもつとも正しいと考へられる。

として枕冊子とする。

五十一　枕草子の解釈

一巻　浅尾芳之助　昭和二十二年六月　有精堂

三十二段を収める。但し「すさまじきもの」の段は前半を収めるなど全文ではなく抜いてゐる。

枕草子春曙抄の本文に拠り、通解、語釈を為す。一部の段に参考がある。挿絵、地図のある段もある。

語釈は詳しく文法の説明もある。

五十二　清少納言枕草子評釈

五十一回　池田亀鑑　昭和二十三年一月より昭和二十七年十月まで「国文学解釈と鑑賞」に連載した。

池田亀鑑には他に、

二十二　清少納言枕草子鑑賞講座

三十四　枕草子研究

四十六　枕草子評註

の雑誌連載があり、今回が最も充実してゐる。
「春は曙」の段より「小白河の法華八講」の段まで三十六段を収める。
三巻本の本文に解釈、文意、余釈より成る。段により参考を加へる。筆者の言葉に拠ると次の通り。
解釈　語句を中心として、できるだけ詳密な批判と解釈を加へ、原本的なものの再建と把握に努めたい。
余釈　解釈上特に重要と思はれる諸事項について。
参考　日記的諸段について
文意　現代語訳
本文の振仮名は多くないものの、語釈は極めて詳しく諸本の本文批判もある。余釈は頁の制限無く縦横無尽に説き明す。最も精細な枕草子註釈書であるけれども全巻に及ばなかったことは残念である。『随筆文学』（昭和四十四年六月至文堂）に所収。

五十三　要註枕冊子抄

一巻　潁原退蔵　昭和二十三年五月　臼井書房

五十五段を収める。解題及び本文より成り、本文は三巻本の陽明文庫蔵本、彌富破摩雄氏蔵本に拠る。註は脚註として示し、「春はあけぼの」の段は五条ある。本文の振仮名は一部に限られる。その代りに「ころは」の段の月名の読は「ここは音読すべきであらう」とするなど註で示すところがある。

「御達《こたち》」につき「女房の中の老女格のものをいったのであらう」とする。「ごたち」については拙論『平安語彙論考』（昭和五十七年十月　教育出版センター）の「『ごたち』と『女房』と」において考察した。

大和物語の第百三段に「ごたち」を「よき若人になむありける」と述べ、宇津保物語に「わかきごたち」「わかきごたち卅五人ばかり」とあり、源氏物語に「わかきごたち」とあり、「ごたち」を老女格の女房とか年輩の女房とかに限るのは正しくない。「家のごたち」の本文に拠り考へることが多いが、旧三条西家本や富岡家本に「家のこの君たち」とあり、一考を要する。

五十四　教養国文枕草子

一巻　岩井良雄　昭和二十三年五月　西東社

四十一段を収める。但し全文を収めず抜萃の段もある。本文は枕草子春曙抄に拠り、数本で校定したとある。本文と頭註とより成り、冒頭に解説、末尾に国文学書略年表を収める。

「春はあけぼの」の段の頭註は五条より成る。簡略に記し、本文を校定したところは言及してゐる。「しきの御さうしにおはします比にしのひさしに」の段の本文の振仮名「御《おん》物の具」「御節供《みせく》」は平安時代の用法から考へて如何かと思はれる。

五十五　評註枕草子選釈

一巻　岸上慎二　昭和二十三年九月　紫乃故郷社

扉に「紫文学評註叢書」とある。

五十三段を収める。巻頭に解説、巻末に附図がある。春曙抄本を底本として三条西家本或は三巻本、前田家本、堺本を参照して本文を立てたとある。

内容は本文、通釈、語釈、考異、評より成る。本文の一部の語に振仮名を施す。語釈は「春はあけぼの」の段に十七項目あるなどかなり詳しく、異説のある場合は挙げることもある。「時めく」の語源を「時見え来《く》の略」とする語源説は一考を要する。又「草の花は」の段の評で「前栽」とすべきところを「前裁」とするなど気になるところがある。

「正月一日は」の段の「女官」を「にようくわん」とする。これについては拙著『平安語彙論考』（昭和五十七年十一月　教育出版センター）の『女房』『女御』『女院』『女官』」で考察した。永正十五年成立といふ多々良問答に「にようくはん」の他、「にょう官とながくよぶ」とあり、室町時代末期以降に一部見られた故実読に過ぎず、平安時代に於ては天慶元年十一月十四日条に「如官」とある貞信公記抄や、「によくわむ」「によくわん」の仮名表記例の多い東宮年中行事に拠り「によくわん」と考へるべきである。

五十六　枕草子とその鑑賞

一巻　釘本久春　昭和二十四年六月　刀江書院
六十六段を収める。自然観照として十八段、印象記録として三十段、人間体験として十八段を収める。本文は枕草子春曙抄に拠ってゐる。
本書は「『枕草子』の鑑賞」、「『枕草子』の作品」、「作品の批評」、「『枕草子』鑑賞のためのノート」の四章より成る。
鑑賞中心の異色の書であり、語釈は各作品の語句略注として巻末に収める。「春はあけぼの」の段は七条。

五十七　国語科学習書　枕草子・徒然草

一巻　塚本哲三、輿水実、安藤信太郎　昭和二十四年八月　有朋堂
二十四段を収める。但し全文を収める段と一部の文を収める段とがある。本文は枕草子春曙抄に拠る。

本文、文意、精査、考査とより成る。文意は口語訳、精査は語釈である。名前の通りに詳しい。語釈の他に鑑賞に筆が及ぶところがある。漢字表記の語の読には触れない代りに本文に多く振仮名が付けてある。

考査は高等学校の生徒用の練習問題として、文意、語句の意味、読方などにつき、各段に数問宛載せる。

五十八　文芸読本　枕草子

一巻　冨倉徳次郎　昭和二十四年八月　成城国文学会

三十二段を収める。解説と本文篇とから成る。本文篇は、四季折々、植物と動物、ものづくし、宮廷生活の折々に四分し、本文は三巻本に拠る。

本文、註、解説と三分する。本文の漢字表記語の一部には振仮名を施し、口語訳は無い代わりに註の数が多く、口語訳の一部になるものもある。

五十九　新注国文叢書　枕草子

一巻　今泉忠義　昭和二十五年一月　有精堂

六十九段を収めるものの、一部省いた段がある。本文は春曙抄本に拠り、一部他本で改めてある。

教科書といふ事で本文と頭註とから成る。頭註の数は多くない。「春はあけぼの」の段は四条であり、挿絵が二図ある。春曙抄の註を引くのが目立つ。

六十　枕草子

一巻　金子彦二郎　昭和二十五年四月　光風館

五十六段を収めるものの、長い段は省いた段がある。本文は三巻本に拠る。冒頭に簡略な解題がある。本文と頭註とより成る。

本文は陽明文庫本に拠り、多少他本で校訂したとある。本文の漢字に一部振仮名を施す。「御猫」「御梳櫛」など「おほん」とし、妥当な読みが多い。但し「御衣」や「御髪」を「おん」とするのは前者に統一した方が良いのではないか。挿絵は充実し、絵巻物、白氏文集などを載せる。

頭註は「春は曙」の段で四条と少ないものの、類似の和歌、漢詩を引用するなど有益である。

六十一　新訂枕草子の解釈

一巻　浅尾芳之助　昭和二十五年四月　有精堂

三十五段を収める。長い段は省く場合がある。

枕草子春曙抄の本文に拠り、通解と語釈とがあり、一部の段に参考がある。

通解は括弧を用ゐて原文に無い部分を補ひ丁寧で判り易い。語釈は初学者に理解し易いやうに心配りが為されてゐる。有職故実関係の語には挿絵を付ける。

本書は同著者の「五十一　枕草子の解釈」に増補したもの。三十二段分は前書と同内容で新たに三段を加へた。附録の入試問題の研究も加へた。これは二十七段分の入試問題を収め、ヒント、解答、参考を記した。本書に未収録の段には参考に通解、語釈を載せてゐる。読者に何とか判つて欲しいといふ著者の懇切な気持ちが感じられる。

六十二　校註枕草子新抄

一巻　山岸徳平　昭和二十五年六月　武蔵野書院

六十段を収める。「頃は」の段は「除目のほどなど」までとし、「三月三日は」より後は省くなど、一部を抜いてゐる。本文は三条西家旧蔵の能因本に拠る。

著者には大正十四年七月刊の『校註日本文学大系　清少納言枕草子』があり、宮内省図書寮本（三巻本）に拠る。又昭和十四年三月刊の『校註枕草子』があり、同じ底本に拠る。両書は全段を収める。

本書は本文と頭註とより成り、巻末に解題がある。上記の両書が挿絵を欠くのに対し、本書は頭註に典拠を示して挿絵を入れ、巻頭にも挿絵を加へる。説明を加へる頭註の他、「をかし」「つきづきし」などは抜出して掲げる。

六十三　通解枕草子

一巻　塚本哲三　昭和二十五年十月　有朋堂

五十三段を収める。本文は枕草子春曙抄に拠る。収録した段の省略は無い。

著者には昭和二十四年八月刊の共著「五十七　国語科学習書枕草子・徒然草」がある。「春は曙」の段は通解、語義が一致する。但し「はなやかに」は前書に副詞とし、本書に形容動詞とするなど小異はある。他の段は異る。

本書は通解、文旨、語義の三部より成る。文旨は語句に就いての説明で詳しい。語義は文法の説明や文脈の図示がある。本文の漢字に振仮名がある他、通解、文旨、語義の難しさうな語にも振仮名があり、初学者への配慮が感じられる。巻頭に簡単な解説があり、巻末に主要語句の索引を収める。

六十四　枕草子精解

一巻　池田正俊　昭和二十五年十月　技報堂

全段を収める。著者には前著の「四十三　教養選書　枕草子精粋」があり、本書の凡例に本書は既刊枕草子精粋の続篇刊行の予定を変更して全釈としたもので記述の体裁は前者とは全く異ってゐる。

とある。

枕草子の註釈書は坊間数多く出されてゐるものの、分量の多い事や随筆といふ作品の性質から大部分が抜萃本であり、全段を収める書は乏しい。しかも全段を収める書も本文と註とのみが多く、口語訳を具へ鑑賞を加へる書は少ない。本書は出版事情の困難な中に枕草子春曙抄に拠る本文と、通釈と、釈と、余滴とを完備する。

巻末に附録として系譜、図版、索引があり、六百八十頁より成る。

釈は詳しく、「春は曙」の段では十二項目あり、「あかりて」では祝詞の例を引く。「つらね」の条には、

これは他動詞であるから、雁をわざ／＼列ねておいて之を迥かに見る心持を出した表現法である。従つて、「つらなる」（自動詞）と同様に解してはならない。結果は同じでも、語脈の相違に大きな差がある。

とある。余滴では、

枕草子初段は千古に絶する自然描写の規範といふべく、兼好の徒然草の四季の段と併称すべきものである。

とある。

六十五　校註枕草子

二巻　吉澤義則　昭和二十六年三月　河原書店

全巻を収める。本文は能因本の十二行古活字本を採用した上、「最も消極的な方法で校勘を加へた」のは混淆した本文校訂を防ぐ一つの見識である。

頭註、本文、校異より成り、頭註は全巻について極めて充実し、「春はあけぼの」の段は八条であるが、要点を述べ不足するところが無い。諸説についても言及することが多い。「三重がさねの扇」の条では源氏物語の註釈書を引

用するにとどまらず、中村清兄『日本の扇』を引いて明解するのは一例に過ぎない。従来の説に飽き足らず独自の説を立てるところもあり、枕草子の註釈書の代表の一書である。

六十六　枕冊子評解

一巻　田中重太郎　昭和二十六年四月　白楊社

三十三段より成る。本文は陽明文庫蔵の三巻本を底本とし、彌富破摩雄氏蔵本で補ふ。通解、語解、評より成り、通解は直訳を旨とし括弧内に言葉を補ふ。語解は極めて詳しく、「春は曙」の段は三頁を費す。評も二頁余ある。

「春は曙」の段に見える引用した人名は十五名以上あるなど、学術的態度で一貫して執筆されて居て、解釈の新見が多く発表してある。従来の諸説を採るにとどまらない事は後進の者を資するところが多い。

「頃は」の段で「正月《しやうぐわち》」とし、

底本などすべての原本漢字なのではつきりわからないが、しばらく音読しておいた。

と音読の可能性を指摘してゐる。著者の他の著書と同じく参考になるところが多い。

六十七　枕草子註釈

一巻　高倉貞雄　昭和二十六年八月　大文館書店

外題と内題とは「枕草子註釈」とあり、目次と本文の柱とには「枕草子詳釈」、奥付には「枕の草紙註釈」とある。九十二条より成る。「春は曙」の段を二条に分けて、「正月一日は」の段を三条に分けるなどしてゐる。本文は枕草子春曙抄に拠り、本文、語釈、文法、文意より成る。本文の漢字の一部に振仮名を施す。係結は本文に傍点、傍線を付して示し、「え……じ」の呼応にも傍点が付けてある。本文の仮名に漢字を示す所がある。「あない」に「案内」、「そこひ」に「底」など。

語釈は詳しく「春は曙」の段には二十八項ある。中には「紫だちたる」の「紫は濃い赤色。真紅色がかった」とするなど一考を要するものもあるけれど、全般に丁寧に説明してゐる。

六十八　要註新抄枕草子

一巻　岸上慎二　昭和二十六年九月　武蔵野書院

三十三段を収める。底本は三巻本で、本文と頭註とより成る。

本文の漢字の一部に振仮名を施す。「女官」を「にようくわん」とするのは適当でない。拙著『平安語彙論考』（教育出版センター）一六〇頁以降、『枕草子研究及び資料』（和泉書院）一〇二頁参照。「御衣」を「おんぞ」とするのも不適当である。

頭註に「天皇二十一才、定子中宮二十五才」と年齢を示すのに俗用の「才」を用ゐる。これは書中のあちこちに見られる。

六十九　解説枕草子

一巻　若竹書房編集部　昭和二十六年九月　若竹書房

二十四段を収める。本文は枕草子春曙抄に拠り、宇佐美喜三八の監修になる。巻頭の枕草子解説は宇佐美喜三八が著す。

本文、註釈、口訳、鑑賞の四部より成り、語釈は詳しい。「春は曙」の段では二十八項ある。語釈の説明の語に多く振仮名を施すのが特色で、初学者に心配りをしてゐる。紫宸殿に「ししんでん」「ししいでん」、清涼殿に「せいりやうでん」「せいろうでん」と二つ宛読みを記す。

七十　前田家本枕冊子新註

一巻　田中重太郎　昭和二十六年九月　古典文庫

前田家本の全段を収める。枕草子の註釈書は古来『枕草子春曙抄』の本文を用ゐたものが殆どである。大東亜戦争の後暫く経つと三巻本の本文が主流となり、現在に到る。一部に能因本の本文を用ゐるものがあるものの、枕草子諸本の中で最古の書写である前田家本の註釈書は他に無く、田中重太郎畢生の不朽の名著である。

内容は本文、頭註、解説、参考年表、章段五十音順索引より成る。本文、頭註が三百三十五頁、解説が四十五頁、参考年表が十六頁、章段五十音索引が八頁と充実してゐる。他に四四九頁より四六三頁までの通し頁数により正誤、訂補評が附けられ、著者が渾身の意気込で本書を執筆した事が知られる。

「夏のうはぎは」の段、「つごもりの夜は、うちになほつねよりも」の段、「宮仕人などこそは、ありくわらはべの」の段など前田家本にのみ収められてゐる段は本書の助けを借りて正しく読解し得る。

本文は振仮名や頭註により原文の姿に復する事が出来るやうに工夫されてゐる。

頭註は本文異同と註解とから成る。註解は詳しく「春は曙」の段では十七条ある。「炭櫃」は炭火鉢、囲炉裏とする。「正月」の読は「シャウグワチ」の音読と「むつき」の訓読との両様の可能性を指摘し、註解の態度は周到である。

解説は枕草子についてと、前田本についてと二つに大別した上で、前者は五項、後者は三項に分けて述べ首肯すべき内容である。

七十一　増訂枕草子の解釈

一巻　浅尾芳之助　昭和二十六年十月　有精堂

著者には昭和二十二年六月刊行の「五十一　枕草子の解釈」と昭和二十五年四月刊行の「六十一　新訂枕草子の解釈」とがあり、本書はこれに増訂を加へたもの。

四十六段を収め、他に入試問題の研究の附録に四十六題の入試問題を収め、頁数は倍増した。

枕草子春曙抄に拠る本文に、通解、語釈を加へる。一部の段に参考がある。

語釈は懇切丁寧で「雨など」の「など」について、

これを仮に朧化的用法と名附けて置かう。物事は露骨にはつきり言ふよりは、ぼかして言ふ方が、上品さ奥ゆかしさを増すものである。軟焦点のぼけた写真が芸術写真として珍重されるのも同じ理由であらう。

と述べてゐる。

挿絵もかなりあり、「すさまじきもの」の段には三図を収める。

七十二　明解枕草子新研究

一巻　吉田辰次　昭和二十六年十月　精文館書店

八十三段を収める。本文は枕草子春曙抄に拠る。

指導、本文、語釈、考察、参考、通釈、語法、鑑賞、研究より成る。指導は各篇の勉学目標で、研究は入学試験問題を含み各段の研究事項を設問の形で挙げたもの。参考は堺本の本文を挙げるなど異本について述べる。注意の項がある段もある。巻末には十四頁に及ぶ語句索引を収め、至れり尽せりである。地図や挿絵もある。枕草子の初学者にとつて極めて親切な註釈書である。但し研究の解答は省いてある。

七十三　学燈文庫　枕草子

一巻　岡一男、村井順　昭和二十六年十一月　学燈社

百八条を収める。本文は枕草子春曙抄に拠り、前田家本で校訂してある。三巻本の異文は設問に出してある。序篇に枕草子の時代環境、清少納言の性格と生涯、枕草子の題名、内容・成立時代、枕草子の文芸史的価値、枕草子の諸本の各項がある。

本文、要旨、語釈、通釈、探求より成り、巻末に十頁の綜合索引を収める。

本文には随時振仮名を施す。「御猫」の「おほんねこ」「御手水」の「おほんてうづ」などは適当であるものの「御ふところ」「御ふみ」「御ものいみ」「御果物」の「御」を「おん」とするのは統一性が無い。

語釈は文庫本で紙幅の制限があるにも拘らず詳しい。品詞の指定や助動詞の説明など文法説明もある。探求は問題形式で、入学試験問題も含む。

七十四　對譯枕草子

一巻　守屋新助　昭和二十六年十一月　開文社

四十一段を収める。本文は枕草子春曙抄に拠る。はしがきに盤斎抄本、旁註本、十二行古活字本及び三巻本の図書寮本で校定したとある。

上段に本文を、下段に通解を収めて対訳し、註解を加へる。段の末に問題を収める。

本文には所々振仮名で漢字の読が記してある。「十余日」の「とをかあまり」、「三四人」の「みたりよたり」などは「じふよにち」、「さんしにん」と音読した可能性が強いと思ふが、数字の訓読を初学者に学ばせる効果がある。「御乳母」は「おんめのと」とし、「御方々」は「おんかたがた」として、「御」を「おん」とするものの、これは

「おほむ（おほん）」とするのが良い。

註解は詳しく参考になる。「春は曙」の段の「しろくなりゆく」は「白く」と「著く」との両説を挙げ、「雲は」の段の「明け離るる程の黒雲の、やうやう消えて、白うなりゆくもいとをかし」を引き「白く」が良いとする。問題は全部で百二十二題ある。

七十五　国語学習指導講座　第一巻　古文古典解説大集成

一巻　秋山虔　昭和二十六年十二月　自由書院株式会社
上代の古事記より近世の雨月物語までを厚い一冊に纏めた一部に枕冊子があり、十四段を収める。本文は三巻本を底本とした田中重太郎『日本古典全書　枕冊子』に拠る。本文、語釈、口訳、鑑賞より成り、語釈、鑑賞は詳しい。「しろく」は「白く」と「著く」との説を挙げ「あかりて」は「明りて」と「赤りて」との説を挙げるなど諸説を引いた上でよろしきを採る。

七十六　大学受験文庫　新釈枕草子

一巻　中野博之　昭和二十七年三月　千代田書房
七十二段を八十三条に分けて収める。本文は枕草子春曙抄に拠る。
内容は本文、着眼点、語釈、通解、参考より成る。着眼点は「まず文章を通読して理解の手懸りを求める」など読解の指針を述べる。一段での語釈は十二ケ所を取上げ、参考で更に補足する。参考で文法の説明をする段もある。本文の次に［問］といふ条を設け、「『昼になりて』以下を何故著者はわろしと評したか」などとする段もある。
巻末に入試問題研究として十一問を挙げ、問題文、解答の他に通解を添へる。

七十七　新註古典選書　枕冊子

一巻　沢瀉久孝　昭和二十七年三月　白楊社

五十八段を収める。沢瀉久孝編とある凡例に、「本書の編纂にあたっては田中重太郎氏の協力にまつところが多い」とある。

本文は三巻本の陽明文庫蔵本と彌富破摩雄氏旧蔵本とに拠る。解題は書名、作者、成立年代、内容概観、文学史的地位、伝本、参考書抄の七部より成り、解題校訂田中重太郎とある。

本文の漢字に適宜振仮名が施してある。註は頭註であり、かなり突込んで書き込んである。伝能因本、前田本の本文を引く所がある。

「かまつかの花」の頭註は方言にまで言及し二十三行を費したり、諸註を引用したりする充実した内容で、従来の説を誤として正す所がある。

七十八　高校生のための枕草子新講

一巻　山岸徳平　昭和二十七年三月　日月出版社

七十九段を収める。凡例に八十段とあるのは第二十四段を上下二つに分けてゐる故である。一段全部を収めず一部を収載したものがあるのは、類似書と同じ。高校生研学叢書の中の一冊である。

各段は本文、口訳、解説より成る。本文の漢字表記語の一部に振仮名を付ける。「御《おん》猫」「御《み》鏡」などがあるものの「ころは」の段の「正月」を音読するなどは卓見である。「春はあけぼの」の段の「あかりて」は「赤くなる」の意とし、「炭櫃」は四角の火鉢とする。文法事項に触れることもある。巻末に挿絵、解題を収める。

七十九　校註枕冊子

一巻　西義一　昭和二十七年四月　福村書店

八十段を収める。諸言に、

本文の底本には十二行古活字本を用ひ、三巻本、前田家本、堺本の三系統本によって校合し、極力伝能因所持本の純正なる姿を現はし、最も清少納言の原作に近からしめた。

とある。吉沢義則『校註枕草子』は十二行古活字本を用ゐるが、多くの書が枕草子を春曙抄本を用ゐる中に、本書が古活字本を用ゐたのは有益である。

本文の他に頭註を施すのみであるが、「春はあけぼの」の段に十条あり、詳しく説明する所もある。「草の花は」の段の「おいて行けばなし」の条に「諸註、誤ってある」とするなど、ところどころ従来の説の誤を指摘し比益する事が多い。

八十　枕草子評釈　増訂版

一巻　金子元臣　昭和二十七年十月　明治書院

本書は大正十年に上巻を、大正十三年に下巻を分冊で刊行し、後に一冊に合本して永く刊行を続けた。大正版に就いては拙著『枕草子研究及び資料』（和泉書院）の「十四　枕草子註釈書綜覧」で取上げた。本文校異、口訳、釈（語釈）、評と完備し、語釈は従来の諸書を大きく上廻り詳密である。評は第一段が二頁余、第六段「大進生昌が家に」の段では五頁余と精細を極めてゐる。

本書は大正版に増訂したものである。頁全体を動かさず象嵌に依り修正してある。例へば第七段「うへにさぶらふ御猫は」の段の「釈」に、

○実房　藤原氏。式部丞。蔵人なるべし。
○右近　右近少将藤原季縄の女。
などが加へてある。
　現在でも価値を有する名著である。

八十一　枕草子全釈　上巻

一巻　末政寂仙　昭和二十七年十一月　学修社
本文は春曙抄本に依り、一段より九十一段「淑景舎春宮に参り給ふ」の段までを収める。本文、語釈、通釈より成る。
　この書は同じ著者の『新修枕草子評釈』と同じ内容である。同書に就いては本章「二十九　新修枕草子評釈」にあらまし述べた。
同書は本文、語釈を下に置き、通釈を頭に置く形であり、本書は本文、語釈、通釈の形で続けてある。従つて組直しに伴ひ、九十一段「うち橋」の語釈の条に於て、前書に「うつしはし」「横に切れた所」とあるのに、本書に「うつはし」「横に切られた所」とするなど小異があり、解題も一部異る。本書の下巻は未見。

八十二　必須枕草子

一巻　石沢胖　昭和二十七年十二月　研数書院
五十段を収める。本文は枕草子春曙抄に拠る。
本文、通釈、語釈の他に、主に文法上の事柄に就き説明した研究が有り、問題が設けてある。問題は八十六問に及ぶ。巻末に助動詞と助詞との主要事項を纏める。巻末に十三頁の語句索引がある。

語釈は第一段の「白くなりゆく」に「著《しる》く」の説があり、「あかりて」で「明りて」で「明るくなって」の説があるとするなど懇切である。文法の説明が詳しく、助詞、助動詞などを説く。本文の「御」には普通振仮名を施さぬが、「御梳櫛」「御手水」は「みけづりぐし」、「みてうづ」とする。

八十三　枕草子新釈

一巻　稲田良三　昭和二十七年十二月　良文館
百九段を収める。本文は枕草子春曙抄に拠る。この頃の註釈書は本文を春曙抄に拠り、頁数は二百頁から三百頁程、本文、語釈、口語訳より成る書が多く、この書もその一つである。
冒頭に、作者、内容、題、構成、諸本に分れた解題があり、本文、語釈、通解（口語訳）より成る。一段の終には注意として、
　清少納言の筆致が他の平安朝の作品には見られぬ新鮮味を漾わせている点で寧ろ濃厚な近代性をすら感じせしめる。簡潔な名文である。
とする。語釈は他同類の書と共通してゐて特に詳しいところは無い。

八十四　枕草子新解

一巻　林和比古　昭和二十八年一月　文進堂
四十五段を収める。枕草子の註釈書として一頭地を抜くものと言へるであらう。
底本として枕草子春曙抄を用ゐる。今でこそ三巻本や能因本を用ゐるのが恒であるものの、当時としては一般のや

り方である。枕草子春曙抄の用ゐ方は延宝二年の原板と岩波文庫とを両用するといふ心配りがある。枕草子春曙抄で意味不通の所は伝能因本、三巻本、前田本、堺本を参考にする。

枕草子解説、本篇、附録より成り、解説の参考書には劃期的なものとして、『清少納言枕草紙抄』、『枕草子春曙抄』、武藤元信『枕草紙通釈』、金子元臣『枕草子評釈』、関根正直『枕草子集註』、田中重太郎『前田家本枕冊子新註』などを挙げるのは穏当な見解であらう。

本文、通解、考異、語釈、研究より成り、語釈が行届き詳しい。多くの段に複数の研究があり、その段の問題点を探究してゐる。先行の註釈書の業績を薬籠中の物としてゐる。

語釈の詳しい事の例を挙げると、「うへにさぶらふ御猫は」の段の「あさましう犬などもかゝる心ある物なりけり」は一頁に及ぶし、「にくきもの」の段の「帽額の簾はましてこはき物のうちおかるゝ」に到っては二頁近く述べた上で図示までしてゐる。

語釈の数々に独自の説明がある。

附録には参考図、枕草子略年表、枕草子解釈鑑賞のための研究目標及び解答ヒント、註釈語句索引がある。

八十五　新釈国文選書　枕草子新釈

一巻　荒木良雄　昭和二十八年二月　高文社

九十五段を収める。本文は枕草子春曙抄に拠る。

内容は本文、設問、語釈、通釈、設問答、参考より成る。百段近くを収めるため、語釈は簡略となり、「病は」の段の如く通釈のみで語釈が全く無い段もある。

刊行のことばに、

内容の味読を第一として、箇を抜き、精を択び、語釈訓詁は略式にしたとある通りで、設問と答とを通して内容を把握するやうにしてある。

八十六　国文学習叢書　枕冊子

一巻　田中重太郎　昭和二十八年三月　旺文社

六十六段を収める。本文は三巻本に拠る。枕草子の本文は長らく枕草子春曙抄に拠り読まれて来た。昭和二十年代後半頃から三巻本が多く採用されることになつた。

一般に段数順に配列する註釈書が多い。この書は成立、自然観照、まくら（ものづくし）、人生評論、自伝（宮廷生活）と分けて構成する。枕草子自体が雑纂本と類纂本とがあるのだから、註釈書に於ても一つのやり方である。

本文、語釈、口訳、鑑賞、入試問題より成り、附録に主要参考文献一覧、章段順索引、語句索引を添へる。「春はあけぼの」の段の語釈は五頁を超え、鑑賞は二頁近い。語釈には諸説を引き、文法の説明が詳しい。著者には枕草子の註釈書が多いけれど、本書はその中でもとりわけ著者の意気込みが見受けられ、充実した書となつた。鑑賞には清少納言への愛情が感じられる。

第六章　枕草子こぼれ話

清少納言は実名でない

清少納言の名は日本人なら誰でも知つてゐるであらう。最近の日本文学の国際化に伴ひ、外国人でも知つてゐる人は増えてきてゐる。しかし『枕草子』の作者は清少納言で終つてしまひ、清少納言が実名《じつみやう》ではないとか、実名でないならどんな種類の名であるかに関心を抱く人は少ないやうだ。

古代では子供が生れると名前を付けるが、童名《わらはな》であつて、幼少の間の名前である。幼名《をさなな》とも言ふ。紀貫之の童名は、内教坊の阿古久曾《あこくそ》と言ふ。平安時代中期の右大臣藤原実資《さねすけ》には、かはいがつてゐた娘があり、童名を千古《ちふる》と言ひ、愛称をかぐや姫と言つた。関白頼通の童名は、鶴《たづ》、田鶴丸《たづまる》であつた。和泉式部の童名は御許丸《おもとまる》と言つた。『源氏物語』には、「あてき」「いぬき」などの童名が見え、『栄花物語』には「やすらひ」といふ童名が見える。

成人すると実名を付ける。本名《ほんみやう》とも言ひ、正式な書類に記載する名前であり、紀貫之の場合は貫之である。別に字《あざな》がある。呼名《よびな》であり、日常生活に於て自他共に称した。古代の人々の考へに、実名を敬避して用ゐることをはばかる傾向があり、特に女性は実名を使はないことが普通であつた。

宮中、后妃、院、皇族などに仕へる女性には、出仕した先で候名《さぶらひな》が与へられた。女房として仕へるので女房名と言ふ。清少納言は候名、女房名である。[註一]

候名、女房名の例

候名、女房名は『大和物語』に「一条の君」、「閑院の御《ご》」、「五条の御《ご》」が見え、『古今和歌集』に「二条」、「閑院」が見える。これらは出仕する先の御所や、自分の居住する条坊に基づくものである。

その後、次第に父の官職に基づいて命名されるやうになつた。

伊勢　父の藤原継陰が伊勢守であつたのに由来する。

赤染衛門　父の赤染時用《ときもち》が右衛門であつた。

紫式部　父の藤原為時が式部丞であつたため、藤原氏であるから初めは藤式部と呼ばれた。『源氏物語』を執筆した後、登場人物の紫上に因んで紫式部と呼ばれた。

出羽弁《いではのべん》　父の平季信が出羽守であつた。

中務《なかつかさ》　父は宇多天皇の皇子敦慶《あつよし》親王である。親王は中務卿であつた。

中務内侍《ないし》　父の藤原永経が中務大輔であつた。

馬内侍　父の源時明が右馬権頭《うまのごんのかみ》であつた。馬内侍は斎院及び、中宮定子の内侍であつた。

周防《すはう》内侍　父の平棟仲《むねなか》が周防守であつた。

父と夫との官職に因るものがある。

和泉式部　父の大江雅致《まさむね》が式部丞であつた。和泉は夫の橘道貞が和泉守であつたため。

夫の官職に因るものがある。

相模　夫の大江公資が相模守であつた。

大弐三位　正三位太宰大弐高階成章の妻となつて大弐三位、又は藤三位と呼ばれた。

兄の官職に因るものがある。

紀伊　紀伊守藤原重経の妹。後朱雀院の中宮嫄子に仕へて中宮紀伊と呼ばれ、後に高倉帝の第一皇女祐子内親王に仕へて高倉一宮紀伊と呼ばれた。

祖父の官職に因るものがある。

越後弁　大弐三位を指す。大弐三位と呼ばれる前は、祖父藤原為時が越後守であったことに因み、越後弁と呼ばれた。

清少納言の名の由来

清少納言の「少納言」は官職名である。しかし父、夫、祖父などの近親者の中には少納言の任官者が見いだせず、従来不明とされてきた。そこでもう少し範囲を拡げて考えてみよう。越後弁は祖父の官職名に因るものであり、父、祖父と溯れるのならば、更に溯ってみては如何であらうか。[註二]

藤原定家の娘に民部卿典侍《てんじ》がゐる。民部卿とも、後堀河院民部卿典侍とも呼ばれた。勅撰集に二十二首の和歌が採られた歌人で、定家と分担しての古典の書写も多い。

定家は建保六年（一二一八）七月に民部卿に任ぜられてゐるので、古くは民部卿典侍の候名は父の官職名に基づくものと理解せられてきた。しかし石田吉貞氏の考証に拠ると、民部卿典侍の女房名は『明月記』に建永元年（一二〇六）とあり、定家が民部卿となる十二年前である。十二年後のことを予測して命名することは有り得ない。定家自らが『明月記』の建永元年七月十七日の条に記すところでは、

女子今夜被定御名、勅定、民部卿、此事極忝、父子共沉淪、於今更不存家跡身、而更不忘高祖父古事、預亜相兼官名字、過分之恩也

とあり、高祖父長家（御子左家の始祖）の官職名（官名）に因るものであることが明らかである。長家は道長の五男で、御子左家の祖となった人であり、権大納言の他に民部卿を兼官し、歿するまでその官にあった。このことから、家の始祖の官職名にまで遡って候名が命名されたことを知り得る。

清少納言の氏は清原であり、父の名は清原元輔である。清少納言の「清」は清原を取ったもので、藤式部、藤三位の「藤」と同じである。「少納言」の方は清原家の始祖有雄の官職名に因るのである。清原氏の系図は何編も伝へられている。その中で最も信憑性の高いのは、『豊後清原系図』と『系図纂要』とに収める系図である。いづれも、

貞代王―有雄―通雄―海雄―房則―深養父―春光―元輔―清少納言

とあり、『豊後清原系図』には、清原姓を賜った有雄に「少納言」の註記がある。これに基づいて清少納言の名が女房名と定められたのであらう。

『枕草子』の中では、清少納言は「少納言」とだけ呼ばれてゐて、有名な香炉峰の話の「雪のいと高う降りたるを」の段では、「少納言よ。香炉峰の雪いかならむ」と呼び掛けられてゐる。中宮定子の女房の中に、少納言と呼ばれる女房が一人だけの場合は、それで十分だったのである。一般には弁別する必要があるため清少納言と呼ばれ、『栄花物語』『紫式部日記』『古本説話集』『今鏡』『古事談』『十訓抄』などや、『後拾遺和歌集』以下の勅撰集に「清少納言」とある。

清少納言の実名は何か

清少納言の実名は唯一つの文献に見えるのみである。『枕草紙抄』に、「名は諸子《ナギコ》也」、「幼名をなぎ子と申したる事女房名寄（一禅）に見えたり」とある。これに拠ると、諸子《なぎこ》が実名とも童名（幼名）とも取れるけれども、菅原道真の夭折した娘の童名は阿満《あま》であり、『大和物語』に見える在原棟梁の娘の童名は「おほつぶね」であって、童名に

「子」の付くことは少ないやうであるから、実名と考えてよからう。『日本書紀』に「伊弉諾尊《いざなぎのみこと》」とあるのを『古事記』で「伊邪那岐神」と書いてゐるから、「諾」を「なぎ」と読むことは古くからあった。学者であった清原元輔の付けさうな名前のやうにも思はれる。ただし肝腎の『枕草紙抄』の筆者は伊勢貞丈とされてゐるが、実は多田義俊の書いたものと言はれ、資料自体の価値に疑問があり、他に資料が無く確かめ難い。

清少納言は美人か不美人か

清少納言は不美人であったといふ説がある。『古事談』に、若殿上人が多数同じ牛車に乗り、清少納言の家の前を通った時、清少納言の噂をするのを聞いて、「鬼形之女法師ノ如キ顔」を差し出して物を言ったとある。これは清少納言が年老いて落魄したとする伝説であり、年老いてから鬼のやうな女であるから、若い時も不美人であったらうと想像するのである。更に清少納言は不美人であったから、画姿も後ろ姿しか描かないといふ、ひどい話をする人まである。定家が小倉の山荘で百人一首を選んで、その人物の肖像を障子に描かせようとして、当時の名匠土佐の某に頼んだ。ところが才媛の清少納言の醜い姿をありのままに描いて芳名を落とすに忍びないので、後ろ姿の清少納言を描いたといふのである。

『枕草子』中で清少納言の容貌について間接的に述べてゐると思はれるのは、「ただ口つき愛敬づき、おとがひの下、くびきよげに、声にくからざらむ人のみなむ思はしかるべき」であって、ここから、清少納言の容貌は、あごは細くなく、愛嬌のある顔らしいことが推測される。女の命である髪については、「関白殿、二月廿一日に」の段で、自分の髪につき「髪あしからむ人」と言ってゐる。しかし誰でも自分の容貌に自信の無いのが普通であって、私は美人よ、などと他人の見る作品に書く人があらうか。謙遜するのが当り前である。『かげらふ日記』の作者は、『尊卑分脈』に「本朝第一美人三人之内也」とあり、美人を称されてゐるけれども、自分の日記には「かたちとても人に似ず」と言ふ。美しい人ほど謙遜するのが恒である。清少納言の老後の落魄は最近の研究で否定せられ、晩年、精神的には主君の定子中宮を失つて淋しかつたであらうが、経済的には恵まれた生活を送つたとされる。従つて、鬼のやうな女とする伝説には信をおき難い。

清少納言は一条朝の超一流文化人である藤原行成と極めて親しく、当時美男の代表と言はれた藤原実方とも一時結婚してゐたと言はれる。絶世の美人とまではいかないにしても、当時の一流の人から愛されるだけの美貌の持ち主であつたと考えられる。

画姿にしても『尊円百人一首』（榊原邦彦他編『画入尊円百人一首』和泉書院）には豊頬の横顔を美しく描くし、現行の任天堂の各種の小倉百人一首には正面の座像を美しく描く。冷泉為恭の『聯珠百人一首』も同様である。蕉亭の「清少納言撥簾図」、唯照の「清少納言図」、猪飼嘯谷の「清少納言図」、小林清親の「清少納言旅姿錦絵」などに皆美人として描いてゐる。因みに任天堂の小倉百人一首では、楊貴妃、クレオパトラとともに、世界三大美人と言はれる小野小町を後ろ姿で描いてゐる。

清少納言は和歌が上手か下手か

清少納言は和歌が下手であつたといふ説がある。「五月の御精進のほどしきに」の段で、清少納言自身が「つゆとりわきたるかたもなくて」（少しも優れたところも無くて）と、自分の歌才の無さを述べてゐることなどから、和歌が下手であつたとするのである。しかし自己の著作物で、己の才能を誇る人にまともな人間があるだらうか。他人から認められれば認められるほど、今後の精進を期して謙遜するのが普通であらう。

清少納言は藤原定家の小倉百人一首の中に「よをこめて」の歌が採られてゐる。百人の歌人の中で、男は七十九人、女は二十一人ゐるが、下手な歌人は選ばない筈である。清少納言の和歌は勅撰集に十四首入集し、『後拾遺和歌集』

二首、『詞花和歌集』二首、『千載和歌集』三首、『続後撰和歌集』一首、『続古今和歌集』一首、『玉葉和歌集』三首、『続千載和歌集』二首が内訳であり、他に『金葉和歌集』の三奏本に一首採られている。各時代の勅撰集の撰者により、秀歌と認められた和歌が十四、五首もあるからには、和歌が下手とは言へない。

『中古三十六歌仙』は三十六人の優れた歌人を集めた書で、平安時代末期の成立である。女流歌人は十二人ゐるが、清少納言は勿論入ってゐる。清少納言は和歌が上手であったと認められる。

清少納言は九度死んだか

清少納言の墓は左記の九ケ所が知られる。死んだ時に墓が設けられるとすると、清少納言は九度死んだことになる。[註三]

一　四国讃岐国の金刀比羅宮

清少納言は四国に来て死んだと言ひ伝へ、金刀比羅宮の中腹で、大門の左側に清少納言塚の碑がある。清少納言の墓といふ塚を壊さうとしたところ、夢のお告げがあったことを記す。金刀比羅宮宝物館には清少納言が使用したといふ歌枕硯があり、金刀比羅宮図書館には、清少納言衣掛松が枯損したものを材として作った清少納言像がある。

二　四国阿波国の鳴門市里浦町

清少納言は里浦の浜で死んだと言ひ伝へる。堂の中に塚があり、尼塚さんと呼んで清少納言を供養している。

三　近江国に清《きよ》塚といふ清少納言の墓があると、大田南畝の『一話一言』に見えるが、所在未詳。

四　安芸国の宮崎で享保二年（一七一七）に、ある武士が家を建てようとして清少納言の墓を掘り出したといふ。天野信景《さだかげ》の随筆『塩尻』に見える。所在未詳。

五　京都の誓願寺に清少納言の墓があったと『洛陽誓願寺縁起』などに見える。誓願寺は平安遷都に当り、伏見深草から上京区元誓願寺通小川の地に移ったといふ。天正十三年（一五八五）現在地の新京極の東端、桜之町に移り、浄土宗西山深草派の寺であるけれども、墓は旧地にあったと思はれ、現在の境内には無い。

六　『林泉都名所図会』に拠ると、京都東山の大和大路の南に清原深養父の邸跡があり、竹林に古井戸がある。東の奥に古墳があり、深養父、元輔、清少納言の墓といふ。現在の東山区本町通の南の辺らしいが、場所もはっきりせず、見当らない。

七　『扶桑拾葉集』に筑紫の民門で死んだとあり、墓所も築紫にあった可能性がある。詳細未詳。

八　近江国坂本の慈眼堂

和泉式部や紫式部の塔もあるが清少納言の塔が大きい。

九　河内国の羽曳野市杜本《もりもと》神社

清少納言古塔がある。

四国、京都、近江国にそれぞれ二ケ所伝へられる。京都在住の田中重太郎氏は京都説であった。分骨したとすれば九ケ所どこも可能性はある。

動物の鳴き声　うつくしきもの

「うつくしきもの」の段に「ひよ〳〵とかしかましう鳴きて」とあるのは、鶏の雛の鳴き声である。『宇津保物語』の藤原の巻に、「巣を出でてねぐらも知らぬひな鳥のなぞや暮れゆくひよと啼《な》くらん」とある。以下に古典に現れる動物の鳴き声のうち、主なものを挙げる。

時鳥《ほととぎす》〈てっぺん　かけたか〉人情本の『恩愛二葉草』に「てっぺん掛けたか」とある。

〈てんぺん　かけたか〉『俚言集覧』に「天辺かけたか」とある。

〈ほぞん　かけたか〉横井也有の『文照聞書』に「ほぞん懸たか」とある。

鶏

〈ほんぞん　かけた〉『本朝文選』に「本尊かけた」とある。

〈ほんぞん　かけたか〉『犬筑波集』に「本尊かけたか」とある。

〈かけろ〉神楽歌に「鶏はかけろと鳴きぬなり」とある。江戸時代にも使はれ、香川景樹の『桂園一枝』に、「かけろと鳴くがあはれなりけり」とある。

〈こきやあろうくう〉鶏の時を作る声で、狂言「鶏聟」に見える。狂言には諸流派があり、これは大蔵流で演ずるもの。和泉流は少し違ひ、「こっくわくおう」、「こつかやつこう」である。

〈とつてこう〉「鶏聟」の鷺流で演ずるもの。『醒睡笑』にも「とつてかう」と見える。

〈とうてんこう〉狂言の「佐渡狐」に「東天紅《とうてんこう》」とあり、『書言字考節用集』にも、「東天光《トウテンクワウ》　俗に伝へていはく、鶏の暁の声」とある。

因みに日本古来の鶏を日本鶏と言い、地鶏、小国《せうこく》、尾長鶏、ちゃぼ、しゃも、などの種類がある。その一つに東天紅という種類があり、鳴き声が長く、十五秒以上も鳴く。鳴き声から名前を付けたもの。

烏

〈ころく〉『万葉集』の東歌に「ころくとそ鳴く」とある。

〈いざわ〉『日本書紀』の神武天皇紀に、やた烏が「いざわ、いざわ」と鳴いたとある。

〈かか〉『枕草子』の「あさましきもの」の段に、「烏のいと近く『かか』と鳴くに」とある。諸本の異文に「かう」、「から」、「かく」がある。

〈かかあ〉四方赤良《よものあから》の『徳和歌後万載集』に、「かかあかかあ」とある。

〈こかあ〉狂言の「柿山伏」に「こかあ、こかあ」とある。

〈こか〉『醒睡笑』に「子《こ》か子《こ》か」とある。

〈あほう〉山東京伝の『繁千話《しげしげちわ》』に「あほうあほう」とある。

〈ああ〉高田与清《ともきよ》の『松屋筆記』に「あああああ」とある。

〈かあ〉『松翁道話』に「かあかあ」とある。

〈があ〉浄瑠璃の「用明天皇職人鑑」に、「あほうがらすのがあがあは」とある。


馬〈い〉『万葉集』二九九一番に「馬声」を「い」に宛てる。

〈いう〉『落窪物語』に「いう」とある。「う」は撥音「ん」の代用である。諸本に「ひゝ」、「ひう」、「ひと」などがあるものの、国語史から考えると信じ難い。

〈いゝん〉鹿野武左衛門の『鹿の巻筆』に、芝居で馬の脚になつた男が、贔屓《ひいき》の歓呼に答へて、「いゝんいゝんと云ながらぶたいうちをはねまわつた」とある。

〈ひいん〉十返舎一九の『東海道中膝栗毛』に、「ヒイン〳〵」がある。

〈ひゝひん〉十返舎一九の『東海道中膝栗毛』に、「ヒゝヒン〳〵」がある。

〈ひん〉滑稽本の『七偏人』に「ひんひん」とある。


犬〈びよ〉『大鏡』に犬の為に法事をした人の話があり、清範律師が「蓮台の上にてびよと吠えたまふらむ」と説教したとある。これは「ひよ」とする註釈書もある。狂言の「柿山伏」にも、「びよ〳〵」とある。

〈きやう〉『大鏡』の右の話の続きに「いと軽々《きやうきやう》なる往生人なりや」とあるのは、形容動詞「軽々なり」に犬の鳴き声を掛けたもの。「う」は撥音「ん」の代用である。

〈ぎやう〉『今昔物語集』巻二十八に、「白キ狗《イヌ》ノ行《ギヤウ》ト哭《ナキ》テ立テリ」とある。

〈べう〉『狂言記拾遺』の「犬山伏」に「べう〳〵〳〵」とある。横井也有の『文照聞書』に細川幽斎が和歌に犬の鳴き声を「べう〴〵」と詠んだ事を述べ、犬は「わん〳〵」と鳴くものではなく、「べう〴〵」と聞きなすのが正しい、近松門左衛門が国性爺合戦で「わん〳〵」としたのは俗人の耳に入り易くする為だと述べる。

〈ぼ〉『大鏡』の諸本の異文に「ほ」とある。「ぼ」であらう。

〈けい〉『古今著聞集』巻九に、「犬いられてけいけいとなきてはしるを」とある。

〈わん〉滑稽本の『七偏人』に「わん〳〵」とある。

猫〈ねう〉『源氏物語』若菜下の巻に、猫が「ねうねうとらうたげになけば」とある。

〈にやあ〉『浮世床』に「ニヤアとなく。なんだニヤアだ。古風に泣くぜ」とある。

〈にやう〉『醒睡笑』に「にやう」とある。

〈にやを〉浮世草子の『元禄太平記』に「猫のまねして、にやをにやを」とある。

〈にやぐ〉『談林十百韻』に「にやぐ」とある。

鼠〈じじ〉『御伽草子』の「猫の草紙」に、「じじといへば聞耳たつる猫殿の眼《まなこ》のうちの光恐ろし」とある。

〈ちう〉『松翁道話』に「ちうちう」とある。

狐〈こう〉『今昔物語集』巻二十七に、「狐ニ成《ナリ》テコウコウト鳴《ナキ》テ走リ去《サリ》ニケリ」とある。「う」は撥音「ん」の代用である。

〈こん〉『御伽草子』の「木幡狐」に「こん〳〵と」とある。

〈こんくわい〉『狂言記』の「こんくわい」に「こんくわい」とある。

〈くわい〉狂言の「釣狐」に「クワイ、クワイ、クワイ」とある。

猿〈きや〉『狂言記』の「柿山伏」に「きや〳〵。はあ。さるにまがふ所はない」とある。

〈きやあ〉『虎寛本狂言』の「猿座頭」に、「猿、キヤアといふ。何じや、きやあ。なう、そなたは猿のまねをするるか」とある。

〈きやつ〉　『波形本狂言』の「柿山伏」に、「是りや鳴かずは成まい。きやあきやあきやつきやつ」とある。

〈ここ〉　『常陸風土記』に「くにひとのことばに、猿の声を謂《い》ひて古々《ここ》と為す」とある。

狸〈きき〉　『古今著聞集』巻十七に、「細声を出だしてききと鳴きけり」とある。古狸の鳴き声である。

鹿〈びい〉　芭蕉の杉風宛書簡に「びいと啼尻声悲し夜の鹿」とある。

「あてなるもの」の段の氷は電気冷蔵庫で作つたか

平安時代に電気冷蔵庫は無いので、清少納言はどうして氷を得たのであらうか。力強い味方「氷室《ひむろ》」があつたのであつた。氷室は天然の冷蔵装置である。

一　氷の作り方

天然氷であるから夏には出来ない。冬寒い時に作る。山間の小さな池に氷が張るのを待つ。張つたらすぐとるのではない。張つた氷の上に水を流す。凍れば更に水を流して凍るのを待つ。これを何度も繰り返して厚い氷を得る。

二　氷室へのしまひ方

『日本書紀』仁徳紀六二年（三七四）に、闘鶏野《つげの》（現・奈良県山辺郡都祁村）の氷室のさまが見える。まづ一丈余の穴を掘る。かやでその上にふき、厚く茅《ち》・薄《すすき》を敷いて、氷を上に置く。すると夏になつても氷は消えないとある。

三　氷の輸送

氷室は山城国に六ケ所、大和国、河内国、近江国、丹波国に各一ケ所あつた。四月と九月とは毎日一駄（八個の大氷塊を一駄とし、ほぼ一石二斗）、五月と八月とは毎日二駄、六月と七月とは毎日三駄を宮中に運んだ。

四　氷の支給

宮中では四月一日から九月三十日まで氷が支給された。中宮や東宮などでは五月から八月まで氷の支給があったから、清少納言もこの間に中宮から支給されたのである。

五　氷室の遺跡

竹村俊則『新撰京都名所図会』巻二に拠ると、京都市北区西賀茂氷室町に『延喜式』に記す栗栖野氷室の遺跡がある。「氷を貯蔵した室址は、部落の西方、杉坂へ行く路の北側に三ケ所残っている。今は樹木や土砂に埋もれてその址は見分けにくいが、約五、六坪ぐらいの広さの窪地になっている。氷を作った池は、現在五ケ所あり、いずれも小さな池で、今は灌漑用水池となっている」とある。

註

一　榊原邦彦『古典新釈シリーズ　枕草子』（昭和五十一年六月　中道館）十一頁。
二　榊原邦彦『枕草子論考』（昭和五十九年六月　教育出版センター）一頁以降。
三　第四章。

第七章　今　鏡　の　思　想

一　尚古思想

『今鏡』での書出しでは物語の聞き手が語り手にたま〳〵遇ふとの設定がなされてゐる。この語り手は百五十歳を超えた老嫗で、あやめと名乗り宮仕して紫式部に仕へたと語る。

歴史物語の先蹤作品『大鏡』は万寿二年（一〇二五）五月、紫野の雲林院の菩提講の場を舞台とし、翁が語り手として登場して語り進める形に設定されてゐる。『今鏡』は嘉応二年（一一七〇）三月、春日野の辺である。『大鏡』は五月であり、『今鏡』は三月である。『大鏡』は山城国であり、『今鏡』は大和国である。『大鏡』の語り手は老翁であり、『今鏡』の語り手は老嫗である。相違を挙げればこのやうになるが、枝葉末節であって、寧ろ共通する所に注目すべきである。

時と所とは老人が出歩くに相応しく設定され、舞台は紫野と春日野と何れも野である。語り手は超人といふべき長寿者であり、『今鏡』の語り手は『大鏡』の語り手の孫に当り、書名は『大鏡』に対応した『小鏡』である。

『今鏡』は序の中で『大鏡』を継承する作品である事を強調する。古い時代の『大鏡』に倣って物語を著述するものであり、古い時代の文物制度思想を尊ぶ精神に基づく。一言で言へば尚古思想である。平安時代の朝廷は儀式が中心であり、儀式には煩瑣なまでの式次第作法が附き物であって遵守せねばならず、何事に於ても先例重視の世の中であるから、尚古思想は貴族社会の思想の核心であったと言へよう。これを『今鏡』の作品中で検証することにしたい。

長元二年三月四日、花《はな》の宴《えむ》せさせ給て、「歌《うた》の師《し》は鶯《うぐひす》にしかず」とかいふ題《だい》賜《た》びて、桂折《かつらを》る心みありと聞《きこ》え侍き。註一
（すべらぎの上　第一　ほしあひ　二〇頁）

後朱雀天皇の御代の長久二年註二（一〇四一）に二条の内裏で行はれた花の宴を述べる。花の宴は桜の宴とも言ひ、嵯峨天皇の御代弘仁三年（八一二）二月に初めて行はれた。天皇が桜を御覧になり、文人に詩を命ずる儀式である。延喜天暦のころはしば〱行はれたものの、円融天皇の天延二年（九七四）に行はれて中絶し、一条天皇の寛弘三年（一〇〇六）に行はれた後は途絶えてゐた。長久二年の花の宴の催しは、久しく中絶して忘れ去られようとしてゐた古儀を復興したものであり、古い時代を規範とし、往年の盛儀を今の世に再現せんとする尚古思想の発現である。

『今鏡』中には古儀の継承のみならず、復興、再興の記事が各所に見られる。

よろづの事道重《をも》くせさせ給て、位《くらゐ》にても、後拾遺あつめさせ給。院後《のち》も、今葉集撰《えら》ばせ給へり。いづれにも御制ども多《おほ》く侍《はべ》るめり。
（すべらぎの中　第二　もみぢのみかり　四二頁）

第四番目の勅撰集『後拾遺和歌集』と、第五番目の勅撰集『金葉和歌集』との撰進について述べる。醍醐天皇の延喜の御代に撰進せされた『古今和歌集』を範としたもので、延喜天暦の御代にしば〱行はれた花の宴が復興されたことと思想の根本は共通している。

承保三年十月廿四日、大堰河《をほひ》にみゆきせさせ給て、嵯峨野に遊《あそ》ばせ給ひ、御狩《みかり》なむどせさせ給ふ。その度《たび》の御哥、

大堰河《をほひ》古《ふる》き流《ながれ》を尋《たづ》ねきてあらしの山の紅葉《もみぢ》をぞ見《み》る

なむ詠《よ》ませ給へる、昔《むかし》の心地《こゝち》して、いとやさしくをはしましき。
（すべらぎの中　第二　もみぢのみかり　四二頁）

承保三年（一〇七六）十月二十四日に行はれた白河天皇の大井河行幸は、延喜七年（九〇七）九月の宇多法皇の大井

河御幸を踏襲した古儀復興の行事であることが、師房の「初冬扈従行事遊覧大井河応製和歌一首并序」（『本朝続文粋』）に述べてあり、御製の「大堰河」の和歌の「古《ふる》き流《ながれ》を尋《たづ》ねきて」に尚古思想が端的に示されてゐる。

承暦二年四月廿八日、殿上の哥合せさせ給ふ。判者六条右の大臣《をとゞ》、皇后宮の大夫と聞《きこ》へ給《たま》ひし時《とき》せさせ給き。歌人《うたびと》ども時にあひ、よき歌《うた》も多《おほ》く侍なり。哥よしあしはさる事《こと》にて、事ざまのかど、えもいはぬが事には、天徳の歌合《うたあはせ》、承暦の歌合《うたあはせ》をこそは、むねとある哥合と、世《よ》の末《すゑ》まで思《おも》ひて侍るなれ。

（すべらぎの中　第二　もみぢのみかり　四二頁）

承暦二年（一〇七八）四月に白河天皇によって清涼殿で催された内裏歌合について述べる。和歌史では内裏歌合は天徳四年内裏歌合、永承四年内裏歌合が名高い。天徳四年（九六〇）の内裏歌合は村上天皇によって催された歌合で、後世晴儀歌合の典型と仰がれた。永承四年（一〇四九）の内裏歌合は後冷泉天皇によって催された歌合で、天徳歌合に倣った催しであった。

承暦二年の内裏歌合も天徳歌合に倣ったもので、本文中に「天徳の歌合《うたあはせ》」と記し、古儀復興の考へに基づく催しであった。

又唐国《からくに》の哥をもてあそばせ給へり。朗詠集に入《い》りたる詩の残《のこ》りの句を、四韻ながらたづね具《ぐ》せさせ給《たま》ふ事《こと》もおぼしめしよりて、匡房《まさふさ》の中納言なむ集《あつ》められ侍りける。その中に「五《さ》月の蟬《せみ》の声《こゑ》は、なにの秋を送《をく》る」とかいふ詩の、残《のこ》りの句をえ尋《たづ》ね出《いだ》さゞりける程《ほど》に、ある人これなむとて、奉《たてまつ》りたりければ、江帥見《み》給へて、「これこそこの残《のこ》りともおぼえ侍らね」と奏《そう》しける。後《のち》仁和寺《にわじ》の宮なりける手本の中に、まことの詩、出《い》で来《き》たりけるなむとぞ聞《きこ》え侍し。又本朝秀句と申《ま》すなる文の後《のち》し継《つ》がせ給とて、法性寺の入道をとゞに撰《えら》ばせたてまつらせ給とて聞《きこ》へ侍りき。その書《ふみ》の名《な》は、続本朝秀句といひて、三巻《みまき》、情《なさけ》多《おほ》く撰《えら》ばせ給へる文も侍るなり。

（すべらぎの中　第二　もみぢのみかり　四二、四三頁）

「朗詠集」とは藤原公任撰の『和歌朗詠集』を指し、漢詩文の句五八八首、和歌二一六首を収める。漢詩は七言律詩が多いものの、頷頸二聯の何れかを載せるものが多い。ここに挙げるものは李嘉祐の「千峯鳥路含梅雨　五月蝉声送麦秋」であり、残りの句を捜し出し完全なものにしようとするのである。『本朝秀句』『続本朝秀句』は両書とも散佚して現存しない。

『和漢朗詠集』の探索の試みにしても、七言二句の対句を撰んだと思はれる『本朝秀句』の続篇編纂にしても、古儀復興の考へによるものである。

十月に大内造《おおうちつく》り出《いだ》して渡《わた》らせ給。殿や門などの額《ガク》は、関白殿書《か》ゝせ給。宮造《つく》りたる国司など七十二人とか、位《くらゐ》給けり。中頃《ごろ》かばかりのまつり事なきを、千代《ちよ》に一度《ひとたび》澄《す》める水なるべし、とぞ思あえる。

（すべらぎの下　第三　おほうちわたり　七七頁）

保元二年（一一五七）の内裏造営について述べる。平安京の内裏は延暦年間に造営の後、天徳四年（九六〇）から永保二年（一〇八二）までに十四回も火災で焼亡した。以後は専ら里内裏が用ゐられ、この度は久しぶりの造営であったが、保元二年二月十八日に宣旨を下して造営を始め、十月八日に遷御と順調に進んだ。これには後白河天皇は勿論のこと、信西の力が大きく働いた。諸行事の復興より一段大きな規模の古儀復興であった。『今鏡』の作者は同じ思想を有し、「千代《ちよ》に一度《ひとたび》澄《す》める水なるべし」と強い賞賛の言葉を記してゐる。

廿日内宴行《をこな》はせ給。百年《もゝとせ》あまり絶《た》へたる事を行《ゝこな》はせ給、世《よ》にめでたし。題は「春《はる》は生《な》る聖化《ショウクワ》のうち」とかぞ聞《きこ》へ侍し。関白殿など、上達部七人詩作《しつく》りて参《まい》り給ける。青色《あをいろ》の衣、春《はる》のおほみ遊《あそび》にあひて、めづらかなる色《いろ》なるべし。舞姫十人、綾綺殿《れうきでむ》にて袖振《ふ》るけしき、漢女《カム》を見る心地《こゝち》なりけり。今年《ことし》はにはかにて、まことの女かなはねば、童《わらは》をぞ、仁和寺の法親王奉《たてまつ》り給ける。書《ふみ》をば仁寿殿にてぞ講ぜられける。尺八といひて、吹《ふ》き絶《た》へたる笛《ふゑ》、はじめてこの度《たび》吹《ふ》き出《いだ》したるとうけ給はりしこそ、いとめづらしき事なれ。六月すまひの節行《おこな》はせ給。これもひさしう絶《た》へて、年頃《としごろ》行《をこな》はれぬ事也。十七番なむありける。古《ふる》き事どものあらまほしきを、かく行《をこな》はせ給、ありがたき事也。

（すべらぎの下　第三　内宴　七八頁）

長元七年（一〇三四）を掉尾して途絶えてゐた内宴が、信西の申請により保元三年（一一五八）に復興された。内宴は正月二十一日頃に仁寿殿で行ふ宮中の私宴である。舞姫御覧、尺八の吹鳴、相撲の節の催行も古儀を復興したものであった。内宴は翌年の平治元年にも行はれた。前年は急なことで舞姫が間に合はず、童が代行したが、今年は正式の内教坊の妓女が舞ひ盛儀となったものの、平治の乱の勃発の為に再び廃絶してしまった。『今鏡』の作者は「世《よ》にめでたし」と熱烈に支持し、尚古思想への賛同の念を顕著に表明してゐる。

かの入道事《こと》にあはれ、あさましき事《こと》ゞも出《い》で来《き》てぞ、内宴もたゞ二年《ふたとせ》ばかりにて、行《をこな》はれぬことになりて侍るにこそ、その事《こと》のとがにや侍らむ。なをもあらまほしき事なれど、かつは仕立《した》つる人もかたく、ひさしく絶《た》えたる事行《をこな》はれて、世《よ》の騒《さは》ぎも出《い》で来《き》にしかば、時《とき》にあはぬ事《こと》ゝて侍らぬにや。春《はる》のはじめに詩作《つく》りて、上達部より下《しも》ざま奉《たてまつ》る事、かしこき御時、もはらあるべき事《こと》なり。さる事侍らば、なをいみじかるべし。

（すべらぎの下　第三　をとめのすがた　八二頁）

内宴は二年引続いて行はれただけで、廃絶した。ここは前条に平治元年の内宴の盛儀を述べ、作者は「なをもあらまほしき事」と古儀の廃絶を惜しんでゐる。『山槐記』に拠ると、この年十九人が詩を献じたとあり、『今鏡』には上達部七人、四位五位十一人とある。「さる事侍らば、なをいみじかるべし」とは作者の強い気持ちの現れである。

いつの事にはべりけるとかや、をほみ遊《あそび》に、冬《ふゆ》の束帯《そくたい》に半臂を着《き》させ給へりけるを、肩脱《かたぬ》がせ給へりける時、宇治殿よりはじめて、下襲《したがさね》のみ白《しろ》く見《み》えけるに、このをとゞひとり半臂《はひ》を着《き》給へりければ、御日記に侍るなるは、「予ひとり半臂の衣《ころも》を着《き》たり。衆人恥《は》ぢたる色あり」とぞ侍るなる。かやうなる事どもぞ多《おほ》く侍りける。

（ふぢなみの上　第四　しらかはのあたり　一〇五頁）

半臂は束帯着用の時、袍と下襲との間に着る袖幅の狭い短衣である。本来必ず着用してゐたものが後代に略すやうになつた。ここは関白教通が旧来の例に則り半臂を着用した際に、略してゐた他の貴族が教通の姿を見て恥ぢ入つたことを述べる。『今鏡』の作者は一つの挿話によつて伝統を守る教通の生き方を強く肯定して述べ、伝統を尊重する自分の立場を明確に打出してゐる。

その御座《ざ》と申は御倚子とて、殿上の奥《をく》の座《ざ》のかみに立《た》てられ侍るなるべし。紫檀《したむ》にて作《つく》られて侍なるを、昔宇多《うだ》の帝《みかど》、まだ殿上人にをはしまして、業平の中将と相撲《すまひ》とらせ給て、高欄《かうらむ》うち折《を》らせ給へるを、代々さてのみ折《お》れながらこそ侍るなるに、近《ちか》き御世《みよ》に、筑紫《つくし》の肥後守なれりけるなにがしとかやいふ人の、蔵人になれりける時、紫檀《したむ》のきれ、殿《との》に申て、その高欄《かうらむ》の折《を》れたる、繕《つくろ》はむなとせられけるこそ、をこの事にはべりけれ。

(ふぢなみの上　第四　しらかはのわたり　一〇六頁)

殿上の間の御倚子の高欄が折れたまま、代々修繕されずにその儘になつてゐた。近頃になつて某が繕はむとしたことを「をこの事」と非難したもの。宮中の些事に於ても何事も伝統を重んずる『今鏡』の作者の意見が述べられてゐる。

三月三日、曲水《ごくすい》の宴《えむ》といふ事、六条殿にてこのをとゞせさせ給と聞《きこ》ゑ侍き。唐人《から》のみぎはに並《な》みゐて、鸚鵡《あうむ》のさかづき浮《うか》べて、桃花《タウクワ》の宴《えむ》とてする事を、東《とう》三条にて御堂のをとゞせさせ給《たま》ひき。その古《ふる》き跡《あと》を尋《たづ》ねさせ給《たま》ふなるべし。

(ふぢなみの上　第四　なみのうへのさかづき　一一五頁)

寛治五年(一〇九一)に復興された曲水の宴の記事。曲水の宴は三月上巳の日、又は三月三日に行はれた行事で、曲りくねつた水の流のほとりに坐り、水に盃を浮かべて流し、盃が通りすぎぬうちに詩歌を詠むもの。我国では『日本書紀』顕宗天皇条に見える起源の古い行事で、村上天皇の御代の頃盛んに行はれた。摂関時代には臣下の邸で行はれることが多く、寛弘四年(一〇〇七)三月三日に藤原道長の邸で行はれた曲水の宴は盛儀であった。寛治五年の催しは三月十六日が正しいけれども、本文に三月三日とあるのは、道長の催しを意識してのことであらうか。

かうした古儀復興について『今鏡』には、

帝《みかど》の御心《こゝろ》ばへ、絶《た》へたることをつぎ、古《ふる》きあとを興《をこ》さむとおぼしめせり。

（すべらぎの中　第二　はるのしらべ　六一頁）

古《ふる》きことゞも興《おこ》さむの御こゝろざしはおはしましながら、世《よ》お御心《こゝろ》にえまかせさせ給はで、院の御まゝなれば、やすき事《こと》もかなはせ給はずなむおはしましける。

（すべらぎの中　第二　はるのしらべ　六二、六三頁）

と崇徳天皇に古儀復興のお考へのあつたことを記す。勿論『今鏡』の作者も肯定するものである。

かつは君の御宿世《すくせ》もかしこくおはします上《うへ》に、少納言通則といひしが、法師《ほうし》になりたりしが、鳥羽院にも朝夕《あさゆふ》つかうまつり、この御時には、ひとへに世中をとり行《をこな》ひて、古《ふる》きあとをもおこし、新《あたら》しきまつり事をも、すみやかに計《はか》らひ行《をこな》ひけるとぞ聞《き》ゝ侍し。

（すべらぎの下　第三　内宴　七九頁）

これは後白河天皇の御代に少納言通憲が古儀の復興に力を尽したことを記す。

日記などひろくたづねさせ給。事行《ことをこな》はせ給事《こと》も、古《ふる》き事をこし、（ふぢなみの中　第五　かざりたち　一三八頁）

これは頼長が古儀の復興の目的で朝儀に関する日記を探し求め、昔の公事を復興したことを記す。

蔵《くら》人の頭にをはせし時も、殿上の一寸ものし、日記の唐櫃《からびつ》に、日ごとに日記書《か》き入《い》れなどせさせて、古《ふる》き事を興《をこ》さむとし給とぞ聞《きこ》へ給し。

（ふぢなみの下　第六　花ちるにはのをも　一九一頁）

これは右大臣公能が廃絶した殿上の一種物を催し、日記を書入れるなど古儀を復興したことを述べる。

これまで挙げた記事は尚古思想の具現である。作者は古き良き時代に還るべく古儀を復興しようとした貴族社会の風潮を数々の事例で記し、心からの同意を述べる。

さて歴史物語である『今鏡』は全篇で昔を物語るのであるが、どのやうな眼で昔を見てゐるのか、「昔」の言葉を通して確かめてみたい。「昔」「昔語」「昔の世」「昔物語」の語彙があり、「昔」は一一七例と多い為、冒頭の十例について検討し、一斑を見て全豹を卜すことにする。

昔《むかし》も恋《こひ》しければ、しばしもなづさひたてまつらむ　（序　五頁）

老嫗が都に住んでゐた昔の事を懐しむ言葉で、懐古、懐旧の気持がある。

年寄《としよ》りたる程《ほど》よりも、昔《むかし》おぼえてにくげもせず。　（序　五頁）

老嫗の若かつた昔が偲ばれるといふ。

昔《むかし》だにさほどの齢《よはひ》はありがたきに、いかなる人にかおはすらむ。　（序　五頁）

老嫗が百五十歳を超える年齢だと聞いて、聞き手が昔でさへ、それほどの高齢者はめつたに無いと驚くところ。この「昔《むかし》」は時代が溯ることを言ふだけではなく、高齢者が多く居て理想の世に近い時代であつた昔でさへと、昔を古き良き時代とする尚古思想に基づく発想である。

昔《むかし》の風《ふ》も吹き伝《つた》へ給《たま》ふ覧。　（序　七頁）

紫式部に仕へてゐた老嫗は往時の出来事を聞き伝へていらつしやるでせうから、話を聞かせてほしいと願ふところで、時代が古いの意である。

若《わか》く侍し昔《むかし》は、しかるべき人の子《こ》など三四人うみて侍しかど、　（序　七頁）

老嫗の若かつた頃のこと。

その御有様昔《ありさまむかし》の物語《がたり》に侍《はべ》れば、この中にも御覧ぜさせ給へる人もおはしますらむ。

（すべらぎの上　第一　くも井　一一頁）

昔の物語とは『栄花物語』を指し、「昔《むかし》」は時代が古いの意である。

東宮にも行啓せさせ給。御孫《むまご》、内、東宮におはしませば、御病《やまひ》の折節《おりふし》につけても、御栄《さか》へのめでたさ、昔《むかし》もか

ゝる類《たぐひ》やは侍りけむ。　（すべらぎの上　第一　子日　一四頁）

藤原道長の栄華を述べ、今は道長の孫が天皇、東宮でいらつしやるので、御栄華は昔でもこれほどの事があらうかと言ふ。言外に今よりもいろ〳〵な点で勝ってゐた昔でもの意がある。優れてゐた昔と対比して、今のすばらしさを述べる。

くれなゐ払《はら》はぬ昔《むかし》のあとも、法《のり》の庭《には》とて、清《きよ》めらるゝにつけても、事《こと》にふれてあはれ尽《つ》きせざりける。
（すべらぎの上　第一　ほしあひ　一九頁）

後朱雀天皇の中宮嫄子の崩御の記事で、嫄子の生前を昔と言ふ。崩御後の悲しい今と対比して述べたもので、単に時間が溯る意ではない。

御簾《みす》のうちより出《いだ》され侍りける杯《さかづき》にそへられ侍し歌《うた》は、昔の御局《つぼね》の詠《よ》み給へりし、
（すべらぎの上　第一　もちづき　二三頁）

語り手が昔仕へてゐた御局の意で、紫式部を指す。時代が古い意。

五節の頃《ころ》、昔を思出《い》でゝ殿上人参《まい》りけるに、伊勢大輔、　（すべらぎの上　第一　もちづき　二三頁）

一条天皇の崩御の記事で、天皇の生前を昔と言ふ。崩御後の悲しい今と対比して述べた。天皇の御健在であった古き良き時代の意である。

以上試みに十例を引いた。「昔」は単に時間が溯った古い時代を意味する例もあるものの、今より優れてゐた昔、懐しい昔、憧憬の対象である時代として用ゐられてゐる例が目立ち、「昔」の用例の僅かな検証だけでも、『今鏡』の尚古思想が確かめられる。

「昔」の類義語に「いにしへ」「そのかみ」が用ゐられてゐる。

いにしへより、かくつたはるうちに、奈良《なら》の御時よりぞ、ひろまりける。（うちぎゝ　第十　ならのみよ　二九一頁）

の「いにしへ」は時代が古い意を表すのみであるものの、

才学も高《たか》くをはしましける上《うへ》に、詩《し》など作《つく》らせ給ことは、いにしへの宮《みや》、帥殿《そちどの》などにも劣《をと》らせ給《たま》はずやをはしましけむ。

（ふぢなみの中　第五　みかさの松　一二五頁）

の「いにしへの宮《みや》」は才学人より優れた兼明親王（前中書王）と具平親王（後中書王）とを指し、単なる昔の宮ではない。「いにしへ」も「昔」の場合と同じことになる。

二　神道思想

次に神道関係に移る。

かくて師走《しはす》の十二日、廿二社にみてぐら立《た》てさせ給き。帝《みかど》の御なやみの事とて。

（すべらぎの上　第一　金のみのり　二八頁）

廿二社とは平安時代中期以降、朝廷より他社とは格段の尊崇を得た神社で、伊勢、石清水、賀茂、松尾、平野、稲荷、春日、大原野、大神、石上、大和、広瀬、竜田、住吉、日吉、梅宮、吉田、広田、祇園、北野、丹生、貴布禰の神社を指す。

『今鏡』に見える神社の多くは廿二社に含まれる。伊勢については「いせのいつき」の記事が多く見え、石清水は

大将殿、いづれの程《ほど》にか侍けむ、年《とし》ごろ住《す》み給し冷泉《れぜい》ひむがしの洞《とう》院よりにや侍けむ、七夜、かちより御束帯《そくたい》にて、石清水《いはし》の宮に参《まい》り給けるに、光清とか聞《きこ》へし別当《べたう》、御まうけ誰《た》が房《ばう》とかいふにして、

（みこたち　第八　月のかくるゝ山のは　二四三、二四四頁）

今《いま》よりはかけてをろかに石清水《いはしみず》御覧《ごらむ》をへつる滝《たき》の白糸《しらいと》

（うちぎゝ　第十　しきしまのうちぎゝ　二八六頁）

などに見え、他の神社より飛抜けて多い。

賀茂詣《かもまうで》などは、一の人こそ多《おほ》くし給を、兄《あに》の殿をゝきて、この左《ひだり》の大臣殿ゝ賀茂詣《かもまうで》とて、世《よ》のいとなみなるに、

（ふぢなみの中　第五　かざりたち　一四〇頁）

頼長が関白忠道を差置いて賀茂詣をしたことを記す。賀茂神社については「かものいつき」の記事が多く見える。次いで稲荷、春日、住吉、日吉、北野などが見える。多神教であって、個々の神、神社への信仰である。

このわたりは稲荷《いなり》の明神《みやうじん》こそとて、念《ねむ》じければ、きとおぼえけるを、書《か》きて侍りける、

稲荷山越《いなりやまこ》ゑてや来《き》つるほととぎすゆふかけてしも声《こゑ》の聞《きこ》ゆる　（うちぎゝ　第十　しきしまのうちぎゝ　二七九頁）

歌人の頼実が稲荷の明神に祈って秀歌を詠み得た話。

昔《むかし》まだ幼《をさな》くをはしましゝ時、春日《かすが》の祭の使《つかひ》せさせ給へりしに、内侍周防《すわう》のご参《まい》りて、行事の弁為隆《ためたか》に申をくりける、

いかばかり神もうれしとみかさ山二葉《やまふたば》の松《まつ》の千代《ちよ》のけしきを

と。その返《かへ》しは劣《をと》りたりけるにや、聞《きこ》え侍らざりき。祈《いの》りたてまつりたるしるしありて、めでたく久《ひさ》しくせさせ給てき。

（ふぢなみの中　第五　みかさの松　一二五頁）

鳥羽、崇徳、近衛、後白河の四代の天皇の関白を勤めた忠通は、幼い時春日祭の使者となった。忠道が長い間栄華を保ったのは、春日神社に祈願した賜物だとし、春日の霊験あらたかなることを述べた。

同《をな》じ人《ひと》の「人に知《し》らるばかりの歌詠《うたよ》ませさせ給え。五年がいのちにかえむ」と、住吉《すみよし》に申たりければ、「落葉雨《あめ》のごとし」といふ題《だい》に、

木《こ》の葉《は》散《ち》る宿《やど》は聞《き》ゝわくことぞなき時雨《しぐれ》する夜《よ》も時雨《しぐれ》せぬ夜《よ》も

と詠《よ》みて侍りけるを、かならずこれとも思ひよらざりけるにや、やまひつきて、生《い》かむと祈《いの》りなどしければ、家《いゑ》に侍りける女に住吉《すみよし》つき給て、「さる歌詠《うたよ》ませしは。さればえ生《い》くまじ」とのたまひけるにぞ、ひとへに後《のち》の世《よ》

の祈《いの》りになりにけるとなむ。

（うちぎゝ　第十　しきしまのうちぎゝ　二七九頁）

歌人の頼実が住吉の神に祈願して秀歌を詠んだといふ話。当時和歌の神としての住吉の信仰が強まってゐたのである。

摂津国の住吉神社や、紀伊国の玉津島神社は現在和歌の神としても名高いけれども、往古より両社に和歌の神としての信仰が強く存したのではない。広く世に知られる両社の歌合を見ると、大治三年（一一二八）の住吉歌合、嘉応二年（一一七〇）の住吉社歌合、弘長三年（一二六三）の住吉社歌合、同じく弘長三年の玉津嶋歌合がある。これらの歌合は両社の神が和歌の神であるとの思想が一般化した時代であればこその催しの筈である。優れた文芸には人力以上の力が必要であるとし、超人間的な神に祈ることにより名歌を詠むことが出来るとする考へが広がってゐたのである。

日吉《ひゑ》をも祝《いは》ひすゑたてまつらせ給らむ、

（すべらぎの下　第三　内宴　八〇頁）

後白河法皇が法住寺離宮に日吉神社を勧請した話。

むねとは詩作《しつく》り給事を好《この》みて、中将など聞《きこ》へ給し時、北野《きたの》ゝ人の夢《ゆめ》に、「ひさしくこそ詩《し》など講《かう》ずる人なけれ」との給はすとて、「野ゝ道はたゞ青《あを》き草」とかいふ詩《し》を、博士《はかせ》、学生《がく》など、あまたまうでゝ講《かう》じけるに、

（ふぢなみの下　第六　花ちるにはのをも　一九〇頁）

ある人の夢に北野天神の御告があり、右大臣公能が漢詩の会を催した話。ここにも文芸と神秘的なものとの結び付きが見られる。

廿二社以外の神社としては、熊野と熱田とが見られる。

御熊野詣《くまのまうで》、年毎《としごと》にせさせ給。

（すべらぎの下　第三　内宴　八〇頁）

永暦元年（一一六〇）以降、後白河法皇の本宮、新宮、那智の三熊野詣が頻繁に行はれたことを述べる。

この修理の大夫《かみ》の、昔尾張国に俊綱《すむがう》といひける聖《ひじり》にておはしけるを、熱田《あつた》の社のつかさのないがしろなる事《こと》のありければ、生《むま》れかはりて、その国の守《かみ》になりて、かの国にくだるまゝに、熱田《あつた》にまうでゝ、その大宮司とかを、かなしくせためられなどしければ、

（ふぢなみの上　第四　ふしみの雪の朝　九八頁）

橘俊綱の前身に纏はる熱田神社の話。『今鏡』に見える神社は畿内に集中し、伊勢、熊野を除くと熱田は特異である。熱田は三種の神器の一つを奉戴する故に朝廷にとって別格の神社であったことの反映であらう。

昔実政《さねまさ》は、春宮の春日《かすが》の使《つかひ》にまかりくだりけり。隆方《たかゝた》は弁にてまかりけるに、実政《さねまさ》まづ船など設《まう》けて、渡《わた》らむとしけるを、隆方《たかゝた》をし妨《さまた》げて、「待《ま》ちさいはひする物、何《なに》ゝ急《いそ》ぐぞ」など、ないがしろに申侍ければ、からく思て、かくなむと申たりけるを、おもほし出《いだ》して、この事ばかり天照《あまてる》御神に申うけむとて、左中弁には加《くは》へさせ給てけり。

（すべらぎの上　第一　つかさめし　三一、三二頁）

後三条天皇が実政を左中弁に任じた折に、上位者を越えて任命する事を天照大神に願ふ話。近臣の無理な人事につき先祖神に許しを請ふ訳である。

奈良時代以降、漸次神道と仏教との接触混合が進んだ。『今鏡』には時代相を写して、神仏習合に関する記事が見える。

又日吉《ひえ》の行幸はじめてせさせ給て、法花経を重《おも》く崇《あが》めさせ給。かの道《みち》ひろまる所を、重《をも》くせさせ給こそは、まことに御法《みのり》をもてなさせ給には侍なれ。日吉《ひえ》の明神は、法花経を守《まも》り給神《かみ》にをはす。深《ふか》き御法《みのり》をまぶり給神にをはすれば、動《うご》きなく守《まも》り給はむがために、世《よ》の中人をもひろく恵《めぐ》み、しるしをもきはだかに施《ほどこ》し給なるべし。

（すべらぎの中　第二　たむけ　三四、三五頁）

日吉は比叡山の山岳信仰を源流として古くより存したが、延暦寺の創建に伴ひ鎮守神となった。日吉神社の神の山王権現の山王は、中国天台山の地主神に準へた神仏習合の名である。日吉が仏法の守護神である事は本文中に強調さ

れてゐる。神道の神は仏法を守護するとの思想に基づく。

石清水《いはし》に般若会《ゑ》などいひて、山、三井寺《みゐでら》などの、やむごとなき智慧深《ちへふか》き僧ども参《まい》りゐて、日頃《ひごろ》法門の底《そこ》をきはめて、行《おこな》はせ給。帥《そち》の中納言などいふ人、御うしろみにて、宮この事《こと》も大事なれども、かの宮《みや》に日頃籠《ひごろこも》りて、御代《かは》りにや、日毎《ひごと》に束帯《そくたい》にて、御講《かう》もよをし行《おこな》はれける。（すべらぎの下　第三　をとこやま　六七頁）

美福門院の御懐妊の折、石清水八幡宮で、延暦寺や三井寺の僧が『大般若経』六百巻を転読、講讃する法会を行った話。当時安産息災を祈る法会が神社で行はれる事は珍しくなかつた。

三　仏教思想

仏教関係の記事は甚だ多い。出家を讃嘆、讃美する事は枚挙に遑が無い。

三年《みとせ》の正月十九日、太皇太后宮御様変《さまか》へさせ給き。后《きさき》の御名もとゞめさせ給て、上東門院と申き。四十《よそぢ》にだにまだ満《み》たせ給はぬに、いと心かしこく世をのがれさせ給。めでたくもあはれにも聞《きこ》えさせ給《たま》ひき。大斎院と申しは、選子内親王と聞《きこ》えさせ給し、この御事を聞《き》かせ給て、詠《よ》みて奉《たてまつ》らせ給へる御歌《うた》、

君《きみ》はしもまことの道《みち》に入《い》りぬなりひとりや長《なが》き闇《やみ》にまどはむ

（すべらぎの上　第一　子日　一二頁）

万寿三年（一〇二六）の上東門院の出家を述べる。前年の万寿二年に、道長一族には小一条院女御寛子や尚侍嬉子が薨去するなど不幸が相継ぎ、翌年の彰子出家の要因となつた。本文中に「いと心かしこく」「めでたくもあはれに」とある通り世人の讃嘆の的となり、賀茂神社に仕へる大斎院選子内親王までが羨望の和歌を贈つた。貴族社会の輿論を代表するものであらう。

女院は法《ほう》王の御病《やまひ》のむしろに、御髪《くし》をろさせ給へりき。三滝《みたき》の聖《ひじり》とか聞《きこ》へしぞ、御戒《かい》の師《し》と聞《きこ》へ侍し。よろづ世《よ》におぼしすてたる御有様《ありさま》にやあらむ。とばなむどおも、よろづ女院の御まゝとのみ、沙汰《さた》し置《を》かせ給へれど、後《のち》

の世《よ》の事《こと》を、おぼし掟《をき》てさせ給上《うへ》に、心かしこく、何事《なにごと》ものがれさせ給へり。姫宮《ひめみや》たち御母《はゝ》おはしましゝ折《をり》、みな御髪《ぐし》をろさせ給てしこそ、いとあはれに聞《きこ》へさせ給しか。昔《むかし》の仏のやたりの王子《じ》、十六の沙弥《さみ》などの御有様《ありさま》なるべし。中《なか》にも当時《たうじ》の后《きさき》の宮にて、仏《ほとけ》の道《みち》に入《い》らせ給、世《よ》に類《たぐひ》なく。（すべらぎの下　第三　むしのね　七四頁）

保元元年（一一五六）の美福門院の出家について述べる。姫宮の暲子内親王は保元二年に、妹子内親王は永暦元年（一一六〇）に引続いて出家した事を、仏の子の八人が仏の出家を知って出家した故事を引いて讃美している。

御なげきのあまりにて、多《おほ》く御堂御仏をぞ造《つく》りて、とぶらひたてまつらせ給へりし。比叡《ひゑ》の麓《ふもと》に、円徳院と聞《きこ》ゆる御堂の御願文に、匡房《まさふさ》中納言の、「七夕の深《ふか》き契《ちぎり》によりて、驪山の雲に悵望することなかれ」とこそ書《か》きて侍るなれ。飯室《いひむろ》には、勝楽院とて御堂造《つく》りて、又の年の如月《きさらぎ》に、供養《くやう》せさせ給き。八月には法勝寺の内に常行堂造《つく》らせ給ひて、仁和寺《にわじ》の入道の宮して供養せさせ給ふ。同日醍醐《だいご》にて、円光院とて供養せさせ給へり。九月十五日、白川の御寺にて、御法事《ほうじ》せさせ給ふ。（すべらぎの中　第二　所〻の御寺　五二頁）

仏教の供養には土地の提供や、寺、堂塔の建立など規模の大きなものを初め、造仏、写経、法会など種々ある。ここは白河院の造寺、造堂の供養について述べる。

応徳元年（一〇八四）に中宮賢子が崩御の後、深く悲しんだ白河院は盛んに造寺、造仏を行って供養した。ここには円徳院の建立供養、勝楽院の建立供養、法勝寺の常行堂の建立供養、円光院の建立供養、法勝寺の法会について記すが、他にも造仏や法会などの供養が多く行はれた。数量による功徳を重んずる考へが当時の貴族社会に弥漫してゐた為であつた。

法門などをも、まことしくならはせ給ひけるにこそ。良真座主に、六十巻といひて、法花経の心とける書《ふみ》うけさせ給へりけるに、西の京に籠《こも》りゐ給て、比叡《ひえ》の山の大衆の許《ゆる》さゞりければ、さてゐ給へりけるところ、とぶらはせ給けりとなむ。西院の仏拝《ほとけをが》ませ給ついでとてぞ、御幸ありける。御法《みのり》のためも、人のためも、面目ありけりとなむ聞《きこ》へはべりし。

（すべらぎの中　第二　つりせぬうら〲　四五頁）

白河院が天台座主の良真から天台宗の書六十巻を伝へられた話。当時良真は比叡山を追はれて西の京に隠棲してゐた。「六十巻」とは天台宗の書で、智顗の『法華玄義』『法華文句』『摩訶止観』、湛然の『法華玄義尺籤』『法華文句記』『摩訶止観弘決』を指す。各十巻。何れも天台教学の中心である。

天台大師の経を釈《しやく》し給に、四《よ》つの法文にて、はじめ「如是」より、経の末《すへ》まで、句《く》ごとに尺し給へば、その流《なが》れ汲《く》まむ人、法《のり》を説《と》かむそのあとを思《おも》ふべければとて、はじめには因縁などいひて、さま〲の阿弥陀仏を説《と》きて、昔《むかし》物語《がたり》説《と》き具《ぐ》しつゝ、「何事もわが心よりほかの事物《こともの》やはある。事の心を知《し》らぬは、いとかひなし。朝夕《あさいふ》によその宝《たから》を数《かぞ》ふるになむあるべき」など説き給しお、思《おも》ひかけずうけたまはりしこそ、世《よ》ゝの罪《つみ》も滅《ほろ》びぬらむかしとおぼえ侍しか。

（むらかみの源氏　第七　ほりかはのながれ　二〇八頁）

中納言師俊の子の寛勝僧都の話。名僧と称へられた寛勝が天台大師の『法華経』解釈の方法で説教を行ったことを述べ、絶讃してゐる。平安時代の中期以降、仏教は貴族仏教化し、多くの上流貴族の子弟が座主以下僧職の上位を占めるやうになつた。

山階寺《でら》の尋範僧正と申ぞ、ひとり残《のこ》り給て、このごろをはする。それは諸方《もろかた》の弁の女《むすめ》の御腹《はら》にや。奈良《なら》にはきよき僧《そう》もかたきを、いとたうとき人にぞをはすめる。和哥こそよく詠《よ》み給なめれ、と聞《きこ》えはべりし。

（ふじなみの中　第五　ふるさとの花の色　一五三、一五四頁）

師実の子の尋範僧正の話。「いとたうとき人」と述べ高僧とは言ふものの、奈良には高潔な僧が居ないと断言した上で尋範を誉める。『今鏡』では宗派の扱ひに軽重があり、天台宗関係が重視されてゐて、他は二次的に考へられてゐるやうである。

木幡《こはた》の僧正、長谷の法印などいふ僧君達《きむだち》おはしき。僧正は小式部の内侍の腹なればにや、歌詠《うたよ》みにこそをはすめりしか。「粟津野《あはづの》ゝすぐろの薄《すゝき》つのぐめば」などいふ哥、撰集にも見《み》えはべるめり。失《う》せ給ひて後《のち》も、上東門院の御夢《ゆめ》に御覧じける、僧正の御哥、

あだにして消《き》えぬる身《み》とや思《をも》ふらむはちすの上《うへ》の露ぞわが身《み》は

と侍ける。浄土に往生し給にや、いとたうとき御歌《うた》なるべし。

（ふぢなみの上　第四　はちすのつゆ　一〇七、一〇八頁）

古代秩序の崩壊に伴ふ漠然とした不安感の広がりから、貴族の間に来世欣求の考へが濃厚になつた。死後に極楽浄土に往生したいと強く希求したのであるが、成仏し得たか否かは判らない。ここは教通の子の木幡の僧正静円が入滅した後、上東門院の夢に現れた。静円の歌に「はちすの上《うへ》の露」とあることから、極楽浄土に往生したと考へたもので、このやうに死後他人の夢により往生が確かめられるとする考へがあつた。

その子《こ》にて、信俊《さねとし》と聞《きこ》ゑしも、身は世《よ》に仕《つか》ゑながら、仏《ほとけ》の道をのみいとなみて、老《をひ》の後《のち》には、頭《かしら》をろしなどして、限《かぎ》りの時《とき》にのぞみては、みづから「『肥後の入道往生したり』といひあはむずらむ」など申《まう》して、たふとくて失《う》せけるに、かうばしき匂《にほ》ひありけりなど聞《きこ》ゑ侍き。

（むかしがたり　第九　まことの道　二七二頁）

他人の夢に見える他、臨終の折の奇瑞により、極楽浄土への往生が証されるとの考へがあつた。ここは大外記定俊の子の信俊が、往生を口にして死んだ後、異香が薫じた事を述べる。

院位《くらゐ》に即《つ》かせ給しには、当今の一のみこにてをはします上《うへ》に、女院の御養子《やしなひご》にて、近衛《このゑ》の帝《みかど》の御かはりともおぼしめして、此宮に位《くらゐ》をも及《をよ》ぼしたてまつらむと、計《はか》らはせ給ければ、都《みやこ》へかへり出《い》でさせ給て、みこの宮、宝《たから》の位《くらゐ》など伝《つた》へ保《たも》たせ給き。末《すゑ》の世《よ》の賢王にをはしますとこそはうけ給はりしか。御心ばへも深《ふか》くをはしまし、動《うご》かしがたくなむをはしましける。廿三にをはしましゝ年、御病《やま》ひ重《をも》りて、若《わか》宮に譲《ユヅリ》申させ給て、いくばくもをはしまさゞりき。よき人は時世《ときよ》にもをはせ給《たま》はで、ひさしくもをはしまさゞりけるにや。末《すゑ》の世いとくちをし

く、帝《みかど》の御位《くらゐ》は、限《かぎ》りある事なれど、あまり世を疾《と》く受《う》け取《と》りておはしましけるにや。

（すべらぎの下　第三　花園匂　八六頁）

二条天皇の即位から譲位、崩御を述べる。二条天皇は保元三年（一一五八）に十六歳で即位なさつたが、永万元年（一一六五）頃より病が重く、同年六月に譲位、翌月に崩御となつた。

「末の世」の言葉が二度用ゐられる。二条天皇は末の世の賢王と称へられた名君であつた。「末の世」は仏教の末法思想に基づく語である。教、行、証の三つが具はる正法、教、行、の二つの像法、教のみの末法の三時を経て仏教が衰へるとの思想を言ふ。末法の時代は一万年の長きに及ぶといふが、正法、像法の長さには、正法五百年、像法千年とする説と、正法千年、像法千年とする説とがある。釈迦の入滅の年を起点とする為、入滅を何年と見るかで前後するものの、紀元前九四九年とする説が普通である。正法五百年説では、日本に仏教が伝来した五五二年に末法に入ることになるので、正法千年説が有力で、これに拠ると永承七年（一〇五二）に末法の時代に入つたとする。

四　道教思想

仏教以外に道教も日本に伝播した。

昔《むかし》、勘解由《かむげゆ》の長官なりける宰将《さい》の、まだ下﨟《らう》におはしける時《とき》、親《をや》の豊前守にて、筑紫《つくし》にくだり侍ける供《とも》におはしたりけるに、その後《ゝち》、国にてわづらひて失《う》せ給にけるを、その子《こ》の父《ちゝ》のために、泰山府君《たいざむふくむ》の祭《まつり》といふことを、法《ほう》のごとくに祭《まつり》のそなへどもとゝのへて、祈《いの》りこひたりければ、その親《をや》生《い》きかへりて、語《かた》られ侍けるは、

（むかしがたり　第九　いのるしるし　二六三頁）

宰相有国がまだ身分の低い頃、豊前守として下向した親の輔道が病歿した時、泰山府君を祭つて生き返らせた話。泰山府君は道教の神で人の生死を司る。泰山を神格化したものであらう。仏教で言へば地獄の閻羅王（閻魔王）に当

る。古く日本に伝来し、延命や栄達の神として崇められ、陰陽師が祭った。『今昔物語集』『十訓抄』『古事談』『平家物語』『太平記』などに見える。

よろこび申などせられけるに、関白殿対面《たいめむ》し給て、「事のついでなれば申ぞ。大饗には、おとゞ尊者に申さむずるなり。そのよし聞《きこ》へらるべき也」などありて、頼《たの》みておはしける程《ほど》に、その日になりて、見《み》せにつかはしたりければ、御物忌《いみ》とて、門《かど》さしておはしければ、俊明の大納言をぞ、尊者には呼《よ》び給へりける。

（むらかみの源氏　第七　むらさきのゆかり　二一七頁）

右大臣雅定が近衛少将の時、石清水八幡宮の臨時祭の舞人に選ばれなかったのを不満に思ひ、関白忠実に大饗の尊者（正客）として招かれたのに、物忌と称して不参にした話。物忌は陰陽道の思想で、方角の塞りや暦の上での凶日を避ける。又夢見が悪い場合や、邸に怪しい事が有った時に陰陽師に占はせる。物忌では家に籠って謹慎し、他人との交渉をしない。

五　皇室尊崇の思想

最後に皇室尊崇の思想について述べる。

卯《う》月の廿八日には、大内《おほうち》やう〳〵造《つく》り出《いだ》してわたらせ給。白金《しろかね》の台《うてな》、玉《たま》の御階《みはし》、磨《みが》き立《た》てられたる有様《ありさま》いときよらにて、明《あき》らけき御代《みよ》の曇《くも》りなきも、いとゞあらはれはべるなるべし。御格子《みかうし》も、御簾《みす》も、新《あたら》しくかけわたされたるに、雲の上《うへ》人の夏衣《ごろも》、ごたちの装《よそひ》など、いとゞ涼《すゞ》しげになむはべりける。

（すべらぎの上　第一　くも井　一〇頁）

長和四年（一〇一五）に焼失した内裏の新造が寛仁二年（一〇一八）に完成し、後一条天皇の遷御が四月二十八日に行はれた事を述べる。「明《あき》らけき御代《みよ》の曇《くも》りなきも、いとゞあらはれはべるなるべし」は天皇への最高の讃美の表現であり、皇室を尊重する思想が色濃く見られる。猶、保元二年（一一五七）の内裏の新造の話は既に引いた。

近《ちか》き世には、里《さと》内裏にてのみありしかば、かやうの御すまゐもなきに、いといまめかしく、めづらかなるべし。弓矢《ゆみや》などいふ物、あらはに持《も》ちたるものやはありし。物《もの》に入《い》れ隠《かく》しなどしてぞ、大路《おほち》をば歩《あり》きける。宮この大路《ち》どもなどは、鏡《かゞみ》のごとくみがき立《た》てゝ、つゆきたなげなる所もなかりけり。末《すゑ》の世ともなく、かくおさまれる世中、いとめでたかるべし。　（すべらぎの下　第三　おほうちわたり　七七頁）

これも内裏新造の話。保元の乱の後、保元二年十月に内裏の新造が成り、後白河天皇の遷御が行はれた話は既に引いた。これは内裏新造に続く条である。

京中の兵仗の禁止は保元元年十一月に宣旨を下して行はれた。ここでは誰も武器を露出して持運ぶ事が無いとし、大路の清掃の徹底と併せて皇威の絶大であることを称揚し、「かくおさまれる世中、いとめでたかるべし」と結ぶ。

他にも天皇、皇族を称讃して皇室を尊重する条は多い。

註

一　以下『今鏡』の本文は榊原邦彦他『今鏡本文及び総索引』昭和五十九年十一月、笠間書院に拠る。底本は畠山本。

二　畠山本を翻刻した『今鏡　畠山本』は「長久二年」とあり、『新訂増補国史大系　今鏡』は「長元二年」とあるけれども影印本に拠ると畠山本の本文は「長元二年」である。しかし蓬左文庫本、慶安三年刊板本、『扶桑略記』に拠ると「長久二年」が歴史上の年であり、「長元二年」は畠山本の誤写と見られるので、「長久二年」として論を進める。

第八章　古事記解釈の問題点

『日本古典文学大系　古事記』一二八頁―一三一頁

故爾詔二天宇受賣命一、此立二御前一所二仕奉一、猨田毘古大神者、専所二顕申一之汝、送奉。亦其神御名者、汝負仕奉。是以猨女君等、負二其猨田毘古之男神名一而、女呼二猨女君一之事是也。

故、其猨田毘古神、坐二阿邪訶一此三字以レ音。地名。時、為レ漁而、於二比良夫貝一自レ此至レ夫以レ音。其手見二咋合一而、沈二溺海塩一。故、其沈二居底一之時名、謂二底度久御魂一、度久二字以レ音。其海水之都夫多都時名、謂二都夫多都御魂一、自レ都下四字以レ音。其阿和佐久時名、謂二阿和佐久御魂。一自レ阿至レ久以レ音。

故爾に天宇受賣命に詔りたまひしく、「此の御前に立ちて仕へ奉りし猨田毘古大神は、専ら顕はし申せし汝送り奉れ。亦其の神の御名は、汝負ひて仕へ奉れ。」とのりたまひき。是を以ちて媛女君等、其の猨田毘古の男神の名を負ひて、女を猨女君と呼ぶ事是れなり。

故、其の猨田毘古神、阿邪訶此の三字は音を以ゐよ。地の名。に坐す時、漁為て、比良夫貝此より夫までは音を以ゐよ。に其の手を咋ひ合さえて、海塩に沈み溺れたまひき。故、其の底に沈み居たまひし時の名を、底度久御魂度久の二字は音を以ゐよ。と謂ひ、其の海水の都夫多都時の名を、都夫多都御魂都より下の四字は音を以ゐよ。と謂ひ、其の阿和佐久時の名を、阿和佐久御魂阿より久までは音を以ゐよ。と謂ふ。

古事記上巻の天孫降臨の条に猨田毘古神が比良夫貝に食はれたとある比良夫貝につき、どのやうな貝であるか諸説がある。

一　不明

武田祐吉『角川文庫　古事記』　次田真幸『講談社学術文庫　古事記』　倉野憲司『岩波文庫　古事記』　西郷信綱『古事記注釈』　敷田年治『神道大系　古事記註釈』　山口佳紀、神野志隆光『新編日本古典文学全集　古事記』　神田秀夫、太田善麿『日本古典全書　古事記』　荻原浅男『日本古典文学全集　古事記』　倉野憲司『日本古典文学大系　古事記』　『時代別国語大辞典　上代編』　『日本国語大辞典』　『角川古語大辞典』

二　月日貝

本居宣長『古事記伝』　荻原浅男『完訳日本の古典　古事記』　次田潤『古事記新講』　中島悦次『古事記評釈』　西宮一民『新潮日本古典集成　古事記』　倉野憲司『古事記大成　本文篇』　青木和夫他『日本思想大系　古事記』　『大言海』

三　たち貝

南方熊楠『十二支考』

四　硨磲貝

谷川健一『続日本の地名』

五　鮑

遠山英志「比良夫貝の正体」「神社新報」第二五六〇号　平成十二年七月三日

諸説の説明を引く。

二　月日貝

本居宣長『古事記伝』十六之巻に、

今《ノ》世に月日貝と云あり、殻《カラ》のさま月日に似たり、是《レ》などにや、そは比良《ヒラ》は平《ヒラ》、夫《ブ》は日《ビ》に通ひて、平日《ヒラビ》の意かと思へばなり、（中略）かくて後に、志摩国《ノ》海辺の人に、此《ノ》貝の事問けるに、云く、比良夫貝は、月日貝のことなり、此《ノ》わたりの海に、いと稀《マレ》にある物なり、とぞ云ける、

として月日貝とする。他の書は月日貝とするのみで根拠は挙げてゐない。

三　たち貝

南方熊楠『十二支考』の猴に関する伝説に、

『紀伊続風土記』九七には「立介タチカヒ一名烏介、同名多し、玉珧（タヒラギ）に似て幅狭く長さ七、八寸、冬より春に至りて食用とす、（中略）余の所見を以てすれば、『紀伊続風土記』にいへるごとく、タチガヒは二種ともタヒラギと別物で殻の色黒からず淡黝黄だが、いづれも形はよく似居る。新庄でいふヒランボすなはち真のタチガヒが『古事記』に見えた猿田彦を挟んで溺死せしめた介で、ヒランボはその文にいはゆるヒラブ貝なる名の今に残れるものたるや疑ひを容れず。

としてたち貝とする。

四　硨磲貝

谷川健一『続日本の地名』の「シャコガイ」の条に、

猿がシャコ貝（アザカイ・アザケー）に手を挟まれて海で溺れ死んだという単純な話であったものが神話的な装飾をほどこされて猿田毘古神の話になると、いつしかアザケーの名前は分からなくなり、それは溺死した場所の名

のようにと変貌をとげた。（中略）猿田毘古神の物語にも原型としてはシャコ貝が登場していたと私は考えるのである。

として硨磲貝とする。

五　鮑

遠山英志「比良夫貝の正体」に、

鮑は巻貝であり、水面下五～六《メートル》くらゐの岩礁上に固着してゐる。一般に鮑を獲る場合、海に潜って岩陰や岩礁にしっかりと張りついてゐるのを、鮑おこしといふ鉄ベラの取れなくなることがある。猿が鮑を岩からはがさうとして爪をねぢ込み、それが取れなくなることは話の構成上、十分あり得る。（中略）今は明瞭な痕跡を止めてゐないものの、鮑の古語が比良夫貝や溝貝だった可能性は否定できない。

として鮑とする。

上記の諸説を参考に考察したい。

イ　伊勢湾で獲れる貝

話の舞台は「阿邪訶」である。伊勢国壱志郡の地で延喜式に阿邪加神社三座がある。沖縄より南方でのみ獲れる硨磲貝説は妥当でない。

ロ　大きな貝

猨田毘古神が手を挟まれて溺れたとあるので貝の中で大きなものでなければならない。月日貝説や鮑説は妥当でない。

ハ　食用になる貝

漁をしてゐる時に溺れたとあり、食用の貝を獲らうとしてゐたのである。硨磲貝説は妥当でない。

ニ　ありふれた貝

人の知らない稀少な貝ならば何らかの説明があっても良い。何もなく比良夫貝とするのみなので、稀にしか獲れないとある月日貝説は妥当でない。

ホ　名にふさはしい貝

「ひらぶ」は一般の語として用例を見ない。しかし古代に人名に盛んに用ゐられたことは既に指摘のある通りである。ところで古代の人名は地名と語源を共通するものが多い。「ひらぶ」は地名に残ってゐて、『明治十五年愛知県郡町村字名調』に平部、南平部、北平部、中平部、平部高根、平部山、西平部山があり、「平部」は何れも「ひらぶ」と読む。この中で「平部」は愛知郡鳴海村の字名で、他は鳴海村に続く知多郡大高村の字名である。

『尾張旧廻記』の鳴海宿中町名に「平部町《ヒラブ》永正」とあり、東海道五十三次の鳴海宿の町名の平部につき記す。平部は鳴海宿の東入口にあり、扇川と手越川とに挟まれた低湿地で、度々出水で悩まされて来た地である。それだけに今の地名から考へると、平地、平面の地の意味で平部が用ゐられてゐるかと即断される惧れがある。『尾張旧廻記』に「永正」の註記があるのは、永正年中にこの地に地名と共に人家が引越したことを示すもので、本来この地の地名ではない。『鳴海旧記』（なるみ叢書第三冊　緑区鳴海町字作町六六　鳴海土風会）に、

平部町　永正年中平部山より引越当年迄百八十余年に罷成候

とある。新しく出来た町といふことで新町の通称でも呼ばれた。又平部邸と呼ぶこともあった。

平部の他の字名は大高村（今は名古屋市緑区大高町）の北端で鳴海村（名古屋市緑区鳴海町）に接する所にある。南平部、北平部、中平部、平部高根、西平部山はその中で東寄りにある。境を接する鳴海村には『大日本国郡誌編輯材料』

（なるみ叢書第四冊　鳴海土風会）所収の慶長十三年『鳴海村検地帳』に拠ると「ひらふはた」（平部畑）の字名があった。

平部山は大高村が鳴海村に接する所で、西寄りになる。これは古くからの地名である。『尾張徇行記』の大高村の条に「山東　平部山」とあり、『知多郡村邑全図』、『大高村絵図』、『大高村内全図』に「平部山」とある。今は狭い地を指す地名であるものの、地続きの鳴海村を含めて古くは広い地を指した。即ち『鳴海瑞泉寺史』所収の天保七年「由緒書」に、

于今龍住松龍蟠池諏訪大明神ともに平部山旧地に有之候

とある。『龍蟠池』は蛇池（じゃいけ）の漢文風の言ひ方で、普通は蛇池と言ふ。池に棲む蛇が婦女に化して瑞泉寺（旧名瑞松寺）の劫外禅師の法話を聴きに来たとの伝説がある。「龍住松」も近くであらう。「諏訪大明神」は諏訪社で、明治以降の字名では字諏訪山にある。

古くは諏訪社の近くを「諏訪の前」「諏訪前」と呼び諏訪山は用ゐられず平部山と呼んでゐた。大高村、鳴海村に続く平部山は勿論平地ではない。北に下った山の傾斜地を呼ぶ。急傾斜ではない。これは東寄りの平部を含む地も同じである。これらの地名については拙著『緑区の史蹟』（平成十二年十月　鳴海土風会）の地名辞典参照。

従って地名の「ひらぶ」は、古くより緩やかに傾斜したところを呼んだものであり、貝の「比良夫」も硨磲貝や鮑の貝殻を呼ぶにはふさはしくないことが判る。貝殻が斜めに傾いた貝でなければならない。

南方熊楠の『十二支考』にタチ貝の方言ヒランボがヒラブ貝の古名の今に残ったものとする。

今伊勢湾の辺にヒランボの方言が残ってゐることは寡聞にして知らないが、他の地方には残存してゐる。

藤原與一『伊豫大三島北部方言集』に、

ヒラブ　　たひらぎ

とあり、近右泰秋『香川県方言辞典』に、

ひらんぼ・ひらんぼー　　たいらぎ。たちがい。小豆島四海・土庄。61 67
ひらんぼ　　たいらぎ。たちがい。丸亀。与島。67

とある。瀬戸内に「比良夫」がそのまま「ひらぶ」の語形で残る他、少し変つた「ひらんぼ、ひらんぼー、ひらんぽ」の語が広く用ゐられてゐることになる。

これらの語が指す貝は、たひらぎとするものと、たち貝とするものと、たひらぎ、たち貝とするものと三つの説に分かれてゐる。

たひらぎについては本居宣長の『古事記伝』にも触れてゐる。たひらぎ、立ち貝は二枚貝網はぼうきがひ科に属し、形が似るので混同してゐるが、『万有百科大辞典』『日本大百科全書』の「たいらがい」「たいらぎ」の条に拠ると、たち貝はたひらぎより殻が細長く、たひらぎほど多く獲れないため漁業対象になつてゐないとある。たひらぎは大きく殻長三十五糎以上にもなるとあるので、たち貝よりたひらぎの方が猨田毘古神の足を挟んだとする伝へに合ふ。たち貝は妥当でない。

『料理材料大図鑑』のタイラギの条に、

主産地は有明海や瀬戸内海、伊勢湾など。

とあり、伊勢湾で獲れ、食用になり、ありふれた貝で、二枚貝で傾斜した貝殻であり、今も方言に残るので条件の全てに合致する。

有明海でのたひらぎ漁は諫早湾の干拓事業のため危機にあり、水門開放の早期実施が望まれる。しかし大牟田駅弁製の「たいらぎ寿し」は健在である。伊勢湾では篠島がたひらぎ漁の中心地で、「たひらがひ」「たひらげ」とも呼び、一日の水揚は五千枚にもなる。当地の魚屋では時に店頭にあり、昨年買つて貝柱を賞味した。

結論として古事記の「比良夫貝」はたひらぎである。

第九章　古今和歌集解釈の問題点

古今和歌集　巻二十　大歌所御歌

あふみぶり

1071 あふみよりあさたちくればうねののにたづぞなくなるあけぬこのよは[註一]

の「うねのの」については解釈上の問題があると思はれる。従来の註釈書では左の二説がある。

一　近江国　　古今集註　谷鼎『古今和歌集評解』

二　蒲生野　　金子元臣『古今和歌集評釈』　窪田空穂『古今和歌集評釈』　小沢正夫『日本古典文学全集　古今和歌集』　奥村恒哉『新潮日本古典集成　古今和歌集』　瀧沢貞夫『文芸文庫　古今和歌集』　久曾神昇『全訳註古今和歌集』　小沢正夫『完訳日本の古典　古今和歌集』　窪田空穂『日本古典文庫　古今和歌集』　竹岡正夫『古今和歌集全評釈』

近江国とする一の説は広すぎて解釈に資するところが無い。一地点を指定するのは蒲生野とする二の説のみである。一例として小沢正夫『日本古典文学全集　古今和歌集』の頭註を引く。

滋賀県近江八幡市・八日市市・安土町にわたる今の蒲生《がもうの》をいう。

「うねのの」は後代の和歌に詠まれ、類字名所補翼鈔に、

壬二集　　　　家隆

たつの啼冬の荒田のうねの野に一村薄ひと夜宿かせ[註二]

以下四首があり、松葉名所和歌集に五首を収めるものの、古今和歌集の影響で「うねのの」を和歌に詠み込んだのみで、「うねのの」が何処の地であるかを考へる参考にはならない。

太平記　巻二　俊基朝臣再関東下向事[註三]

憂ヲバ留ヌ相坂ノ、関ノ清水ニ袖濡テ、末ハ山路ヲ打出ノ浜、沖ヲ遥見渡セバ、塩ナラヌ海ニコガレ行、身ヲ浮舟ノ浮沈ミ、駒モ轟ト踏鳴ス、勢多ノ長橋打渡リ、行向人ニ近江路ヤ、世ノウネノ野ニ鳴鶴モ、子ヲ思カト哀也。時雨モイタク森山ノ、木下露ニ袖ヌレテ、風ニ露散ル篠原ヤ、篠分ル道ヲ過行バ、鏡ノ山ハ有トテモ、泪ニ曇テ見へ分ズ。物ヲ思ヘバ夜間ニモ、老蘇森ノ下草ニ、駒ヲ止テ顧ル、古郷ヲ雲ヤ隔ツラン。

に「ウネノ野」が見える。

この「ウネノ野」について、

一　近江国　　佐伯常麿『校註日本文学大系　太平記』

二　近江八幡市付近　　後藤丹治、釜田喜三郎『日本古典文学大系　太平記』

三　蒲生郡　　山下宏明『新潮日本古典集成　太平記』

の説がある。二、三の説は古今和歌集の二の説と同じで、蒲生野とするものであらう。

古今和歌集の和歌は「うねのの」を詠むのみであるから、地名を考へる手掛りが無い。しかし太平記の例は京より鎌倉迄の道中を述べてゐて、東海道の道順を考へれば、「ウネノ野」の所在を推定することが出来る。

相坂（逢坂）ノ関　　大津市

打出ノ浜　　大津市

勢多（勢田）ノ長橋　　大津市

ウネノ野　　守山市
森山（守山）　野洲郡野洲町
篠原　野洲郡野洲町と蒲生郡竜王町とに跨がる
鏡ノ山
老蘇ノ森　蒲生郡安土町

であり、「ウネノ野」は大津市東部から守山市迄の間の地となる。

太平記の海道下の記述が正確か否かが問題であるが、太平記の道行は精粗あるものの東海道の主要地名を挙げ、前後錯綜してゐる所は見当らない。当時の交通路を正しく記したものである。

郡で言へば、相坂ノ関、打出ノ浜は滋賀郡であり、勢多ノ長橋は栗太郡であり、森山は野洲郡である。栗太郡の北方に野洲郡があり、野洲郡の北方に蒲生郡があるのであり、「ウネノ野」は蒲生郡の筈がない。栗太郡か野洲郡かの何れかである。

蒲生野は地名から蒲生郡内に求めるのが穏当であらう。蒲生郡は近江八幡市、八日市市、安土町、蒲生町、竜王町、日野町より成る。先に引いた『日本古典文学全集　古今和歌集』が蒲生町とする近江八幡市、八日市市、安土町は蒲生郡の北半部に当り、残る蒲生町、竜王町、日野町は南半部になる。『滋賀県の地名』（平凡社）の蒲生町の条に、安土町内野、八日市市市辺町、野口町、近江八幡市西生来町、末広町に残る地名により蒲生野の地を推定するが、これは往古の蒲生野の名残の一部であり、古くは近江八幡市、八日市市、安土町に広がった広大な野であったのであらう。

古今和歌集、太平記の現代の諸註釈書は「うねの野」を蒲生野と考へることで一致し、『日本国語大辞典』も同じで通説化してゐるやうであるが、八雲御抄の巻第五名所部には「うねのゝ」と「かまふの」との両所が見え、何れも近江国とする。別項であり、近江国にあることでは共通でも別の地であると認識してゐたのではないかと考へられる。

「あふみより」の歌の内容から、「あふみ」は近江国の国府と考へられる。奈良時代から平安時代の近江国府は大津市大江三丁目にあつたことが発掘調査で確かめられた。近江の国府から早朝旅立つて来ると、鶴の鳴くうねの野で夜が明けたが一首の意である。うねののは栗太郡の国府に近い地であり、蒲生野では遠すぎる。近江の国府から野洲郡を過ぎ蒲生郡北半部の蒲生野までは略一日行程である。

太平記の古註に別の説がある。

　宇禰野ハ野路ノホトリナリ　　太平記賢愚鈔

　宇禰野ハ野路ノホトリ也　　太平記鈔

とある。現代の註釈書がうねののを蒲生野であるとするのは、淡海温故録に、「蒲生野は宇禰野とも曰ふ」とあり、近江国輿地志略に、「うね野、或説に上下の谷峯、うねのごとき故うね野といふともいへり。みな蒲生野の事なり」とあるのなどに拠るのであらうが適当ではなく、古註を継承すべきである。

野路は現在草津市南部にある野路町である。郡では栗太郡になる。勢多の長橋と森山との間であり、近江国府のあつた大津市東部にも近い。

東関紀行に、瀬田の長橋、野路、篠原の順で見え、十六夜日記に、逢坂の関、野路、野路のしのはら、守山と見える。宴曲の海道上や謡曲の烏帽子折に、勢多（田）の長橋、野路、守山と見える。

野路は平安時代末期より宿駅として発達し、玉葉、吾妻鏡などにも見えるが、江戸時代には野路より三粁程の草津が東海道と中山道との追分の宿として栄えた。宿駅や海道沿の村は時代により盛衰があり、野路の近くにあつたうねののも衰へて忘れ去られたのであらう。

さて、うねののは「野路ノホトリ」とあり、野路の近くで、近江国府から遠からぬ地に求めるべきである。野と呼ばれるに相応しい地形でなければならない。

近江国輿地志略、巻之四十、栗太郡大江村の条に、
○玉野浦　此辺を専云、玉野と云は、野路の玉川より此辺までの中間を云なり。
〔新勅撰〕
いろ〳〵の草葉の露をおしなへて、玉野の浦に月うかひける
亦玉野の原とも云。
〔夫木抄〕
霰ふる玉野の原に御狩して、天のひつきのにゐ奉る

とあり、近辺で後世に野と呼ばれたのは他に無いから、この玉野がうねののであると考へられる。拙著に簡単に触れておいた。[註四]

大江村の北に大萱村があり、北東に南笠村、野路村がある。野路の玉川は野路村にある。従って、栗太郡野路村、南笠村、大萱村、大江村一帯が玉野であり、うねののであらう。大萱村、大江村は現在の大津市東北部であり、南笠村、野路村は現在の草津市南西部である。『滋賀県の地名』（平凡社）の「玉野・うねの野」の条にも、うねの野は玉野の別名であると推定してゐる。

結論として、古今和歌集、太平記に見える「うねのの（ウネノ野）」は蒲生郡北半部の蒲生野であるとする説は誤であり、栗太郡の玉野の別名であると考へるのが適当である。栗太郡の大萱村、大江村、南笠村、野路村一帯の地であり、現在の大津市東北部及び草津市南西部である。

註

一　『日本古典文学大系　古今和歌集』三二四頁。

二　『契沖全集』第十一巻　五〇六頁。
三　『日本古典文学大系　太平記』巻一の六七頁、六八頁。
四　榊原邦彦他編『尾張三河の古典』（平成八年四月　名古屋市緑区鳴海町字作町六六　鳴海土風会）五一頁。

第十章　蜻蛉日記解釈の問題点　その一

上村悦子『蜻蛉日記 校本・書入・諸本の研究』四四頁

ひころ月ころわつらひてかくなりぬる人をはいまはいふかひなきものになしてこれにそみなひとはかゝりてましていかにせんよとからはとなくかうへに又なきまとふ人おほかりものはいはねと又こゝろはありめはみゆるほとにいたはしと思ふへきひとよりきてをやはひとりやはあるなとかく共あるそとてゆをせめているれはのみなとしてみなとなほりもてゆく

は上巻の康保元年初秋の条である。

久しく患ってゐた作者の母親が秋の初めに亡くなり、死に後れまいと思ひ惑つてゐた作者は手足が硬直して死にさうになつた場面である。ここの「いるれは」の部分は解釈上の問題があると思はれるので、考察したい。

「いるれは」の異文としては東京大学所蔵（萩野由之博士旧蔵）本に「いかれは」とある。「留」の崩しは、「可」の崩しと紛らはしい故の単純な誤写であり、「いるれは」が本来の語形であらう。

諸本は仮名表記であるが、註釈書では漢字を宛てることが多い。

一　いるれば　かげろふの日記解環　『国文大観日記草子部　蜻蛉日記』　喜多義勇『岩波文庫　蜻蛉日記』

二　入るれば　萩野由之他『日本文学全書　蜻蛉日記』　池辺義象『校註国文叢書　蜻蛉日記』　物集高量『新釈日本文学叢書　蜻蛉日記』　武笠三『有明堂文庫　平安朝日記集　蜻蛉日記』　石川佐久太郎『校註日本文学

大系　蜻蛉日記』　正宗敦夫『日本古典全集　蜻蛉日記』　松井簡治『国語国文学講座　蜻蛉日記』　勝俣久作『改造文庫　蜻蛉日記』　喜多義勇『蜻蛉日記講義』　喜多義勇『日本古典全書　蜻蛉日記』　村瀬英一『蜻蛉日記の探求』　佐伯梅友『高校国語乙学習シリーズ　平安朝女流日記』　次田潤、大西善明『かげろふの日記新釈』　秋末一郎『文法詳解かげろふ日記新釈』　三宅清『かげろふ日記抄』　青木敦『明解シリーズ　かげろふ・更級日記』　編集部『明解シリーズ　かげろふ日記』　増田繁夫『対訳日本古典新書　かげろふ日記』　川瀬一馬『講談社文庫　蜻蛉日記』

三　沃るれば　「入るれば」とも　柿本奨『蜻蛉日記全注釈』　大木正義『要所研究シリーズ　蜻蛉日記』

四　沃るれば　柿本奨『角川文庫　蜻蛉日記』　大西義明『蜻蛉日記新注釈』　木村正中、伊牟田経久『日本古典文学全集　蜻蛉日記』　上村悦子『講談社学術文庫　蜻蛉日記』　橘豊、田口守『蜻蛉日記』　武山隆昭『古典新釈シリーズ　かげろふ日記』　犬養廉『現代語訳学燈文庫　蜻蛉日記』　犬養廉『新潮日本古典集成　蜻蛉日記』　木村正中、伊牟田経久『完訳日本の古典　蜻蛉日記』　今井卓爾『蜻蛉日記訳注と評論』

猶、仮名表記の書は二書のみを挙げ、他は略した。

村瀬英一『蜻蛉日記の探求』に「入るれ」は下二段活用動詞の已然形とし、大木正義『要所研究シリーズ　蜻蛉日記』に「沃るれ」は下二段活用動詞の已然形としてゐる。「入る」が下二段動詞であることは勿論であるが、『日本文法大辞典』の上一段活用の条に、

古語では、ア・カ・ナ・ハ・マ・ワの各行にあり、その数は多くなく「射る」「鋳《い》る」「沃《い》る」「着る」「似る」「煮る」「干る」「乾る」「簸《ひ》る」「嚔《ひ》る」「見る」「後見る」「惟ひみる」「顧みる」「鑑みる」「試みる」「居る」「率る」「率ゐる」「用ゐる」の各語に限られている。

とある通り、「沃る」は上一段活用の動詞であることは国文法の常識であり、下二段活用を云々することは不審であ

るけれども、蜻蛉日記の注釈書の多くの書が採用し、とりわけ近頃の書に多いやうであるから、先づ「沃る」の用例を挙げて考察する。

上村悦子『蜻蛉日記 校本・書入・諸本の研究』一五四頁

七八日はかりありて我はらのうちなるくちなはありきてきもをはむこれをちせむやうはおもてにみつなむいるへいるへきとみる

中巻の天禄二年四月の条。「いるへいる」は「いる」の諸本に拠るべきである。病気の治療方法として、顔に水を注ぐのがよいといふ夢を見た場面である。

松村博司『日本古典文学大系　大鏡』五五頁

もとより御風おもくおはしますに、医師共の、「大小寒の水を御ぐしにいさせ給へ」と申ければ、こほりふたがりたる水をおほくかけさせたまけるに、いといみじくふるひわなゝかせたまて、御いろもたがひおはしましたりけるなむ、いとあはれにかなしく人〳〵みまいらせけるとぞ、うけ給はりし。

三条院が御風（主として神経系の慢性的疾患）の治療として、冷水療法をなさつたことを述べる。同書の頭註に「い（沃）るは、注ぐ、浴びせる」とある。小寒から大寒までの寒中に、氷の張つてゐる水を頭に注ぐ場面で、下文に「かけさせたまけるに」とあり、「い」は「かく（掛）」と同義語である。

松村博司『栄花物語の研究　校異篇　続篇』一三九頁

内の御にきみの事おこたらせ給はねはいかにとむつかしうおほしめすついたちのありさまなとおなし事なりひころのすくるまゝになを水なといさせ給てやよからんと申せはそのさほうの御しつらひしていたてまつるいとさむきころたへかたけにみえさせ給ふ

松村博司『栄花物語の研究　校異篇　続篇』一四三頁

水いたてまつれはいとたえかたしこの世にてたにしはしやすめよとおほせらるいみしうかなし

三例とも後朱雀天皇の御にきみ（おでき）を治療する場面である。腫物の冷水療法として正月の寒い頃に冷水を注ぐことを述べる。

山田孝雄他『日本古典文学大系　今昔物語集』　第二巻　二二七頁

云《イヒテ》、命《シテ》 主司罰《ヲウツ》事百度、罰畢《ウチヲハルニ》 血流《ナガレテヂニ》 地灑《イル》。

鞭で打たれて血が地面に注ぐ場面。

山田孝雄他『日本古典文学大系　今昔物語集』　第四巻　一四九頁

木《ヲバ》 湯屋外《ノ》置《ニオキテ》 入見《イリテミレバ》、老《オイタル》 法師二人、湯下《ニオリテ》 浴《ム》。一人僧《ノ》腰《ハ》湯《ニ》沃《ヲイサセテ》 臥《フシタリ》。

湯治として腰に湯を注ぐ場面。

高木市之助他『日本古典文学大系　平家物語』　上巻　四〇九頁

同《おなじき》四日、やまひにせめられ、せめての事《こと》に板《いた》に水《みづ》をゐて、それにふしまろび給へ共《ども》、たすかる心《ここ》ちもし給はず、悶絶躃地《もんぜつびやくぢ》して、遂《つゐ》にあつち死《じ》にぞし給《たまひ》ける。

清盛が熱病になり、冷すために板に水を注ぐ場面。

高木市之助他『日本古典文学大系　平家物語』　上巻　四一八頁

雨《あめ》はゐにいてふる。ぬれじとて、かしらにはこむぎのわらを笠《かさ》のやうにひきむすふでかづひたり。

五月雨の頃で雨が注ぎに注ぐ場面。

複合語の一部としても用ゐられる。

上村悦子『蜻蛉日記　校本・書入・諸本の研究』　一三五頁

みたうにてよろつ申なきあかしてあか月かたにまとろみたるにみゆるやうこのてらのへたうとおほしきほうして

うしに水をいれてもてきてみきのかたのひさにいりくとみる
諸本「いりく」であるが、田中大秀『蜻蛉日記紀行解』が「いかく」と校訂し、以来諸書共に従ふ。水を膝に注ぎ掛ける夢を見る場面。
榊原邦彦『枕草子本文及び総索引』二三一頁
ちうとたちはしりてさけみついかけさせよともいはぬにしありくさまのれいしりいさゝかしうに物いはせぬこそうらやましけれ
第二百七十九段「をんやうしのもとなるこわらはへこそ」の段。陰陽師が祓をする時に、小童が酒や水を注ぎ掛ける場面。
『源氏物語大成』　真木柱　校異篇　九四六頁
にはかにおきあかりておほきなるこのしたなりつるひとりをとりよせてとのゝうしろによりてさといかけ給ほと人のやゝみあふる程もなうあさましきにあきれて物し給
北の方が鬢黒に火取の灰を浴びせ掛ける場面。
山内洋一郎『古本説話集総索引』五八頁
また、たたうかみにちやうじいりたり。かめの水をいうてゝ、すみをこくすりていれつ。ねずみの物をとりあつめて、ちやうじにいれかへつ。
瓶の水を注ぎ棄てて、墨を入れ換へる場面。
これまでに挙げた用例の活用形は、未然形「い」が三例、連用形の「い」が単独五例、複合語四例、終止形の「いる」が二例であり、上一段活用であることが確かめられる。
次に用法について一覧すると、「いる」先は、頭や身体が八例、地面が三例、板が一例、祭具が一例[註一]、不要な水の棄て先が一例である。全ての用例に共通することは、人体にしても、その他の場合でも、物体の外部に「いる」ことである。頭や身体に「いる」例を詳しく見ると、病気治療の為に冷水療法として外用するものばかりである。一方ここで問題にしてゐる蜻蛉日記四四頁の例は父親が作者の病気治療の為に[註二]薬湯を飲ませる場面であって、内服薬である。医学、薬学の常識として内用と外用とを混合、同一化することは有り得ないことで、四四頁と他の用例とは全く違ってゐる。

「沃」(沃る)は記録体にも散見する。例えば春記の永承七年七月条に後冷泉天皇のにきみの治療の為に、太い竹を樋とし、昼夜冷水を通して冷やす記事が見える。放熱の為に身体の外部に冷水を掛ける冷水療法である。

色葉字類抄に「汲イル水也」とある。伊呂波字類抄の十巻本に「汲」は「沃」と同じとし、「以水《イル》―沙也」とある。観智院本類聚名義抄「沃」の条に「イル　ソヽク」とある。

三説、四説共に「いるれ」は下二段活用の「沃るれ」であるとする。下二段活用であることは確かであるものの、「沃るれ」であるとするのは間違いである。

「沃る」は他の全用例から上一段活用であり、物の外部に掛ける場合に用ゐられる語であることが確認された。大鏡の例では「いさせ給へ」と対応する表現として「かけさせたまけるに」が用ゐられ、「いる(沃)」と「かく(掛)」とが同義に使はれてゐる。古語辞典類では、「沃る」の訳語に「注ぐ」「浴びせる」などが用ゐられてゐる。勿論飲む意味ではない。ところが四四頁の例は飲む意に用ゐられてゐるから、「沃る」ではないことになる。

「沃る」は上一段活用の動詞である。寡聞にして上一段活用の動詞が下二段活用に活用する例を知らない。そのやうな語が無いことは国文法の第一歩ではなからうか。ここの例がさうだと主張しても「いるれ」は「沃る」の已然形「沃るれ」ではないのだから、証明にはならない。

「いるれ」が下二段活用の「沃るれ」ではないことを考察して来たが、ではどのやうに考へるべきであらうか。下二段活用であり、薬湯を内服する場面であるから、「入るれ」である。口の中に無理にでも薬湯を流し入れて、何とか子の病気を治さうとする親の様を述べる場面であり、身体の外部に冷水を掛ける「沃るれ」ではない。

結論として、二説の「入るれば」が適当である。

註

一　枕草子の例は、枕草子春曙抄、枕草子旁註、武藤元信『枕草子通釈』など、人の面に掛けるとするけれども、祓の祭具に掛けるのであらう。

二　第一章の一。

第十一章　蜻蛉日記解釈の問題点　その二

上村悦子『蜻蛉日記 校本・書入・諸本の研究』七二頁

もとのよりおほきにてかへしたまへりみれは

　やまかつのあふえまちいてゝくらふれはこひまさりけりかたもありけり

ひたくれはせくまいりなとすめるこなたにもさやうになとして十五日にもれいのことしてすくしつ三月こもなり[註一]ぬ

は上巻の安和元年（康保五年）正月の条である。

兼家の妹登子が蜻蛉日記の筆者の邸に退出して西の対に住む。「せくまいりなとすめる」は登子の元日の節供を述べてゐて「こなたにもさやうになとして」は筆者の節供を述べたものである。ここには解釈上の問題があると思はれるので考察したい。傍線部の註は次の通り。

一　節供お上りになりなどする様である　節供などを召上るらしい

吉沢義則『全訳王朝文学叢書　蜻蛉日記』　雅川滉『現代訳日本古典　蜻蛉日記』　円地文子『古典日本文学全集　王朝日記集』　秋山虔、上村悦子、木村正中「蜻蛉日記注解二十八」（『国文学解釈と鑑賞』第二十九巻第九号）　柿本奨『蜻蛉日記全注釈』　上村悦子『校注古典叢書　蜻蛉日記』　木村正中、伊牟田経久『日本古典文学全集　蜻蛉日記』　村井順『かげろふ日記全評解』　上村悦子『講談社学術文庫　蜻蛉日記全訳注』　増田繁夫『対訳日本古典新書　かげろふ日記』　川瀬一馬『講談社文庫　蜻蛉日記』　犬養廉『新潮日本古典集成　蜻蛉日記』　木村正中、伊牟田経久『完訳日本の古典　蜻蛉日記』　今西祐一郎『新日本古典文学大系　蜻蛉日記』
今西祐一郎『岩波文庫　蜻蛉日記』　木村正中、伊牟田経久『新編日本古典文学全集　蜻蛉日記』
二　祝ひの膳が供へられたやうである　節供を差上げなどするやうである
與謝野晶子『現代語訳国文学全集　平安朝女流日記』　喜多義勇『現代語訳日本古典文学全集　蜻蛉日記』　次田潤、大西善明『かげろふの日記新釈』　大西善明『蜻蛉日記新注釈』　室生犀星『日本古典文庫　蜻蛉日記』
今井卓爾『蜻蛉日記　訳注と評論』
三　節供をとり行はれるやうである
喜多義勇『蜻蛉日記講義』　喜多義勇『全講蜻蛉日記』

四　屠蘇白散などの供御や餅粥《もちがゆ》の類を登子と交換したのである
川口久雄『日本古典文学大系　蜻蛉日記』

三、四の説は言廻しが異なるため分けた。三の説は同著者の二の説を参照すると二の説に含めることが出来る。又四の説は二の説を詳しく述べたものと言ひ得る。そこで一説と二説との対立といふことになる。両説の差異は「まゐる」の語をどのやうに解するかに落着く。

一説は「まゐる」を尊敬語とし、「上る、召上る」などに訳す。二説は「まゐる」を謙譲語とし、「供へる、差上げる」などに訳す。尊敬語と謙譲語とでは大きな違ひがあり確定する必要がある。

「まゐる」は本来謙譲語であり平安時代に尊敬語の用法が生じた。蜻蛉日記の「まゐる」は格子の例一例の他は参上する意の例が多く三十九例ある。複合語の例は参上する意のみである。問題としてゐる例に関連する例は、
　またいをなともくはすこよひなんおはせはもろとんにとてあるいつらなといひてものまいらせたりすこしくひな

として　五八頁
なにかいまはかゆなとまいりてとあるほとにひるになりぬ　五九頁
たゝいとかくあしきものして物をまいれはいといたくやせ給をみるなんいといみしき　一六九頁
しはしありてたいなとまいりたれはすこしくひなとしてひくれぬとみゆるほとに　二二一頁

の四例がある。

この中で五八頁と二二一頁との例は差上げる意の謙譲語であり、五九頁の例は召上る意の尊敬語であるとして諸注釈書が一致する。一六九頁の例は謙譲語とする書と尊敬語とする書とに分れる。用例としては同一作品に両方があることになり、にはかに一方に決め難いことになる。

次に「せく」の語を考察してみたい。蜻蛉日記には、

三月三日せくなと物したるを人なくてさう／＼しとてこゝの人／＼かしこのさふらひにかうかきてやるめりたはふれに

　もゝ花すき物ともをさいりうかそのわたりまてたつねにそやる

すなはちかいつれてきたりおろしいたしさけのみなとしてくらしつ　八九頁

の例がある。安和二年三月の条である。「節供の支度をしたのに」「節供の供え物などを用意しておいたが」など諸注釈書一致して「物す」を用意する、支度すると解する。

ここで他の作品の例を引く。

『宇津保物語本文と索引』　本文編

そのひ、せく、かはらにまいれり。　一九八頁
五月五日になりて、せくなどいとけうミ《(らカ)》にてうじて、「おとゞやものし給」とて　二二一頁

これ、をとゞの御むこのきんだちなどにせつくまいり、おほみきまいり、いみじくす。　三六〇頁
かくて、そのひの御せつく、よき御庄あるくに〳〵のず両にあてられたり。　三九〇頁
節供れいのごと、あづかりごとにをしき・まいり物おなじかずにまいり　四三六頁
たねまつ、三月三日のせくなむど、かばかりつかうまつれり。　四七五頁
せくなどきこしめすときに、はたさらにもますものなし。　七五二頁
いぬ宮の御かたには、みくしげ殿よりぬいかさねて、九日の御せくにもてきたり。　一七九八頁
山のけしき、色づくみるもいとおかしとて、三月せく、れいのいときよらにてまいり給。　一八二五頁
五月せく、右大とのよりあり。　一八二七頁
れいもかんの殿の御せくは、くらて《(くら人カ)》ぞまいり給ける。　一八二七頁

榊原邦彦『枕草子本文及び総索引』

十五日せくまいりすへかゆの木ひきくかくして家のこたち女房なとのうかゝふを　第三段二頁
おほんせくまいりわかき人々さうふのさしくしさしものいみつけなとして　第四十六段三七頁
七日のせくのおろしなとをさへやれはおかみつることなとわらひあへり　第九十一段七七頁

『日本古典文学大系　夜の寝覚』

ついたちに、中納言の御方、うちと人〳〵まいりつどひて、きら〳〵しく、あらまほしく見えたり。殿のはいらいにまいり給ければ、いそぎいで給ぬ。御せくまいるけしきなど、めでたし。　八八頁

『日本古典文学大系　栄花物語』

よろづかはらぬ御ありさまなるに、宮たちの御ぞばかりをぞ、あざやげさせ給て、院の御をきてのあれば、宮たちに御節供まいれり。　上巻四一二頁

されど三月にぞ、御ところあらはしありける。三日になりぬれば、所〳〵の御節供まいり、いまめかしき事どもおほく、西王母が　　下巻一四一頁

『日本古典文学全集　讃岐典侍日記』四三八頁

かくて、ながつきになりぬ。九日、御せく参らせなどして、十日あまりにもなりぬ。

『日本古典文学大系　今昔物語集』第四巻　一二八頁

東《ヒムガシ》ニハ正月ノ朔《ツイタチ》ノ比《コロホヒ》ニテ、梅ノ花糸讒《イトオモシロ》ク栄《サ》キ鶯糸《イト》花ヤカニ、世ノ中ニ今メカシク、所ミニ節供参《マキレ》リ、世擧《コゾリ》テ微妙《メデタ》キ事員《カズ》不知《シラ》ズ。

節供については関根正直、加藤貞次郎『改訂有職故実辞典』四七八頁に、

節日に供する酒饌をいふ。節日とは元日・白馬・踏歌・端午・相撲・重陽・豊明等、折ふしの節会に群臣を召し集ひて宴を賜ふなり。

と宮中の節供の説明がある。貴族の邸でも広く行はれた。

これまで引いた節供（表記は「せく」「せっく」「節供」）の例文を検討する。

蜻蛉日記八九頁は「せくなと物し」とある。「物す」は広く動詞の代りに用ゐ、差上げる意にも召上る意にもなり得る。しかし後文に「おろし」（お下り）を出し飲食したとあり、「物し」は召上る意では有り得ない。諸註釈書は一致して召上る意に解してゐない。

次に宇津保物語の例に移る。一九八頁は七月七日で賀茂川の川原に節供を差上げた意である。[註二] 二二一頁は「けうミ（らカ）にてうじて」とあり、一八二五頁は「きよらにて」とあり、見事に調理したと述べる。一八二五頁は「きよらにてまいり給ふ」とあり、差上げる意であって召上る意ではない。三六〇頁は「きんだちなどにせっくまいり」とあり、差上げる意であることは明白である。三九〇頁は節供の調進を受領に割当てたことを述べる。四三六頁、四七五頁、一

八二七頁の二例は他人が節供を調進したことを述べる。節供は名前通りに供へることに中心があり、後にお下りを食べるにせよ、叙述の対象からは外れるのである。七五二頁は五月五日の節供の話をしてゐる場面であり、一七九八頁は節供に用ゐる衣裳を持つて来た場面である。要するに宇津保物語に節供を召上る場面は全く無く、調進（しかも他人が）することを度々述べてゐることになる。

枕草子の二頁は「せくまいりすへ」とあり、節供を供へることを明確に述べる。三七頁も二頁の例ほど明示はしないものの、「わかき人々」が節供を供へたことを述べてゐるのであらう。七七頁はお下りを木守に与へる話である。

夜の寝覚の例は『日本古典文学大系』『日本古典文学全集』共に供へるとし、関根慶子、小松登美『寝覚物語全釈』に出すとする。謙譲語として解するものである。

栄花物語の上巻四一二頁は「宮たちに御節供まいれり」とあり、差上げる意である。下巻一四一頁は「所〳〵の御節供まいり」とあり、差上げる意である。

讃岐典侍日記の例は「御せく参らせ」と「参らせ」の語で述べる。当然差上げる意である。

今昔物語集の例は「所〻ニ節供参リ《マヰレ》」とあり、差上げる意である。

以上諸作品に節供を「まゐる」表現が多い。年中行事秘抄に「供㆓御節供㆒事。三个日。於㆓朝餉㆒供㆑之」とある如く節供では供へる事が重要で、作品の叙述の対象になる。

蜻蛉日記には前に引いた五八頁の他に一二〇頁の

　おさなき人ひかりつかれたるかほにてよりゐたれはえふくろなる物とりいてゝくひなとすほとに

など物を食ふ叙述がかなり見える。しかし全て筆者が実見したり会話中に出て来たりするものである。

蜻蛉日記の七二頁の例に戻ると、同じ邸とは言へ離れた西の対で登子が節供のお下りを召上る音が筆者の許に聞えて来ることが有り得ようか。又自分がお下りを食べることを表現する必要がどこにあらう。節供の重要なことは供へることにあり、そのことこそ記録する必要があるのである。諸作品の用例から考へても登子が召上るといふ説は全く根拠が無い。又、登子が節供を供へてゐる音が筆者の許にまで聞えて来たといふことも有り得ない。宇津保物語の三九〇頁、四三六頁、四七五頁、一八二七頁の二例に拠ると、他人が節供を調進することを多く述べてゐる。

従つて筆者が登子に節供を調進した故に、西の対の節供のさまを述べたのであらう。さうした事が無ければ、母屋の筆者が離れた対の屋に住む登子の節供の様子を把握する事など不可能である。こちらから差上げたので、「せくまいりなとすめる」と言へるのである。

結論として一説は誤である。二、三、四説が適当である。交換したか否かは不明であり、こちらから差上げとすべきであらう。

註

一　「こ」は他本は「に」。

二　『日本古典文学大系』の頭註に「河原で召し上った」とするのには従ひ難い。

第十二章　更級日記解釈の問題点

更級日記の道の記の三河国の条、

それよりかみは、ゐのはなといふさかの、えもいはずわびしきをのぼりぬれば、みかはのくにのたかしのはまといふ。やつはしは名のみして、はしの方もなく、なにの見所もなし。ふたむらの山の中にとまりたる夜、おほきなるかきの木のしたに、いほをつくりたれば、夜ひとよ、いほのうへにかきのおちかゝりたるを、人〴〵ひろひなどす。宮ぢの山といふ所こゆるほど、十月つごもりなるに、紅葉ちらでさかりなり。

あらしこそふきこざりけれみやぢ山まだもみぢばのちらでのこれる[註一]

の「方」には解釈上の問題があるやうに思はれる。

先づこの「方」の所の本文及び註釈の状況を分類してみると次のやうになる。

御物本の本文に拠らないもの

一　本文「かた」　佐々木信綱『校註更科日記』
大塚彦太郎『更科日記講義』
関根正直『改訂更科日記略解』

御物本の本文に拠るもの

二　本文「かた」　佐々木信綱『更科日記』

関根正直『校註更科日記』
八波則吉『校註国文定本総聚　更級日記』

三　本文「かた」
註釈「形」　宮田和一郎『更級日記講義』
註釈「形・跡形」　宮田和一郎『更級日記評釈』
註釈「形」　友田宜剛、鎗田亀次『評釈更級日記』
註釈「跡方・形跡」　西岡操『新釈更級日記』
註釈「形」　石泉要『評釈更級日記』

四　本文「方」　西下経一『日本古典文学大系　更級日記』
井狩正司『更級日記』
橋本不美男、杉谷寿郎、小久保崇明『更級日記　翻刻・校注・影印』
池田利夫『校注更級日記』

五　本文「方」
註釈「あとかた」　門河伊三一『古典サークル　更級日記』
註釈「形跡」　池田利夫『現代語訳対照更級日記』
註釈「形」　吉岡曠『新日本古典文学大系　更級日記』

おほよそ時代順に古いものから数例を挙げたけれども、未見の書もあり、網羅してはゐない。

註釈書の中でも「方」について特に註や説明を加へてゐない書が多い。これはその必要が無いと認めた故であらう。ところで、三も五も「形、あとかた、形跡」と表現は異なるものの、表す意味は一致してゐる。ところが本文を「方」

の漢字表記とすると大きな問題が生ずる。それは「形、あとかた、形跡」は「形《かた》」に相当する意味であるのに、漢字の「方」を宛てると、「形《かた》」と「方《かた》」とは同意の語であることになることである。

辞書の一例として、『時代別国語辞典　上代編』より摘記すると、

かた〔かた〕(名)

❶方向。常にその方向線上にある対象を連体修飾語として持つ。❷対をなす一組の中の一方。❸時間的な方向を示す。この用い方は、発達が不完全で、確例が少ない。

かた〔形・像〕(名)

❶かたち。❷図。像。人形《ひとがた》。

とあり仮名表記は同じ「かた」とは云へ、全くの別語である。

白川静『字訓』に、

かた〔方〕

一定の方向。その方向を示す具体的な対象に連ねていうことが多い。「か」は「彼方《かなた》」の「か」、「た」は「其方《そなた》」の「た」である。「た」は「ち」「と」と同じく場所や地点をいう。

かた〔形・型・像〕

一定の形式をもつ平面または立体の輪郭。ものの外形・形状を定める規範的なもの、範型となるべきものをいう。「堅《かた》し」「形《かたち》」と同根の語。

とあり、「方《かた》」と「形《かた》」は語源も別であり、意味用法も別語であるとする。

「方《かた》」には、形、あとかた、形跡の意味は全く無いのであるから、更級日記のここに「方」の漢字を宛てるのは不適当であり、漢字を宛てる必要があれば、「形」を宛てるべきであらう。榊原邦彦、伊藤一重、松浦由起、濱千代い

づみ編の『尾張三河の古典』（平成八年四月　名古屋市緑区鳴海町字作町六六　鳴海土風会刊）には「形《かた》」としておいた。

御物本の「かた」の表記は次の通りである。下に御物本の丁数を記す。仮名表記は傍線を施す。

野の方見やらる	三ウ
河上の方より	一五オ
きつらむ方も見えぬに	二七ウ
〻（な）くなりたる方にあるに	三二オ
なぐさむる方	三三ウ
宮この方ものこりなく	三六オ
たにの方なる	三六ウ
山の方より人あまた	三七オ
山の方はこぐらく	三八オ
ともかくもいふべき方もおぼえぬ	四三オ
み帳の方のいぬふせぎの内に	四六オ
御帳の方より	四七オ
かたことにすみはなれてあり	五一オ
さても宮づかへの方にもたちなれ	五五ウ
すぎにし方のやうなる	五七オ
みだうの方より	七六オ
やまの方より	七七ウ

ゐにかきてもをよぶべき方なうおもしろし　八四オ
すべてたとへむ方なきまゝに　八八ウ
心の物のかなふ方なうて　八九ウ

いはむ方なくてのぼりて　九ウ
おそろしげなる事いはむ方なし　一三オ
ましていはむ方なく　三二オ

猶おくつかたにおいゝでたる人　二オ
おくの方なる女ども　七四ウ

たゞおほかたの事にのみ　五八オ

殿の御方にさぶらふ人〳〵と　五九ウ
かた〳〵見つゝこゝをたちなむことも　三ウ

かたつかたはひろ山なる所の　五オ
かたつかたは海　一一オ
かたつかたは海なるに　一四オ

いまかたつかたにうつれるかげを　四七ウ
御手かたつかたをば　九〇オ
いまかたつかたには　九〇オ

きし方もなかりき　八八オ

せむ方なく思なげくに　二二オ

のどやかなるゆふつかた　六七ウ

かたみにとまりたる　三二オ
むかしのかたみには　三三オ
かたみとか見む　三三ウ
かたみとおもはむ　六四オ
かたみにいひかたらふ人　八三ウ

「形《かた》」の語は無い。参考に「形見」の語を示した。他は「方《かた》」の語である。

一見して判るやうに「方」の漢字表記が極めて多い。枕草子（榊原邦彦編『枕草子本文及び総索引』平成六年十月　和泉書院）、今鏡（榊原邦彦他編『今鏡本文及び総索引』昭和五十九年十一月　笠間書院）、水鏡（榊原邦彦編『水鏡本文及び総索引』

平成二年六月　笠間書院）などが殆ど仮名表記で、漢字表記が稀であるのと対照される。

御物本の「方」の漢字表記の多いのは、原本にあったのか、御物本書写の際の改変かは明らかでない。しかし「方」の漢字表記の多い事と「形《かた》」の語まで「方」としてしまった事と何らかの関連は考へられる。

要するに御物本の「方」は宛字であるから、宛字も原状通りに翻刻する場合は別として、何らの註記も無しにおくのは妥当でないから、四や五の書は適切であるとは思はれない。一、二、三の書が適当である。

結論として宛字である説明もなしに「方」とするのは不適当である。形、あとかた、形跡の意味であるから、「かた」「形」とすべきである。

註

一　本文は影印本の『御物本更級日記』（武蔵野書院）に拠り、私に濁点、句読点を施した。

第十三章　軍記物語解釈の問題点

軍記物語ではどの作品にせよ、武士の騎馬による戦闘が物語の中心になつてゐる。これは当時の戦闘の実態が物語にも反映しての事であつて当然の事である。ところで出陣に当り、大将以下の武士は扈従を除いて馬に乗るし、戦が終れば馬から降りるのであるが、馬のどちら側から乗降りするのであらうか。不断考へもせずに済ませてゐる方があらうかと思ふので、念のため取上げてみたい。

平治物語の巻第二、待賢門の軍の事の条[註一]に、

唯今までゆゝしくみえられつる信頼の卿、時の声を聞くよりして、顔色替りて草の葉にたがはず、南の階をおりられけるが、膝振ひてをりわづらふ。人なみ〳〵に馬に乗らんと引き寄せさせたれ共、ふとりせめたる大のおとこの、大鎧は着たり、馬はおほきなり、たやすくも乗り得ず。主の心はしらねども、はやりきつたる逸物なり、のらんとすればつつと出で〳〵はやる間、舎人七八人寄りて馬をおさへたり。放たば天へも飛びぬべし。曳かば地へも入るべし、穆王八疋の天馬もかくやとぞおぼえける。

ある侍、「とく召し候へ」とてをしあげたり。こつなうやをしたりけん、弓手の方へ乗り越して、庭にうつぶさまにどうど落ち給ふ。いそぎ引きおこして見奉れば、顔には砂ひし〳〵とつき、少々口に入り、鼻血流れ、殊に臆してぞみえられける。

とある。平治の乱の張本人信頼が清盛の軍勢に攻められた内裏で馬に乗らうとして、醜態を曝すところである。松平

文庫本や学習院大学蔵本はこの条を欠く。他本は大差無く、「弓手」が「ゆんて」「ゆん手」などと変る程度である。「弓手」について従来の註釈書は、高橋貞一『新註国文学叢書　平治物語』、吉村重徳『平治物語新釈』に「弓手」が左手とあるに過ぎず、とりわけ詳しい説明は無い。これまで馬の乗り方については問題が無いと考へられて来た故であらうか。その場合、

一　左から乗降りする。

二　右から乗降りする。

三　左からも右からも乗降りする。

などの何れかが常識であるから、とりわけ註で述べる必要が無いとされたのでもあらうか。

私見では一、三は全く誤であり、二が正しい。

ところで、「解釈」第二十八巻第十号（昭和五十七年十月）に、富田正一「平治物語の一節」なる一文があり、

その後また読む機会があって、「弓手のかたへ」に気づいたのだった。なぜわざわざ左側へ落ちたと書いたのか。私も乗馬の経験がある。馬は左側からのるものなのだ。ところで信頼は左側へのりこして落ちたのだから右側からのろうとしていたことになる。うまくのれるはずがない。乗り方を知らぬのか、よほどあわてていたのか。そばの武士も急場のこととてただもうのせてしまえということでむりにおしあげたのだろう。馬の上で体が定まらぬのもあたりまえ。落ちるだけだ。

とある。この文の趣旨によると、現在馬は左側（馬の腹側から頭を前に見た時の馬の左側）から乗るから、平治物語の時代でも左側であると、一の説を何の疑ひも無く思ひ込んでゐるやうである。これは全く誤であるけれども、この所論が他の説明の無い人の場合にも共通してゐることを危む。即ち、平治物語は勿論、軍記物語に描かれた時代の馬の乗降りが左からされてゐたと、もしも一般に信じられてゐるならば、それは大いなる誤解であると特筆大書したいので

慕帰絵詞　註二

ある。私の理解としては、日本では古くから右から乗降りされ、西洋の乗馬の仕方が伝つた後に左から乗降りするやうに変り、現在の状況に至つた、といふことである。

信頼は馬の馬手（右手）から押上げられたが、鞍に跨がる事が出来ず反対側の弓手（左手）に落ちてしまひ、醜態を晒したのである。右側から乗らうとしたのは当時誰でもする事であり、特別な意味は無い。

現在左から乗降りするのが恒であることは、種々の映像で目にするところであり、私も家族と乗馬した時に左から乗降りして、身を以て体験した。昔の右からの乗降りが見られるのは、今では歌舞伎の舞台の上だけである。しかし絵画資料には右から乗降りするところが描かれてゐて、昔の様子を目で確かめる事が出来る。

ここに示した慕帰絵詞は、葬礼出立に馬で行かうとして、右側から乗るさまを描く。信貴山縁起は、勅使が信貴山を目指して出発しようとして、馬に右側から乗るさまを描く。他に粉河寺縁起には長者の妻が縁先から馬に乗るさまを描く。絵には馬に乗つてしまつた所を描いてゐるものの、馬は首を左に向けて縁に付けられてゐるから、右側から乗つたことは確実である。馬の右側の腹を縁に付けて乗易くして置きながら、右側から乗らずに、女が地面に降りて左側から乗る事は有り得ない。

これらは右から乗る証拠である。秀郷艸紙には武士が右から降りる所を描

信貴山縁起 註三

くから、降りるのも乗る側と同じく右側であったのである。

北斎漫画に拠ると、江戸時代にも右乗りであった事が確かめられる。肩衣を着た武士が馬の右側から乗らうとしてゐる絵で、馬の口取の僕と蹲居する二人の野羽織の家臣とが描かれてゐる。当然の事乍ら家臣二人は馬の右側で主人の乗馬する様を見守つてゐる。

「朝日新聞」平成八年五月十五日号の朝刊に、

埴輪の馬に「右乗り」の証拠

右側面に「足置き」確認

埼玉県美里町にある久保2号墳（六世紀後半）から出土した馬形の埴輪（はにわ）の右側に、初期のあぶみと見られる「足置き」があったと同町教委が十四日、発表した。八年前の調査で見つかり、復元した埴輪を見た研究者が指摘した。馬形の埴輪は五、六世紀の古墳で多く見つかっているが、ほとんどのあぶみは輪形で、足置き形は初めて。伝統的な日本式の「右乗り」を示す貴重な資料だ。

とあり、右乗りは六世紀からの伝統であった。

従つて、一説も三説も誤であり、二説が正しい事が明白である。文献にも明徴を求めたい。

『群書類従』　第二十三　家中竹馬記

註四
北斎漫画

一馬に乗時。馬の前をば通らぬこと也。後よりまはりて寄て乗べし。
但始より馬の右の方に有て。其儘寄て乗時は。様もなき事也。
『群書類従』　第二十四　小笠原流手綱之秘書
一つけすまひの馬を乗やう。先手綱をかけてのるへからす。手綱の
末をとり。馬あひのくとも。馬に心をつけ。馬の右へあゆみより。
手綱のするゐをむなかひの下より上へひきとをし。右のうてにからま
へ。右のおもかひに取くし。まゐわをかきて乗へし
『日本馬術史』　第一巻　大坪流軍馬
二　騎下六曲之事
馬の右より寄添ひて騎下する事定法也、
『日本馬術史』　第一巻　大坪流馬術百歌新解説
六　馬毎に左の足をかけぬより乗手の心やがてこそしれ
此の歌は乗人の心を馬に知らるゝと云ふのではなくて、騎手が右
足を鐙に懸け、次に左足を向ふ側の鐙に懸けぬ間に乗人の心を知る
ほどの馬は鋭敏なるものである。
『日本競馬史』　関目琴季　和鞍乗馬法講演
和鞍は右方より乗るものとす
稲垣史生「大将、ご出陣」（「馬銜」第五巻第四号　昭和五十七年九月）
安政四年の写本『大坪流秘伝』に、次の一節を発見した。

「軽尻馬、小荷駄に乗る事、前鞍を右の手に取り、後鞍を左の手にて取持ち乗るべし。我が尻にもよく当りて、物到って乗るなり」

というのだ。すなわち、当時は木鞍だから前輪と後輪《しずわ》がいちじるしく高い。騎乗者は右手で前輪をつかみ、左手で後輪をつかんで乗る……というのだから、乗手の体は馬腹の右側になければならぬ。その両腕に力をこめて乗れば、尻の落着きもよいというのであろう。馬背の左側から乗るようになったのは、明治以後、西洋の革鞍が入ってからのことである。

稲垣史生『図説大江戸おもしろ事典』にも同じ趣旨の説明がある。

坂内誠一『碧い目の見た日本の馬』

馬の乗り方は、現在の日本では、外国と同じく左乗りであるが、中・近世においては、右乗りであったため、碧い目の人びとには奇異に映ったのであろう。多くの人が、左右逆であることを書き残している。

「われわれは馬に乗るのに左足を使う。日本人は右足を使う」（フロイス）、「右側から馬を下りる」（ロドリーゲス）、「我等は馬に乗るには鐙に左足をかけて左側から乗るが、彼等は右側から乗る」（ヴァリニャーノ）、「私たちは馬に左側から乗るが、彼らは右からである」（ヒロン）、「馬の右側には各一人の従僕付添ひて轡を執る。これ此国の習はしにて馬に乗るとき右脇より登るが故なり」（ケンペル）、「馬にのるときには右側からのる」（オールコック）、「日本では馬に乗るとき、他の国々とは反対に右側から乗るのだということもわかった」（シュリーマン）と、日本人の右乗りについて記している。

名和弓雄『時代劇を斬る』

フランチェスコ・カルレッティの著述した『世界一周記』の中にも、「日本人は騎乗のとき、右足を鐙《あぶみ》に掛けて乗馬する」と書いている。

これらは、右側からの乗馬・下馬を観察したものである。すなわち、馬の右側から、右足を伸ばして馬の背の上を越えさせて乗馬する。また下馬する場合は、左足を馬の背中を越え、右足は鐙に掛けたまま、左足を馬の右側地上に付け右足を鐙から放して地に付ける。

日本では、六世紀後半から平安・鎌倉時代、室町時代、江戸時代まで、ずっと右側からの乗馬・下馬であった。現代のように、逆方向の左側乗馬・下馬に改められたのは、西洋馬術を日本陸軍が採用した明治時代からである。

名和弓雄『続間違いだらけの時代劇』にも同じ趣旨の説明がある。多くの文献の記す通り、日本では明治以降に西洋式の左側からの乗降りに変るまで、古代より引続き右側からの乗降りが行はれた。

今自転車の乗降りは左側から行ふ人が殆どであらう。しかし走行中に何らかの事情で必要が有れば、右から降りる事は有る。乗馬の場合にも同じ事は言へる。大坪流軍馬に前に引いた通り、

馬の右より寄添ひて騎下する事定法也

とするものの、

戦場にては場により時に臨みては前後左右差別なく騎下する事あるべし、故に左右騎下の六曲を伝る事也

とする。戦場で馬から降りる必要に迫られ、右側から降りては危いといふ場面に備へ、左側からの乗降りも伝へるといふことで、馬手（右手）の乗降りの仕方三つ、弓手（左手）の乗降りの仕方三つを伝授する。

稀には例外があらうが、普通は「定法也」とある通りに右から乗降りしたのであり、平治物語は無論のこと、軍記物語の解釈には、どちら側から乗降りしたかの記述は無くとも、右側からの乗降りを脳裡に思ひ浮べていただきたい。

結論として、軍記物語の馬の乗降りは、現在の左側と異なり、右から乗降りしたとして解釈すべきである。

註

一　近藤政美『平治物語―蓬左文庫本』（昭和六十年十月　中部日本教育文化会）。

二　図版は、慕帰絵　絵巻10（浄土真宗本願寺所蔵）。

『続日本絵巻大成4　慕帰絵詞』（中央公論新社）より転載。

三　信貴山縁起絵巻「延喜加持の巻」より出立する勅使（信貴山朝護孫子寺所蔵）。

『日本絵巻大成4　信貴山縁起』（中央公論新社）より転載。

四　『北斎漫画』（実業之日本社）より転載。

第十四章　尾張国の伊勢物語伝説

一

『伊勢物語』の中で尾張が舞台となるか、話題になるかするのは僅かな段であつて、第七段、

むかし、おとこありけり。京にありわびて、あづまにいきけるに、伊勢、おはりのあはひの海づらを行くに、浪のいと白く立つを見て、

いとゞしく過ぎゆく方の恋しきにうら山しくもかへる浪かな

となむよめりける。

と、第六十九段、

(前略)野にありけど、心は空にて、こよひだに人しづめて、いととく逢はむと思に、国の守、斎宮のかみかけたる、狩の使ありときゝて、夜ひと夜酒飲みしければ、もはらあひごともえせで、明けばおはりの国へ立ちなむとすれば、男も人知れず血の涙をながせど、え逢はず。夜やう〳〵明けなむとするほどに、女がたよりいだす杯の皿に、歌をかきていだしたり。とりて見れば、

かち人の渡れど濡れぬえにしあれば

とかきて、末はなし。その杯の皿に、続松の炭して、歌の末をかきつぐ。

又あふ坂の関はこえなん

とて、明くればおはりの国へ越えにけり。斎宮は水のおの御時、文徳天皇の御むすめ、惟喬の親王の妹。

の程度である。段数、本文は日本古典文学大系に拠る。

但し第九段の東下りの段の三河八橋へは尾張を経て行くのが順路であり、第七十二段では、伊勢国より隣の国へ行くとあるので尾張を想定することが可能になるが、何れも間接的なものである。この東下りの段にしても伊勢物語では「お（を）とこ」と表示するのみで、古今和歌集の方に「在原業平朝臣」とある。後世への影響を云々する際には古今和歌集をも忘れてはならないが、在原業平と言へばすぐ伊勢物語が浮ぶごとく両者の結びつきが強いので、この稿は「尾張国の伊勢物語伝説」と題した次第である。

かうして挙げてみると、稍具体性を持った描写があるのは、第七段のみに過ぎないと言ひ得るのであり、それ以外は尾張といふ語が出て来るか、出て来ないかといった程度であるが、それでも尾張には伊勢物語に依つて触発されたと思はれる在原業平関係の伝説が二三遺存してゐる。

東下りの段で具体的な描写のされた三河の八橋は、更級日記以降の諸作品に屢記載され、種々の伝承も長谷章久氏の「三河八橋考」（「国文学解釈と教材の研究」第六巻八号、十一号）などに取上げられて、世人に広く知られてゐる。

一方、尾張における業平伝説は、伊勢物語に具体的な記述の無かつた所為もあつてか、八橋の場合に比すると知られてゐることが少ないやうなので、ここで資料の紹介を主として述べることにしたい。伊勢物語に直接の関係を有するものではないやうであるが、伊勢物語の享受の面で何らかの参考になるかと思ふ。

二

『尾張国地名考』の愛智郡沓掛村の条に、

【村民曰】相伝て云くむかし在原の業平朝臣東国下りの折から爰にて沓を掛られたるによりて村名となるといふとあり、又、

【延喜式】山田の郡川島の神社【本国帳】従三位川島天神【正生考】沓掛宿村にある鹿島《かしま》と呼宮是なり川島をかしまとも呼によりて誤る也社人なし磯部氏預り【兼子氏曰】かしま宮に古物の駒犬あり式社の面影なるべし

続後撰恋　　　業平

あひみては心ひとつを河島の水のなかれは絶しとそおもふ

（頭註）名所部類に此歌を津国にせるはいみしき也

【正生考】なりひら朝臣此駅舎にて詠れたる歌なり遊女を愛せられたるさまなり宿村の名は近世の称呼にて此切の古名は河島なれば里老の相伝もよく叶へるとやいはん

とある。

『尾張国地名考』は、安永五年に尾張国海部郡に生れ、嘉永五年十月二十一日に歿した津田正生の著である。文化十三年四月八日の自序があり、大正五年に愛知県海部郡教育会から刊行された。

前条は『尾張徇行記』（名古屋叢書続編）に引用されてゐて、鳴海庄沓掛村の条に、

地名考云或人曰昔中将業平朝臣東国下向ノ時爰ニテ沓ヲカケラルニヨリテ名トナルト也

と朱書してある。

沓掛村は現在では愛知県豊明市になつてゐる。この地に在原業平の伝説が伝つたのは、沓掛が東海道より前の時代の古街道の道筋にあつた故であらう。

延喜式に尾張国の駅として、馬津、新溝、両村の駅を挙げる。この三駅の中、馬津と新溝とについては現在の何処の地を指すか諸説があるものの、両村は倭名類聚抄に「山田郡無良《布多》」とある地で、後の沓掛村及びその近辺の地であ

ることに古来異論がない。

山田郡は往時の郡名で、後に春日井郡と愛知郡とに分属した。現在の名古屋市北区山田町、山田北町、山田西町などは、山田郡の地名が遺存したものである。又、両村の名は沓掛村の西北で、鳴海との境にある二村山に残つてゐる。二村山上にある石地蔵の銘は、竹内理三氏編の『平安遺文』金石文編に、余録の項ながら収録されてゐる。

二村山は和歌に詠まれることが多く、後撰和歌集巻十一の、

(詞書略)　　清原諸実

くれはとりあやに恋しくありしかはふたむら山もこえすなりにき

返し　　よみ人しらす

唐衣たつをゝしみし心こそふたむら山のせきとなりけめ

を始めとして、多くの歌がある。

東海道制定以前の京と東国とを結ぶ交通路が何処を経由したかは、この稿の目的ではないので触れないが、尾張から三河への主要な道が両村を経由してゐたことは確かなことである。従つて三河の八橋へ至る前には尾張の両村を通つたであらうといふ考へで、ここ沓掛に業平が沓を掛けたといふ伝説が生じたのであらろう。沓掛の地名は各地の街道に多く、鏡味完二氏の『日本の地名』(角川新書)に拠ると、沓掛の地名は信仰に基づく地名とあり、交通に基因するものではあつても、無論個人の通行の有無で発生した地名ではない。地名の起源を後人が在原業平に求めた結果、生じた伝承である。

式内社が現在のどの神社に当るかの認定は容易ではない場合が多い。式内川島神社の場合も、所在地を東春日井郡の川村(現在の名古屋市守山区)かとする『東春日井郡誌』(東春日井郡役所、大正十二年)の説もある。田中善一氏の「濃尾地方式内社」(『熱田神宮とその周辺』所収、昭和四十三年)には、川島神社の現在地は空欄となつて居り、尾崎久

弥氏の『二村山』（昭和十四年）、『二村山志』（昭和二十六年）には、川島神社を沓掛の鹿嶋社としてゐる。式内社に比定出来るか否かは別としても、駅の所在する地に古くから有力な神社があつたであらうことは、当然想定出来ることであるが、業平の和歌との結びつきは伝説にとどまるのである。

　沓掛の地名も、「あひみては」の業平の歌も、伊勢物語と結びつけて附会したものに過ぎないが、沓掛には今猶、宿、宿前の地名や街道沿にあつたといふ十王堂の地名が残り、古道の両側に築いてあつた十三塚の一部も存して、往時の宿駅の名残を留めてゐる。かうした地に業平の東下りの伝説が発生したことは、自然なこととも言へるであらう。

　業平伝説は、『豊明村史』（川村元治　大正十三年）や、『豊明町誌』（豊明町誌編集委員会　昭和三十四年）などの近代の書にも引継がれてゐて、長い生命を保つて来た。時代を越えて、世人が伊勢物語や在原業平をどのやうに考へて来たかの一面を知る資料とすることが出来るであらう。

三

　尾張では夙に元禄十一年、尾張三代藩主徳川綱誠の命により、『尾張風土記』の編纂が企てられたが、綱誠が歿したことで未完に終つた。従つて尾張全域に亘る官撰地誌で最初の書は『張州府志』である。『張州府誌』は八代藩主徳川宗勝が、松平秀雲、千村伯済に編述させたもので、宝暦二年の序がある。全三十巻、和歌以外は漢文体で記す。活字本は名古屋史談会が、大正二年七月より三年十二月までに本文を、大正五年七月に附図を刊行した。今これに拠ると、智多郡の巻に、

【貴船祠】在㆓冨田村㆒。里老伝云。在原業平朝臣本居神也。此社西南有㆓在原旧跡㆒。俗称㆓御所屋敷㆒。又有㆑池。云㆓車寄池㆒。其他当郡謂㆓業平故事㆒者頗多。然考㆓旧記㆒。不㆑見㆘業平生㆓当郡㆒之事㆖。姑従㆓俗説㆒以記㆑之。

【宝珠寺】在㆓冨田村㆒。号㆓如意山㆒。曹洞宗。属㆓横須賀村長源寺㆒。境内。観音堂。里民伝云。昔在原業平住㆑此。

是護身仏也。蓋風土之説不レ可レ拠也。

【光明寺】在二大野村一。号二小林山一。始為二天台宗一。開基不レ詳。中世仏性上人。寛喜元年己丑。帰二依親鸞上人一。改二一向宗東派直参一。相伝。在原業平有レ故来二住知多郡荒尾里一。其子孫代々居レ此。仏性者業平十三世孫荒尾公平之子也。不レ知二実否一。其後律師浄念娶二水野藤四郎女一。以レ故水野下野守附二寺産十町一。其後佐治上野介領二大野邑一。増二附寺産十町一。織田有楽亦減二十町一。豊臣太閤時。悉没二寺産古証状一。慶長五年罹二兵燹一。悉亡。塔頭。古有二六坊一。今存二四坊一。光蓮寺。聞行寺。法通寺。田中寺。

【業平塚】在二富田村一。里老相伝云。業平住二此地一。按。業平到二知多郡一。不二経見一。但荒尾氏住二知多郡一。云二在原業平之裔一也。恐其子孫築二祖考墓一。後人誤為二業平塚一而已。

の四項が業平に関した項としてある。

『張州府志』より後の尾張関係の書にも業平塚などのことが見える。その中で詳細な記述のあるのは、『友千鳥』、『蓮州旧勝録』、『張州雑志』である。関係分を引用してみると、

『友千鳥』の追加の巻に、

夫より冨田村に至る七社の宮あり又於所に多宝山宝珠寺《如意山トモ云よし》禅宗あり聞及ひし寺也山上にあり山ハ邑の後にあり寺内に観音堂あり在原業平守り本尊と云大悲閣と云額かゝる宝珠寺ハ業平のために子孫たてたると云蓮池観音堂後ロニあり墓所又其後ロに有業平塚ハ寺より四五町ほとへたち山の下畑中にありふくらしば松等うへ其もとに五輪三十斗あり古き塚也此所を業平塚と云又印しの松と云て塚より半町程脇道端に一木ありもとハ宝珠寺此辺りにありしが近年山上え引と云もと寺の跡ハ畑になりて有墓ハ一説に荒尾氏ハ在原家なれハ先祖の墓とて建られたりと云ふ一説に業平卿東行の砌り爰にて終レりと云爰に俗説ありむかし八ツ橋といふ女あり此地の産レなりしか三かわの国道中の宿屋の下女なりしに在五中将流浪して東路への欠落を留めまいらせいと懇なりしがやかて又旅立玉ひて

うつの宮〳〵一首の歌よみて彼女におくり玉へは其後冨田にかへり後世なと志シなから一子を生めり是荒尾氏の始
祖也と其後業平東〳〵上りしばし此地に住玉ひしあとゝて御所屋敷車返し松林園なといへる地名あり
（頭註）冨田有御所屋敷車返之池業平之旧宅

『蓬州旧勝録』の巻十八の荒尾荘の条に、

荒尾がけ荒尾磯トモ云業平《ナリヒラ》朝臣狩の使に下向此荒尾のがけに休らひ与レ風眼見《マミ》へし女に一人の男子出生子孫相続
而但馬ハ則なり平の後孫也となりひら此がけにて百首の哥を読給ふとて世に伝ふ

又、巻十八の冨田村の条に、

禅曹横須賀長源寺末　平
如意山宝珠寺
（冨田村今易地ニテ山上氏神
七社明神森前今ノ地不レ詳）
本尊観音　行基作
中興開山宗海和尚
右霊牌本堂内ニ安置
当寺開基詠主在原業平親王大台霊

抑当時本尊観世音ハ人皇五十一代平城天皇の御孫阿保親王第五の御子在原中将業平の守本尊也中将ノ東〳〵上洛の
時爰に遊歴し玉ひて年久敷住玉ひし地を指て御所屋舗と今云氏神貴船明神鬼門に勧請して鎮守となし給ふ今現在
す始て到り給ふ所を車着きと云何れも今ハ田と成て名のみ残ル当寺山の北也貴舟の宮ハ田中に少の森在り小林跡
（小林山とも）と云所も在り
此寺業平朝臣開基して此本尊を安置有けり星霜歳かわりて古地も荒果しを天文年中開山照岩和尚遠く長源の古跡

断絶を悲しみ碑石の地（今業平塚の場）に一字を建立宝珠寺と号しけるに其後又荒果けるを享保十二年法孫禅鼎《テイ》坊再興在りけり其古へより業平塚の地寺屋敷一反一畝藪共に御除地に侍りしが温（顕カ）地にて有ル故宗海和尚元文二巳年今の山上へ易地而諸堂再建ありけり仍て宗海を中興とハなす

業平塚　（冨田村西畑中小川の流レ有而古木の樫《カシ》木一株在り枝葉広がり遠方〻も少しの森林と見ゆ一木ノ立也

右樫の木の辺りに至て旧き五輪大成十基少し形ノ小き五輪十二三も並らび建り是業平一族の塚也と云

車座ノ池　車着　御所屋舗　貴船明神社（御所屋舗鬼門鎮守）　小林《シャウリン》跡　皆業平に付ての古跡也末孫ハ荒尾小太郎一族也

宝暦十辰年霜月予此辺巡行の時縁を尋寺に行キ由緒等を尋聞す寺僧の云ハ委キ事ハ我も不レ知近キ比本尊を開帳せし時略縁起と額板に記シ奉納せし物あり是を見るべしと取出し見せらる仍て右の由緒を筆しける折節里老一人来合せて尋聞時を移す右里老の云ハ此寺に四五十年以前迄業平の着用ありし上下大小の刀書キ物等も有しか先住の代に何方へ行しや紛失すと云衛府の太刀狩衣やうの物にやと尋るに此男若かりし時に見たりしが今諸人の用る麻の半上下常人の差せる大小刀腰差也と云考に業平の子孫荒尾の一族の調度にて近代の物成を業平朝臣とハ誤り伝へたるべし先住の執り捨ける物ならんと云へハ彼里老も寺僧も顔を詠て落胆敷さまおかしかりし荒尾等ハ正敷朝臣の末葉と云へハ彼五輪塚印も彼氏の代々子孫末葉の塚印成へし中将の東下りハ伊勢物語の難渋諸説あれハさだかならざる事也

河海抄ニ云　在原業平ハ貌チ閑雅而善ス二和哥一殆乎和歌ノ神也一旦入二吉野川上一而不レ知レ所レ終ト在り

三代実録ニ云　元慶四年五月廿八日辛巳従四位上行右近衛権中将兼美濃守在原朝臣業平卒ス大和国石ノ上在原山光明寺葬ルの地也辞世

終に行路とハ兼て聞しかときのふけふとハ思わざりしに
在原寺にて従三位為子がよめる哥玉葉集に
　かたばかり其名残りて在原の昔の跡を見るぞなつかし
江次第十四ニ云なりひら其比ハ右中将にて二条の后を犯し奉る也謀りことに出家せられしが其後髪をはやさん為むつの国八十《ヤソ》嶋に至るト　〇伊勢物語にむさしの国と下つさの国との中にいと大成川有りそれを隅田川と云其辺りに群いて思ひやれハ限りなく遠くも来にけるかなと下略亦云すむ所なん入間の郡みよしのゝ里なりける下略
按ニ業平此地に居住の事ハ妄説成へし尤此塚の事跡ハ尾張群県記にも記しあれは其子孫荒尾の一族代々の塚印成へし代々爰に在り家祖の廟を築キ霊牌等を安置せし故業平とは後世の誤り成へし　五輪ハ至而旧く数百歳の星霜を経りし物と見て殊勝なり

巻十八の光明寺の条の一部に、

縁記由緒ニ付云　為二天台宗時（ママ）の開創不レ詳中興の仏姓上人ハ在原氏にて其末葉荒尾氏也人皇五十一代平城天皇御子阿保親王の的子正四位上右中将在原朝臣業平卿ハ在レ故而出帝尾領知多の郡荒尾の里于レ茲在レ年其苗裔在原と称すを憚り改二本名一而為二荒尾氏者也一なりひら逝去の後子孫為レ其石塔を建於レ今荒尾ノ内冨田村に業平其外一族の石碑代々伝へあり業平十三代の孫荒尾公平の子仏姓上人也後堀川院寛喜元年改宗とか云し

とある。

『張州雑志』巻四の冨田村の条に、

　神社
貴船ノ祠　里老ノ云村ノ鬼門ノ鎮守ナリト也
　是社ハ在原業平朝臣本居神ト云伝フ

仏院

如意山宝珠寺

曹洞宗属《ス》二横須賀村長源寺《ニ》一

本尊地蔵　行基作

開基在原業平朝臣

開山不レ詳

堂一宇安二観音一　行基作

当寺《ニ》在原業平朝臣石塔幷位牌有《リ》

位牌　当寺開基詠主在原中将業平親王大台霊

五輪大小十四五有是業平朝臣《ノ》石塔也ト云伝《フ》

伝《ヘ》云人皇五十一代平城天皇《ノ》御子何保《(ママ)》親王《ノ》的子正四位上左中将在原《ノ》業平朝臣有《テ》レ故出二帝都《ヲ》一住二居《スルコト》　于尾州知多郡荒尾《ノ》里《ニ》二于レ茲有レ年其苗裔憚《リ》レ称《スルコトヲ》二在原《ノ》本氏《ヲ》一為二荒尾氏一業平逝去後子孫為《メニ》二業平《ノ》一立《ツ》二塔《ヲ》于荒尾谷《ノ》富田《ニ》一而後建《ツ》二荒尾氏代々之塔《ヲ》一云云　此一事大野村光明寺ノ記録ニ見エタリ未レ詳二是非一

或記《ニ》伝《ヘ》云古昔業平朝臣《ノ》伊勢国ヨリ当国ニ移《リ》給ヒ此所ニ暫ク留リマシテ親族の為ニ石碑ヲ建《テ》一寺ヲ建立シ一心寺ト号セシ其後年ヲ経テ彼寺モ亡《ヒ》シカハ隣寺タルヲ以テ本尊阿弥陀仏及《ヒ》石塔位牌等今ノ宝珠寺ニセシトソ今猶存セリ　中将草創ノ寺ハ今ノ宝珠寺ニハ非ス　然レハ是業平ノ石碑ト云ハ非也中将先祖ヲ祭リ給フ処《ノ》石碑也彼一心寺ノ号今猶田圃ノ名ニ残レリ亦云中将《ノ》住給ヒシ地トテ御所屋舗車《ノ》通道ナト称セルモノ是又同所ノ田野ニト丶マレリ

土俗ノ説ニ業平爰ニテ一人ノ男子ヲ儲ケ給ヒ後荒尾次郎ト称セシト云按ルニ是ハ業平ニテハ非ルヘシ正平年中一品将軍宗良親王当国波豆《ノ》城ニ入玉ヒシ事有若カ丶ル事ヲ誤リ謂ルニヤ可レ尋又《タ》一説《ニ》業平勢州ヨリ当国知多郡大里《ノ》

浦エ着船夫ヨリ冨田村ニ暫《ク》居玉《フ》其頃ヨリ彼所ヲ有原ノ郷ト云シ荒尾ト云ハ後ノコト也ト後業平一男《ヲ》儲ケ在原次郎ト云《ヒ》其子《ヲ》荒尾次郎ト称《スレ》是ヨリ所ノ名モ荒尾ト云其後荒尾次郎出家シテ大野村《ニ》一寺ヲ草建シ開基トナレリ其寺今一向宗ト成テ光明寺ト云《ル》ハ右荒尾次郎入道開基ノ寺ノ名残也トソ仍《テ》冨田《ノ》事ハ光明寺ノ縁起ニ委ク有之ト云リ海《ヘ》邦名勝志《ニ》業平塚《ハ》見《タリ》二

尾濃郡県記《ニ》二云云

松雨雑纂《ニ》曰当国智田郡冨田村荒尾庄七筒村ノ内宝昌寺境《ニ》古塚有《リ》高三尺許上松一株有其塚周匝古《キ》石塔四五有《リ》皆五輪也業平塚ト云　業平此地《ニ》来テ住ス其孫《ノ》葉ヲ荒尾氏ト云トソ　元文年中此寺山上へ移ス同比古塚亦《モ》欲レ徒《ント》ニ大鳴動《シテ》不レ止《マ》寺僧恐怖《シテ》不レ徒今猶自若タリ里人之ヲ物語ス摂州古《コ》曾《ソ》部《ヘ》邑伊勢寺山辺《ニ》古墳有《リ》業平塚ト云《フ》十年前《ニ》欲レ発《ルニ》之《ヲ》同鳴動シテ執レ鍬者到《ル》レ死《ニ》今其跡アリト

虚実无レ考《コト》　偶《ミ》聞《ニ》随記レ之

とある。

『友千鳥』は名古屋の人である庵原守富の著。知多と三河八橋との挿絵入の紀行である。冨田村の条は追加の巻にあり、追加の巻は寛延三年五月廿日の紀行である。鶴舞中央図書館蔵の著者自筆本に拠った。

『蓬州旧勝録』は鈴木作助（蛙面坊茶町）の著で、安永八年の自序がある。この書にのみ記載してゐる記事も多く、尾張全域の詳細な地誌である。愛知図書館蔵本に拠った。

『張州雑志』は内藤正参の著で、尾張藩書物奉行赤林信定の寛政元年の序が巻首にある。著者が天明八年に六十一歳で歿するまで精進した畢生の書であるが、知多・熱田・津島などを記すのみで、尾張全域には筆が及んでゐない。『張州雑志』は百巻もの浩瀚な書の上、彩色画があるためか、完本は蓬左文庫蔵本のみである。著者自筆本の蓬左文庫蔵本に拠った。

以上挙げた他にも、業平塚や宝珠寺に触れた江戸時代の書はあるが、似たやうな内容でもあり、これらほど詳しくもないので省略する。

宝珠寺・貴船神社・業平塚は現存してゐて、これらの所在した冨田村は現在の東海市富木島町に当る。冨田は富田とも書くが、冨田の表記が本来のものである。冨田を含む地域を荒尾谷と呼ぶが、荒尾谷七村の中、冨田が一番古い村だと伝へられてゐる。

業平塚については江戸時代の諸書が述べてゐるやうに、直接在原業平と結びつく塚とは到底認められない。但しこの辺を本拠とした荒尾氏については、太田亮氏の『姓氏家系大辞典』に、在原姓で知多郡荒尾より起るとあり、『寛政重修諸家譜』（続群書類従完成会）にも、同様なことを伝へてゐる。荒尾氏と在原氏とが結びつくことを前提として、業平塚が冨田村辺に居住した荒尾氏一族の五輪塔であるとすれば、業平塚と在原氏とはまんざら無縁なものでもないと言へるであらう。

業平塚の五輪塔が古いものであることは、既に『友千鳥』や『蓬州旧勝録』などに述べてゐる。近時、吉田富夫氏が業平塚を調査した結果を報告された『上野町石造遺物調査報告書』（上野町教育委員会　昭和四十一年）によると、業平塚の五輪塔は尾張最古の遺物であるといふ。氏は「郷土文化」第二十一巻二号の「尾張随一の五輪塔など」においても、業平塚の五輪塔はすべて鎌倉の特徴を具へるものばかりであるとされ、宝珠寺の在原業平の位牌について、室町末か江戸初期を下らぬものと見られるから、その伝承の起源は比較的古いと見ねばなるまいとされた。

伝説の発生した時代を突きとめることは出来ないが、業平塚の伝承が先立ち、後になつてそれに随伴した形で、御所屋敷を始めとする業平関係の地名伝説や、業平を廻る女性の伝説が生じて来たのであらう。

大野の光明寺の場合は、荒尾氏と在原氏との関係で業平の名が伝へられたのである。大野は知多郡の中でも古くから栄えた村で、現在の常滑市である。

先年、夏の昼下りに業平塚を訪ねた時のこと、街道から引込んだ塚に至るまで、二三の土地の人に所在を尋ねたところ、異口同音に「業平さん」と呼んだ応答に接した。伊勢物語や在原業平と人々との直接のつながりはどうであれ、業平に纏はる種々の伝承を心の中で生し続けて行かうとする姿が、「業平さん」といふ素朴な呼称の中に窺ひ取れるやうに感じたことである。

近時の書にも、『上野町史』(森本良三、昭和二十四年)、『東海市史』資料編第一巻(石野武、昭和四十六年)など業平塚及びその他の伝承を伝へてゐる。現在ではどのやうに伝へられてゐるかを知るため、最も詳細に纏めてある、宝珠寺住職林牧芳氏の「在原業平と業平塚について」(昭和四十二年十二月)の草稿の一部を引用することにしたい。氏の御厚意に深く感謝する次第である。

業平は知多の海を横ぎり、横須賀町大田辺りに船をつけ、上野町富木島字貴船の地に、知多の臣を頼って住みつきました。しかし日ならずして、彼が京にゐた頃親しくしてゐた〃あやめ〃といふ極めてみめうるはしい女官が、悲嘆にくれながらも数人の侍女を連れて、業平の行方を探し求めつゝ此の地まで来ました。〃あやめ〃の来たのに気がついた業平は、後難を恐れて椎の大木に登り身をかくしました。それとは知らない〃あやめ〃はふと野井戸が木の下にあるのに気がついて、かはき切ったのどを湿さうと井戸をのぞきました。ところが恋こがれ尋ね求めてゐた業平の姿が水鏡に映ったのを夢かと自分の目を疑ひましたが、まさしく業平であることを知り、うれしさの余り「業平さま」と叫んで井戸に飛び込み、あへなくも死に果てました。業平が登ったといふ椎の木は大正の半ばまであり、直径は一・五米ほどでした。後、富田の庄の領主でした藤原道武は〃あやめ〃の死をふびんに思ひ、業平を開基に椎林山宝珠寺を建立して彼女の冥福を祈り、供養塔を〃あやめ〃業平とその親族のために造立しましたが、今日専門家の間で尾張国随一の五輪塔とほめたたへられてゐる業平塚です。道武と熱田神宮大宮司の娘との間に八九五年前に生れたのが、融通大念仏宗の開祖聖応大師良忍上人であります。

五輪塔の頂に左になつた縄を丑三つ時にまきつけ、願をかけますと「おこり」が落ちると言ってゐました。

四

『尾張名所図会』前編巻六の冨田村の業平塚を述べた条の後半に、

又同郡加木屋村に業平の烏帽子塚と称するものありすべて其説一定しがたけれどしばらく里老の口碑をうつすのみ

とある。『尾張名所図会』は岡田啓と野口道直の撰、小田切春江の画で、前編七巻は天保十五年の刊になる。加木屋村のこの塚を伝へる書は、『尾張名所図会』が最も古いやうである。

『尾張国知多郡誌』巻二に、

業平烏帽子塚

加木屋村字美女カ脇ニ在リ一小石塚坪壱タリ俗或ハ此地ヲ女コロシト呼フ伝云フ業平愛女ノ墓ナリト、モト此塚上烏帽子ニ似タル石アリシヲ以テ塚ニ名クトイフ

牟哥志物語ト云ヘル書伝云往昔在原業平此地ニ配セラレ其伴フ所ノ女此所ニテ死去ス依テ葬テ塚トナストイヘリ

とある。『尾張国知多郡誌』は田中重策氏の編になり、明治二十六年の発刊である。

『横須賀町誌』（石川松衛　昭和三年）の古墳の条に、

業平烏帽子塚

大字加木屋字美女脇にある周囲僅かに六米余小石を集めて作る俗に此の地を女ころしといつて居る。土地の人の記した牟哥志物語といふ古書によると業平東下の時侍女が此で歿したから葬つて石を建てたといふ其形が烏帽子に似て居るよりかやうに呼んだものであらうが盗まれて今其の石はない。徳川大納言の歌に

猶匂ふ言葉の花はありはらの

古塚みれば哀をそそふ

といふがある。

とある。ここでいふ美女ケ脇とは、現在東海市加木屋町字美女ケ脇のことである。

同趣旨の話は『横須賀町史』（横須賀町史編集委員会　昭和四十四年）にも収載してゐる。同書に『牟哥志物語』は今次の町史編集に当り見当らなかつたとあり、これ以上の内容はつまびらかでない。伝承の内容は『尾張名所図会』と同じやうなものであり、『牟哥志物語』は江戸時代末期の書であらう。

『横須賀町史』の道路の条には、

姫島から向山を上つて、南へ下る道路があつた。今も向山の台地に「右草木、左吉川半月」と刻まれた石地蔵がある。吉川半月へは美女ケ脇を通つてぬけたらしく、在五中将業平が通つたのもこの道とされてゐる。

として、ここもやはり古街道に業平伝説が残ることを伝へてゐる。姫島とは東海市富木島町の南部、向山は加木屋町の字名で、美女ケ脇の北に当る。草木、吉川、半月は知多郡の旧村名である。

『横須賀町誌』に引く徳川大納言の歌といふのは、榊原邦彦他編『尾張三河の古典』（平成八年四月　名古屋市緑区鳴海町字作町六六　鳴海土風会）に所収の『智多御紀行』の中に見える。

行くての道より遠くへだゝりて古塚の見えたるを人に問へば、業平塚といへり。

猶匂ふ言葉の花はありはらのふるつか見ればあはれをぞそふ

とあり、天保十四年十月に尾張十二代藩主徳川斉荘が知多への旅をなした際の道の記である。『智多御紀行』には横須賀の琴弾松の次に業平塚のことが出てゐるので、『横須賀町誌』は加木屋の塚のこととしたのであらうが、美女ケ脇は江戸時代の街道から離れた山間の地なので、冨田村の業平塚を詠じた歌と見た方が妥当であらう。

業平烏帽子塚は何故この加木屋の地に伝へられたのであらうか。この塚は伝承発生の時代も新しいもののやうであり、加木屋村は冨田村のやうな荒尾氏との関係もない地である。恐らく冨田村の業平塚の影響が近くの加木屋村にまで及んで、伝説を生み出したのであらう。加木屋と冨田とは現在同じ東海市に属し、距離も近い所に位置してゐる。加木屋の業平烏帽子塚は、冨田の業平塚に関連して伝承されるやうになつたものであらうが、それでも業平に託した古人の心を思ひやるよすがとはなるものである。

第十五章　東国の清原元輔歌碑

清原元輔の歌碑は宮城県多賀城市八幡にある末の松山のものが博く知られてゐる。本章ではあまり知られてゐないと思はれる歌碑二基につき紹介する。

一

碑　表

「清原元輔朝臣詠歌
みやはまのいさこのこすなわか君の
宝のくらゐかそへ見むかし
御歌所寄人従四位勲三等大江正臣書」

碑　陰

「昭和六年夏建之
町史今昔之三谷刊行會」

碑の所在するのは愛知県蒲郡市三谷町の乃木山美養公園である。

この和歌は清原元輔の詠んだもので、『私家集大成』中古Ⅰの元輔Ⅲの元輔集に、

八五一みやはまのいさこのこすなわかきみの
　　たからのくらひかそへみんるん《かも》

とある。底本は伝俊成筆本で尊経閣文庫の蔵である。解題に、

第二類の尊経閣文庫蔵本は、屏風歌のみを集成した別本であり、所収歌一九〇首のほとんどが、第一類の歌と重ならないので、これを元輔集Ⅲとして翻刻した。

として屏風歌であることが判る。

歌碑と元輔集とで第五句の文句が異る。歌碑は夫木和歌抄に拠つたためである。夫木和歌抄の巻二十五　はま

〔家集いはゐの歌みやはま（みやはま未勘国）〕
みやはまのいさこのこすなわか君の
　宝の位かそへ見むかし　　八三二

とある。

松葉名所和歌集の第十三にも

　美也浜　　同（未勘）
一〇二五一　同（夫木）　みや浜のいさこのこすな
　　わかきみの宝のくらゐかそへ見んかし　　元輔

と夫木和歌抄から引いてゐる。

三谷町の海岸は三河湾に南面してゐる。「みやはま」を「三谷浜」と考へて歌碑が建立されたのである。これについては『三河国古蹟考』第九巻所収のの参河国古歌名蹟考の下巻に、

○美也《ミヤ》浜　三谷浜か　松葉集和介雅ニ未考トアリ　和名抄美養《ミヤ》

ウツホ物語蔵開ノ巻　みや浜のまさきにおりて鶴の子による波こえぬ岸を見せはや

夫木廿五　みやはまのいさごのこすな我君の宝の位かそへ見んかし　清原元輔

とある。

宇津保物語の和歌は『日本古典文学大系　宇津保物語』巻二の蔵開の上に、

おほきなるかはらけをとりて中納言、あるじのおとゞにま井り給フとて

みやはまのすさきにおりシつるのこによるなミたちぬきしをみせばや

おとゞ

もろともにすさきのつるしおいたらばのどけききしもなにかなからむ

とて〈右〉大将にま井り給フ。

として「みやはま」が詠まれてゐる。中納言は仲忠、「おとゞ」は正頼、「つるのこ」は犬宮を指す。「みやはまの」の和歌の初句は紀氏本、前田家本は「みやはさの」とある。

和歌を書いた正臣とは坂正臣である。安政二年尾張国に生れ、華族女学校に勤め、明治三十年御歌所寄人、同四十年御歌所主事となつた。昭和六年歿。著作に『三拙集』がある。

碑陰にある『今昔之三谷』は昭和四年七月に今昔之三谷刊行会より刊行された。同書九頁の三谷浜の条に、

宝祚の無窮を我が三谷浜の清き真砂にたとへられたる作者の心事誠に有難く、三谷町人士たるもの、よろしく上皇室の御繁栄を祈り奉ると共に、郷土の発展に努力せなければならぬ。

とある。

二

碑　表

「わか宿の千世のかわ竹ふし遠み
　さも行末の遥なるかな」

碑　陰

「正三位菅原以長卿御筆
　天保十二辛酉年十一月　石坂実福門人謹建」

碑の所在するのは東京都国立市谷保の谷保天満宮境内である。
この和歌は清原元輔の詠んだもので、『私家集大成』中古Ⅰの元輔Ⅲの元輔集に、

一八わかやとのちよのかはたけふしとをみ
　　　さもなかきよのはるかなるかな

とあり、新勅撰和歌集巻第七、賀歌に、

　天徳二年　右大臣五十嵐屏風　　清原元輔

452わかやどの千世のかはたけふしとをみ
　　　さもゆくすゑのはるかなるかな

とあり、碑の和歌は新勅撰和歌集に拠るものである。
右大臣とは藤原師輔である。

建碑の由来につき横山吉男『多摩文学散歩』（有峰書店新店）一八九、一九〇頁に、

「石坂実福」はこの土地では知られた手習師匠である。私は早速、石坂家の菩提寺光明院（府中市分梅一の13の一）を訪ねた。目ざす墓はすぐ知れた。墓碑面には、「松寿院梅園実福居士」とあり、側面には略伝（原漢文）が、

先考　姓は源、氏は石坂、諱は実福、字は続担、素堂は其の号なり。一号を梅園、通称を佐右衛門。実信の長子、母は柴崎村の小川氏なり。天明六年丙午十二月廿六日を以て屋舗分村に生まれ、父を承けて里正と為る。資性明敏にして最も書を善くし、門人一千有余あり。弘化二年乙巳十一月五日を以て病んで卒す。享年六十。嗣子信民、泣血して記し、門人石を建つ。

と刻まれている。

寺子屋の師匠石坂実福を顕彰し、その長寿を祈るため碑を建てたということである。柴崎村の名主、鈴木平九郎の『公私日記』の天保十二年十一月三日の条に、

谷保天満宮社地梅林之屋敷分手習師匠碑文建、今日慣例神事之序ヲ以テ餅投いたし候。

とある。

第十六章　尾張国の歌枕

一　総　論

『能因歌枕』(『日本歌学大系』)の「国々の所々名」に名所が収めてある。国別に収めてあるのを多い順に挙げると次の通りになる。

八十六ケ所　山城
四十三ケ所　大和
四十二ケ所　陸奥
三十五ケ所　摂津
二十六ケ所　近江
十九ケ所　出羽
十五ケ所　甲斐　信濃　若狭　播磨　豊前
十四ケ所　河内　相模　常陸
十三ケ所　紀伊
十一ケ所　越中

十ケ所　伊勢　尾張　参川　遠江　駿河　美濃　上野　丹波　安芸　筑前
九ケ所　越前
八ケ所　伊賀　武蔵　越後
六ケ所　伊豆
五ケ所　和泉　安房　上総　下総　下野　加賀　能登　丹後　但馬　因幡　出雲　備前　備後　長門
　　　　淡路　讃岐　土佐　阿波　筑後　肥前　肥後　薩摩　日向　壱岐　対馬
四ケ所　石見　備中　周防　伊予
三ケ所　志摩
二ケ所　豊後

尾張国は次の十ケ所である。

尾　張　国

うづきの杜　たくなは　ほしざき
おとなし山　おとぎゝの山　としなり
あくもの杜　おほねがは　こまつえ
ふたむら山

『歌枕名寄』（『校本歌枕名寄』）には尾張国に、

鳴海　星崎　阿波堤　床嶋　萱津原　夜寒里　松風里

を収める。[註一]

『八雲御抄』に尾張国とある歌枕は、

山　あさか　みやぢ
野　なるみ
里　なるみの
潟　なるみ
浦　なるみの
社　あつたの

である。浦の「なるみ」には「紀歟尾張歟」とあるけれど、紀伊国ではない。
『五代集歌枕』に尾張国とある歌枕は、
あさか山
である。他に国名を記さぬ歌枕として、
なるみのうら　ちたの浦
があるけれども、右は尾張国の歌枕である。
『勝地吐懐編』に尾張国の歌枕として、
亀井寺　呼続浜　鳴海　阿波手浦　熱田　年魚市潟
がある。
『類字名所和歌集』に尾張国の歌枕として、
喚続浜　鳴海　阿波手　熱田
がある。
『松葉名所和歌集』に尾張国の歌枕として、

石田里　星崎　床嶋　音聞山　萱津原　夜寒里　喚続浜　津嶋渡　寝山　成海　打見

黒田里　松風里　熱田　阿波手浦　毛登目嶋

がある。

『類字名所外集』に尾張国の歌枕として、

石田里　伊佐利嶋　星崎　床嶋　知多浦江　小沼田　萱津原　夜寒里　中杜　宇津美　黒田里　松風里　益田社　二村郷　熱田　桜田　求嶋

がある。

『類字名所補翼鈔』に尾張国の歌枕として、

鳴海　潟浦里海浜野神　阿波手浦　杜

があり、他に国名を記さぬ歌枕として、

年魚市潟

がある。

註

一　榊原邦彦他編『尾張三河の古典』（鳴海土風会）参照

二　石田の里

『夫木和歌抄』の里の部に尾張国の「いはたのさと」の和歌として『文応元年七社百首』の藤原為家の

いまよりやいはたのさとの秋かせも夜さむにふけは衣うつらん、

を収める。『松葉名所和歌集』も石田の里を尾張とする。『海邦名勝志』に、

　石田ノ里　　鳴海ノ西入口三王山ノ下松原南ナリ

とあるものの、鳴海以外の地とする書があり、本節で考察したい。諸書の説は次の通り。

一　鳴海

『蓬州旧勝録』『尾張名勝地志』『尾張旧廻記』『尾原集略』『尾張国地名考』『鳴海致景図』『鳴海名所八景和歌』『尾張徇行記』引用の『知多露見』『今昔鳴海潟呼続物語鉄槌誌』

二　井戸田村

『尾張旧廻記』の一説

三　御器所村

『尾張旧廻記』の一説

四　海西郡石田村

『張州府志』『尾張旧廻記』の一説　『日本国誌資料叢書　尾張』

五　中根村

『尾張国地名考』の一説

六　高倉の宮の北

『尾張南方名所記略』

この中で大地名の村名に当るのが四説の石田村で、他は小地名の字名といふことになる。四説の『張州府志』に「石田里」として、

　謹案ずるに。石田の里は尾張の名所にして、何れの所といふ事不㆑詳。或は云㆓愛知郡㆒。又は知多郡にありと云伝

ふ。海西郡石田村は其名久しく。今濃州に属せし八神の郷石田村と地つらなれり。古へは津島の渡より葛木へ懸りて。すのまたへ出侍りければ。是も海道に近き里なれば。歌にも詠せし物なる故に。今海西郡に入侍り。

とある。これについて『尾張国地名考』は「君山翁海西郡の石田也といはれたるは取がたし」と否定する。『張州府志』に「其名久しく」と古い村であることを根拠にするけれど、『尾張徇行記』の海西郡石田村の条に、

一此村落ハ里正書上ニ貞治五年丙午年ニ開基ナリ

とあり、文応元年（一二六〇）より百年以上後の貞治五年（一三六六）の開村である。木曾川の東の岸沿の地で、石田の地名のみは村の草創以前からあつたにせよ、文応元年当時に京都にまで名を知られるやうな土地ではない。四説の可能性は無い。

二、三、五、六説の村の中で『明治十五年愛知県郡町村字名調』に石田の字名があるのは二の井戸田村である。井戸田村は明治七年合併して瑞穂村となつた。同書に拠ると瑞穂村の字名に北石田、南石田がある。同書では御器所村は常磐村であり、中根村は弥富村であるが石田の字名は見えない。但し石田はありふれた地名であり、同書に拠ると愛知県下に百以上の字名がある。石田の地名の有無よりも、それが中央の歌人にまで知られるか否かを問題にすべきである。井戸田村、御器所村、中根村とも京都にまで喧伝される所ではない。『尾張国地名考』は「中根村の山中にありの一説是《ぜ》に近し」とするものの、何も無い山の中の地名では歌枕に成り得ない。熱田の高倉の宮の北とするのも何ら根拠が無い。

一説の諸書の内容は略同じで、鳴海の西入口山王山の下とする。江戸時代以降の東海道は山王山の下を通る。少し南に字石田があり、『慶長十三年鳴海村検地帳』に「いしだ」とある古くからの地名である。江戸時代の村絵図にも見える。平安時代から室町時代までの東海道も山王山を通つてゐて、近くの石田が通行する人々に知られる可能性は多い。

『歌枕名寄』の尾張国の中で、鳴海の和歌は十九首の多きを数へ、半数を超える。他は星崎一首、阿波堤浦四首、阿波堤森三首、阿波堤里一首、床嶋一首、夜寒里一首、松風里一首である。尾張国の歌枕ならば鳴海といふのが和歌の世界の心得となつてゐたのであり、鳴海とすべきである。

「石田」を和歌では「いはた」と詠み字名は「いした」である。『万葉集』の宇合卿の歌の「石田《いはた》の社」、『伊勢集』の「石田《いはた》の森」は京都市伏見区石田内里町の天穗日命神社を指す。鳴海の場合と同じく和歌では「いはた」と詠み、地名は「いしだ」である。

結論として一説の鳴海とするのが適当である。今鳴海町に字石田がある。

三　床　島

『夫木和歌抄』の第二十三巻よみ人しらずに、

題不知　とこしま尾張

君なくてひとりぬるよのとこ島はよするなみたそいやしきりなる

の和歌がある。

『歌枕名寄』の巻十九の尾張国に、

床嶋

君なくてひとりぬる夜のとこの嶋はよするなみたそいやしきりなる

とあり、巻三十六軸外の未勘国部に、

床嶋　或云尾張入之

君なくてひとりぬる夜の床しまはよする涙そはやしきりなる

とある。

『夫木和歌抄』の一本に「懐中　美濃」とするものがあり、『尾張国地名考』に、

〔正生考〕いせの国度会郡の海辺に床島《とこじま》といふあり木ノ国の堺なり

とあって、

一　尾張国

二　美濃国

三　伊勢国

四　未勘国

の四説がある。

内陸に中島、川中島など島の付く地名は多く有るものの、ここは海中の島であらうから、美濃国とは考へがたい。伊勢国度会郡の床島は現在の地図に見えないし、度会郡の小島が和歌に詠まれる必然性が無い。未勘国とする『歌枕名寄』に「或云尾張入之」とあり、『藻塩草』『松葉名所和歌集』『類字名所外集』などの説く尾張国とすべきであらう。

尾張国の何処の地を指すかについては『名所方角抄』に、

衣《ころも》の浦　なるみより五六里辰巳なり　非海道故不及一見　名寄にみえたり　床嶋と云も此浦近し　のまのうつみなと云所近きうら也

とし、尾張国と三河国との間で、知多半島の東の衣の浦の近くにあるとする。衣の浦は知多半島の東側である。野間の内海は知多の西側であり、ここに近いと云ふところから西側と考へられる。

『尾原集略』に、

床嶋　知多浦なり

とある。『万葉集』の巻七に、

年魚市潟干にけらし知多の浦に

朝漕ぐ舟も沖に寄る見ゆ

とある。年魚市潟は鳴海潟の旧名で、知多の西側であるから、『尾原集略』も床島を知多の西側としてゐる事になる。

『張州府志』に床島につき、

常滑をいふなるべし。

とし、『尾張志』も、

常滑なるべし

とするけれども、地名の頭の「とこ」が共通する事に着目したに過ぎず、何ら根拠を挙げてゐない。

『張州雑志』の「床嶋」の条に、

土人伝云鬼か崎より常滑まで半里斗の間を床取りの瀬と云磯より二十町或八十町余沖にあり是床嶋ならん歟内海に近し

と具体的な伝承を記してゐる。

『知多郡史』に収める『知多郡大野庄大野村由緒書』にも同じ内容の伝承を記す。

知多半島には沖合に篠島、日間賀島、佐久島があるのみで、他に小さな島も無い。これは小島であつた床島が地盤沈下などで瀬になつたものと考へれば説明が出来る事にならう。

結論として、床島は尾張国の歌枕であり、知多の西側にあつた。鬼ケ崎辺にあつたと云ふ床取りの瀬はその名残であらう。

四　田楽がくぼ

『あつまの道の記』『群書類従』　巻第三百三十九

　てんがくがくぼといへる野をゆけば。山だち出るよし申て。いぶせくおどされて。

　　あふれたる山たちともかいてあひて串刺やせん田楽かくほ

として「田楽かくほ」の地名が見える。『あつまの道の記』は天文二年の仁和寺僧正尊海の都より東国への紀行である。

田楽がくぼは古い時代の作品には見えない。永禄十年の紀巴『富士見道記』に、

廿四日。くらかけといふ城をも出羽守知れる所なれば、十里に少し不レ足道。こゝろの儘にて。田楽がくぼとて。おだしからぬ山の峠などに。迎数多待せけるをもかへして、三河の堺川を前なる社福寺に入て。廿五日所化あまた有。

とある。『群書類従』巻第三百三十九に拠る。「くらかけ」は「くつかけ（沓掛）」の誤、「社福寺」は「祐福寺」の誤である。「おだしからぬ山の峠」とは二村山を指す。『張州府志』の二村山の条に「土人云。今名二嶺山一」とあり、『尾張徇行記』は嶺山を「ミネヤマ」と訓むものの、『尾張名所図会』に「土人《どじん》これを嶺山《たうげやま》とよぶ」とあり、『蓬東大記』の二村山の条に『峠ノ地蔵山』とあり、二村山を峠、峠山と呼ぶ事が行はれた。

『名所方角抄』に、

又鳴海の里を行ハ藍原宿を過て田楽《てんかく》か窪《くほ》と云野を過て沓かけを下て一里斗東に川有

とあり、藍原（相原）と沓かけ（沓掛）との間に田楽がくぼがある事になる。

『尾張国地名考』の鳴海山の条に、

さて鳴海山のうちに田楽が窪娵が茶屋祐伝水など呼る名所ありみな旧道の内也

とある。

ここに云ふ旧道とは京と東国とを結ぶ交通路の古代の東海道であり、俗に云ふ鎌倉海道を指す。娵が茶屋（嫁が茶屋）は鳴海宿より西の京寄りの地にあり、田楽が窪は鳴海宿より東の東国寄りの地になる。

豊明市沓掛町に田楽ヶ窪の字名がある。『愛知郡豊明村誌』の田ヶ窪陣址の条に、

字峠下ニ在リ二村山西南ノ塙埒ニシテ此地ヲ田ヶ窪ト称ス今俗誤テ田ケ坪ト云

とある。今は二村山の頂附近が字峠前でその南が字田楽ケ窪である。字田楽ケ窪は山の中腹以下の地で、特に窪地ではない。

古い道筋は相原から東に向ひ、字八ツ松から山になる。二村山の手前までが鳴海地であり、この間で窪んだ地と云ふと、今濁池となつてゐる所しか無い。『尾張国愛知郡誌』の濁池の条に、

縦弐百拾九間横百六拾間面積壱万弐千九百拾五坪周囲拾壱町拾六間あり

とあり、東西に広い。南が谷となつた廻間で、南に堤を築いた人工の池である。近頃の道筋は池の南の堤の上を通つてゐるものの、池の築かれる前は窪地に降りてから登る必要があり、田楽ヶ窪の地名が強く意識されたのであらう。濁池は字峠下となつてゐて田楽ケ窪ではないが、少しずれたのであらう。

この辺の村の溜池は新田開築に伴って築かれたものが多い。濁池はそれよりは古いものと思はれるが年代は伝つてゐない。濁池の今の所在地は豊明市間米町である。間米町は江戸時代間米村であるが、池の北側は全て鳴海地である。明治初年の「鳴海村絵図」では池の北半分を鳴海村地とし、池の南半分を間米村地とする。従って濁池の地の古い地名田楽ケ窪が鳴海山の内とする『尾張国地名考』の説と合致してゐる。

結論として田楽ケ窪は鳴海、相原、二村山、沓掛と通る古代の東海道（俗に云ふ鎌倉海道）の道筋にあり、今の濁池

の辺一帯である。池の築かれた前は南に開かれた廻間であり、田楽ケ窪と呼んでゐた。字名は少し位置がずれたものの今も用ゐられてゐる。

五　衣　浦

赤染衛門集　榊原家本

返し

けふ聞を衣のうらのたまにしきたちはなるをも香をは尋ん

赤染衛門集　書陵部本

八講するてらはゝにをとこなうなりたる女ともしにて、いみしくなくかあはれなりしかは

袖のうへにかくしほとけき玉ならはころものうらもかくやぬるらむ

と赤染衛門集に衣の浦を詠む二首の和歌がある。他に山家集、唯心房集、如願集などの歌集に見える。

衣の浦の所在に就いては、

一　未勘国

『類字名所和歌集』『類字名所補翼鈔』『松葉名所和歌集』

二　尾張国

『歌枕名寄』『尾張名所松炬嶌』『名所今歌集』『尾張和歌名所考』『尾張南方名所記略』『尾張名勝地誌』『尾張名所和歌集』『和漢三才図会』『東海道名所図会』『尾原集略』『尾張徇行記』『尾張志』『張州府志』

三　三河国

『夫木和歌抄』

など諸説がある。

殆どの書が尾張国とする。尾張国の何処かに就いては、

イ　横須賀（東海市横須賀町）

『尾張和歌名所考』

○衣乃浦　横須賀村の浜辺むかしの衣乃浦也ト云〻

とあり、『衣裏千鳥集』や『尾張南方名所記略』にも見える。

ロ　知多湾（尾張国知多郡の東浦町、半田市と三河国碧南郡の刈谷市、高浜市との間を北部とする）

『名所方角抄』

衣《ころも》の浦　なるみより五六里辰巳なり　非海道故不及一見　名寄にみえたり

『増補大日本地名辞書』

衣浦《コロモ》は、宗祇方角抄に、鳴海より五六里辰巳の方なるべしとありて、今の知多湾の一名なりと云ふ。

とあり、鳴海より五六里東南ならば横須賀では有り得ない。横須賀は鳴海の真南で距離も二里程しかない。『名所方角抄』に拠り知多湾北部と認めるべきである。

衣の浦の北方に三河国賀茂郡挙母《ころも》郷がある。『類聚和名抄』に東加茂郡と西加茂郡とに分れ、挙母は西加茂郡である。古事記に許呂母之別、衣君が見え、その本貫の地である。地名としては挙母とも衣とも書く。

『歌枕名寄』の三河国衣里の条に、

たちかへりなほみてゆかむさくら花衣のさとににほふさかりは

他二首の和歌を収める。

衣の里に対し、南方に衣の浦がある訳で、衣の浦は知多湾北部とすべきである。横須賀村に馬走瀬の地名があった事は諸書に見え、確かめられるが、衣の浦が横須賀村であるとする説は何も根拠が無い。

『歌枕名寄』に、

　程ちかくころもの里はなりぬらむ二村山をこえてきつれば
　　右二村山を越えて衣の里をみやりてよめる

の和歌を収める。

二村山は鳴海町と豊明市とに蟠踞し、頂きは豊明市の西端になる。ここから眺めれば東北に衣の里、東南に衣の浦を一望に収める事が出来、衣の里と衣の浦とが一帯のものとして悟られる。

結論として衣の浦は尾張国知多郡と三河国碧南郡との間の知多湾を指す。

六　松風の里

夫木和歌抄の雑部十三、里に、

　題不知　懐中　まつかせの里　尾張
　松かせのさとにむれゐるまなつるは
　　ちとせかさぬる心ちこそすれ

がある。静嘉堂文庫蔵本では第四句「ちとせかさぬる」とあり、書陵部蔵本、北岡文庫蔵本は「ちとせかさなる」である。

歌枕名寄の尾張国の部にも、

　松風里

まつかぜの里にむれゐるまなづるは
千とせかさぬるこゝちこそすれ

とあり、著者他編『尾張三河の古典』（平成八年四月　緑区鳴海町字作町六六　鳴海土風会）に収めた。

尾張国の何処の地かは諸説がある。

一　知多郡大高村（名古屋市緑区大高町）
尾崎久彌「元禄時代の尾張の地名」（「江戸文學研究」二巻十二冊　昭和五年十二月）　尾崎久彌『名古屋史蹟名勝逸聞』（昭和十四年）　尾崎久彌「名古屋附近の歌枕」（「無閑之」二七号　昭和十四年四月）

二　知多郡横須賀村（東海市横須賀町）
『張州雑志』の一説　『海邦名勝志』の一説　『尾原集略』の一説　『熱田之記』の一説　『尾張名勝地志』の一説

三　愛知郡牛毛村（名古屋市南区鳴尾）
『鳴海旧記』（なるみ叢書　第三冊　鳴海土風会）　『愛知郡村邑全図』の牛毛荒井村図　『塩尻』巻六十七　『尾張国地名考』の松平君山説　『熱田之記』の一説

四　尾張国星崎（名古屋市南区）
『和漢三才図会』

五　知多郡名和村（東海市名和町）
『洗濯碓』

六　愛知郡新屋敷村（名古屋市南区鳥栖町他）
『鳴尾村史』

七　愛知郡戸部村（名古屋市南区曾池町、戸部町他）

『大磯』

八　愛知郡山崎村（名古屋市南区呼続元町他）

『尾州村々証文留』『東海道宿村大概帳』『天保十二年愛知郡山崎村図』『愛知郡山崎村往還通小道図面』『熱田宮雀』『尾陽雑記』

九　愛知郡熱田村正覚寺、鈴の宮辺（名古屋市熱田区伝馬）

『厚覧草』『熱田町旧記』『熱田之記』の一説　『栩々園随筆』『にごり水』『続下学集』『尾張名勝地志』の一説　『東海道名所図会』『尾張旧廻記』『張州雑志』の一説　『尾張国地名考』『塩尻拾遺』十八巻、『松濤棹筆』『尾張名所図会』『熱田宮旧記』『海邦名勝志』

十　愛知郡厚田村東浜御殿（名古屋市熱田区内田町）

『張州雑志』の一説　『熱田之記』の一説　『張州雑志』の一説　『尾張名勝地志』の一説　『尾張南方名所記略』

他に『名所方角抄』に、

星崎と云ハよひつきと鳴海との間也東には網有西南ハ海辺也夜寒の里松風ハ西よりに一むらあり浦ちかく両所共にみえたり

とあり、四の星崎説となる。星崎には本地村、南野村、荒井村、牛毛村の四村が含まれる。従って四の星崎説の中には、三の牛毛村が入る。『尾張名所記』（『尾張大根』）に、

又星崎と鳴海とならひ夜寒の里松風の里ハ西の方にある村となむ

も同じ地を言ふものであらう。『塩尻』巻五十二の尾南略図に「星崎浦　星崎庄　松風里　夜寒里」を併記してゐる。

『尾張徇行記』南野村条の尾陽愛知郡南野保正行寺記に「東南之邑曰松風、千尺之蒼官、万頃之銀濤」とあるのは牛毛村を指すのであらう。

尾崎久彌「元禄時代の尾張の地名」（『江戸文學研究』二巻十二冊、昭和五年十二月）に、

松風は、紹巴の紀行には、今の大高だとしてをります。即ち大高城の事をいふに、城は松風の里にしてというてをります。

とあり、他の稿にも同趣旨の事が見える。

里村紹巴の『富士見道記』の永禄十年八月十八日条に、

十八日。大高城より水野坊州舟を加藤庭にをし入たり。図書助の舟二艘ならべたるに。嘉祐家亭主盃とりみだしいそぎけるに。思ふかたの風吹て。舷をたゝきてうたひかはし。大高に入。銘城にて。唐人伝詩をくりし所也。城は松風の里。麓は呼続の浜なり。仙庵を川より来迎給へば。

呼続の浜辺や霧に渡し舟

とあり、大高城を松風の里とする。

大高城は拙著『緑区の史蹟』（鳴海土風会）九九頁に、

永正六年の久米家文書に「大高城主花井備中守」とあり、大高城の築城がそれまでに為されてゐた。天文十二年の久米家文書に「大高城主水野大膳亮」とあり、天文頃から水野氏が城主となつた。

と記した。緑区大高町字城山の地である。

『名所方角抄』の成立は『富士見道記』と略同時代のやうである。従つて室町時代には星崎と大高との二ケ所に松里の里があつた事になる。

星崎四ケ村の位置は本地村が最も北にあり、その南に南野村がある。南野村の南の東寄りに荒井村があり、南野村

の南の西寄りに牛毛村がある。

星崎四ケ村の中で星の宮（榊原邦彦「東海道名所記解釈の問題点　第七回」「解釋學」第三十輯　平成十二年十一月、参照）の鎮座する本地村の成立が最も古い。

『愛知県神社名鑑』の星宮社条に拠ると舒明天皇九年（六三七）創祀で、村の成立は古い。本地村の本村に対し南に出来た村が南野村である。

南野村は南朝の忠臣山田次郎重忠が領主で、光照寺、正行寺、市杵島社を創建した。光照寺は建保元年（一二一三）の創建、正行寺は建保五年（一二一七）の創建と伝へられる。

本地村より南野村の土地が低く、南野村より荒井村、牛毛村の土地が低く、低い村ほど成立が新しいと思はれる。南野村の新田の堤の喚続堤の築立が大永三年（一五二三）と伝へられる。荒井村、牛毛村の成立がそれを溯るとは考へがたい。

荒井村の若宮八幡社と牛毛村の天王社（今は牛毛神社）とは前々除であり、慶長以前の創祀であるが、溯っても室町時代後期であらう。荒井村の西来寺は天文年中に鳴海に創建した寺を後年この地に移したもの。牛毛村の地蔵寺は『尾張徇行記』に正保二年（一六四五）の創建とあるが、大阪城落城の落武者が槍で突いて割れた石地蔵を安置したと伝へられ、神社、寺院共に古いものが無く、村自体も古いとは考へられない。

牛毛村の隣にある鳴海伝馬新田は寛文十二年（一六七二）の築立である。共に天白川の下流の地にあり、古くは鳴海潟の入江であつた。牛毛村が鎌倉時代以前から存在してゐた可能性は乏しい。

牛毛村の鳴尾の松を松風の里の松と呼んだと云ふが、江戸時代に入つてから築かれた天白川の堤防にあつたもので、鎌倉時代に成立した『夫木和歌抄』の和歌に詠まれたとは考へ難い。三の牛毛村説は適当でない。

四の星崎説が妥当であるが、牛毛村、荒井村を除くと星崎には本地村と南野村とがある。本地村が星崎の本郷であり、古くからの名所も存在してゐたのであらう。

『名所方角抄』に「西より」とあり、本地村の西にあつた筈で、『尾張名所記』の記事も同じ事を言ふ。

星崎と大高とは間に天白川、扇川を挟み指呼の間にある。大高城が築かれた後に、星崎の松風の里を大高に及して、大高城も松風の里と呼んだのではないか。『富士見道記』に大高城の麓を呼続の浜とするけれど、これも鳴海から熱田の間の呼続の浜を大高に及したもので、他に大高を呼続の浜とした書は無い。星崎、大高以外の地は後世の説に過ぎず、根拠となる文献が無い。

結論として、松風の里は星崎四ケ村の一つ本地村の西の浜にあつた。星崎に近い大高に及して言ふ事もあつた。江戸時代に入り、星崎の地にあつた事が忘れられ、山崎村、熱田村などに考へられる事があつた。

七　根　山

俊頼の『散木奇歌集』（書陵部本）に、

　　山中郭公

二四二　郭鳥おのかねやまのしるしはにかへりうてはやおとつれもせぬ

があり、俊恵の『林葉和歌集』（神宮文庫本）に、

二四五　ほとゝきすをのかね山に尋来て聞をりさへの一声やなそ

があり、「ねやま（ね山）」を和歌に詠む。

『夫木和歌抄』に従三位行家の、

　つれてゆくね山もしらぬしら鳥のさきのよもうき身のちきりかな

を載せ摂津とし、『歌枕名寄』は寝山を未勘国に入れる。しかし『藻塩草』、『松葉名所和歌集』は尾張とし尾張国と

する説が有力のやうである。『張州府志』に俊頼の家集には尾張国の山の名とばかり記すとし、『尾張徇行記』もそのまま引く。

尾張国のどこに在るかにつき諸説がある。

一　熱田

『張州府志』『尾張志』

二　熱田断夫山

『尾張名所図会』一説　『東海道名所図会』

三　熱田の白鳥山

『張州年中行事鈔』『尾張南方名所記略』

四　愛知郡中根山

『小治田之真清水』『尾張国愛知郡誌』『尾張徇行記』『尾張名所図会』一説

五　葉栗郡斧根山

『張州府志』引用の一説

六　小牧

『尾原集略』一説　『尾張名勝地志』一説

七　知多郡

『尾張名所和哥集』

八　春日井郡吉根山

『尾張和歌名所考』一説

どの説も全く根拠を挙げてゐない。四、五、八は「根」が付く地名といふだけである。何らかの拠り所に基づき考へて行くべきである。近頃の書として根山を取上げたものに『名古屋の街道』所収の市橋鐸「文学に現れた街道」がある。

　ここも熱田、中根山、葉栗郡などいろいろな説があるが、尾張の国のうちらしいということになっている。

と述べるのみである。

『名古屋叢書　三編』　第九巻　松濤棹筆　三　尾陽視聴合記に、

　一　北条の時、美濃国洲俣、黒田、小熊の宿より尾張国清洲・下り津にうつり、萱津の宿・阿波手の杜・甚目を経て古渡に出。音聞山・床さふ常寒畷・鶯のもり・桜田・野並なんと云所を見ワたし、熱田七社を神拝し、玉の井の森・鮎市潟・細引の浦・星崎・呼続の浜・松風里・夜寒・井戸田の里・笠等なるみの松姤嶋を打過て、相原の宿に至り、根山・二村山にかゝり

とある。

「北条の時」とあり、鎌倉時代の東海道（俗称鎌倉海道）の道筋を美濃国の東の端から始め、尾張国の西の端から東の端までを述べたものである。

大摑みに言ふと、萱津から古渡に出て熱田を通り鳴海に到り、相原を経て二村山を越え、尾張国と三河国との国境である境川を渡つて三河国に入る。萱津から古渡までと、鳴海から境川までとは道筋がほぼ一筋である。古渡からは熱田を通らずに鳴海に出る道筋がある。熱田から鳴海の間は潮の満干の状況や時代による海の変化などのため幾筋もの道筋があり、多くの地名が記される結果となつた。詳しくは榊原邦彦「熱田鳴海の鎌倉街道」『熱田風土記』巻七（昭和四十八年四月　久知会）又は『熱田風土記』中巻（昭和五十五年五月　久知会）参照。

さて「相原の宿に至り、根山・二村山にかゝり」とあるので、根山は相原と二村山との間の鳴海にあることになる。

鳴海宿は江戸時代東海道の四十番目の宿として名高い。室町時代以前に於ても『吾妻鏡』建久元年（一一九〇）や建長四年（一二五二）の条に「鳴海」と見え、宿が成立してゐた。

相原は鳴海の中であるが、『本朝武林伝』に拠ると、建武四年（一三三七）に足利尊氏が本多右馬允助定に粟飯原郷を与へたとあり、独立した村並に扱はれてゐる。慶長十三年（一六〇八）の備前検地では相原村として発足した。鳴海中心部より東にあり、周囲は鳴海村地であつた。『名所方角抄』に、

又鳴海の里を行ば、藍原宿を過て、田楽が窪と云野を過て、沓かけを下て一里計東に川有。是まで尾張也。

とあり、ここでも相原を宿としてゐる。相原、粟飯原、藍原は同じで表記が異るのみ。

二村山は鳴海と沓掛との間にある海抜七十二米の山で古く東海道が通って居た。

根山の地名は鳴海に残つてゐない。類似の地名として「根」の付く地名は大根、三高根、高根など多いが、相原と二村山との間では細根がある。相原の南に扇川が西流し、その対岸の高地が細根であり、周囲より一際抜きんでた山として、相原から出て二村山へと街道を進む時よく目立つ。『東海道分間延絵図』に「字細根」とあり、古くから著名な地名である。

『小治田之真清水』に「ホソ子山」とあり、『安政以前鳴海村絵図』に「細根山」とあり、「細」が省かれれば「根山」となる。村絵図に「細根山」は多い。

細根山は芭蕉の弟子下里知足により小山園といふ名の別荘が営まれ、細根山小山園として江湖に名を轟かせた。江戸時代の前期であり、時代は降るものの古くより細根山が東海道を往来する人の評判となり、都にまで名の伝るほどの山であつたが故に鳴海宿からかなり離れたこの山に小山園が造成され、芭蕉が来遊する所にもなつた。細根山については永井勝三『細根山小山園考』（なるみ叢書　第十二冊　名古屋市緑区鳴海町字作町六六　鳴海土風会）に詳しい。『尾張名所図会』に細根山の全景の絵が収められてゐる。

結論として、根山は鳴海の細根山（鳴海町字細根）であらう。根山を他の各地とする諸説は一つとして根拠を示さず、可能性が殆ど無いと思はれる。

唯一つ文献にはつきりと場所を示すのは『尾陽視聴合記』の（鳴海の）相原と二村山との間とするもののみである。その間の南方には街道を通る人に目立つ細根山があり、旅人を通して都にまで喧伝され歌枕となつたのであらう。

八　呼続の浜

新後拾遺和歌集　巻第八　雑秋歌

熱田の亀井の寺に住み侍りける時にあまた詠み侍りける歌の中に浜千鳥を

厳阿上人

鳴海潟夕浪千鳥立ちかへり
友よびつぎのはまに鳴くなり

尾崎久彌「名古屋附近の歌枕」（「無閑之」第二七号）に、

○呼続の浜（夫木になし）

市内南区呼続町一帯。

吉野時代よりいふか。

熱田円福寺住たりし厳阿上人の歌「鳴海がた夕なみ千鳥立ちかへり友呼続の浜になくなり」（新後拾遺和歌集に入る）最も古きが如し。

とある。呼続の浜が名古屋市南区呼続町一帯である事と、厳阿の和歌が呼続の浜を呼んだ最古の和歌かとの二つの事について述べる。

『氷上宮御本起之書紀』に、
　亦後之御歌曰、用比都疑能、波麻波登袁美能、宇良都多比、多那許々呂須流、袁登蘇宇礼斯幾
と宮簀媛命の歌が収められてゐる。万葉仮名を翻字する。
　亦後の御歌に曰く
　　よひつぎの　はまはとをみの　うらつたひ
　　　たなこゝろする　をとそうれしき
である。呼続の浜が詠まれてゐる。
　本書の底本は巻子本で久米家の旧蔵本である。久米家は宮簀媛命に仕へた久米（久目）長を始祖とし代々氷上社の神主として奉仕した。この歌は『氷上山神記』にも収める。両書とも書写年代は江戸時代であらうが、久米家に伝承されてゐた古い歌を留めてゐて貴重である。この歌を呼続の浜を歌った最古のものとすべきか。
　次に呼続の浜は何処を指すかにつき考へたい。
　明治十一年に、山崎村、桜村、新屋敷村、戸部村が合併し千竈村となり、戸部下新田など十二新田が合併し豊田村になった。明治二十二年に両村が合併し呼続村となった。呼続町はこの名を嗣ぐもので南区の北半分、熱田寄りの地である。名古屋鉄道本線の呼続駅が神宮前駅の南二つ目の駅としてあり、一般に呼続は熱田寄りの地として考へられがちだが、呼続町の地名は古来の呼続の一部に名付けられたものに過ぎず、とらはれすぎると誤認する事となる。
　古来呼続の浜について諸説が多い。
甲　熱田の近くとする説
　一　熱田より山崎まで
『厚覧草』『熱田之記』『張州雑志』『金鱗九十九之塵』『熱田宮旧記』『尾張南方名所記略』『尾張名勝

地志』一説　『名古屋南部史』

二　高倉の北より山崎まで

『張州雑志』一説

三　熱田近き方

『尾張大根』『熱田宮雀』『熱田町旧記』

四　山崎村

『尾州村々証文留』

五　熱田より戸部村

『熱田旧記雑録』

六　山崎、戸部村の浜

『尾張名所和哥集』『鳴海古哥集』

乙　熱田よりやや南までとする説

七　熱田より笠寺まで

『東海道名所図会』

八　呼続駅より本笠寺駅まで

『愛知県地名大辞典』

九　熱田より星崎まで

『尾張旧廻記』

丙　広く指すとする説

十　熱田より知多浦まで
『張州雑志』一説　『尾原集略』　『尾張名勝地志』
十一　熱田より鳴海まで
『和漢三才図会』　『海邦名勝志』　『張州雑志』一説　『鳴海旧記』　『尾張志』　『尾張名勝地志』一説
十二　鳴海潟の惣名
『補訂張州府志鳴海村書上』　『尾張志鳴海村書上』　『鳴海村古事記』
丁　ある地を指す説
十三　大高城の麓
『富士見道記』

熱田の亀井の寺とは熱田区神戸町の円福寺である。従って熱田は含まれるとし、何処まで先を指す地名かといふ事が問題になる。

熱田のすぐ南の山崎村まで
一　二　三　四
山崎村の南の戸部村まで（呼続町まで）
五　六
戸部村の南の笠寺村まで
七　八
笠寺村の南の星崎村まで
九

　　　　鳴海潟
　　　　　十　十一　十二　十三
となる。

　熱田に近い所、とりわけ熱田のすぐ南の山崎村辺とする説が多いのは熱田で詠んだ和歌といふ事で近い所を想定したのであらう。しかし熱田より離れた遙か南方を呼続と呼んだ証拠が多く存在する。

喚続神社

南区星崎町殿海道に鎮座する神社庁十級社の神社である。江戸時代は南野村であつた。喚続は「よびつぎ」と読む。創建は大永三年（一五二三）で、『寛文村々覚書』『張州府志』『尾張徇行記』には「神明」「神明祀」とのみあるが、『尾張志』に「喚続神明社」とあり、古くから喚続（呼続）と呼ばれてゐた事が判る。
『南区神社名鑑』所収の喚続社由緒に拠ると、
　喚続浜と称する此の地は潮の満ち引き甚だしく築堤の決壊多く是れが完成の加護のため伊勢大神宮に祈願して神札を奉迎して守護の祈願に依り築堤竣工を見ゆるをもつて
とあり、この地に喚続浜がある事を述べる。

呼続堤

荒川泰市他『喚続神社とその周辺』に、
　喚続神社を中心に昔の南野村を考えるとき、まず重要な事項は喚続堤の築堤であろう。その時期は大永三年と伝えられる。この堤は土堤で石垣を使用していないので古い型式のものであることは間違いない。
とある。
今の南区全域に堤を築き新田としたと云ふが、南野村に喚続堤（呼続堤）の名が残る事は、山崎村の辺のみに呼続の浜を限る事の不可なる事を証する。

呼続地蔵

南区鳴尾一丁目の地蔵寺。江戸時代の牛毛村で南野村の南、天白川沿にある。『鳴海瑞泉寺史』に、

地蔵寺は、以前地蔵堂と称し、地蔵菩薩を本尊とした。当時、鳴尾町あたりを呼続浜といったため、呼続地蔵ともいわれ

とあり、「地蔵寺由緒」には呼続の浜に立ってゐた地蔵菩薩を大城落城の落人新藤半兵衛が鎗の石突で突いたとある。

呼続、呼続の浜の呼称が用ゐられた証拠は南区の南半分に集中して伝へられてゐるのである。

阿仏尼が熱田の宮に来て詠んだ和歌五首が『十六夜日記』に収められ、その中で三首まで「なるみがた」を詠込んでゐる。即ち熱田から鳴海までの海は皆鳴海潟である。鳴海の近くのみに鳴海潟を限るのはひどい謬見である。

『万法宝蔵一切大成』の天和三年（一六八三）の文書に師崎前より桑名前まで鳴海潟として、親村鳴海村は勿論、星崎村、荒井村の者は自由に藻草を採ったとあり、正徳三年（一七一三）の文書に、鳴海潟は熱田前より知多郡の浦々までであるとし、尾張藩も承認してゐた。鳴海潟は伊勢湾北部全体の呼び名であった。

右の故に呼続の浜を狭く限る甲説、乙説は誤であり、鳴海潟一帯につき呼続の浜とすべきである。十、十一、十二は同内容であり、言ひ方が違ふに過ぎない。十三は広い鳴海潟の一部について言ったもので、他を排除する説ではなく、十、十一、十二に包含される。

鳴海の海が和歌に詠まれる場合は、「鳴海潟」「鳴海の浦」「鳴海の海」と詠まれる。「鳴海の浜千鳥」「鳴海の浜荻」「鳴海の浜楸」はあるものの「鳴海の浜」は目立たない。鳴海は海以外にも「鳴海の野辺」「鳴海の里」「鳴海の上野」「鳴海野」と広く詠まれてゐる。

呼続は鳴海の一部であるが、厳阿の和歌が勅撰集に入って有名になったせいで後に呼継の浜に限定して和歌に詠ま

れる事になつた。

結論として、呼継の浜は鳴海潟の浜を言ひ、厳阿の和歌からは熱田寄りの地と考へられて来たがそれは誤で、寧ろ種々の伝承は熱田から離れ、鳴海寄りの南区南部の地に多く残つてゐる。鳴海潟の浜全体について言つたものである。

九　年魚市潟　鳴海潟

年魚市潟及び鳴海潟は尾張国の歌枕の中で最も著名なものとして人口に膾炙するものの、実地についての説明は従ひ難いものが目に付く。

吉田東吾『増補大日本地名辞書』に、

年魚市《アユチ》潟址　今熱田の内港より、北へ彎入せる一江なりしならん、故に熱田港を以て此遺跡と為すも不可なし。

とある。熱田区と瑞穂区との間の低地を精進川が流れ海に注いでゐた。今は改修し新堀川とした。昔は入江であり、年魚市潟と考へたものである。同書に、

鳴海《ナルミ》潟址　全く後世陸地と為り、旧形を詳にする能はず、蓋笠寺、星崎の南にあたり、大高の北、天白川の末に一江湾ありて、之を鳴海潟と称したる也。

とある。緑区と南区との間に天白川が流れ海に注いでゐる。昔は入江であり鳴海潟と考へたものである。

要するに年魚市潟は熱田のすぐ東の入江のみに限り、鳴海潟は鳴海のすぐ西の入江のみに限つて想定してゐるものの根拠が無い。

この考へ方は古くからあり、『張州雑志』巻二十四に「年魚市潟　熱田ノ海浜総而テ曰フ二年魚市潟ト一」とし、年魚市潟図として熱田神宮境内、浜鳥居、精進川、裁断橋、築出鳥居を描く。

万葉集　巻第三　二七一　高市連黒人

桜田へ　鶴鳴きわたる　年魚市潟
　潮干にけらし　鶴鳴き渡る
万葉集　巻第七　一一六三　作者不明
年魚市潟　潮干にけらし　知多の浦に
　朝こぐ舟も　沖による見ゆ
尾張国熱田太神宮縁記　日本武尊
年魚市潟　火上姉子は　吾来むと
　床去るらむや　あはれ姉子を

年魚市潟はこれらの和歌に依り広く世人に知られる。しかしながら平安時代以降では激減し、殆ど詠まれなくなった。古今和歌集に始まり、新古今和歌集初出歌人に至るまでの平安時代和歌を対象とした地名索引の『平安和歌歌枕地名索引』に拠ると、

あゆちがた　　二首（古今六帖一首　林葉集一首）であり、一方
なるみ　　四首
なるみがた　　十九首
なるみのうら　十八首
なるみのの　　二首

と鳴海は多数の和歌に詠まれた。

年魚市潟を詠んだ後代の僅な和歌は、宗尊親王や覚性法親王、光俊らの和歌がある。何れも万葉集の影響を受け万葉集の中の語を取入れて詠んだに過ぎず、実地に即しての和歌ではない。近世の和歌も擬古的な作品である。

尾張国熱田太神宮縁記　日本武尊
なるみらを　見やれば遠し　ひたかちに
この夕汐に　渡らへむかも
氷上宮御本起之書紀　宮簀媛命
なるみかた　汐干に見ゆる　おきの草
いく汐染めて　こきと言ふらむ
いほぬし　　増甚法師
おはりなるみのうらにて。
かひなきは猶人しれすあふことの
遥なるみのうらみ成けり

『氷上宮御本起之書紀』の歌は『氷上山神記』にも収める。「八　呼続の浜」で記した通り、両書とも書写年代は江戸時代であらうが、久米家に伝承されてゐた古い歌を留めてゐて貴重である。「なるみがた」を詠んだ歌は勅撰集では『新古今和歌集』以降に見える。増基法師は平安時代初期の村上天皇の御代の歌僧で、この歌は「後拾遺和歌集」にも入つてゐる。

「あゆち」は尾張国の郡名として「年魚市郡（日本書紀）」、「愛知郡（続日本紀）」として古くより用ゐられ、尾張の海を「あゆちがた」として示したが、後になると主に大地名の郡名として用ゐられ、海を示す地名には専ら「なるみがた」が用ゐられるに至つた。

年魚市潟は上代に用ゐられ、鳴海潟は主に平安時代以降に用ゐられ、時間的な用法の違ひがある。鳴海潟が東で、年魚市潟が西であるといふやうな空間的な違ひではない。時代で変つた事を考慮しないと、何故平安時代以降に実質上年魚市潟が和歌に詠まれなくなつたのか説明出来ない。年魚市潟の名が消えたのであり、海がなくなつたのではない。

『八雲御抄』に「あゆち潟」を紀伊国と誤り、「なるみ潟」を尾張国と正しく記すのは、当時あゆち潟の地名が消滅し所在さへ判らなくなつてゐた事を示す。

　　海道記

八日、萱津を立ちて、鳴海の浦に来りぬ。熱田の宮の御前を過ぐれば、示規利生の垂跡に跪きて、一心再拝の謹啓に頭を傾く。

『和名類聚抄』に「浦」は「大川旁曲渚、船隠レ風所也」とあり、「潟」は「海浜広潟」とあり別語であるが、鳴海潟でも干潟ばかりを詠むとは限らず、鳴海の浦を詠んでも「汐干潟」を詠み合せる歌もあり、鳴海の浦と鳴海潟とでさほど区別が認められない。『八雲御抄』に載せるものでは浦が潟より遥かに多く、明石や鳴海は浦、潟の両方に見える。

『海道記』の文意から熱田神宮の前は鳴海の浦（鳴海潟）である事が明らかである。

　　東関紀行

この宮を立ちて浜路に赴く程、有明の月影更けて、友なし千鳥時々音信れわたり、旅の空の愁、心に催して、哀れかたがた深し。

　　故郷は日を経て遠く鳴海潟急ぐ潮干の道ぞくるしき

「この宮」（熱田神宮）を立つた所が鳴海潟である。

　　とはずがたり

尾張の国熱田の社に参りぬ。（中略）御垣のうちの桜はけふ盛りとみせがほなるも、誰がためにほふ梢なるらん

とおぼえて、

春の色もやよひの空になるみ潟いま幾ほどか花もすぎむら

社の前なる杉の木に、札にて打たせ侍りき。思ふ心ありしかば、これに七日こもりて、また立ち出で侍りしかば、鳴海の潮干潟をはるばる行きつつぞ、社をかへりみれば、霞の間よりほのみえたる朱の玉垣神さびて、

熱田神宮で鳴海潟の和歌を詠んでゐるし、鳴海潟から社の建物を振返つてゐて、熱田のすぐ東は鳴海潟である。この他にも熱田の海を鳴海潟とした和歌や紀行文は多い。一方年魚市潟は漠然と詠むだけで、地域を指定出来るものは全く無い。

『万法宝蔵一切大成』の天和三年（一六八三）条に「惣名鳴海潟と申候へハ、師崎前ゟ桑名前迄」とあり、正徳三年（一七一三）条に「鳴海之儀は、熱田前ゟ見渡シ、西南知多郡浦々海つら、惣名鳴海潟と、古来ゟ申来り候」とあり、伊勢湾の北方全体を鳴海潟と呼んだ伝統が江戸時代にまで引継がれた。

結論として、年魚市潟は上代のみに用ゐられた。平安時代以降は年魚市潟に代つて鳴海潟（鳴海の浦）が専ら広く用ゐられた。伊勢湾北方の海全体を指し、熱田から鳴海までに言ふ。熱田の前も鳴海潟に含まれ、鳴海方面に限られたものではない。同じ海を上代に年魚市潟と呼び、主に平安時代以降に鳴海潟と呼んだとするのが正しい。

第十七章　『鳴海百首和歌』翻刻

『歌枕名寄』に見える尾張国の歌枕は七項目で、

鳴海　　二十三首　　星崎熱田　　一首
阿波堤　　十二首　　床島　　一首
萱津原　　一首　　夜寒里　　一首
松風里　　一首

と鳴海の和歌が半数を超えてゐる。

近頃刊行された『日本文学地名大辞典　詩歌編』（平成十一年八月　遊子館）の歌枕地名索引の尾張国に阿波手の杜、鳴海、鳴海潟の三項目のみを載せるのは伝統を引き継いだものであらう。

尾張国の和歌を纏めた書に尾張国全体の歌枕を蒐めたものの他、鳴海の和歌のみの書が編まれたのは自然の成行と云へよう。

尾張国全体の和歌を蒐めた書に、

尾張名所歌集
尾張海那濃利蘇
尾張名所松炬嶌

尾張名所和哥集

などがあり、地誌の一部に尾張国の和歌を蒐めた書に、

尾原集略

がある。

尾張名所和哥集は著者が「解釋學」　第三十七輯（平成十五年三月）より『尾張名所和哥集』影印」として連載中である。

鳴海の和歌を蒐めた書には単独の鳴海古哥集があり、『鳴海旧記』（なるみ叢書第三冊　名古屋市緑区鳴海町字作町六六鳴海土風会）には地誌の一部に鳴海古歌集を収める。百首を収めた鳴海百首もある。

翻刻した本書は下郷羊雄に拠ると浜井一海の筆に成る由。鳴海に住んだ医者で元文四年に歿した。和歌書画に通暁した人である。

鳴海百首和歌

新拾遺　鳴海潟わたる千とりの鳴声も浦かなしきは
有明の月　法皇御製
名寄　松風の里にむれゐる真鶴はちとせかさぬる
心地こそすれ　読人不知
新古今　おしなへて浮身はさそな鳴海潟みちひる汐
の変るものかは　崇徳院
新古今　君こふと鳴海の浦の浜楸ハしほれてのみも
年をふる哉　俊頼イニ俊成
同　風吹ハよそになるみの片思ひおもわぬ波に
ちとり鳴なり　正三位季能
同　小夜千鳥声こそちかく成見かたかたふく月
に汐や満らん　同
新古今　浦人の日も夕暮になるみ潟帰る袖より鵆鳴
なり　通光
続古今　扨も我いかに成見の浦なれはおもふかたに
も遠さかるらん　安嘉門院右衛門佐
同　寺にて哀なり何と鳴海の果《はて》なれハまたあくかれて
浦伝ふらん　藤原光俊
続古今　鳴海かた求食に出る蜑ならて身をうらみて
も袖はぬれける　読人不知
同　いさしらす成見の浦に引汐のはやくそ人ハ
遠さかりにし　為家
新続古今　霜とみて猶夜や寒き鳴見潟塩干の月にちと
り鳴なり　前大僧正儀運コレハ忠信
新続古今　打寄る沖津しら浪音さへてゆきになるみの
浦風そ吹　祝部成胤
同　おもひ出るむかしも遠く鳴海かた絶ぬ涙に
千とり鳴なり
前大納言忠信イニコノウタハ義運
同　人数にあらすなるみの浦なれハいける貝を
もえこそひろわね　法橋藤原顕照
玉葉　鳴海潟塩瀬の波にいそくらし浦の浜路に懸

る旅人　大江忠盛

歌枕　なるみかた汐ひに浦や成ぬらん上野の里を
行人もなし　景綱

続拾遺　よそにのみ成見の浦のうつせ貝誰あた人に
名を知せけん　真照法師

同　我なからつらく鳴海の汐ひ潟恨みし末そ遠
さかりぬる　津守国平

後拾遺　甲斐なきは猶人知す逢ふ事のはるかなるみ
の浦み成けり　増基法師

詞花　古里に変らさりけり鈴虫のなるみの野辺の
夕暮の声　橘為仲

千載　覚束ないかに成見の果ならん行ゑも知らぬ
旅の悲しさ　前中納言師仲

続千載　立帰り幾度袖をぬらすらん余所になるみの
沖津白波　藤雅朝

風雅　夕暮の汐風あらく成見かた方もさためすな
く千鳥哉　正三位経朝

新千載　朝な／＼残る紅葉のまれにのみ鳴海の野辺
の霜の下草　大江広房

同　鳴海潟汐ひはるかにあり通ふ跡のみ満て立
鵆哉　権中納言為資

同　旅人は嘸いそく覧なるみ潟汐ひの方の道に
まかせて　前大納言為氏

新拾遺　鳴海潟夕浪千とり立帰り友よひ続の浜に鳴
也　厳阿上人

新後拾　よそにのみなるみの海の沖津波立帰りても
しとふ比哉　宗祐法師

夫木　鳴海かた岡をめくりて行我は都のつとに何
を語らん　公朝

同　鳴みかた塩瀬はるかにひにけらしきのふの
沖をかよふ徒人　行定

同　塩風や穐は夜寒に成見潟蜑の苫やも衣うつ
なり　隆信

同　秋風も今はあらしの鳴海潟色なき波の冬そ
淋しき　興親

夫木　なるみ潟鵜のすむ岩に生るめのめも枯すこ
そみまくほしけれ　俊頼

不審夫木　小夜鵆寝覚て聞ハ我門のいさゝを川に友よ

はふなり　通能

堀川後　袖かはす人もなき身をいかにせん夜寒の里
に嵐吹也

名寄　むかしにもあらすなるみの里に来て都恋し
き旅寝をそする　静賢

月ハひとつ影はあまたに成見潟干残る汐の
所〻に

余所にのみ鳴海の浦の夕煙うわの空にもい
かゝ頼まん

遠くなりちかく鳴海の浜千鳥鳴音も汐の満
干をそ知ル

今日は猶みやこも遠く鳴海かたはるけき海
を中にへたてゝ　飛鳥井雅章

十六夜日記　夕潮のさしてそ来つるなるみかた神や哀と
見るめ尋て　安嘉門院四条

同　こととわんはしと足とは赤かりし我こし方
の都鳥かも　阿仏

堀百　鳴海かた朝みつ汐や高からんあさりもせて
そ田鶴鳴わたる　顕季

夫木　聞からに哀なるみの小夜千鳥きり立波の末
の松山　慈鎮

蜑人や鯛つるらしも鳴海潟沖つ浪間に袖帰
り見ゆ　法師静賢

夫木　なるみかた塩干に置る網なれやめにもかゝ
りてあわぬ君哉　大炊御門

なるみかた汐の満ひの度毎に道踏かふる浦
の旅人　定家

玉吟　人こゝろあわて見るめの夜の月いかになる
みの恨みて兼る　家隆

名寄　蜑《アマ》のすむ里のしるへと鳴海潟我身つれなき
恨せしまに　同行意

立来ぬる秋もなかはに成見潟分行末ハ上野
松風　遊行上人

堀百　星崎やあつたの方のいさり火のほのもしり
ぬやおもふ心を　中実

なるみかたひかたに生ふる草の名をいく塩
深くこきといふらん

うち出て月日はるかに成見かたこゝろの儘

に帰る波哉　成高女

山路より磯辺の里にまふてきて浦めつらしき旅衣かな　釈元政

何国にもしつか鳴海のたくひあれや鷗いさよふ奥つしら波　秋元政

夫木

鳴海かた和哥《君の》の浦風へたてつゝ同し心に神もうくらん　行能

色〳〵に龝ハ成見の浜荻をたれ染つけてこきといふらん　西行

道記

古郷も日を経て遠く成海かた急く塩手に道そすくなき　長明

六帖

東路の寝覚の里ハ初秋の永夜ひとりあかす我なそ　躬恒

万代

風の音におとろかれてや吾妹かね覚の里に衣打覧　伊勢

同

ひとりのみ思ふはやまのねさめ里寝覚て人を恋あかしつる

千首

あられす《よ》とね覚の里の梅香に鶯来つる月の明ほの　為尹

此うた髄ニ成見のうたかうたかはし

六帖

いかて我心をたにもやりてしかとをくなるみの恨みかてらに　小町

拾玉

後の世の事をしそ思ふ数ならす鳴海の浦の波の立居に　慈鎮

名寄

行駒の影も夕日に鳴海かた急けや塩のまた満ぬ間に　長明

月清

成見かたあらいそ波の音はして沖の岩越月の影哉　後京極

懸草

都おもふ涙のくまと鳴海かた月に我かとふ秋の汐風　定家

建保百

ものおもへハ音に立しもなるみかた聞人波に浦風そ吹　定衡《ヒラ》

建保百

便たに行ゑ知らすや成見潟浦漕船も梶をたへなは　俊成女

同

おのつから風そしるへと成海かた跡なき浪に道まよふとも　兵衛内侍

同

いたつらに幾とし波をへたつらんよそに成見の恨せしまに　忠定

同　暁はおのかきぬ〳〵鳴海かた恨みは帰る沖つ白波　智定
同　袖の色の深く成見の恨みをそ今ハ形見と思ひそへつる　範宗
同　数ならてあわれ鳴海の恨み哉世のことハりも人のとかかハ　行家
夫木御集　なるみかたうき寝の床ハ風そへて更行まゝにちとり鳴なり　経正
御集同　恋せよと成見の浦の塩干潟片おもひにそしをれ佗ぬる　後鳥羽院
同　寄る浪も哀なるみの恨みさへ重く《に》て袖そ《に》さゆる比かな　同
夫木　今朝見れハなるみの上の薄みとりそれのみ斗もゆる若草　長教
同　打渡す今か塩ひに鳴海かたとをよる舟の声も通わす　常磐井入道
名寄　あらし吹夜寒のさとの寝覚にハいと〻人こそ恋しかりけれ　顕仲
夫木　もろともに鳴明したるきり〳〵す夜寒の里の草の枕に　仲実
同　きく儘に嵐吹そふ秋とてや夜寒の里の衣うつらん　式乾門院
同　鳴海かた朝きり立と見しほとに磯の玉藻はつらくゐにけり　源仲正
堀川百　鳴海かた沖にむれ居る鵆のすたく羽風のさわく成けり　仲実
名寄　余所人に鳴海の浦の八重霞わすれすとてもへたて果てき　定家
続草庵集　浦つとふ方もしられす鳴海かたなみにまきれて立千鳥哉　頓阿
鳴海潟塩干に通ふしるへには氷上の宮のよるのともし火　社人大来目丹後守吉資
古郷も我もむかしに成見かた旅寝の袖をしほる斗に　佐久間甚九郎不邪
都さへ遠く鳴海の浦千とり身は東路に音をのみそなく　同女
佛には心はかりそ成海かた身はいつくにか沖津白波　遊行上人

六家集雑哥　仏には心もならす身もならす
たゝそのまゝの沖津白波
鳴海かた雪の衣手吹返す浦風おもし残る月
影　定家
いつか又我もあの身に成身かた人のおハり
も見る二つけても　義直公
御製日本記　鳴海潟まはれハ遠し干高地の此夕しほに渡
らゐんかも
成海かた鹿の続尾にへたてなく今やなひか
ん草薙の宮
草庵集　時しらぬうき身ひとつや成見かた汐の満干
は定めなき世に　舜恵
日本武尊　成見浦らを見やれはとほしひたかちに此ゆ
ふしほにわたらゐん鴨
東路の鳴海の浦に御祓して近きあつたの神
を頼ん　頓阿
夢をさへ伝えぬ身とや鳴海かた今朝引汐の
跡の干まに
夫木　鳴海かた遠き干潟の松風に煙そ残る浦の塩
竈　慶融

第十八章　平安時代の「わらざ」

一

田中重太郎『校本枕冊子』第百七十九段「雪のいとたかくはあらて」[註一]の段の前田本に、

いとうとくもあらす又あまりむつましうもあらすれいもかやうなるおりはふとさしいつる人なりけりすのまへにわらさゝしいてたれとわさとものほらすなからはしもなからものかたりなとす

と「わらざ」[註二]の語がある。田中重太郎『前田家本枕冊子新註』の註に、「『わらざ』は底本以外の他本の該当語にはすべて『わらふだ』とある」とある。『校本枕冊子』に拠ると、三巻本の八本が「わらうた」で、二本が「わらふた」であり、能因本、堺本は「わらうた」である。

前田本第三百十九段「まへの木たちたかう庭ひろき家の」の段にも、

あらはにもやとふたあひのをり物ゝうちきかけたるまへにわらさはかりをうちをきて卅一二はかりの僧のいろしろくきよけなるか

と「わらざ」の語がある。田中重太郎『前田家本枕冊子新註』の註に、「『わらざ』は伝能因本・三巻本一本・堺本に『わらふだ』とある」とある。『校本枕冊子』に拠ると、三巻本の十本が「わらうた」で、一本が「わらた」であり、能因本、堺本は「わらうた」である。枕草子は従来一般に能因本又は三巻本の本文で読まれて来た為、前田本のみの異文である「わらざ」について言及する書は殆ど見当らない。

吉田幸一『和泉式部全集　本文篇』二〇六頁、二〇七頁の和泉式部日記の三条西本に、

ひるも御かへりきこえさせつれば、ありながらかへしたてまつらんもなさけなかるべし、ものばかりきこえんと思て、にしのつまどにわらざゝしいでゝいれたてまつるに、世の人のいへばにやあらむ、なべての御さまにはあらず、なまめかし。

と「わらざ」の語がある。

遠藤嘉基『日本古典文学大系　和泉式部日記』の註に、「わらで、うずまき状に編んだ敷もの」とあり、藤岡忠美『日本古典文学全集　和泉式部日記』の註に、「わらなどで渦巻き状に編んだ敷き物。えんざ、わらふだともいう」とある。円地文子、鈴木一雄「和泉式部日記注釈　四」(『国文学解釈と鑑賞』第二百八十一号)に、「〇円座―「わらうだ」「わらふだ」「えんざ」ともいう。藁・蒲・菅などで丸くうずまき状に編んだ敷物。今の座ぶとんの役割をするもの」とある。何れも「わらざ」の本文に拠る。

和泉式部日記の諸本は、三条西本、寛元本、応永本の三系統に大別される。三系統中で三条西本が「今日では、この本が原典に近いかと考えられる」「現存諸本の中で、古形を伝えると思われる」註三といふことで重視され、近時の翻刻などは殆ど三条西本により為されてゐる。

しかしながら『和泉式部全集　本文篇』に拠ると、「わらざ」の本文であるのは三条西本のみである。板本が「わらう」で、清水浜臣旧蔵本が「わらふた」の他は、寛元本、応永本系統の他、流布本系統の本も全て「わらうた」の本文である。和泉式部日記の近時の出版物は専ら三条西本に拠るので、「わらざ」「わらうた」などの異文には注意が払はれてゐないやうであるが、枕草子の諸本中では前田本のみにあり、和泉式部日記の諸本中では三条西本のみにある「わらざ」の語が、作品成立当時の語として考へられてゐるやうに思はれることには、一考の余地があるのではな

いかと思ふので、以下で考察してみたい。

二

これまで引いた諸註では、「わらざ」は「わらふだ」「わらうだ」「ゐんざ」の語と同意であると考へられてゐるやうなので、諸作品中の用例を見てみたい。

わらざ

『陽明叢書国書篇　源氏物語』　夕霧　第十一巻　三二四頁

ちきりあれやきみを心にとゝめをきてあはれとも思ふうらめしときく猶えおほしはなたしとありつる御ふみを少将もておはしてたゝいりにいり給みなみおもてのすのこにわらさゝしいてゝ人〳〵ものきこへにくし宮はまいてわひしとおほす

『源氏物語大成』校異篇に拠ると、「わらさ」は陽明文庫のみで、他本は「わらうた」である。

『伊勢物語校本と研究』　第八十七段　二二〇頁

そのたき物よりことなりなかさ二十丈ひろさ五丈はかりなるいしのおもてにしらきぬにいはをつゝめらむやうになむありけるさるたきのかみにわらうたのおほきさしてさしいてたるいしありそのいしのうへにはしりかゝる水はせうかうしくりのおほきさにてこほれおつ

底本の静嘉堂文庫蔵武田本は「わらうた」であるが、山田清市『伊勢物語校本と研究』に拠ると、伝二条為明筆本は武田本「わらうた」の部分が「わらさ」とある。池田亀鑑『伊勢物語に就きての研究』校本篇に拠ると、最福寺本、群書類従本、丹表紙本は「わらふた」である。大津有一編『伊勢物語に就きての研究』補遺篇に拠ると、泉州本は「わらた」である。数としては「わらうた」の本文の諸本が多いことになる。

『日本古典文学大系　古今著聞集』四〇九頁の書陵部本に、

傍輩ども思やう、「此物はしぶときおこの物にて、せらるゝ事もぞある。いざゝきだちて、をくするやうなるはかり事めぐらさん」とて、両三人いひ合せ、さいばう一、讃岐わらざ一まいをもちて、いそぎさきだちて、彼池の中島なる木のうへにのぼりて待ところに、此男、案のごとく池をわたりて、中島にきてくゐをうたむとす。其時木のうへより、さぬきわらざをなげおとしたりければ、此男すこし立しりぞきて、三帰をとなへてゐたる所に

と、「わらざ」が二例ある。『新訂増補国史大系　古今著聞集』は元禄三年本板本に拠るが、同じである。他の流布本も「わらざ」である。

『東洋文庫　新猿楽記』二三六頁に、

讃阿波絹、越前綿、美濃八丈又粽、常陸綾、紀伊国縑、甲斐斑布、石見紬、但馬紙、淡路墨、播磨針、備中刀、伊与手筥、拼砥・簾・鰯、出雲莚、讃岐円座、上総鞦、武蔵鐙、能登釜、

とあり、康永本の古訓点に拠った川口久雄の訓み下し文に「讃岐《サヌキ》ノ円座《ワラザ》」として「わらざ」がある。弘安本では「ワラウタ」、古抄本では「ワラタ」と訓むとある。群書類従本は「ワラウダ」である。

『新日本古典文学大系　高倉院厳嶋御幸記』一七頁に、

御所のひんがしのにはにしらきのつくゐをたてゝ、こもをしきて、しろたへのへいをよせたつ。そのひがしにからひつのふたをあけて、こがねのへいをおく。そのにしにわらざをしきて、御やうじのざとす。神馬一ひきたつ。

と「わらざ」がある。東京国立博物館本に拠る。群書類従本も同じである。

『日本古典文学大系　仮名法語集』妻鏡の一六九頁に、

或人云《のく》、讃岐国《さぬきのくに》に、無智無道《むちむだう》なる僧《そう》あり。或時《あるとき》、弟子《でし》の僧《そう》と火《ひ》に当《あたり》て居《い》たりけるが、此僧居眠《このそういねむり》て、うつぶきける

が、讃岐《さぬき》わらざのへりに食付事《くいつくこと》二、三度《ど》に及《をよ》びける。時《とき》に対座《たいざ》に居《い》たる弟子《でし》の僧《そう》、不思議《ふしぎ》の思《おも》ひを成《なし》て、

と「わらざ」がある。寛永十八年版本が底本である。続群書類従本も「ワラザ」である。

わらふだ、わらうだ

『宇津保物語本文と索引』　菊の宴　本文編　六七二頁に、

そでぎみ、よるひるこひなき給ちゝ君の、まれに見え給を、「いかゞいふつきこえざらん」とて、おましなどいだすとて、わらはたにかくかきつく、

たびてゝは我もかなしなよをゝしとしらぬ山ぢにいりぬとおもへば

と「わらはた」がある。傍註に「わらふだカ」とあり、久曾神昇『俊景本宇津保物語と研究』第二巻資料編一二五三頁にも、俊景本の本文「わらはだ」について、「わらふだ」の誤と推定してゐる。『日本古典文学大系　宇津保物語』の校異欄に拠ると、ここの諸本の本文は、「わらうた」「わらふた」「わらはた」「はらはた」である。

『宇津保物語本文と索引』　の国譲の中　本文編　一四四一頁に、

民部卿「なをいらせ給へ。をんなたちはぢきこえぬ所に、いとひな〳〵しく」ときこえ給て、御わらうださしいで給へば、いとしぶしぶにいり給て、いとまめやかにみたまへば、おくのかたに、ちいさきき丁たてゝ、人あり。

と「わらうだ」の語がある。俊景本も「御わらうだ」である。

上村悦子『蜻蛉日記　校本・書入　諸本の研究』　天延二年四月　二九四頁、二九五頁に、

かせのこゝろありたしさにかうしをみはかねてよりおろしたるほとになれはなにことゝいふもよろしきなりけりしひてすのこにのほりてけふよき日なりわらうたこひ給へゐそめんなと許かたらひていとかひなきわさかなとうちなけきてかへりぬ

と「わらうだ」がある。京都大学所蔵清水浜臣校本が「わらうたた」、静嘉堂文庫本が「わらふた」の他は、諸本「わらうた」である。

枕草子　第九十一段　「しきの御さうしにおはします比にしのひさしに」の段の三巻本に、

おき出たるやりて見すれはわらうたのほとなんはへる

と「わらうた」がある。能因本は「わらふた」と「わらうた」とがある。

枕草子　第百八段　「淑景舎春宮にまいり給ふほとの事なと」の段の三巻本に、

御わらうたなと聞え給へとちんにつき侍るなりとていそきたちぬ

と「わらうた」がある。能因本、前田本も同じで、三巻本の中の二本は「わらた」である。

枕草子　第百八十七段　「心にくき物」の段の堺本に、

つまとのまへにわらうたをきてゐたるもみいるゝ心にくし

と「わらうた」がある。他の諸本には無い。

枕草子　第二百十一段　「人の家につき〳〵しき物」の段の能因本に、

から笠かきいたたなつしわらうたひちおりたるらうちくわうゐかきたる火おけ

と「わらうた」がある。堺本も同じであるが、一本は「わうらた」とある。三巻本、前田本には無い。

『源氏物語大成』　若菜上　校異篇　一一一五頁、一一一六頁に、

つき〳〵の殿上人はすのこにわらうためしてわさとなくつはいもちゐなしかうしやうの物ともさま〳〵にはこのふたともにとりませつゝあるをわかき人〻そほれとりくふ

と「わらうた」がある。

『源氏物語大成』　夢浮橋　校異篇　二〇六四頁に、

いときよけにしなやかなるわらはのえならすさうそきたるそあゆみきたるわらうたさしいてたれはすたれのもとについゐてかやうにてはさふらふましくこそはそうつはの給しかといへはあまきみそいらへなとし給

と「わらうた」がある。国冬本は「わらはた」である。

松村博司『栄花物語の研究』校異篇　中巻　四四六頁、四四七頁　梅沢本に、

さてかへらせ給ぬれはこのとのはらやかて御たうのすのこに御わらうたにゐさせ給ぬさるへき御くた物御みきなとまいらせ給ほとに

と「わらうた」がある。

松村博司『栄花物語の研究』校異篇　中巻　四五八頁　梅沢本に、

それより北のかたにはんてうしきてうへに御わらうたかさねてけしきある御けうそくをかせ給へり御持経なへてならぬさまにせさせ給へり

と「わらうた」がある。

松村博司『栄花物語の研究』校異篇　下巻　四二二頁　梅沢本に、

関白殿をはしめこの殿はらは薬師堂の東のかうらんのしものつちにわらうたしきてしたいになみゐさせたまへりみなうすにひの御なをしさしぬきにておはします

と「わらうた」がある。

榊原邦彦他編『今鏡本文及び総索引』ふぢなみの上　第四　一一八頁に、

としよらせたまひて、御あしのかなはせたまはざりしかば、わら座にのらせたまひ、御こしなどにてぞ、院にもまいり給ける。御ぐしおろさせ給ひて、ならにても、やまにても、御ずかいせさせたまひき。

と畠山本に「わら座」がある。「座」が漢字表記であるから、読みが確定しない。蓬左文庫本、前田本、慶安三年刊

板本は「わらうた」である。

『日本古典文学大系　宇治拾遺物語』五九頁　無刊記古活字本に、

郡司きはめたる相人也けるが、日比はさもせぬに、殊外に饗応して、わらうだとりいで、対ひて召しのぼせければ、善男あやしみをなして、我をすかし上せて

と「わらうだ」がある。

玉井幸助『中務内侍日記新註』四七頁に、

十八日野上の御幸行啓なる。莚道に殿上人ども、わらふだをあまたしてしきたるを、またひろひおとらじと、はしりなどするもをかし。

と「わらふだ」がある。彰考館蔵本は「わらは」である。

これまでに見える例の中、「わらはた」「はらはた」「わらうたた」「わらた」等は誤写により生じたものであらう。

円座

「円座」は記録体に多く見えるので、引用は一部に留める。

『新訂増補国史大系　続日本後紀』三頁　仁明天皇に、

仁明天皇　天皇諱正良　先太上天皇之第二子也。母太皇大后贈太政大臣正一位橘朝臣清友之女也。太后曾夢。自引二円座一積二累之一。其高不レ知レ極。毎二一加累一。且誦二言卅三天一。因誕二天皇一云。

と「円座」がある。

『大日本古記録　九暦』一八頁　天徳元年に、

正月一日、参内、暫著陣座、即参東宮梅壺、申刻経藤壺幷後涼殿東廂等参上給、奉抱兼家自侍北壁辺進給、此間

王公不動座、是若理歟、東宮御拝礼畢、暫著給侍座、供円座、其後小朝拝、已及東燭、拝了儲君召還参給

と「円座」がある。

『新訂増補故実叢書　江家次第』供御薬　巻一　五頁

昼《ノ》御座《ノ》前《ニ》敷《テ》二菅《スカ》円座一枚《ヲ》一、為《ス》二陪膳《ノ》女房《ノ》座《ト》一

と「円座」がある。

『日本古典文学大系　今昔物語集』巻三の五五三頁　巻十七　三十三　鈴鹿本に、

喜《ビ》乍《ラ》入《テ》見《レバ》、臥《タリシ》枕上《ノ》几帳外《ニ》、清気《ナル》畳敷《タリ》、其上《ノ》円座《ニ》置《タリ》、屏風《ノ》後《ニ》火背《ケテ》立《タリ》。女房一人許、跡《ノ》方《ニ》居《タル》気色有《リ》。僧、

寄《テ》円座《ニ》居《レバ》、主《ノ》云《ク》

と「円座」が二例ある。

『日本古典文学大系　今昔物語集』巻四の二八四頁　巻二十四　六　内閣文庫本に、

秋《ノ》比《ノ》事《ナレバ》、夏《ノ》几帳清気《ニテ》簾《ニ》重《ネテ》立《タリ》。簾許《ノ》巾《ニ》鑭《カシタル》碁枰有《リ》。碁石笥笑気《テ》、枰《ノ》上《ニ》置《タリ》。其傍《ニ》円座一《ツヲ》置《タリ》。

と「円座」がある。

『日本古典文学大系　今昔物語集』巻四の四九三頁　巻二十七　十三　鈴鹿本に、

男馳《テ》見返《テ》見《レバ》、面《ハ》朱《ノ》色《ニテ》、円座《ノ》如《ク》広《クシテ》目一《ツ》有《リ》。長《ハ》九尺許《ニテ》、手《ノ》指三《ツ》有《リ》。

と「円座」がある。

『日本古典文学大系　増鏡』三七四頁に、

文台の東に円座をしきて、春宮被講のほど渡らせ給。内宴などいふ事にぞかくは有けると、ふるきためしもおもしろくこそ。

と学習院大蔵本に「円座」があり、阿波国文庫本『源起記』、永正片仮名本も同じである。

玉井幸助『中務内侍日記新註』一二〇頁に、

二月二十一日、礼服ごらん。日の御座に出御ならせ給ふ。御引直衣。母屋のみすをたれたるはしのみすをあげて、簀子に円座をしく。関白・大臣のはあつゑんざ、その外の公卿のはうすゑんざなり。

と「円座」一例、「ゑんざ」二例がある。彰考館蔵本は三例とも「ゑんざ」である。

『日本古典文学大系　太平記』巻三の四七〇頁に、

既ニ其日ニ成シカバ、母屋ノ廂ノ御簾ヲ捲テ、階ノ西ノ間ヨリ三間北ニシテ、二間ニ各菅ノ円座ヲ布テ公卿ノ座トス。

と慶長八年刊古活字本に「円座」があり、貞享五年版本には「円座《エンサ》」と振仮名がある。

三

「わらふだ」「わらうだ」[註四]と「円座」と「わらざ」とを考察してみたい。

「わらふだ」は和語、「円座」は「ゑんざ」と音読すれば漢語、「わらざ」は「わら」が和語で「ざ」が漢語である湯桶読の混種語である。

和名類聚抄の伊勢十巻本に、

円座《ワラフタ》　孫愐曰䕆徒口反上声之重俗云円座一云和良布太円草褥也

とある。京本、伊勢廿巻本、元和古活字本なども同文である。但し「ワラフタ」の振仮名があるのは京本のみである。これに拠ると、「わらふだ」と「ゑんざ」とは訓読と音読との違ひがあるだけで、同一物を指すと認められる。「円座」の表記の語を「わらふだ」と読む可能性はあるものの、中務内侍日記や太平記には「ゑんざ」の仮名表記や振仮名が見られる。古い時代の作品は漢字表記のみであり、読みの確定は出来ないけれども、音読の可能性が濃いと思はれ、特に記録体は多く音読であつたらう。

二に挙げた宇治拾遺物語の例は、伴大納言の前身についての説話中のものである。無刊記古活字本は「わらうだ」で、『新訂増補国史大系　宇治拾遺物語』に拠ると、図書寮所蔵第一本、藤波家旧蔵本、木活字本、万治二年版の絵入刊本は「わらふだ」である。

この伴大納言の前身を物語る話には類話があり、丹鶴叢書本を底本とする『新訂増補国史大系　古事談』三七頁に、

郡司極タル相人ニテ有ケルガ。日来ハ其儀モナキニ。事外饗応シテ。円座トリテ出向テ召昇ケレバ。善男成レ恠。我ヲスカシノボセテ。

と「円座」がある。

神田喜一郎蔵の江談抄を底本とする『古本系江談抄注解』三三〇頁にも、

伴郡司極タル相人ニテアリケル。年来ハサモイハヌニ。俄夢ノ後朝行タルニ。取二円座一天。出向天事外ニ饗応シテ召昇ケレハ。善男成レ恠テ。且又恐様。我ヲスカシテ

と「円座」がある。群書類従本も「円座」である。「わらふだ」と「円座」とは表す意味に変りがないことになる。

「わらざ」については、湯桶読といふ点が特殊である。

古く竹取物語に「あをへど」「まきゑ」と湯桶読の語が見え、枕草子の「うきもん」「おほくら卿」、源氏物語の「ありやう」「こともじ」などがあり、諸作品に或程度用例がある。但し湯桶読も、重箱読も、かなり多く用ゐられるやうになつたのは後代のことであり、平安時代中期に湯桶読の「わらざ」が用ゐられたか否かは検討してみる必要がある。

「わらざ」の「ざ」が「座」であることは問題が無いと思はれるので、先づ「座」の用法を見ることにする。

枕草子には第二百五十五段「御前に人〳〵あまた物仰らるゝついでなどにも」の段の能因本に、

まかりにけりとりいれたれは事さらに御座といふたゝみのさまにてかうらいなときよらなりと「御座」が一例ある。三巻本は「御さ」、前田本は「御座」である。金子元臣『枕草子評釈』は「御座といふ畳」について、「貴人の敷く上等の畳なり」と説く。他に「朝座」が一例、「高座」が二例ある。「朝座」は法華八講を朝夕二座で四日間行ふ時の朝の説経である。「高座」は二例とも説経師の席の意である。

源氏物語には「座」が十例、「御座」が九例ある。「座」の語の表記は漢字の「座」が五例、仮名の「さ」が五例であり、特に差は認められない。

少女の巻　六七〇頁に、[註五]

しいてつれなく思ひなしていへよりほかにもとめたるそうそくとものうちあはすかたくなしきすかたなとをもはちなくおもゝちこはつかひむへ〳〵しくもてなしつゝ座につきならひたるさほうよりはしめみもしらぬさまともなり

と「座」の語が用ゐられてゐる。直後にも「さをひきてたちたうひなん」とあるが、この場面は二条院で行はれた、夕霧の字を付ける儀式における座であり、日常生活における私的な場面ではない。六七一頁にも、「かすさたまれる座につきあまりてかへりまかつる大かくのしうともあるをきこしめして」と、同じ儀式の座について述べる。

他に源氏物語に用ゐられる「座」の語は、

少女の巻	六七四頁	大学の寮試の座
若菜上の巻	一一一五頁	六条の院　上達部の座
御法の巻	一三八一頁	「はちすのさ」とあり、極楽の蓮台
総角の巻	一六五三頁	僧の座
宿木の巻	一七五一頁	夜居の僧の座

宿木の巻　一七七七頁　天皇主催の藤の花の宴における殿上人の座

宿木の巻　一七七八頁　同じ宴の薫の座

と儀式など公的な場面に用ゐられる。

次に「御座」の語の表記は、漢字の「御座」が五例、仮名の「御さ」が四例、「みさ」が一例で、「座」と「さ」とは特に用法上の差異が認められない。

桐壺の巻　二四頁に、

おはします殿のひむかしのひさしひんかしむきにいしたてゝ火んさの御座ひきいれの大臣の御さ御前にあり

と二例がある。ここは源氏の十二歳の年に、元服の式を清涼殿で行ふさまを述べる。二五頁にも「みこたちの御さ」と一例がある。

他に用ゐられる「御座」の語は、

藤裏葉の巻　一〇一六頁　冷泉帝の六条院行幸の座。二例あり、一例は冷泉帝、一例は源氏の座である。

若菜上の巻　一〇八四頁　冷泉帝の勅命により催された源氏四十の賀。三例あり、源氏の座が二例、太政大臣の座が一例ある。

横笛の巻　一二八二頁　夕霧の座を「公卿のみさ」と源氏が話す場面。

匂宮の巻　一四四一頁　夕霧が六条院で、のり弓のかへりあるじのまうけを催した。親王たち、上達部の座。

他に「あささ」が蜻蛉の巻一九六四頁に一例あり、法華八講の朝座である。「さむさす」が二例あり、正月の参賀である。

これまでの「座」「御座」の用法を総合すると、儀式や法会における座を述べる用法が殆どである。儀式、法会以外の例も、「公卿のみさ」といった公的な表現を伴つて用ゐられる。邸に私的な訪問客を迎へるなどといふ場面は皆無である。要するに「座」の語は公的な場面にのみ用ゐられてゐる。

後世では公私を問はずに「座」は用ゐられるが、これは本来の用法から変つたものである。平安時代中期には、漢語の「座」は公的な感じであり、和語の「おまし」が私的な感じであるのとは、全く別なものとして用ゐられてゐたと認められる。「座」を含む語である「朝座」「高座」「参座す」も、法会、儀式に用ゐられる点で単独の「座」と共通する。

前に挙げた「わらざ」の例の中、平安時代中期の枕草子、和泉式部日記、源氏物語、伊勢物語の例は、儀式、法会などの公的な場面に用ゐられたものではない。何れも私的な応接の場面に用ゐられる。「座」の本来の用法と全くかけ離れてゐて、「わらざ」の本文は信じがたい。これらの作品の「わらざ」には全て異文があり、「わらざ」は後に転訛した形で、「わらふだ」「わらうだ」の異文の方が本来の形と思はれる。

漢語の使用は時代が降るに連れて広がり、和語の「おまへ」が「御前」を介して「ごぜん」になつた[註六]やうな和製漢語さへ生じた。かうした時代の趨勢に伴ひ、「座」の用法も変化して、「わらざ」の語が生じたのである。「わらざ」は後代には普通に用ゐられたのであらうが、平安時代中期にあつたとは認められない。後代の書写に際し、その時代の用法が混入して「わらざ」が生じたもので、各作品本来の語ではない。

大鏡の千葉本の「御衣」に「オンソ」の傍訓がある。本来は「おほむ（ん）そ」であつたから、後世の書写に際し、その時代の用法が混入して「オンソ」となつたのであり[註七]、かうしたことは珍しいことではない。

猶、『日本古典文学大系　今昔物語集』巻三の三二八頁　巻十四　第卅七　紅梅文庫旧蔵本に、「藁ノ座」の語があり、丹鶴叢書本は「藁ノ座」とある。この語は「わらざ」に似るものの別語である。原話は日本霊異記、上巻の第十で、僧が人の牛と化した夢を見て、実否を確かめる為、藁を敷いて座を作り、牛を登らせる話である。

「わらざ」の語の見える枕草子の前田本も、和泉式部日記の三条西本も、書写年代では両作品の最古の写本である。

しかし他の諸本に対して全ての面で古形を存してゐるのではなくて、部分には後代の語が混つてゐる。

枕草子の前田本の語を一例にすると、「あをにぶ」といふ語がある。能因本、三巻本、堺本は全て「あをにび」であり、前田本も他の段では「あをにび」が四例ある。第百二十四段「正月寺にこもりたるは」の段の前田本は、

あをにふのさしぬきわたいりたるしろききぬともあまたきて

と「あをにふ」の語形になつてゐる。『日本国語大辞典』の「あをにぶ」の項に、「あをにび（青鈍）の変化した語」とあり、一般に「にび」から「にぶ」に変つたと考へられてゐるやうである。

枕草子には他に「うすにび」もあるが、諸本とも「うすにび」のみで、「うすにぶ」は無い。前田本に一例のみある「あをにぶ」は枕草子成立時代の語形か疑はしく、恐らく後代の転訛したものが混入したのであらう。「わらざ」も同様に考へられる。

四

枕草子の前田本、和泉式部日記の三条西本、源氏物語の陽明文庫本、伊勢物語の伝二条為明筆本に「わらざ」の語が見える。意味は「わらふだ」「わらうだ」「円座」「ゑんざ」と同じである。「わらざ」は中世の作品にも見える。

枕草子、和泉式部日記、源氏物語、伊勢物語などの「わらざ」は作品の成立した時代に存在した語ではない。「座」は平安時代中期に、単独でも熟合した形でも、儀式や法会などの場面や、公的な感じを表す場合に用ゐられてゐて、私的な応接の場面では用ゐられない。上記の作品の「わらざ」の例は私的な場面に使はれるものであり、ここに使はれる「わらざ」の本文は信じがたい。

「わらざ」の生じた時代は、平安時代中期ではなく、漢語の使用が広がり、「座」の用法が変化した後のことであらう。従つて、枕草子、和泉式部日記、源氏物語、伊勢物語などでは「わらざ」に拠るべきでなく、「わらふだ」「わら

うだ」に拠るべきである。

註

一　以下、枕草子の本文、段数、段名は『校本枕冊子』に拠る。
二　以下、適宜濁点を付けて述べる。
三　遠藤嘉基『日本古典文学大系　和泉式部日記』三八二頁、三九四頁。
四　以下「わらふだ」で代表して述べる。
五　以下源氏物語は『源氏物語大成』校異篇に拠る。
六　榊原邦彦『平安語彙論考』（昭和五十七年十一月　教育出版センター）七七頁以降。
七　『平安語彙論考』五一頁。

第十九章　平安時代の「ゆ」

一

「ゆ」（湯）の語は上代より現代に至る迄、水を沸かしたものの意の他に、温泉の意、湯浴の意などに用ゐられる。平安時代に於ても各種の作品に多くの例を見るが、一部には解釈が帰一してゐないものがあるので、問題と思はれるものを取上げ、本稿で考察してみたい。

二

源氏物語[註一]には「ゆ」が五例、「御ゆ」が九例ある。

葵　二九九頁

すこし御こゝもしつまり給へれはひまおはするにやとて宮の御ゆもてよせ給へるにかきおこされ給てほとなくうまれ給ぬ

の「御ゆ」について、『源氏物語湖月抄』に『孟津抄』の説として、

栄花物語に一条院の母東三条院にわかれ給へることをいへるに、いとどおぼしいらせ給ひて、露御ゆをだにきこしめさずとあり、御ゆとはおもゆのことなるべし。

を引く。『源氏物語湖月抄』は江戸時代の主要註釈書として重視されて来たので、後代の諸書には『孟津抄』の説としてこれを引くものが多い。しかし『花鳥余情』第六の「宮御ゆもてよせ給へるに」の条に、

栄花物語に一条院の母東三条院にわかれ給へる事をいへるにいとゝおもほしいらせ給てつゆ御ゆをたにきこしめさすとあり御ゆとはおもゆの事なるへし

とある。

『孟津抄』は九条稙通が『河海抄』や『花鳥余情』などの説を引用して一書となしたものであり、この説も『孟津抄』の自説ではなく、『花鳥余情』を引いてゐるに過ぎず、『花鳥余情』の説とするのが正しい。それはともかく、『花鳥余情』は「ゆ」を重湯と考へてゐる訳である。

ここの「ゆ」について、池田亀鑑『日本古典全書　源氏物語』は「薬湯」としてゐる。同様に山岸徳平『日本古典文学大系　源氏物語』は「煎じ薬即ち薬湯」とし、阿部秋生他『日本古典文学全集　源氏物語』は「薬湯」とし、石田穣二他『新潮日本古典集成　源氏物語』は「薬湯」とし、筆者の源氏物語の註釈に於ても[註二]「薬湯、煎じ薬」とした。

葵の巻には、この例の直後にも「御ゆ」が一例ある。

葵　三〇二頁

いさやきこえまほしきこといとおほかれとまたいとたゆけにおほしためれはこそとて御ゆまいれなとさへあつかひきこえ給を

の「御ゆ」である。この「御ゆ」について、武笠三『有朋堂文庫　源氏物語』は「湯」とし、沼波守『校註日本文学大系　源氏物語』は「御湯」とし、吉沢義則『全訳王朝文学叢書　源氏物語』は「お湯」とし、何れも単なる湯、水を熱したものの意に解してゐる。

葵の巻の二例は、葵上が出産に際して重態となり、周囲の人々が懸命に看護する場面にある。葵上は夕霧誕生後に

間も置かず死去してしまう。前例は母宮が出産直前の葵上を看取る場面であり、後例は源氏が葵上の看護を自ら世話して、恒にないこととして人々が驚くといふ場面である。

両例とも葵上の重態を述べる場面であるのに、前例が重湯や薬湯で、後例が単なる湯、水を熱したものと説が分れてゐるのは不審である。

現実に生身の人間が長く病気を患つてゐる場合には、食事もするし、重湯も飲むし、水や湯（水を熱したもの）を飲むものである。しかし作品中の描写には、病人が喉の乾きを訴へ、水を飲んだなどは一般に見当らない。これは水を飲むといふ行動が日常ありふれたものであり、作品中で特に描写すべきことではないからであらう。その延長線上で考へれば、病人が重態で明日をも知れない生命だといふのに単なる湯を飲むことを特に描写する必然性は認められない。病人に対して、あらゆる手を尽して治療するのであり、医者よ薬よと何とか助かるやうに対策を講じてゐることが述べられる筈で、両例とも薬湯と解するのが適当であらう。

ここで源氏物語の「ゆ」の全用例について考察してみたい。

例一　帚木　六八頁

中将の君はいつくにそ人けとをき心地してものおそろしといふなれはなけしのしもに人〻ふしていらへす也しもにゆにおりてたゝいままいらむと侍といふ

空蟬の邸で、空蟬に仕へる女房が湯を浴びに行つた場面で、「ゆ」は湯浴を表す。

例二　葵　二九九頁　前に引く。

例三　葵　三〇二頁　前に引く。

例四　明石　四七四頁

あなかまやおほしすつましきことも物し給めれはさりともおほすところあらむ思なくさめて御ゆなとをたにまい

れあなゆゝしやとてかたすみにより居たり

源氏が明石から帰京する時の話で、妊娠して苦しんでゐる明石の君に対して、父明石の入道が「御ゆ」を勧める場面である。単なる湯を勧めても仕方が無い。悪阻で苦しむ娘に薬湯を勧めるのである。

例五　若菜下　一一九〇頁

かくおほしまとふめるにむなしくみなされたてまつらむかいと思ひくまなかるへけれはおもひおこして御ゆなといさゝかまいるけにや六月になりてそ時〱御くしもたけ給ける

紫上の重病の話である。亡くなつたといふ噂が世間に弘まつた程の重態であつた。紫上が気力を振絞つて「御ゆ」を飲むとあり、薬湯と解される。飲用した結果、症状が好転したと記すことからも薬湯と考へるのが適当である。危篤の時に重湯を飲ませるのでは迂遠に過ぎるし、単なる湯を飲んで病状が緩和したでは、物語としての盛り上りも無い。

例六　柏木　一二三五頁

宮はさはかりひわつなる御さまにていとむくつけうならはぬことのおそろしうおほされけるに御ゆなともきこしめさす身の心うきことをかゝるにつけてもおほしいれはさはれこのついてにもしなはやとおほす

女三の宮が薫を出産した後、病弱であつたさまを述べる。阿部秋生他『日本古典文学全集　源氏物語』に、「薬湯。汁粥とも」として、「ゆ」を粥とする説を併記する。しかし柏木とのことで苦悩し、「このついてにもしなはや」と死を願ふほど心身ともに追詰められた女三の宮を描く場面であり、食物である粥ではなくて、病気を癒すべき薬湯以外には考へられない。池田亀鑑『日本古典全書　源氏物語』、山岸徳平『日本古典文学大系　源氏物語』、石田穣二他『新潮日本古典集成　源氏物語』は、薬湯、煎じ薬とする。

例七　柏木　一二三六頁

なをつよくおほしなれけしうはおはせしかきりとみゆる人もたひらなるためしちかけれはさすかにたのみあるよになむなときこえ給て御ゆまいり給

前と同じく初産の後で弱つてゐる女三の宮のさま。源氏が女三の宮に対し、危篤を乗切つた病人も居るのだからと励まし、「御ゆ」を勧める。生きる気力を失ひ掛けて弱つてゐる病人に勧めるのは、先づ薬であらう。飲食物などは二の次で、薬の服用で病状が好転してからの話になる。単なる湯や、粥、重湯などでは、女三の宮の生命が危ぶまれるといふ緊迫感のある場面にならない。榊原邦彦『古典新釈シリーズ　源氏物語』㈤　一四頁に「御薬湯」とした。

例八　柏木　一二四〇頁

なとかいくはくも侍ましき身をふりすてゝかうはおほしなりにけるなをしはし心をしつめたまひて御ゆまいりものなとをもきこしめせ

例六、例七と同じく、病弱な女三の宮に源氏が「御ゆ」を勧める場面である。出家を望む女三の宮に、源氏は身体が回復してからのことだと説得を試みる。ここでは「御ゆ」と「もの」とを対応させてゐる。「もの」は飲食物であり、粥、重湯、単なる湯が含まれる。「御ゆ」は飲食物以外のものであり、薬湯であらう。先づ第一に「御ゆ」で病気の悪化を食止め、次に「もの」を摂つて養生し、身体を本復させよといふのである。

例九　総角　一六五五頁

よもすから人をそゝのかして御ゆなとまいらせたてまつり給へとつゆはかりまいるけしきもなし

重態の大君を宇治に見舞つた薫が、一晩中「御ゆ」を勧めたけれども、大君は全く受付けないことを述べる。飲食物なら勧める時間帯は自づと決まるものである。夜もすがら何とか飲ませようと勧めるものは、重態の病人を救ふ唯一の頼みである薬湯以外には無い。

例十　宿木　一七八四頁

あなたのすのこよりわらはきて御ゆなとまいらせ給へとておしきとももとりつゝきてさしいるくたものとりよせなとして

弁の尼の邸に於て、薫が長谷詣帰りの浮舟を覗き見る場面である。

この「御ゆ」について、池田亀鑑『日本古典全書　源氏物語』、山岸徳平『日本古典文学大系　源氏物語』には、薬湯、煎じ薬とするものの、阿部秋生他『日本古典文学全集　源氏物語』には「御湯」とし、石田穣二他『新潮日本古典集成　源氏物語』には「白湯」として、両説が対立してゐる。『源氏物語事典』の石田穣二執筆の「ゆ」の条には、この例と、例十四とは疑問とすべきとし、例一以外の残る十一例は薬湯かとする。

例二から例九までの「ゆ」は、全て病人が飲むものとしての「ゆ」であり、しかも重態の場面であるから薬湯であると考へられる。現実の病人は薬湯のみを飲むのではなくて、水も飲むし、湯（水を熱したもの）も飲むであらうが、物語作品では日常の細々とした行動の事実を全て記録することを目的としてゐない。行住坐臥の微細な全面を描くのではなく、筋の展開に必要不可欠であると考へたものだけを作者が描くのである。従って病人の場面には治療が中心となり、病状が悪化すればするほど薬（薬湯）を飲むことが強調される。病気の治療に直接かかはらない日常の行動は切捨てられ、描写されることはない。

ここで描かれてゐる浮舟は病人ではない。しかし遠い長谷に参詣して宇治まで戻って来たところで、疲れ切った場面である。浮舟のさまを物語本文に「いとくるしけにやゝみてひさしくおりてゐさりいる」とし、供の女房が、浮舟は苦しさうなさまであったと語り合ひ、本人は「しうはをともせてひれふしたり」と、精根が尽きたさまで起き上れないでゐる。

この疲れ切った浮舟に対して、疲労を癒すべく薬湯を持参したと解するのが適当であらう。喉の乾きの為ならば水でも良いのであるが、さうした日常のありふれた行動は省略される。単なる湯を持って来て、喉の乾きを癒せと言ふのではない。疲れ切つて半病人状態の浮舟を強調する為、薬湯を描写したと考へられる。「おしきとも〳〵」とあるのが食物であるから、「御ゆ」は勿論粥などの食物ではない。

例十一　手習　一九九三頁

仏のかならすすくひ給へきゝはなりなを心みにしはしゆをのませなとしてたすけ心みむつゐにしなはいふかきりにあらすとの給て

宇治川に入水した浮舟が横川の僧都に発見されたところである。弟子の中には死の穢れを心配する者があるけれども、死ぬは必定であるが、「ゆ」を与へてみようと僧都が言ふ。危篤状態の病人に一縷の望みを掛けて、薬湯を飲ませようとする場面であり、薬湯以外を飲ませるやうな悠長な余裕など無い。

例十二　手習　一九九四頁

ものおほえぬさま也ゆとりてゝつからすくひいれなとするにたゝよはりにたえいるやうなりけれは中〳〵いみしきわさかなとて

浮舟は意識も無く、今にも息が途絶えさうであつた。重態の病人を治療し、何とか助けようとする場面であり、「ゆ」は薬湯であらう。

例十三　手習　一九九七頁

車ふたつしておい人のり給へるにはつかうまつるあまふたりつきのにはこの人をふせてかたはらに今ひとりのりそひてみちすから行もやらすくるまとめてゆまいりなとし給

横川の僧都が小野へ帰るので、浮舟を車に乗せて連れて行くことになつた。病人の浮舟に「ゆ」を飲ませて介抱するさまであり、「ゆ」は薬湯であらう。

例十四　手習　二〇〇二頁

中〳〵しつみ給ひつる日比はうつし心もなきさまにて物いさゝかまいることもありつるを露許のゆをたにまいらすいかなれはかくたのもしけなくのみはおはするそ

浮舟の入水後二ケ月経った頃である。「ゆ」について、池田亀鑑『日本古典全書　源氏物語』は湯とし、山岸徳平『日本古典文学大系　源氏物語』、阿部秋生他『日本古典文学全集　源氏物語』、石田穣二他『新潮日本古典集成　源氏物語』は薬湯、煎じ薬とし、両説が対立してゐる。『源氏物語事典』の石田穣二執筆の「ゆ」の条には、疑問とすべきとする。

救助された後、記憶を失ってゐた浮舟が記憶を回復した場面で、尼君は猶付き切りで介抱してゐる。

竹取物語 註三　第四十三丁オ

つかはるゝ人も年比ならひてたち別なむことを心はへなとあてやかにうつくしかりつる事を見ならひて恋しからん事のたへかたくゆ水のまれすおなし心になけかしかりけり

かぐや姫の使用人どもが、かぐや姫との別れを悲しみ嘆き、「ゆ水」が喉に通らないさまを述べる。

宇津保物語 註四　忠こそ　二一八頁

この北方思ひいられて　ゆみづもまいらず、わびしげにまちわたり給へど、御ふみをだにきこえで、月ごろになりぬ。

千蔭が故左大臣の北の方の許に久しく通はないので、北の方が焦躁するさま。

栄花物語 註五　巻第一　月の宴　巻一の四〇頁

一の御子のはゝ女御、ゆみづをだにまいらで、しづみてぞふし給へる、いみじくゆゝしきまでにぞきこゆる。

後の冷泉天皇になる第二皇子憲平親王が誕生し、皇太子に立ったので、第一皇子の母女御が落胆したさま。

以上の三例は「水」と対応してゐる「ゆ」であり、単なる湯、水を熱したものである。心理的な悲嘆、焦躁、落胆など失意のさまで、肉体の病気ではない。表現が似てはゐるものの「ゆ」の内容は異る。病気で看護してゐる場面の例十四の「ゆ」は薬湯と解すべきであらう。

湯浴の意である例一を除き、源氏物語の「ゆ」は重態の病気や、それに類似する極度の疲労の場面に用ゐられてゐるので、治療する為の薬湯、煎じ薬の意と解するのが適当である。

三

今まで触れて来たやうに、源氏物語の湯浴の意以外の例を、湯（水を熱したもの）、粥、重湯とする説があつたので、改めて考察したい。

これまで検討して来た源氏物語の例二より例十四までは、湯（水を熱したもの）と解すべき例は認められなかつた。他の作品には前に引いた「ゆみづ」の例の他に、「ゆ」単独の例がある。

宇津保物語　あて宮　七〇九頁

侍従見給て、ふみをちゐさくをしわぐみて、ゆしてすきいれて、紅のなみだをながしてたえいり給ぬ。

あて宮に懸想して失恋した源侍従のさま。「ゆ」で手紙を呑み下したとあり、「ゆ」は単なる湯（水を熱したもの）であらう。

今昔物語集[註六]　巻十二　第三十五

病《ヤメル》人ノ云ハク、「飯《イヒ》ヲ、魚ヲ以テ食《クヒ》テ、湯ナム欲《ホシ》キ。然レドモ令食《クハシム》ル人ノ无キ也」ト。

「病人」とはあるものの、病気の看護の場面ではなく、食事に飲用する「湯」である。単なる湯（水を熱したもの）の意であらう。直後に「飯一盛・湯一提」の表現がある。

今昔物語集　巻二十八　第十八

既ニ食畢《クヒハテ》テ、湯ナド飲《ノミ》ツレバ、房主《バウズ》、「今ハシ得《エ》ツ」ト思《オモヒ》テ

食後に湯を飲む場面であり、単なる湯（水を熱したもの）であらう。

これらは病人を看護し、病人に与へてゐるのではない。病気回復の為に治療する場面の「ゆ」は薬湯であり、それ以外の状況では単なる湯（水を熱したもの）である。

源氏物語の「ゆ」を粥とする説は、高山直子「源氏物語に現われた粥」[註七]に見える。

しかし、本物語には薬という言葉は他に使用されているし、また篠田氏の説を引用すると、院政時代に入って讃岐典侍は、堀河天皇の御危篤の様子をその日記に、

御粥など参らすれば、めしなどすれば（もしお上りになったら）嬉しさ何にかは似たる。御机上に置きたる御粥やひるなどを、若しやとくくめまゐらすれば、少しめして、大殿籠りぬ

と書いており、百年ばかりの間に、粥と湯との使用法がはっきり変ったことがわかり、源氏物語においては、これらの「湯」を重湯のようなお粥と考えるのが妥当と思われる。

とするけれども、何の論拠も認められない。物語中に薬の語があるから「ゆ」は薬でないとするならば、源氏物語に「粥」の語は十三例もあるから、粥でないとしなければ、論旨の一貫性を欠くことになる。讃岐典侍日記に「粥」の例があることが、湯の用法の変化云々も不分明な内容である。栄花物語の「ゆ」についても、

ここも松村博司氏が薬湯と校註しているが、そのように考えることはできない。また普通のお湯とも考えられず、お粥と考えるのがもっとも妥当である。

としていたづらに粥であることを主張するのみで、何ら論拠となるべきものが無い。謬説である。

源氏物語の十三例の「かゆ」の例は、

夕顔　一二〇頁　廃院に移った源氏、夕顔の朝の食事

　　　　一二九頁　源氏の朝の食事
若紫　　一九二頁　源氏、紫上の朝の食事
末摘花　二二五頁　源氏、頭中将の朝の食事
若菜下　一一六九頁　源氏の朝の食事
　　　　一一九六頁　源氏の朝の食事
柏木　　一二三四頁　薫の産養
夕霧　　一三二一頁　夕霧の朝の食事
　　　　一三七〇頁　夕霧、落葉宮の朝の食事
橋姫　　一五四〇頁　薫の朝の食事
宿木　　一七四五頁　匂宮の朝の食事
東屋　　一八一二頁　匂宮の朝の食事
手習　　二〇二五頁　浮舟の朝の食事

とあり、柏木一二三四頁の例が、薫の産養の行事に儀礼として供される粥である他は、源氏以下主要登場人物の朝の食事に供されるものである。「ゆ」や病人の治療用として供されるのとは、全く異る場面である。

現実の場合、重態の病人に粥や重湯を勧めることは時に有り得よう。しかし物語で重病人を描く場合に、治療の為に必須であり、描写にも最優先すべき薬（薬湯）を差し措いて、緊急でもない日常のことを特筆大書する必要は無い筈である。病人を描写する場面の「ゆ」は粥や重湯ではなく、薬湯とすべきである。

「重湯」の語は、

夜の寝覚[註八]　三二七頁

日にそへて、つゆおもゆなどやうの物をだに、見もいれたまはず、いとひやゝかなる水ばかりを、きこしめしても、やがてとゞめずかへしつゝ

とある。『日本風俗史事典』の関根正雄執筆の「おもゆ」の条に、延喜式に見える「漿」が重湯の類だとあり、重湯は平安時代に存した。

「おもゆ」も「かゆ」も語源としては「ゆ」に結び付きはするものの、実際には重湯も粥も単なる湯（水を熱したもの）とは、外見が異り、全くの別物である。それに対して、薬の種類にもよるけれども、薬草の類を煮出した薬湯は、単なる湯と一見しただけでは大きな違ひが無い。「ゆ」の語には、単なる湯も薬湯も含まれるが、重湯や粥を「ゆ」に包含して表現する必然性があったとは考へられない。

では薬湯は何故「ゆ」で表現したのであらうか。源氏物語に「くすり」は六例ある。

若紫　一六七頁

こむるりのつほともに御くすりともいれてふちさくらなとにつけてところにつけたる御をくりものともさゝけたてまつり給ふ

北山の僧都が源氏に、紺瑠璃の壺に薬を入れて贈物にしたもの。

明石　四六八頁

年かはりぬ内に御くすりのことありて世中さま〳〵にのゝしる

「御くすりのこと」は病気を間接に表現するもので、ここは朱雀帝の病気を述べた。

若菜上　一〇五三頁

らてんのみつしふたよろひに御ころもはこよつすへて夏冬の御さうそくかうこくすりのはこ御すゝりゆするつきかゝけのはこなとやうの物うち〳〵きよらをつくし給へり

玉鬘が源氏の四十の賀を催した折の調度のさま。「くすりのはこ」は長寿を願ひ、薬を入れた箱のこと。

若菜上　一〇五五頁

朱雀院の御くすりの事猶たひらきはて給はぬにより楽人などはめさす

朱雀院の病気の為に、四十の賀に楽人は召さないことを述べた。「御くすりの事」は病気の間接表現。

柏木　一二四八頁

よろつに思なけき給て御いのりなとゝりわきてせさせ給けれとやむくすりならねはかひなきわさになむありける

柏木の病気を述べる。「やむくすり」は拾遺集の和歌の引歌である。

総角　一六六五頁

恋わひてしぬるくすりのゆかしきに雪の山にやあとをけなまし

薫が大君の死後に偲んで詠んだ歌。現実に服用するのではない。

これら六例の中の五例は、病気を間接に表すものや、儀式に準備されたもの、贈物にされたもの、歌の中のもので、病人を描く場面に用ゐられたのは柏木の巻の例のみである。柏木の例も実際に病人が薬を用ゐるのではなく、引歌の中の言葉として出てくるに過ぎない。要するに源氏物語の「くすり」の語には、薬湯は含まれず、薬湯は別の表現である「ゆ」で表されたことになる。

和名類聚抄の巻十二に、丹薬、膏薬、丸薬、散薬、湯薬、煎薬の六種の薬が見える。現在も漢方薬の中心は湯薬(薬湯)であり、多くの処方がある。若紫の巻の壺に入った薬や、若菜上の巻の箱に入った薬は、湯薬の材料である可能性はあるけれども、湯薬そのものではない。湯薬として和名類聚抄には、大黄湯、甘草湯、救命湯など種々の名が見えてゐるが、物語などでは「湯薬」「薬湯」「湯」などと漢語で固く表現するのを避け、和語の「ゆ」で表したのであらう。

『玉小櫛』に「病者の事をかける所に、御湯とあるは、多く薬のことと聞えたり」とあり、『増補雅言集覧』に「広足云、物語ぶみに湯といへるはみな薬の事なり薬を某湯といふを湯とのみいへる也」とある。

枕草子の「ゆは」の段の「ゆ」は温泉の意であり、源氏物語の例一は湯浴の意であり、源氏物語以外の物語には丹なる湯、水を熱したものの意があるから、物語の「ゆ」が全て薬湯であるとは言へない。源氏物語の例を通覧すると、重い病状の病人を看護し、飲用させようとする場面の「ゆ」は薬湯であると考へられる。「くすり」で表さず、「ゆ」で表現してゐるのである。

四

源氏物語以外の作品についても触れて置きたい。枕草子については別に述べた[註九]ので、他の作品で、従来の説に問題があると思はれるものの中から数例取上げる。

宇津保物語

宇津保物語には「ゆ」「御ゆ」が併せて十二例あり、湯浴を表すものが二例、それ以外が十例である。この中で二例を引く。

あて宮　六八八頁

「これ御御(衍カ)かたの御ふみなり。」侍従、しにはつるに、ゆつゆばかりをとしいる。おとゞ「たゞこそのみげんあり」と悦給ことかぎりなし。

あて宮の入内が決り、懸想してゐた源侍従が死にさうになった場面である。「ゆ」を河野多麻『日本古典文学大系　宇津保物語』は「お湯」とし、原田芳起『角川文庫　宇津保物語』は「湯薬」とする。ここは、あて宮が入内する日となり、源侍従が悲嘆の余り死に果てようとしたところである。頻死の者に単なる湯（水を熱したもの）を与へて何にならうか。源侍従は喉が乾いてゐる訳ではないので、普通の湯や水を飲ませても何にもならない。今なら即効性のある注射でもするところであるが、漢方の時代であるから、漢方薬を投与したのであり、「ゆ」は薬湯、湯薬である。

国譲の下　一六四三頁

かきをこして、ゆまいり給を、えまいらねば、「ともかくもなり給ふとも、なかたゞが心ざしと御ゆきこしめせ」と、なく〳〵きこえ給へば、ひとすゝりまいる。をものひとくちくゝめたてまつり給へば、すき給ひつ。

女一宮の難産の場面である。ここに連続する一六四二頁に「ゆ」が二例あり、一六四四頁にも「御ゆ」「ゆ」各一例がある。「ゆ」と「御ゆ」との間には用法上の相違は見当らない。

ここの「御ゆ」について、河野多麻『日本古典文学大系　宇津保物語』は「お湯」とし、原田芳起『角川文庫　宇津保物語』は一六四二頁の「ゆ」について「湯」とし、何れも単なる湯（水を熱したもの）と解する。

一六四三頁の「ゆ」は『日本国語大辞典』に「薬」の意の例として引用し、一六四三頁の「御ゆ」は『新潮国語辞典』に「薬湯」の例として引用する。高山直子「『宇津保物語』と『栄花物語』における食」[註十]には「粥」とする。単なる湯（水を熱したもの）、薬湯、粥の三説があることになる。しかしここは、女一宮が難産で苦しみ、周囲の貴顕が大騒ぎしてゐる場面である。病人に先づ必要なのは治療であり、薬である。「ゆ」は薬湯と解すべきである。薬湯を飲ませてから、下文に続く如く「おもの」（をもの）を与へるのである。「おもの」（食物）の中に粥は含まれるから、「ゆ」が粥を意味することはない。

一六四五頁に「左のおとゞ、を物ゆにつけて、まづ大将のぬしにまいらす」とある。湯漬であり、この「ゆ」は単なる湯（水を熱したもの）である。かうした病人以外の場面には「ゆ」が単なる湯を表すのであるが、病人の描写ならば、先づ治療の為に薬湯を飲ませるとなるのである。宇津保物語の「ゆ」の用法は、湯浴を別として、病人の場面には薬湯を表し、病人以外の場面には単なる湯（水を熱したもの）を表す。

かげろふ日記[註十一]

康保元年　四八頁

めはみゆるほどに、いたはしと思ふべきひとよりきて、「おやはひとりやはある。などかくはあるぞ」とて、ゆをせめているれば、のみなどして、みなどなほりもてゆく。

作者の母が亡くなつた後、作者自身も子に遺言をするほど重態となつた場面である。父が無理に「ゆ」を飲ませ、次第に治つて行つた。

この「ゆ」について、与謝野晶子『現代語訳平安朝女流日記』、関根慶子『学燈文庫　紫式部日記、蜻蛉日記』、三宅清『かげろふ日記抄』などは「湯」とするけれども、喜多義男『全講蜻蛉日記』を始め、川口久雄『日本古典文学大系　かげろふ日記』、木村正中他『日本古典文学全集　蜻蛉日記』など殆どの註釈書は薬湯としてゐる。作者は重態で、「あしてなど、たゞすくみにすくみて、たえいるやうにす」といふ状態にあつたから、先づ命を救ふべく薬湯を飲ませたのである。単なる湯を飲んでも病気が治る筈が無い。

狭衣物語[註十二]

上巻　三三〇頁

ただたけき事とは、御湯などをだに見入れ給はで、「さばかり思し入りたりし身を、今までおくらかし給へるが心憂き事」と

女二の宮の容態が悪化してゐることを述べる条である。三谷栄一他『日本古典文学大系　狭衣物語』は「御湯」として単なる湯（水を熱したもの）に解するけれども、吉沢義則『全訳王朝文学叢書　狭衣物語』、松村博司他『日本古典全書　狭衣物語』、鈴木一雄『新潮日本古典集成　狭衣物語』などの「薬湯」とする説に従ふべきである。女二の宮が生きる意欲を失ひ、病気の治療に最も大切な薬湯さへ見向きもしないので、容態が日一日と悪化し、生命もおぼ

つかない。

狭衣物語には、上巻三二五頁の湯浴の例を除き、他に二例ある。上巻三三三頁の例は、出家した女二の宮が小康を得た後、気力を振絞って「御湯などばかり、あながちにして召しなど」することを述べ、下巻二〇〇頁の例は、「あながちなる様にて湯なども見入れ給へば」と、宰相中将の母である尼君が長く病床にあり、母の容態を心配して側を離れない姫君に気を配って、病人が無理に「湯」を飲むといふのである。三例とも病人が重い病気で苦しんでゐる場面にあり、「ゆ」は薬湯と解すべきである。

夜の寝覚

三三一頁

「いかにも、このめのまへの御心をなぐさめ、心をゝこして御ゆなどをも御らんじいるゝつまとやなる」とうけひき給て。

寝覚の上が五月晦日頃より病気になり、出家を決意する迄になつた。父入道は、出家が元気を出すきつかけにもならうかと、承認することを述べる条である。阪倉篤義『日本古典文学大系　夜の寝覚』は「お湯」とし、関根慶子他『寝覚物語全釈』は「御湯」とするのに対し、鈴木一雄『日本古典文学全集　夜の寝覚』は薬湯とする。

父入道は、寝覚の上の出家の望みを認めることが、病気を治す為に肝要である薬湯を飲む契機にならうと思ひ、出家を承知する場面であり、「ゆ」は当然薬湯と考へるべきである。単なる湯を飲むからと出家を認めたのではない。病気を治す為に気力を奮ひ起し、薬湯を飲むのである。普通の湯や水を一切飲まないでゐては、病人は脱水症状で数日しか生存出来ないであらう。

夜の寝覚には湯浴の「ゆ」「御ゆ」が三例あり、それ以外の「御ゆ」の例が二例ある。三三二頁の「たゞ心をつよくおぼして、御ゆなどをきこしめせ」と、三四八頁の「いまの程はいかゞ。御ゆなどはめしつや」とは、共に三三一頁に引続き、寝覚の上の容態の悪いことに関しての表現である。三例とも病人の描写の条にあることから、他の作品と同様、夜の寝覚の「ゆ」も薬湯と解すべきである。

浜松中納言物語[註十三]

四二三頁

つきごろいみじう思ひくづをれよはりたる人の、はかなきゆをだにみもいれず、よるひる涙ばかりにうきしづみたるに、玉しゐも身にそはずあくがれはて、かぎりのさまになり給へりしを

吉野姫がひどく衰弱して、命が絶えてしまひさうな様子を述べる。松尾聰『日本古典文学大系　浜松中納言物語』は「ゆ」を、「(飲食物である)湯」とするが、容態の悪い病人のさまを述べる所であり、他の作品と同じく薬湯と解すべきである。

作品中の他の二例、三三七頁「御ゆなどまいらせたまへど、いさゝか見いるゝけしきもなし」と、四〇七頁「つゆもゆなどやうのものをだに見もいれ給はず、思ひしづむに、水の泡などのやうに消いりぬべきを」とは、何れも病人の描写の条にあるので、薬湯と見るべきであらう。

とりかへばや物語[註十四]

一七〇頁

なきまどひたまひて、よろづにあつかひそひゐたまへるが、うれしく哀なるに、ねんじてゆなどまゐるけにや、こよなくなりたまひにたれば、

四の君が重病で、死にさうになるまで衰弱してゐたけれども、治療の結果、意識を回復したさまを述べる。

吉沢義則『全訳王朝文学叢書　とりかへばや物語』は「御湯」とし、鈴木弘道『校注とりかへばや物語』は「湯」として、「ゆ」を単なる湯(水を熱したもの)に解する。作品には、この例の直前に「声もをしまずなきまどひたまひ

て、御ゆなどせめてすくひいれたまふに」とある他、一二六頁に「御ゆをさへすくひいれたまへど、たゞきえにきえいるやうなるを」とあり、両例とも四の君の容態の悪いさまを述べる条にある。どの例も何とか病人の命を救ひたいと、周囲の者が必死の看護をしてゐるところであつて、病気を治す為の薬湯を与へると解すべきである。

五

結論として次の通りになる。

一　平安時代の「ゆ」には、温泉の意、湯浴の意、湯（水を熱したもの）の意、薬湯の意がある。

二　作品の解釈に於て、「ゆ」に重湯や粥の意があるとする説が見受けられるけれども、何ら根拠が無い。重湯や粥は外見上も普通の湯や薬湯との差異が著しく、「ゆ」で表したと認められない。筋の展開上の必然性もなく誤である。

三　温泉の意、湯浴の意を除き、病人の描写の場面の「ゆ」は薬湯の意であり、それ以外の描写の場面の「ゆ」は単なる湯（水を熱したもの）の意である。

四　病人が重態で切迫した場面に於て、単なる湯（水を熱したもの）を叙述する必然性は無い。病人も現実生活では水や湯を飲むことはあらうが、危篤の場合にさうした日常的な行動を描写する必要は無い。死にさうな病人を救ふ為に、頼みの綱である薬湯を与へることを述べてゐると見るべきである。

五　「ゆをだにまいらず」（薬湯）と、「ゆみづもまいらず」（単なる湯）とは表現が類似するが、病気の場合は薬湯の意であり、悲嘆、落胆など心理的な場合は単なる湯の意で、用法上の区別がある。

六　薬湯は意味上「くすり」の語に包含されるけれども、「くすり」ではなく「ゆ」で表す。薬湯と単なる湯とは外見上もそれほど変化が無く、飲用の動作も同一なので、「薬湯」「湯薬」などの固い感じの漢語を避け、和語の「ゆ」

で表現したのであらう。

註

一　以下源氏物語の本文は池田亀鑑『源氏物語大成』校異篇に拠る。
二　榊原邦彦『古典新釈シリーズ　源氏物語』㈠一二九頁、中道館。
三　山田忠雄『竹取物語総索引』武蔵野書院に拠る。
四　以下宇津保物語の本文は宇津保物語研究会『宇津保物語本文と索引』本文編に拠る。
五　以下栄花物語の本文は松村博司『栄花物語全注釈』に拠る。
六　以下今昔物語集の本文は山田孝雄他『日本古典文学大系　今昔物語集』に拠る。
七　「風俗」十一―二・三　昭和四十六年。「『源氏物語』に現われた粥」（「月刊国語教育」十の一　平成二年四月）にも殆ど同文のものがある。
八　以下夜の寝覚の本文は阪倉篤義『日本古典文学大系　夜の寝覚』に拠る。
九　第一章の一。
十　「月刊国語教育」一〇の二、平成二年五月。
十一　佐伯梅友他『かげろふ日記総索引』に拠る。
十二　松村博司他『日本古典全書　狭衣物語』に拠る。
十三　松尾聰『日本古典文学大系　浜松中納言物語』に拠る。
十四　鈴木弘道『校注とりかへばや物語』に拠る。

第二十章　平安時代の「おほみ」

一

上代に於ける尊敬の接頭語は、一部の「お」の他、主に「み」と「おほみ」とが用ゐられ、「み」の方がより広く用ゐられた。平安時代に入ると、上代に用ゐられたものの他に、「おほみ」が変化した「おほむ（おほん）」が発生し、広く用ゐられるに到つた。これまで尊敬の接頭語「御」について考察して来た。本章では一部に根強く用ゐられた平安時代の「おほみ」につき考察する。散文中の用語を対象とし、和歌中の用語は必要な場合に言及するにとどめる。紙数の関係上、用例の引用などは一部略すことがある。

二

おほみあかし

『源氏物語大成』　玉鬘　七三二頁

おほみあかしのことなとこゝにてしくはへなとするほとにひくれぬ

底本以外の諸本の多くも「おほみあかし」であるが、校異に拠ると、青表紙本の三条西家本は「おほみやかし」、河内本、別本の保坂本は「みあかし」、別本の陽明家本は「みやかし」である。

他には「おほみあかし」の例は見当らない。異文に「みあかし」があるやうに、「みあかし」の形では用ゐられてゐるので、漢字表記の例を含めて引用する。

『源氏物語大成』　夕顔　一三三頁
みあかしのかけほのかにすきてみゆ
『源氏物語大成』　玉鬘　七三五頁
ひくれぬといそきたちて御あかしの事ともしたゝめはてゝいそかせは
校異に拠ると、別本の陽明家本は「みやかし」である。尾州家本、高松宮本は「みあかし」である。
『源氏物語大成』　総角　一五九三頁
ほとけのおはするなかのとをあけてみあかしの火けさやかにかゝけさせて
『源氏物語大成』　玉鬘　七三七頁
御あかし文なとかきたる心はへなとさやうの人はくた〳〵しうわきまへければ
校異に拠ると、河内本、別本の麦生本、阿里莫本は「みあかしふみ」、別本の陽明家本は「みやかしふみ」、別本の保坂本は「御みあかしふみ」である。
『宇津保物語本文と索引』　藤原の君　一五〇頁
つちをまろがしてこれを仏といはゞ、御みあかしたてまつり
『宇津保物語本文と索引』　藤原の君　一五〇頁
百まんの神、七まん三千の仏に、御みあかし御てぐらたてまつり給はゞ
浜田本は「みあかし」である。
『宇津保物語本文と索引』　藤原の君　一五〇頁

御みあかしはいくらばかりたてまつらん。

『宇津保物語本文と索引』　藤原の君　一五一頁

この御みあかしのれう、みてぐらのれう、みなとらせ給へ。

延宝五年板本、浜田本は「みあかし」である。

『宇津保物語本文と索引』　菊の宴　六四六頁

月に一度、さうのみあかし、いのちのあらんかぎりたてまつらん。

『校本枕冊子』　第百二十四段　三巻本

御みあかしのしやうとうにはあらてうちに又人のたてまつれるか

能因本、前田本は「みあかし」である。

『蜻蛉日記校本・書入・諸本の研究』　天禄元年七月

みあかしたてまつらせしそうのみをくるとてきしうたてるに

『蜻蛉日記校本・書入・諸本の研究』　天禄二年七月

あすかにみあかしたてまつりけれは

『蜻蛉日記校本・書入・諸本の研究』　天延二年二月

みあかしなとたてまつりてひとすく許たちゐするほと

『日本古典文学大系　更級日記』　五二二頁

さきにみあかしもたせ、ともの人〳〵上えすがたなるを

『元和九年心也開板古活字本　狭衣物語』　巻二下　四六ウ

みあかしのいとほのか成に御前のくらかりたるにふけんの御光いとけさやかに

『元和九年心也開板古活字本狭衣物語』　巻三下　四五ウ

みあかしのほのかなる方に御木丁をしやりて

『元和九年心也開板古活字本狭衣物語』　巻四上　四四ウ

仏の御まへのみあかしのひかりはかりほのかにて

『元和九年心也開板古活字本狭衣物語』　巻四上　五八ウ

みたうのあつかりたちたる僧の御あかしのきえたるともしつくとて

内閣文庫本、宝玲本、九条家旧蔵本は「みあかし」、鎌倉市図書館本は「御《ミ》あかし」である。

『栄花物語の研究』　校異篇　上巻　四八三頁

ついたちには御燈の(御)きよまりなへけれは

『栄花物語の研究』　校異篇　上巻　四八九頁

いけのかゝり火にみあかしのひかりともゆきかひてりまさりこらんせらるゝに

『栄花物語の研究』　校異篇　中巻　三一四頁

仏供みあかしまてのことをせさせたまふ

『栄花物語の研究』　校異篇　中巻　四三九頁

御たう〱の御あかしともまいらせわたしたるに

西本願寺本は「みあかしとも」である。

『栄花物語の研究』　校異篇　中巻　四三九頁

御たう〱の御あかしに仏のてらされ給へるほとなとちかくみたてまつらせ給

西本願寺本は「みあかし」である。

『栄花物語の研究』　校異篇　中巻　四六六頁

　承仕みあかしもてまいりておまへのとうろにたてまつりわたす

『栄花物語の研究』　校異篇　中巻　四七一頁

　御みあかしのひかりほのかにみえて転法輪の座に僧ゐたり

西本願寺本、陽明文庫本は「みあかし」、富岡甲本は「御あかし」である。

『栄花物語の研究』　校異篇　下巻　八一頁

　大納言殿にかう〳〵ときこえ給て所〳〵にみあかしたてまつらせ給

『古本説話集総索引』　二〇〇頁

　ゆめさめて、みあかしのひかりにみれば、

『今鏡本文及び総索引』　四一頁

　百体の御あかしを、一度にほどなくそなふる風流をぼしめしよりて

蓬左文庫本は「みあかし」である。

以上の仮名表記例より、「おほみあかし」の他に「みあかし」が広く用ゐられたことが判る。

引用した栄花物語の「御燈」の他、今昔物語集に「御明」の表記の語がある。諸作品に多い「御あかし」と共に「みあかし」と読み得る。但し「御」を「おほみ」と読むことがあったとすれば、「御」表記の語は「おほみあかし」の可能性がある。

　諸作品に見られる「御みあかし」の「御」は「み」とは読みがたい。「おほ」又は「おほむ（おほん）」が考へられる。この「御」の読みの参考に、「おほとなぶら」「おほとのごもる」と、「おほ」の語形が普通である両語について考察してみよう。両語については前にも述べたことがある。[註一]

枕草子を例にすると、三巻本に「おほとなぶら」六例、「御となぶら」一例があり、「おほとなぶら」が圧倒的である。従って漢字表記の一例の「御」も「おほ」と読むべきかと思はれるものの、

『源氏物語大成』　葵　三一二頁

くれはてぬれは御となふらちかくまいらせ給て

校異に拠ると、榊原家本は「おほんとなふら」。

『栄花物語の研究』　校異篇　上巻　一三七頁

おほんとなふらめしよせて

西本願寺本は「おほむとなふら」。

『平安朝歌合大成』　廿巻本歌合　内裏歌合　巻二　三五一頁

くらくてすなはちおほんとのあぶらまゐる

と「おほむ（おほん）」の例があり、「御」は「おほ」以外に「おほむ（おほん）」とも読み得る。『源氏清濁』『源氏詞清濁』に「御となふら」がある。

「おほとのごもる」も『源氏物語大成』底本では、「おほとのこもる」四五例、「御とのこもる」三例で、「おほとのこもる」の語形が卓越する。他の作品には多くの「おほとのこもる」の他に、

『校本枕冊子』　第二百九十二段　能因本

いまさらにおほんとのこもりおはしますよとて

『栄花物語の研究』　校異篇　上巻　五一頁

かくよるはおほんとのこもらぬにか

陽明家本も同じ。西本願寺本は「おほむとのこもら」。

『栄花物語の研究』　校異篇　上巻　五一三頁

やすきいもおほんとのこもらす

陽明家本も同じ。西本願寺本は「おほむとのこもら」。

『校本夜の寝覚』　三五七頁

権大納言きておほんとのこもりぬるかととへは

底本は島原本。尊経閣本も同じ。

『後拾遺和歌集総索引』　八七二番

うへおほんとのこもりにけれは

底本は書陵部蔵三十九冊本。

『紫式部日記全注釈』　上巻　三二五頁　紫式部日記絵詞

おもやせておほんとのこもれる御ありさまつねよりもあえかに

と、かなりの数の「おほむ（おほん）とのこもる」の例が見出される。「御とのこもる」の「御」は、「おほ」の他に「おほむ（おほん）」とも読み得ることになる。

後に引くやうに、「おほむ（おほん）みき」「おほむ（おほん）みてぐら」「おほむ（おほん）みゆき」と、「おほむ（おほん）み」の仮名表記例が存する。これらを参照すると、「御みあかし」の「御」は、「おほ」以外に「おほむ（おほん）」と読んだ可能性があり、「おほむ（おほん）みあかし」があつたかも知れない。但し極めて限られたものであり、広く一般に用ゐられたとは考へられない。

古辞書では、

和名類聚抄　　燈明　和名於保美阿加之

色葉字類抄　黒川本　燈明　オホミアカシ
伊呂波字類抄　十巻本　燈明　（ヲ）オホミアカシ△△
色葉字類抄　二巻本　燈《ヲミアカシ》明
類聚名義抄　観智院本　燈明　オホミアカシ
文明本節用集　御燈《ミアカシ》
書言字考節用集　燈《ヲホミアカシ》明
合類節用集　燈《ヲホミアカシ》明

と、「みあかし」より「おほみあかし」の方が多く見える。

平安時代には「おほみあかし」と「みあかし」と両形が用ゐられたのであるが、源氏物語の玉鬘の巻の「おほみあかし」と「みあかし」とは、長谷寺の燈明を物語る同一場面に用ゐられてゐて、両語の用法上の差は認められない。一部に「おほむ（おほん）みあかし」の用ゐられた可能性がある。

おほみあし

『今鏡本文及び総索引』　一一二頁

をほみあしすまさせたまひけるに、つみたてまつるやうにたび〳〵しければ

前に述べたこと[註二]がある。信濃守行綱が師実の足を抓った場面で、「をほみあし」は師実の足を指す。蓬左文庫本、尊経閣文庫本は「御あし」である。

『栄花物語の研究』　校異篇　上巻　一六〇頁

おほむあしのあとにはいろ〳〵のはちすひらけ

西本願寺本は「おほんあし」。

「おほむあし」は花山院の足を指す。

用例が少ないので分明でないが、両例からは「おほみあし」と「おほむあし」との用法上の差は認められない。今鏡の「おほみ」は「あそび」に付いた例と、この例とのみである。上代から用ゐられた「おほみ」が平安時代末期にも或程度用ゐられたことの証となからう。

おほみあそび

『古今和歌集成立論』九〇三番　志香須賀本
同御時うへのさふらひにてをのこともにおほみきたまひておほみあそひなとありけるついてにつかうまつりける
諸本の表記は次の通り。
おほみあそひ　雅俗山庄本　永治本　前田本　天理本　雅経本　今城切　永暦本　建久本　寂恵本　伊達本
おほんあそひ　六条家本
御あそひ　本阿弥切　基俊本　後鳥羽院本
御アソヒ　寛親本
御遊　元永本
この「おほみあそひ」は宇多天皇の御代に、清涼殿の殿上の間で催された管絃の遊びである。「おほん」や「御」表記の諸本もあるが、「おほみ」が古今和歌集の本来の形であらう。
『後拾遺和歌集』序　陽明文庫甲本
つひにおほみあそひのあまりに

日野本も同じ。書陵部本は「おほむあそび」。

『西本願寺本三十六人集精成』　兼盛集　三六八頁

山にのぼり水にたはぶれ給ふおほみあそびもみえざりき。

『私家集大成』　兼盛集　中古Ⅰ　五三九頁

山にのほり嶺にたはふれたまふおほみあそひも見えさりき

『宇津保物語本文と索引』　国譲の中　一三九三頁

そのよも、これかれ、おほみあそびなどして、こよひはけぢからしてなまめきたり。

宇津保物語の前田本には、「おほんあそび」が二例、「御みあそび」が二例、「御あそび」が三十二例ある。「御みあそび」は「おほみあそび」と思はれるけれども、「御みあかし」と同じく、「御」は「おほむ（おほん）」である可能性も存在するであらう。

『源氏物語大成』　松風　五九五頁

月はなやかにさしいつるほとにおほみあそひはしまりていとよいまめかし

『源氏物語大成』　乙女　七〇五頁

なかしまのはたりにこゝかしこかゝり火ともともしておほみあそひはやみぬ

源氏物語の諸本に「おほむ（おほん）あそび」の例が見られる。

『尾州家河内本源氏物語』　巻一　二五二頁　おほむあそひ

高松宮本は「おほんあそひ」。

『源氏物語大成』　校異篇

野分　八六三頁　おほむあそひ　横山本　池田本　高野辰之蔵本　おほんあそひ　御物本

藤裏葉　一〇〇三頁　おほむあそひ　横山本
宿木　一七八〇頁　おほむあそひ　三条西家本
蜻蛉　一九七七頁　おほんあそひ　三条西家本

「おほみあそび」と「おほむ（おほん）あそび」との用法上の差は認められない。

『今鏡本文及び総索引』二二頁
後一条院うみたてまつらせ給へりし七夜のおほみあそびに、みすのうちよりいだされ侍りける

『今鏡本文及び総索引』二六頁
七年神無月の比、つりどのにておほみあそびあり。ふみつくらせ給けりとぞきこゐ侍し。か様のおほみあそび常のことなるべし。

『今鏡本文及び総索引』五五頁
白河殿にわたらせ給ひて、おほみあそびありて、上達部のざに

『今鏡本文及び総索引』六一頁
まづおほみあそびありて、関白殿ことひき給。

『今鏡本文及び総索引』六八頁
御うぶやしなひ、七夜など、関白よりはじめてまいり給て、おほみあそびどもあり。

『今鏡本文及び総索引』七八頁
あをいろの衣、はるのおほみあそびにあひて、めづらかなるいろなるべし。

『今鏡本文及び総索引』一〇五頁
いつの事にはべりけるとかや、をほみあそびに、ふゆのそくたいに

『今鏡本文及び総索引』　一一二頁

ときの哥よみども、昔にもはぢぬおほみあそびなるべし。

『今鏡本文及び総索引』　一一六頁

なにとなきをゝみあそびも、ふるきあとにもにぬこゝろなるべし。

『今鏡本文及び総索引』　一二六頁

うたあはせなどあさゆふのおほみあそびにて、もとゝし、としよりなどいふ、

『今鏡本文及び総索引』　一三四頁

宮の御かた、おほみあそびつねにせさせたまひ、

『今鏡本文及び総索引』　一三四頁

みかど、みやの御かたに、こゆみのおほみあそびに、殿上人かたわかちて、

『今鏡本文及び総索引』　一三八頁

さうのふえをぞ、おほみあそびにはふかせ給ときこえ給し、

他の作品に「おほむ（おほん）あそび」が若干見られはするものの、一般の語に「おほむ（おほん）」が多く用ゐられたのと異なり、「あそび」には「おほみ」の付く方が卓越してゐる。今鏡の「御みあそび」二例も、「おほむ（おほん）みあそび」の可能性よりも、「おほみあそび」の可能性が強いであらう。平安時代には「おほむ（おほん）あそび」より「おほみあそび」の方が主に用ゐられたと言ひ得る。

おほみあるじ

『宇津保物語本文と索引』　吹上の上　四七三頁

かくて、まづおほみあるじつかまつる。

『宇津保物語本文と索引』　蔵開の中　一一四〇頁

七日のよになりぬれば、きのかみにおほみあるじのことゞもを

『宇津保物語本文と索引』　国譲の上　一二六七頁

けいしも、きのかみなどして、おほみあかしつかうまつる。

「おほみあかし」は「おほみあるじ」の誤写であらう。俊景本は「大みあるじ」で、他にも「おほみあるじ」の本がある。

『宇津保物語本文と索引』　俊蔭　一一八頁

かのみあるじの、いとになくかうざくなりつれば

『宇津保物語本文と索引』　嵯峨院　三三八頁

みあるじの事、はた、みまさかよりよね二百石たてまつりためり。

『宇津保物語本文と索引』　吹上の上　五一三頁

その日のみあるじ、れいのごとしたり。

『宇津保物語本文と索引』　吹上の上　五二二頁

宮内卿のぬし、みあるじよろしうし給へり。

『源氏物語大成』　真木柱　九五八頁

かきりあるみあるしなとのことゝもゝしたるさまことにようゐありてなむ

『源氏物語大成』　夢浮橋　二〇六二頁

大将殿おはしましておほんあるしのことにはかにするを

『西本願寺本三十六人集精成』　公忠集　二四七頁

　おほむあるじありてあるじもまらひともうたよみたまひけるに

『私家集大成』　源公忠朝臣集　中古Ⅰ　三〇六頁

　おほんあるしありて、あるしもまたひとも歌よみ給ひけるに

『私家集大成』　増基法師集　中古Ⅰ　三二〇頁

　おほむあるしせむとて、こいしけのおほきさなるいものかしらを

『いほぬし本文及索引』　六頁

「おほんあるじせん」とて、ごいしげのおほきさなるいものかしらを

これらの仮名表記例に拠ると、平安時代には「おほみあるじ」「みあるじ」「おほむ（おほん）あるじ」の三つが併存してゐたことになる。

おほみうた

『古今和歌集成立論』　四番　高野切

　二条のきさいのはるのはしめのおほみうた

他の諸本は次の通り。

おほみうた《御歌ィ》　静嘉堂本

おほむうた　昭和切

おほんうた　雅俗山庄本　建久本

おほむ歌　永暦本

『古今和歌集成立論』　二一番　高野切

仁和のみかとのみこにおはしましけるときにひとにわか○(な)たまひけるおほみうた

他の諸本は次の通り。

おほみうた　雅俗山庄本　静嘉堂本

おほむうた　昭和切

おほんうた　雅経本　永暦本　建久本

『古今和歌集成立論』　九〇番　静嘉堂本

あるひとのいはくこのうたは、ならのみかとのおほみうたなりと

他の諸本は次の通り。

おほんうた　永暦本　建久本

おほん歌　雅俗山庄本

御《オホム》歌　寂恵本

『古今和歌集成立論』　二二二番　静嘉堂本

このうたあるひと、ならのみかとのおほみうた○《也とイ》となんまうす。

他の諸本は次の通り。

おほむうた　雅俗山庄本

オホムウタ　寂恵本

おほんうた　雅経本　建久本

『古今和歌集成立論』　二八三番　高野切

このうたあるひと、ならのみかとのおほみうたとなむまうす。

他の諸本は次の通り。

おほみうた　雅俗山庄本　静嘉堂本

おほんうた　雅経本　建久本

『古今和歌集成立論』　三四七番　雅俗山庄本

仁和の御時に僧正遍照に七十賀たまひけるときのおほみうた

他の諸本は次の通り。

おほみうた　静嘉堂本

おほん歌　雅経本

おほんうた　永暦本　建久本

以上引いたやうに、古今和歌集の諸本には「おほみうた」と「おほむ（おほん）うた」との両形が見られる。「おほみ」が変化して「おほむ（おほん）」となつた[註三]のであり、「おほみうた」より「おほむ（ん）うた」の方が古形であるとは考へられない。「おほみあそび」と同じく、「おほみうた」が本来の語形であらう。

『宇津保物語本文と索引』　祭の使　四一三頁

おほみうたつかうまつるべき殿上人のたゞ今の上ずどもみなめしつけ《(衍カ)》つけつ。

宇津保物語には「おほみうた」のみで、「おほむ（おほん）うた」「御うた」などは無い。

「おほむうた」は西本願寺本三十六人集の忠見集に二例あり、「おほんうた」は十巻本歌合の亭子院歌合に一例、古来風体抄の穂久邇文庫本に六例ある。天皇の歌にも「おほん」が用ゐられてゐるから、誰の歌かで「おほみ」と「おほむ（おほん）」とを区別した形跡は無い。一般に上代の「おほみ」は平安時代に「おほむ（おほん）」に変化したが、

「おほみうた」の場合、古今和歌集、宇津保物語に「おほみ」があるやうに、「おほむ（おほん）」への移行の時期が遅かつたのである。大雑把に言へば、平安時代の前期は「おほみうた」が中心であり、平安時代後期は「おほむ（おほん）うた」が中心であつたのであらう。竹取物語の「御哥」[註四]も「おほむ（おほん）うた」の他に「おほみうた」の可能性がある。

『大和物語の研究』　第百六十八段　伝為家筆本

　といふもそう正のみうたになむありける

細川家旧蔵本、古活字本、大和物語并首書本、群書類従本、勝命本も「みうた」、陽明文庫本は「み歌」。

この大和物語の「みうた」は一般性のある用法とは言へない。前に拙著で言及した。[註五]

古事記に「おほみうた」（大御歌）、「みうた」（御歌、三歌）があり、万葉集に「おほみうた」（大御歌）、「みうた」（御歌、御謌）があり、上代には「おほみうた」も「みうた」も広く用ゐられた。

『枕草子研究及び資料』一四一頁に、

　平安時代には「み」の用法が限定されるやうになつた。同じ語でも、地の文では「おほむ」が付き、会話文では「み」が付くとか、「みてぐら」「みあかし」「みやすむどころ」「みかど」「み帳」など、神祇、仏教、宮中、殿舎、調度関係の語に限られるとかの傾向が生じた。

と纏めたが、「みうた」の場合、僧正の歌といふ仏教関係の場面であるから、「み」が用ゐられたと解することが出来る。仮名表記例が一例のみでは断言出来ないけれども、「みうた」は限定されたものであることが言へよう。

おほみおほつぼとり

『源氏物語大成』　常夏　八四四頁

おほみおはつほとりにもつかうまつりなむときこえ給へは

別本の陽明家本、保坂本は「おほんおほつほとり」、別本の国冬本は「おほむつほとり」。上代に広く用ゐられてゐた「おほみ」が、平安時代には特定の語に限定して用ゐられた。「おほみおほつほとり」もその一つで、源氏物語の本来の語形は「おほみおほつほとり」であり、「おほんおほつほとり」は後代の書写の際に転訛した語形であらう。

おほみかき

『私家集大成』 恵慶集 中古I 四九〇頁

おはしもゝちの歌をおなし心によみつゝけ、おほみかきのゐしつのをたまきまてなん

『源氏物語大成』 賢木 三六二頁

おなしみかきのうちなからかはれる事おほくかなし

『栄花物語の研究』 校異篇 続篇 三一九頁

みかきの内にてかすめる山のけしき御らんせさりしに

宇津保物語の前田本に「みかき」が二例あり、西本願寺本三十六人集の小大君集に「みかきまうし」がある。歌語は「みかき」。

上代では、「うた」「かど」「かみ」「き」「よ」には、「おほみ」と「み」とが付いた例が見える。「あし」「かき」「てぐら」「ゆき」には「おほみ」の付いた例が見えず、「み」の付いた例のみである。しかし恵慶集の用例の存在から、上代にも「おほみかき」が用ゐられたであらうことが推測し得る。平安時代になつて新たに「おほみ」が付くやうになつたのではないであらう。

おほみかど

『校本枕冊子』　第百七十八段　三巻本

おほみかとはさらつやなと〻ふなれはいま〻た人のをはすれはなといふもの〻

前田本、堺本は「おほみかと」、能因本は「大御門」。

「おほみかど」の例は他に見当らない。

門の意の「みかど」の例は、源氏物語絵巻詞書の柏木、東屋に各一例があるのを始め、宇津保物語の前田本に十九例、『源氏物語大成』底本の東屋に一例、栄花物語の梅沢本に四例、大斎院御集に二例と多い。枕草子のこの段の後文にも「みかと」二例がある。枕草子の「おほみかと」一例、「みかと」二例は、三例とも会話文中にあり、両語の用法上の差は認められない。和名類聚抄に「みかともり」、伊呂波字類抄の十巻本に「コミカト」「ミカトモリ」、色葉字類抄の前田本に「コミカト」、色葉字類抄の黒川本に「コミカト」「ミカトモリ」が見え、一般には「みかど」が多く用ゐられたと判断出来る。但し鎌倉年中行事に「大御門」があり、「おほみかど」も後世まで用ゐられた。

おほみかみ

『私家集大成』　順集　中古Ⅰ　四三〇頁　書陵部蔵三十六人集

かけまくもかしこきおほみかみは、あはれともめくみさきまへたまひてんとて

「おほみかみ」の例は他に見当らないけれども、「おほむ（おほん）かみ」は、日本紀意宴和歌、西本願寺本三十六人集の順集、書陵部蔵歌仙集の順集、書陵部蔵住吉社歌合、伊勢物語などに広くあり、古今和歌集に「あまてるおほむ（おほん）かみ」がある。「みかみ」は和歌中に用ゐられるのみである。

上代には「おほみかみ」（大御神）が古事記、万葉集に見え、「みかみ」（美可未、美神、御神）が万葉集に見え、共に

用ゐられてゐたが、平安時代に於ては、「みかみ」は和歌中に限定され、「おほみかみ」は用例が少なくなり、「おほむ（おほん）かみ」が一般に用ゐられるに到ったのである。後拾遺和歌集には歌中にまで「すへおほんかみ」「すへらおほむ神」が用ゐられてゐる。

おほみき

『古今和歌集成立論』　三九七番　高野切

　かむなりのつほにめしたりけるひおほみきなとたうへてあめのいたくふりければ

筋切本、元永本が「御みき」の他は、諸本「おほみき」である。

古今和歌集には八七四番、九〇三番に「おほみき」があり、後撰和歌集、伊勢物語、源氏物語などにあるが、前に触れたこと[註六]があり、仮名表記例が多く存するので引用は省く。後撰和歌集は第二十三章参照。

上代には「おほみき」（大御酒、意富美岐）が古事記に見え、「みき」（美岐、美伎）が古事記、万葉集に見え、両形が用ゐられた。平安時代の文学作品に「みき」の例は見当らないけれども、九暦の「御酒」「御酒勅使」は「みき」であらう。色葉字類抄の黒川本、伊呂波字類抄の十巻本、色葉字類抄の二巻本に「ミキ」が見え、平安時代に於ても「おほみき」と「みき」との両形が用ゐられた。合類節用集、書言字考節用集、易林本節用集、節用集大全には、「ヲホミキ」と「ミキ」とが見える。

　伊勢物語第八十三段、第八十五段の伝二条為明筆本に「おほむみき」「おほんみき」が各一例あり、栄花物語の巻十八の梅沢本に「おほんみき」があり、後拾遺和歌集の一一六二番の書陵部蔵三十九冊本に「おほんみき」がある。但し何れも他の諸本は「おほみき」又は「御みき」であり、「おほむ（おほん）みき」は安定した語形とは言へない。平安時代に「御」を「おほむ（おほん）」と読むことから、「御みき」表記の語を介して、書写の際に「おほむ（おほん）みき」が生じたのであらう。一部にある「おほむ（おほん）みてぐら」「おほむ（おほん）みゆき」も同様なことが言へる。

おほみだう

『栄花物語の研究』　校異篇　中巻　三九一頁

とのゝをまへらいねんのおほみたうのくやうのことをいまよりおほしめしたり

西本願寺は「みたう」。

栄花物語の梅沢本には、他に「おほみたう」が一例、「大みたうくやう」が一例あり、「みたう」の仮名表記例が多い。「みたうくやう」の仮名表記例は無いが、「御たうくやう」一例、「御堂くやう」二例、「御堂供養」四例がある。これらの「御」は「み」であらう。「みたう」は建物を指す例と、道長を指す例とがあり、広く使はれてゐる。「おほみたう」と「みたう」との用法上の差は認められず、「大みたうくやう」には富岡甲本の「御たうくやう」の異文がある。

大鏡の近衛本では、「大御堂」一例のみに対し、「御堂」は十七例、「御堂御堂」は一例と「みだう」が多い。「大御堂」は後世にも用ゐられはするものの、平安時代では普通「みだう」が用ゐられ、ごく一部に「おほみだう」が用ゐられた。

おほみてぐら

『宇津保物語本文と索引』　藤原の君　一五〇頁

神みむには、天ぢくなりとも、おほみてぐらたてまつらせ給へ。

「おほ」には諸本「おほん」「おほえ」「おほへ」「おほて」の異文がある。「おほんみてぐら」の本文の本が一部にある訳であるが、後世の書写の際に生じた語形であろう。宇津保物語の前田本に「みてぐら」二例がある。

諸作品に「みてぐら」「みてぐらづかひ」の仮名表記の例が多いため引用は略す。色葉字類抄の黒川本、伊呂波字類抄の十巻本、色葉字類抄の二巻本に「ミテクラ」がある。類聚名義抄の図書寮本、観智院本に「オホミテグラ」と「ミテグラ」とが共に見え、当時「みてぐら」の他に「おほみてぐら」も或程度用ゐられてゐたと考へられる。

おほみゆき

『伊勢物語に就きての研究』　校本篇　第七十八段

三条のおほみゆきせし時きのくにの千里のはまにありけるいとおもしろきいしたてまつれりきおほみゆきののちたてまつれりしかは

前例は伝為氏筆本が「みゆき」、後例は伝為氏筆本、阿波国文庫旧蔵本、伝為相筆本、神宮文庫本が「おほんみゆき」である。他の諸本は「おほみゆき」が多い。

『大和物語の研究』　第百五十段　大永本

いけのほとりにおほみゆきし給て人〳〵に哥よませ給ふ

伝為氏筆本は「みゆき」。

『宇津保物語本文と索引』　吹上の下　五四九頁

神泉のおほみゆき、院の御かどもおはしまして、御あそびあるべかなるに

『西本願寺本三十六人集精成』　伝藤原公任筆砂子切　四七頁

　さがの丶おほみゆきのついでに

『宇津保物語本文と索引』　吹上の下　五四九頁

　とてこいで給て、おほんみゆきのともにつかうまつり給。

「みゆき」の仮名表記例は竹取物語以降の諸作品に多いので略す。

「おほみゆき」「みゆき」「おほむ（おほん）みゆき」の三つの語形がある。用法上の差は認められない。「おほむ（おほん）みゆき」は室町時代の歌林良材集に「おほん御ゆき」と見えるが、安定した語形ではなく、後世の書写の際に生じたのであらう。新撰字鏡に「おほみゆき」（於保三由支）が見え、類聚名義抄の観智院本に「オホミユキ」と「ミユキ」とが見える。平安時代には「おほみゆき」と「みゆき」とが共に用ゐられてゐた。

おほみよ

『平安朝歌合大成』　十巻本歌合　三条左大臣頼忠前栽歌合　巻二　五四六頁

　あはれわがきみのおほみよ、長月になりゆくなべに

『古今和歌集成立論』　序　私稿本

　かのおほむよにやうたのこゝろをしろしめせりけむ

諸本の多くが「おほむよ」「おほんよ」である。寂恵本は「おほん世」で、「オム」の朱註がある。

『源氏物語大成』　賢木　三七〇頁

　春宮の御世をたひらかにおはしまさはとのみおほしつゝ

校異に拠ると、池田本は「おほむよ」。

『尾州家河内本源氏物語』　薄雲　巻二　一〇八頁

かの入道の宮の御はゝきさきのおほむよよりつたはりて

高松宮本は「おほん世」。

『栄花物語の研究』　校異篇　中巻　四三頁　富岡甲本

我おほんよにいかてよきをとこそおもひつれくちをしくあはれにおほしめさる

『平安朝歌合大成』　廿巻本歌合　内裏歌合　巻二　三五五頁

かくばかりおもしろきことゞもは、ちかきみよ〳〵にはきこえずとなむ人〴〵いひける

『新編国歌大観』　後拾遺和歌集　序

むらかみのかしこきみよにはまた古今和歌集にいらざるうた

陽明文庫甲本、日野本も「みよ」。

『宇津保物語本文と索引』　蔵開の中　一〇八四頁

けんかしそくのみよぞあぢきなきやとハはつせきゝしりたらん

『宇津保物語本文と索引』　国譲の上　一三〇五頁

たゞいま、よは右大将おやこのみよになりなんとすめり。

『宇津保物語本文と索引』　楼上の上　一七三〇頁

とう宮のみよにさりともあくまできゝ給てん。

『宇津保物語本文と索引』　楼上の上　一七三九頁

このみよにだに、かのかんじをいまはかくのこりなきみにゆるされなばや、いかにうれしからん。

上代の「おほみよ」（大御世）「みよ」（美与、御代、御世）を承けたのであるが、平安時代には「おほみよ」の用ゐられることは少なくなり、他に用例を見ない。「おほみよ」の変化した「おほむ（おほん）よ」と、上代以来の「みよ」

とが用ゐられた。

同一語に付いた「おほむ（おほん）」と「み」との使ひ分けについて、会話文と地の文とが関係する場合がある。即ち「おほむ」は地の文、又は地の文と会話文とに付き、「み」は会話文に付く傾向が認められる。ここでは「おほむ（おほん）よ」の例は地の文であり、「みよ」の例は後拾遺和歌集の一例を除く五例が会話文である。拙著『平安語彙論考』四〇頁に、

個々の語について見れば、仮名表記の乏しい語もあり、変動する可能性はあらう。しかし「おほむ」が地の文で、「み」が会話文でと使ひ分けた傾向が平安時代に存してゐたことは、否定できないと思はれる。

と述べたやうに、偶然ではないであらう。

三

一　平安時代に「おほみ」が付いて用ゐられた語に、「あかし」「あし」「あそび」「あるじ」「うた」「おほつぼとり」「かき」「かど」「かみ」「き」「だう」「てぐら」「ゆき」「よ」がある。他にも少数見出されるかも知れないけれども、何れにせよ限定されたものであつた。

二　一の語の中で、「き」「てぐら」「ゆき」には、「おほむ（おほん）み」の付いた形が一部に見られる。用例は僅かであり、後世の書写の際に生じたのであらう。

三　一の語の中で、「あし」「あそび」「あるじ」「うた」「おほつぼとり」「かみ」「よ」には、「おほむ（おほん）」の接続した形も用ゐられた。

四　一の語の中で、「あかし」「あるじ」「うた」「かき」「かど」「き」「だう」「てぐら」「ゆき」「よ」には、「み」の接続した形も用ゐられた。

五　「あかし」「かき」「かど」「き」「だう」「てぐら」「ゆき」は、「おほみ」と「み」とが接続して用ゐられた。「おほみ」と「み」との用例の多少は語により異る。

六　「あし」「あそび」「おほつぼとり」「かみ」は、「おほみ」と「おほむ（おほん）」とが接続して用ゐられた。用例の多少は語により異る。

七　「あるじ」「うた」「よ」は、「おほみ」と「おほむ（おほん）」と「み」とが接続して用ゐられた。古今和歌集では「おほみうた」が本来の形であり、「みうた」は特殊な場面に限定して用ゐられ、「おほむ（おほん）よ」は地の文、「みよ」は会話文に用ゐられる傾向がある。

註

一　榊原邦彦『枕草子研究及び資料』一三頁以降。
二　『枕草子研究及び資料』一五三頁。
三　『枕草子研究及び資料』一四四頁。
四　第二十一章。
五　榊原邦彦『平安語彙論考』三八頁。
六　『枕草子研究及び資料』一三二頁、一三三頁。

第二十一章　竹取物語の「御」

一

「御」は平安文学作品に極めて多数用ゐられてゐる。しかし殆どが漢字表記の為に、読みが不明確である。これまで拙著の『平安語彙論考』[註一]や、『枕草子研究及び資料』[註二]などに於て、稀に見られる「御」の仮名表記例に基づき、「御」の読みを考察して来た。本章では、竹取物語の「御」の読みの全般に亙って考察することにする。但し、「みこ」「みかど」「みゆき」などの読みに問題の無い語は省く。

竹取物語の本文は、新井信之氏『竹取物語の研究　本文篇』、中田剛直氏『竹取物語の研究　校異篇　解説篇』、上坂信男氏『九本対照竹取翁物語語彙索引　本文編』、久曾神昇氏『竹取物語』、『古筆切資料集成』に拠る。特に記さない竹取物語の本文は、『竹取物語の研究　校異篇　解説篇』の木活字十行本で、竹取物語の頁行も同書に拠る。

以下の文では引用を除き、「おほん」は「おほむ」で代表させるなど、便宜の扱ひをすることがある。「御」の読みについて従来の諸説を挙げるが、紙数の制約があるところから、一部のみを挙げる。

二

二八頁五行　五人の中にゆかしき物をみせ給へらんに御心さしまさりたりとてつかうまつらん

(イ)おんこころざし　田中大秀『竹取翁物語解』　飯田永夫『校訂標註竹取物語』　鳥居忱『竹取物語析義』　古谷知新『国民文庫　竹取物語』　武笠三『有朋堂文庫　竹取物語』

(ロ)みこころざし　山田孝雄、山田忠雄、山田俊雄『昭和校註竹取物語』

「御心さし」の読みについて、従来の諸説は右に示したやうに「おん」と「み」とがある。「おん」とする書は他にも多いが、時代の古い書を挙げ、他は省いた。

他の作品に仮名表記例が見られるので、以下に引く。

『源氏物語大成』　東屋　巻七　四三二頁　源氏物語絵巻詞書

むかしのおほむこゝろさしなきやうにおほさはいとうれしくなん

『尾州家河内本源氏物語』　桐壺　巻一　十四頁

いとゝおほん心さしのあやにくなりしそかし

『源氏物語大成』　宿木　一七二五頁

御こゝろさしをろかにもあらぬなめりかし

横山家本は「おほんこころさし」である。

『源氏物語大成』　宿木　一七五九頁

その御心さしもくとくのかたにはすゝみぬへくおほしけんを

三条西家本は「おほん心さし」である。

『源氏物語大成』　東屋　一八三二頁

むかしの御心さしのやうにおもほさはいとうれしくなん

三条西家本は「おほむこゝろさし」である。源氏物語絵巻詞書と一致する部分である。

『尾州家河内本源氏物語』　蜻蛉　巻五　一四二頁

　又もらさせ給はてやませ給はんなむおほんこゝろさしにはへるへき

『源氏物語大成』の校異に拠ると、池田本、三条西家本は「おほむ心さし」である。

『源氏物語大成』　夢浮橋　二〇六五頁

　おほん心さしふかかりける御中をそむきて

底本の池田本の他に、尾州家河内本も「おほん心さし」である。

『大和物語人との研究』　第百四十七段　系統別本文篇上　三〇四頁

　たれもみ心さしのをなしやうなれはこのおさなきものなむおもひわつらひにて侍

底本は伝為家本である。陽明文庫蔵本が「み心さし」、他に大和物語抄本、群書類従本、勝命本が「みこゝろさし」の仮名表記である。

これらの仮名表記例を通覧すると、「おんこころざし」は全く無い。従って(イ)「おんこころざし」の説は認めがたい。「御こころざし」について前に触れたことがある。[註三]

拙著の『枕草子研究及び資料』一四六頁に、

　平安時代の文学作品などの「御」を「おん」と読むことは普通無かつたであらう。

　源氏物語の諸本の中に「おん」が数例見られはするものの、「おほむ」の仮名表記の数分の一に過ぎず、「おほむ」が源氏物語絵巻詞書のやうに平安時代の書写であることが確実な資料にあるのに対し、「おん」の見える諸本は書写の時代が遙かに降る。

と纏めた。

(イ)「おんこころざし」の説は否定すべきである。

次に㈹「みこころざし」について考察する。二八頁四行の「人の心さしひとしかん也」は、他本は「心さし」で「御」が無いけれども、新井本のみ「みこゝろさし」であり、竹取物語中の「み」の例になる。新井本は古本系の唯一の完本であり、他の本に仮名表記例は見出せない。古本と呼ばれてゐるものの、文化十二年の書写であって書写時代は新しいが、竹取物語の現存諸本の殆どが江戸時代の書写であり、室町時代初期に遡る写本は無い。「御」の仮名表記例は、この例以外にも竹取物語の諸本に見られる。但し少数の例に限られる。幾度となく転写を繰返した挙句に残存してゐる表記であり、作品成立時代の読みを伝へてゐる例がどれほどあるか疑問は残るけれども、重要な資料である。

前に挙げた仮名表記例に拠ると、大和物語では、「みこころざし」であり、源氏物語では「おほむ（ん）こころざし」となる。両作品とも確実な成立年代は判らないが、一般に大和物語の方が源氏物語に先行するとされる。竹取物語の成立が両作品より古いことを理由に直ちに竹取物語は「みこころざし」であるとは言へないが、一本のみとは言ふものの、新井本に仮名表記例があることは根拠となるものである。

㈹「みこころざし」の説が妥当であらう。

三〇頁三行　これよき事也人のうらみもあるましといふ

会話文で、竹取の翁の言葉である。木活字十行本は「うらみ」であるが、新井本は「御うらみ事」であり、通行本の多くは「御うらみ」であり、「御うらみ」の本文に拠る書に左の説がある。

㈠おんうらみ　高橋貞一『新註国文学叢書　竹取物語』　山岸徳平『学燈文庫　竹取物語』　三谷栄一『日本古典鑑賞講座　竹取物語』　村瀬英一、山口博『明解シリーズ　竹取物語』　三谷栄一『竹取物語新解釈』

竹取物語で「うらみ」が用ゐられるのは一例のみである。「御うらみ」の諸本は全て「御」の漢字表記である。他の作品にも、「御うらみ」の「御」が仮名表記になってゐる例は見当らず、読みは判然としない。しかし「おん」ではないであらう。

結論として（イ）「おんうらみ」は適当でない。「おほむ（ん）うらみ」や「みうらみ」が考えられるが、仮名表記例が見当らず判然としない。

三〇頁四行　石つくりの御子には仏の御石のはちと云物あり

（イ）おほむ（ん）いしのはち　田中大秀『竹取翁物語解』　飯田永夫『校訂標註竹取物語』　武笠三『有朋堂文庫　竹取物語』　石川佐久太郎『校註日本文学大系　竹取物語』　島津久基『岩波文庫　竹取物語』

（ロ）みいしのはち　鳥居忱『竹取物語析義』　井上頼文『竹取物語講義』　古谷知新『国民文庫　竹取物語』　物集高量『新釈日本文学叢書　竹取物語』　吉沢義則『大日本文庫　竹取物語』

竹取物語の諸本は「御」の漢字表記である。他の作品にも仮名表記の例は見当らない。

仮名表記の見当らない語については、「おほむ（ん）」か「み」かは判断しがたい。但し「おほむ（ん）」「み」以外の読みの可能性は考えられない。

結論として、（イ）「おほむ（ん）いしのはち」と、（ロ）「みいしのはち」とは、共に可能性がある。

三四頁四行　つかふまつるへき人〳〵みな難波まで御送りしける

（イ）おんおくり　古谷知新『国民文庫　竹取物語』　物集高量『新釈日本文学叢書　竹取物語』　吉沢義則『大日本文庫　竹取物語』　岸上慎二、伊奈恒一『詳解竹取物語』　村瀬英一、山口博『明解シリーズ　竹取物語』

（ロ）みおくり　武笠三『有朋堂文庫　竹取物語』　池辺義象『校註国文叢書　竹取物語』　福永弘志『竹取物語新

釈』　正宗敦夫『日本古典全集　竹取物語』　鳥津久基『岩波文庫　竹取物語』

諸本とも「御」の漢字表記で、仮名表記の本は無い。『竹取翁物語解』の本文は「おくり」で、「御」が無い。

三五頁一行　御送りの人〴〵み奉をくりてかへりぬ

の例もある。ここは「おんおくり」とする古谷知新『国民文庫　竹取物語』以下の説や、「みおくり」とする田中大秀『竹取翁物語解』以下の説の他に、「見おくり」とする小山儀『竹取物語抄』の説があり、五十嵐本も「見おくり」の本文である。他の本は「御」の表記であり、田中大秀『竹取翁物語解』に「見送と作るは悪し」とする。下文に「み奉をくりて」があるので「見おくり」と解するのは通じがたい。「御おくり」が適当であり、『竹取物語抄』の説は否定すべきである。

他の作品の仮名表記例を引く。

『宇津保物語本文と索引』　蔵開の上　九七六頁

にしの御かたおほんをくりして

底本は前田本である。延宝五年板本、浜田本も「おほんおくり」である。

『尾州家河内本源氏物語』　末摘花　巻一　一二二頁

ふりすてたまへるかつらさにおほむをくりつかうまつるは

高松宮本も「おほんをくり」である。

『源氏物語大成』　宿木　一七八一頁

御をくりのかむたちめ殿上人ろくゐなといふかきりなき

校異に拠ると三条西家本が「おほむをくり」である。

二八頁五行の条で述べたやうに、竹取物語の成立時代には「おん」は考へられず、(イ)「おんおくり」の説は適当でない。古くは「み」が用ゐられたであらうが、「みおくり」の仮名表記例が無い。仮名表記例から推測すれば「おほむ（ん）おくり」である可能性が多いことにならう。枕草子の「御おくり」については前に考察した。[註四]

結論として、(イ)「おんおくり」は適当でない。(ロ)「みおくり」の可能性はあるものの、仮名表記例の多い「おほむ（ん）おくり」の可能性が多いであらう。

三七頁二行　旅の御姿なからおはしたりといへはあひ奉る

(イ)おんすがた　鳥居忱『竹取物語析義』　古谷知新『国民文庫　竹取物語』　物集高量『新釈日本文学叢書　竹取物語』　吉沢義則『大日本文庫　竹取物語』　高橋貞一『新註国文学叢書　竹取物語』

(ロ)みすがた　山田孝雄、山田忠雄、山田俊雄『昭和校註竹取物語』　尾崎暢殃『竹取物語全釈』　岸上慎二、伊奈恒一『詳解竹取物語』

他に三八頁三行に、「たひの御すかたなからわか御いゐへもより給はすしておはしましたり」とある。両例とも諸本は「御」の漢字表記である。

他の作品の仮名表記例には、

『平安朝歌合大成』　前麗景殿女御延子歌絵合　巻三　九三一頁

つゝませたまふおほんすがたなれど

があり、底本は伝行成筆模刻天保八年刊本であるが、十巻本歌合かといふ。正子内親王絵合に[註五]「おほむすかた」とあり、歌絵合[註六]に「おほむすかた」とある。

二八頁五行の条で述べたやうに、竹取物語の成立時代には「おん」は考へられず、(イ)「おんすがた」の説は適当でない。古くは「み」が用ゐられたであらうが、「みすがた」の仮名表記例が無い。

結論として、(イ)「おんすがた」の説は適当でない。(ロ)「みすがた」の可能性はあるものの、仮名表記例より「おほむ（ん）すがた」であつた可能性が認められる。

三八頁三行　わか御いゐへもより給はすしておはしましたり

(イ)おほむ（ん）いへ　飯田永夫『校訂標註竹取物語』　片桐洋一『日本古典文学全集　竹取物語』

(ロ)おんいへ　鳥居忱『竹取物語析義』　古谷知新『国民文庫　竹取物語』　武笠三『有朋堂文庫　竹取物語』　物集高量『新釈日本文学叢書　竹取物語』　鳥津久基『岩波文庫　竹取物語』

諸本は「御」の漢字表記である。他の作品の仮名表記例を引く。

『宇津保物語本文と索引』　蔵開の上　一〇二〇頁

いでくべきみいゐなども、おもうやうならば、そのいゐは

延宝五年板本、浜田本は「みいへ」であり、俊景本は「御《み》家」である。

『私家集大成』　範永朝臣集　中古Ⅱ　二四四頁

かつらのみいへにて、ひと〳〵のさみたれのうたよみしに

『日本古典文学大系　大鏡』　一九七頁

いづものかみ相如《スケユキ》のぬしのみいへにあからさまにわたりたまへりしおり

底本は東松本である。近衛家旧蔵本、蓬左文庫本、古活字本は「みいゐ」であり、千葉本は「みいへ」である。

二八頁五行の条で述べたやうに、竹取物語の成立時代には「おん」は考へられず、(ロ)「おんいへ」の説は適当でない。

「いへ」は殿舎関係の語であり、殿舎に附属した調度と併せて、殿舎、調度関係の語には慣用として「み」が付くことがあつたと言ふことが出来る。
(イ)「おほむ（ん）いへ」の説の成立する可能性は少ないであらう。
結論として(イ)「おほむ（ん）いへ」の可能性は少なく、(ロ)「おんいへ」は適当でない。「みいへ」の可能性が多いと思はれる。

四八頁三行　御つかひとおはしますへきかくや姫のえうし給ふへきなりけりと
(イ)みつかひ　狛毛呂成『伊佐々米言』　古谷知新『国民文庫　竹取物語』　武笠三『有朋堂文庫　竹取物語』
　物集高量『新釈日本文学叢書　竹取物語』　鳥津久基『岩波文庫　竹取物語』
(ロ)おつかひ　高橋貞一『新註国文学叢書　竹取物語』
(ハ)おんつかひ　鳥居忱『竹取物語析義』　三谷栄一『竹取物語要解』　三谷栄一『竹取物語評解』　三谷栄一
　『日本古典鑑賞講座　竹取物語』　三谷栄一『竹取物語新解釈』
伝後光厳天皇筆竹取物語六半切に「かほかたちよしときこしめしておほんつかひをたひしかと」と「おほんつかひ」の仮名表記例がある。
他作品の仮名表記例には次のものがある。
『尾州家河内本源氏物語』　行幸　巻三四頁
　おとゝおほんつかひをかしこまりもてなさせ給
高松宮本も「おほんつかひ」である。
『源氏物語大成』　夕霧　一三七三頁

この宮にくら人の少将の君を御つかひにてたてまつり給ふ

校異に拠ると肖柏本が「おほむつかひ」である。

『私家集大成』　出羽弁集　中古Ⅱ　二七五頁　書陵部本

またおほむつかひのあれは

『西本願寺本三十六人集精成』　兼盛集　三七五頁

おほくらやまにおはしましけるに、うちのおほむつかひにまゐりて

『私家集大成』　兼輔集　中古Ⅱ　二〇三頁　書陵部本

内のおほむつかひにまいりておはしけるに

御所本三十六人集の兼輔集及び、堤中納言集（部類名家集本）は「おほんつかひ」である。

吉備大臣入唐絵詞

きひのいはくいかなるものそわれはこれ日本国の王のおほむつかひなり

『平安遺文』　某書状　保延二年二月十日　第五巻　二三三八

たけをのくけんたしかにおんつかひつねもとにつけてまいらせする

「おんつかひ」は一例あるけれども、院政期の書状中の例である。当時口頭語としては一部に「おん」が用ゐられていた証とならう。しかし竹取物語の成立時代には「おん」は考へられず、(ハ)「おんつかひ」は適当でない。

次に(ロ)「おつかひ」の説について考察する。拙著の『枕草子研究及び資料』一四七頁、一四八頁に、

「お」はマ行音の特定の数語に付くものと、それ以外の一般の語に広く付くものとの二種類に分けられる。

前者は日本書紀の古訓に見える「おもと」「おまし」「おもの」や、平安時代から見える「おまへ」など、「ま」「も」で始まる僅かな語である。これらは漢文訓読語の「みもと」「みまし」「みまへ」や、歌語の「みまへ」な

どが一部に見られる程度で、一般に「お」の付いた形が広く用ゐられた。

後者は「おん」から変化した「お」である。前者の「お」が上代から見られるのに対し、この類の「お」は例[註七]二を孤例として平安時代に見当らず、中世に降る。例二は口頭語性の強い特殊なもので、普通の文学作品には使はれなかつたであらう。

と纏めた。(ロ)「おつかひ」の説は、中世以降に多く用ゐられた「お」を類推によつて竹取物語に及した程度で、根拠のある説と認められず、適当ではない。

枕草子の「御つかひ」の読みについては、拙著の『枕草子研究及び資料』一〇九頁、一一〇頁で考察し、「おほむ（ん）つかひ」が適当であらうとした。

上代では「み」が多く用ゐられたから、成立年代の古い竹取物語では枕草子よりも「み」の用ゐられた可能性は多いかも知れないが、仮名表記例から判断する限りでは、(イ)「みつかひ」よりも「おほむ（ん）つかひ」と推定する方が妥当ではないかと思はれる。

結論として、(ロ)「おつかひ」と(ハ)「おんつかひ」とは適当ではない。(イ)「みつかひ」の可能性が考へられるものの、用例が無い。仮名表記例から判断すると「おほむ（ん）つかひ」と考へるのが妥当であらう。

五一頁四行　御子の御ともにかくし給はんとて年比見え給はさりける也けり

(イ)みとも　田中大秀『竹取翁物語解』　狛毛呂成『伊佐々米言』　山田孝雄、山田忠雄、山田俊雄『昭和校註竹取物語』

(ロ)おんとも　鳥居忱『竹取物語析義』　古谷知新『国民文庫　竹取物語』　物集高量『新釈日本文学叢書　竹取物語』　吉沢義則『大日本文庫　竹取物語』　高橋貞一『新註国文学叢書　竹取物語』

(ハ)おほむ（ん）とも　片桐洋一『日本古典文学全集　竹取物語』　吉岡曠『現代語訳学燈文庫　竹取物語』

伝二条為定筆竹取物語切に「ぬしのみとん（みとも）につかふまつりて」と「みとも」の仮名表記例がある。「御とも」の仮名表記例は拙著の『枕草子研究及び資料』六二頁以降に引いたので、ここでは引用を省く。「おほむ（ん）とも」の仮名表記例が種々の作品に多数ある。「みとも」は宇津保物語に一例あり、古い時代の用法を伝へてゐると考へられる。しかし土佐日記には「おほんとも」があり、かなり古くから「おほむ（ん）とも」が用ゐられていた。宇津保物語には「おほむ（ん）とも」は八例もある。『源氏物語大成』の東屋の一八四五頁に「みとも人」があり、尾州家河内本、高松宮本、源氏物語絵巻詞書も一致して「みとも人」である。(ロ)「おんとも」は二八頁五行の条で述べたやうに、竹取物語の成立時代には「おん」は考へられず、適当でない。竹取物語は古筆切に仮名表記例のある(イ)「みとも」が適当である。

結論として、(ロ)「おんとも」は適当でない。(イ)「みとも」が適当である。

五六頁三行　御身のけさういといたくしてやりてとまりなん物そとおほして

(イ)おんみ　鳥居忱『竹取物語析義』　古谷知新『国民文庫　竹取物語』　物集高量『新釈日本文学叢書　竹取物語』　吉沢義則『大日本文庫　竹取物語』　山田孝雄、山田忠雄、山田俊雄『昭和校註竹取物語』

諸本は「御」の漢字表記である。拙著『枕草子研究及び資料』一五八頁、一五九頁、一六四頁、一六五頁で今鏡の「御身」の読みを考察し、仮名表記例を引いたので、ここでは引用を省略する。今鏡の尊経閣文庫本に「おん身」「おほんみ」と両様の例が見られる。しかし「おん」は後代の用法であり、竹取物語の「御身」を考へるには、「おほんみ」を参考とすべきである。二八頁五行で考察したやうに、竹取物語の成立時代には「おん」は考へられず、(イ)「おんみ」は適当でない。「おほむ（ん）み」が適当であらう。「み」は仮名表記例が無い。

結論として、(イ)「おんみ」は適当でない。「み」の可能性はあるものの、「おほむ（ん）み」が適当であらう。

六七頁二行　みふね海のそこにいらすはかみおちかゝりぬへし

(イ)みふね　田中大秀『竹取翁物語解』　鳥居忱『竹取物語析義』　物集高量『新釈日本文学叢書　竹取物語』
　武笠三『有朋堂文庫　竹取物語』　鳥津久基『岩波文庫　竹取物語』

底本の木活字十行本の他、新井本、天正本、正保刊本、武田本、内閣文庫本、大覚寺本、前田本、山岸本、志賀須賀文庫乙本も「み舟」「みふね」と「み」である。

他の作品には次の仮名表記例がある。

『本妙寺本日本紀竟宴和歌本文並びに用語索引』　五八頁、五九頁

　そのくにのきみおちわなゝきてみふねのまへにくたりていはく

『日本古典文学大系　土左日記』　四〇頁

　かぜふきぬべし、みふねかへしてん。

『日本古典文学大系　土左日記』　四五頁

　このぬさのちるかたに、みふねすみやかにこがしめたまへ。

『日本古典文学大系　土左日記』　五〇頁

　みふねよりおふせたぶなり。あさきたのいでこぬさきに、つなではやひけ。

『日本古典文学大系　土左日記』　五二頁

　ぬさにはみこゝろのいかねば、みふねもゆかぬなり。

底本は青谿書屋本である。四例とも会話文である。他に和歌の中に用ゐられた「みふね」が一例ある。

『私家集大成』　忠岑集　中古Ⅰ　一八五頁
　みふねともをならふること、くもあめるいかたのことし
『私家集大成』　散木奇歌集　中古Ⅱ　四二二頁
　みふねよりたまはりたりける歌
『日本古典文学大系　狭衣物語』　一一四頁
　むしあけのせとにみふねこぎたり
底本は内閣文庫本である。他に平出本も「みふね」である。
『西本願寺本三十六人集精成』　躬恒集　一六四頁
　りやふねにのりておほんふねにめしてさぶらふべし
『私家集大成』　入道右大臣集　中古Ⅱ　二四〇頁
　院のおほんすみよしまうてに、おほむふねよりはしめてかんたちめ殿上人
古い時代の土佐日記に「み」の例が多くあり、竹取物語も多くの写本に「み」の仮名表記があるので、(イ)「みふね」が適当である。
結論として、(イ)「みふね」が適当である。

六七頁三行　うたてあるぬしのみもとにつかうまつりてすゝろなるしにをすへかめるかな
(イ)みもと　小山儀『竹取物語抄』　田中大秀『竹取翁物語解』　飯田永夫『校訂標註竹取物語』　鳥居忱『竹取物語析義』　五十嵐政雄『竹取物語裏解』
諸本は木活字十行本の他、天正本、新井本、大秀本、吉田本、正保刊本、武田本、内閣文庫本、高松宮本、島原本、

大覚寺本、前田本、戸川本、山岸本、志賀須賀文庫乙本、霊元院本も「みもと」の本文である。九七頁三行にもあり、諸本は「御もと」である。

他の作品の仮名表記例を引く。

『西本願寺本三十六人集精成』　貫之集　一五五頁

京極の宰相中将のみもとにおいぬることをなげきて

『私家集大成』　貫之集　中古Ⅰ　二九八頁　正保版本歌仙家集

さいさうの中将のみもとに

『私家集大成』　貫之集　中古Ⅰ　二九八頁　正保版本歌仙家集

おなし中将のみもとにいたりて

『日本古典文学大系　大和物語』　第百四十三段　三〇八頁

かの在次君の妹の、伊勢の守のめにていますかりけるがみもとにいきて

底本は伝為家筆本である。勝命本も「みもと」である。

『日本古典文学大系　平中物語』　七五頁

この、同じ男のもとに、国経の大納言のみもとより、いさゝかなる

『今鏡本文及び総索引』　二九四頁

浄徳夫人の、みかどを導引て、仏のみもとにすゝめ、ひがみたるこゝろを

底本は畠山本である。蓬左文庫本、慶安三年刊板本も「みもと」である。

『諸本対照三宝絵集成』　五六頁　前田本

恐憚《リテ》此身二不詣王御《ミ》許《ミモトニ》一

傍訓の「ミモト」がある。

『私家集大成』　素性集　中古Ⅰ　一一三頁　冷泉家旧蔵本

　仁和寺御寺、中宮のみやすところのおほむもとにうたあはせはへりし時に

『私家集大成』　斎宮女御集　中古Ⅰ　四六八頁　小島切

　はつねの日、ゆきのいたうふるに、みくしけ殿ゝ女御おほんもとより

『西本願寺本三十六人集精成』　朝忠集　二三六頁

　ないしのかみのおほんもとにたのめて

『西本願寺本三十六人集精成』　朝忠集　二三七頁

　こないしのかみのおほむはてにはゝぎみのおほんもとに

『和泉式部全集』　本文篇　伝行成筆和泉式部集切　五四九頁

　ふの殿のおほんもとに

『私家集大成』　粟田口別当入道集　中古Ⅱ　七八四頁

　五条のはうもむのをと御前のおほんもとより

『日本古典文学大系　大和物語』　第四十九段

　又、おなじみかど、斎院のみこのおほむもとに、菊につけて

底本は伝為家本である。大和物語抄本は「御ンもと」である。

『多武峯少将物語本文及び総索引』　七四頁

　しのびてもいでても、おほむもとには、かたらひきこえ給へかし

「みもと」も「おほむ（ん）もと」も仮名表記例が多い。上代に多く用ゐられた「み」が平安時代には限定されて

用ゐられるやうになり、代つて「おほむ（ん）」が広く用ゐられるようになつたので、通時的には「み」から「おほむ（ん）」への交替といふ現象を考へることが出来る。後撰集の一一三三番の天福本の詞書に[註八]、「みこしをか」とあるが、「おほん」と朱注がある。和歌中には「みこしをか」が詠まれてゐるにも拘らずである。更に江戸時代写の中院本は詞書が「おほんこしをか」となつている。これは「み」から「おほむ（ん）」への交替の明らかな例と言へよう。大和物語の伝為家筆本には両方が用ゐられてゐる。

竹取物語の場合、多くの諸本に「みもと」があり、古い時代の作品だから「みもと」が用ゐられたと推定することが出来る。(イ)「みもと」が適当である。

結論として、(イ)「みもと」が適当である。

六八頁四行　かちとりの御神きこしめせ

(イ)おんかみ　古谷知新『国民文庫　竹取物語』　物集高量『新釈日本文学叢書　竹取物語』　武笠三『有朋堂文
　庫　竹取物語』　島津久基『岩波文庫　竹取物語』　高橋貞一『新註国文学叢書　竹取物語』

(ロ)みかみ　吉沢義則『大日本文庫　竹取物語』

諸本は「御」の漢字表記である。他作品の仮名表記例を引く。

『妙本寺本 日本紀竟宴和歌本文並びに用語索引』　二七頁
　たちからをのかみおほんかみのみてをたまはりてひきいたしたてまつれり

三〇頁には「おほむかみ」がある。

『日本古典全書　古今和歌集』　序　三八頁
　すさのをのみことは、あまてるおほむ神のこのかみなり底本は頓阿本である。筋切本、[註九]前田本校合書入、天理本朱、右衛門切朱、寂恵本は「おほむかみ」で、元永本、伊達本は「おほむ神」で、永治本注、雅経本、永暦本、昭和切、建久本は「おほんかみ」である。

『日本古典文学大系　伊勢物語』　第百十七段

おほん神げぎやうし給て

底本は三条西家旧蔵本である。一条兼良本、[註十]伝為家筆本は「おほん神」、伝後柏原院宸筆本は「おほむ神」、伝尊応准后筆本は「おゝん神」、天理大図書館本は「おゝんかみ」である。

『西本願寺本三十六人集精成』　順集　二九六頁

かけばくもかしこきおほむかみはあはれとんめぐみさきはへたまひてむとて

『私家集大成』　源順集　中古Ⅰ　四四二頁　書陵部蔵歌仙集

かけはくもかしこきおほんかみは、あはれともめくみさきはへたまひてんとて、

『平安朝歌合大成』　散位敦頼住吉社歌合　巻七　二二〇一頁　中院通村模写本

おほん神にことかゝれるにつきて、左のかちとや申べからむ

『私家集大成』　順集　中古Ⅰ　四三〇頁　書陵部蔵三十六人集

かけまくもかしこきおほみかみは、あはれともめくみさきまへたまひてんとて

二八頁五行の条で述べたやうに、竹取物語の成立時代には「おん」は考へられず、(イ)「おんかみ」は適当でない。古今訓点抄に古今集の序の「アマテルオホム神」を引き、「オムトヨムヘキ也」とする。本文は「おほむ」と引きながら、敢へて読みを「おん」としたのは、平安時代の「おほむ（ん）」が中世に「おん」と変つたことによるもので、古来の読みを伝へたものでない。

古事記には「みかみ」は見えず、「大御神」が用ゐられる。「おほみかみ」であり、これが転じて「おほむ（ん）か

み」となつた。古形の「おほみかみ」も一部に存したことは、順集で見る通りである。「おほむ（ん）かみ」の仮名表記例は多く、平安時代の普通の形であったと思はれる。「みかみ」は上代にも平安時代にも仮名表記例が見当らず、
(ロ)「みかみ」は証明出来ない。
結論として、(イ)「おんかみ」は適当でない。「みかみ」は用例が無く、「おほむ（ん）かみ」と考へるのが適当である。

七〇頁三行　松原に御むしろしきておろし奉る
(イ)みむしろ　田中大秀『竹取翁物語解』　佐々木弘綱『竹取物語俚言解』　萩野由之、落合直文、小中村義象『日本文学全書』　飯田永夫『校訂標註竹取物語』　鳥居忱『竹取物語析義』
(ロ)おんむしろ　山田孝雄、山田忠雄、山田俊雄『昭和校註竹取物語』　三谷栄一『竹取物語要解』　三谷栄一『竹取物語新解釈』
(ハ)おほむ（ん）むしろ　片桐洋一『日本古典文学全集　竹取物語』　吉岡曠『現代語訳学燈文庫　竹取物語』
諸本は「御」の漢字表記である。二八頁五行の条で述べたように、竹取物語の成立時代には「おん」は考へられず、(ロ)「おんむしろ」は適当でない。他の作品の仮名表記例が見当らぬため、「み」か「おほむ（ん）」か推定しがたい。諸註釈書とも根拠を挙げてゐない。
結論として、(ロ)「おんむしろ」は適当でない。(イ)「みむしろ」か(ハ)「おほむ（ん）むしろ」かは推定しがたい。

七三頁七行　いなさもあらすみまなこ二にすもゝのやうなる玉をそそへていましたる
(イ)みまなこ　萩野由之、落合直文、小中村義象『日本文学全書　竹取物語』　吉沢義則『大日本文庫　竹取物語』

三谷栄一『学生の為めの竹取物語の鑑賞』　武田祐吉『校註竹取物語』　武田祐吉『竹取物語新解』

㈡おんまなこ　鳥居忱『竹取物語析義』　古谷知新『国民文庫　竹取物語』　武笠三『有朋堂文庫　竹取物語』

物集高量『新釈日本文学叢書　竹取物語』　島津久基『岩波文庫　竹取物語』

諸本は、底本の木活字十行本の他、天正本、新井本、大秀本、吉田本、内閣文庫本、高松宮本、蓬左文庫本、大覚寺本、戸川本、志賀須賀文庫甲本が「みまなこ」仮名表記である。

他の作品には仮名表記例が見当らない。二八頁五行の条で述べたように、竹取物語の成立時代に「おん」は考へられず、㈡「おんまなこ」は適当でない。仮名表記例が諸本に多い「みまなこ」を否定する根拠は無く、㈠「みまなこ」が適当である。

結論として、㈡「おんまなこ」は適当でない。㈠「みまなこ」が適当である。

七五頁七行　たはかり申さんとて御前に参たれは

㈠ごぜん　古谷知新『国民文庫　竹取物語』　物集高量『新釈日本文学叢書　竹取物語』

㈡おんまへ　田中大秀『竹取翁物語解』　鳥居忱『竹取物語析義』　武笠三『有朋堂文庫　竹取物語』　福永弘志『竹取物語新釈』　島津久基『岩波文庫　竹取物語』

㈢おまへ　吉沢義則『大日本文庫　竹取物語』　山田孝雄、山田忠雄、山田俊雄『昭和校註竹取物語』　岸上慎二、伊奈恒一『詳解竹取物語』　上坂信男『講談社学術文庫　竹取物語』　野口元大『新潮日本古典集成　竹取物語』

㈣おほむ（ん）まへ　片桐洋一『日本古典文学全集　竹取物語』　吉岡曠『現代語訳学燈文庫　竹取物語』

諸本では吉田本が「おまへ」の仮名表記である。「御前」の語については拙著の『平安語彙論考』九八頁、九九頁

に、

これまでの考察を纏めると、源氏物語、枕草子、落窪物語などの中古仮名作品に於ては、次のことが言へる。
一、貴人の前や、貴人を指す意の場合は「おまへ」である。表記は「おまへ」「御まへ」「御前」などがある。
二、前駆の意の場合は「ごぜん」である。表記は「こせん」「御せん」「御前」などがある。
三、一と二とは本来明確に区別して用ゐられた。従って前駆の意の場合の「おまへ」や、貴人の前、貴人を指す場合の「ごぜん」は本来無かった。

と纏めた。

竹取物語の例は前駆の意ではないので、(イ)「ごぜん」は適当でない。(ロ)「おんまへ」は中世の作品の一部には見られるが、本来の形ではない。平安時代の確実な例は無く、適当でない。(ニ)「おほむ（ん）まへ」は一般の語に多い「おほむ（ん）」で、誤って当てはめたものであらう。適当でない。(ハ)「おまへ」は竹取物語の写本では一本の仮名表記例があるのみだが、他の作品には極めて多く存し、適当である。

結論として、(イ)「ごぜん」、(ロ)「おんまへ」、(ニ)「おほむ（ん）まへ」は適当でなく、(ハ)「おまへ」が適当である。

七八頁二行　こゝにつかはるゝ人にもなきにねかひをかなふることの嬉しさとの給て御そぬきてかつけ給ふ

(イ)おんぞ　田中大秀『竹取翁物語解』　鳥居忱『竹取物語析義』　今泉定介『竹取物語講義』　井上頼文『竹取物語講義』　落合直文『竹取物語読本』

(ロ)みぞ　武田祐吉『竹取物語新解』　阪倉篤義『日本古典文学大系　竹取物語』　志村有弘『古典新釈シリーズ　竹取物語』　桑原博史『新明解古典シリーズ　竹取物語』

(ハ)おほむ（ん）ぞ　片桐洋一『日本古典文学全集　竹取物語』　野口元大『新潮日本古典集成　竹取物語』　吉

岡曠『現代語訳学燈文庫　竹取物語』　室伏信助『全対訳日本古典新書　竹取物語』

諸本は「御」の漢字表記である。別に一一五頁五行に、

ある天人つゝませす御そをとり出てきせんとす其時にかくや
ひめしはしまてと云きぬきせつる人は心ことに成なりと云

の例があり、天正本、大秀本、武田本、内閣文庫本、大覚寺本、戸川本が「みそ」の仮名表記であり、高松宮本に「御衣《みそ》」とある。

「御衣」の語の読みについて、拙著の『平安語彙論考』五七頁に、

平安時代の「御衣」の語の読みについて、結論は次のやうになる。

一、平安時代末期の作品には、多少可能性が存したかも知れないが、「おんぞ」の読みは絶無に近かつたであらう。

二、「おほむぞ」と「みぞ」とは用法上の区別が存し、「おほむぞ」が普通であつた、特に一般の衣を地の文で「みぞ」と読むことはなく、この場合は「おほむぞ」であつた。

三、「みぞ」と読むことは限定され、少なかつた。僧衣、神衣の類を「みぞ」と読んだ例があつたが、これは仏教関係、神祇関係の語であることによるものであらう。

と纏めた。

竹取物語の「御衣」二例の中で、七八頁二行は地の文にあり、石上の中納言が自分の着てゐた衣を脱ぎ、かづけ物としてくらつまろに与へる場面で、普通の衣類である。一一五頁五行は地の文にあり、天人がかくや姫の為に持つて来た天の羽衣であり、神衣とも言ふべき特殊な衣類である。

拙著の『平安語彙論考』五四頁、五五頁で、『新訂増補国史大系　延喜式』の諸本の「ミソ、ミソチ、イムミソ」

などの傍訓を挙げ、

何れも平安時代の読みを伝へてゐるかと思はれる。これらの傍訓は全て神祇の巻に所在し、「御衣」を「ミソ」と読んだ例そのものは少数であるが、平安時代に神衣を「ミソ」と読んだことは十分証し得るであらう。

と述べた。

二八頁五行の条で述べ、「御衣」の語の読みの一でも述べたやうに、(イ)「おんぞ」は適当でない。一一五頁五行の例は仮名表記例が諸本に多くあり、神衣と言ひ得る天の羽衣を指すので、「みぞ」が適当である。

七八頁二行の例は、「みぞ」か「おほむ（ん）ぞ」かが問題である。『古事記大成』の索引篇に拠ると、「ミソ（衣）」、「ミソ（御衣）」、「カムミソ（神御衣）」は多数見えるものの、「おほみそ」は一例も無い。従つて古くは「みぞ」のみであり、平安時代に入って「おほむ（ん）ぞ」が発生したと思はれる。日本紀竟宴和歌の詞書に「おほむそ」が見える。竹取物語の成立時代は古いことから、枕草子や源氏物語よりも「み」の用例が多いであらうことは考へられる。しかし土佐日記には「み」の他に「おほむ（ん）」も用ゐられてゐる。竹取物語の一般の衣を指す七八頁二行では「おほむ（ん）ぞ」の可能性がある。神衣は「みそ」であり、一般の衣類は「おほむそ」を「御そ」を表記したとも考へられる。(ロ)「みぞ」は適当でなく、(ハ)「おほむ（ん）ぞ」が適当である。

結論として、七八頁二行は(イ)「おんぞ」は適当でなく、(ロ)「みぞ」か、(ハ)「おほむ（ん）ぞ」が適当である。一一五頁五行は「みぞ」が適当である。

八〇頁六行　御目はしらめにてふし給へり

(イ)おんめ　鳥居忱『竹取物語析義　竹取物語』　物集高量『新釈日本文学叢書　竹取物語』　吉沢義則『大日本文庫　竹取物語』　高橋貞一『新註国文学叢書　竹取物語』　永田義直『竹取物語新講』

(ロ)おほむ（ん）め　吉岡曠『現代語訳学燈文庫　竹取物語』

諸本は「御」の漢字表記である。他の作品の仮名表記例「おほむ（ん）め」があり、第二十二章に引いた。二八頁五行の条で述べたやうに、竹取物語の成立時代には「おん」は考へられず、(イ)「おんめ」は適当でない。仮名表記例のある(ロ)「おほむ（ん）め」が適当である。「みめ」は仮名表記例が無い。

結論として、(イ)「おんめ」は適当でなく、「みめ」は仮名表記例が無く、(ロ)「おほむ（ん）め」が適当である。

八〇頁八行　からうして御心ちはいかゝおほさるゝとゝへは

(イ)みここち　古谷知新『国民文庫　竹取物語』　武笠三『有朋堂文庫　竹取物語』　物集高量『新釈日本文学叢書　竹取物語』　島津久基『岩波文庫　竹取物語』　吉沢義則『大日本文庫　竹取物語』

(ロ)おんここち　鳥居忱『竹取物語析義』　高橋貞一『新註国文学叢書　竹取物語』　三谷栄一『日本古典鑑賞講座　竹取物語』　三谷栄一『鑑賞日本古典文学　竹取物語』

(ハ)おここち　福永弘志『竹取物語新釈』

他に八一頁四行、一一五頁四行にある。三例とも諸本「御」の漢字表記である。他の作品の仮名表記例に次のものがある。

『源氏物語大成』　御法　巻七　四二五頁　源氏物語絵巻詞書

おほむこゝちはれ〳〵しきなめりかしときこえたまふ

『尾州家河内本源氏物語』　桐壺　巻一　一四頁

おさなきおほむ心地にいとあはれとおもひきこえ給て

高松宮本は「おほん心ち」である。

『源氏物語大成』　藤裏葉　一〇一一頁
　宮もわかき御心ちにいと心ことにおもひきこえ給へり
校異に拠ると横山本は「おほむこゝち」である。
『源氏物語大成』　宿木　一七八五頁
　御心ちなやましとていまの程うちやすませ給へるなり
校異に拠ると三条西家本は「おほむ心地」である。
『源氏物語大成』　蜻蛉　一九四五頁
　御心ちれいならぬほとはすそろなるよのこときこしめしいれ
校異に拠ると池田本、三条西家本は「おほむ心地」である。
『栄花物語の研究』　校異篇　上巻　三八頁
　返〻いかなるへきおほんこゝちにかとおほしめさる
底本は梅沢本である。西本願寺本は「おほむ心ち」である。
『とりかへばや物語本文と校異』　一二二頁
　この月ころさしてそこはかとなきおほん心ちのかくのみれゐならぬはもしあるやうあるにや
底本は伊達家旧蔵本である。浚明本も「おほん心ち」である。
『私家集大成』　仲文集　中古I　四一五頁
　れせい院、おほむ心ちのさかりに、まひよくせよと、くら人なりしかは
『私家集大成』　代々御集　円融院　中古I　五五二頁
　おほん心ちいとをもくおはしましけるに、四条の宮にきこえさせ給ける

『日本思想大系　古来風体抄』　三二六頁
くまのゝみちにておほん心地れいならずおぼされけるに
『日本絵巻物全集　信貴山縁起』
おほしめすよりおほむ心ちさは〳〵とならせたまひていさゝかくるしきことも（中略）みかとのおほん心ちにもめてたくたうとくおほえさせたまへは
『源氏物語大成』　匂宮　一四三四頁
なにかしも猶うしろめたきをわれ此み心ちをおなしうは後の世をたにと
二八頁五行の条で述べたやうに、竹取物語の成立時代には「おん」は考へられず、㈺「おんここち」は適当でない。四八頁三行の条で述べたやうに、一般の「お」は中世以降にのみ用ゐられたもので、㈧「おここち」は適当でない。結論として、㈺「おんここち」、㈧「おここち」は適当でない。仮名表記例のある㈰「みここち」の可能性がある。

八一頁一行　御くしもたけて御手をひろけ給へるにつはくらめのまりをける
㈰みぐし　田中大秀『竹取翁物語解』　古谷知新『国民文庫　竹取物語』　武笠三『有朋堂文庫　竹取物語』
物集高量『新釈日本文学叢書　竹取物語』　島津久基『岩波文庫　竹取物語』
㈺おんぐし　鳥居忱『竹取物語析義』
諸本は「御」の漢字表記である。拙著の『枕草子研究及び資料』一五四頁に、
一般に「おほむ（ん）」が「おん」になり、更に「お」に推移したことから考へると、平安時代の「おほむ（ん）ぐし」が「おんぐし」に、更に後世に「おぐし」になつたことが明らかである。
と述べたやうに、㈺「おんぐし」は適当でない。

上代に於ては「みくし」であったけれども、平安時代には確実な仮名表記例が見当らない。この語は「おほむ（ん）ぐし」が専ら用ゐられてゐたやうである。(イ)「みぐし」の可能性はあるものの「おほむ（ん）ぐし」が適当である。結論として、(ロ)「おんぐし」は適当でない。(イ)「みぐし」の可能性はあるものの「おほむ（ん）ぐし」が適当である。

八一頁二行　御くしもたけて御手をひろけ給へるにつはくらめのまりをける

(イ)みて　古谷知新『国民文庫　竹取物語』　武笠三『有朋堂文庫　竹取物語』　物集高量『新釈日本文学叢書　竹取物語』　島津久基『岩波文庫　竹取物語』　永田義直『竹取物語新講』

(ロ)おんて　鳥居忱『竹取物語析義』　吉沢義則『大日本文庫　竹取物語』　高橋貞一『新註国文学叢書　竹取物語』　三谷栄一『日本古典鑑賞講座　竹取物語』　三谷栄一『鑑賞日本古典文学　竹取物語』

諸本は「御」の漢字表記である。他の作品には次の仮名表記例がある。

『源氏物語大成』　行幸　九〇四頁

おほむてはむかしたにありしをいとわりなうしゝかみ

底本は大島本である。他に書陵部蔵青表紙本も「おほむて」である。

『源氏物語大成』　蜻蛉　一九七二頁

御てなとのいみしううつくしけなるをみるにもいとうれしく

校異に拠ると、池田本、三条西家本は「おほむて」である。

『私家集大成』　祝部成仲集　中古Ⅱ

りんすのをりも、仏をまうけたてまつりて、そのおほんてに五色のいとをかけて、にしにむかひて念じたてまつ

りき

『本妙寺本日本紀竟宴和歌本文並びに用語索引』　二七頁

たちからをのかみおほんかみのみてをたまはりてひきいたしたてまつれり

『源氏物語大成』　賢木　三七七頁

このたゝむ紙は右大将のみてなりむかし心ゆるされてありそめにける事なれと

底本は大島本である。他に書陵部蔵青表紙本も「みて」である。

二八頁五行の条で述べたやうに、竹取物語の成立時には「おん」は考へられず、(ロ)「おんて」は適当でない。仮名表記例は「みて」と「おほむ（ん）て」と両様あり、古くは「みて」の可能性が認められる。

結論として、(ロ)「おんて」は適当でない。仮名表記例のある、(イ)「みて」の可能性がある。

八一頁四行　からひつのふたのいれられ給へくもあらす御こしはをれにけり

(イ)みこし　古谷知新『国民文庫　竹取物語』　武笠三『有朋堂文庫　竹取物語』　物集高量『新釈日本文学叢書　竹取物語』　島津久基『岩波文庫　竹取物語』　高橋貞一『新註国文学叢書　竹取物語』

(ロ)おんこし　鳥居忱『竹取物語析義』　吉沢義則『大日本文庫　竹取物語』　三谷栄一『竹取物語要解』　日栄社『要説竹取物語』

諸本は「御」の漢字表記である。「御こし（腰）」の仮名表記例は見当らない。二八頁五行の条で述べたやうに、竹取物語の成立時代には「おん」は考へられず、(ロ)「おんこし」は適当でない。

結論として、(ロ)「おんこし」は適当でない。(イ)「みこし」、「おほむ（ん）こし」両方の可能性がある。

八八頁三行　翁かしこまりて御返事申やう此めのわらはゝたへて宮仕つかうまつるへくもあらす

(イ)おんかへりごと　鳥居忱『竹取物語析義』　古谷知新『国民文庫　竹取物語』　武笠三『有朋堂文庫　竹取物語』　物集高量『新釈日本文学叢書　竹取物語』　島津久基『岩波文庫　竹取物語』

(ロ)おほむ（ん）かへりごと　片桐洋一『日本古典文学全集　竹取物語』

九六頁七行にもある。諸本の本文は、八八頁三行に「御返し」「御いらへ」の異文があり、九六頁七行に「御返し」の異文がある。両例とも諸本の「御」は漢字表記である。他の作品の仮名表記例は第二章の五に引いた。

二八頁五行の条で述べたやうに、竹取物語の成立時代には「おん」は考へられず、(イ)「おんかへりごと」は適当でない。「みかへりごと」の仮名表記例が見当らないので、「みかへりごと」の可能性は乏しい。(ロ)「おほむ（ん）かへりごと」が適当である。

結論として、(イ)「おんかへりごと」は適当でなく、(ロ)「おほむ（ん）かへりごと」が適当である。第二章の五参照。

九一頁一行　てんかのことはと有ともかゝりともみいのちのあやうさこそおほきなるさはりなれは

(イ)おんいのち　田中大秀『竹取翁物語解』　飯田永夫『校訂標註竹取物語』　鳥居忱『竹取物語析義』　古谷知新『国民文庫　竹取物語』　武笠三『有朋堂文庫　竹取物語』

(ロ)みいのち　今泉定介『竹取物語講義』　井上頼文『竹取物語講義』　山田孝雄、山田忠雄、山田俊雄『昭和校註竹取物語』　三谷栄一『竹取物語評解』　松尾聰『評註竹取物語全釈』

諸本は底本の木活字十行本の他、天正本、新井本、大秀本、内閣文庫本、高松宮本、島原本、大覚寺本、霊元院本が「みいのち」である。他の作品の仮名表記例には次のものがある。

『国宝手鑑藻塩草』　小大君集断簡

みいのちをなむしらぬとある返事に
二八頁五行の条で述べたやうに、竹取物語の成立時代には「おん」は考へられず、(イ)「おんいのち」は適当でない。他の作品の仮名表記例は一例のみであるけれども、竹取物語の諸本の仮名表記例と一致する。(ロ)「みいのち」が適当である。
結論として、(イ)「おんいのち」は適当でなく、(ロ)「みいのち」が適当である。

九二頁一行　宮つこまろか家は山もとちかくなり御かりみゆきし給はんやうにてみてんや
(イ)みかり　田中大秀『竹取翁物語解』　飯田永夫『校訂標註竹取物語』　鳥居忱『竹取物語析義』　古谷知新『国民文庫　竹取物語』　武笠三『有朋堂文庫　竹取物語』
諸本では島原本が「みかり」である。他に九二頁二行に、「御かりに出たまふて」の例があり、諸本「御」の漢字表記であるが、新井本は「御かりに出給、みかりし給て」とある。他の作品に次の仮名表記例がある。
『後拾遺和歌集総索引』　三七九番
承和三年十月今上御狩のついてに大井川に行幸せさせ給に
大山寺本、八代集抄本、国歌大観本は「みかり」である。
和歌中には万葉集以降多く「みかり」が用ゐられている。後拾遺集や竹取物語の仮名表記例で考へると、歌語以外も「みかり」で用ゐることが慣用となつてゐたのであらう。(イ)「みかり」が適当である。
結論として、(イ)「みかり」が適当である。

九四頁三行　御こしをよせ給ふに此かくや姫きとかけに成ぬ

(イ)おんこし　鳥居忱『竹取物語析義』　古谷知新『国民文庫　竹取物語』　物集高量『新釈日本文学叢書　竹取物語』　高橋貞一『新註国文学叢書　竹取物語』　三谷栄一『竹取物語要解』

(ロ)おほむ（ん）こし　田中大秀『竹取翁物語解』　武笠三『有朋堂文庫　竹取物語』　島津久基『岩波文庫　竹取物語』　永田義直『竹取物語新講』　中河与一『角川文庫　竹取物語』

(ハ)みこし　池辺義象『校註国文叢書　竹取物語』　福永弘志『竹取物語新釈』　正宗敦夫『日本古典全集　竹取物語』　吉沢義則『大日本文庫　竹取物語』　山田孝雄、山田忠雄、山田俊雄『昭和校註竹取物語』

他に九五頁四行にもある。九五頁四行の例は、小山儀『竹取物語抄』に「お○《ほイむイ》んこし」とある。田中大秀『竹取翁物語解』は、「おほむこし」の本文で、註釈に「諸本、御、抄本、おんとあるを、ほ字を補つ」とある。両例とも他の諸本は「御」の漢字表記である。他の作品には仮名表記例が多く一部を引く。

『校本枕冊子』　第二百五十六段

二条の宮にまいりつきたりしみこしはとくいらせ給て（中略）木のはのいとはなやかにかゝやきてみこしのかたひらの色つやなとさへそいみしき

底本は三条西家本である。野坂本も両例とも「みこし」である。

『対校大鏡』　一七八頁

みこしのかたひらよりあかいろの御あふきのつまをさしいて給へりけり

底本は古活字本である。蓬左文庫本も「みこし」である。

『栄花物語の研究』　校異篇　上巻　四二九頁

みこしよりをりさせ給程も心もとなくおほしめされて

底本の海沢本の他に、西本願寺本も「みこし」である。

『今鏡本文及び総索引』　三二頁
　右近の陣にみこしたづねいだして、みはしによせて
底本の畠山本の他、蓬左文庫本及び慶安三年刊板本も「みこし」である。
二八頁五行の条で述べたやうに、竹取物語の成立時代には「おん」は考へられず、(イ)「おんこし」は適当でない。
(ロ)「おほむ（ん）こし」の説は根拠を挙げてゐない。一般に用ゐられることの多い「おほむ（ん）」を「こし」にも付くと仮定してのことであらう。輿は天皇、皇后、斎王の御乗物であり、一般の貴族が常用した車とは異る。「みかど」「みかはみづ」など宮中関係の語は「み」のみに固定されてゐたやうに、多数の仮名表記例の証明する通りに、「こし」は「みこし」の形で用ゐられた。黒川本色葉字類抄の「ミ」の条に、「―簾輿等也」とする。「みす」と共に、「みこし」は「み」の付く語の代表であった。文明本節用集にも和英語林集成にも「ミコシ」があり、古くより現代まで「みこし」の形で用ゐられた。(ロ)「おほむ（ん）こし」は適当でなく、(ハ)「みこし」が適当である。
結論として、(イ)「おんこし」、(ロ)「おほむ（ん）こし」は適当でない。(ハ)「みこし」が適当である。

九五頁一行　さらは御ともにはいていかしもとの御かたちと成給ひね
(イ)おんかたち　田中大秀『竹取翁物語解』　鳥居忱『竹取物語析義』　古谷知新『国民文庫　竹取物語』　武笠三『有朋堂文庫　竹取物語』　物集高量『新釈日本文学叢書　竹取物語』
諸本は「御」の漢字表記である。他の作品の仮名表記例には次のものがある。
『源氏物語大成』　竹河　巻七　四二七頁　源氏物語絵巻詞書
　十八九ほとやおはしましけんおほむかたちこゝろはへとり〳〵に
『源氏物語大成』　竹河　巻七　四二八頁　源氏物語絵巻詞書

　なをさかりのおほんかたちとみえたまへり

『日本古典文学大系　狭衣物語』　四〇頁

　いかでか、おほんかたち、よくみたてまつらん

底本は内閣文庫本である。

『日本古典文学大系　大鏡』　一三八頁

　このとのは、おほんかたちのありがたく、すゑのよにもさる人やいでおはしましがたからんと

底本の東松本の他に、近衛本も「おほんかたち」である。

『妙本寺本　日本紀竟宴和歌本文並びに用語索引』　七九頁

　そのみかたちはうるわしうしてみはわかれたまへり

『尾州家河内本源氏物語』　葵　巻一　一七五頁

　いとまはゆきまておいゆく人のみかたちかなかみなとはめもこそとゝめ給へ

高松宮本も「みかたち」である。

『源氏物語大成』　朝顔　六四一頁

　こよなくおとろへにてはへるものをうちの御かたちはいにしへのよにも

校異に拠ると三条西家本は「みかたち」である。

『宇津保物語本文と索引』　春日詣　二七九頁

　ただかくありがたきみかたちども中に、こよなくまさり給へるなる人なり

底本は前田本である。

『とりかへばや本文と校異』　四七九頁

人は御かたちなとまをにみたてまつる事なく

岡田真氏旧蔵本は「みかたち」である。

二八頁五行の条で述べたやうに、竹取物語の成立時代には「おん」は考へられず、(イ)「おんかたち」は適当でない。仮名表記例は「おほむ（ん）かたち」も「みかたち」もかなりの数がある。古くは「みかたち」であらう。

結論として、(イ)「おんかたち」は適当でない。「みかたち」の可能性がある。

九六頁九行　御心はさらにたち帰へくもおほされさりけれと

(イ)みこころ　古谷知新『国民文庫　竹取物語』　物集高量『新釈日本文学叢書　竹取物語』　吉沢義則『大日本文庫　竹取物語』　永田義直『竹取物語新講』　山田孝雄、山田忠雄、山田俊雄『昭和校註竹取物語』

(ロ)おんこころ　鳥居忱『竹取物語析義』　高橋貞一『新註国文学叢書　竹取物語』

九七頁二行、九七頁四行、一〇四頁四行、一〇九頁一行にもあり、諸本は一〇九頁一行以外は「御」の漢字表記である。

他の作品の仮名表記例は拙著の『平安語彙論考』三三頁に挙げたので、ここでは省略する。一〇九頁一行は、

御心をのみまとはしてさりなん事のかなしくたへかたく侍る也

とあり、木活字十行本は「御」であるが、天正本は「みこゝろ」であり、大秀本、吉田本、内閣文庫本、島原本、大覚寺本は「み心」である。

結論として、どの例も(ロ)「おんこころ」は適当でない。諸本の仮名表記例もあることから、(イ)「みこころ」の可能性が多い。

九七頁二行　よしなく御かた〳〵にもわたり給はすかくやひめの御もとにそ

(イ)おんかたがた　鳥居忱『竹取物語析義』　古谷知新『国民文庫　竹取物語』　武笠三『有朋堂文庫　竹取物語』
物集高量『新釈日本文学叢書　竹取物語』　島津久基『岩波文庫　竹取物語』

(ロ)おほむ（ん）かたがた　片桐洋一『日本古典文学全集　竹取物語』　吉岡曠『現代語訳学燈文庫　竹取物語』

諸本は「御」の漢字表記である。他の作品の仮名表記例に次のものがある。

『源氏物語大成』　藤裏葉　一〇〇七頁

御さしきにおはします御方かたの女房おの〳〵くるまひきつゝきて

校異に拠ると池田本は「おほんかた〳〵」である。

『尾州家河内本源氏物語』　野分　巻二　二五三頁

むつかしきおほんかた〳〵めくりたまふ御ともにありきて

高松宮本も「おほんかた〳〵」である。『源氏清濁』の桐壺に「御《ヲン》かた〳〵の」とあり、『源氏詞清濁』も同じである。

「かたがた」は「かた」の複数の形である。「おほむ（ん）かた」「みかた」の仮名表記例は拙著の『平安語彙論考』八頁、一一頁、三二頁に挙げたので、ここでは省略する。「みかた」は会話文に一例あるのみで、「おほむ（ん）かた」が多い。仮名表記例から(ロ)「おほむ（ん）かたがた」が適当である。

二八頁五行の条で述べたやうに、竹取物語の成立時代には「おん」は考へられず、(イ)「おんかたがた」は適当でない。

結論として、(イ)「おんかたがた」は適当でなく、(ロ)「おほむ（ん）かたがた」が適当である。

九七頁三行　かくやひめの御もとにそ御文をかきてかよはさせ給ふ
(イ)おんふみ　鳥居忱『竹取物語析義』　古谷知新『国民文庫　竹取物語』　物集高量『新釈日本文学叢書　竹取物語』　吉沢義則『大日本文庫　竹取物語』　高橋貞一『新註国文学叢書　竹取物語』
(ロ)おほむ（ん）ふみ　田中大秀『竹取翁物語解』　武笠三『有朋堂文庫　竹取物語』　島津久基『岩波文庫　竹取物語』　永田義直『竹取物語新講』　尾崎暢殃『文法全解竹取物語精釈』
他に一一六頁八行、一一九頁二行、一二〇頁四行にもあり、どの例も諸本「御」の漢字表記である。

二八頁五行の条で述べたやうに、竹取物語の成立時代には「おん」は考へられず、(イ)「おんふみ」は適当でない。他の作品の仮名表記例の一部は、拙著の『平安語彙論考』一〇頁、一二頁に挙げた。挙げたもの以外にも「おほむ（ん）ふみ」の仮名表記は多く見られ、(ロ)「おほむ（ん）ふみ」が適当である。「みふみ」の仮名表記例は見当らない。

結論として、(イ)「おんふみ」は適当でなく、(ロ)「おほむ（ん）ふみ」が適当である。

九七頁四行　おもしろく木草につけても御哥をよみてつかはす
(イ)おんうた　鳥居忱『竹取物語析義』　古谷知新『国民文庫　竹取物語』　物集高量『新釈日本文学叢書　竹取物語』　吉沢義則『大日本文庫　竹取物語』　高橋貞一『新註国文学叢書　竹取物語』
(ロ)おほむ（ん）うた　武笠三『有朋堂文庫　竹取物語』　島津久基『岩波文庫　竹取物語』　永田義直『竹取物語新講』　尾崎暢殃『文法全解竹取物語精釈』　尾崎暢殃『竹取物語全釈』
諸本は「御」の漢字表記である。他の作品の仮名表記例は拙著の『平安語彙論考』三一頁に挙げた。「おほむ（ん）うた」の仮名表記例が多い。「おんうた」は『平安語彙論考』六頁に挙げたが、廿巻本歌合に一例が見られる。しかし本文と別筆で、片仮名の註記の分にあり、特殊な例である。「おん」の仮名表記例は、院政期の資料の一部に稀に見えるのみで、平安時代中期以前には溯り得ない。従って(イ)「おんうた」は適当でない。

「みうた」が大和物語、第百六十八段、伝為家筆本に一例見える。「僧正のみうたになむありける」とあり、仏教関係の場面である。古事記に「みうた」が多く、古い時代は「みうた」である。後には一般に「みうた」より「おほむ（ん）うた」が多く用ゐられたやうだ。

「うた」や「あそび」などの語は、「おほみうた」「おほみあそび」と、「おほむ（ん）うた」「おほむ（ん）あそび」との仮名表記例が併存する。「あそび」については一一九頁二行の条で述べる。「おほみ」が平安時代に「おほむ（ん）」に推移したのであり、古今集の筋切本に「おほみうた」があり、宇津保物語の前田本にも「おほみうた」がある。天皇の御製の場合は、平安時代に「おほむ（ん）うた」以外に「おほみうた」の可能性があることになる。竹取物語の場合も天皇の御製であるから、(ロ)「おほむ（ん）うた」と共に、「おほみうた」の可能性もある。

結論として、(イ)「おんうた」は適当でない。(ロ)「おほむ（ん）うた」の可能性が多いけれど、古い作品であり「みうた」の可能性があり、天皇の御製であるから「おほみうた」の可能性もある。

一〇七頁二行　御むかへにこん人をはなかきつめしてまなこをつかみつふさん

(イ)おんむかへ　鳥居忱『竹取物語析義』　古谷知新『国民文庫　竹取物語』　武笠三『有朋堂文庫　竹取物語』
物集高量『新釈日本文学叢書　竹取物語』　島津久基『岩波文庫　竹取物語』

(ロ)おむかへ　山田孝雄、山田忠雄、山田俊雄『昭和校註竹取物語』

諸本は「御」の漢字表記である。他の作品の仮名表記例に次のものがある。

『校本枕冊子』　第百八段　陽明文庫本

おほんむかへに女房春宮の侍従なといふ人も参てとくとそゝのかし聞ゆ

『栄花物語の研究』　校異篇　下巻　三五頁

いみしうそかせ給へれとおほんむかへに殿はらやさるへき人〳〵おほくまいりたれは

二八頁五行の条や、四八頁三行の条で述べたやうに、竹取物語成立時代には「おん」や「お」は考へられず、(イ)「おんむかへ」と(ロ)「おむかへ」とは適当でない。

「み」の可能性はあるが、仮名表記例が見当らず確認出来ない。「おほむ（ん）」は仮名表記例が二例あり、「おほむ（ん）むかへ」の可能性が大きい。

結論として、(イ)「おんむかへ」、(ロ)「おむかへ」は適当でない。「みむかへ」の可能性もあるが、「おほむ（ん）むかへ」の可能性が多い。

一一五頁三行　つほなる御くすり奉れきたなき所の物きこしめしたれは御心ちあしからん物そ

(イ)みくすり　田中大秀『竹取翁物語解』　佐々木弘綱『竹取物語俚言解』　鳥居忱『竹取物語析義』　古谷知新『国民文庫　竹取物語』　武笠三『有朋堂文庫　竹取物語』

(ロ)おんくすり　高橋貞一『新註国文学叢書　竹取物語』　三谷栄一『竹取物語要解』　三谷栄一『日本古典鑑賞講座　竹取物語』　三谷栄一『竹取物語新解釈』　三谷栄一『鑑賞日本古典文学　竹取物語』

諸本は「御」の漢字表記である。他の作品の仮名表記例には次のものがある。

『私家集大成』　伊勢集　中古Ⅰ　二四七頁

みやす所ときこえけるは、おほむくすりのさはきにてなやましくなむし給ける

底本は正保版本歌仙家集である。他に御所本三十六人集も「おほんくすり」である。

二八頁五行の条で述べたやうに、竹取物語の成立時代には「おん」は考へられず、(ロ)「おんくすり」は適当でない。

「み」の可能性はあるが、仮名表記例が見当らず確認出来ない。

結論として、(ロ)「おんくすり」は適当でない。「み」の可能性はあるものの、仮名表記例から「おほむ（ん）くすり」の可能性がある。

一一九頁二行　ひろけて御覧していとあはれからせ給ひて物もきこしめさす御あそひなともなかりけり

(イ)みあそび　田中大秀『竹取翁物語解』　飯田永夫『校訂標註竹取物語』　武笠三『有朋堂文庫　竹取物語』
島津久基『岩波文庫　竹取物語』　永田義直『竹取物語新講』

(ロ)おんあそび　鳥居忱『竹取物語析義』　古谷知新『国民文庫　竹取物語』　物集高量『新釈日本文学叢書　竹取物語』　吉沢義則『大日本文庫　竹取物語』　高橋貞一『新註国文学叢書　竹取物語』

諸本は「御」の漢字表記である。二八頁五行の条で述べたやうに、竹取物語の成立時代には「おん」は考へられず、(ロ)「おんあそび」は適当でない。

拙著の『平安語彙論考』七頁、一一頁に「おほみあそび」、「おほむ（ん）あそび」の仮名表記例を挙げた。又『枕草子研究及び資料』一五二頁以降に、今鏡の「おほみあそび」、「おほむ（ん）あそび」について考察した。今鏡の畠山本には、「おほみあそび」十四例、「おほみあそびども」一例、「をほみあそび」一例、「をゝみあそび」一例、「御みあそび」二例、「御あそび」二例、「御遊」一例がある。「御みあそび」は「おほみあそび」であらう。畠山本の「おほみあそび」が蓬左文庫本で「おほんあそび」となつてゐる例が一例あり、「おほみあそび」と「おほむ（ん）あそび」とは揺れがある。

古今集の諸本では「おほみあそび」の仮名表記例が多く、「おほむ（ん）あそび」を圧倒する。第二十章、第二十二章参照。宇津保物語や源氏物語には、「おほみあそび」と「おほむ（ん）あそび」との両形が用ゐられている。

「おほみあそび」は今鏡にも多く用ゐられてゐるやうに、特殊なものでなかつた。古今集では「おほみあそび」が卓越して用ゐられてゐることを考へると、竹取物語でも「おほむ（ん）あそび」以上に「おほみあそび」の可能性が濃いのではなからうか。(イ)「みあそび」は用例が見当らない。

結論として、(ロ)「おんあそび」は適当でない。(イ)「みあそび」は仮名表記例が無く、「おほみあそび」と「おほむ（ん）あそび」との可能性がある。

三

一　竹取物語の諸本に数例見られる「御」を仮名表記したものは、信頼出来るものである。

二　「御前」は「おまへ」である。

三　「御うた」は「みうた」「おほみうた」「おほむ（ん）うた」の可能性があり、「御あそび」は「おほみあそび」「おほむ（ん）あそび」の可能性がある。

四　上記三語以外の語は、「み」又は「おほむ（ん）」と読むと思はれる。

但し時代の降った仮名表記例から推定したので、ハの語群も竹取物語では古く用ゐられた「み」の可能性がある。

イ　「み」と読む可能性がある語

こころさし　いへ　とも　ふね　もと　まなこ　ここち　て　いのち　かり　こし（輿）　かたち　こころ

ロ　「み」か「おほむ（ん）」か不明な語

うらみ　いしのはち　むしろ　こし（腰）

ハ　「おほむ（ん）」と読む可能性がある語

おくり　すがた　つかひ　み　かみ　め　ぐし　かへりごと　かたがた　ふみ　むかへ　くすり

二「おほむ（ん）」と「み」と使い分けがあると思はれる語

ぞ（衣）

五「おん」と読むものは無い。

六「御前」以外に「お」と読むものは無い。

註

一　教育出版センター、昭和五十七年。

二　和泉書院、平成三年。

三『枕草子研究及び資料』一八頁。『平安語彙論考』四一頁。

四『枕草子研究及び資料』六九頁～七一頁。

五『群書類従』巻十三。

六『続群書類従』巻十五上。

七　わかは、青蓮房のりし、おともしたまはぬか（不空三蔵表制集紙背文書）。

八『後撰和歌集総索引』

九『古今和歌集成立論』

十『伊勢物語に就きての研究』『伊勢物語校本と研究』

第二十二章　古今和歌集の「御」

古今和歌集の「御」の仮名表記につき考察する。先づ序の中の仮名表記を取上げる。

一

みよ

『日本古典文学大系　古今和歌集』　九四頁

　ひとの世となりて、すさのをのみことよりぞ、みそもじあまり、ひともじはよみける。

諸本[註一]の一部に「みこと」が「みよ」（御代、御世）となるものがあるので、「みよ」について考察する。筋切本は、

　ひとのよとなりてよりそすさのをのみよ《イ二ことよりそ》となりてそみそもしあまりひともしにはよみける

と「みよ」とある。元永本、唐紙巻子本、伝俊頼巻子本も「すさのをのみよ」で、筋切本にある書入が無い。

序の後文には「みよ」以外の形が見える。

『日本古典文学大系　古今和歌集』　九八頁

　かのおほむ世や、哥のこゝろをしろしめしたりけむ。

とある。諸本の仮名表記は次の通り。

おほむ世　伊達本　高松宮家本　宗牧筆本
おほむ《オム(朱)》世　寂恵本
おほむよ　私稿本　基俊本　筋切本　伝寂蓮筆本　右衛門切　伏見宮家本
おほむよ《世》　黒川本
お《御(朱)》ほむよ　天理本
をほむよ　永暦本
おほんよ　雅俗山庄本　昭和切
お《御イ》ほんよ　静嘉堂本
お《御(朱)》ほんよ　前田本

三四五番、一〇〇二番の和歌中に「みよ」がある。和歌の中の「みよ」は後撰和歌集などにも見られる。古今和歌集の和歌に「みかき」「みかげ」などがあり、一般に和歌には「み」が用ゐられた。本稿は序の「御」を考察するので、散文の用例を中心とし、和歌の用例は必要な場合に引用する。

「みよ」は古くから用ゐられたので、上代の用例を引く。

『日本古典文学大系　万葉集』　巻十八　四〇九七番

　須売呂伎能　御代佐可延牟等　阿頭麻奈流　美知乃久夜麻尓　金花佐久

『日本古典文学大系　万葉集』　巻十八　四一一一番

　可気麻久母　安夜尓加之古思　皇神祖乃　可見能大御世尓　田道間守　常世尓和多利　夜保許毛知　麻為泥許之登吉

『日本古典文学大系　万葉集』　巻二十　四五〇六番

多加麻刀能　努乃宇倍能美也波　安礼尒家里　多ゝ志ゝ伎美能　美与等保曾気婆

『古事記大成』　索引篇Ⅰ　中巻　二十二オ

此《コノ》天《スメラ》皇《ミコト》之《ノ》御《ミ》世《ヨ》。疫《エ》病《ヤミ》多《サハニ》起《オコリテ》。人《オホ》民《ミタカラ》死《ウセテ》。為《ス》レ尽《ツキナムト》。

『図書寮本日本書紀』　本文篇　巻二十一　一八一頁

是《ノの》皇女、自此《の》天皇《の》時《ミトキの》、逮《オヨフマテ》乎炊《カシキ》屋姫《ノの》天皇之世《ミヨに》、奉《ツカマツル》日神《の》祀《に》。

「みよ」が多く用ゐられ、「おほみよ」も少数用ゐられた。上代には尊敬の接頭語として普通「み」が用ゐられ、[註二]一部に「おほみ」が用ゐられた。「よ」の場合、一般の用法に一致してゐる。

平安時代の「みよ」「おほむ（おほん）よ」などの用例に次のものがある。前にも触れたことがある。[註三]

『本妙寺本 日本紀竟宴和歌本文並びに用語索引』　四二頁

おほさゝきの天皇のみよにつちくらのあひことりをとらへてたてまつりてまうさく

詞書である。他に和歌に九例、詞書に十一例「みよ」がある。

『平安朝歌合大成』　廿巻本歌合　内裏歌合　巻二　三五五頁

かくばかりおもしろきことゞもは、ちかきみよ〳〵にはきこえずとなむ人〳〵いひける

『新編国歌大観』　後拾遺和歌集　序

むらかみのかしこきみよにはまた古今和歌集にいらざるうた

陽明文庫甲本、日野本も「みよ」。

『宇津保物語本文と索引』　蔵開の中　一〇八四頁

けん《(マ》か《マ)》しそくのみよぞあぢきなきやとハはつせきゝしりたらん

『宇津保物語本文と索引』　国譲の上　一三〇五頁

たゞいま、よは右大将おやこのみよになりなんとすめり。
延宝五年板本、俊景本も「みよ」。
『宇津保物語本文と索引』　楼上の上　一七三〇頁
とう宮のみよにさりともあくまでき〻給てん。
延宝五年板本、浜田本も「みよ」。
『宇津保物語本文と索引』　楼上の上　一七三九頁
このみよにだに、かのかんじをいまはかくのこりなきみにゆるされなばや、いかにうれしからん。
延宝五年板本、浜田本も「みよ」。
『源氏物語大成』　榊　校異篇　三七〇頁
春宮の御世をたひらかにおはしまさはとのみおほしつ〻
校異に拠ると、池田本は「おほむよ」。
『尾州家河内本源氏物語』　薄雲　巻二　一〇八頁
かの入道の宮の御は〻きさきのおほむよよりつたはりて
高松宮本は「おほん世」。
『栄花物語の研究』　校異篇　中巻　四三頁　富岡甲本
我おほんよにいかてよきをとこそおもひつれくちをしくあはれにおほしめさる
『平安朝歌合大成』　十巻本歌合　三条左大臣頼忠前栽歌合　巻二　五四六頁
あはれわがきみのおほみよ、長月になりゆくなべに、
これまでの用例から見ると、平安時代の和歌では「みよ」のみが用ゐられた。宇津保物語の和歌にも前田本に「み

よ」がある。

和歌以外では、「おほみよ」「おほむ（おほん）よ」「みよ」「おんよ」が見られた。

平安時代の「おほみよ」は、管見に入ったのは一例のみである。「おほみ」は上代から引続いて用ゐられ、平安時代には付く語が限られてゐた。「おほみよ」は上代にも平安時代にも例があるから、古今和歌集の現存諸本に仮名表記は無いものの、用ゐられた可能性はある。

「おんよ」は寂恵本の書入に「オムヨ」の表記で見える。寂恵本は弘安元年の書写[註四]であり、当時は「御」の読みとして「おん」が日常行はれてゐた。古典ではある古今和歌集にも日常の読みが影響したものであり、かうした例は他にも見られる。[註五]「おん」は古今和歌集の成立した時代には用ゐられないものであり、問題にならない。

平安時代の一般の語の「御」は「おほむ（おほん）」と読まれることが多く、最も広く用ゐられた。次いで「み」が多いが、「み」は限定されて用ゐられた。[註六]「おほむ（おほん）」が付く語、「み」が付く語、「おほむ（おほん）」と「み」とが両方付く語がある。

「よ」は「おほむ（おほん）よ」「みよ」と両方の仮名表記がある。「みよ」の例の中で、廿巻本歌合一例と宇津保物語四例とは会話文に用ゐられてゐて、「み」は会話文に限つて用ゐられる傾向があることに当てはまる。但し全用例ではない。

後代には、謡曲、平家物語、天草版平家物語、コンテムツス・ムンヂ、ドチリナ・キリシタン、日葡辞書などに見えるやうに「みよ」が広く用ゐられた。従って平安時代に於ても、一応両方の仮名表記はあるものの、「みよ」の方が「おほむ（おほん）よ」より一般的であった可能性はある。古今和歌集の序には「みよ」「おほむ（おほん）よ」両方の例があるが、後拾遺和歌集の序には「みよ」が用ゐられてゐるのである。古今和歌集の「みよ」と「おほむ（おほん）よ」との用法上の相違は見出せない。

あまてるおほ神

『日本古典文学大系　古今和歌集』　九四頁
　すさのをのみことは、あまてるおほ神のこのかみ也。
諸本の仮名表記は次の通り。
　あまてるおほむかみ　　筋切本　前田本　天理本　右衛門切　伏見宮家本
　あまてるおほむ神　　元永本　寂恵本　伊達本　高松宮家本　宗牧筆本　頓阿本
　あまてるおほんかみ　　永治本　雅経本　永暦本　昭和切　建久本
　あまてる御かみ　　唐紙巻子本
毘沙門堂本古今集註は「あまてるおほむかみ」、顕昭古今集序注は「あまてるおほんかみ」である。古今訓点抄は「アマテルオホム神《オムトヨムヘキ也》　」である。
　「あまてるおほ神」とは天照大神のことで、上代から見える。
『古事記大成』　索引篇Ｉ　上巻　十三ウ
　於《ニ》レ是《ココ》洗《アラヒタマフ》二左《ヒダリノ》御《ミ》目《メヲ》一時《トキニ》。所《ル》レ成《ナリマセ》神《カミノ》名《ミナハ》。天《アマ》照《テラス》大《オホ》御《ミ》神《カミ》。
『古事記大成』　索引篇Ｉ　中巻　三オ
　高《タカ》倉《クラ》下《ジ》答《ミコタヘマヲサク》曰。己《オノレイ》夢《メミ》之《ラク》。天《アマ》照《テラス》大《オホミ》神《カミ》。高《タカ》木《ギノ》神《カミ》。
　底本は校定古事記である。訂正古訓古事記、古事記伝など諸書は「あまてらすおほみかみ」とする。但し一部に異説があり、延佳本は「アマテルヲホミ（カミ）」とし、敷田年治標注本古事記は「あまてるおほかみ」とする。万葉集の巻二、一六七番に天照大神を「天照日女之命」と歌ひ、諸書「あまてらすひるめのみこと」と訓む。巻十八、四一二五番に「安麻泥良須可美《あまでらすかみ》」もある。天照大神の「天照」は「あまてらす」が本来の形であらう。

「御面」を「おほみおも」と訓み、「大饗」を「おほみあへ」と訓み、「歌」を「おほみうた」と訓むやうに、「大御」でなくても「おほみ」と訓む例は多いが、古事記では単独の「大御神」（上一五ウ）は「おほみかみ」と訓み、「大神」（上一三ウ）は「おほかみ」と訓んでゐる。

『日本古典文学大系　万葉集』　巻十九　四二四五番

懸麻久乃　由ゝ志恐伎　墨吉乃　吾大御神　船乃倍尓　宇之波伎座　船騰毛尓　御立座而

の句は「わがおほみかみ」の七音で、「おほみかみ」の例であり、

『日本古典文学大系　万葉集』　第十九　四二六四番

虚見都　山跡乃国波　水上波　地往如久　船上波　床座如大神乃　鎮在国曽

の句は「おほかみの」の五音で、「おほかみ」の例である。

単独の「神」には「おほみかみ」と「おほかみ」と二つの言ひ方が広く行はれてゐたものの、天照大神は神名であるから「おほみかみ」にほぼ統一されてゐたと思はれる。

次に日本書紀の訓を見る。

『校本日本書紀』　一　四九三頁

天《アマ》　照《テラス》　大《ヲホン》　神《カミ》

底本の寛文九年版本は「アマテラスヲホンカミ」で、兼致本は「アマテラスヲホムカミ」である。一峯本は「オホン」。

『校本日本書紀』　一　六二二頁

天《マ》　照《ス》　太《ヲホン》　神《カミ》

寛文九年版本は「(ア)マ（テラ）スヲホンカミ」である。

『校本日本書紀』　一　六五六頁

天《アマ》　照《ス》　大《ホン》　神

寛文九年版本は「アマ（テラ）ス（オ）ホン（カミ）」である。

『校本日本書紀』　二　九八頁

天　照　大　神《ミ》

寛文九年版本は「神」の「ミ」の訓のみである。一峯本は「アマテルオホンカミ」である。

『日本古典文学大系　祝詞』　三九〇頁

辞別、伊勢爾坐天照大御神能大前爾白久、皇神能見霽志坐四方国者

があり、同書の書下文では「あまてらすおほみかみ」とし、祝詞講義も「アマテラスオホミカミ」と訓む。他にも例があり、同じである。金子武雄『延喜式祝詞講』も「天照《あまてらす》大《おほ》御《み》神《かみ》」とする。祝詞は古い語形を崩れない形で伝へる傾向が強いものであるから、「あまてらすおほみかみ」が本来の形であらう。

日本書紀の訓の一部に「あまてらす」を「あまてる」とし、「おほみかみ」を「おほむ（おほん）かみ」とするのは古今和歌集の語形と一致するが、本来の形から変化したものであらう。

他の作品の例を引く。

『妙本寺本　日本紀竟宴和歌本文並びに用語索引』　一三頁

やまのうちさかしくしてゆくへきみちもしらてなけきたまふよのゆめにあまてるおほかみのたまはくと「あまてるおほかみ」があり、他に八例の「あまてるおほかみ」がある。何れも詞書である。和歌の中では「あまてるかみ」が二例あるから、日本紀竟宴和歌では、詞書は「あまてるおほかみ」、和歌は「あまてるかみ」と使ひ分けてゐることになる。

『元和九年心也開板古活字本狭衣物語』　五九八頁

さらはまことに天てるかみも世におはするわさにこそありけれ

『元和九年心也開板古活字本狭衣物語』　七八三頁

あまてる神の御けはひいちしるくあらはれ出給ひて

『元和九年心也開板古活字本狭衣物語』　八二三頁

けに天てる神たちもみみたて給ふらんかし

『元和九年心也開板古活字本狭衣物語』　八三二頁

あさましく天てる神のほのめかし給けんことも

『日本古典文学大系　更級日記』　四九四頁

「そはいかに」ととへば、「あまてる御神をねむじませ」といふ

『日本古典文学大系　更級日記』　五〇八頁

物はかなき心にも、「つねにあまてる御神をねむじ申せ」といふ人あり、

『日本古典文学大系　更級日記』　五一五頁

ありあけの月いとあかきに、わがねむじ申すあまてる御神は内にぞおはしますなるかし。

『日本古典文学大系　更級日記』　五三二頁

年ごろあまてる御神をねんじたてまつれと見ゆるゆめは、人の御めのとして内わたりにあり

『校本讃岐典侍日記』　一八一頁

せんさい〳〵万さい〳〵とうたふこそあまてる神の岩戸にこもらせ給はさりけんもことはりと聞ゆ

『今鏡本文及び総索引』　三一頁

からく思て、かくなむと申たりけるを、おもほしいだして、この事ばかりあまてる御神に申うけむとて、左中弁にはくはへさせ給てけり。

『水鏡本文及び総索引』　三二頁

所〻におはしまして伊勢に宮うつりおはしますことはあまてる御神の御をしへにてこのとしありしなり

『水鏡本文及び総索引』　一二九頁

あくる日伊勢のくにゝおはしてあまてる御神を拝したてまつり給き

『日本古典文学大系　増鏡』　二七七頁

保元に崇徳院のよをみだり給しだに、故院、御位にてうちかち給しかば、あまてるおほむ神も、みもすそ川のおなじながれと申ながら

底本は永正本。永正片仮名本は「天照《アマテル》大神」、御物本は「あまてるおほむ神」、桂宮本は「あまてるおほん神」である。

『日本古典文学大系　平家物語』　上巻　九三頁

桜《さくら》はさいて六箇日《かにち》にちるを、余波《なごり》を惜《おし》みあまてる御神《おんがみ》に祈《いの》り申されければ、三七日まで余波《なごり》ありけり。

平家物語の諸本は「あまてる」は一致する。「御神」の所は二つに分れる。

おんがみ　おんかみ　天和二年刊本　波多野流平曲譜本　波多野流節付語り本　前田流譜本　京師本

おほんがみ　おほんかみ　高良本　両足院本　横井也有自筆平語　高野本

太平記　貞享五年版本　巻十六　日本朝敵事

天《アメ》ノ下《シタ》ニアマクダリ。一女三男《ナン》ヲ生《ウミ》給フ一女ト申ハ。天照太神《アマテラスヲヽンガミ》。三男ト申ハ。月神《ツキノカミ》。蛭子《ヒルコ》素盞烏《ソサノヲ》ノ尊《ミコト》ナリ。

『日本古典文学大系　曾我物語』　四九頁

又、あまてるおゝん神より、ひこなぎさたけうがやふきあわせずのみことまで、以上地神五代にて、おゝくのせいさうをおくりたまふ。

謡曲は『謡曲二百五十番集』に拠ると、

あまてらすおほみがみ　絵馬

あまてるおほみかみ　要石　二例

あまてるおほんがみ　水無月祓　碇潜　俊成忠度　源太夫　花筐　要石

あまてるかみ　右近　二例

であるが、『校註日本文学大系』の絵馬では「あまてるおほんがみ」である。

『平安朝歌合大成』　参議実行歌合　巻六　一七一三頁

十三番　祝

左持　藤原為忠

みづがきのひさしかるべき君がよをあまてるかみやそらにしるらむ

右　顕輔ゝゝ

かぎりても君がよはひはいはしみづながれむよにはたえじとぞおもふ

左歌は、あまてる神などこそあまりおどろ〳〵しく思給に、右に又、いはしみづなどはべめれば、いせ・やはたの御ことなど、おとりまさり申につけて、おそりはべりぬべし。

和歌では音数の関係もあるのであらうが、専ら「あまてるかみ」の形が用ゐられてゐる。後拾遺和歌集、金葉和歌集以下の勅撰集や、八雲御抄、和歌初学抄などに見える。

「天照大神」の「天照」の訓み方と、「大神」の訓み方とで、多くの言ひ方がある。「あまてらす」については、

『日本古典文学大系　万葉集』　巻十八　四一二五番

安麻泥良須　可未能御代欲里　夜洲能河波　奈加尒敝太弖ゝ　牟可比太知　蘇泥布利可波之

として「あまでらす神」の形で見え、赤染衛門集など平安時代の和歌に「あまてらすかみ」が用ゐられてゐる。

藻塩草に、

あまてる神（あまてらす神とも云天照太神の御事也）

とあり、中世にも「あまてる」とともに「あまてらす」も通用してゐた。

次に「かみ」について考へたい。『続日本紀宣命校本・総索引』では、「八幡大神」を「やはたのおほかみ」と訓む他は、「大神」を「おほみかみ」、「大神宮」「大御神宮」を「おほみかみのみや」と訓む。特定の神名のみ「おほかみ」と訓み、一般には「おほみかみ」であるから、「おほみかみ」の方が優勢であると言へる。「おほみこと」の場合、「おほこと」とは訓まず「おほみこと」と訓むが、「大御言」「大御命」と「大御」表記の語は少なく、多くは「大命」「御命」「命」などである。「かみ」の場合も「大御神」表記でなく「大神」であっても、「おほみかみ」が普通であったと考へられる。

図書寮本日本書紀の巻十四に「伊勢の大《オホム》神」があり、巻二十一に「伊勢の神《オホムカミ》の宮」があり、「おほむかみ」の例がある。

『妙本寺本日本紀竟宴和歌本文並びに用語索引』　二七頁

たちからをのかみおほんかみのみてをたまはりてひきいたしたてまつれり

は「おほんかみ」の例である。

『私家集大成』　順集　中古Ⅰ　四三〇頁　書陵部蔵三十六人集

かけまくもかしこきおほみかみは、あはれともめくみさきまへたまひてんとてに「おほみかみ」の例がある。上代に広く用ゐられた「おほみ」は、平安時代には限られた範囲で用ゐられた。「かみ」は神祇関係なので、古い形を留めて用ゐられたのであらう。西本願寺本は「おほむかみ」、書陵部蔵歌仙集本は「おほんかみ」である。

『平安朝歌合大成』　住吉社歌合　巻七　二二〇一頁

おほん神にことかゝれるにつきて、左のかちとや申べからむ。

『伊勢物語に就きての研究』　校本篇　第百十七段

おほん神けきやうし給て

むつましと君は白浪みつかきのひさしき世よりいはひそめてき

伝後柏原院宸筆本は「おほむ神」、伝尊応准后筆本は「おゝん神」、天理大図書館本は「おゝんかみ」である。

古事記、祝詞に「大御神」とある「おほみかみ」が上代の規範の言ひ方であつたと考へられる。「大神」表記も多く「おほみ」と訓んだのであらう。神名は古い言ひ方が固定するものである。

一般に「おほみ」が変化して「おほむ（おほん）」となり、更に「おん」となつた。[注七] 平安時代には普通「おほむ（おほん）」が多いのと軌を一にして、「御神」単独の語は「おほむ（おほん）かみ」が多いけれども、三十六人集に見る通り、「おほみかみ」も用ゐられ、古くからの言ひ方が根強く存続してゐたことを示す。大蔵虎明本狂言集には「あまてる大御神」が一例あり、後代にまで「おほみかみ」が用ゐられてゐた。

御巫本日本書紀私記に「おほみたから」とあり、岩崎本日本書紀に「おほむたから」とある如く、「おほみ」から「おほむ（おほん）」に変つた。図書寮本日本書紀には「オホミタカラ」「オホムタカラ」が混在する。平安時代には「おほむ（おほん）かみ」が多いのであるが、時代が降ると更に「おん」に変化したので、一部に「おんかみ」も見られるが、後代の書に散見するに過ぎず、平安時代の普通の用法ではない。

「おほ」は平安時代の一般の語にも用ゐられたが、使用例は稀であり、極めて限られてゐた。「おほかみ」は用例が少なく、一部に行はれた程度であらう。

仮名表記例を整理してみると、

あまてらすおほみかみ　古事記　祝詞　謡曲
あまてらすおほむ（おほん）かみ　日本書紀　太平記
あまてらすおほかみ　日本書紀
あまてらすかみ　藻塩草
あまてるおほみかみ　謡曲　狂言
あまてるおほむ（おほん）かみ　日本書紀　古今和歌集　増鏡　曾我物語　平家物語　謡曲
あまてるおんかみ　平家物語　古今訓点抄
あまてるおほかみ　古今和歌集　日本紀竟宴和歌詞書
あまてるかみ　狭衣物語　讃岐典侍日記　和歌　歌学書　藻塩草　謡曲

となる。但し清濁は問はない。更級日記、今鏡、水鏡の例は「御」の漢字表記であるから、確定は出来ないものの、平安時代の一般の語の「御」は「おほむ（おほん）」と読まれることが多かつたから、「あまてるおほむ（おほん）かみ」の可能性が多い。「おほみ」の可能性もあるが、「おん」ではない。

本居宣長は古事記伝、玉くしげで「あまてらすおほみかみ」とする。これが規範の形であらう。「あまてる」は用例が多いものの、後代の文献である。狂言記拾遺に「天てる御神」があり、大蔵虎明本狂言集に「あまてる大御神」「天てる御神」があり、時代が降ると広く用ゐられた。

古辞書類には、

伊京集　天《アマ》照《テル》大《オホン》神《ガミ》

撮壤集　天《アマ》照《テル》大《ヲン》神《カミ》

増補下学集　天《アマ》照《テラス》大《ヲホン》神《カミ》

書言字考節用集　―《アマ》《アマ》（天）《テル》照《テラス》《テル》太《ヲホン》神《ガミ》

とあり、「あまてらす」は後代にも行はれてゐた。

要するに、「あまてらす」「あまてる」については、「あまてらす」が本来の形と考へられ、後代には「あまてる」が広く用ゐられたものの、猶一部には古い形を留めて用ゐられた。「おほみかみ」「おほむ（おほん）かみ」「おほかみ」「おんかみ」「かみ」については、「おほみかみ」が本来の形である。「おほむ（おほん）かみ」は「おほみかみ」から変つて生じた形で、平安時代に普通に用ゐられた。「おんかみ」は後代に「おほむ（おほん）かみ」から変つて生じた形である。「おほかみ」「かみ」は略した形で一部に用ゐられた。

古今和歌集の諸本の「あまてるおほむ（おほん）かみ」は平安時代に多く見られる形である。

おほむはじめ

『日本古典文学大系　古今和歌集』　九四頁

なにはづのうたは、みかどのおほむはじめなり。

諸本の仮名表記は次の通り。

おほむはじめ　私稿本　筋切本　元永本　六条家本　永治本　天理本　右衛門切　永暦本　伊達本　高松宮家本　宗牧筆本　頓阿本

おほんはじめ　雅俗山庄本　静嘉堂本　黒川本　前田本　伝寂蓮筆本　昭和切

おほんはしめ《俊オホムウヘノ》　寂恵本
おほんうへのはしめ　建久本

他に「おほむ（おほん）はじめ」の仮名表記例を見ない。平安時代の一般の語には「おほむ（おほん）」が付くことが多い。「はじめ」は一般の語であり、「おほむ（おほん）」が付くのは順当であらう。

諸本の一部に「おほむ（おほん）うへ」の異文があるので触れておきたい。「うへ」には「おほむ（おほん）」の付く例と、「み」の付く例とがある。[註八]

『源氏物語大成』　橋姫　校異篇　一五一五頁
いまとなりては心くるしき女子ともの御うへをえおもひすてぬとなんなけき侍りたまぬとそうす

会話文にある。「御うへ」は三条西家本が「おほむうへ」、尾州家河内本、保坂本が「みうへとも」、高松宮家本が「みうへ」と「みうへ」の仮名表記の諸本が多い。

前に述べたやうに、[註九]同一語に「おほむ（おほん）」と「み」とが付いた場合、「み」は会話文に限られる傾向が一部にある。古今和歌集の例は会話文ではないので「みうへ」の可能性は否定され、「おほむ（おほん）うへ」は他の語の用例と一致してゐる。

御時

『日本古典文学大系　古今和歌集』　九八頁
いにしへより、かくつたはるうちにも、ならの御時よりぞ、ひろまりにける。

諸本の仮名表記は次の通り。
おほむとき　私稿本　基俊本　黒川本　右衛門切

おほむ時　　伝寂蓮筆本

お《御(朱)》ほむとき　永治本　天理本

おほんとき　筋切本　雅俗山庄本　昭和切

お《御イ》ほんとき《時イ》　静嘉堂本

序には他に二例ある。

『日本古典文学大系　古今和歌集』　九八頁

かのおほん時に、おほきみつのくらゐ、かきのもとの人まろなむ、哥のひじりなりける。

諸本の仮名表記は次の通り。

おほむとき　私稿本　黒川本　天理本

おほむ時　筋切本　元永本　六条家本　寂恵本　伊達本　高松宮家本　宗牧筆本　頓阿本

おほんとき　雅俗山庄本　静嘉堂本　昭和切

おほん時　永暦本

『日本古典文学大系　古今和歌集』　九九頁

かの御時より、この方、としはもゝとせあまり、世はとつぎになんなりにける。

諸本の仮名表記は次の通り。

おほむとき　伝寂蓮筆本

第一例、第二例は「おほむ（おほん）」の仮名表記の諸本が多いのに、第三例は仮名表記が一本に留まる。しかし三例とも同じ序の中にあり、内容や文体上の相違は無い。第三例も他の二例と同じく「おほむ（おほん）」であったと考へられる。

『今鏡本文及び総索引』　第十　ならのみよ　二八九頁

　かのおほむ時、おほきみつのくらゐ、かきのもとの人丸なむ、哥のひじりなりける。

　これは古今和歌集の序の引用である。底本の畠山本が「おほむ時」である他、蓬左文庫本、慶安三年刊板本が「おほん時」であり、古今和歌集の表記の傍証となる。

　古今和歌集の詞書には多数の「御時」の例があり、「おほむ（おほん）」表記例は多いけれども、特に問題も無いと思はれるので引用は省く。

　平安時代には「おほむ（おほん）」が普通多く用ゐられたとは言へ、「み」「おほみ」「おほ」「お」なども一部に用ゐられた。しかし「御時」については、前に仮名表記の一端[註十]を挙げた如く仮名表記例は多いけれども、全て「おほむ（おほん）」であり、他の読みは無かったであらう。従って古今和歌集の仮名表記「おほむ（おほん）」は他の作品とも共通なものである。

おほんめ

『日本古典文学大系　古今和歌集』　九九頁

　秋のゆふべ、たつた河にながるゝもみぢをば、みかどのおほんめには、にしきと見たまひ

諸本の仮名表記は次の通り。

おほむめ　私稿本　永暦本　伊達本　高松宮家本　宗牧筆本　頓阿本
御《オホム(朱)》め　天理本
おほむ《オム(朱)》め　寂恵本
おほんめ　筋切本　雅俗山庄本　静嘉堂本　黒川本　雅経本　昭和切

御め《オホン》(朱)　前田本

他の作品の仮名表記例には、

『源氏物語大成』　柏木　巻七　四一八頁　源氏物語絵詞

たゝおほつかなくおもふたまふらんさまをさなからみたまふへきなりおほむめをしのこひたまふ

がある。古今和歌集の「おほむ（おほん）め」は特殊なものではなく、平安時代の普通の用法であると考へられる。寂恵本に「オム」と註記がある。寂恵本の書写年代は弘安元年であり、「おほむ（おほん）」から変化した「おん」が日常使はれてゐたので、古典の書写時にも混入したものであらう。根拠のあるものではない。

御うた

『日本古典文学大系　古今和歌集』　九九頁

ならのみかどの御うた、龍田川もみぢみだれてながるめりわたらばにしき中やたえなん。

諸本の仮名表記は次の通り。

おほむうた　永暦本

おほんうた　雅経本

二本以外の諸本は漢字表記である。序の例はこれのみである。

詞書、左註に六例の「御歌」があり、全例に仮名表記例があるので次に挙げる。

四番　詞書

おほみうた　高野切

おほみうた《御歌イ》　静嘉堂本

おほむうた　昭和切
おほむ歌　永暦本
おほんうた　雅俗山庄本　建久本
二一番　詞書
おほみうた　高野切　雅俗山庄本　静嘉堂本
おほむうた　昭和切
おほんうた　雅経本　永暦本　建久本
九〇番　詞書
おほみうた　静嘉堂本
御歌《オホム》　寂恵本
おほんうた　永暦本　建久本
二二二番　左註
おほみうた　静嘉堂本
おほむうた　雅俗山庄本
御うた《オホムウタ》　寂恵本
おほんうた　雅経本　建久本
二八三番　左註
おほみうた　高野切　雅俗山庄本　静嘉堂本
おほんうた　雅経本　建久本

三四七番　詞書

おほみうた　雅俗山庄本　静嘉堂本

おほんうた　永暦本　建久本

おほん歌　　雅経本

猶、巻二十の冒頭にある「大哥所御哥」は諸本漢字表記であるが、古今集清濁には「大哥所《オウタドコロノ》御哥《オホンウタ》」とある。

他の作品の仮名表記例は前にも述べたが[註十一]引く。

『宇津保物語本文と索引』　祭の使　四一三頁

　おほみうたつかうまつるべき殿上人のたゞ今の上ずどもみなめしつけつけ（衍カ）つ。

と宇津保物語に「おほみうた」の例がある。「おほむうた」は西本願寺三十六人集の忠見集に二例あり、「おほんうた」は十巻本歌合の亭子院歌合に一例、古来風体抄の穂久爾文庫本に六例ある。「みうた」は大和物語、第百六十八段の諸本にあり、仏教関係の特別な場面である。

　平安時代には一般に「おほむ（おほん）」「み」「おほみ」「おほ」「お」などが用ゐられた。「うた」の場合、仮名表記の無い「おほ」や「お」は用ゐられた可能性が乏しい。「み」は上代に於ては最も多く用ゐられたものの、平安時代には限って用ゐられ、大和物語の「みうた」も仏教関係の場面で「僧正のみうた」と用ゐられてゐる。普通の場面で用ゐられることは少なかったと思はれる。「おほむ（おほん）」は平安時代に普通に用ゐられた。上代の「おほみ」が変化して生じたのであるが、当時最も多く用ゐられてゐた故に本来他の読みであるものまで「おほむ（おほん）」と読むこともあり、「みこしをか」の語を「おほむこしをか」とするなど[註十二]はその例である。「おほみうた」の仮名表記例が数多く存在し、平安時代に「おほみうた」が用ゐられたことが確かであるので、「おほむ（おほん）うた」の方が本来のものとは考へられない。書写に際し「おほみ」から「おほむ（おほん）」への書替があったのであらう。

古今和歌集の「おほみうた」は高野切、雅俗山庄本、静嘉堂本に見える。書写年代の古い高野切は全例「おほみうた」であり、「おほむ（おほん）うた」は無い。成立年代の古い宇津保物語の例と照し合せると、平安時代の初期は「おほみうた」であり、後に「おほむ（おほん）うた」が生じたと考へることが出来よう。古今和歌集の成立時代には「おほみうた」であらうと推測する。

御国忌

『日本古典文学大系　古今和歌集』　一〇〇頁

深草の御国忌に、くさふかきかすみの谷にかげかくしてる日のくれしけふにやはあらぬ。

諸本の仮名表記は次の通り。

おほむこき《国忌》　永暦本
おほんこき　雅経本
おほん国忌　昭和切

他に八四六番の詞書に「御国忌」があり、諸本の仮名表記は次の通り。

おほむこき　前田本　天理本
おほむこき《御国忌》　永治本
おほんこき　六条家本　雅経本
おほん国忌　雅俗山庄本

序の例について次の説がある。

堯恵本古今集聞書　一名延五記[註十三]

御国忌《オンコキ》《オコキトモ》口伝　両ヤウ何レモ用レトモ猶御門ノ御前ナトニテハオコキヲ用ユ　是ハ帝王ノ御忌日ノ事ナレハ　微音《ヒオンニ》ハヤクソトヨムナリ　禁忌《キンキ》ノ詞ヲハ、カリ奉ル義ナリ

堯恵本古今集声句相伝聞書

御国忌《ヲンコツキ》《ヲンコキ用之》──不用　ヲコキトモ是モ用ユ　御国忌《ヲンコツキ》　他家ノヨミ也　当家ニハ　御《ヲン》コキトヨムナリ　又ハ　ヲコキトモヨムナリ　此御国忌ハ御門ナトノ御前ニテヨム時ノ故実也　帝ノ崩御ナリシ御忌日ナリ　是ニヨリテ　ミシカクソトヨムナリ　ツネニハヲンコキトヨミテヨロシ

古今私秘聞

御国忌《ヲンコツキ》

古今訓点抄

御国忌《ココツキ》

八四六番の例について次の説がある。

毘沙門堂本古今集註

御国忌《ミコキ》

古今私秘聞

御国忌　三ノ読様アリ　オンコツキ　ミコツキ　オコキ　此中　ミコツキヲ用

他の作品の例を引く。

『源氏物語大成』　榊　校異篇　三六四頁

しも月のついたち比御こきなるに雪いたうふりたり

諸本は漢字表記である。湖月抄の本文は「みこき」の仮名表記であり、

岷江入楚　聞みこきとよむなり

源氏清濁　御《ミ》こ《ッ》き

源氏詞清濁　御《ミ》こ《ッ》き

とある。

太平記　貞享五年版本　巻二十一　任遺勅被成綸旨事

如何ニモシテ。一戦ニ利《リ》ヲ得。南方祠候《シコウ》ノ人々ノ機《キ》ヲモ扶《タスケ》ハヤト。御国忌《ミコツキ》ノ御中陰《チウイン》ノ過ヲ遅《ヲソシ》トゾ相待ケル。

他に巻三十九にも「御国忌《ミコツキ》」がある。太平記の註釈書には、

太平記賢愚抄　○御国忌（ミコクキ）

太平記鈔音義　一御国忌　ミコツキ

とある。

他に有職袖中抄に、

御国忌《ミコキ》　帝崩御ノ日ヲ云フ也

とあり、書言字考節用集に、

―（御《ミ》）国忌《コキ》

とある。

「御」の音は「ご」「ぎよ」があり、訓は「おほむ（おほん）」「おほみ」「おん」「おほ」「み」「お」が考へられる。これまで引いたやうに、「御国忌」の「国忌」は別として、「御」について、「ご」「おほむ（おほん）」「おん」「み」「お」と五つもの説がある。

漢字音は呉音より漢音の方が多く用ゐられたことが想定される。しかし「御」では、呉音の「ご」が大部分で、漢音の「ぎよ」は極めて限定されて用ゐられた。[註十四]『陽明叢書国書篇　中世国語資料』所収の名目抄甲本に拠り、漢語に付いた「御」の読みを挙げると、

ご　御斎会《コサイエ》　忌火御飯《コハム》　御体《コタイ》御卜　御前試《コセンノ》　童女御覧《コラン》　御禊《コケイ》　御書始《コショハシメ》　御着袴《コチヤクゴ》　御幸《コカウ》　御産《コサン》　御殿《コテン》　昼御座《コサ》
　御倚子《コイシ》　御前《コセム》僧

み　季御読経《ミトクキヤウ》　御帳《ミチヤウ》帷　御随身《ミスイシム》

お　御元服《ヲクエムフク》　大宋御屏風《ヲヒヤウフ》

であり、「ぎよ」は一例も無く、「み」や「お」がある。

「おほむが（賀）」「おほむざ（座）」「みだう（堂）」[註十五]など漢語に「おほむ（おほん）」や「み」が付く例は古くからある。漢語に付いた語は当初「ご」又は「ぎよ」であつたであらう。漢語は貴族社会で極めて多く用ゐられ、漢語に付いた「ご」の用例は数へ切れないほどあつたであらう。しかし仮名表記は稀であり、実証し難い。漢語としての意識が薄れて来ると、「御」の訓を漢語に付けて用ゐるやうになつたと考へられる。

漢語についた「御」を訓読するやうになつた場合、音読から訓読に切替つた場合もあらうし、音訓、訓読が併存してゐた場合もあらう。古今訓点抄の「ココツキ」は全体を漢語として音読した言ひ方が存在したことを示す。

訓読として「おほむ（おほん）」「おん」「み」「お」がある。

「おん」と「お」とは、書写年代の古い諸本に見えず、後代の書に散見するのみである。特殊なものを除き、一般に「御」の多数の読みは「おほむ（おほん）」から「おん」に変化し、更に後代に「おん」から「お」に変つた。変化は一部に始り、やがて全体に及んだので、変つた時代を確定することは出来ぬものの、平安時代末期ならともかく、古今和歌集成立時代に「おん」は有り得ず、まして「お」は考へられない。「おん」や「お」の説は後代の読みを遡

らせて推定したに過ぎず、除外して考へるべきである。

そこで「御国忌」の場合、古今和歌集の諸本に見える「おほむ（おほん）」と、他の書に見える「み」とが考察の対象になる。

同じ語に「おほむ（おほん）」と「み」と両方が付く例は多く、前に三十八語を挙げて考察した。[註十六]「みこしをか」「みてぐらづかひ」のやうに、「み」の付くのが本来で、「おほむ（おほん）」の付くのは異例、誤用であるといふ例を除いても、両方が付く語はかなりの数になる。「み」は会話文に用ゐられる傾向が指摘出来るが、資料による相違、時代による相違、使ふ人による相違などが考へられ、全てを明確にすることは難しい。区別が特に無く併用されることもあつたかも知れない。

「国忌」は行事であるから、同類の語を考へると、「八講」がある。

『源氏物語大成』　澪標　校異篇　四八三頁

　神無月に御八講し給

校異に拠ると平瀬本は「おほんはかう」。

『尾州家河内本源氏物語』　榊　巻一　二二〇頁

　しはすの十よ日のほとに中宮のみはかういかめしうたうとし

高松宮家本も「みはかう」である。

『尾州家河内本源氏物語』　匂宮　巻四　七七頁

　月ことの御念仏としにふたゝひのみはかうをり〳〵のたうとき御いとなみはかりをし給て

高松宮家本も「みはかう」である。

源氏清濁に「御八《ヲヽン》かう」「御八《ヲヽン》講」があり、源氏詞清濁も同じである。「みあかし」「みずほう」「みだう」など仏教関係の語が多く、「御国忌」は「おほむ（おほん）国忌」と「み国忌」とが考へられる。

おほんうつくしみ　おほんめぐみ

『日本古典文学大系　古今和歌集』一〇一頁

あまねきおほんうつくしみのなみ、やしまのほかまでながれ、ひろきおほ（ん）めぐみのかげ、

諸本に「おほむ（ん）うつくしみ」、「おほむ（ん）めぐみ」の仮名表記が多い。引用は省く。

御書のところ

『日本古典文学大系　古今和歌集』一〇二頁

御書のところのあづかり、きのつらゆき

諸本の仮名表記は寂恵本に「御書《コシヨ》のところ」とあるのみである。他本は「御書所」「御書のところ」などで、「御」は漢字表記である。御書所は宮中の書物を管理する役所で、御堂関白記、小右記などの記録体に頻出する。「ごしよどころ」「ごしよのところ」と称したのであらう。字音語であるから仮名で表記することも無かつたのであり、寂恵本の註記は拠るべきものである。他の読みはしなかつたであらう。「御書始」は名目抄に「ごしよはじめ」とあり、「御書」は、文明本節用集、運歩色葉集、書言字考節用集、合類節用集、易林本節用集、節用集大全などに「ごしよ」とある。第二十三章参照。

二

古今和歌集の序における「御」の付く語について、左の通り考察した。

一　「はじめ」「とき」「め」「うつくしみ」「めぐみ」
「おほむ（おほん）」が付く語である。

二　「うた」
「おほみ」「おほむ（おほん）」の付く例があるが、本来は「おほみ」であらう。

三　「よ」
「おほむ（おほん）」「み」の付く例があるが、「おほみ」も考へられる。

四　「国忌」
「ご」「おほむ（おほん）」「おん」「み」「お」の説がある。「おん」「お」は根拠が無い。「ご」は本来の形であるが、寧ろ「おほむ（おほん）」や「み」の方が広く用ゐられた。

五　「御書のところ」
「御書」は「ごしよ」である。

六　「天照大神」
「あまてるおほむ（おほん）かみ」「あまてるおほかみ」の例がある。種々の語形がある中で、「あまてるおほむ（おほん）かみ」は平安時代に広く行はれた形である。本来の「あまてらすおほみかみ」から変化したものである。

三

古今和歌集の詞書、左注の「御」について考察する。

みかは水

『日本古典文学大系　古今和歌集』　一一九頁

東宮雅院《待賢門内北壬生東》にてさくらの花のみかは水にちりてながれけるをみてよめる

すがのの高世　延長元年哥也追入

81枝よりもあだにちりにし花なれば　おちても水のあわとこそなれ

諸本の表記は次の通り。

みかは水　筋切本　元永本　雅俗山庄本　建久本　伊達本　高松宮家本　宗牧筆本　詁訓和歌集

みかはみつ　私稿本　亀山切　基俊本　静嘉堂本　六条家本　前田本　天理本　伝寂蓮筆本　永暦本　昭和切

寂恵本

御川みつ　雅経本

水　永治本

「み」は仮名表記が殆どで雅経本のみ「御」の漢字表記である。

他の作品、古辞書の仮名表記例を引く。

『平安朝歌合大成』　廿巻本歌合　関白左大臣頼通歌合　巻三　七八七頁

かゞみのみかはみづ、またぢむのいしなどたてたり。

『源氏物語大成』　梅枝　校異篇　九七八頁

うこむのちんのみかは水のほとりになすらへてにしのわたとのゝしたよりいつる

『私家集大成』　実方中将集　中古Ⅰ　六四四頁

みかは水のつらに、あるくら人のなかむるを、

色葉字類抄
御溝《ミカハミツ》　同　キヨコウ

とある。雅経本の「御」も「み」であり、「みかはみつ」以外の語形は無かつたであらう。

「み」は上代に於てはとりわけての制約無しに広く用ゐられたものの、平安時代には限られて用ゐられるやうになつた。「みかきまうし、みかど、みくしげ殿、みくら、みこ、みざうし、みたち、みづしどころ、みはし、みやすどころ、みやすむどころ」など宮中とか殿舎関係の語に集中して見られる。[註十七]「みかはみつ」は宮中の庭を流れる溝の水のことで、宮中関係の語として「み」に固定して用ゐられたのである。

おほむものがたり

『日本古典文学大系　古今和歌集』　一五〇頁

仁和のみかど、みこにおはしましける時、ふるのたき御覧ぜむとておはしましけるみちに、遍昭がはゝの家にやどりたまへりける時に、庭を秋ののにつくりて、おほむものがたりのついでによみてたてまつりける

僧正遍昭

248 さとはあれて人はふりにしやどなれや　庭もまがきも秋ののらなる

諸本の表記は次の通り。尚以下では清音濁音表記は統一するなど便宜の扱ひをする。

おものかたり　私稿本
おほんものかたり　荒木切　雅俗山庄本　静嘉堂本　昭和切　建久本
おほむものかたり　唐紙巻子本　寂恵本　高松宮家本　宗牧筆本　詁訓和歌集
おほむ物かたり　伊達本

御ものかたり　基俊本　筋切本　元永本　六条家本　永治本　前田本　伝寂蓮筆本　雅経本　永暦本

御物かたり　天理本

これに拠ると仮名表記の「お」「おほむ」「おほん」（以下の文では引用を除き「おほむ（ん）」で代表させる）と漢字表記の「御」とがある。漢字表記の「御」は仮名表記のある「お」か「おほむ（ん）」の何れかと一応考へられる。しかし他の作品には別の仮名表記例もあり引いて考察する。

『西本願寺本三十六人集精成』　遍照集　二一三頁

おほんものがたりのついでによみてたまへりし

『宇津保物語本文と索引』　嵯峨院　本文編　三二八頁

さておほん物がたりのついでに

浜田本も「おほん物がたり」、俊景本は「おほん物語」である。

『宇津保物語本文と索引』　祭の使　本文編　四三〇頁

いつしか、まのあたりにて、つぶさなるみものがたりも申給はらんとなんなげき申。

延宝五年板本、浜田本も「みものかたり」、俊景本は「御ものがたり」である。

『源氏物語大成』　帚木　校異篇　五五頁

いつかたにつけても人わるくはしたなかりけるみ物かたりかなとてうちわらひおはさうす

三条西実隆校訂の青表紙証本、伝藤原為家筆松浦伯爵家旧蔵本、尾州家河内本、高松宮家本も「み物かたり」である。

『尾州家河内本源氏物語』　須磨　第一巻　二三九頁

人〳〵おまへにさふらはせ給ておほむものかたりなとせささせ給。

高松宮家本は「おほんものかたり」である。

『尾州家河内本源氏物語』　明石　第二巻　一三頁

こよひのみものかたりにきゝあはすれはけにあさからぬさきのよのちきりこそはとあはれになん

高松宮家本も「みものかたり」である。

『源氏物語大成』　野分　校異篇　八七九頁

御となあふらなとまいりてのとやかに御物かたりなときこえ給ふ

校異に拠ると御物本、伝二条為藤筆本は「おほむものかたり」。

『源氏物語大成』　藤裏葉　校異篇　一〇〇一頁

ものまめやかにむへ〳〵しき御ものかたりはすこしはかりにて花のけふにうつり給ぬ

校異に拠ると横山本は「おほん物かたり」。

『源氏物語大成』　若菜上　校異篇　一〇二八頁

中納言の君まいり給へるをみすのうちにめしいれて御物かたりこまやかなり

校異に拠ると御物本、横山本、池田本、三条西家本は「おほんものかたり」である。三条西実隆校訂の青表紙証本は「おほん物がたり」である。

『源氏物語大成』　御法　校異篇　一三八六頁

あかしの御かたもわたり給てこゝろふかけにしつまりたる御ものかたりともきこえかはし給

校異に拠ると池田本は「おほむものかたりとも」である。三条西実隆校訂の青表紙証本は「おほんものがたりども」である。

『源氏物語大成』　早蕨　校異篇　一六八〇頁

　つきせぬ御物かたりをえはるけやりたまはて夜もいたうふけぬ

校異に拠ると保坂本は「おほむものかたり」。

『源氏物語大成』　宿木　校異篇　一七三七頁

　うけたまはらまほしき世の御ものかたりも侍るものをとの給へは

校異に拠ると三条西家本は「おほむものかたり」。

『栄花物語の研究』　巻十六　校異篇　中巻　三六六頁　西本願寺本

　宮のみ物かたりのつゐてにこゝに侍

以上を総合すると「おものかたり」「おほむ（ん）ものかたり」「みものかたり」の三様の仮名表記が存することになる。

「お」とある私稿本は鎌倉初期又は中期の書写と云ふ。[註十八] 平安時代に「おまし」「おまへ」「おもと」は多く用ゐられた。しかし「お」が他の語に付くことは無く、「おものかたり」が平安時代の普通の形とは考へがたい。後代の用法の影響とか誤写とかが考へられる。

次に「おほむ（ん）ものかたり」と「みものかたり」とについて考へたい。源氏清濁に「御《ミ》物かたり」が四例見られ、挙げたやうに「み」の仮名表記の数は多い。古くは「み」であらう。しかし挙げた「み」の用例は栄花物語の例が地の文であるのを除き、三例とも会話文の例である。

「おほむ（ん）」と「み」とが同語に付いた例はかなり見られ、「おほむ（ん）」が地の文、「み」が会話文と区分されてゐる場合[註十九]がある。古今和歌集の詞書は地の文に属し、「み」と考へるべき理由は無い。各作品に古い「み」と新しい「おほむ（ん）」とが併存する。古今和歌集の諸本に「おほむ（ん）」の仮名表記例が多く、遍照集も「おほん」であるから、古今和歌集では「おほむ（ん）」であると認められ、漢字表記の例も「おほむ（ん）」の可能性が多いであらう。

御屏風

『日本古典文学大系　古今和歌集』　一五九頁

二条の后の春宮のみやす所と申ける時に、御屏風に竜田川にもみぢながれたるかたをかけりけるを題にてよめる

そせい

293もみぢ葉のながれてとまるみなとには紅深き浪やたつらん

諸本の表記は次の通り。

御《ヲホム（朱）》屏風　永治本
御《オホム（朱）》屏風　前田本
おほん屏風　雅経本
御屏風　私稿本　基俊本　雅俗山庄本　静嘉堂本　六条家本　天理本　伝寂蓮筆本　永暦本　昭和切　建久本　寂恵本　伊達本　高野切　高松宮家本　宗牧筆本　詁訓和歌集
屏風　筋切本　元永本

古今和歌集には他に三〇五番、三五一番、八〇二番、九三〇番の和歌の詞書に「御屏風」があり、三五一番、八〇二番には「屏風」の本文の諸本が一部にある。諸本の多くは漢字表記であるが三五一番、九三〇番には合せて三例の仮名表記例があるので挙げる。

三五一番　寂恵本

さたやすのみこのきさいの宮の五十の賀たてまつりける御屏風《オム（朱）》にさくらの花のちるした《モト清》に人の花見たるかたかけるをよめる

九三〇番　後鳥羽院本

たむらの御時に女房のさふらひにてみはう《ひやう本》○《ふ》のゐ御覧しけるに

雅経本は「み屏風」の仮名表記である。雅経本は二九三番の詞書では「おほん屏風」とあり、古今和歌集の詞書では「屏風」の語に「おほむ（ん）」「おん」「み」の三通の接頭語が付いてゐるのである。前に触れたこと[註二十]があるが、他の作品の仮名表記例を引いて考察したい。

『西本願寺本三十六人集精成』　忠見集　三六〇頁、三六一頁

おなじ御とき、み屏風に

正月、子日わかなつむ

一六わかなとて　おほくのとしを　わがつめば　きみぞねのひの　まつにゝるべき

み屏風に、よしの山

二六みよしのゝ　やまのわたりを　わけくれば　ゝるのわたりに　なりにけるかな

『日本名筆全集』　一期　巻八　下絵拾遺抄切

天暦御時のみ屏風に　　藤原清正

『日本名筆全集』　三期　巻五　拾遺抄切

つきなみのみ屏ぶに□ひひとの木のかげにやすみたるところに

『日本名筆全集』　三期　巻七　伝西行筆中務集

み屏風にまつにふぢのかゝれり

うとからでかゝれるふぢのはなゝがらまつにこゝろはたがはざらなん

み屏風いけのほとりのやなぎ

みなそこにかげのうつれるあをやぎはなみのよりけるかげとこそみれ

『源氏物語大成』　賢木　校異篇　三五一頁

君はぬりこめのとのほそめにあきたるをやをらをしあけて御屏風のはさまにつたひ入給ぬ

校異に拠ると横山本、榊原家本、池田本、三条西家本は「み屏風」である。尾州家河内本は、「みひやうぶ」である。

『黒川本　紫日記』　上巻　一五頁

にしには御ものゝけうつりたる人〳〵みびやうぶひとよろひをひきつほめ

紫式部日記。松平文庫本も同じである。

今鏡　ふぢなみの中　第五　つかひあはせ　二十二丁ウ　蓬左文庫本

うへふとわたらせ給けるにしはしみしかきみひやうふのうへより御らんしけれは

以上の仮名表記例に拠ると、「み」は歌集のみならず物語、日記など広い分野の作品に見られる。一方「おほむ（ん）」は古今和歌集以外の作品に例を見ず確実性に乏しい。

寂恵本に「オム」（おん）の書入がある。この本は弘安元年十一月書写との識語があり、書入は書写の時代の読みが反映したのであらう。古今和歌集成立の時代の読みを伝へたものではない。院政期には「おほむ（ん）」が文章語の性質を有し、「おん」が口頭語の性質を有してゐた。[註二十一] 後に「おん」が主流となり、前代の作品の読みにまで一部適用される場合もあつた。

『名目抄』の「大宋御屏風」につき、『群書類従』本、陽明文庫蔵甲本、陽明文庫蔵乙本に「御」を「お」と読み、

『禁中方名目抄校註』に「御」を「おん」と読むから、一部に「み」以外の読みが存したことは認められるものの後代のものにすぎない。

『源氏清濁』『源氏詞清濁』に各二例の「御《ミ》屏風」があり、『湖月抄』の賢木の巻に、「御《み》屏風」があり、『枕草子春曙抄』は第八十五段「御仏名朝」の段、第二百七十六段「源六の御屏風こそ」の段の「御屏風」に「みべうぶ」と振仮名を施す。後代の注釈書も「み」を支持してゐる訳である。

古今和歌集の「御屏風」も一つに定めるならば「み」であらう。

御をば

『日本古典文学大系　古今和歌集』　一七〇頁

仁和のみかどのみこにおはしましける時に、御をばのやそぢの賀に、しろがねをつゑにつくれりけるをみて、かの御をばにかはりてよみける

僧正へんぜう

348 ちはやぶる神やきりけんつくからにちとせのさかもこえぬべら也

前の例の諸本の表記は次の通り。

おほんおは　　雅俗山庄本　静嘉堂本

おほんをは　　建久本

御をは　　私稿本　基俊本　六条家本　永治本　前田本　天理本　伝寂蓮筆本　右衛門切　永暦本　昭和切

　　寂恵本　伊達本　高松宮家本　宗牧筆本　詁訓和歌集

おは　　筋切本　元永本　雅経本

後の例の諸本の表記は次の通り。

おほんおは　雅俗山庄本　静嘉堂本　雅経本
御をは　私稿本　基俊本　六条家本　伝寂蓮筆本　右衛門切　永暦本　昭和切　伊達本　高松宮家本　宗牧筆本　詁訓和歌集
御おは　永治本　前田本　天理本
をは　建久本　寂恵本
おは　筋切本　元永本

古今和歌集の諸本の仮名表記は「おほん」のみであり、「御」の漢字表記の例も「おほむ（ん）」であらう。他の作品の「をば」（伯母、叔母）及び「をぢ」（伯父、叔父）に付いた「御」の仮名表記例を引く。

『私家集大成』　四条中納言定頼集　中古Ⅱ　一九七頁
　うへのおほんをはの、あまうへときこえける人の

『源氏物語大成』　蓬生　校異篇　五二四頁
　心すこしなを〳〵しき御をはにそありける

校異に拠ると横山本は「おほんおは」。

『源氏物語大成』　蜻蛉　校異篇　一九四二頁
　そのころ式部卿宮ときこゆるもうせ給にけれはおほんをちのふくにてうすにひなるも

三条西実隆校訂の青表紙証本は「おほむをぢ」、尾州家河内本は「おほんをち」である。

『新訂増補国史大系　大鏡』　六十八代　後一条天皇　二二頁
　一のおほんおぢ。たゞいまの関白左大臣。一天下をまつりごちておはします。

『今鏡本文及び総索引』　第六　しがのみそぎ　二〇〇頁
おほむおぢの大政のをとゞのよみ給ける。
「をぢ」「をば」の何れも仮名表記例は「おほむ（ん）」のみである。これは古今和歌集の諸本の仮名表記例とも一致する。平安時代の普通の用法は「おほむ（ん）をば」の古今和歌集の仮名表記と同じであらう。但し平安時代に家族関係の語には「み」が用ゐられる傾向があつた。第二十四章の「おほんむすめ」「みおとうと」参照。

御五十の賀

『日本古典文学大系　古今和歌集』　一七一頁
さだやすのみこの、きさいの宮の五十の賀たてまつりける御屏風に、さくらの花のちるしたに、人の花みたるかたかけるをよめる　　ふぢはらのおきかぜ
351いたづらにすぐす月日はおもほえで　花みてくらす春ぞすくなき
諸本の表記は次の通り。

おほん五十賀　　雅経本
御五十の賀　　元永本　天理本　右衛門切
御五十賀　　私稿本　筋切本
御五十のか　　永治本
五十賀　　雅俗山庄本　静嘉堂本　永暦本　昭和切
五十のか　　六条家本
五十の賀　　基俊本　伝寂蓮筆本　建久本　寂恵本　伊達本　高松宮家本　詁訓和歌集

『西本願寺本三十六人集精成』　忠岑集　二五三頁

　左大将のおほむがのうた

があり、堤中納言集（『私家集大成』　中古Ⅰ　二二三頁）に「おほむ賀」、赤染衛門集（『私家集大成』　中古Ⅱ　一五六頁）に「おほん賀」があるから「四十の賀」「五十の賀」などに「御」の付いた場合にも「御」は「おほむ（ん）」であると認められる。「賀」は漢語であり、一般に漢語には「ご」が付くのであるが、和語化したためか源氏物語絵巻詞書の「おほむくどく（功徳）」「おほむご（碁）」など漢語に「おほむ（ん）」の付く例はかなりある。

御ぶく

『日本古典文学大系　古今和歌集』　二六九頁、二七〇頁

深草のみかど《仁明》の御時に、蔵人頭にてよるひるなれつかうまつりけるを、諒闇になりにければ、さらに世にもまじらずして、ひえの山にのぼりて、かしらおろしてけり。その又のとし、みな人御ぶくぬぎて、あるはかうぶりたまはりなど、よろこびけるをきゝてよめる

僧正遍昭（蔵人頭右近少将良峯宗貞）

847 みな人は花の衣になりぬなり　こけのたもとよ　かはきだにせよ

諸本の表記は次の通り。

おほんふく　本阿弥切　雅俗山庄本　雅経本

御ふく　基俊本　六条家本　永治本　前田本　天理本　後鳥羽院本　永暦本　建久本　寂恵本　伊達本　高松宮家本　宗牧筆本　詁訓和歌集

御フク　寛親本

御服　　志香須賀本　元永本

仮名表記は「おほん」のみであり、漢字の「御」表記の諸本も「おほむ（ん）」と読んだのであらうと推測し得る。

他の作品の仮名表記は次の通り。

『大和物語の研究』　第百六十八段　系統別本文篇　上　三二〇頁　為家筆本

御はてになりぬおほむふくぬきによろつの殿上人かはらにいてたるに

『西本願寺本三十六人集精成』　遍照集　二一二頁

かはらにいでゝおほんぶくぬぎしところに

『私家集大成』　中古Ⅰ　実方中将集　六四九頁

おほき《は》たのかたのおほんふくにて、四月ついたちころに、のふかたの中将に

『私家集大成』　中古Ⅱ　和泉式部集　三八頁、三九頁

おほんふくぬきて

八五かきりあれはふちの衣はぬきすてゝ　涙の色をそめてこそきれ

おほむ服になりしころ、月のあかきはみきやとあるに

二一なくさめんことそ悲しきすみ染の　袖には月のかけもとまらて

古今和歌集の仮名表記「おほん」は他作品の仮名表記「おほむ（ん）」と共通であり、一般性が認められる。古今和歌集の漢字表記「御」も「おほむ（ん）」であらう。堯恵本古今集声句相伝聞書の「御《ヲン》ふく」は後代のものである。

御方

『日本古典文学大系　古今和歌集』　二七七頁、二七八頁

寛平御時に、うへのさぶらひに侍けるをのこども、かめをもたせて、きさいの宮の御方におほみきのおろしときこえにたてまつりたりけるを、くら人どもわらひて、かめをおまへにもていでて、ともかくもいはずなりにければ、つかひのかへりきて、さなんありつるといひければ、くら人のなかにをくりける

としゆきの朝臣

874 たまだれのこがめやいづら　こよろぎの礒のなみわけおきにいでにけり

諸本の表記は次の通り。

おほんかた　雅俗山庄本　建久本

御かた　志香須賀本　基俊本　六条家本　永治本　天理本　永暦本

御方　元永本　寛親本　御鳥羽院本　寂恵本　伊達本　高松宮家本　宗牧筆本　詁訓和歌集

かた　前田本　雅経本

古今和歌集の諸本にある仮名表記は二本のみである。他の作品には多くの仮名表記例があるので引く。

『宇津保物語本文と索引』　藤原の君　本文編　一八〇頁

「大将殿にこそ君だちあまたおはすれ。みなみかたにとりし給へれど、いまひとはしらはましします。」

延宝五年板本、浜田本も「みかた」である。

『宇津保物語本文と索引』　蔵開の中　本文編　一一三八頁

まだのりたまはざめるを民部卿のみ方になん、あたらしきいとげのくるまつくりてあめるを

延宝五年板本、俊景本も「み方」である。

『宇津保物語本文と索引』　蔵開の中　本文編　一一三九頁

えかしこに侍らずば、源中納言のみるたにあまた侍。すべていくつばかりかは。

である。
『日本古典文学大系　宇津保物語』の諸本の条に拠ると、荷田在満校本、延宝五年刊家蔵イ本書入板本は「みかた」であり。
『宇津保物語本文と索引』　蔵開の下　本文編　一一九三頁
〔絵解〕少将のいもうとのみかた。ごたち四人、わらは・しもづかへ一人づゝ、女房二人ばかりあり。
延宝五年板本、浜田本、俊景本も「みかた」である。
『宇津保物語本文と索引』　楼上の上　本文編　一七五一頁
大将のみかたにまうでたりつるに、
延宝五年板本、浜田本、俊景本も「みかた」である。
『源氏物語大成』　賢木　校異篇　三七八頁
みなかのみかたにこそ御心よせ侍めりしを
三条西実隆校訂の青表紙証本も「みかた」である。
『宇津保物語本文と索引』　蔵開の上　本文編　九四〇頁
おほむかたがたのかんだちめ・御こたち
延宝五年板本は「おほんかた〴〵」、浜田本は「おほんかたがた」である。
『宇津保物語本文と索引』　国譲の上　本文編　一三〇二頁
おほんはこは、ひんがしの一のたいに右大弁、二のたいに、ふたかたにて
俊景本は「おほんかた」。『日本古典文学大系　宇津保物語』に拠ると諸本の多くは「おほんかた」である。
『宇津保物語本文と索引』　国譲の上　本文編　一四五一頁
物などきこしめしておほんかたにわたり給ぬ。

延宝五年板本は「おほむかた」、浜田本は「おほんかた」である。

『源氏物語絵巻詞書』　東屋

こひめきみは宮のおほむかたさまに我をはうへにゝきこえたるとこそは

『源氏物語大成』　薄雲　校異篇　六〇九頁

たゝ御かたの人〳〵にめのとよりはしめてよになき色あひを思ひいそきてそをくりきこえ給ける

校異に拠ると横山本は「おほんかた」。

『尾州家河内本源氏物語』　野分　第二巻　二五三頁

むつかしきおほんかた〳〵めくりたまふ御ともにありきて

高松宮本も「おほんかた〳〵」。

『源氏物語大成』　藤裏葉　校異篇　一〇〇七頁

御方かたの女房おの〳〵くるまひきつゝきて御まへところしめたるほと

校異に拠ると池田本は「おほんかた〳〵」。

『源氏物語大成』　若菜下　校異篇　一一四八頁

女御の御方にも御しつらひなといとゝあらたまれるころの

校異に拠ると榊原家本は「おほんかた」。

『西本願寺本三十六人集精成』　清正集　二八四頁

郭公のこゑきくこゝろ、こき殿の女御おほんかたなりける人よみけるに

『西本願寺本三十六人集精成』　忠見集　三六七頁

あるみやすどころのおほむかたのひとをかたらひて

『私家集大成』　円融院御集　中古Ⅰ　五五二頁

こものとものおかし一品の宮のおほんかたにたてまつらせ給とて

『私家集大成』　実方中将集　中古Ⅰ　六四八頁

おなしおほんかたに、せきこゝのへといふわらはの、こなたかなたのとくちにゐて、人とものいふを見て

『私家集大成』　実方中将集　中古Ⅰ　六五〇頁

　宣よう殿のおほむかたより、たひのころもに

一四二見ぬほとのかたみにそふるこゝろあるを　あくなとそおもふはこかたのいそ

　御返、おほむかたへもたゝぬに、かくものせさせ給へるになむとて

一五二心にもあらぬわかれをはこかたの　いそくをかつはうらみつるかな

『私家集大成』　入道右大臣集　中古Ⅱ　二四一頁

七月七日、関白とのゝわかみやのおほんかたにて

『私家集大成』　経衡集　中古Ⅱ　二九四頁

東宮のおほむかたに、月みる人にたちよりて、ものなといふに

『私家集大成』　経信卿家集　中古Ⅱ　三三四頁

ゆきのふるよ、もろともに宮のおほんかたにまいりて

『私家集大成』　清輔朝臣集　中古Ⅱ　六〇三頁

二条院御時、中宮のおほんかたへ

『平安朝歌合大成』　廿巻本歌合　宰相中将伊尹君達春秋歌合　巻二　四三九頁

もゝそのゝ宮のおほかたより、なかのとうか許のほどに「おもしろき花どもをおりて、まきすてたまふなること

いと心うし。」ときこえたまへるに、つくり花のいとおもしろきを、「これいとあはれなれば。」とてたてまつりたまへれば、「花に心をつくるきみかな。」とて、かへしたてまつれば、まつにつけて春のおほかたより

以上引いた用例に拠ると、「みかた」「おほむ（ん）かた」「おほかた」の三つの語形があることになる。

「おほ」については前に述べたことがある。[註二十二] 一般に「おほ」で用ゐられた「おほとのごもる」「おほとなぶら」に一部「おほむ（ん）とのごもる」「おほむ（ん）となぶら」が見られ、「おほ」と「おほむ（ん）」とは共通する場合も絶無とは言へない。「おほかた」と「おほむ（ん）かた」とについても、『源氏物語大成』幻　校異篇　一四一四頁には、底本「おほかた」、保坂本「おほんかた」と校異がある。しかし限られたものであり、廿巻本歌合の二例の「おほかた」は「おほむ（ん）かた」の「む（ん）」の無表記と考へることが出来る。古今和歌集の「御」表記の「御かた」を「おほ」と読む必然性は認められない。

源氏清濁に、

四頁　御《ヲヽン》かた〳〵　　三六頁　中宮の御《ヲ》方
三八頁　うちの御《ヲ》かた　　五六頁　御《ヲン》かた《ヲヽントヨムヘシ》
七六頁　殿は我御《ヲヽン》かた　　八二頁　御《ヲヽン》かた

と「ヲヽン」「ヲン」「ヲ」の三形が見える。これは平安時代の実際の読を反映したものではない。平安時代「おほむ（ん）」が主流であつたのが中世に「おん」になり、更に「お」になつて行つた。[註二十三] 源氏清濁は江戸時代初期の後水尾院（一五九六―一六八〇）を中心とする堂上における源氏講釈の実態を知り得る資料であり、各時代の読が混入してゐる。五六頁の「御《ヲン》かた」は江戸時代初期に於て他の読を混へながらも「おほむ（ん）」を軌範とする考へが存在してゐたことを伝へる。

古くは宇津保物語に多い「み」のやうであるから、古今和歌集は、雅俗山庄本、建久本に見られる「おほむ（ん）

かた」の他に「みかた」の可能性もある。

御べ

『日本古典文学大系　古今和歌集』　三二六頁

1082 まがねふくきびの中山おびにせるほそたに川のをとのさやけさ

この哥は承和の御べのきびのくにのうた

諸本の表記は次の通り。

おほむへ　基俊本　筋切本　元永本　高野切
おほむへ《御へウ》　六条家本
おほむへ《御へウ（朱）》　天理本
おほむへ《御へう（朱）》　前田本
おほむ《御》へ　永治本
おほんへ　志香須賀本　雅俗山庄本　雅経本　建久本
御へ　関戸本　寛親本　永暦本　寂恵本　伊達本　高松宮家本　宗牧筆本
御嘗　詁訓和歌集
御か　御鳥羽院本

『日本古典文学大系　古今和歌集』　三二七頁

1083 美作やくめのさら山　さらさらにわがなはたてじよろづよまでに

これは水のおの御べのみまさかのくにのうた

諸本の表記は次の通り。

おほむへ　基俊本　筋切本　元永本　永治本　民部切　北野切
オホムヘ　寛親本
おほむへ《御ヘウ（朱）》　天理本
おほむへ《御へう（朱）》　前田本
おほんへ　志香須賀本　雅経本　建久本　高野切
おほへ《御へう》　六条家本
御へ　関戸本　雅俗山庄本　永暦本　寂恵本　伊達本　高松宮家本　宗牧筆本　詁訓和歌集
御か　御鳥羽院本

『日本古典文学大系　古今和歌集』　三二七頁

1084 みののくにせきのふぢがは　たえずして君につかへん万代までに

これは元慶の御べのみののうた

諸本の表記は次の通り。

おほむへ　基俊本　元永本　六条家本　永治本　天理本　北野切
オホムヘ　寛親本
おほむへ《御へう（朱）》　前田本
御へ《おほむへ》　後鳥羽院本
おほんへ《御へう他本》　志香須賀本　唐紙巻子本　雅経本　民部切　高野切
御へ　関戸本　永暦本　建久本　寂恵本　伊達本　高松宮家本　宗牧筆本　詁訓和歌集

御贄　雅俗山庄本

『日本古典文学大系　古今和歌集』　三二七頁

1085君がよはかぎりもあらじ　ながはまのまさごのかずはよみつくすとも

これは仁和の御べのいせのくにのうた

諸本の表記は次の通り。

おほむへ　基俊本　六条家本　永治本　天理本　北野切

おほむへ《御へう(朱)》　前田本

おほんへ　志香須賀本　雅俗山庄本　雅経本　今城切　建久本

御へ《おほんへ》　後鳥羽院本

おほへ《御へう他本》　元永本

御へ　関戸本　寛親本　永暦本　寂恵本　伊達本　高松宮家本　宗牧筆本　詁訓和歌集

御贄　高野切

『日本古典文学大系　古今和歌集』　三二七頁

大伴くろぬし

1086あふみのやかゞみの山をたてたればかねてぞみゆる　きみがちとせは

これは今上の御べのあふみのうた

諸本の表記は次の通り。

おほむへ　基俊本　六条家本　永治本

おほむへ《御へう(朱)》　前田本　天理本

おほんへ　志香須賀本　雅経本　高野切
御へ《おほんへ本》　後鳥羽院本
御へ《御へう他本》　関戸本　雅俗山庄本　寛親本　永暦本　建久本　寂恵本　伊達本　高松宮家本　宗牧筆本　詁訓和歌集

六条家本、元永本に各一例の「おほへ」がある。これは前条の「おほかた」と同じく「おほむ（ん）へ」の「む（ん）」の無表記であらう。

「おほむ（ん）へ」表記の例は極めて多い。「御へ」に仮名表記の註記のあるものや、逆に仮名表記の「おほむへ」に漢字の註記のあるものがあり、漢字表記の「御へ」は「おほむ（ん）へ」であると認められる。

古今訓点抄には一〇八五番に「仁和ノ御へウノ伊勢」に「ヲムヘノトヨムウノ字ハ不読云々」と註記し、一〇八二番に「御《ヲム》へノ」とするものの、毘沙門堂本古今集註の一〇八二番には「承和ノ御へ《オホム》」とある。古今訓点抄は嘉元三年（一三〇五）の奥書があり毘沙門堂本古今集註は仁平四年（一一五四）の奥書がある。古今和歌集諸本の仮名表記例と照し合せると、「オホムへ」とする毘沙門堂本古今集註が古い読を伝へてゐると認められる。

四

古今和歌集の序に於ける「御」の付く語について考察した第一節を承け、第三節では古今和歌集の詞書及び左註に於ける「御」の付く語について考察した。

一　「みかはみづ」

この語形で用ゐられた。

二　「御ものがたり」

古今和歌集の一本に「おものがたり」がある。これは後代のものである。他作品に「みものがたり」があるが、主に会話文に限って用ゐられた。古今和歌集では「みものがたり」の可能性はあるものの、諸本や他作品に仮名表記例の多い「おほむ（ん）ものがたり」であらう。

三「御屏風」

「おん屏風」「お屏風」は後代のものである。古今和歌集の諸本の一部に見られる「おほむ（ん）屏風」は他に例を見ず確例とし難い。「み屏風」の仮名表記が他作品に多く見られるから古今和歌集でも「み屏風」であらう。

四「御をば」

古今和歌集の諸本及び他作品に「おほむ（ん）をば」の例があり、他作品には「おほむ（ん）をぢ」も見られる。一般に家族関係の語には「み」が付く傾向があるけれども、古今和歌集は「おほむ（ん）をば」である。

五「御五十賀」

古今和歌集の諸本は「御」の有無で二分されてゐる。「御」は「おほむ（ん）」である。

六「御ぶく」

古今和歌集の諸本、他作品ともに仮名表記は「おほむ（ん）ぶく」のみであり、古今和歌集は「おほむ（ん）ぶく」である。

七「御かた」

他作品には「おほかた」「みかた」がある。「おほかた」は「おほむ（ん）かた」の「む（ん）」の無表記であらう。古今和歌集は諸本に仮名表記の見られる「おほむ（ん）かた」の他に、古い「みかた」の可能性もある。

八「御べ」

他作品の仮名表記は見当らぬものの古今和歌集の諸本に「おほむ（ん）べ」の例が多くあり、古今和歌集は「おほむ（ん）べ」である。

註

一　古今和歌集の本文は左に拠る。
『古今和歌集成立論』　『古今集総索引』　『古今和歌集』新典社叢書　『古今和歌集』桜楓社　『古今和歌集声点本の研究』
『古筆切資料集成』
二　榊原邦彦『枕草子研究及び資料』一四一頁。
三　第二十章。
四　『古今和歌集成立論』研究編　一三五頁。
五　榊原邦彦『平安語彙論考』五一頁。
六　『枕草子研究及び資料』一四四頁。
七　『枕草子研究及び資料』一四四、一四六頁。
八　『平安語彙論考』三一頁。
九　『平安語彙論考』四二頁。
　『枕草子研究及び資料』一四一頁。
十　『平安語彙論考』一〇、一二頁。
　『枕草子研究及び資料』一四四、一六三頁。
十一　第二十章。
十二　『平安語彙論考』三九頁。
十三　以下の引用では声点を略す。
十四　『枕草子研究及び資料』一四九頁。
十五　『平安語彙論考』八、九、一四頁。

十六　『平安語彙論考』二八頁以降。
十七　『平安語彙論考』二四頁。
十八　久曾神昇『古今和歌集成立論』研究編　一八二頁。
十九　『平安語彙論考』四〇頁以降。
二十　『平安語彙論考』四〇頁。
『枕草子研究及び資料』二〇頁以降。
二十一　『枕草子研究及び資料』一四六頁。
二十二　『枕草子研究及び資料』一三頁以降、一四三頁。
二十三　『枕草子研究及び資料』一四四頁以降。

第二十三章　後撰和歌集の「御」

一

後撰和歌集の詞書の「御」のうち仮名表記例のあるものについて考察する。

おほんかへし

二荒山本[註一]（日光二荒山神社蔵藤原教長筆本）

　院のおほんかへし

六まつにくるひとしなければはゝるのの　わかなもなにかゝゐなかりけり

他の諸本は「御返し」「御返」「返事」と漢字表記となつてゐる。

枕草子の「御返」については第二章の五で述べた。

他作品の「おほむ（ん）かへし」の仮名表記例はかなりの数になるので一部を引く。

『西本願寺本三十六人集精成』　斎宮女御集

「おほんかへし」五例、「おほむかへし」七例がある。

『私家集大成』　斎宮女御集　中古Ｉ　小島切

「おほんかへし」五例がある。

『私家集大成』　大弐三位集　中古Ⅱ　三一六頁　端白切

三　まつ人は心ゆくともすみよしの　さとにとのみはおもはさらなん

おほむかへし

『大和物語の研究』　系統別本文篇　尊経閣所蔵為家筆本

「おほむかへし」三例がある。

『源氏物語大成』　常夏　校異篇　八四三頁　底本

このいとこもはたけしきはやれる御かへしや〳〵とゝうをひねりてとみにうちいてす

別本の国冬本は「おほんかへし」である。

「おほむ（ん）かへし」の仮名表記例の多い西本願寺本三十六人集の斎宮女御集の場合、「御返」は三例、「御返し」は六例、「御かへし」は二十八例ある。「御返」については「返」が「かへし」か「かへり」か一方に決め難いので別にして、「おほむ（ん）かへし」「御返し」「御かへし」の三つの表記例の有意の違ひは認められない。「御返し」「御かへし」の「御」も「おほむ（ん）」であらう。後撰和歌集二荒山本の「おほんかへし」は他の作品の多くの例と矛盾が無く、平安時代の読を伝へたものである。

みつしところ

高松宮家蔵天福二年本

おなし御時、みつし所にさふらひけるころ、しつめるよしをなけきて御覧せさせ《天(朱)も(朱)せしめ(朱)》よとおほしくて、ある蔵人《くらむと(朱)》にをくりて侍ける十二首かうち

みつね

一九　いつことも春のひかりはわかなくにまたみよしのゝ山は雪ふる

諸本の表記は伝堀河宰相具世筆本のやうに漢字表記もあるものの、

みつし所[註二]　日本大学図書館蔵本　貞応二年本　中院本　ノートルダム清心女子大学本　雲州本　伝正徹筆本

みつしところ　二荒山本

ミツシトコロ　片仮名本

ミツシ所　関戸本

と仮名表記の諸本が多い。

他の作品の仮名表記例を引く。

『西本願寺本三十六人集精成』　躬恒集　一七一頁

えぎの御ときにみづしどころにさぶらひけるとき、しづめることをなげきて、あるひとにおくりはべりける

伝西行筆躬恒集の同箇所も「みづしどころ」である。

『西本願寺本三十六人集精成』　忠見集　三六六頁

延ぎのおはむとき、みつねがさぶらひけるれいにて、「みづしどころにさぶらはせむ」とおほせられて

『源氏物語大成』　手習　校異篇　一九九一頁　底本

みなはか〱しきはみつし所なとあるへかしきことゝもを

「みづし所」は「御厨子」に「所」が熟合した語である。「御厨子」は『源氏物語絵巻詞書』絵合に「みつしとも」とあるやうに仮名表記で示されることが多い。

平安時代の書写とされてゐる資料中の「御」について考察した際に、『平安語彙論考』二四頁で、

宮中、殿舎関係

みかきまうし、みかど、みかはみづ、みくしげ殿、みくら、みこ、みざうし、みたち、みづしどころ、みはし、
みやすどころ、みやすむどころ

調度関係

みき丁、みす、み帳、みづし、み屏風

仏教関係

みあかし、み修行（誦経）、みずほう、みだう、みてら、みど経、みのり

神祇関係

みあれ、みてぐら、みてぐらづかひ、みやしろ

と「み」は限定して用ゐられてゐることを明かにした。後撰和歌集の諸本においても、「みこ」「みくしげどの」「みやす所」「みやすん所」などは通常仮名で表記されてゐる。

後撰和歌集の諸本の「みづし所」は、他の作品の多くの例と矛盾が無く、平安時代の読を伝へるものである。

おほみき

高松宮家蔵天福二年本

やよひのしもの十日許に、三条右大臣、かねすけの朝臣の家にまかり《わたり（朱）》て侍けるに、ふちの花さけるやり水の
ほとりにて、かれこれおほみきたうへけるついてに

三条右大臣 兼左大将 内大臣高藤三男

一二五 限なき名におふゝちの花なれはそこゐもしらぬ色のふかさか

「おほみき」は諸本仮名表記である。雲州本の一〇八二番、一一一七番、一一八五番の詞書にも「おほみき」がある。

「おほみき」については前に考察した。[註三] 古事記、日本書紀に「おほみき」が見える。平安時代の作品に「おほむみき」「おほんみき」「おむみき」が存するものの、極めて僅かにとどまり、例外とみなすことが出来る。一般に「おほみき」の表記が多く「御みき」の表記もかなりある。「御みき」は「おほみき」であらう。「大みき」の例も「おほみき」である。

後撰和歌集の諸本の「おほみき」は、他の作品の多くの例と矛盾が無く、平安時代の読を伝へるものである。

こそのところ

二荒山本

朱雀院東宮にておはしましける時たちはきとも五月はかりにこそのところにまかりてさけなとたうへはへりてかれこれうたよみはへりけるに

おほかすかのもろのり

一六六 さみたれにはるのみやひとくるときはほとゝきすをやうくひすにせん

諸本の表記は「御書所」「御書ノ所」である。

この語は一般に漢字表記である。古今和歌集の寂恵本に「御書《コシヨ》(朱)のところ」があることは別に述べた。[註四] 他の諸本は「御書所」「御書のところ」である。

『今鏡本文及び総索引』すべらぎの中　第二　鳥羽御賀　五八頁　畠山本

あまたのごそどもには、いひしらずあやにしき、からあや、からぎぬ、さま〲のたからもの

「ごそども」は「ごしよども」（御所）の直音表記である。

後撰和歌集の「こそのところ」は「こしよのところ」の直音表記である。御書所は拾芥抄の官位唐名部に「御書所秘書殿　芸閣」とあり、平安時代宮中の書物を管理した役所であるから、音読したものである。「ごしよどころ」「ごそどころ」「ごしよのところ」「ごそのところ」以外は考へられない。

後撰和歌集二荒山本の「こそのところ」は、古今和歌集寂恵本の例と矛盾が無く、平安時代の読を伝へるものである。

おほんふみ

二荒山本

は〻のふくにてさとにはへりけるころ先帝のおほんふみたまへりけるおほむかへり

あふみ

二七 さみたれにぬれにしそてをいと〻しくつゆおきそふるあきのわひしさ

他の諸本は「御ふみ」「御書」の表記である。

二荒山本には他にも「おほんふみ」の仮名表記例がある。

まかりいて〻のちおほんふみたまはせたりけれは

中将のみやすむところ

六四一 けふすきはしなましものをゆめにてもいつこはかとかきみかとはまし

他の諸本は「御ふみ」「御文」の表記である。

「おほむ（ん）ふみ」の仮名表記例は多い。今一部を引く。

『西本願寺本三十六人集精成』　兼盛集　三七五頁

うちのおほむつかひにまゐりて、ないしのかみのとのにはじめては《マヽ》じめてはべりけるうちのおほむふみ

『私家集大成』　斎宮女御集　中古Ⅰ　四六六頁　小島切

いせにおはしまして、おなし宮のおほんてくらつかひしたりたまたるに、おほんふみもなかりければ

『大和物語の研究』　系統別本文篇　尊経閣所蔵為家筆本

第七十八段

おほむふみありける御かへり事に

第八十一段

いかにそまいり給やとゝひけれはつねにさふらひ給といひけれはおほむふみたてまつりける

第百三段

いとまもさはり給ことありともおほむふみをたにたてまつりたまはぬ

『校本枕冊子』　第百八段「淑景舎春宮にまいり給ふほとの事なと」の段　前田本

正月十日まいり給ておほんふみなとはしけうかよへと

『平安時代仮名書状の研究』　虚空蔵菩薩念誦次第紙背文書　一〇一頁

おほむふみは、かしこまり□《て》なむみたまへつる。みだりげにはべらむ。このひみむかぐら□《は》、もだえはべらでなむさふ□《ら》はれける。

「おほむ（ん）ふみ」以外の仮名表記例は見当らない。後撰和歌集二荒山本の二例の「おほむ（ん）ふみ」は、他の作品の多くの例と矛盾が無く、平安時代の読を伝へるものである。

おほむかへり

二荒山本

はゝのふくにてさとにはへりけるころ先帝のおほんふみたまへりけるおほむかへり

二七 さみたれにぬれにしそてをいとゝしくつゆおきそふるあきのわひしさ

他の諸本は「御かへり」「御返こと」「御返事」「かへし」である。

他作品の「おほむ（ん）かへり」の仮名表記例はかなりの数になるので一部を引く。

『西本願寺本三十六人集精成』　斎宮女御集

「おほむかへり」が七例、「おほんかへり」が二例ある。

『大和物語の研究』　系統別本文篇　尊経閣所蔵為家筆本

第九十五段

となむありけるおほむかへりあれと本になしとあり

『高松宮御蔵河内本源氏物語』　明石

おほんかへりいとひさしうちにまいりてそゝのかせとむすめはさらにきかす

『日本古典文学大系　源氏物語』　常夏　巻三　三四頁　三条西実隆筆本

わかき人は、ものをかしくて、みな、うちわらひぬ。おほむかへりこへば

『平安時代仮名書状の研究』　虚空蔵菩薩念誦次第紙背文書　一〇二頁

ひとひのおほむかへりには、かのひとにたいめして、ものしはべりにき。

「おほむ（ん）かへり」以外の仮名表記例は見当らない。後撰和歌集二荒山本の「おほむかへり」は、他の作品の多くの例と矛盾が無く、平安時代の読を伝へるものである。

おまへ

烏丸切

亭子院のおまへのはなのいとおもしろくさけるに朝つゆのおけるをめしてみせさせたまひて　院御製

他の諸本の表記は「御まへ」「御前」である。

雲州本の一一三二番、一三八三番の詞書に「をまへ」「おまへ」がある。

他の諸本の多くは漢字表記であるけれど、一三八三番の詞書の「おまへ」は大山寺蔵貞応二年本も「おまへ」である。

平安時代の「御前」については拙稿で詳しく考察したので[註五]ここでは省く。

後撰和歌集の烏丸切、雲州本の「おまへ」は、他の作品の仮名表記例と矛盾が無く、平安時代の読を伝へるものである。

みす

承安三年奥書本（鳥取県立図書館蔵本）

秋の比おひある所に女とものあまたみすの内に侍けるにおとこの哥のもとをいひいれて侍けれはするゐは内より　よみ人しらす

二九三　白露のおくにあまたの声すれは花の色々ありとしらなん

「みす」は「みつし所」の条で述べたやうに調度関係の語であり、「みす」と熟合して用ゐられた。特に問題が無いため他作品の例は省く。

後撰和歌集の「みす」は、平安時代の読を伝へるものである。

おほん〻まむかへ

二荒山本

かねすけのあそんの少将にてはへりけるときむさしのおほん〻まむかへにまかりける日にはかにさはることありてと〻まるにおなしつかさの少将にてかはりにまかるとてあふさかより随身をさしてのたひおくりてはへりける

ふちはらのた〻ふさのあそん

三六七あき〻りのたちの〻こまをひくときはこ〻ろにのりてきみそこひしき

他の諸本は「御むまむかへ」「御馬むかへ」「御むまのむかへ」「駒迎」である。

馬迎は左馬寮の使が朝廷に献上される馬を逢坂関まで出迎へる年中行事である。九暦の天慶七年九月十四日条に「御馬迎」とある。他に仮名表記例を見ないものの、「御馬」については源氏物語の青表紙本三条西家本に「おほんむま」（蜻蛉）があり、古来風体抄の穂久邇文庫蔵本に「おほんむま」の仮名表記例がある。

後撰和歌集二荒山本の「おほん〻まむかへ」は、平安時代の読を伝へるものであらう。

みたう

二荒山本

寛平のみかとの入道したまひてのころみたうのめくりにのみとのひひとはさふらはせたまひてちかうめしよせさりけれはかきてみたうにさしおきける

小八条御息所

六八三 たちよれはかけふむはかりちかきまにあひみぬせきはたれかするゑけん

両例とも片仮名本のみ「御タウ《帳》」であり、他本は「御丁」「御帳」である。「みたう」は「御堂」の意に考へられもするが、片仮名本の書入からすると「御帳」の意に受取られる。諸本は全て「御丁」「御帳」だからである。

「御丁」「御帳」の語の仮名表記例は多いので一例を引く。

『源氏物語大成』　柏木　巻七　四一八頁　源氏物語絵巻詞書

み帳のまへに御しとねまいりていれたてまつりたまふ

『源氏物語大成』の底本では「みちやう（御帳、御丁）」の語は「み」が十例、「御」が九例である。「み」以外の読は無い。

後撰和歌集二荒山本の「みたう」は、平安時代の読を伝へるものである。

おほんこゝろ

二荒山本

をとこのほとひさしうありてまうてきておほんこゝろのつらさになんやまこもりしてひさしかりつるといひいれてはへりけれはよひいれてものなといひてかへしつかはしたりけるをまたおともせさりけれは

六八四 いてしよりみえすなりにしつきかけはまたやまのはにいりやしにけん

ここは諸本により異文がある。

おほん心　　山科言国筆定家本

みこゝろ　柴田切　三代集本　伝阿仏尼筆本　飛鳥井教定書写奥書本　八代集抄本　承保三年奥書本　伝正徹筆本　中院家旧蔵定家無年号本

み心　八代集本　東常縁筆本　松田武夫蔵本　伝蜷川親当筆本　高松宮家蔵天福二年本　日本大学総合図書館蔵本　関戸有彦蔵本　浄弁筆本　二条為遠筆本　堯憲筆本　小汀利得蔵本　伝二条為世、為明、為冬寄合書本　家仁親王自筆奥書本　大山寺蔵貞応二年本　伝亀山天皇宸翰本　ノートルダム清心女子大学蔵本

ミ《御》心　承安三年奥書本

ミ心　関戸本

見心　守平筆本

「おほん」は二本のみで、殆どの諸本は「み」である。

「おほむ（ん）こころ」「みこころ」の仮名表記例は『平安語彙論考』三三頁に挙げた。「みこころ」は会話文に多く見られる傾向がある。土佐日記に二例の「みこころ」があり、古くは「み」で次第に「おほむ（ん）」が用ゐられた。後撰和歌集では本来古い「み」であったと考へられる。

おほむくし

大山寺蔵貞応二年本

西院の后《正子淳和后嵯峨女》、おほむくしおろさせ給てをこなはせ給ける時、かの院のなか嶋の松をけつりて書つけ侍ける

一〇九四 をとにきく松かうら嶋けふそ見るむへも心あるあまはすみけり

伝亀山天皇宸翰本、ノートルダム清心女子大学蔵本、承安三年奥書本、八代集抄本も「おほんくし」である。

後撰和歌集には他に一例がある。

中院家旧蔵定家無年号本　一〇九七番

法皇はしめておほむくしおろしたまひて山ふみしたまふあひた

伝亀山天皇宸翰本も「おほむくし」であり、ノートルダム清心女子大学本、八代集抄本は「おほんくし」である。

「おほむ（ん）くし」の仮名表記例は多いので一部を引く。

『源氏物語大成』　東屋　巻七　四三二頁　源氏物語絵巻詞書

いとおほかるおほむくしなれはとみにもほしやりたまはねは

『私家集大成』　素性集　中古I　一一三頁　冷泉家旧蔵本

さい院のきさきの、おほむくしおろさせたまひてをこなはせたまふとき

『今鏡本文及び総索引』　第五　きくのつゆ　一二九頁

大殿とてをはしましゝほどに、おほむぐしをろさせ給て、御名は円観とぞつかせ給ける。

今鏡の仮名表記例について考察し、榊原邦彦『枕草子研究及び資料』一六二頁に、

「おぐし」「おんぐし」の条参照。『今鏡』の成立時代には規範は「おほむぐし」であったらう。「おんぐし」「おぐし」は後代のものと思はれる。

「御」は一般に「おほむ（ん）」から「おん」に、更に「お」に推移したから、「おほむぐし」「おんぐし」「おぐし」の三通りの語があることは、一般の変化の例証になるとも言へる。

と述べた。

後撰和歌集の「おほむくし」は、他の作品の多くの例と矛盾が無く、平安時代の読を伝へるものである。

おほむをろし

高松宮家蔵天福二年本

法皇はしめて御くしおろしたまひて、山ふみし給あひた、きさきをはしめたてまつりて女御更衣、猶ひとつ院にさふらひ給ける。三年といふになんみかとかへりおはしましたりける。むかしのことおなし所にておほむをろしたまうけるついてに

七条のきさき 温子昭宣公二女 寛平九年為皇后 延木七崩卅六

一〇九六 事の葉にたえせぬつゆはをくらんや昔おほゆるまとゐしたれは

他の諸本の仮名表記は次の通り。

おほむをろし　日本大学総合図書館蔵本
おほむおろし　大山寺蔵貞応二年本
おほんをろし　ノートルダム清心女子大学本
おほんおろし　承安三年奥書本
オホンヲロシ　関戸本
おほんぐし　八代集抄

『枕草子本文及び総索引』 第九十一段「しきの御さうしにおはします比にしのひさしにて」の段　七二頁

ことものはくはてたゝ仏の御おろしをのみくふかいとたうときことかな

の「御おろし」につき、榊原邦彦『枕草子研究及び資料』九六頁以降で考察した。結論として枕草子の「御おろし」は「おほむ（ん）おろし」と考へられる。

後撰和歌集の「おほむをろし」は、平安時代の読を伝へるものである。

みこしをか

高松宮家蔵天福二年本

おなし御時、きたのゝ行幸にみこし《おほん(朱)》をかにて

延喜七年閏十月十九日幸北野にみこしをかといふ岡あり

枇杷左大臣 于時中納言春宮大夫左兵衛督

一二三 みこしをかいくその世ゝに年をへてけふのみ行をまちて見つらん

奥書に

北野行幸　みこしをか　おほむこしをかと被書

とある。

諸本の表記は次の通り。

みこし《おほん(朱)》をか　日本大学総合図書館蔵本

みこしをか　大山寺蔵貞応二年本　ノートルダム清心女子大学蔵本　承安三年奥書本　堀河宰相具世筆本

伝正徹筆本　承保三年奥書本

みこしおか　雲州本

みこし岡　伝亀山天皇宸翰本　八代集抄本

ミコシヲカ　関戸本

関戸本の奥書には「オホムミコシヲカ」とある。

おほんこしをか　中院家旧蔵定家無年号本

「みこしをか」と「おほんこしをか」とについては前に述べた。[註六] 和歌の中に「みこしをか」を詠んでゐて、詞書も

当然「みこしをか」とあるべきところである。平安時代一般に「み」より「おほむ（ん）」が多く用ゐられるやうになつたため、誤つた類推により後代に「おほんこしをか」としたものである。

後撰和歌集の「みこしをか」「おほんこしをか」は、「みこしをか」が本来の語形である。

おほみうた

高松宮家蔵天福二年本　奥書
　陽成院のみかとのおほみうた
つくはねのみねよりおつるみなのかは　こひそつもりてふちとなりける
日本大学総合図書館蔵本も同じである。関戸本は「オホミウタ」。「おほみうた」については第二十章で述べた。古今和歌集では古形の「おほみうた」と変化した「おほむ（ん）うた」との両形の仮名表記が見られる。後撰和歌集の奥書の「おほみうた」は古形を留めるものである。

二

後撰和歌集の詞書において「御」の仮名表記がある語について考察した。

一「おほむ（ん）かへし」「おほむ（ん）ふみ」「おほむ（ん）かへり」「おほむ（ん）ゝまむかへ」「おほむ（ん）くし」「おほむ（ん）おろし」

後撰和歌集の仮名表記は平安時代の読を伝へるものである。

二「みつし所」「みす」「みたう（帳、丁）」

後撰和歌集の仮名表記は平安時代の読を伝へるものである。

三「おほみき」「おほみうた」

後撰和歌集の仮名表記は平安時代の読を伝へるものである。

四「こそのところ」（御書所）

後撰和歌集の仮名表記は平安時代の読を伝へるものである。

五「おまへ」

後撰和歌集の仮名表記は平安時代の読を伝へるものである。

六「みこころ」「おほむ（ん）こころ」

諸本に両様の仮名表記がある。「みこころ」の方が本来の読を示すものではないかと考へられる。

七「みこしをか」「おほむ（ん）こしをか」

異文、註記で両様の仮名表記がある。「おほむ（ん）こしをか」は誤つた類推により生じたもので、本来は「みこしをか」である。

註

一　後撰和歌集の本文は『後撰和歌集　校本と研究』『後撰和歌集諸本の研究』『後撰和歌集総索引』『未刊国文資料　後撰和歌集（雲州本）と研究』に拠る。
二　以下清濁一方にまとめて示す。
三　榊原邦彦『枕草子研究及び資料』一三二頁、一三三頁。第十八章。本書第二十章。
四　第二十二章。
五　『平安語彙論考』七七頁以降。
六　『平安語彙論考』三九頁。

第二十四章　大和物語の「御」

一

大和物語諸本における「御」の仮名表記例について考察する。先づ「おほむ（ん）」を取上げる。既刊の著で考察した語は簡略に記すか省く事にする。

大和物語の本文は、高橋正治『大和物語の研究　系統別本文篇』、本多伊平『大和物語本文の研究　対校篇』、阿部俊子『校本大和物語とその研究』、『大和物語　勝命本』、『大和物語　永青文庫本』、『大和物語　慶長元和中刊十一行(イ)種本』に拠る。

おほむ

「おほむ（ん）」は接頭語であるから「おほむ（ん）」のみの用例は無いのが本来であらうが、大和物語には二例の「おほむ（ん）」のみの用例が見られる。

第四十二段　伝為家筆本

ゑしうといふほうしのある人のおほむつかうまつりけるほとにとかく世中にいふことありけれはよみたりける

他の諸本は「けんさ」「けんさい」もあるものの、「御験者」「御けんさ」「御ンけんさ」などがある。接頭語のみの諸本は他に無く、伝為家筆本の「おほむ」だけでは文意を解しがたい。次の第五十二段の例とは異質な例である。

第五十二段　伝為家筆本

これもうちのおほむ

わたつうみのふかき心はをきなからうらみられぬる物にそありける

他本は「御」「御ン」もあるものの、「御かへし」「御返し」「御歌」「御うた」などがあり、伝為家筆本は「かへし」「返し」「歌」「うた」などが省かれた形である。類似の例は他の作品にあるので引く。栄花物語は第二十五章参照。

『私家集大成』　四条中納言定頼集　中古Ⅱ　一八八頁、一九八頁

上のおほん

一〇四 世中のそのはかなさはみゝなれて　ぬるらん袖を聞そかなしき

「返し」「返り」などの省かれた形と考へられる。

ひめきみのおほん

四三一 続古 心にはおもひいてしとしのへとも　まくらにてこそまつはみえけれ

「歌」などの省かれた形と考へられる。

『私家集大成』　村上御集　中古Ⅰ　三八七頁、三八八頁

内のおほむ

四四 なみた川空にもふかき心あれは　なれわたらんとおもふなるらむ

又、内のおほん

六五 はなすゝきこちふく風になひきせは　つゆにぬれつゝ秋をへましや

両例とも「歌」などの省かれた形と考へられる。

『西本願寺三十六人集精成』　斎宮女御集　二六二頁、二六四頁

一六八うれしきも　つゝましきかな　からごろも　こゝら月日を　へだてきつれば

おほむ

一六九なれぬとや　ひとはいとひし　みをしらで　かへすころもぞ　かつはあやしき

みぶのたいふうせ給へる春、六宮女御

二三〇たれもみな　かりのやどりに　かすめどん《（も）》　さきにたつよの　あはれをぞしる

おほん

二三一おもひきや　かすみもはてぬ　かりのよに　さきだつくもと　ならんものとは

両例とも「返し」「返り」などの省かれた形と考へられる。

これらの「おほむ（ん）」のみの例は、下に省かれた語を文脈から容易に推測出来る。それでなければ接頭語だけで用ゐられる事は無い筈である。しかしながら大和物語第四十二段の例は文意を解しがたく、「おほむ（ん）」の下の語は判りにくい。省かれたといふより、「験者」などが脱落した誤写と考へる方が妥当であらう。

第四十二段の例が弧例であり、伝為家筆本以外は漢字表記「御」だけの諸本が無いのに対し、第五十二段の例は、「おほむ（ん）」の例こそ無いものの、陽明文庫蔵本、拾穂抄本文、群書類従本、為衆本、細川家旧蔵本、大東急記念文庫蔵本、慶長元和中刊古活字本、大和物語幷首書本は「御」だけで用ゐられ、下の語は無い。大和物語抄本は「御ン」、大永本は「内の御」である。

阿部俊子『校注古典叢書　大和物語』の頭註に「内容からみると、前段につづく話とみられる」とあり、第五十一段に続くと考へれば「おほむ」の下に「返し」「返り」などが省かれてゐると見られるし、独立した段と考へれば「おほむ」の下に「歌」などが省かれてゐると見られるし、どちらにせよ「おほむ」だけであっても文意の把握は容

易である。

下の語が省かれ「御」のみで用ゐられる例は多いので略すが、これらは「おほむ（ん）」と読んだもので、「み」ではないと思はれる。第五十二段の「御」も「おほむ（ん）」である。

二

同じ語に「おほむ（ん）」と「み」とが付くものがある事は前に述べた[註一]が、大和物語にも例が見られる。

おほむさと

第百六十八段　伝為家筆本

おほむさとゝありしところにもをともしたまはさなれはいとあはれになむなきわふなる

他の諸本は「おほむさと」が桂宮本、「おほんさと」が陽明文庫蔵本、為家筆本、細川家旧蔵本、群書類従本、「おをんさと」が慶長元和中刊古活字本、「おゝんさと」が大永本、「みさと」が勝命本であり、「御さと」の本もある。

遍照集に略同文の話がある。

『西本願寺三十六人集精成』　遍照集　二一三頁

みさとありどころにもおとせられざなれば、いみじうなきわぶなる。

書陵部三十六人集、群書類従の遍照集も「みさと」である。

『群書解題』第九の四〇頁の遍照集に、

大和物語などを引用したとおぼしく、それ以後の成立で、撰者は未詳。

とあり、遍照集の「みさと」は勝命本系統の「みさと」を受継いだものであらう。古い「みさと」の名残である。諸本の仮名表記からすると大和物語では「おほむ（ん）さと」が優勢である。「みさと」は古い用法が残ったもので、「おほむ（ん）さと」が普通であると言へる。

おほむさうし

第六十一段　伝為家筆本

人〳〵かきりなくめてあはれかりけれとたかおほむさうしのしたまへるともえしらさりけりおとこともものいひける

大東急記念文庫蔵本、大和物語抄本、大和物語幷首書本、群書類従本、大永本、天福本、勝命本、狩谷棭斎旧蔵本は「みさうし」である。この段には他に三ケ所「みさうし」が用ゐられてゐる。

伝為家筆本　亭子の院に宮すん所たちあまたみさうししてすみ給に

陽明文庫蔵本、為衆筆本、桂宮本、大和物語抄本、天福本、大永本、為氏筆本、大東急記念文庫蔵本、寛喜本、狩谷棭斎旧蔵本、永青文庫本も「みさうし」で、細川家旧蔵本、慶長元和中刊古活字本、群書類従本、大和物語幷首書本が「みそうし」で、他に「御さうし」の本もある。

大永本　京極のみやすむところひと所のみさうしをのみしてわたらせ給にけり

細川家旧蔵本、桂宮本、大東急記念文庫蔵本、大和物語抄本、大和物語幷首書本、群書類従本、永青文庫本も「みさうし」で、他に「御さうし」の本もある。

伝為家筆本　とまり給へるみさうしともいとおもひのほかにさう〳〵しきことをおもほしけり

陽明文庫蔵本、為衆筆本、桂宮本、大東急記念文庫蔵本、慶長元和中刊古活字本、大和物語抄本、群書類従本、大永本、伝為氏筆本、永青文庫本も「みさうしとも」で、細川家旧蔵本、大和物語幷首書本、寛喜本は「みそうしとも」である。三ケ所とも「みさうし」のみで「おほむ（ん）さうし」は無い。
大和物語の他の段にも「みさうし」がある。
第百三十三段　陽明文庫蔵本
それにあるみさうしよりこきうちきひとかさねきたる女のいときよけなるいてきていみしうなきけり
桂宮本、大東急記念文庫蔵本、慶長元和中刊古活字本、大和物語抄本、天福本、勝命本、永青文庫本も「みさうし」であり、「御さうし」の本もある。
第百三十四段　伝為家筆本
せんたいの御時にあるみさうしにきたなけなきわらはありけり
陽明文庫蔵本、為衆筆本、細川家旧蔵本、桂宮本、大東急記念文庫蔵本、慶長元和中刊古活字本、大和物語抄本、大和物語幷首書本、群書類従本、天福本、御巫氏旧蔵本、鈴鹿三七氏旧蔵本、勝命本、永青文庫本も「みさうし」である。「御さうし」の本もある。
第百三十九段　勝命本
先帝の御ときに承香殿のみやすところのみさうしに中納言のきみといふ人さふらひ給けり
鈴鹿三七氏旧蔵本も「みさうし」である。「御さうし」の本もある。
三段とも全て「みさうし」で、仮名表記の数が多い。大和物語では本来「みさうし」であり、唯一異例の伝為家筆本の「おほむさうし」は本来のものとは思はれない。
他の作品も「みさうし」[註二]が多いけれども、一部に「おほむ（ん）さうし」がある。
『平安朝歌合大成』　廿巻本歌合　亭子院女七宮歌合　巻七　一九七二頁
つぼのみざうし　はらからの君

『私家集大成』　在中将集　中古Ⅰ　九〇頁
あるみさうしより、わすれくさをこれはなにとかいふと侍りければ
『日本古典文学大系　伊勢物語』　三条西家旧蔵本
第六十五段
ざうしにおりたまへれば、れいのこのみざうしには、人の見るをもしらでのぼりゐければ、この女、思ひわびてさとへゆく。
第七十八段
おほみゆきののちたてまつれりしかば、ある人のみざうしのまへのみぞにすへたりしを、しまこのみ給きみ也、このいしをたてまつらん。
両段の例ともに多くの諸本が「みさうし」の仮名表記である。
『宇津保物語本文と索引』　国譲の中　本文編　一四六五頁　前田家本
さて、これは、一でうのみざらしのてづからとりて待つる。かいなく、れいの人〳〵にとりちらされ給な。
「ざらし」とあるものの傍註に「さうしカ」とある。『俊景本宇津保物語と研究』、『角川文庫　宇津保物語』に拠ると前田家本の本文は「みさうし」とある。延宝五年板本も「みざうし」である。
『源氏物語大成』　竹河　第七巻　四二九頁　源氏物語絵巻詞書
れいの中将のきみ侍従の君のおほんさうしにきたりけるを
『尾州家河内本源氏物語』　桐壺　第一巻　四頁
おほんさうしはきりつほなり
高松宮家本は「おほむさうし」である。

『源氏物語大成』　匂宮　巻三　一四二九頁　大島本
梅つほを御さうしにしたまふて右のおほい殿の中ひめ君をえたてまつり給へり
校異に拠ると、保坂本、山科言経自筆書入本、麦生本、阿里莫本は「おほむさうし」である。
成立時代が古い作品は全て「みさうし」であり、源氏物語にのみ「おほむ（ん）さうし」が用ゐられてゐる。仮名表記例からすると、古い時代は「みさうし」[註三]であり、「おほむ（ん）さうし」は時代が降ってから用ゐられた事になる。「み」は宮中や殿舎関係の語に用ゐられた傾向から考へても、本来は「みさうし」である。

おほむそ

第百四十六段　勝命本
みかとうちきのおほむそひとかさね御はかまひとかけたまふ
第百五十九段　伝為家筆本
物をよくしたまひけれはおほむそともをなむあつけさせ給けるに
鈴鹿三七氏旧蔵本は「おんそなと」、御巫氏旧蔵本は「おむそとも」である。「おむ（ん）」は時代が降る。
第百六十八段　伝為家筆本
いかゝいふとてこのみてらになむ侍いとさむきにみそひとつかし給へとて
いはのうへにたひねをすれはいとさむしこけのころもをわれにかさなむ
他の殆どの諸本も「みそ」である。和歌の中で「こけのころも」と詠み、僧衣、袈裟を「みそ」としてゐる事になる。これに対し第百四十六段と第百五十九段との「おほむそ」は一般の衣裳である。一般の衣裳は、「おほむそ」、僧衣は「みそ」と区別が存する。

竹取物語に於て[註四]は、天人がかぐや姫の為に持って来た天の羽衣を「みそ」とする。これに対し一般の衣裳は仮名表記は無いものの、「御そ」は「おほむ（ん）そ」と推定され、一般の衣裳は「おほむ（ん）そ」、神衣が「みそ」との使ひ分けがあつたやうである。

拙著『平安語彙論考』五六頁に、

「おほむぞ」と「みぞ」との用法の区別として、僧衣（仏教関係）、神衣（神祇関係）の限定された場合は「みぞ」、それ以外の一般の衣は「おほむぞ」といふ区別が存した。

と記した通りである。古い「みそ」が特定の分野に残つたもの。

おほむたか

第百五十二段　伝為家筆本

このおほむたかのもとむるに侍らぬことをいかさまにかし侍らむ

第百五十二段　勝命本

いかゝせんとてうちにまいりてみたかうせたるよしをそうしたまふ時に

両例とも他本は「御」である。この段には別に「御たか」「御てたか」があり、諸本何れも漢字表記である。

他作品の仮名表記例を引く。

『宇津保物語本文と索引』　吹上の上　本文編　五一〇頁　前田家本

ふきあげの宮には、「おほんたかども心みたまうて、人々にたてまつりたまはん」とおぼして

延宝五年板本、浜田本も「おほんたかども」である。宇津保物語の仮名表記例と考へ合せると、大和物語の伝為家筆本の「おほむたか」が普通であり、勝命本の「みたか」は、古い用法が残つたものであらう。

おほんむすめ

第三十八段　伝為家筆本

先帝の五のみこおほんむすめ一条のきみといひて京こくの宮すんところの御もとにさふらひ給けり

他本は漢字表記「御」である。

第十一段　伝為氏筆本

故源大納言のきみたゝふさのぬしのみむすめひかしのかたをとしころおもひてすみわたりたまひけるを

陽明文庫蔵本、桂宮本、大東急記念文庫蔵本、群書類従本、勝命本、永青文庫本も「みむすめ」で、天福本は「みむめ」である。

第百五十五段　御巫氏旧蔵本

むかし大納言のみむすめいといたううつくしくても給へりけるを

鈴鹿三七氏旧蔵本も「みむすめ」で、他本は「むすめ」である。

第百六十八段　御巫氏旧蔵本

この大徳のそく成ける人のみむすめのうちにたてまつらむとてなんかしつきけるを

勝命本も「みむすめ」で、鈴鹿三七氏旧蔵本は「みむす」である。

「おほんむすめ」が一段のみで、伝為家筆本のみに限られるのに対し、「みむすめ」は三段に亘る上に諸本に仮名表記が見られる。大和物語では「みむすめ」が普通で「おほんむすめ」は異例であると考へられる。

他の作品に「おほむ（ん）むすめ」、「みむすめ」両方の仮名表記例が見られる。

『校本枕冊子』　前田家本　逸文第二十五段　附巻　三八頁

おほむゝすめのきさき女御なとの御つかひに心よせをとてまいりたるに

『源氏物語大成』　桐壺　巻一　二五頁　池田本

ひきいれの大臣のみこはらにたゝひとりかしつき給おほん女春宮よりも御けしきあるを

校異に拠ると、横山本は「おほんむすめ」である。

『源氏物語大成』　蜻蛉　巻三　一九四六頁　大島本

われもかはかりの身にて時のみかとの御むすめをもちたてまつりなから

校異に拠ると、三条西家本は「おほんむすめ」である。

『源氏物語大成』　蜻蛉　巻三　一九七三頁　大島本

ときのみかとの御むすめを給ともえたてまつらさらまし

校異に拠ると、三条西家本は「おほんむすめ」である。

『源氏物語大成』　蜻蛉　巻三　一九七五頁　大島本

このはるうせ給ぬるしきふきやうの宮の御むすめをまゝはゝのきたのかたことにあひおもはて

校異に拠ると、三条西家本は「おほんむすめ」である。

『源氏清濁』澪標に「を《ヲ》ン《ヽン》むすめ」があり、『源氏詞清濁』も同じである。

『校本夜の寝覚』　三四頁　島原本

この比内には関白したまふ左大臣のおほんむすめ春宮の御はらにて后に居たまへる

尊経閣本は「おほんゝすめ」である。

『栄花物語の研究』　校異篇　上巻　一六五頁　梅沢本

おほとのゝおほんむすめたいの御かたといふ人のはらにおはするをそ

西本願寺本は「おほむゝすめ」である。

『私家集大成』　清輔朝臣集　中古Ⅱ　六〇〇頁

いもうとのはらに、中摂政のおほんむすめむまれたまへることをよろこひて、

『私家集大成』　貫之集　中古Ⅰ　三〇五頁　伝行成筆自撰本切

かの中納言のみむすめのみやすんところ

『宇津保物語本文と索引』　吹上の上　本文編　四八一頁　前田家本

御つかさの大将、さては宮内卿殿のみむすめどもなむ、有がたきかたち・心になむものし給とうけたまはる。

延宝五年板本、浜田本も同じである。

『宇津保物語本文と索引』　蔵開の上　本文編　九二三頁　前田家本

さてこの殿をいときよう《(きよらカ)》につくりてすみ給しほどに、みむすめ一人なんもち給へりし。

延宝五年板本、浜田本も「みむすめ」で俊景本は「御《み》むすめ」である。

『宇津保物語本文と索引』　蔵開の上　本文編　九二四頁　前田家本

しかありしほどに、そのゝちはゝ《(母)》かくれ給にしかば、かのみむすめはきこえ給はずなりにき。

延宝五年板本、浜田本も「みむすめ」、俊景本は「御《み》むすめ」である。

『宇津保物語本文と索引』　国譲の上　本文編　一四九九頁　前田家本

さらば、大臣は、みむすめ人《(んまごカ)》、まごなり。

浜田本は「みむすめ」、延宝五年板本、俊景本は「みなむすめ」である。

『源氏物語大成』　若紫　巻一　一六一頁　大島本

かの大納言のみむすめものし給ふときゝ給へしは

『源氏物語大成』　須磨　巻一　四三〇頁　大島本

こはゝみやす所はをのかをちにものし給ひし按察大納言のむすめなり

横山本、池田本、飯島春敬蔵本、肖柏本、三条西家本が「みむすめ」である。

『源氏物語大成』　東屋　巻三　一七九七頁　大島本

はしめよりさらにかみのみむすめにあらすといふ事をなむきかさりつる

三条西実隆筆本、尾州家河内本も「みむすめ」である。

『対校大鏡』　二六五頁　古活字本

はりまのかみ陳政《ノフマサ》のみむすめのはらに女君二所おとこ一人おはします

萩野本も「みむすめ」で、徳川本は「み娘」である。

『新訂増補国史大系　大鏡』　一二六頁　徳川本

その御北の方は。いよのかみ兼資のぬしのみむすめなり。

『対校大鏡』　四五〇頁　東松本

なにものゝいへそとたつねさせ給けれは貫之のぬしのみむすめのすむ所なりけり

古活字本、徳川本も「みむすめ」である。

成立時代の古い宇津保物語は「みむすめ」のみが用ゐられ、源氏物語では「みむすめ」と「おほむ（ん）むすめ」とが併存してゐる。大雑把に古い時代は「み」が主に用ゐられ、新しい時代には「おほむ（ん）」が主に用ゐられたと言へる。しかし判然と分れてゐるのではなくて、共に用ゐられた作品もある。『源氏清濁』の時代には「みむすめ」でなければならないとの意識は無くなつてゐたのであらう。「むすめ」と対応する「むすこ」は、

大和物語　第百四十三段　伝為家筆本

むかしさいい中将のみむすこさいいし君といふかめなる人なむありける

と「みむすこ」が他の諸本にも共通して用ゐられる。この段には「みめひ」もある。家族関係の語群には本来「み」が用ゐられた事を示す。

おほむもと

第四十九段　伝為家筆本
　又おなしみかとさい院のみこのおほむもとにきくにつけて
大和物語抄本は「御ンもと」である。
第百四十三段　伝為家筆本
　かのさいしきみのいもうとのいせのかみのめにていますかりけるかみもとにいきて
勝命本も「みもと」である。
「おほむ（ん）もと」と「みもと」とについては第二十一章で考察した。両方の仮名表記が多くの作品に見られ、平安時代全体では併存してゐる。しかし竹取物語には多くの諸本が「みもと」であり、宇津保物語の前田家本に「おほむもと」が一例のみであるのに、「みもと」は六例もある事から考へると、古い時代は「み」で、時代が降るに連れて「おほむ（ん）」が用ゐられるやうになつたもので、大和物語の同じ本に両方が見られるのは併存してゐた事を示すと言へる。
　以上を整理すると次の通りになる。
イ　一般の場合は「おほむ（ん）」で、特化し限られた場合は「み」
　おほむ（ん）ぞ　　みぞ

ロ　一般の場合は「おほむ（ん）」で、古い用法が残つたと思はれる場合は「み」

おほむ（ん）さと　　みさと

おほむ（ん）たか　　みたか

ハ　古い時代の場合は「み」で、新しい時代の場合は「おほむ（ん）」

おほむ（ん）さうし　　みさうし

おほむ（ん）むすめ　　みむすめ

おほむ（ん）もと　　みもと

イは古い時代の「み」が特化して用ゐられたのであり、ロは「み」から「おほむ（ん）」への推移が急速に進んで、例外的に「み」が残つたものである。要するに平安時代の「おほむ（ん）」と「み」とが共用されるものは、古い「み」が新しい「おほむ（ん）」に移つて行く過程の種々の様相を示してゐる。

三

次に「おほむ（ん）」のみの仮名表記例について考察する。

おほむせうそこ

第九十段　伝為家筆本

おなし女故兵部卿の宮おほむせうそこなとしたまひけりおはしまさんとのたまひけれはきこえける

第九十八段　伝為家筆本

亭子のみかとなむうちにおほむせうそこきこえたまていろゆるされたまける

伝為家筆本には第九十八段、第百二十五段に各一例「御せうそこ」がある。他の諸本は漢字表記のみなので、他の作品の仮名表記例を引く。

『日本古典文学大系　源氏物語』　橋姫　第四巻　三一〇頁　三条西実隆筆本

この君の、かく、たふとがりきこえたまへれば、れぜい院よりも、つねに、おほむせうそこなどありて

『源氏物語大成』　蜻蛉　巻三　一九五四頁　大島本

そのゝちひさしう御せうそこなとも侍らさりしに

校異に拠ると、池田本、三条西家本が「おほむせうそこ」である。尾州家河内本は「おほんせうそこ」である。

『源氏物語大成』　蜻蛉　巻三　一九七二頁　大島本

そののちひめ宮の御かたより二の宮に御せうそこありけり

校異に拠ると、三条西家本は「おほんせうそこ」である。

『私家集大成』　円融院御集　中古I　五五二頁

斎院のちかき程なれは、おほん消息ありなむとおほしけるに、さもあらさりけれは

『宇津保物語本文と索引』　嵯峨の院　本文編　三〇二頁　前田家本

かくのみこの九君を、よろづの人きこえ給ふとはしりながら、おほむせうそくきこえ給ときは

『宇津保物語本文と索引』　祭の使　本文編　四二九頁　前田家本

「さはありとも、又〳〵おほむせうそこきこえ給へ」といふ。

『宇津保物語本文と索引』　祭の使　本文編　四三〇頁　前田家本

かきはらひかきのごはすとてなむ、みせうそくきこえしめざりつる。

『宇津保物語本文と索引』　沖つ白波　本文編　八九一頁　前田家本

おほんせうそこ、大将殿に、

『宇津保物語本文と索引』　沖つ白波　本文編　八九六頁　前田家本

おほんせうそこ、兵部卿宮はより

『宇津保物語本文と索引』　蔵開の上　本文編　九四四頁　前田家本

かゝるほどに、うちよりとうの中将君しておほむせうそこあり。

「せうそこ」（「せうそく」「消息」を含む）は平安時代に於て「おほむ（ん）」が普通であった事が仮名表記例により見てとれる。宇津保物語に唯一例がある「みせうそく」は手紙文中の例で、滋野真菅が書手である。同じ手紙の中に「みさい」「みものがたり」と「み」のみが用ゐられる。真菅の言葉を写して四二九頁に、

を《本》こまうたちの、うしろみせしめむ女人、めづらしめつべからむうた、ひとつつくらしめむ

さらば、たれか女人らはめでさしむる。

と老人らしい古めかしい敬語の「しむ」を用ゐてゐる。宇津保物語の時代に「おほむ（ん）せうそこ」が普通であり、古い言葉遣を示す為に「みせうそく」を用ゐたのであらう。古い「み」が残つたもの。

おほむはうふり

第百六十八段　伝為家筆本

このみかとうせ給ひぬおほむはうふりの夜御ともにみな人つかうまつりける中に

他の作品に「はうふり（はふり）」に「おほむ（ん）」の付いた例が見られる。

『日本古典文学大系　伊勢物語』　第三十九段　三条西家旧蔵本

そのみこうせ給て、おほんはぶりの夜

伝後柏原院宸筆本の他、仮名表記の本が多い。伝為相筆本は「おほんはうふり」で、時頼本は「ヲホムハフリ」である。

『私家集大成』　清輔朝臣集　中古Ⅱ　六〇〇頁

二条御門うせさせ給て、おほむはふりの夜よめりける歌とも

両例とも「おほむ（ん）」であり、大和物語の仮名表記例は当時の普通の用法であったと考へられる。

前に考察したところでは、[註五]「みあかし、み誦経、みずほう、みだう、みてら、みど経、みのり」の仏教関係の語は「み」に固定し、「おほむ（ん）」は見られない。一方、仏教関係の語であっても「いのり、くどく、かぢ、さうそう（葬送）、だうし、ぶく（服）」などは「おほむ（ん）」が付き、「み」の付いた例は見出しがたい。従って古い時代はともかく、「はうふり」には「み」が付かず、「おほむ（ん）」が付いて用ゐられるのが普通であったのであらう。

おほむひとへ

第百六十一段　伝為家筆本

御くるまのしりよりたてまつれるおほむひとへの御そをかつけさせたまへりけり

他に仮名表記例は見当らない。「御そ」について三で考察したが、一般の場合は「おほむ（ん）」で、特化した場合のみ「み」であった。「おほむひとへ」も同様と考へられ、一般には「おほむ（ん）ひとへ」であったのであらう。

おほむよろこひ

第百二十段　伝為家筆本

つるに大臣になりたまひにけるおほむよろこひにおほきおとゝむめをゝりてかさしたまて

他の諸本は仮名表記が無い。他の作品の仮名表記例を引く。

『源氏物語大成』　柏木　巻七　四一九頁　源氏物語絵巻詞書

大将のきみはつねにとふらひき[こ]えたまふおほむよろこひにまうてたまへり

『西本願寺三十六人集精成』　公忠集　二四七頁

枇把おとゞ左大臣になりたまへるおほんよろこびにおほき大殿わたりたまへるひ

『私家集大成』　源公忠朝臣集　中古Ⅰ　三〇六頁

枇把のおとゝ、左大臣に成給へるおほんよろこひに、おほき大殿わたり給へる日

「み」の仮名表記は見当らない。大和物語の「おほむよろこひ」は他の作品とも共通であり、平安時代の普通の用法であらう。

これまでに考察した他の仮名表記例については省く。

四

一　「おほむ（ん）」は本来下の語に付いて用ゐられる。稀に単独で用ゐる事があり、大和物語の一例は容易に省かれた語を推測し得る場合で、他作品と共通する用法である。別の一例は誤写と考へられる。

二　「おほむ（ん）」と「み」とが共に付く語がある。

イ　一般は「おほむ（ん）」で、特化すると「み」。古い「み」が特定の分野に残った。

そ（ぞ）

ロ　一般は「おほむ（ん）」で、「み」は古い用法が残った。

さと　たか

ハ　古い時代が「み」で、新しい時代が「おほむ（ん）」

さうし　むすめ　もと

古い時代に用ゐられた「み」が新しい時代の「おほむ（ん）」に推移して行く種々相が見られる。

イは古い時代の「み」が特定の分野にのみ残つたものであり、ロは「み」から「おほむ（ん）」への推移が急速に進んで、例外的に「み」が残つたものである。

三　「おほむせうそこ」「おほむはうふり」「おほむひとへ」「おほむよろこひ」は平安時代の普通の用法である。

五

次に「み」の仮名表記を考察する。

みあそび

第百七十一段　秋成校正本

御まへにみあそびなどしたまへるを。辛《から》うじてなん聞えつれバ。

大和物語の諸本は漢字表記「御あそひ」である。秋成校正本は北村季吟の大和物語拾穂抄を親本[註六]としてゐるもので、近世の書にしか「みあそび」は見えない。

『古今和歌集成立論』　九〇三番　志香須賀本

同御時うへのさふらひにてをのこともにおほみきたまひておほみあそひなとありけるついてにつかうまつりける

諸本の仮名表記は

おほみあそひ　雅俗山庄本　永治本　前田本　天理本　雅経本　今城切　永暦本　建久本　寂恵本　伊達本

おほんあそひ　　六条家本

と「おほみあそひ」の方が数は多い。他作品の仮名表記も「おほみあそひ」の方が「おほむ（おほん）あそび」より優勢で、考察の結果[註七]、

平安時代には「おほむ（おほん）あそび」より「おほみあそび」の方が主に用ゐられたと言ひ得る。

との結論を得た。語により「おほみ」と「み」とが平安時代に併用されたものも見られるものの、「みあそび」については典拠が純正な本文ではなく、後世のものである。

みうら

第九十三段　伝為家筆本

これもおなし中納言さい宮のみこをとしころよはひたてまつりたまふてけふあすあひなむとしけるほとにいせのさいくうのみうらにあひたまひにけり

「御うら」の本もあるが、文明十年藤原親長筆本の転写本、野坂元定氏所蔵天福本、桂宮本、御巫氏旧蔵本、鈴鹿三七氏所蔵本、永青文庫本、勝命本、陽明文庫蔵本などが「みうら」である。

『今鏡本文及び総索引』　みこたち　第八　はら〴〵のみこ　二四六頁　畠山本

女五の宮も、天仁元年しも月のころ、みうらにあひ給て、斎宮ときこえ給き。御はらはいづれにかおはしけむ。

と他作品にも「みうら」の例がある。

『禁秘抄考註』下巻に「御占《ミウラ》」、『禁中方名目鈔校註』上巻に「御躰《ゴタイノ》御卜《ミウラ》」、『故実拾要』巻四に「御占《ミウラ》ノ人々」、『江家次第』巻七に「御体《ヲホミマノ》御卜《ミウラ》」と後世の故実関係の書は一致して「ミウラ」とする。これは平安時代の用法を伝へるものであらう。

「うら」は占により神意を伺ふ事で神祇関係の語である。「み」の仮名表記例の考察[註八]の結果、

「み」のつく語は、神祇、仏教、宮中、殿舎、調度関係の語が大部分であると言ってよいのではないか。

としたが、「みうら」も神祇関係の語であり、平安時代の普通の用法である。これらの語には「み」以外の「おほむ（おほん）」などが付いて用ゐられる事はなく、「うら」にも「み」以外のものは付かない。

みおとうと

第十四段　伝為氏筆本

本院のきたのみをとうとのわらはきみを《名を》〻つふねといふいますかりけり陽成院のみかとにたてまつりたりけるをおはしまさ〻りけれはよみてたてまつりける

伝為家筆本、文明十年藤原親長筆本の転写本、野坂元定氏所蔵天福本は「みをとうと」、陽明文庫蔵本は「みおとうと」、勝命本は「みおうと」、桂宮本、御巫氏旧蔵本、永青文庫本は「みおと〻」、鈴鹿三七氏所蔵本は「みおとこ」である。

大和物語にはこの例のみである。他の作品の仮名表記例を引く。

『宇津保物語本文と索引』　蔵開の下　本文編　一一五八頁　前田家本

こ侍従のみをとぞたいふなりしは、うちのくらのかみにて、くら人にぞものし給。

諸本の多くは「みをと」で、「みおとうと」の本もある。「をと（おと）」は弟の意で、「おとうと」「おとと」と同意である。

『今鏡本文及び総索引』　みこたち　第八　源氏の宮す所　二三四頁　畠山本

御中らひは、よくもをはしまさゞりしかども、おほむをとうとなればなるべし。

蓬左文庫本は「御おとうと」である。

『水鏡本文及び総索引』　第五十三代　嵯峨天皇　二〇一頁　蓬左文庫本

　みかとのおほんおとゝの葛井親王はいまたおさなくおはしてゆみい給

専修寺本、古活字本も「おほんおとゝ」である。栄花物語の富岡本にも「おほむおとうと」がある。

『日本思想大系　古代中世芸術論』　古来風体抄　二六五頁　穂久邇文庫本

　みこにおはしましけるとき、おなじきおほんおとうと宇治わかこと申けると

これらの仮名表記によると、成立年代の古い作品は「み」で、成立年代の新しい作品は、「おほむ（おほん）」といふ事になる。第二十五章参照。

「おとうと」「おとと」と組になる「いもうと」の仮名表記例を引く。

『宇津保物語本文と索引』　蔵開の中　本文編　一〇七一頁　前田家本

　このみいもうとこそ、とき〴〵見たてまつりて、にんじて侍るなり。

蔵開の中　一一三二頁　前田家本

　たちばなの所はちかげのおとゞのみいもうと也。

国譲の上　一三四六頁　前田家本

　うちのは、みいもことにはあらずや。

諸本の本文は前田家本と同じ「みいもこと」であり、「み心もこと」の本もある。ここは今帝の后の宮はあなたの御妹君ではありませんかの意であり、本来の本文は「みいもうと」であらう。成立年代の古い宇津保物語は「みいもうと」のみといふ事になる。

第百四十三段　伝為家筆本

むかしさい中将のみむすこさいし君といふかめなる人なむありける女は山かけの中納言のみめひにて五条のことなむいひける

の「みむすこ」「みめひ」も家族関係の語に「み」が付くものである。「みめひ」は伝為氏筆本を始め「みひめ」の本文の諸本もあるけれども、女は山蔭の中納言の御姪で五条の御と言ったの意であるから、「みめひ（姪）」が本来の本文であらう。

家族関係の語の「はは」も仮名表記の用例がある。

『対校大鏡』　道長下　四七五頁、四七六頁　古活字本

御車のしりには皇后宮御めのとこれつねのぬしのみはわ中宮の御めのとかねやすさねたうのぬしのみはわをのゝこそ候けれ

萩野本は両例とも「みはゝ」で、池田本は前例が「みはゝ」である。

『今鏡本文及び総索引』　すべらぎの上　第一　きくの宴　二五頁　畠山本

このつぎのみかどは、後冷泉院と申き。後朱雀院の第一の皇子、おほむはゝ内侍かみ、贈皇太后宮嬉子ときこゑき。

すべらぎの上　第一　金のみのり　二九頁　畠山本

昔はきさきにたち給はでうせさせ給へれど、みかどのおほむはゝなれば、のちにはやむごとなき御などゝまりたまえり。

すべらぎの中　第二　もみぢのみかり　四〇頁　畠山本

ともつなのぬしノ、みはゝにていますがりしは、日のゝ三位のむすめにて、よおぼえも

家族関係の語として「みはは」が用ゐられてゐるが、成立年代の降る今鏡には「おほむはは」も併用されてゐる。

「むすめ」に限らず、「むすこ」「おとうと」「いもうと」「はは」などの家族関係の語については、「み」が付いて用ゐられた。但し時代が降ると「おほむ」（おほん）」が付いて用ゐられる事もあつた。

みかげ

第百六十八段　大東急記念文庫蔵本

　みかとかくれたまふてかしこきみかけにならひて

他本は「御かけ」である。

「みかげ」は万葉集や祝詞などに見え、古くから用ゐられた。大和物語の仮名表記も古くからの用法を受け継いだものである。但し平安時代の作品でも時代が降ると「おほむ（おほん）かげ」の形で用ゐられた。

『尾州家河内本源氏物語』　関屋　巻二　六六頁

　かうふりなとえしましてこのおほむかけにかくれたりしをおほえぬよのさはきありしころ

『日本古典文学大系　源氏物語』　若菜上　巻三　二三七頁　三条西実隆筆本

　うしろ見きこえさせ侍らんに、おはしますおほんかげにかはりては、おぼされじを。

『日本古典文学大系　狭衣物語』　四〇二頁　内閣文庫所蔵本

　おもはずにおかしかりしおほんかげは

成立年代の古い大和物語には古くからの「みかげ」が用ゐられ、時代の降る物語には新しい用法の「おほむ（おほん）かげ」が用ゐられてゐる。

みこゝろ

第百五十六段　伝為氏筆本

このめのこゝろいとこゝろうきことおほえてこのしうとめの□ひかゝまりてゐたるをつねににくみつゝおとこに
もおはのみこゝろのさかなくあしきことをいひきかせければ

「み心」「みこゝろ」の違ひはあるものの諸本「み」の仮名表記である。

第百六十八段　伝為氏筆本

いかなるみこゝろにてかかうはものし給はんときこえよとなんおほせられつる

「御」の表記の本もありはするが、伝為家筆本、文明十年藤原親長筆本の転写本、野坂元定氏所蔵天福本など「み」表記の本が多い。

大和物語は「みこゝろ」のみで「おほむ（おほん）こゝろ」は無い。他の作品には両様の表記が多数見える。

『日本古典文学大系　土左日記』　五二頁　青谿書屋本

「ぬさにはみこゝろのいかねば、みふねもゆかぬなり。なほうれしとおもひたぶべきものたいまつりたべ。」めも
うつら〳〵、かゞみにかみのこゝろをこそはみつれ。かぢとりのこゝろは、かみのみこゝろなりけり。

『日本古典文学大系　栄花物語』　上巻　七五頁　梅沢本

院いとものぐるをしきおほむ心にも、わいざまにおはします時はいとうれしきことにおぼしめして

成立年代の古い土佐日記には「み」が用ゐられ、時代が降って成立した栄花物語には「おほむ（おほん）」が見られるのは偶然でなく、他の語と傾向を一にする。第二十一章参照。

み心さし

第百四十七段　伝為家筆本

そのよはひ人ともをよひにやりておやのいふやうたれもみ心さしのをなしやうなれはこのおさなきものなむおも
　ひわつらひにて侍けふいかにまれこのことをさためてむ
陽明文庫蔵本も「み心さし」。大和物語抄本、群書類従本、勝命本は「みこゝろさし」、伝為氏筆本は「みなこゝろさし」、御巫氏旧蔵本は「心さし」と本文に小異がある。第二十一章参照。
大和物語には「おほむ（おほん）心さし」は無く、源氏物語には源氏物語絵巻詞書や尾州家河内本など諸本に見え、栄花物語の富岡甲本にも見える。大和物語は成立年代が古いゆゑに「み心さし」が用ゐられてゐる。

みさう

第百七十二段　伝為氏筆本
　ことくに〳〵のみさう〇《し》なとにおほせてとのたまひけれはもてはこひて御まうけをつかうまつりて〇《まうて》給けり
伝為氏筆本は「みさうし」で下に「し」がある。細川家旧蔵本、大永本、慶長元和中刊古活字本は「みそうし」である。しかし陽明文庫蔵本、伝為家筆本、桂宮本などは「みさう」であり、「みさう（御荘）」が本来の本文であらう。
この語は古くから平安時代末まで「みさう」に固定し、「おほむ（おほん）さう」などは無い。宇津保物語の前田本など成立の古い作品の他、
『今鏡本文及び総索引』　ふぢなみの上　第四　をのゝみゆき　一一〇頁
　みのゝくにとかや、みさうの券たてまつらせ給へりければ
むらかみの源氏　第七　ねあはせ　二一三頁
　みさう、みふなど、よにをはしますやうにしをかせ給えれば
のやうに時代の降つた作品にも見える。書言字考節用集に「―《ミ》（御）荘《サウ》」がある。

大和物語の「みさう」は平安時代の用法と一致する。

みつぼね

第二十四段　大和物語抄本

先帝の御時に右大臣の女御うへのみつほねにまうのほり給ふて

他の諸本は「御つほね」「御局」である。

他作品に「みつぼね」「おほむ（おほん）つぼね」の仮名表記がある。前に述べたので[註九]ここでは各一例を引く。

『日本古典文学大系　伊勢物語』　第三十一段　三条西家旧蔵本

むかし、宮の内にて、あるごたちのつぼねのまへをわたりけるに、なにのあたにか思けん

伝為相筆本、大島本、不忍文庫本、伝民部卿局筆本、藤房本、藤原顕昭本が「みつほね」である。

『私家集大成』　小大君集　中古I　六八七頁　書陵部蔵本

女御たちのをほんつほねにさふらひける時、御仏名の又日まいりたるに、人々あつまりて

成立の古い作品には「みつほね」が用ゐられ、成立の降る作品には「おほむ（おほん）つぼね」が用ゐられてゐると言へる。大和物語は一本であるものの伊勢物語と共通する。

みてら

第百六十八段　伝為氏筆本

ともかくもなれかくなんおもふともいはさりけることのいみしきことをおもひつゝなきいられてはつせのみてらにこのめまうてにけりこの少将はほうしになりてみのひとつをうちきてせけんせかいをおこなひありきてはつせ

のみいてらにおこなふほとになんありける

「みいてら」の「い」は見せ消ちである。

第百六十八段　伝為氏筆本

いかゝいふとてこのみてらになん侍い《と》とさむきにみそ《御》へ《ひとつ》　しはしかしたまへとて

第百六十八段　伝為家筆本

かくてうせにけるたいとくなむそう正までなりて花山といふみてらにすみたまひける

何れの例も他本に「み」の仮名表記がある。

他の作品に「みてら」の仮名表記例が多い。一部を引く。

『宇津保物語本文と索引』　藤原の君　本文編　一五五頁　前田家本

少将、みてらにいきて、おほ《(ママ)》まくところとらす。

『尾州家河内本源氏物語』　玉鬘　巻二　一七三頁

大弐のみたちのうへのし水のみてらの観世音寺にまうて給ひしいきほひはみかとのみゆきにやはおとれる

高松宮本も「みてら」である。

「みてら」の仮名表記例は枚挙に遑が無いのに、「おほむ（おほん）てら」で管見に入ったのは次の一例である。

『平安時代仮名書状の研究』　一〇一頁　虚空蔵菩薩念誦次第紙背文書

またもとめずして、□《(お)》ほむてらに、なほさふら□□□《(はでは)》、いかにはべるにかあらん。

この仮名書状には他に「おほむふみ」「おほむくるま」があり、「おほむ」が一般に用ゐられた事が知られる。しかし「おほむてら」は孤例であり、普通に用ゐられたとは考へがたい。多数用例の見られる「みてら」が平安時代の本来の用法で、「おほむてら」は平安末期に個人的に用ゐる事もあったといふ程度であらう。

仮名書状でも大弐奉書案（『平安遺文』巻九）には「みてら」が二例あり、大和物語の「みてら」は平安時代の普通の用法であった。

みやしろ

第百六十一段　伝為氏筆本

在中将もつかうまつれり御車のあたりになまくらきおりにたてりけりみやしろにておほかたの人〳〵ろく給はりて後なりけり

諸本は「みやしろ」「宮しろ」である。

この語は他の作品でも「み」で一致してゐる。一例として宇津保物語の前田家本では、「みやしろ」五例、「宮しろ」二例、「かもの御やしろ」一例であり、「御やしろ」は「みやしろ」であらう。「おほむ（おほん）」とは考へがたい。神祇関係の「みてぐら」「みてぐらづかひ」については既に述べた。他に「みあれ」もあり、何れも「み」と熟合する。大和物語の「みやしろ」も神祇関係の語として「みやしろ」と熟合して用ゐられたもので、平安時代の普通の用法である。

みゆ

第五十八段　伝為氏筆本

かくてなとりのみゆといふことをつねたゝのきみのめよみたるといふなんこのくろつかのあるしなりけり

諸本「みゆ」である。

「なとりのみゆ」は宮城県名取郡にある出湯（温泉）である。万葉集の巻三、三二二番の山部赤人の歌中に「三湯」

があり、梁塵秘抄に「すいたのみゆ（吹田御湯）」がある。上代から引続き平安時代にも「みゆ」の形で用ゐられたものである。

拙著『枕草子本文及び総索引』第三百十九段に「御ゆ」があり、『宇津保物語本文と索引』本文編に「御ゆ」三例がある。これらは出湯の意ではない。同じ「ゆ」でも出湯の場合は「みゆ」で、それ以外は「御ゆ」であり二分されてゐる。出湯でない例には仮名表記が無いが「おほむ（おほん）ゆ」であらう。出湯の場合のみ「みゆ」に固定してゐた訳で、大和物語の例は出湯の意であるから、「みゆ」以外の可能性は無い。平安時代の普通の用法である。

みわさ

第九十七段　勝命本

おほきおとゝの北のかたうせ給て御はての月になりてみわさのことなといそかせ給ふころ

「みわさ」の仮名表記は勝命本のみで他本は「御わさ」である。他の作品では伊勢物語に仮名表記がある。

『伊勢物語に就きての研究』　校本篇　三条西家蔵定家筆本

第七十七段

それうせたまひて安祥寺にてみわさしけり

うたよむ人〳〵をめしあつめてけふのみわさを題にて春の心はえあるうたゝてまつらせたまふ

第七十八段

七日のみわさ安祥寺にてしけり右大将ふちはらのつねゆきといふ人いまそかりけりそのみわさにまうてたまひてかへさに山しなのせんしのみこおはします

両段の例ともに諸本は「み」の仮名表記である。「みわざ」は法要を言ひ仏教関係の語である。

宇津保物語、源氏物語などに「御わさ」の形で見え、仮名表記例は無い。『源氏清濁』『源氏詞清濁』に「御《ミ》わさ」がある。これは葵の巻の「御わさ」に読を付けたものである。『源氏清濁』には「御《ミ》こ《ッ》き」「みすほう」「みす法」「御《ミ》す経《ズギヤウ》」「みたけさうし」「みてくら」「みと経」があり、神祇、仏教関係の語が「み」に固定してゐた事を裏付けてゐる。

「みわさ」は平安時代にこの形に熟合して用ゐられ、他の語形は用ゐられなかつたと認められ、大和物語の「みわさ」は平安時代の普通の用法である。

六

一　後世の写本に見える「みあそび」は不純なもので、平安時代の用法ではない。

二　特定の分野の語には平安時代「み」のみが付いて用ゐられた。大和物語の次の語がそれである。

神祇
　みやしろ　みうら
仏教
　みわざ　みてら
その他
　みさう　みゆ

三　古い時代には「み」が用ゐられ、時代が降ると「おほむ（おほん）」が多く用ゐられた語。大和物語では古い「み」が用ゐられた。

みおとうと　みめひ　みかげ　みこゝろ　み心ざし　みつぼね

註

一　榊原邦彦『平安語彙論考』二八頁以降。
二　以下「ざうし」も「さうし」に含めて述べるなど清濁の一方で述べる事がある。
三　『平安語彙論考』二四頁以降。
四　第二十一章。
五　『平安語彙論考』二四頁以降。
六　『大和物語』（秋成校正本）解題四頁。
七　第二十章。
八　『平安語彙論考』二四頁。
九　榊原邦彦『枕草子研究及び資料』三〇頁以降。

第二十五章　栄花物語の「御」

一

本章では栄花物語の諸本の「おほむ（ん）」と「み」とについて考察する。

栄花物語の諸本の本文は松村博司『栄花物語の研究　校異篇』、松村博司『古典文庫　異本栄花物語』を用ゐ、本章中の巻数、頁数は前書のものを示す。

先づ「おほむ（ん）」について考察するが、他作品に仮名表記例が無い語は省く。

おほん

巻第二十四　わかばえ　下巻　一五二頁　梅沢本

あふきなともたまはせたらんはそさうにそあらむかしなと思てさるへき人〳〵にいひつけわかゐしにかゝせなとしたる人はその心もとなかりしをあるはおほんのはいかゝしたまへるまろかものゝ思ふさまならぬ

西本願寺本も「おほん」である。

「おほむ（ん）」は接続語であり、下の名詞に冠して用ゐるのが本来である。しかし特異な用ゐ方として「おほむ（ん）」のみの用例がある。第二十四章参照。他作品の例を引く。

『大和物語の研究』　系統別本文篇　第四十二段　伝為家筆本

　ゐしうといふほうしのある人のおほむつかうまつりけるほとにとかく世中にいふことありけれはよみたりける

この例については別に触れた。[註一] 他の諸本は「けんさ」「けんさい」と「御」の無いものか、「御験者」「御けんさ」「御ンけんさ」などで、「おほむ（ん）」「御」のみのものは無い。「おほむ」のみでは文意が解しがたく下の語が脱落したのであらう。

『大和物語の研究』　系統別本文篇　第五十二段　伝為家筆本

　これもうちのおほむ

　　わたつうみのふかき心はをきなからうらみられぬる物にそありける

和歌の直前の「おほむ」であり、和歌にまつはる言葉が省かれてゐることは容易に推測出来る。他の諸本の本文は「御かへし」「御返し」「御歌」「御うた」などであり、伝為家筆本は「かへし」「返し」「歌」「うた」などが省かれた形である。

『私家集大成』　村上御集　中古Ⅰ　三八七頁、三八八頁

　　内のおほむ

六四なみた川空にもふかき心あれは　なれわたらんとおもふなるらむ

　　又、内のおほん

六五はなすゝきこちふく風になひきせは　つゆにぬれつゝ秋をへましや

六三番「よそにのみ」、六九番「かりかねの」の和歌の場合は返歌であり、詞書に「内の御返し」とある。「なみた川」「はなすゝき」の和歌は前の和歌を承けるものではないので「返し」などではなく、「歌」「うた」などが省かれた形である。

『私家集大成』　源順集　中古Ⅰ　四四五頁　書陵部蔵歌仙集

右馬頭連頼朝臣家にきたりやとれるころ、もみつきのおほん　いぬる秋ひかす冬になりてひきたてまつる、むか

ふなるつかさの官人ともに酒なとたまふついてに

「おほん」のみでは文意を解しがたい。下の名詞を省いても容易に通ずるため省いたものではない。源順集の「おほん」の下に「一字分空白」との註記があり、誤脱があったものと思はれる。

『私家集大成』　四条中納言定頼集　中古Ⅱ　一八八頁

上のおほん

一〇四 世中のそのはかなさはみゝなれて　ぬるらん袖を聞そかなしき

この歌の前に

ありし朝露の歌をきゝ給て、あまうへ

一〇三 このもとにたちよる人ときくにこそ　よそなる袖も露けかりけれ

とあり、この歌が続く。従って「おほん」の下には「返し」「かへし」などが省かれたものと考へられる。

『私家集大成』　四条中納言定頼集　中古Ⅱ　一九八頁

ひめきみのおほん

四三一 続古 心にはおもひいてしとしのへとも　まくらにてこそまつはみえけれ

「おほん」の下には「歌」「うた」などが省かれたと考へられる。同書の四条中納言集（尊経閣叢刊）に

中将殿たえはてさせ給てのち、御枕にらてんにまつをすりたりけるに、ひめきみかきつけ給ける

一〇八 心には思いてしとしのふれと　枕にてこそ松は見えけれ

とあるのと照し合せても確かめられる。

『西本願寺本三十六人集精成』　斎宮女御集　二六二頁

ひさしうまいらざりける人をゆるしてめしけるに、きこえたりける

一八八うれしきも　つゝましきかな　からごろも　こゝら月日を　へだてきつれば

おほむ

一八九なれぬとや　ひとはいとひし　みをしらで　かへすころもぞ　かつはあやしき

とあり、「なれぬとや」の和歌が返歌である。「おほむ」の下に「返し」「返り」などの省かれたもの。斎宮女御集の「おほむ（ん）」のみの例は他に無い。漢字表記の「御」のみの例が十三例ある。

「まうのぼらせたまへ」とありける夜、「なやまし」ときこえてまいりたまはざりければ、御

七ねられねば　ゆめにもみえず　はるの夜を　あかしかねつる　みこそつらけれ

又の日、御

二しらなくに　わするゝものは　おぼつかな　もにすむゝしの　なにこそありけれ

七月、内の御

八四今夜さへ　よそにやきかむ　わがための　あまのかはらは　わたるせやなき

又、内御

八六九月《ナガ》の　ありあけのつきは　すぎゆけど　影だにみえぬ　君がつらさよ

ときこえ給たりしに、内の御、きかぬとかありしは

一〇〇かくばかり　まつちのやまの　ほとゝぎす　こゝろしらでや　よそになくらん

院のうへの御ふくになり給て、内の御

一〇二すみぞめの　みにむつましく　なりしより　おぼつかなさは　わびしかりけり

うちの御―

一〇八 なみだがは　そこにもふかき　こゝろあらば　みなわたらんと　おもふなるべし

内の御―

一二六 うらむべき　ことなにはの　うらにおふる　あしざまにのみ　なにおもふらん

おなじ月かたわきて前ざいあはせゝさせたまひけるを、「あめいたくふりてとまりぬ」とかた人どもゝなかりければ、女御の御―

一二八 あまのがは　きのふのそらの　なごりにも　みぎはいかなる　ものとかはしる

女御殿ゝ御かたに花のありけるを「御覧ぜさせん」とありければ、むめのかたをゝりて、御―

一三八 みつゝのみ　なぐさむはなの　えだなれば　こゝろをつけて　おもひやらまし

女御わづらひたまひてひさしうおこたりたまはず、春秋もしり給はぬほどにもみぢをみたまひて、御―

一九〇 みぬほどの　もみぢはよるの　にしきにて　あきさへすぎむと　おもひけむやは

なにのをりにかありけむ、宮の御―

二二四 あまつそら　くもへだてたる　月影の　おぼろけにもの　おもふわがみを

これらの「御」は文意より全て「歌」「うた」などの省かれた形と考へられる。しかし「なれぬとや」の和歌は前の「うれしきも」の和歌についての返歌であるから、「なれぬとや」の和歌の詞書中の「おほむ」の下に省かれてゐる語は「歌」「うた」などではなく返歌の意の語の筈である。

斎宮女御集の中で返歌を表す言ひ方は、

「御」の有るもの

御かへし　二七

御返し　六
おほむかへし　七
おほんかへし　五
御返　三
御かへり　二三
おほむかへり　七
おほんかへり　二
御かへりごと　二

「御」の無いもの

かへし　八
かへりごと　一

と数が多い。これから推測すると、「なれぬとや」の和歌の詞書中の「おほむ」の下には「かへし」「返し」「返」「かへり」「かへりごと」などが省かれたものと考へられる。

『西本願寺本三十六人集精成』　斎宮女御集　二六四頁

みぶのたいふうせ給へる春、六宮女御

三〇 たれもみな　かりのやどりに　かすめどん　さきにたつよの　あはれをぞしる

おほん

三一 おもひきや　かすみもはてぬ　かりのよに　さきだつくもと　ならんものとは

「たれもみな」の和歌の返歌として「おもひきや」の和歌が詠まれた。「おほん」の下に「かへし」「返し」「返」

「かへり」「かへりごと」などが省かれたものと考へられる。

『源氏物語大成』　梅枝　校異篇　九七九頁　大島本

たいのうへのおほむはみくさあるなかにはい花はなやかにいまめかしうすこしはやき心しらひをそへてめつらしきかほりくはゝれり

三条四実隆筆の青表紙本証本、青表紙の肖柏本は「おほん」である。

明石姫君の裳着と入内準備との話である。螢兵部卿宮が判者となり婦人方の調合した薫物合をする。梅枝の巻頭に「たき物あはせさせたまふ」とあり、続いて「かうども」とある。紫上の薫物を述べるこの場面にも「おほむ」の下は「たき物」「かう」などが省かれたものであることが推測出来る。

以上の栄花物語以外の例の考察から、「おほむ（ん）」のみの場合、大方は前文より下の省かれた語を容易に推測し得るものである。推測しがたいのは大和物語第四十二段の例と源順集の例とであり、両例とも誤写・誤脱の可能性が大きい。

栄花物語の巻二十四「わかばえ」の「おほん」の例に戻ると、前文に「あふき」があり、文意より「おほん」の下に「あふき」が省かれた形であることが容易に推測し得る。

おほむあしのあと

巻第二　花山たづぬる中納言　上巻　一六〇頁　梅沢本

さても花山院は三界の火宅をいてさせ給て四衢道のなかの露地におはしましあゆませたまひつらん御あしのうらには千輻輪の文おはしましておほむあしのあとにはいろ〳〵のはちすひらけ御くらゐ上品上生にのほらせ給はむはしらす

西本願寺本は「おほんあしのあと」である。

他作品に「おほむ（ん）あし」は見当らぬが、今鏡に「をほみあし」の仮名表記例がある。

『今鏡本文及び総索引』　ふぢなみの上　第四　うすはなざくら　一一二頁

> しなのゝかみゆきつなも、心にはをとらずおもひて、うらやましくねたくをもひけるに、をほみあしすませたまひけるに、つみたてまつるやうにたび〳〵しければ、「いかにかくは」とおほせられければ

関白藤原師実の足について言ふ。

今使ふ「おみ足」は平安時代の「おほみ足」との繋りが考へられる。平安時代の「おほみ」については別に考察し[註二]た。「おほみ」は上代に「み」と共に広く用ゐられたものの、平安時代には極めて限られた語に付くのみとなつた。従つて今鏡の例より平安時代一部に「おほみ足」が用ゐられたにせよ、普通に広く用ゐられたとは考へがたい。「み足」の可能性について検討してみる。「おほみ」と共に上代に広く用ゐられた「み」は平安時代に入ると次第に限られて用ゐられるやうになつた。特定の分野の語に用ゐられる事もその一つである。「み」は「みあかし、み修行（誦経）、みずほう、みだう、みてら、みど経、みのり」など仏教関係の語に付いて用ゐられた。[註三]これらの語には「おほむ（ん）」など他の接頭語は付かない。

栄花物語のここは花山天皇が宮中を出て花山寺（元慶寺）に於て出家なさる場面である。この条になつて急に仏教語が多出し、特異な表現がなされてゐる。「三界の火宅」「四衢道のなかの露地」「千輻輪の文」「上品上生」などがそれである。仏教関係の語に「み」が付く傾向があるものの、仏教関係の語の全てに「み」が付くのではなく一部に限られる。慣用に依り付く語は定つてゐたのであらう。「おほむ（ん）いのり」「おほむ（ん）くどく」「おほん（ん）さうそう」「おほん（ん）てら」「おほん（ん）ぶく」などの仏教語は「み」が付かず「おほむ（ん）」が専ら用ゐられてゐる。

ここは仏教に関する場面とは云へ「み」が用ゐられず「おほむ」が用ゐられる。当時の用法としてはこれが普通であつたものと思はれる。「おほむあしのあと」は平安時代の普通の用法であつたのであらう。

おほんありさま

巻第三　さま〴〵のよろこび　上巻　一七五頁　梅沢本

三月はいはしみつの行幸あるへけれはいみしういそかせ給行事この権中納言殿せさせ給御くらゐまさらせ給へきにやとみえたり宮れいのひとつ御こしにておはしませはいとおほんありさまところせきまてよそほし

陽明文庫本も「おほんありさま」であり、西本願寺本は「おほむありさま」である。

栄花物語の富岡甲本に「をんありさま」の仮名表記がある。

巻第六　かゝやく藤壺　上巻　三七四頁　富岡甲本

御ふえをゐもいはすふきすまさせ給へはさふらふ人〳〵もめてたくみたてまつるうちとけぬをんありさまなれうちむきてみたまへと申させ給へは

「御ありさま」につき拙著『枕草子研究及び資料』七一頁以降で考察した。

「をんありさま」の富岡甲本は鎌倉時代後期から南北朝に掛けての書写であり、鎌倉時代中期以前の書写である梅沢本とは本文の純度に隔りがある。本文に古体は存するものの誤字、誤写と思はれるものが多い。[註四] 平安時代「御」を「おん」と読むことは一般に無く、[註五]「をん」は後の転訛であらう。

源氏物語の諸本に「おほむ（ん）ありさま」「みありさま」の仮名表記例が多く併存してゐた。「みありさま」は会話文に多い傾向があり、ここは地の文であるから「おほんありさま」は平安時代の普通の用法である。

おほんいのり

巻第二　花山たづぬる中納言　上巻　一三五頁　梅沢本

東三条のおとゝたはやすくまいり給はぬをいとあやしうのみおほしわたるむめつほの女御の御もとにもなをわかみやのおほんいのりこゝろことにせさせ給かくてさるへきつかさかうふりなとおほくよせたてまつらせ給

西本願寺本は「おほむいのり」である。

栄花物語には富岡甲本に「をん祈」がある。

巻第六　かゝやく藤壺　上巻　三七六頁

一宮のをんいのりをえもいはすおほしまとふへし

前条に述べた通りに富岡甲本の「をん」は後代の用法の影響で誤写されたもので、作品成立時代の用法ではない。

他に左の仮名表記例がある。

『私家集大成』　四条中納言定頼集　中古Ⅱ　一九八頁

おなし人のみのにおはしけるころ、おほんいのりよくさせ給へ

『平安時代仮名書状の研究』　虚空蔵菩薩念誦次第紙背文書　九七頁

けふなむ、又ひるかひせさせたうびつる。たゞおほむいのりをぞ、たのみきこえさせたまふめる。

同書　不空三蔵表制集紙背文書　一三二頁

おほんいのりのしるしとのみぞ、思たまへられはべる。

同書　不空三蔵表制集紙背文書　一三三頁

たゞおほんい□□《のり》ど□□《もの》しるしとのみ□《ぞ》、たれもつね□《に》よろこびきこえさせはべる。

他の信貴山縁起に「おほむいのりとも」があり、「おほむ（ん）いのり」が広く用ゐられてゐた。「いのり」は仏教

関係の語であるが、「み」は全く付かず「おほむ（ん）」のみが用ゐられた訳で、栄花物語の「おほんいのり」は平安時代の普通の用法である。

おほんおくり物

巻第三　さま〴〵のよろこび　上巻　一八三頁　梅沢本

院の御方にはみかとの御おくり物や宮のおほんおくり物やなとさま〴〵にせさせたまへり

西本願寺本は「おほんをくり物」である。この語は他に仮名表記例を見ない。特定の分野の語ではないので「おほん」は平安時代の普通の用法であらう。

おほむおとうと

巻第一　月の宴　四六頁　富岡甲本

御ふみものせさせ給きさきのおほむおとうとの御かたもおとこきみたちをやとも君とも宮をこそはたのみ申たまへるに火をうちけちたるやうなるもあはれにおほしまとふ

第二十二章で大和物語の「みおとうと」について考察し、結論として、「むすめ」に限らず、「むすこ」「おとうと」「いもうと」「はは」などの家族関係の語については、「み」が付いて用ゐられた。但し時代が降ると「おほむ（ん）」が付いて用ゐられる事もあつた。

とした。

『天理図書館善本叢書　大鏡諸本集』　四一六頁　池田本

此入道殿もいかゝとおもひ申侍りしにいとかゝるうむにおされておほんあにたちはとりもあへすほろひ給にしに

こそおはしますめれ

と家族関係の「おほんあにたち」の仮名表記例がある。

池田本は十三世紀後半を降らない写本と認められると云ふ。註六 大鏡は作品そのものが院政期の成立である。栄花物語も平安時代後期の作品で、大鏡と共通性が有る。

家族関係の語につき、成立の古い作品には「み」が付いて用ゐられ、成立時代の降った作品には「おほむ（ん）」が付いて用ゐられた。

おほんおほえ

巻第一　月の宴　上巻　一八頁　梅沢本

いとさこそなくともいつれの御かたとかやいみしくしたてゝまいり給へりけるはしもなこそのせきもあらまほしくそおほされけるおほんおほえもひころにおとりにけりとそきこえし

西本願寺本は「おほむおほえ」である。

巻第一　月の宴　上巻　二〇頁　梅沢本

東宮やう〳〵およすけさせ給まゝにいみしくうつくしうおはしますにつけても九条殿のおほんおほえいみしうめてたし

西本願寺本は「おほむおほえ」である。

巻第二　花山たづぬる中納言　上巻　一四八頁　富岡甲本

弘徽殿にまつ〳〵とのみのたまはすれはおほむおほえめてたけれと大納言かたはらいたきまておほしけり

富岡乙本は「おほんおほえ」である。

他に「おほん（ん）」「み」「お」の付いた仮名表記例があるので引く。

『源氏物語大成』　桐壺　校異篇　六頁　池田本

おほかたのやむことなき御おもひにてこの君をはわたくし物におもほしかしつき給事かきりなし

校異に拠ると河内本の大島本が「おほんおほえ」である。

『源氏物語大成』　花散里　校異篇　三八九頁　定家本

すくれてはなやかなる御をほえこそなかりしかとむつましうなつかしきかたにはおほしたりし

校異に拠ると青表紙本の横山本が「おほんおほえ」である。

『源氏物語大成』　若菜上　校異篇　一一一七頁　大島本

かのおほんおほえのことなるなめりかしこの宮いかにおほすらん

三条西実隆筆の青表紙証本、高松宮御蔵河内本も「おほんおほえ」で、尾州家河内本は「ほむ」が補入で「おほむおほえ」である。

『源氏物語大成』　若菜上　校異篇　一一一八頁　大島本

さるはよにおしなへたらぬ人の御おほえをありかたきわさなりやといとほしかる

校異に拠ると青表紙本の国冬本が「おほむおほえ」である。

『尾州家河内本源氏物語』　若菜下　第三巻　一八〇頁

いまこそ二品の宮はもとのおほんをほえあらはれ給はめいとをしけにをされたりつる御おほえをなとうちさゝめきけり

高松宮御蔵河内本は「おほんおほえ」である。

『源氏物語大成』　匂宮　校異篇　一四三二頁　大島本

きさいの宮の御おほえのとし月にまさり給けはひにこそはなとかさしもとみるまてなん

校異に拠ると青表紙本の三条西家本が「おほむおほえ」である。

『源氏物語大成』　宿木　校異篇　一七七八頁　大島本

これはまして御むこにてもてはやされたてまつり給へる御おほえをろかならすめつらしきにかきりあれは

校異に拠ると青表紙本の横山本が「おほんおほえ」である。

今鏡　すべらぎの上　第一　もち月　三十三丁オ　蓬左文庫本

中納言は後一条院のおほんおほえの人におはしけるに

『源氏物語大成』　常夏　校異篇　八四三頁　大島本

中将のいとさいへと心わかきたとりすくなさになと申給ふもいとをしけなる人のみおほえかな

三条西実隆筆の青表紙本証本も「みおほえ」である。

巻第一　月の宴　上巻　六八頁　梅沢本

みやのおんおほえのよになうめてたしめつらかにおはしましゝもよの中のものかたりに申おもひたるに

西本願寺本は「おむおほえ」である。

書写年代の新しい富岡甲本、富岡乙本には「おん」が数例見られる。梅沢本は栄花物語の完本中で書写年代が最も古く「おん」は孤例である。鎌倉時代中期以前の書写であるけれど、栄花物語の成立した時代からは降ってゐて、書写した時代の用法の影響を僅に受けたのであらう。

同じ語に「み」と「おほむ（ん）」とが付いたものについて、これまで種々考察した。一概には言へないものの、大和物語のやうな成立の古い作品には「み」が用ゐられ、時代が降ると「おほむ（ん）」が多く用ゐられた語がある。成立の新しい今鏡に「おほんおほえ」が見え、源氏物語には「み」と「おほむ（ん）」との両方が用ゐられる。『源氏清濁』の桐壺に「御《ミ》おほえ」があり、澪標に「御《ミ歟》おほえ」があり、源氏物語では古い「み」と新しい「おほん（ん）」とが混用されてゐた。栄花物語は源氏物語より時代が降る作品であり、「おほん（ん）」のみが用ゐられた。

おほんかへし

巻第九　いはかけ　中巻　三三頁　梅沢本

みつくきにおもふこゝろをなにこともえもかきあへぬなみたなりけり

内大臣殿の女御殿の御返し

みつくきのあとをみるにもいとゞしくなかるゝものはなみたなりけり

陽明文庫本は「おほんかへし」である。

「おほん（ん）かへし」については別に考察した。[註七] 後撰和歌集、大和物語など多くの作品に「おほむ（ん）かへし」が見られ、「みかへし」は全く見られない。この語は古くから「おほむ（ん）かへし」に固定してゐたのであらう。

栄花物語の「おほんかへし」は平安時代の普通の用法である。

おほん返事

巻第十九　御裳ぎ　下巻　五頁　梅沢本

御つかひともおほん返事なとさはかしきにまきれてなし院よりもえならすせさせ給へり

「おほむ（ん）返事」については別に考察した。[註八] 古今和歌集、大和物語など成立年代の古い作品にも「おほむ（ん）返事」が見られ、「み返事」は全く見られない。この語は古くから「おほむ（ん）返事」に固定してゐたのであらう。

栄花物語の「おほん返事」は平安時代の普通の用法である。

おほんくし

巻第十三　ゆふして　中巻　一八六頁　富岡甲本
御なやみおもらせたまひてゐん源そうつをめしておほんくしおろさせ給まふほとは
富岡乙本も同じである。
巻第十四　あさみどり　中巻　二三八頁　富岡甲本
うへの御まへのおほんくしよりはしめふた宮の御くしよにたくひなくめてたくおはしますに
富岡乙本も同じである。
巻第十一　つぼみ花　中巻　一〇〇頁　富岡甲本
されはしろき御そとみえてめてたきにいかにそあつきほとの御事はおほくしのためこそいみしけれとて
富岡乙本も同じである。「む（ん）」の無表記であらう。

「おほむ（ん）くし」については拙著の『枕草子研究及び資料』一五四頁に纏めた。
古い時代に成立した後撰和歌集でも「おほむ（ん）くし」が用ゐられ「みくし」は全く見られない。古くから「おほむ（ん）くし」に固定してゐたのであらう。栄花物語の「おほんくし」は平安時代の普通の用法であらう。「おほくし」は「おほむ（ん）くし」の「む（ん）」の無表記であらう。基本的に「おほむ（ん）くし」に含めて考へられる。

おほむけしき

巻第八　はつはな　上巻　五五五頁　富岡甲本
ひころにならせ給まゝにやう〳〵なれおはしますさま〳〵のおほむけしきもいとえもいはすうつくしうおもひきこえさせ給

この語は他の作品に「おほむ（ん）けしき」と「みけしき」との両様の仮名表記例がある。

『源氏物語大成』　柏木　巻七　四二一頁　源氏物語絵詞

いかなる御こゝろのおにゝかさらにさやうなるおほむけしきもなく

『源氏物語大成』　行幸　校異篇　九〇九頁　大島本

御心しつめたまふてこそかたきいはほもあはゆきになしたまふつへきおほむけしきなれは

三条西実隆筆の青表紙本証本は「おほんけしき」である。

『源氏物語大成』　藤裏葉　校異篇　九九八頁　大島本

ゆるしなき御けしきにはゝかりつゝなん

校異に拠ると青表紙本の横山本が「おほむけしき」である。

『源氏物語大成』　匂宮　校異篇　一四三〇頁　大島本

またさる御けしきあらむをはもてはなれてもあるましうおもむけて

校異に拠ると青表紙本の三条西家本が「おほむけしき」である。

『尾州家河内本源氏物語』　宿木　第五巻　五頁

なにをかはなとの給はする御けしきいかゝみゆらん

「御」を見せ消ちにして「おほん」とする。

『源氏物語大成』　東屋　校異篇　一八一八頁　大島本

人の御けしきはしるき物なれはみもてゆくまゝにあはれなる御心さまを

校異に拠ると青表紙本の三条西家本は「おほむけしき」である。

『日本古典文学大系　狭衣物語』　二一七頁　内閣文庫本

　「うしろめたなふ、わりなし」と、おぼしたりしおほんけしきどもの、おもひいでられて

四季本は「おほむ気しきとも」である。

『日本古典文学大系　狭衣物語』　四三九頁　内閣文庫本

　かくて、藤つぼの女御、おほんけしきありとて、院のうち、所なきまで

宝玲本も「おほんけしき」である。

『宇津保物語本文と索引』　吹上の上　本文編　四八二頁　前田家本

　少将「その中にも、源さい相のみけしきの、あれにもあらできゝゐ給へりしを見給へしにこそ、おいのよにものゝあはれしられず侍を、おほくおもふ給へしられにしか。」

俊景本は「御《み》けしき」、延宝五年板本、浜田本は「みけしき」である。

『宇津保物語本文と索引』　国譲の中　本文編　一四一三頁　前田家本

　いみじきはぢをも、おひのなみに見つるかな。おほきおとゞのみけしにはみんとおもへど、おこはまたしうものせぬ」との給へば

傍註に「みけしきはカ」とある。俊景本は「〇《み》けしう《き》」、浜田本は「みけし」、延宝五年板本は「みけしき」であり、「みけし」は「みけしき」の誤脱であらう。

『尾州家河内本源氏物語』　夕霧　第四巻　四一頁

　をのつから人のみけしき心はへはみえなんなとのたまふ

高松宮御蔵河内本も「みけしき」である。

『日本古典文学大系　狭衣物語』　四五八頁　内閣文庫本

　れいならぬみけしきにて、まぎらはさせ給へど

『とりかへばや物語本文と校異』　五一頁　伊達家旧蔵本

とく〳〵おとなひさせてまいらすへきさまにのみたひ〳〵御けしきあるにさへ

校異に拠ると岡田真氏旧蔵本は「みけしき」である。

『とりかへばや物語本文と校異』　一一九頁　伊達家旧蔵本

まことに御けしきなをれゐならすけなり

校異に拠ると岡田真氏旧蔵本は「みけしき」である。

『とりかへばや物語本文と校異』　五〇二頁　伊達家旧蔵本

かゝる御けしきの侍おりたゝまいらせたてまつり給へかしときこえ給へは

校異に拠ると岡田真氏旧蔵本は「みけしき」である。

成立年代の古い宇津保物語に「みけしき」が用ゐられ、成立年代の新しい栄花物語に「おほむけしき」が用ゐられ、一般に古い「み」が新しい「おほむ（ん）」に交替して行つた現象が「けしき」の語にも見られる。源氏物語、狭衣物語には「みけしき」「おほむ（ん）けしき」両様の用例があり、『とりかへばや』のやうに成立の新しい作品に「み」が用ゐられてゐて、平安末期まで併存してゐた。「けしき」の場合、新しい「おほむ（ん）」と共に古い「み」も根強く用ゐられてゐた。

おほんこ

巻第一　月の宴　上巻　六九頁　梅沢本

そのきみたちあるはきさきの御せうとたちおなしき君達ときこゆれと延喜の御子中務のみやのおほんこそかしいまはみなおとなになりておはする殿はらそかし

西本願寺本は「おほむ子」で、陽明文庫本は「おほん子」である。
「みこ」の仮名表記例は数が多い。一例を挙げる。
巻第一　月の宴　上巻　三頁　梅沢本
そのみかとのみこたちあまたおはしましけるなかに一のみこ敦仁の親王とましけるそ位につかせ給けるこそは
諸本も「みこ」の仮名表記である。
栄花物語の「みこ」については言及したものがある。[註九]源氏物語の「みこ」と「おほむ（ん）こ」とについては拙著
『平安語彙論考』七四頁に、
一、皇子、皇女、親王の場合は「みこ」（「みこたち」及びそれらを含む語も）であり、子の敬称の場合は「おほむこ」（「おほむこども」を含む。ここでは「おほんこ」は「おほむこ」で代表させる）である。
と纏めた。栄花物語の用法も源氏物語の用法と同じである。

おほんこゝち

巻第一　月の宴　上巻　三八頁　梅沢本
五宮をも御ものゝけおそろしとてとゝめたてまつらせ給つ返ゝいかなるへきおほんこゝちにかとおほしめさる
西本願寺本は「おほむ心」である。
竹取物語の「御心ち」について他作品の仮名表記例を引いて別に考察し、[註十]第二十一章でも述べた。管見に入った
「み」の仮名表記例は、
『源氏物語大成』　匂宮　校異篇　一四三四頁　大島本
なにかしも猶うしろめたきをわれ此み心ちをおなしうは後の世をたにとおもふ

の一例のみで、他は「おほむ（ん）心ち」である。古い時代の「み」が残存してゐたとも、出家の御道心の意で、仏教関係の故に特に「み」が用ゐられたとも考へられる。成立の古い作品の仮名表記例が見当たらぬため確かなことは判らない。

栄花物語の「おほんこゝち」は当代の普通の用法である。

おほむ心

巻第二　花山たづぬる中納言　上巻　一〇五頁　梅沢本

院いとものくるをしきおほむ心にもれいさまにおはします時はいとうれしきことにおほしめしてよろつにしりあつかひきこえさせ給けり

西本願寺本も同じである。

栄花物語には他の仮名表記例がある。

巻第六　かゝやく藤壺　上巻　三七九頁　梅沢本

一宮の御むかへの有様なとそ誠にありかたかりける御心也けり

陽明文庫本は「みこゝろ」、富岡甲本は「をん心」である。

「おほむ（ん）心」「み心」の仮名表記例は拙著『平安語彙論考』三三頁に引いた。その後に各作品の用例の考察[註十一]を行つた。

土佐日記、大和物語、後撰和歌集、宇津保物語など成立の古い作品は「み心」のみか、殆どが「み心」である。源氏物語では「おほむ（ん）心」も「み心」も多くの仮名表記例があり、「おほむ（ん）」と「み」とが拮抗してゐる。源氏清濁にも「御《ミ》心」と「ヲゝン心」とがあり、広く両方が用ゐられてゐた。古くは専ら「み心」が用ゐられてゐたところ、時代が降ると「おほむ（ん）心」が発生し、「み心」と「おほむ（ん）心」とが併存するに至ったのである。大鏡、とりかへばやに「み心」のみが用ゐられ、「おほむ（ん）心」は無い。従って時代が降っても「み心」から「おほむ（ん）心」に全面的に移行したのではない。

栄花物語の梅沢文庫本、西本願寺本が「おほむ心」で、陽明文庫本が「み心」であることは、かうした状況を反映してゐる訳で、どちらか一方が正しいといふのではないであらう。但し富岡甲本の「をん心」は書写した後代の用法が混入したに過ぎず、栄花物語成立時代の用法を伝へてゐるとは言へない。

おほむこゝろおきて

巻第二　花山たづぬる中納言　上巻　一一一頁　梅沢本

ほりかはとのゝおほむこゝろおきてのあさましくこゝろつきなさに

西本願寺本は「おほむ心おきて」、陽明文庫本は「おほんこゝろおきて」である。

巻第六　かゝやく藤壺　上巻　三六九頁　西本願寺本

これはさらなることなからおほん心をきて御けしきなと

「心」を含む複合語の「心おきて」「心さし」「心さま」は「心」とほぼ同じと考へられるから、他作品の用例及び考察は省き、栄花物語の仮名表記例のみを引く。

おほん心さし

巻第十五　うたがひ　中巻　三一〇頁　富岡甲本

おほん心さしとしへけるをこのをりこそとおほしめしけり

おほん心さま

巻第八　はつはな　上巻　五七五頁　梅沢本

女きみもきよけにようおはしおほん心さまなともあらまほしう

西本願寺本も同じである。

おほん事とも

巻第十　ひかげのかづら　中巻　四八頁　梅沢本

中宮よのなかをおほしいつる御けしきなれは藤式部

くものうへをくものよそにておもひやる月はかはらすあめのしたにて

あはれにつきせぬおほん事ともなりや

西本願寺本は「おほむ事とも」である。

「こと（事）」には他の作品に「おほむ（ん）」の例と「み」の例とがある。

『源氏物語大成』　竹河　巻七　四二九頁　源氏物語絵詞

ひめきのおほんことをあなかちにきこえたまふにそありける

『源氏物語大成』　若菜上　校異篇　一〇二九頁　大島本

内の御事はかの御ゆいこんたかへすつかうまつりをきてしかは

校異に拠ると青表紙本の横山本が「おほんこと」である。

『源氏物語大成』　若菜上　校異篇　一〇三三頁　大島本

御心の中にかむの君の御事もおほしいてらるへし

校異に拠ると青表紙本の横山本が「おほん事」である。
『源氏物語大成』　若菜下　校異篇　一一三四頁　大島本
　いよ〳〵六条院の御ことを年月にそへてかきりなく思ひきこえたまへり
校異に拠ると青表紙本の横山本が「おほむこと」である。
『源氏物語大成』　東屋　校異篇　一八〇〇頁　大島本
　さるはいとうれしく思給へらるゝ御ことにこそ侍なれ
校異に拠ると青表紙本の三条西家本が「おほむこと」である。
『源氏物語大成』　浮舟　校異篇　一八九六頁　池田本
　あなかちなるひとの御事をおもひいつるにうらみたまひしさま
校異に拠ると青表紙本の横山本が「おほん事」である。
『宇津保物語本文と索引』　春日詣　本文編　二八〇頁　前田家本
　ほとけのおほん事ならぬをば、くちにまなばで、つとめをこなひつる
俊景本、浜田本は「おほんこと」であり、延宝五年板本は「おほん事」である。
『宇津保物語本文と索引』　菊の宴　本文編　五七七頁　前田家本
　かくても候けれど、むかしおほんことを思ひそめましほどは、なに心ちかせし。
俊景本、浜田本は「おほんこと」であり、延宝五年板本は「御こと」である。
『私家集大成』　四条中納言定頼集　中古Ⅱ　一八七頁
　三月三日、ひめ君のおほんことありしに、人の御もとより
『私家集大成』　出羽弁集　中古Ⅱ　二七二頁

みしに、いとめてたくてあめりし人とひとゝのおほむことなれとをかしけれはなん

『源氏物語大成』　東屋　校異篇　一八二八頁　大島本

このみこと侍らさらましかはうち〳〵やすからすむつかしきことはおりおり侍とも

三条西実隆筆の青表紙本証本、高松宮御蔵河内本も「みこと」。尾州家河内本は「みこと」で「み」を見せ消ちにし「御」とある。

『宇津保物語本文と索引』　あて宮　本文編　六七八頁　前田家本

このみことをば、そこにあづけたてまつらん

俊景本、浜田本は「みかど」。流布本系統は「みかど」「みうへ」「みこと」である。

『宇津保物語本文と索引』　国譲の下　本文編　一五一七頁　前田家本

いでや、こゝにも、このみことを、とざまかうざまに思はゞ、おぼろげにやは。

俊景本、浜田本、延宝五年板本は「みこと」である。

これまで引いた仮名表記例は「おほむ（ん）」の数が「み」の数の四倍に近い。平安時代後期の大勢としては「こと」に「おほむ（ん）」が付いて用ゐられたと言へる。成立の古い宇津保物語に「おほむ（ん）」と「み」とが同数見られるのは、古い時代に専ら「み」が用ゐられたのが、時代の推移と共に「おほむ（ん）」に変化したさまを示すものと考へられる。栄花物語の「おほん事とも」は時代の降つた例であり、一般に「み」から「おほむ（ん）」に変つたと考へることと背馳しない。

おほんたいめ

巻第九　いはかげ　中巻　四頁　梅沢本

うへをはしまして春宮のおほんたいめいそかせ給に

西本願寺本は「おほむたいめ」である。

他作品に「おほむ（ん）たいめむ（ん）」の仮名表記例がある。

『天理図書館善本叢書　源氏物語諸本集』　乙女　一　四七一頁　伝二条院讃岐筆本

おほむたいめんありてこの事きこえ給

『尾州家河内本源氏物語』　初音　第二巻　一九〇頁

心かろき人のつらにてわれにそむき給なましかはなとおほんたいめむのおり〳〵には

高松宮御蔵河内本は「おほんたいめん」である。

『源氏物語大成』　若菜上　校異篇　一〇四五頁、一〇四六頁　大島本

くるしき御心ちをおほしつよりて御たいめんあり

校異に拠ると青表紙本の御物本、池田本、三条西家本は「おほんたいめむ」である。三条西実隆筆の青表紙証本は「おほんたいめん」である。

『私家集大成』　四条中納言定頼集　中古Ⅱ　一九八頁

はしめてうへの女御とのにおほんたいめんありて後

栄花物語の例は他の作品と同じであり、平安時代の普通の用法である。

おほむたから物

巻第三　さま〴〵のよろこび　上巻　一八四頁　梅沢本

この院はかくこそおはしませとさへき御領の所〻いみしうおほむたから物おほくさふらひけれはたゝこの春宮や

このみや〳〵にそみなえさせたまへり

西本願寺本も「おほむたから物」である。

「たから物」に「御」の仮名表記が付いた例は見当らぬため、「たから」で考へる。

上代に「おほみたから」「おほむたから」が見える。類聚和名抄に「人民《於保无太加良》」、類聚名義抄に「人民《オホムタカラ》」とあり平安時代に及んだが、人民、公民、国民の意に限られ、宝物の意に広く用ゐられたものではない。別に考へるべきである。

宝物の意の用例としては次の例がある。

『宇津保物語本文と索引』　蔵開の中　本文編　一一二九頁　前田家本

ちゝおとゞ「かれはたからのわうみやをいかみとりこにて、そのみたからをさながらりやうじたり。よきさういとおほくもたまへる人ぞ。よきてうど、こまかなるたから物は、かしこにこそあらめ」とのたまふ。

俊景本、延宝五年板本も同じである。

次文に「たから物」とあり、「たから」と「たから物」とは同意語として用ゐられてゐる。作品の成立の古い宇津保物語が「み」で、新しい栄花物語が「おほむ（ん）」であることは、一般に古い「み」から新しい「おほむ（ん）」に推移したことを証する例であると考へることが出来る。

おほんはらから

巻第一　月の宴　上巻　四七頁　梅沢本

いかになとおほしみたるゝほとにおほんはらからの君達にうへしのひてこの事をのたまはせてそれまいらせよと

西本願寺本は「おほむはらから」である。

他作品には「おほむ（ん）」「み」両様の仮名表記例がある。

『源氏物語大成』　蓬生　校異篇　五二四頁　大島本

　このひめきみのはゝきたのかたのはらからよにおちふれてす両のきたのかたになり給へるありけり

校異に拠ると別本の陽明家本が「おほんはらから」である。

『源氏物語大成』　蜻蛉　校異篇　一九七〇頁、一九七一頁　大島本

　こさい将なとはいとうしろやすしとの給ひて御はらからなれと

校異に拠ると青表紙の三条西家本が「おほんはらから」である。尾州家河内本も「おほんはらから」である。

『源氏物語大成』　夢浮橋　校異篇　二〇六六頁　池田本

　いとおかしけにてすこしうちおほえたまへる心ちもすれはおほんはらからにこそおはすめれ

三条西実隆筆の青表紙本証本、尾州家河内本も「おほむはらから」である。

『宇津保物語本文と索引』　あて宮　本文編　七〇一頁　前田家本

　これは中納言殿の御つぼね。君として十六さい。かたちいとおかし。みはらからの蔵人・式部のぜうゐたり。

俊景本は「御《ミ》はらから」、浜田本は「みはらから」である。

『宇津保物語本文と索引』　国譲の下　本文編　一六二二頁　前田家本

　かのみはらからの右大弁『かけてつかうまつらん』とせちに申されけれど、ぬしを申なされけるとぞきゝしか。

俊景本、延宝五年板本、浜田本も同じ。

『宇津保物語本文と索引』　国譲の下　本文編　一六二三頁　前田家本

　新中納言、みはらからをこしてこそはものせらるなりしか。

俊景本は「みはらから」である。延宝五年板本は「みはら」であるが、流布本の諸本の中には「みはらから」の本

がある。
宇津保物語に「み」が用ゐられ、源氏物語に「おほむ（ん）」が用ゐられることは、古い「み」から新しい「おほむ（ん）」への推移が証される。時代の新しい栄花物語が源氏物語と同じであることは、栄花物語の用法が平安時代の普通の用法であることを物語る。

おほんほと

巻第九　いはかげ　中巻　一二頁　梅沢本

東宮のいとわかうゆくすゑはるかなるおほんほとおもひまいらするいとめてたし

西本願寺本も「おほんほと」である。
他作品にも同様の表記例がある。

『源氏物語大成』　若菜上　校異篇　一〇七五頁　大島本

またいとあえかなるおほむほとにいとゆゝしくそたれも〳〵おほすらむかし

三条西実隆筆の青表紙本証本は「おほんほど」である。

『源氏物語大成』　蜻蛉　校異篇　一九六八頁　大島本

ましてこれはなくさめむにけなからぬおほむほとそかしとおもへと

三条西実隆筆の青表紙本証本は「おほんほど」、尾州家河内本は「おほんほと」である。

『対校大鏡』　太政大臣兼通　二四五頁、二四六頁　萩野本

もとのうへ御かたちもいとうつくしく人のおほむほともいとやむことなくおはしましゝかと

栄花物語の用例は時代の新しい作品の用例と共通する。平安時代の普通の用法である。

おほんまいり

巻第十四　あさみどり　中巻　二四八頁　富岡甲本

この御まいりをはさる物にてそちとのゝひめ君のおほんまいりあはれなる事そかし

富岡乙本も同じである。

この語には「おほむまいり」と「みまいり」との仮名表記例がある。

『源氏物語大成』　野分　校異篇　八七一頁　大島本

御まいりのほとなとわらはなりしにいりたちなれ給へる女房なとも

校異に拠ると青表紙本の御物本、横山本、池田本、高野辰之氏蔵本、三条西家本が「おほむまいり」である。

『宇津保物語本文と索引』　あて宮　本文編　六八三頁　前田家本

おほ宮、つぼねにさしのぞき給て、「たゞいまはいかにぞや。このみまへりのことゞもゝのすとて、見たてまつらずや。」

俊景本は「まつりごと」、浜田本は「まつり」である。

ここは、あて宮が皇太子妃として入内する話である。会話文の前文中の「まへりのこと」の「まへり」には、「御まゐり」「まゐり」「まいり」「まつり」の異文があり、前後の文脈より考へて「まへり」は「まゐり」の誤写であらう。

「みまへり」には「御まゐり」「みまつり」「まつり」「まいり」「まゐり」の異文がある。「みまへり」「みまつり」から考へると「御まゐり」の「御」は「み」であらう。「まへり」は本文の翻刻に当り「まいりカ」としてゐる。

前田家本の「みまへり」は「みまい（ゐ）り」の誤写と考へられる。

成立の古い宇津保物語が「みまいり」であり、成立の新しい源氏物語が「おほむまい（ゐ）り」である。栄花物語の成立は源氏物語より更に新しく、古くは「み」で新しくは「おほむ（ん）」であることを証する。栄花物語は平安時代の普通の用法である。

おほんむかへ

巻第十九　御裳ぎ　下巻　三五頁　梅沢本

いみしうそかせ給へれとおほんむかへに殿はらやさるへき人〳〵おほくまいりたれはかへらせ給ぬ

他作品に「おほむ（ん）むかへ」の仮名表記例がある。

『宇津保物語本文と索引』　祭の使　本文編　四一四頁　前田家本

又兵部卿のみこも、おほむはらへしに、おなじきかはらにいで給へるを、よろこびておほむかへして、おなじ御まへにつきまひぬ。

翻刻に当り「おほ」に「御力」と傍註をし、「おほむむかへ」と考へてゐる。

俊景本、浜田本も「おほむかへ」であるが、諸本に「おほんむかへ」「おほんかへ」「おほんかく」と異文がある。

「おほむかへ」は「おほむ（ん）むかへ」の「む（ん）」が脱落したのであらう。

『枕草子本文及び総索引』　第百八段　「しけいさ東宮にまいり給ふほとの」の段　一〇三頁　岩瀬文庫本

御むかへに女房春宮のしゝうなといふ人もまいりてとくとそゝのかし聞ゆ

『校本枕冊子』に拠ると陽明家本は「おほんむかへ」、龍谷大学本は「をほんむかへ」である。

成立の古い宇津保物語で既に「みむかへ」でなくて「おほむむかへ」となり、枕草子も「おほんむかへ」であることから、この語はかなり古くから「おほむ（ん）むかへ」として用ゐられて来たらしい。栄花物語の例は平安時代の普通の用法である。

おほん裳

巻第十九　御裳ぎ　下巻　三頁　梅沢本

四月にはひは殿一品宮の御もきとてはるよりよろつにいそかせ給殿の御まへ御ものゝくともえもいはすしとゝのへさせ給なへてならぬ御ことゝもをおほしいそかせ給おほん裳のこしは大宮のゆひたてまつらせ給へけれはこのみやはさらにもいはす

平安時代に公家女子が成人したしるしに初めて裳を着ける儀式が裳着である。「裳」は衣裳名で「裳着」は儀式名である。

巻の冒頭のここでは「おほん裳」の前文に「御もき」があり、巻名が「御裳ぎ」である。衣裳名と儀式名との違ひはあるものの語彙の本質に大きな違ひがあるとは考へられない。他作品に「おほむ（ん）裳」の仮名表記例が見当らないところから「おほむ（ん）裳ぎ」の仮名表記例を引いて考察する。

『尾州家河内本源氏物語』　梅枝　第三巻　五五頁

おほむもきの事おほしいそく御心をきてよのつねならす

高松宮御蔵河内本も同じである。

『西本願寺本三十六人集精成』　公忠集　二四七頁

きたのみやのおほんもぎに

『私家集大成』　源公忠朝臣集　中古Ⅰ　三〇六頁

きたのみやのおほんもきに

「みもき」は諸作品に見当らない。

袖中抄に「ミモ（御裳）」「ミモスソカハ（御裳濯川）」がある。「みもすそかは」は輔親集や讃岐典侍日記などに見えるが、平安時代より前に発生した地名であらう。平安時代にも早い時期には「みも」が用ゐられたのが袖中抄に見える所以であらう。しかしこの語はかなり古い時代から「おほむ（ん）も」が一般化し、それが栄花物語にも反映してゐる。

二

一　「おほむ（ん）」は接頭語であり本来下の語に付いて用ゐられるけれど、稀に単独で用ゐられる。他の作品には誤写、誤脱と考へられる例があるが、栄花物語の例は容易に省かれた語を推測し得るもので、平安時代の普通の用法である。

二　左の語の上に「おほむ（ん）」が付く栄花物語の例は平安時代の普通の用法であり、次のやうに分類出来る。

イ　諸作品に「おほむ（ん）」の仮名表記例のみが見られるもの

あしのあと　いのり　おくり物　かへし　返事　くし　たいめ（対面）　ほと　むかへ

ロ　諸作品に「おほむ（ん）」と「み」との仮名表記例が併存してゐるもの

ありさま　おほえ　けしき

ハ　諸作品に「おほむ（ん）」と「み」との仮名表記例が併存し、古い「み」から新しい「おほむ（ん）」への推移が見られるもの

おとうと　心　こと（事）　たから物　はらから　まいり（まゐり）　も（裳）

ニ　諸作品は「おほむ（ん）」が普通で「み」は古い用法が残るか仏教関係で用ゐられるかしたもの

こゝち

ホ　諸作品に「おほむ（ん）」と「み」とで意味が分かれてゐるもの

三　一部に見られる「おん」は後世の用法である。

こ

三

次に「み」の仮名表記例について考察する。

みくしあけ

巻第十九　御裳ぎ　下巻　一七頁　西本願寺本

かゝる事をのつからさき〳〵もありしかとこのたひのみくしあけの内侍のすけのたまはり給へる様なるためしはなくやとぞ人〳〵申ける

「みくしあけ」は他作品に仮名表記例がある。

『源氏物語大成』　みゆき　校異篇　九〇三頁　大島本

中宮よりしろき御もからきぬ御さうそく御くしあけのくなといとになくて

校異に拠ると河内本の五本の中で七毫源氏、高松宮家本、鳳来寺本、尾州家本が「みくしけ」とある。但し高松宮家本（高松宮御蔵河内本）、尾州家本の覆製本では両本「御くしあけ」であり、校異と食違ふ。

『源氏物語大成』　若菜上　校異篇　一〇四三頁、一〇四四頁　大島本

かのむかしのみくしあけのくゆへあるさまにあらためくはへてさすかにもとの心はえもうしなはす

三条西実隆筆の青表紙本証本も「みくしあけ」である。

『群書類従』　巻第八十八　東宮年中行事　六三六頁

しものむまのひみぐしあげの事。

東宮年中行事は『群書解題』第六に拠ると、成立年時は平安時代末期と見るべきであらうとある。他の語を見ると、古い時代は「み」で新しい時代に「おほむ（ん）」に変ったものはあるが、古い「おほむ（ん）」が新しく「み」に変ったものは無い。平安時代末期に「み」であるから、この語は平安時代を通して「みくしあけ」であったと考へられる。

みさうそく

巻第十九　御裳ぎ　下巻　四頁　富岡甲本

一日のひ又あか月なとにまいりあつまりける土御門殿のにしのたいにそみさうそくなとはつかうまつらせ給つねのたにあるをこのたひはまして御てうとも我をとらしとみなもてまいりつかうまつれは

この語は「みさうそく」と「おほむ（ん）さうそく」との仮名表記例がある。

『新訂増補故実叢書　江家次第』　巻第一　九頁

或未レ奏二候由一、以前御《ミ》装束

『新訂増補故実叢書　西宮記』　巻十三　第二　二三三頁

四十口之時、撤母屋御《ミ》装束、以御《ゴ》物移仁寿殿、御仏安御帳中

『宇津保物語本文と索引』　春日詣　本文編　二五八頁、二五九頁　前田家本

おほんさうぞく、あか色のかうの御ぞに、らのすかもえぎの色のおりものゝ御こうちぎまけたり。

俊景本、浜田本、延宝五年板本も「おほんさうぞく」である。

『宇津保物語本文と索引』　吹上の上　本文編　五〇四頁　前田家本

みぞびつひとかけ、きよらなるたびのおほんさうぞくども、「三日にのぼり給べし。一日にひとよそひき給へ」とて、三よそひいろ〳〵にしたり。

俊景本は「御装束ども」であり、浜田本、延宝五年板本が「おほんさうぞくども」である。江家次第や西宮記の「御」に施された「ミ」の訓は古くからのものであらう。栄花物語の「みさうそく」は古い時代の読みを伝へたものと思はれる。宇津保物語の「おほんさうぞくども」より、当時一部に「おほん」も用ゐられてゐたことが知られる。

みさき

巻第十二　たまのむらぎく　中巻　一七五頁　西本願寺本

御随身十二人うとねりの御随身など馬にのりてみさきえもいはすまいりのゝしりて我はからの御車にてをはしますほとすへてまねひきこえさすへきやうもなし。

他の作品に「みさき」の仮名表記例がある。

『日本古典文学大系　源氏物語』　賢木　第一巻　三九六頁、三九七頁　三条西実隆筆の青表紙本証本

大将のみさきをしのびやかにおへば、しばしたちとまりて

『源氏物語大成』　蓬生　校異篇　五三六頁　大島本

猶をり給へは御さきの露をむまのむちしてはらひつゝいれたてまつる

校異に拠ると青表紙本の三条西家本が「みさき」である。

『対校大鏡』　時平　第二巻　九一頁　東松本

御随身のみさきまいるも制したまひていそきまかりいて給へは

古活字本、千葉本、近衛家旧蔵三巻本、八巻本、尾張徳川黎明会本も「みさき」である。

『八巻本大鏡』　時平　巻之二　四一頁

　いそぎまかりいで給へば。御前《みさき》どもゝあやしと思ひてなん。

これらに拠ると平安時代には「みさき」であり、栄花物語の用法は平安時代の普通の用法である。但し源氏清濁に「御《ヲン》さきのまつ」と「おほむ（ん）さき」がある。源氏詞清濁も同じである。両書は近世初期の堂上の源氏講釈の実態を伝へるものであり、尊重すべき資料ではあるものの、この語については平安時代の状況を示すものとは認められない。一般に平安時代に於て「み」から「おほむ（ん）」に推移した語が多い中で、「おほむ（ん）」に変らなかった「みさき」をも変つたものと誤認したのであらう。

みな

巻第二十二　とりのまひ　下巻　一一〇頁　梅沢本

　一聞我名悪病除愈乃至速証無上菩提みなをきゝてかゝりいはんや七仏をみたてまつらむほと思やるへし

西本願寺本も「みな」である。

この語には「みな」の仮名表記例と「おほむ（ん）な」との仮名表記例がある。

『俊景本宇津保物語と研究』　蔵開の上　資料篇　一七二五頁

　其ふんの結《む》めに治部卿の主の御名《みな》もじよりつけたり

『対校大鏡』　序　二頁　東松本

　世次しか〳〵さはへりし事也さてもぬしのみなはいかにそやといふめれは

古活字本、萩野本、八巻本、近衛家旧蔵三巻本、尾張徳川黎明会本も「みな」である。

『対校大鏡』　序　十一頁　古活字本

かけまくもかしこきゝみのみなを申すはかたしけなくさふらへともとていひつゝけ侍りき

八巻本も「みな」である。

『今鏡本文及び総索引』　すべらぎの中　第二　鳥羽御賀　五七頁、五八頁　畠山本

ほとけのみなたび〳〵となへさせ給ける。

蓬左文庫本、慶安三年刊本も「みな」である。

『今鏡本文及び総索引』　うちぎゝ　第十　つくり物がたりのゆくゑ　二九五頁　畠山本

つみふかきさまをもしめして、人に仏のみなをもとなへさせ

蓬左文庫本、慶安三年刊本も「みな」である。

今鏡では二例とも「仏（ほとけ）のみな」であり、栄花物語も上に「仏」などの語は無いものの「一聞我名」を承けての言葉で仏の御名の意である。

「おほむ（ん）な」の仮名表記例は次の一例のみある。

『源氏物語大成』　玉鬘　校異篇　七三九頁、七四〇頁　大島本

えたつねてもきこえてすこしゝほとにせうにゝなり給へるよしは御なにてしりにき

校異に拠ると青表紙本の横山本、池田本が「おほむな」である。

仏教関係に「み」が使はれる傾向については前に述べた[註十二]ことがある。

三宝絵詞（東寺観智院本）、餓鬼草紙（曹源寺本）、法華百座聞書抄など仏教関係の書には当然ながら仏の「みな」の例が多く見られる。しかし用例を通覧すると、仏教関係以外の用例があり、広く用ゐられてゐる。時代でも宇津保物語から大鏡までと、どの時代にも「みな」が用ゐられる。「みな」は平安時代を通して広く用ゐられ、「おほむ（ん）

な」は一部に用ゐられたにすぎない。

みはら

巻第一　月の宴　上巻　四頁、五頁　富岡甲本
　そのもとつねのおとゝの御むすめの女御のみはらにたいこの御宮たちあまたおはしましける
富岡乙本も「みはら」である。
この語には「おほむ（ん）はら」の仮名表記例がある。
『今鏡本文及び総索引』　第六　ふぢなみの下　竹のよ　一八一頁　畠山本
　又ことおほむはらにや、ならに覚珍法印と申、たうじおはす。
平安時代に一般には「み」から「おほむ（ん）」に推移した。この語の場合変化した時代が遅く、栄花物語に「み」、今鏡に「おほむ」が見られるのであらう。

みふ

巻第十二　たまのむらぎく　中巻　一五六頁　梅沢本
　いまはいとゝ大将殿御うしろみせさせ給へはみふなといつれのくにのつかさなとかをろかに申思はんとみえていとゝしき御ありさまなるに
巻第十六　もとのしづく　中巻　三三三頁　梅沢本
　とのゝみふなともかゝるおりにとせめさせ給へと
巻第三十　つるのはやし　下巻　四七三頁　富岡甲本

又御たうには五百所のみふよるせんしをなしくくたりぬ

富岡乙本も「みふ」である。

他の作品に「みふ」の仮名表記例がある。

『宇津保物語本文と索引』　嵯峨の院　本文編　三三八頁、三三九頁　前田家本

いよのみふの物・みさうのものもてまうできためれば

俊景本、浜田本は「御封《みふ》」である。

『源氏物語大成』　藤裏葉　校異篇　一〇一三頁　大島本

その秋太上天皇になすらふ御くらゐえ給ふてみふくはゝりつかさかうふりなとみなそひ給

三条西実隆筆の青表紙本証本、尾州家河内本、高松宮御蔵河内本も「みふ」である。

『対校大鏡』　太政大臣道長上　三四六頁　古活字本

一品宮は三宮になすらへて千戸のみふをえさせ給へるは

八巻本も「みふ」である。

『今鏡本文及び総索引』　ふぢなみの下　第六　ますみのかげ　一七五頁　畠山本

むばの女院の御ゆづりにて、准后みふなど給はらせたまへりしほどに

蓬左文庫本、慶安三年刊本も「みふ」である。

『今鏡本文及び総索引』　むらかみの源氏　第七　ねあはせ　二一三頁　畠山本

みさう、みふなど、よにをはしますやうにしをかせ給えれば

「みふ」には「おほむ（ん）」の仮名表記例が見当らない。平安時代を通して「みふ」に固定して用ゐられたのであらう。名語記にもこの形で見える。栄花物語の用法は平安時代の普通の用法である。

みふた

巻第十一　つぼみ花　中巻　九七頁、九八頁　梅沢本

さるへき人〴〵はみなみやのみふたにつきたるともおほつかなからすまいりまかつめり

西本願寺本も「みふた」である。

巻第三十六　根あはせ　続篇　一五九頁　梅沢本

はかせの命婦まいりて人〴〵みふたにつけ御くしあけかみあけなとする

陽明文庫本も「みふた」である。

この語は他の作品にも仮名表記例がある。

『源氏物語大成』　須磨　校異篇　四〇九頁　大島本

つゐにみふたけつられつかさもとられてはしたなけれは

三条西実隆筆の青表紙本証本、尾州家河内本、高松宮御蔵河内本も「みふた」である。

「みふた」は平安時代を通してこの形に固定して用ゐられたのであらう。栄花物語の例は平安時代の普通の用法である。

みまや

巻第一　月の宴　上巻　八六頁　梅沢本

宮たちはさるへきおり〴〵はむまにてこそありかせ給へとてみまやの御馬めしいてゝおまへにてのせたてまつりてさゝとみさはけはをもていとあかくなりて

西本願寺本、富岡甲本など諸本も「みまや」である。

巻第四　みはてぬゆめ　上巻　二五九頁　梅沢本

　みまやの御むまのこるなく御くるまうしにいたるまで御誦経なとおほくをきてのたまはす

西本願寺本、陽明文庫本も「みまや」で、富岡甲本、富岡乙本は「みむまや」である。

巻第十九　御裳ぎ　下巻　二五頁、二六頁　梅沢本

　この殿のみまやのまくさのたは殿のきたわたりせかゐのもとにそうへける

西本願寺本、陽明文庫本も「みまや」である。

この他に次の仮名表記例がある。

巻第十九　御裳ぎ　下巻　二六頁　梅沢本、西本願寺本が「みまやのつかさ」

巻第十九　御裳ぎ　下巻　三〇頁　梅沢本が「みまやつかさ」。西本願寺本、富岡甲本が「みまやのつかさ」

巻第十九　御裳ぎ　下巻　三〇頁　梅沢本、西本願寺本、富岡甲本が「みまやのつかさ」

巻第三十　つるのはやし　下巻　四九九頁　富岡甲本が「みまやのつかさ」

一部に「御」の漢字表記があるものの、仮名表記が殆どである。

他の作品に「みまや」の仮名表記例がある。

『宇津保物語本文と索引』　藤原の君　本文編　一二八頁　前田家本

　殿のあたりなりける所右をたびつゝ、みまやにし

俊景本、浜田本、延宝五年板本も「みまや」である。

宇津保物語の前田家本には他に「みまや」十二例、「みやまのべたう」[註十三]一例、「みまや人」一例がある。

『源氏物語大成』　をとめ　校異篇　七〇九頁、七一〇頁　大島本

むかひにみまやして世になき上めともをとゝのへたてさせ給へり

三条西実隆筆の青表紙本証本、尾州家河内本、高松宮御蔵河内本も「みまや」である。

他にも大島本は「みまや」が一例ある。


『私家集大成』　小馬命婦集　中古I　四一五頁

　みまやのしりえにいたりて、すさひして

『対校大鏡』　太政大臣兼家　二七七頁　萩野本

　みまやのむまに御随身をのせてあはたくちへつかわしし

千葉本の傍訓、尾張徳川黎明会所蔵本も「みまや」である。萩野本、池田本には他にも「みまや」一例がある。

『今鏡本文及び総索引』　ふぢなみの上　第四　うすはなざくら　一一三頁

　みまやの御むまにうつしをきて、いだしたてゝつかはしければ

蓬左文庫本、前田本も「みまや」である。

他に畠山本に「みまやとねり」一例があり、逢左文庫本、前田本も「みまや」一例がある。

以上「みまや」の例は多いため一部引用を省いた。この語は「おほむ（ん）」の例が見当らず、平安時代を通して「みまや」に固定してゐたのであらう。栄花物語の用法は平安時代の普通の用法である。

四

一　左の語の上に「み」が付く例は平安時代の普通の用法であり、次のやうに分類出来る。

イ　平安時代を通して「み」のみが用ゐられたもの

　くしあけ

さき
ふ（封）
ふた
まや

ロ　諸作品に古い「み」と新しい「おほむ（ん）」とが併存し、栄花物語は古い時代の用法を留めるもの
さうそく
な
はら

註

一　第二十四章。
二　第二十章。
三　榊原邦彦『平安語彙論考』二四頁。
四　松村博司『栄花物語の研究新稿・諸本研究篇』七七頁。
五　榊原邦彦『枕草子研究及び資料』一四六頁。
六　『天理図書館善本叢書　大鏡諸本集』解題二六頁。
七　第二十三章。
八　第二章の五。第二十一章。
九　松村博司『栄花物語全注釈』　巻二　一六四頁。
十　第二十一章。
十一　第二十一章。第二十三章。第二十四章。

十二　『平安語彙論考』三八頁、三九頁。
十三　延宝五年板本は「みまやのべたう」。

第二十六章　大鏡の「御」

一

本章では大鏡の諸本の「おほむ（ん）」と「み」とについて考察する。

大鏡の諸本の本文は根本敬三『対校大鏡』、松村博司『日本古典文学大系　大鏡』、秋葉安太郎『大鏡の研究　上巻　本文篇』、小久保崇明『八巻本大鏡』、『新訂増補国史大系　大鏡』、『天理図書館善本叢書　大鏡諸本集』に拠る。

二

おほんあにたち

『天理図書館善本叢書　大鏡諸本集』　太政大臣道長　三十一ウ　池田本

いまのよとなりては一の人の貞信公おのゝ宮殿をはなちたてまつりて十年とおはすることのちかく侍らねは此入道殿もいかゝとおもひ申侍りしにいとかゝるうむにおされておほんあにたちはとりもあへすほろひ給にしにこそおはしますめれ

この語は本鏡の諸本にも他の作品にも仮名表記例を見出さぬが、家族関係の語であるから同類の語の「おとうと」「あね」「いもうと」について見ると、「あね」には仮名表記例が見当らぬものの、「おとうと」には「おほむ（ん）」

と「み」とがあり、「いもうと」には「み」の仮名表記例がある。

第二十四章で大和物語の「みおとうと」について考察し、

「むすめ」に限らず、「むすこ」「おとうと」「いもうと」「はは」などの家族関係の語については、「み」が付いて用ゐられた。但し時代が降ると「おほむ（ん）」が付いて用ゐられる事もあった。

とした。平安時代の後期に成立した大鏡の「あに」は右の結論に包摂される。後文の「みはゝ」「みむすめ」「みめ」の条参照。

おほん思ひ

『対校大鏡』　後日物語　四九九頁　古活字本

このおほん思ひに源中納言あきもとの君すけし給て後女院に申給へりし

八巻本も「おほん思ひ」である。

大鏡はこの例のみなので他作品の仮名表記例を引く。

『私家集大成』　和泉式部集続集　中古Ⅱ　三八頁

かたらふ人のおともせぬに、おなしおほん思のころ

『尾州家河内本源氏物語』　桐壺　第一巻　三頁

おほかたのやむ事なきおほんおもひはかりにてこの君をはわたくしものにおほしかしつきたまふ事かきりなし

高松宮御蔵河内本は「おほむ思」であり、『源氏物語大成』の校異に拠ると、河内本の為家本、平瀬本が「おほむ思」で、河内本の大島本が「おほんおほえ」である。

『源氏物語大成』　夢浮橋　校異篇　二〇六三頁　池田本

　そのおやのみ思のいとおしさにこそかくもたつぬれ

青表紙証本の三条西家本は「み思ひ」であり、尾州家河内本は「み《御》おもひ」、高松宮御蔵河内本は「み思」で、これらの諸本は共通して「み」である。

同じ語に「み」と「おほむ（ん）」とが付いたものについて、これまで種々考察した。[註一]一概には言へないけれども、大和物語のやうな成立の古い作品には「み」が用ゐられ、時代が降ると「おほむ（ん）」が多く用ゐられた語がある。[註二]逆の現象は無い。

「おほえ」の場合、成立の新しい栄花物語、今鏡には「おほむ（ん）おほえ」のみが見られ、源氏物語には「み」と「おほむ（ん）」との両方が見られる。「思ひ」も同じであり、古い時代に用ゐられた「み」が、時代が降ると「おほむ（ん）」に推移したことになる。

おほんかた

『対校大鏡』　昔物語　四七二頁、四七三頁　東松本

　納蘇利のいとかしこくまたかくこそはありけめと見えてまはせ給に御祿をこれはいとしたゝかにおほんかたにひきかけさせ給ひていまひとかへりえもいはすまはせ給へりし

近衛家旧蔵三巻本、尾張徳川黎明会本も「おほんかた」である。

「かた（肩）」に付く仮名表記例は見当らぬけれども、身体の各部を表す語の仮名表記例は諸作品にあるので引く。

『栄花物語の研究』　花山たづぬる中納言　巻第二　一六〇頁　梅沢本

　さても花山院は三界の火宅をいてさせ給て四衢道のなかの露地におはしましあゆませたまひつらん御あしのうらには千輻輪の文おはしましておほむあしのあとにはいろ〳〵のはちすひらけ御くらゐ上品上生にのほらせ給はむ

はしらす

西本願寺本は「おほんあし」である。

『今鏡本文及び総索引』　ふぢなみの上　第四　うすはなざくら　一一二頁　畠山本

しなのゝかみゆきつなも、心にはをとらずおもひて、うらやましくねたくをもひけるに、をほみあしすまさせたまひけるに、つみたてまつるやうにたび〳〵しければ、「いかにかくは」と

『宇津保物語本文と索引』　蔵開の上　本文編　一〇一二頁　前田家本

御せこし給まゝにあてにくゝやけさのみまさりて、つきもしたてまつらばうけ《せ》もしつべきおほんかほつきにて、はなおりたるごとぞなりまさり給。

浜田本、延宝五年板本も「おほんかほつき」である。

『尾州家河内本源氏物語』　桐壺　第一巻　三頁

いつしかと心もとなかりいそきまいらせて御覧するにめつらかなるちこのおほむかほかたちなり

高松宮御蔵河内本も「おほむかほかたち」である。

『今鏡本文及び総索引』　すべらぎの上　第一　もちづき　二四頁　畠山本

九月十三日夜より、もちづきのかげまで、仏のみかほもひかりそへられ給へり。

『宇津保物語本文と索引』　吹上の上　本文編　四七八頁、四七九頁　前田家本

よの中にありがたきおほんてなり。

後景本、浜田本も「おほんて」で、延宝五年板本は「おほむて」である。

『源氏物語大成』　行幸　校異篇　九〇四頁　大島本

我身こそ恨られけれから衣君かたもとになれすとおもへはおほむてはむかしたにありしを

青表紙証本の三条西家本も「おほむて」である。
『源氏物語大成』　蜻蛉　校異篇　一九七二頁　大島本
そののちひめ宮の御かたより二の宮に御せうそこありけり御てなとのいみしううつくしけなるをみるにもいとうれしく
校異に拠ると青表紙本の池田本、三条西家本が「おほむて」である。
『私家集大成』　祝部成仲集　中古Ⅱ　七七七頁
りんすのをりも、仏をまうけたてまつりて、そのおほんてに五色のいとをかけて、にしにむかひて念じたてまつりき
『源氏物語大成』　賢木　校異篇　三七七頁　大島本
かう〳〵の事なむ侍このたゝむかみは右大将のみてなり
青表紙証本の三条西家本も「みて」である。
『今鏡本文及び総索引』　ふぢなみの下　第六　竹のよ　一八一頁　畠山本
又ことおほむはらにや、ならに覚珍法印と申、たうじおはす。
『平安朝歌合大成』　京極御息所褒子歌合　廿巻本　巻一　二〇九頁
左のとうにはこのみやすむどころのみはらの十のみこ、みぎのとうには六条の宮すむどころのみはらのをんなぎみなり。
『栄花物語の研究』　月の宴　巻一　校異篇　四頁　富岡甲本
そのもとつねのおとゝの御むすめの女御のみはらにたいこの御宮たちあまたおはしましける
『対校大鏡』　昔物語　四七〇頁　古活字本

なをかやうのたましひあることはすくれたるみはらそかしとこそほめ給けれ

八巻本も「みはら」である。しかし東松本は「御房」で萩野本は「御はう」であり、本文上の問題がある。東松本の本文が純正であらう。

『源氏物語大成』　蜻蛉　校異篇　一九四一頁　大島本

わかたゆくよつかぬ心のみくやしく御むねいたくおほえ給

校異に拠ると青表紙本の三条西家本が「おほんむね」である。

『源氏物語大成』　柏木　研究資料篇　四一八頁　源氏物語絵詞

たゝおほつかなくおもふたまふらんさまをさなからみたまふへきなりおほむめをしのこひたまふ

『日本古典文学大系　古今和歌集』　序　九九頁　二条家相伝本

秋のゆふべ、たつた河にながるゝもみぢをば、みかどのおほんめには、にしきと見たまひ

諸本「おほむめ」「おほんめ」が多い。[註三]

上記の仮名表記例から次の事が導き出される。

一　一般に「おほむ（ん）」が多く「み」が少ない。「おほむ（ん）」のみの語と、「おほむ（ん）」「み」両方の語とがある。

二　古い時代が「み」で新しい時代が「おほむ（ん）」。　例　はら

三　後代にも「み」が用ゐられた。但し仏教関係の故とも考へられる。　例　かほ

四　「おほむ（ん）」は古くから用ゐられたものがある。　例　め

おほんさうそう

『対校大鏡』　後日物語　四九八頁　古活字本
院のおほんさうそうの夜そかしひたちの国の百姓とかや
かけまくもかしこき君か雲のうへにけふりかゝらんものとやは見し
八巻本も「おほんさうそう」である。
この語は他の作品に仮名表記例がある。
『日本名筆全集』　三の十　伝源実朝筆中院切
蔵人つかうまつりける人のうせさせたまておほむさうそうのよ
中院切は後拾遺和歌集の伝本として現存最古のものといふ。後拾遺和歌集の大山寺本も「おほむさうそう」である。
『源氏物語大成』　蜻蛉　校異篇　一九三八頁　大島本
ものとも〻まいりて御さうそうの事はとのに事のよしも申させ給て日さためられ
校異に拠ると青表紙本の池田本と三条西家本とが「おほむさうそう」である。尾州家河内本も同じ。
「さうそう」は漢語「葬送」である。原理としては漢語には「御」の漢語「ご」「ぎよ」が付き、和語には「御」の和語「おほむ（ん）」「み」が付くと考へられる。

漢語に「ご」が付く例

ごきそく（御気色）
『今鏡本文及び総索引』　すべらぎの中　第二　つりせぬうら〳〵　四四頁　畠山本
こ両衛（御霊会）
『栄花物語の研究』　巻二十四　わかばえ　校異篇　下巻　一六一頁　富岡甲本

漢語に「ぎよ」が付く例

きよい（御意）

『対校大鏡』　内大臣道隆　二九六頁　萩野本

ぎよかん（御感）

『八巻本大鏡』　九四頁

などがあるものの、仮名表記例は乏しい。

漢語に「おほむ（ん）」が付く例

おほんたいめ（御対面）

『栄花物語の研究』　巻九　いはかげ　校異篇　中巻　四頁　梅沢本

おほんぶく（御服）

『西本願寺本三十六人集精成』　遍照集　二一二頁

おほむほうじ（御法事）

『今鏡本文及び総索引』　すべらぎの上　第一　ほしあひ　一九頁　畠山本

漢語に「み」が付く例

みと経（御読経）

『栄花物語の研究』　巻十五　うたがひ　校異篇　中巻　二八五頁　梅沢本

みさうそく（御装束）

『栄花物語の研究』　巻十九　御裳ぎ　校異篇　下巻　四頁　富岡甲本

みすいしん（御随身）

『栄花物語の研究』　巻二十四　わかばえ　校異篇　下巻　一五六頁　富岡乙本
などがある。
漢語に「おほむ（ん）」「み」が付く例は上記の他に少からず有り、かなり一般化してゐた。従って漢語の「さうそう（葬送）」に「おほん」が付く事は珍しい事ではなく、一般化してゐた現象の一環である。猶、和語に「ご」「ぎよ」が付く例は極めて稀である。

おほむとし

『対校大鏡』　左大臣時平　七四頁　古活字本
すかはらのおとゝ右大臣の位にておはしますそのおりみかとおほむとしいとわかくおはします
八巻本は「おほんとし」である。
大鏡に「みとし」二例があり、他作品に「おほんとし」がある。
『日本思想大系　古代中世芸術論』　古来風躰抄　二六七頁　穂久邇文庫本
すべてのおほんとしは百廿七年なんおはしましける。
『対校大鏡』　序　二頁　東松本
されは主のみとしはをのれにはこよなくまさりたまへられんかし
古活字本、近衛家旧蔵三巻本、尾張徳川黎明会本、八巻本も「みとし」である。
『対校大鏡』　昔物語　四八四頁　古活字本
いとかはりのみとしともは相人なとに相せられやせしと問は
萩野本、池田本、八巻本も「みとし」である。

一般に「み」は古い時代に多く、時代が降ると「おほむ（ん）」が「み」に代つて用ゐられた。大鏡に二例の「み」が用ゐられてゐる事から考へると、この語は時代が降つても「み」の勢力が強かつたのであらう。

おほんなほし

『対校大鏡』　藤氏物語　四二〇頁　古活字本

御車はまうち君たちひかれてしりには関白殿をはしめ奉り殿はらさらぬ上達部殿上人おほんなをしにてあゆみつゝかせ給へりしいてあないみしや

八巻本も「おほんなをし」である。

他の作品に仮名表記例がある。

『尾州家河内本源氏物語』　末摘花　第一巻　一三五頁

おほんなをしなとたてまつるを見いたして

高松宮御蔵河内本も「おほんなをし」である。

『源氏物語大成』　藤裏葉　校異篇　一〇〇六頁　大島本

宰相殿はすこし色ふかき御なをしに丁子そめのこかるゝまてしめるしろきあやのなつかしきをき給へる

校異に拠ると青表紙本の横山本が「おほんなをし」である。

『校本建礼門院右京大夫集』　三〇三頁　細川家本

正月一日中宮の御かたへ内のうへわたらせ給へりしおほんひきなをしの御すかた

古い時代の作品の仮名表記例が見当らぬが、源氏物語では「おほむ（ん）」が付いて用ゐられるのが普通であつたやうである。大鏡の用法は当時の普通の用法であると言へる。

おほんむこ

『対校大鏡』　太政大臣実頼　一一〇頁　萩野本

いかなる人かおほんむことなり給はんすらんかの殿はいみしきこもり〔とた〕人にそおはします

他の作品に仮名表記例を見ない。

家族関係の語は古く主に「み」が用ゐられた。時代が降ると一部に「おほむ（ん）」も用ゐられ、大鏡に「おほんあにたち」「おほんおぢ」がある。

おほんをぢ

『新訂増補国史大系　大鏡』　後一条天皇　二三頁　尾張徳川黎明会本

一のおほんおぢ。たゞいまの関白左大臣。一天下をまつりごちておはします。

他の作品に仮名表記例を見ない。

家族関係の語であるが大鏡では「おほん」が用ゐられてゐる。大鏡に於ても「みはゝ」「みむすめ」「みめ」は「み」であり、家族関係の語の一部に「み」ではなくて「おほむ（ん）」が用ゐられたといふ程度である。

三

みえん

『対校大鏡』　昔物語　四五一頁　古活字本

遠国にはまからす和泉の国にこそ貫之のぬしのみえんにくたりて侍しかありとをしをは思ふへしやはとよまれて侍し

八巻本も「みえん」である。
他に仮名表記例を見ない。

みかど

『対校大鏡』　左大臣時平　七九頁　古活字本
　しけきなみたをのこひつゝけうしるたりつくしにおはします所のみかともかためておはします
萩野本は「みかと」、八巻本は「みかど」である。
『対校大鏡』　左大臣時平　九一頁　東松本
　さて本院のみかと一月はかりさゝせて御簾のとにもいて給はす
古活字本、近衛家旧蔵三巻本、千葉本も「みかと」、八巻本は「みかど」である。
『対校大鏡』　内大臣道隆　三二五頁　東松本
　みかとにはいつかはむまくるまのみつよつたゆるときある
古活字本、近衛家旧蔵三巻本も「みかと」、八巻本は「みかど」である。
『対校大鏡』　内大臣道隆　三二七頁　東松本
　きたみなみのみかとついちつら小一条のまへ洞院のうらうへにひまなくたてなめて
近衛家旧蔵三巻本、千葉本も「みかと」である。
『対校大鏡』　内大臣道隆　三二七頁　東松本
　みかとのうちにもさふらひそうのわかやかにちからつよきかきりさるまうけして候
萩野本、近衛家旧蔵三巻本、千葉本も「みかと」、尾張徳川黎明会本は「みかど」である。

『対校大鏡』　内大臣道隆　三二七頁、三二八頁　東松本

　中納言殿の御くるま一時はかりたちたまてかてのこうちよりは北にみかとちかうまてはやりよせ給へりしかと

萩野本、近衛家旧蔵三巻本、千葉本も「みかと」である。

天皇、帝の場合の「みかど」は古くより固定されて用ゐられた。本稿で取上げた門の場合についても「みかど」に固定されてゐると考へられるが、念の為他の作品の例を引く。

『宇津保物語本文と索引』　嵯峨の院　本文編　二九七頁　前田家本

　さてのちに、なかたゞの侍従、内よりまかづるまゝに、左大将殿のみかどにきて

浜田本、俊景本も「みかど」である。

前田家本には「みかど」「見かど」「御かど」「御門」の例があり、「みかど」の仮名表記例が極めて多い。「御かど」「御門」の「御」も「み」以外は考へがたい。「みかどもり」の例もある。

『源氏物語大成』　柏木　研究資料篇　四一九頁　源氏物語絵詞

　おはするたいのほとよりこなたのみかとにはむまくるまたちこみてさはきたり

源氏物語絵詞には東屋の巻にも「みかと」一例がある。

『源氏物語大成』校異篇の底本に「みかと」「御かと」の例がある中で、殆どが「みかと」である。「御かと」の「御」も「み」であらう。「みかともり」もある。

『栄花物語の研究』　巻第二　花山たづぬる中納言　校異篇　一一八頁　梅沢本

　東三条のみかとのわたりにはとしころたにたはやすく人わたらさりつるに

西本願寺本も「みかと」である。

梅沢本には「みかと」「御かと」「御門」の表記例があり、「みかと」が漢字表記例を遥かに上回る。「御かと」「御

門」の「御」も「み」に違ひない。

枕草子には「おほみかど」の例がある。

『枕草子本文及び総索引』　第百七十八段　「官つかへ人のさとなども」の段　一五六頁　岩瀬文庫本

　おほやうけに夜中まてなと思ひたるけしきいとにくしおほみかとはさらつやなとゝふなれは

他の三巻本や前田本も「おほみかと」である。この段には「みかと」二例があり、「おほみかと」の例と共に会話文である。今で言へば大門の意の敬語表現で「おほみかど」と言つたものか。一般には「みかど」が用ゐられたのであらう。

「みくら」「みたち」「みはし」など殿舎関係の語は「み」に特定して用ゐられた。[註四]「みかど」も殿舎関係の語であり、時代が降り一般の語は多く「おほむ（ん）」が付いて用ゐられるやうになつてからも「み」に特定して用ゐられた。

みしほ

『八巻本大鏡』　太政大臣道長　一五三頁

故女院の御修法《みしほ》して。飯室権僧正《いひむろのごんそうじやう》のおはしまし候はん僧にて。相《さう》人のげしを女房どものよびて相ぜられけるついでに。

他の諸本は漢字表記であるが、他作品には仮名表記例が多い。一例を引く。

『宇津保物語本文と索引』　国譲の中　本文編　一四一七頁　前田家本

　所〳〵にもみずほうおこなはせ給て、ありきし給はず。

浜田本は「みずほふ」、俊景本は「御《み》ず法」である。

枕草子や源氏物語に「みすほう」の仮名表記例が多い。特に問題が無いので引用は省く。宇津保物語に「じゆほう」

の語形が一部に見られるものの、「すほう」が普通であり、八巻本大鏡の「みしほ」は後に変化したもので、平安時代の普通の語形ではない。今鏡の前田本にある「御修法《みしほ》」二例も同じであらう。文明本節用集の「ミシオ」、元和本下学集、故実拾要の「ミシホ」、有職袖中鈔の「ミシヲ」などは後に変化した語形を伝へる。

大鏡の漢字表記の「御修法」は「みすほう」である。「みど経」「みのり」などと共に仏教関係の語は「み」に固定して用ゐられたものがある。

みはしもと

『八巻本大鏡』　雑々物語　一九七頁

おなじ御時に御あそびありし夜。ごぜんのみはしもとのみつねをめして。月をゆみはりといふ心はなにのこゝろそこれかよしつかうまつれとおほせ事ありしかは

八巻本大鏡の語形では「みはしもと」の一語になつてゐるものの、東松本は「御前の御階のもとに」であり、古活字本は「こせんのみはしのもとの」であり、萩野本は「御前のみはしのもとに」であり、八巻本は「の」が誤脱したものである。「みはし（階）」は殿舎関係の語として「み」のみに固定して用ゐられた。

みはしら

『対校大鏡』　太政大臣基経　七二頁　東松本

尊者の御車をは東にたて牛はみはしらのひらきはしらにつなきこと上達部の車をは河よりは西にたてたるかめてたきをは

古活字本も「みはしら」である。萩野本、近衛家旧蔵三巻本、尾張徳川黎明会本、八巻本は「みはし」である。

「みはしら」に漢字を宛てれば「御柱」であらうが意味が通らない。

「みはしらのひらきはしら」の「ひらきはしら」は高山寺本和名類聚抄に、

葱台　比良岐波之良　橋両端所竪之柱　其頭似葱花故云

とあり、橋の両端にある擬宝珠の付いた柱を言ふ。右の説明文中に「橋」とある通り、橋の部分について言ふ言葉であり、「みはしら」は誤である。「ひらきはしら」の「はしら」に惹かれて「みはし」に「ら」が衍として付いたのであらう。

「みはしら」は諸本の「みはし」の本文に拠るべきである。松村博司『日本古典文学大系　大鏡』では東松本を底本とするけれども本文を「みはし」とし、「御橋」と註を加へる。橋健二『日本古典文学全集　大鏡』も「御橋《みはし》」とする。

尊者の車を堀川の東岸に据ゑ、牛は堀川に架けられた橋の平葱柱に繋ぎ、他の公卿の車を堀川の西岸に据ゑた事を述べてゐて、「みはしら（柱）」ではなく、「みはし（橋）」が本来の本文である。

「みはし（橋）」の仮名表記例が他作品にあるので引く。

『私家集大成』　散木奇歌集　中古Ⅱ　四三五頁

東三条殿の池のみはしのうへにて、夜もすからあかさせ給て歌よませ給けるに、つかうまつれる

「みくら」「みたち」「みはし（階）」など殿舎関係の語には専ら「み」が付いて用ゐられた。「みはし（橋）」も建造物であるから「み」が付いて大鏡でも用ゐられたのである。この語には「おほむ（ん）」が付かなかったのであらう。

みはゝ

『対校大鏡』　昔物語　四七五頁　萩野本

御車のしりには皇后宮の御めのと惟経のぬしのみはゝ中宮の御めのと
池田本も「みはゝ」であり、古活字本、八巻本は「みはわ」である。
『対校大鏡』　昔物語　四七五頁、四七六頁　萩野本
中宮の御めのとかねやすさねたゝのぬしのみはゝをの〳〵こそ候はれけれ
古活字本は「みはわ」である。
この語は他の作品に仮名表記例がある。
『今鏡本文及び総索引』　すべらぎの上　第一　きくの宴　二五頁　畠山本
後朱雀院の第一の皇子、おほむはゝ内侍かみ、贈皇大后宮嬉子ときこゑき。
『今鏡本文及び総索引』　すべらぎの上　第一　金のみのり　二九頁　畠山本
昔はきさきにたち給はでうせさせ給へれど、みかどのおほむはゝなれば、のちにはやむごとなき御などゞまりたまえり。
『源氏物語大成』　蜻蛉　校異篇　一九八一頁　大島本
まろこそ御はゝかたのおちなれとはかなきことをの給て
校異に拠ると青表紙本の三条西家本が「おほんはゝかた」であり、尾州家河内本も「おほんはゝかた」である。
『今鏡本文及び総索引』　すべらぎの中　第二　もみぢのみかり　四〇頁　畠山本
いまひとりの御めのとの、ともつなのぬし〳〵みはゝにていますがりしは、日のゝ三位のむすめにて
これまでの論考で、
むすめ　むすこ　おとうと　いもうと　めひ　はらから
など家族関係の語は、古い時代の作品は「み」であり、新しい時代の作品は「おほむ（ん）」になる傾向がある事を

論証した。大鏡には「おほんあにたち」「おほんむこ」「おほんおぢ」がある。
「はゝ」の場合、「み」「おほむ（ん）」が両方用ゐられ、大鏡や今鏡に「み」が見られるのは、古来の用法が根強く存在してゐた事を示す。
『日本思想大系　古代中世芸術論』　古来風躰抄　二六五頁　穂久邇文庫本
あまつかんのみむまご、わたつみひめにすみかよひたまひけるを、うのはふきあへずのみことをうみおきたてまつりて
に「みむまご（孫）」がある。
時代が降ると一般の語が多く「おほむ（ん）」となり、ここでも「うた」は「おほんうた」であるにも拘らず、「むまご」はこの時代でも「み」である。家族関係を示す一群の語は時代が降っても多く「み」であった。

みむすめ

『対校大鏡』　太政大臣公季　二六五頁　古活字本
此殿の御子はりまのかみ陳政《ノブマサ》のみむすめのはらに女君二所おとこ一人おはします
萩野本、八巻本も「みむすめ」で、尾張徳川黎明会本は「み娘」である。
『新訂増補国史大系　大鏡』　道隆　一二六頁　尾張徳川黎明会本
その御北の方は、いよのかみ兼資のぬしのみむすめなり。
『対校大鏡』　昔物語　四五〇頁　東松本
貫之のぬしのみむすめのすむ所なりけり
古活字本、近衛本、尾張徳川黎明会本、八巻本も「みむすめ」である。

家族関係の語の「みむすめ」は大鏡に於て三例とも「み」が用ゐられ、その中二例は諸本に共通する。時代が降っても「み」が用ゐられてゐる訳である。「みむすめ」については第二十四章で述べたのでここでは考察を省く。本章の「みはゝ」の条参照。

みめ

『対校大鏡』　太政大臣伊尹　二三二頁　古活字本

この三人は備中守為雅か女のはらなりその中将の御女は定経ぬしのみめにてこそはおはすめれ

萩野本、八巻本も「みめ」である。

「め（妻）」には他の作品に「みめ」と「おほむ（ん）め」との仮名表記例がある。

『宇津保物語本文と索引』　蔵開の中　本文編　一一三二頁　前田家本

そのかういは、さい将の中将のみめみこのはゝ也。

浜田本も「みめ」である。

『宇津保物語本文と索引』　藤原の君　本文編　一九八頁　前田家本

こゝろたはれたけいておほむめもなし。

浜田本も「おほんめ」である。

『宇津保物語本文と索引』　吹上の上　本文編　四六三頁　前田家本

廿一なり、おほんめなし。

延宝五年板本、俊景本、浜田本も「おほんめ」である。

源氏清濁の須磨の巻に、

ミ敷闌
御め　可考

とあり、源氏詞清濁にも同じ記述がある。「御め」の「御」につき「み」であらうかとするものである。

『源氏物語大成』校異篇の底本の須磨の巻には、

御め（目）　四二二頁
御め（妻）　四三〇頁
御め（妻）ども　四三〇頁

がある。

源氏清濁の記述の順序では、

をこ　御め　かうさく

となつてゐて、「をこ」は四二九頁、「かうさく」は四三〇頁にある言葉であるから、「御め」は四三〇頁の「御め（妻）」についての記述であると理解し得る。

更に本章の「おほんかた」の条に引用した用例に拠ると、古今和歌集の序では諸本に「おほむめ」「おほんめ」が多く、源氏物語絵詞にも「おほむめ」があり、身体関係の言葉の中で「め（目）」は古くから「おほむ（ん）」が用ゐられた。故に源氏清濁は「御め（妻）」について「み」であらうかとしたものである。

一般の語には古くからの用法の「み」が新しい「おほむ（ん）」に変る傾向が見られる。宇津保物語に於て「みめ」と「おほむ（ん）め」とが併存してゐることは、新しく「おほむ（ん）」の用法が生じてゐた事を示す。しかし時代の降つた大鏡に「みめ」が用ゐられてゐる事は当時猶、「み」の勢力が強く存在してゐた事を証するもので、「みはゝ」の場合と同じである。源氏清濁の記述も後代に「み」を使ふ傾向が強かつた事を物語る。

四　「おほむ（ん）」

一　諸作品に「おほむ（ん）」の仮名表記例のみが見られるもの

さうそう（葬送）

なほし（直衣）

二　諸作品に「おほむ（ん）」と「み」との仮名表記例が併存し、古い「み」から新しい「おほむ（ん）」への推移が見られるもの

あに

思ひ

かた（肩）

三　「み」の仮名表記例は無いが、二に準ずるもの

むこ

おぢ（をぢ）

四　大鏡に古い「み」と新しい「おほむ（ん）」とが併存してゐるもの

とし

五　「さうそう（葬送）」に「おほむ（ん）」が付いてゐるが、漢語に「おほむ（ん）」や「み」が付く事は平安時代に珍しくない。

「み」

一　諸作品に「み」の仮名表記例のみが用ゐられるもの

えん（縁）

かど（門）

しほ（修法）

二　諸作品に「おほむ（ん）」と「み」との仮名表記例が併存し、古い「み」から新しい「おほむ（ん）」への推移が見られるものの、大鏡では「み」が用ゐられ、「み」の用法の根強さが見られるもの

はゝ

むすめ

め（妻）

三　誤写と考へられるもの

みはしら　「みはし（橋）」の誤写

みはしもと　「みはしのもと」の誤写

註

一　榊原邦彦『平安語彙論考』、『枕草子研究及び資料』

二　第二十四章。

三　第二十二章。

四　『平安語彙論考』二四頁。

語句索引

一 厳密なものでなく便宜扱ふ。
清濁は適宜示す。接尾語は省く。歴史的仮名遣に統一する。漢字表記語の読みは一例を示す。
一 「おむ」は「おん」に含め、「おほん」は「おほむ」に含める。
一 一〜三などは大体の範囲を示し、毎頁あるとは限らない。

あ

い

う

お

さ

し

す

せ

た

ち

つ

て

と

な

に

ね

の

は

ひ

ふ

へ

ほ

ま

後書

本書は『平安語彙論考』（教育出版センター）、『枕草子論考』（教育出版センター）、『枕草子研究及び資料』（和泉書院）に続く第四冊目の論文集である。

既刊三冊と同じ枕草子研究、平安時代の語彙研究の他に、作品の解釈及び歌枕が加はつて、いささか研究分野の幅を拡げる事が出来たかと思ふ。

国語学懇話会、東海解釈学会での研究発表を基にして、著者の主宰する「解釋學」に掲載した論文を中心に本書が成つた。国語学懇話会例会、東海解釈学会大会における御教示と、「解釋學」など学術雑誌掲載論文について御指導賜つた方々とに厚く感謝する。各論文の発表年時が隔るため、内容の不統一や重複があるものと心配するが、何とぞ御寛恕の上、御指導賜れば幸に存ずる。

刊行に当りお世話になつた和泉書院の廣橋研三氏に厚く御礼申し上げる。

平成十七年正月

榊原邦彦

■ 著者紹介

榊原　邦彦（さかきばら　くにひこ）

編著書

『枕草子総索引』（右文書院　共編）
『枕草子本文及び総索引』（和泉書院）
『枕草子論考』（教育出版センター）
『枕草子研究及び資料』（和泉書院）
『枕草子抜書』（笠間書院）
『古典新釈シリーズ　枕草子』（中道館）
『古活字本狭衣物語総索引』（笠間書院　共編）
『今鏡本文及び総索引』（笠間書院　共編）
『水鏡本文及び総索引』（笠間書院）
『御伽草子総索引』（笠間書院　共編）
『古典新釈シリーズ　源氏物語㈠～㈤』（中道館）
『平安語彙論考』（教育出版センター）
『画入尊圓百人一首』（和泉書院　共編）
『軍記物語選』（笠間書院　共編）
『学生・社会人のための表現入門』（和泉書院　共著）
『国語表現事典』（和泉書院）
『漢文入門』（和泉書院　共編）
『尾張三河の古典』（鳴海土風会　共編）

研究叢書　336

枕草子及び平安作品研究

二〇〇五年七月二五日初版第一刷発行
（検印省略）

著　者　榊　原　邦　彦
発行者　廣　橋　研　三
印刷所　亜　細　亜　印　刷
製本所　渋　谷　文　泉　閣
発行所　有限会社　和　泉　書　院

大阪市天王寺区上汐五－三－八
〒五四三－〇〇〇二
電話　〇六－六七七一－一四六七
振替　〇〇九七〇－八－一五〇四三

ISBN4-7576-0317-7　C3395